*12*시의 신데렐라

백우시 장편 소설

12시의 신데렐라

feel premium edition

2

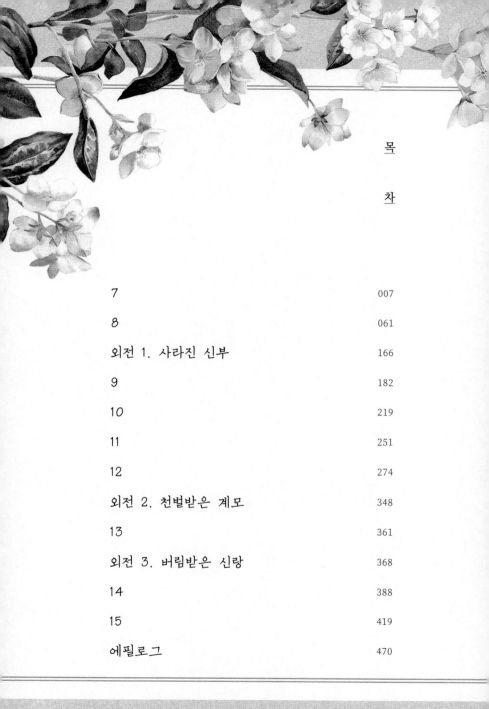

목

차

<u>7</u>

【실종 18일째】

퇴색된 담배 연기가 멀리 나아가지 못하고 허공 어딘가쯤에서 금세 소실됐다. 장 경감은 정자 아래서 쏟아지는 비를 바라보며 마지막 담배를 태웠다. 이미 발치엔 애저녁에 지져 밟은 담배꽁초들이 널려 있었다. 후드득, 빗줄기가 처마 끝을 타격해 댔다. 복잡하게 얼크러진 마음에 또다시 돌이 던져졌다. 심장이 소리 없는 비명을 내지르고 있었다.

"폐 썩고 나서야 담배 끊으실래요?"

정자 안으로 불쑥 수진이 들어오며 말했다. 그녀는 빗물을 털며 산뜻하게 손을 내밀었다.

"나도 한 대."

맡겨 놨다는 듯 당당한 자세였다. 장 경감이 교양 없긴, 혀를 찼다.

"이거 마지막 돗대야. 그리고 무슨 계집애가 내숭도 없어? 담배를 찾게."

"맛있는 건 혼자 먹지 말고 나눠 먹읍시다."

"비꼬는 거냐?"

수진이 담배 안 피운다는 걸 뻔히 아는데, 필시 장 경감을 멈추게 하기 위함이었다. 비딱하게 수진을 꼬나보던 장 경감이 피식…… 에라 모르겠다, 져 주었다. 두 사람은 마주 보며 웃었다. 가족보다 더 위로가 되는 존재였다. 수진이 장 경감의 발 아래 수북이 쌓인 담배를 걱정스럽게 보았다.

"병원에서 아직 신영원 씨 못 찾았대요."

장 경감은 말없이 담배만 뻑뻑댔다.

"소장님."

"폐암으로 죽은 내 동창. 걔가 그렇게 골초였거든? 폐 CT 찍던 날, 시커멓게 죽은 폐 보고 제일 먼저 한 일이 뭔지 아냐? 병원 벤치에서 담배 한 대 태웠단다. 슬퍼서. 인생이 그런 거야."

장 경감이 영원을 향해 달려갔을 때 이미 병원은 소강상태였다. 탈출하려던 환자들은 붙잡혀 본래의 방으로 돌아갔다.

단 한 사람. 신영원 빼고. 병실은 텅 비어 적막했다. 말라비틀어진 꽃잎만 쓰레기통에 한가득이었다. 장 경감은 그날 신영원이 병실에 떨구고 간 실내화 한 짝을 외투에서 꺼냈다. 간발의 차로 놓쳤다. 그날을 떠올리자니 절로 손에 악력이 들어갔다. 실내화가 구겨졌다.

"뛰어 봤자 벼룩이죠. 돈도 없을 텐데 혼자 멀리 가 봐야 얼마나 갔겠어요."

수진은 위로했지만 벌써 3일이 소요됐다. 신부만 해도 실종 18일째였다. 못 찾는다고 봐야 했다.

이 사건에 이토록 집착하는 이유를 알 수 없었다. 협박으로 시작된 의뢰였다. 돈만 챙기고 끝내면 그만인데, 어느 순간 불청객처럼 끼어든 사건 하나가 이젠 그의 감정까지 지배했다.

의뢰에 사감을 쏟는 것은 멍청한 짓이었다. 이 정도 했으면 의뢰인도 장 경감이 노력했음을 인정해 줄 것이다. 그러나 인정하지 못하는 건 장 경감이었다. 없던 완벽주의 성향이라도 생겼는지 실종된 신부 찾기는 그의 삶을 지배하고 있었다.

장 경감은 휴대 전화에 남겨진 메시지를 계속 확인했다.

'살려 줘.'

살려 달란 말을 쓸어내리는 손길에 애틋함이 배어났다. 신영원이 보낸 메시지 탓이었다. 언젠가부터 세상의 모든 살려 달라는 말은 아들이 한 말처럼 느껴졌다. 유괴당했을 때 아들과의 마지막 전화 통화 내용이었다. 살려 달라고 하는 목소리를 끝으로 아들은 줄곧 뇌사 상태였다. 신영원은 아들을 연상시키기 충분했다. 그녀는 아들처럼 유괴를 당한 거나 마찬가지라고 생각됐다. 잘못한 것 없이 밀폐된 방에 갇혀 그에게 살려 달라고 SOS를 요청해 왔다. 하지만 장 경감은 또 구하지 못했다. 아들을 구하지 못했듯이.

또 한발 늦었다.

장 경감이 독기를 품고 수진에게 일렀다.

"진주양 차에 위치 추적 장치 붙일 수 있나 계획 세워 봐."

"위치 추적 장치요?"

"그 인간, 뭔가 있어."

하필 자신이 신영원을 만나러 가는 날에 병원에 방화가 일어나고, 신영원이 탈출을 했다. 정신병원에 불이 난 것은 정말 우연의 일치였을까? 불이 났을 때, 평소에 병실을 지키던 그 많던 경호원들은 어디로 사라진 걸까?

장 경감이 숙였던 고개를 들었다. 앙심을 품은 눈빛이 검게 짙어졌다.

역시 그 남자는 용서받을 수 없는 괴물이다.

【실종 20일째】

"꽃은 참 신기해요. 사람을 살리는 약도, 죽이는 약도 다 꽃에서 추출한 거죠. 양귀비만 해도 사람을 살리는 약이 되기도 하고, 독이 되기도 하잖아요……."

김보경과는 시내 커피숍에서 만났다. 그쪽에서 먼저 장 경감에게 연락을 취했다.

"꽃은 식물의 생식기예요. 여자로 치자면, 자궁인 거죠. 씨를 품고 퍼트리는."

"……."

"그래서 자궁을 거세당한 여자들 중에 꽃을 싫어하는 사람들이 있어요."

플로리스트라는 여자는 꽃에 대해 장광설을 늘어놓았다. 누가 마약 사범 아니랄까 봐. 결국 남는 건 약 얘기뿐이다.

"제 어머니 얘기예요."

장 경감은 퍼뜩 정신이 들었다. 김보경은 많이 야위어 있었다. 그녀는 작심한 듯 단도직입적이었다.

"그날 뭘 노리고 저희 집에 침입했는지 문제 삼지 않을게요. 흥신소라면 뻔하니까."

양심에 찔려 장 경감은 침묵했다.

"난 아버지가 자살이라는 거 믿지 않아요. 댁을 찾아온 이유는 하나입니다. 배후가 누군지 알아내겠다는 것도, 캐내서 뭘 어떻게 해 보겠다는 심사도 아니에요. 비참한 죽음은 오빠로 충분해요. 다만, 자살인지 타살인지 알고는 싶었어요."

그녀는 네 시간 뒤 한국 땅에서 추방당한다. 10년 후에 입국 정지가 풀려 돌아올 수 있다고 해도 아마 오지 않겠지. 전형적인 불효자들의 후회 어린 모습이었다. 살아생전 반목하고 지냈던 부모가 돌아가시고 미련을 떨쳐 내지 못하는.

"미안하지만 이미 경찰 조사를 끝냈고, 내가 아는 건 조서에 적힌 게 전부입니다."

장 경감이 해 줄 말은 없었다. 여러모로 타살의 냄새가 풍긴 죽음이었지만, 제 코가 석 자였다. 누구를 위로해 줄 여유가 없다. 그런데도 바쁜 와중에 장 경감이 김보경을 순순히 만나 준 이유는 다른 데 있었다.

"예전에 백운당에 고소장을 날린 일이 있으시던데."

장 경감의 물음에 김보경이 핫, 웃음을 터트렸다.

"진짜 까마득한 얘긴데. 그 흥신소 정보력 하나 대단하네요."

김보경이 빨대로 음료를 휘저으며 얘기를 풀어놨다.

"그 집 셋째 딸하고 좀 트러블이 있었어요."

"신영원 씨를 아십니까?"

"지긋지긋한 악연이죠."

의외였다.

"사고가 있었어요. 난 그 일로 신영원이 진주양과 뭔가 썸씽이 생긴 줄 알았는데, 신해수랑 결혼하더라구요?"

그 일? 김보경은 떠올리고 싶지 않은 기억인 듯 말해 주기를 피했다. 자존심을 건드리기라도 하는 사건인가. 김보경은 진주양에 대해 원한이 깊은 듯했다.

"그때 그 결혼 깽판을 냈어야 했는데."

김보경이 우스갯소리처럼 털어놓았다.

"사실 그날 결혼식 파투 내 주려고 갔었어요."

신부 실종 당일에 김보경도 장소에 있었다는 건 뜻밖이었다. 아마 예식장 안까지는 안 들어갔나 보다. 참고인 명단에 없던 것을 보면.

김보경이 씁쓸하게 입을 다물었다.

"나는 이 모양 이 꼬라지인데, 잘 먹고 잘 살겠다는 남자를 못 보겠어서. 그런데 막상 올라갈 용기가 안 나더라구요. 뭐, 신영원도 그런 심사로 나처럼 식장을 박차고 나온 거 아닐까요?"

이 여자가 하는 말이 지금 무슨 소리인가.

"뭔가 잘못 아신 것 같네요. 신영원 씨 그날 예식장에 가지 않았습니다. 아니, 갈 수 없었죠."

"자매인데 왜 참석을 안 해요?"

"모르셨군요. 이미 오래전부터 병원에서 입원 치료 중이었어요."

"아, 그래요?"

김보경은 놀란 반응이었다. 하지만 고개를 갸웃했다.

"아닌데, 분명 신영원이었는데."

장 경감은 촉박한 시간을 확인했다. 더 이상 지체할 여유가 없었다.

"비슷비슷한 사람은 얼마든지 있으니까요."

장 경감은 대수롭지 않게 흘려들으며 대화를 마무리 지었다.

진주양의 자동차 하단에 위치 추적 장치가 무사히 부착됐다. 스케줄 패턴은 대부분 업무였다. 업무, 업무, 그리고 업무의 연장선. 쉴 틈이 없이 하루 일과가 돌아갔다. 잠자는 시간을 빼면 이동할 때마다 경호원을 대동했으며 식사 약속조차 비즈니스로 묶인 이들과의 만남이 전부였다. 일에 파묻혀 사는 워커홀릭도 기가 질릴 정도로 살인적인 스케줄을 소화해 냈다.

잠복 2일째 되는 날이었다.

"그 인간 오늘은 방콕할 모양인데요?"

기태가 살았다며 피곤한 어깨를 주물렀다. 초긴장 상태에서 이틀 내리 진주양의 뒤를 밟았다. 마침 오늘은 진주양이 집에 틀어박혀 출근하지 않았다.

"온몸이 안 쑤신 데가 없어요. 찜질방이나 갈까 봐요."

고생한 기태에게 하루 쉬라고 휴가를 내줬다. 기태가 카메라를 반납하고 신나서 흥신소를 나가고 장 경감은 달력을 곁눈질했다. 주말도 아닌 평일에 스케줄을 통째로 비우는 게 범상치 않았다. 그 남자의 완벽주의 성격상 무단결근은 사전에 없을 것이다. 아니나 다를까. 오후 3시쯤 진주양이 보유한 여러 대의 차 중 한 대를 몰고 빌딩 입구를 빠져나왔다. 경호원도, 마누라처럼 꼭 옆에 끼고 다니던 그 비서 놈도 없이 혼자였다. 무작정 잠복하고 있던 장 경감은 얼른 자동차 기어를 올리고 미행했다.

국회가 가까운 커다란 도심 한복판의 교차로였다.

장 경감은 차에서 내려 인파 속을 헤쳤다. 한낮의 열기가 시위로 달아올랐다.

"한신그룹과 국회는 들어라! 우리는 노예가 아니다! 구조 조정 결사반대! 노동자의 권리를 인정하라! 인정하라!"

확성기로 파업을 외치는 사만 명 노동자가 한꺼번에 쏟아져 나왔다. 주위가 산만했다. 장 경감은 길 끝에서 진주양을 발견했다. 진주양은 길 건너를 응시하고 있었다. 노동자들이 있는 곳이었다. 한신그룹 후계자께서 개돼지로 여기는 노동자들을 친히 위로하러 왔을 리는 없고.

'대체 여긴 왜 나타난 거지? 목숨이 아깝지도 않은가?'

저들은 터지기 직전의 활화산이었다. 저들 중 하나라도 진주양을 알아보면, 개떼처럼 그를 죽이려고 달려들 것이다. 그가 이곳에 오는 것을 수행원들이 절대로 허락했을 리가 없다. 그렇다는 건 역시 그룹 차원에서는 예정에 없던 돌발 행동을 진주양이 한 것이다.

파업이 점차 극렬해졌다. 주양은 맞은편 횡단보도를 바라보고 서 있었다. 노동자들은 진주양을 알아채고 하나둘 고개를 갸웃하거나 수군거리기 시작했다. 장 경감이 지켜보다 이를 악물었다.

"제길!"

미쳤다. 자살행위였다. 저토록 저 남자를 앞뒤 분간 못 하게 만드는 게 무엇인가. 장 경감은 막으려고 달려가려다 인파 속에서 한 여자를 스치듯 보았다. 빨간 옷에 빨간 머리띠를 두른 파업 노동자들과 비교되는 여자는 순백의 원피스를 입고 있었다. 긴 생머리…… 갸름한 얼굴…… 새빨간 입술, 낯이 무척 익었다. 저 얼굴을 어디서 봤더라?

과거 기억이 되짚어졌다.

'신영원?'

장 경감이 의아하게 말끝을 쳐올렸다. 가족 기록을 뒤지던 그는 종이 앞뒤를 살폈다. 머리카락으로 얼굴의 반을 가리고 있는 사진 속 여자는 다소 음침했다.

'이런 여자가 있었나?'

그의 물음에 커피를 마시던 수진이 대답했다.

'신부…… 아, 그러니까 실종된 신부 신해수 씨의 여동생이에요. 그 집 셋째 딸이죠. 신영원.'

신영원이었다. 정신병동에서 탈출한 뒤 행적이 묘연해졌던.

처음엔 그저 셋째 딸이었다.

사라진 언니의 동생이었고, 참고인 자격조차 박탈당한 정신병원에 갇힌 미친 여자였다. 사람들은 세 자매 중에 가장 못났다며 그녀를 욕했다. 어느 누구도 그녀를 좋아하지 않았다. 아무도 거들떠보지 않는, 희미한 존재감을 부여잡고 엑스트라의 의무에 충실했다. 어쩌면 스치듯 등장하고 사라질 여자였다. 신영원은.

진주양과 신영원은 서로를 눈앞에 두고도 움직이지 않았다. 남자는 횡단보도 맞은편에 선 여자를 멀거니 보았다. 아스팔트가 타들어 가는 열기, 격렬해지는 집회, 그러나 사위는 곧 조용해졌고 오롯이 장 경감 눈에만 그들이 세상 끝에서 서로를 보고 있음을 알 수 있었다. 장 경감의 마음에 술렁이는 것은 시위자들의 고함도, 대치 중인 경찰들의 확성기 소리도 아니었다. 두 남녀 사이에서 교차되는 설명할 수 없는 감정이었다. 위안되지 않는 슬픔이 밀려왔다. 먼저 발을 뗀 쪽은 신영원이었다.

그때 그녀는 분명 주양에게 건너오려고 했다.

"와아아아아!"

노조원들이 뒤로 밀려났다. 차벽을 친 경찰들이 속속들이 버스에서 내렸다.

"이것은 명백한 불법 파업이며, 즉각 철회시키겠습니다."

경찰이 확성기에 대고 경고했다. 버스들이 와서 집회장을 철거시키고 주모자를 색출해 도로가 아수라장이 됐다. 노조들과 몸싸움이 시작되었다. 순식간에 그녀가 시야에서 지워졌다.

"안 돼……."

장 경감은 신영원을 찾으러 무의식적으로 달려들었다. 사람들의 비명 소리! 퍼부어지는 물줄기들이 몸을 무겁게 짓눌렀다. 장 경감은 경찰들과 격렬하게 몸싸움을 하는 시위대를 헤쳤다. 없다. 없어! 그러다 빨간색 노조원 복장을 한 누군가가 눈에 들어왔다. 그는 시위에서 빠져나와 어디론가 도망을 치고 있었다. 사내의 등에 신영원이 업혀 있었다. 기절한 듯 늘어진 팔에 힘이 없었다.

장 경감은 나사가 빠진 사람처럼 미친 듯이 사내를 추격했다. 사람들에 섞여 잃어버렸다가 빨간 옷을 입은 놈이 빠르게 골목 안으로 튀어 들어가는 것을 발견했다. 장 경감은 품에서 가스총을 꺼내었다. 비상시에 호신용으로 따로 가지고 다니던 것이었다. 외진 골목길에 접어들었다. 마른 바닥에 젖은 사내의 발자국이 찍혔다. 물기는 에어컨 환풍기가 사납게 돌아가는 식당가의 허름한 건물 계단까지 이어졌다. 발을 내디딜 때마다 젖은 구두와 바지가 무겁게 찌걱거렸다.

놈도 장 경감의 존재를 느끼고 벽 뒤에서 숨죽이고 있는 것이 느껴졌다.

방아쇠를 바짝 당겼다.

첫 발은 공포탄이었다.

탕!

"지금 당장 나오면 널 경찰에 넘기지 않는다고 약속해. 난 여자만 데려가면 돼!"

놈은 대답이 없었다. 협상할 의지가 없는 자에게 시간을 주는 건 도망칠 궁리의 기회만 제공하는 셈이다.

장 경감은 놈이 방심한 틈을 타 달려들었다.

놈이 항복한다는 듯 두 팔을 들었다. 하지만 옆구리에 찬 건 분명 총이었다.

총?

장 경감은 다급한 마음에 방아쇠를 당겼다. 바로 면전에서 가스를 맞은 놈이 비명을 지르고 쓰러졌다.

15

엎치락뒤치락 몸싸움이 시작됐다. 놈의 머리채를 들어 얼굴을 확인했다.

"나! 나예요! 형석이!"

그는 현기영 후배였다.

"너…… 뭐야."

"아이씨. 들키지 않을 줄 알았는데."

자세히 보니 옷도 그 사내가 아니었다.

"신영원은 어딨어."

"신영원이요? 그 여자를 왜 여기서 찾아요?"

그때 놈이 가진 무전기가 울렸다.

— 장영범 이 새끼 찾았어? 뭐야! 일이 어떻게 된 거야!

현기영의 목소리였다. 장 경감이 진주양을 미행할 때 그들도 그를 미행하고 있었던 것이다.

"제길!"

장 경감은 후배 형사를 던져 놓고 바깥으로 뛰쳐나갔다. 주변을 샅샅이 뒤졌지만 찾지 못했다. 진주양 역시 보이지 않았다. 장 경감은 길 맞은편에 있는 낯익은 검은 밴으로 걸어갔다. 경찰들이 미행에 이용하는 CP 차량이었다. 밴을 다짜고짜 열었다. 그 안에서 도청과 미행을 담당하던 몇몇들, 그리고 현기영이 당황해 했다.

"개새끼!"

장 경감이 현기영을 차에서 끌어 내렸다. 주먹이 날아갔다.

"날 내버려 둬! 왜 자꾸 사사건건 내 일에 훼방 놓는 거야! 내가 뭘 그렇게 잘못했다고!"

"씨팔. 이거 왜 이래. 새끼들아, 뭘 멀뚱멀뚱 지켜봐! 장영범 이 미친놈 안 떼어 내!"

장 경감은 주둥이만 산 현기영에게 달려들었지만 금세 제압되었다. 그의 팀원들이 장 경감을 바닥에 깔고 포승줄로 묶였다.

하아…… 하아……!

세찬 숨소리.

"너야말로 꿍꿍이가 뭐야! 무슨 짓을 꾸미는 거야!"

흔들어 대는 현기영의 완력을 묵묵히 견뎠다. 장 경감은 반항하지 않았다. 거친 호흡이 뒤섞였다. 핏발이 선 눈동자는 신영원이 사라진 마지막 뒷모습을 좇고 있었다.

어쩌면 스치듯 등장하고 사라질 여자였다. 신영원은. 정신병원에서 탈출한 뒤에 그대로 돌아오지 않았다면 잊어버렸을 것이다. 그러나 지금 그녀는 모든 것이 되어 버렸다. 이젠 자신이 놓아줄 수가 없다. 모든 게 그녀를 가리키고 있었다.

도망쳤으면서 어째서 다시 돌아온 걸까. 진주양에게서 도망친 게 아니었나? 기절한 신영원과 그녀를 업고 떠난 사내는 누군가.

그리고 눈빛. 그 눈빛은 무엇이었나.

신영원이 마지막 순간에 진주양을 향해 보였던 눈빛.

미안해서……

미안해서…… 고개도 못 들던 애처로운 눈빛.

그래서야 버림은 마치 진주양이 당한 것 같지 않은가.

"단순 가출이 아닌 거지. 뭔가를 숨기고 있는 거지!"

그사이 현기영은 계속해서 추궁했지만 소리는 아득히 멀어졌다.

【1년 전, 영원 26세】

"한신중공업 사장 진두영 알지? 그 사람 숙부. 내일 그분한테 직접 인사시킬 거래."

성원이 굴욕을 입히려는 특유의 과장된 눈웃음으로 영원을 깔봤다. 무슨 그런 말도 안 되는 소리를 하는 걸까. 분명 성원은 오늘도 늦게까지 나이트에서 놀다가 술 처먹고 헛소리를 하는 걸 거다. 조악하기 짝이 없는 거짓말이었다. 웃기려면 좀 더 그럴싸한 거짓말을 대야지? 얄궂은 말장난에 놀아나 줄 마음이 없다. 짙은 피로감이 누적되었다. 영원은 지쳐서 일어났다.

"자야겠어."

영원은 빠른 걸음으로 집으로 향했다. 이상하리만치 정신은 말짱해져 갔다. 어느새 집을 지나쳐 마을로 이어지는 숲길까지 걸어 나와 버렸다.

해수와 사귄다니. 결혼을 할지도 모른다니. 신해수와 그가 결혼이라도 하면, 그를 형부라고 불러야 하는 건가?

휴대폰 플래시를 비추며 아랫마을로 통하는 지름길을 더듬더듬 짚어 가는데, 영원은 내장이 타들어 가는 고통이 엄습해 무릎을 꿇었다.

"하아…… 하아…….."

사랑에 눈이 먼 나머지 많은 것을 잊었다. 멍청하게 안도하며 살아왔다.

그게 내 것인 줄 알고.

불현듯, 희미한 엔진 소음이 들렸다. 영원은 플래시를 끄고 나무 뒤로 숨었다.

나란히 붙은 자동차 근처를 검은 양복들이 배회하며, 주변을 철저히 감시하고 있었다. 어떤 정치적 야합의 색을 짙게 띠었다. 백운당에서 접대가 끝나고 본론에 들어가는 상황인가? 심심찮게 봐 온 광경이었지만 그녀와 상관없는 세계였다.

뒷좌석에 앉은 인물이 '이중모' 라는 걸 알기 전까지는.

"그래. 이게 4년을, 내 발목을 붙들었던 그 '족쇄' 란 거지?"

은밀하게 정차 된 자동차 엔진 소리가 숲속 잎사귀에 스며들었다. 뒷좌석에서 비밀스러운 접선이 있었다. 이중모가 반색하며 봉투를 찢었다. 소문만 무성하던 대외비 동영상 USB가 드디어 그의 수중에 들어왔다. 태블릿에 연결해 내용물을 확인한 이중모는 흡족한 미소를 지었다.

"검찰 내에 심어 놓은 사람이 있다더니. 진짜였군."

압색 담당 검찰 직원을 통해 김 회장이 숨겨 놓은 동영상 파일을 빼냈다. 검찰조차 알지 못하는 일이었다. 동영상이 갑자기 사라지면 최혜란이 의심할 것을 염두에 두고 다른 파일로 바꿔치기해 놓는 것도 잊지 않았다. 물론 아무것도 담기지 않은 메모리 칩이었다.

이중모가 주양의 어깨를 격려했다. 어제보다 오늘, 오늘보다 내일 더 신뢰 가득할 눈빛을 주양에게 보내었다.

"대선 고비만 넘기자구. 내가 청와대에 입성하는 날이 자네가 한신의 왕좌를 차지하는 날이 될 걸세."

이로써 이중모와의 관계는 더욱 공고해질 것이다. 그러나 주양이 원하는 건 고비를 같이 넘길 동료가 아니라 '충견'이었다. 손이 닿는 곳에 언제나 대기하고 있다가 목줄을 잡아당기면 반항 없이 끌려올 수 있는 개.

자신을 믿어 주고 있는 남자에게 '개'가 되길 바라는 게 이상한 건가. 죄의식은 그를 흔들지 못한다. 서로가 물리고 물린 관계였다. 아마도 이중모 역시 말은 믿고 있다고 하지만 '개'가 되지 않기 위해 주양의 약점을 캐내려고 안간힘을 쓰고 있을 것이다. 어쩌면 이미 찾아냈을 수도 있다. 그러니까 그런 건 주양에게 아무런 영향력을 행사하지 못한다. 자폭을 택하지 않는 이상 서로에게 칼을 겨눌 일은 없다. 다만 믿지를 못하니 가지고 있는 것이다. 최선의 공격은 방어라는 방식으로.

주양은 검은 속내를 감추며 말했다.

"당분간 최혜란도 눈치채진 못할 겁니다."

"근데 마음에 걸리는 게 있어. 자네 백운당 둘째 딸과 염문설이 있던데."

최혜란은 엄연히 이중모 의원의 적이었다. 주양이 최혜란의 사위가 되는 것은 곧 자신과 등을 지겠다는 것이니 우려되지 않을 수 없다.

주양은 그를 안심시켰다.

"우려할 일은 없을 겁니다. 필요가 사라지면, 관계도 자연히 사라질 테니."

숲속에 스산하게 바람이 불었다. 그 어둠에 주양의 눈길이 오래도록 박혔다. 음영이 진 옆얼굴은 가차 없어 보였다. 이중모 의원은 흔쾌히 고개를 끄덕였다.

"그래, 무슨 뜻인지 알겠네."

이쪽 세계에서 그다지 낯설지 않은 풍경이었다.

주양은 손바닥 안에서 작은 구슬 같은 단추를 굴려 봤다. 신해수는 직원이 주웠다고 했지만 그는 백운당에서 잃어버린 단추가 없었다. 이건, 그가 영원에게 준 것이었다.

4년 전, 그 겨울에.

4년이나 갖고 있을 줄 몰랐다. 그를 짝사랑하는 여자는 지금 뭘 하고 있을까. 신해수와 자신이 교제한다는 소식을 영원은 지금쯤 들었을까. 충격 먹었을까? 슬퍼할까? 배신감에 치를 떨까?

그는 애초에 사랑이란 단어를 믿지 않았다. 달콤하기 짝이 없는 말로 아무것도 약속해 줄 수 없는 관계의 끝은 불 보듯 뻔하다. 여자는 허황된 사랑의 낱말을 곱씹다 지쳐 나가떨어질 것이다.

그리고 4년이 지난 오늘 이 단추가 다시 그의 손에 돌아왔다.

신해수를 통해.

요란한 소음이 일어난 것은 그쯤이었다.

이중모가 놀라서 허둥지둥 뛰쳐나왔다.

"뭐야!"

"숨어서 촬영을 하고 있길래, 잡아왔습니다."

"흑…… 싫어!"

경호원들이 비명 지르는 입을 틀어막았다. 도촬범은 그들에게 끌려가 꿇어앉혀졌다.

이중모가 보좌관의 뺨을 후려갈겼다. 분노의 화살이 도촬범에게 돌아왔다. 보좌관이 주워 온 휴대 전화에 찍힌 동영상을 이중모가 비릿하게 보았다. 도촬범의 머리채를 포악하게 잡아 올렸다.

"부수지 마…… 내 휴대폰 부수지 마!"

이중모가 뒤를 향해 물었다.

"내 쪽은 아닌 거 같고, 진 이사 자네한테 붙은 꼬리 아냐?"

주양이 눈길을 내려 도촬범에게 닿았다. 주저 없이 망막을 가르고 들어오는 시선은 폭력처럼 그녀의 심장에 가해졌다.

"아는 년인가? 무슨 사이야?"

이중모의 물음에 주양은 대답하지 않았다. 영원이 대신 밝혀 주었기 때문에.

"……사이."

"이년이 뭐라는 거야?"

이중모가 양미간을 찌푸렸다. 하지만 주양은 똑똑히 들은 듯, 그녀에게서 눈을 떼지 않았다. 영원은 한 자 한 자 힘주어 뱉었다.

"형부와, 처제가…… 될 사이."

뒤엉킨 욕망과 원한이 서로를 뚫어지게 겨누었다. 그 말을 뱉음과 동시에 그녀의 안에서 무언가가 무너져 내렸다. 사랑. 믿음. 존중. 우리가 그런 것을 주고 받던 관계는 아니었지. 욕심내지 않겠다고 했는데, 하나를 가져 보니 그 은밀한 기쁨을 포기할 수 없어졌다. 그저 처음엔 단추 하나만 있으면 되었다. 하지만 그를 만져 보니 그에게 마음을 고백하고 싶어지게 되었다. 그의 시선이 아프게 닿아 올수록, 심장에 아로새겨진 상처가 덧날 것 같았다.

마지막까지 멍청한 꼴을 보이고 마는 자신이 미치도록 싫다.

이중모가 떠나고 영원은 주양과 단둘이 남겨졌다. 그녀는 흙바닥에 주저앉아 있었다. 침묵으로 시위하는 정수리를 주양이 미지근하게 내려다봤다. 눈을 떼지 않고 있는 모습은 대답을 요구하고 있었다.

"증명해 봐."

"……."

"내가 널 붙잡아야 할 이유."

"……."

"널 내 옆에 두면 내게 돌아올 이익."

"……."

"자신의 가치를 숫자로 환산해 봐."

영원은 할 말을 잃었다. 진주양은 계산적인 남자였다. 그는 감정에 지배를
받지 않았다. 오롯이 이익이 되는 일에만 움직였다. 그러니까 그가 해수를 사귀
듯, 영원을 붙잡으려면 이유가 있어야 했다. 영원은 비웃음이 샜다.

"이유?"

분명 얼마 전까지만 해도 주양이 보였던 감정이 그 이유였다. 사람이라면,
여자라면, 그가 자신에게 호감이 있다는 것쯤은 느낄 수 있었다. 그런데 신해수
와 사귄다니. 넌 날 농락한 거야. 난 너한테 농락당한 거야!

자신이 그에게 이럴 권리가 없다는 걸 알면서도 화가 주체가 안 됐다. 화를
낼 입장이 아니기 때문에 더 화가 났다.

"없지?"

"……."

"없어. 너는 아무것도."

주양이 나직이 읊조린 현실에 영원은 닭똥 같은 눈물만 떨궜다. 그런 영원을
보는 시린 얼굴은 언제나처럼 무표정했다. 감정을 찾아볼 수 없었다. 억울해서
영원은 눈을 부릅떴다.

"그럼 해수는 가치가 있다는 거야? 해수는 네가 붙잡게 만들어?"

"적어도 너보단."

조금도 망설이지 않고 나온 대답에 할 말을 잃었다. 영원이 새빨간 입술을
연약하게 경련했다. 제가 그 정도 가치밖에 안 되는 거다. 더 이상 여기 있을
이유가 없어. 영원은 일어나 터벅터벅 돌아섰다. 멀어지는 영원을 보다가 주양
은 알 수 없이 기분이 더러워졌다. 따라잡아 그녀를 돌려 세웠다. 영원이 소리
죽여 울고 있었다. 그녀가 팔목을 비틀어 잡아 빼려고 한다.

그는 거칠게 끌어당겼다.

"피곤하게 굴지 마."

"노, 놔아!"

"사람은 피곤해지면 눈앞에 뵈는 게 없어지지."

그리고 짐승이 된다. 주양은 언제나 영원을 죽이겠다고 협박했다. 그가 그녀에게 본심을 드러내는 순간은 그때뿐이었다. 그녀를 죽이겠다는…….

"미, 미워……! 미워!"

내가 더 먼저 좋아했는데. 해수는 이 남자한테 관심도 없었다.

항상 사람들은 모두 해수를 선택했다.

해수. 해수. 해수! 나한테 잘해 줬으면서. 나랑 잤으면서! 어째서 해수는 되고 나는 안 되는 거야?

해수는 되고 자신에게는 주어지지 않는 사실들. 그런 것들이 영원의 열등감에 불을 지폈다. 늘 그랬다. 자신의 모든 것을 빼앗아 갔다. 그 모녀가 들어오고 엄마가 돌아가셨다. 아버지의 사랑도 해수가 빼앗아 갔다. 유일한 집이었던 백운동도 이제는 최혜란의 이름으로 운영되고 있다. 다 빼앗아 갔다. 그리고 유일하게 잡고 있던 이 남자마저.

"넌 우리가 처음 만난 날이 언제인지도 모르지? 기억하지도 못할 거야. 알 턱이 없지."

그때도 딴 여자랑 키스하고 있었던 주제에. 그러고 보면 좋은 기억이라곤 하나도 없는 남자에게 이토록 마음 쓰는 것이 웃기다.

주양이 곧장 영원에게 무언가를 들어 보였다.

"이것."

"……."

"4년 만에 다시 돌려주겠다는 건 무슨 뜻이지?"

결코 봐주지 않겠다는 듯 주양이 빠르게 추궁했다. 금단추였다. 목에 가시가 걸렸다. 더 큰 멘붕이 찾아왔다. 그가 4년 전을 기억하고 있었다.

"도, 돌려준 적 없어."

"신해수 말로는 직원이 이걸 주웠다고 하던데. 거짓말이야. 실은 네가 버린 거야. 그렇지?"

그는 영원이 해수에게 이걸 돌려주라고 시킨 줄 오해하고 있었다. 해수와 사귄다는 소문을 듣고 그에 대한 마음을 끊어 내려고.

"멋대로 오해하지 마! 나, 나는 돌려주라고 한 적이 없어!"

"그럼 신해수는 이걸 어떻게 갖고 있지?"

무언가 말을 하려고 혀를 쥐어짰지만 정신만 산만해졌다. 주양은 더욱 사납게 단추를 들이밀었다.

"말해."

"그 계집애가 멋대로 내 보물함에서 꺼내 간 거야. 네가 몰라서 그래! 그 계집애가 얼마나 이중적인 년인데!"

그가 어떻게 기억하지? 그 겨울밤을 어떻게 알고 있지? 언제 기억이 난 걸까? 최근에 알게 된 걸까, 아니면 처음부터 그녀를 알면서 모른 척했던 걸까?

"자기가 원하는 거라면 남의 것을 함부로 훔칠 수 있는 게 신해수야!"

하지만 주양은 다른 부분을 더 귀담아들었다.

"보물함? 이게 너의 보물인가?"

영원은 마음을 들킨 게 되어서 당황했다. 좋은 놀림거리라도 생긴 듯 그가 흥미롭게 눈을 빛냈다. 어딘가 만족감이 짙게 배어나는 표정이었다. 항변하려 했지만 강제로 차단되었다. 그가 자기 소매에 달린 단추를 전부 뜯었다. 손바닥 위에 사탕처럼 단추를 한가득 올려 주며 어처구니없게도 영원을 얼렀다.

"많아. 그러니까 투정 부리지 마."

넋 놓고 있는 영원의 팔목을 그가 잡아끌었다.

차를 타고 시내로 나왔다. 휴대폰은 처참하게 두 동강이 났다. 구형 폴더 폰이지만 아껴 쓰느라고 애지중지했던 거다. 동영상이 찍혔기 때문에 주양은 휴대폰을 돌려주지 않았다. 대신 새 휴대폰을 사 주겠다고 했다. 어쩐지 싸운 게 어영부영 넘어간 느낌이었지만 이제 와 도발해 봤자다. 그녀만 뒤끝 있는 사람이 되는 거다.

휴대폰 가게를 찾아 걷는 동안에도 여자들이 쉴 틈 없이 그를 쳐다보았다. 단둘이 있을 때는 모르지만 남들과 있으니 더욱 괴리감이 커졌다. 어울리지 않는다는 괴리감. 영원은 그에게서 멀리 떨어져 걸었다. 구두 가게에서 발걸음을 멈췄다. 도발적인 빨간 하이힐은 매향을 닮아 있었다. 백색 순결한 플랫 슈즈는 해수를 닮았고. 진열장 위에 전시된 모든 구두가 다 아름다웠다. 저런 구두는 예쁜 여자에게나 어울리겠지. 그녀에게는 가당치 않은 것들이었다. 쇼윈도는 어두컴컴하고 귀신 같은 그녀를 더욱 또렷하게 비추었다.

휴대폰을 구입하고 백운당으로 돌아왔다. 한 번도 선물을 받아 본 적이 없어서 마음이 이상했다. 스마트폰을 만지작거리는 동안 마을 입구까지 금세였다. 영원이 그를 잡아당겼다.

"여기서 내려 줘."

"입구까지는 한참이야."

"입구는 보는 눈이 너무 많아. 기생들 눈에 띌 수도 있어."

곤란하다고 영원이 툴툴거렸다. 주양이 창밖을 보았다. 동네는 가로등 불빛 한 점 없이 칠흑 같았다. 뒤따라 내리는 그가 당혹스러웠지만 굳이 데려다주겠다는데 싫지 않았다.

물 좋고 공기 좋은 산동네에는 반딧불이가 유난히 극성이었다. 그와 나란히 숲속을 거닐었다. 황금빛 작은 점들이 날개를 파닥이며 눈앞을 어지럽혔다. 영원은 주양을 흘깃했다. 남자는 지나치게 생동감 없이 정적이었다. 아무 표정도 덧씌우지 않고 있을 땐 박제 인간처럼 섬뜩하게 느껴질 정도였다. 그런 남자에게 에스코트받는 것은 웃어야 하는지 울어야 하는지 모를 상황이다. 역시 이런 다정한 분위기가 어색했다. 영원은 커다란 전나무 앞에서 그를 돌아봤다. 이제 그만 돌아가도 된다고 말하려는 참이었다. 거의 다 왔다고.

그의 머리에 불빛이 앉아 있었다.

"반딧불이……."

영원이 눈으로 확인하고도 어정쩡하게 말끝을 흐렸다. 석고상 같은 남자는 무심한 얼굴을 했다. 영원은 웃음이 났다. 그가 의아하게 눈을 치떴다.

"여기. 여기 말이야. 벌레를 붙이고 다니잖아."

그가 떼어 달라는 듯 고개를 숙였다. 그 모습이 뻣뻣한 통나무 같았다. 순간 그가 귀여워 웃음이 샜다. 영원은 까치발을 들었다. 두 손을 모아서 반딧불이를 감쌌다.

"이런 거 본 적 있어?"

그에게 보여 주고자 손을 가까이 내리는데 그가 고개를 들었다. 바로 그녀의 눈 높이에서.

어쩌다 얼굴이 가까워졌다. 한여름 밤의 공기가 후덥지근했다. 숨 막힐 듯이 어색한 기류가 그들을 조였다. 전후 과정을 생략하고 단숨에 도약해 온 건 그였다. 그가 얼굴을 내렸다. 더운 여름 공기를 훅, 들이마셨다. 영원은 질끈 눈을 감았다. 반딧불이를 손에서 놓쳤다. 뜨거운 살점이 입술 위로 떨어져 겹쳤다.

1그램의 무게만큼도 나가지 않는 입맞춤이었다. 그저 붙었다 떨어지는 입맞춤일 뿐이었다.

손가락이 가볍게 추파를 던졌다. 우아한 집게손가락이 그녀의 목선을 오르내리며 바쁘게 움직였다. 영원은 어떤 저항도 하지 않았다. 포개었던 입술을 그가 턱에 뭉갰다. 영원은 고개가 뒤로 젖혀졌다. 열기 오른 입술이 다시 미끄러져 올라왔다. 하나로 밀착된 채 쉴 새 없이 숨을 교환했다.

흐릿해진 이성 너머로 그녀를 담고 있는 적막한 눈동자와 시선이 마주쳤다. 까만 밤을 품고 있었다. 위험했다. 흥분했는지 격렬함이 휘도는 눈빛이 적대자를 대하듯 강렬했다. 사랑이건 폭력이건 그에게 욕망은 하나로 다뤄졌다. 사랑 역시 살인처럼 무섭도록 몰입한다. 그리고 정복한다.

그가 그녀의 입술을 단숨에 삼켰다. 거칠게 벌려져 헤집어졌다. 영원이 도망쳤다. 깊어지려는 순간 고개를 피했다. 그는 놔주지 않았다.

영원은 애원하듯 그를 봤다. '우린 이러면 안 돼.' 그는 해수랑 사귀는 사이였다. 원망 어린 눈초리에 그가 답했다.

"지금 내가 보고 있는 건 너야."

"······."

"이 순간 내가 키스하고 싶은 것도 너야."

"……."

"난 너랑 해야겠어."

일방적으로 통보되어 오는 말이 엉망진창으로 영원을 뒤흔들어 놨다. 순간 풀벌레가 속눈썹을 스쳤다. 영원은 반사적으로 눈을 감았다. 그와 동시에 밀어 붙이듯 그가 입술을 짓눌렀다.

찌르찌르—

풀벌레 울음소리가 가슴에 커다란 파문을 일으켰다. 깍지를 낀 서로의 손바닥에 차츰차츰 열기가 차올랐다. 영원은 눈을 더욱 질끈 감았다. 그의 어깻죽지를 뜨겁게 움켜쥔 손이 간헐적으로 떨리고 있었다.

이 남자의 코드는 해석 불가다. 그러나 난해한 남자는 때때로 그녀보다 더 단순명료하게 해답을 내리기도 했다.

'지금 하고 싶으니까 너랑 할 거야.'

전형적인 나쁜 남자의 멘트였다.

신해수에게 곁을 내어 주면서 자신에게 키스를 하는 남자다.

해수에게 다정하게 꽃 같다고 속삭이면서 그녀에게는 제 단추를 몽땅 뜯어 주는 남자다.

그리고 그녀가 그 단추를 보관하기를 바라는 그의 다정함은 종잡을 수 없는 그 자신을 닮아 있다.

어떤 약속을 한 것도 아니고, 그가 그녀에게 사랑한다는 확신을 준 것도 아니었지만, 만약 '사랑한다'는 말을 느낌으로 표현할 수 있다면 이런 기분일 거라고 생각했다.

한없이 어설프고 주책맞게 떨려 눈물까지 빨아 먹은 짭짤한 입맞춤.

어째서 해수와 교제하기로 결정했는지 알 수 없다. 피치 못할 이유가 있을 거라고 여기기로 했다. 그건 그의 진심이 아니고, 지금 나와의 키스만이 그의 진심이라고.

만약, 내가 그에게 어울리는 사람이 되면…… 쇼윈도에 보았던, 그런 아름다운 구두를 신을 법한 아름다운 여자가 된다면, 그가 내 고백을 받아 줄까?

립스틱을 덧바르며 꾹꾹 눌러 왔던 여성성에 대한 욕망이 처음으로 발현되었다.

여자가 되고 싶었다.

누가 봐도 그에게 걸맞은 여자가.

【실종 21일째】

"선배! 아이씨. 선배!"

거친 발소리가 수사본부로 소리를 높였다. 문이 양쪽으로 열렸다.

쾅!

내동댕이쳐진 문짝이 굉음을 냈다. 칼같은 살기를 뿜고 쳐들어온 이에 모든 시선이 쏠렸다. 장 경감이 과장실로 성큼성큼 걸어갔다. 후배가 달려와 장 경감을 막았다.

"제발! 지금 들어가면 불똥 다 튄다고요!"

"놔, 새끼야! 수사지휘관 면상이나 보게!"

"체계라는 게 있지. 다짜고짜 이게 무슨 난리입니까."

장 경감은 헛웃음만 났다.

"그렇게 체계 따지는 것들이, 불법 감청을 하고 일반인을 미행해?"

경찰도 수상한 낌새를 눈치챈 이상 신부 실종 관련 수사를 재수사하기 시작했다. 어디까지 알아 났는지는 몰라도 그들 역시 장 경감과 다르지 않을 것이었다. 신영원을 가리키는 모든 정황들.

뜻대로 되지 않는 상황에 후배가 거칠게 장 경감을 잡고 목소리를 깔았다.

"솔직히 선배도 잘한 건 없잖아요. 현 과장하고 나, 동생들 따돌리고 혼자 독단 행동하고. 신부 실종이 단순 가출이 아닌 거 왜 숨긴 겁니까. 처제와의 내연 관계……? 신랑한테 그거 숨겨 주는 대가로 성공 보수 받기로 했어요?"

빡 돌아 버린 사람에게 기름을 들이붓는 격이었다.

"너 이 새끼. 날 그 정도로밖에 안 봤어?"

잇새로 새는 배신감을 짓씹었다. 후배가 격한 숨을 몰아쉬며 힘없이 길을 내 주었다. 후배도 궁지에 몰린 나머지 상처가 되는 말을 내뱉은 것이리라. 벽에 기댄 놈의 어깨를 그러쥐었다.

"혼자 따돌리는 사람은 없어."

애초에 판에 안 끼워 준 건 그들이었다.

장 경감은 문고리를 잡아 돌렸다. 현기영이 소파에 앉아 있었다. 진주양을 마주 보면서.

장 경감이 들어오자 진주양은 테이블에서 증거품을 챙겼다. 고작 1~2초 사이였다. 장 경감은 재빠르게 봉투 안을 스치듯 확인했다. 증거품 1호 라벨이 붙은 투명 지퍼 백이었다. 신부가 떨구고 간 구두 한 짝이 요사스럽게 반짝거렸다.

"마침 잘 왔어."

현기영이 예고 없이 쳐들어온 불청객을 반갑게 맞이했다. 장 경감은 현기영을 노려보며 당당히 그들 사이로 걸어 들어갔다. 보란 듯이 상석에 엉덩이를 뭉갰다. 현기영이 픽, 비웃었다. 진주양을 위해 피해 줬던 자리였다. 현기영은 곧, 뭐 아무럼 어떠냐는 낯짝으로 상황을 정리했다.

"너에 대한 이야기를 하고 있었어."

"쪽팔리지도 않냐. 이 나이 먹도록 고자질이나 하는 거."

"너의 독단적인 행동을 신랑도 알아야 된다고 생각했어."

"고자질은 네 엄마한테나 해."

억지스러운 말대답으로 장 경감은 대화를 묵살시켰다. 이런 건 리허설에 불과하다. 현기영이 준비해 놓은 것은 이제부터가 본론일 테니. 그렇기에 지금 셋이서 기묘한 삼각 구도를 형성하고 앉아 있는 것이다. 잡으려는 자와 감추려는 자, 그리고 놓친 자. 현기영이 노트북을 돌려서 둘에게 보여 주었다. 국회 앞 도로 CCTV 영상이었다. 개미 떼처럼 시위자들이 바글바글했다. 내막을 몰랐다면 이상할 것이 없는 영상이었다. 그저 평범한 거리를 찍은.

"우리 경찰도 신영원 씨가 병원에서 탈출한 것은 알고 있어. 현재 행방불명 상태라는 것도."

현기영이 영상의 한 부분을 커서로 네모나게 확대했다. 신영원이 서 있었다. 얼마 뒤, 인파에 휩쓸려 여자는 화면에서 자취를 감추었다.

"대체, 이게 뭔 시추에이션인지 설명해 줄래?"

차마 진주양에게는 직접 묻지 못하고 장 경감을 추궁했다.

그들은 아직 신영원이 제삼자에게 납치된 것까지는 입수하지 못한 모양이었다. 그날 그들의 타깃은 자신과 진주양이었을 테니까. 신영원이 그 장소에 왔다는 것도, 자신이 미행하던 형사에게 신영원의 생존 여부를 확인했기 때문에 영상을 판독해 찾아냈을 것이다. 장 경감 역시 진주양이 시선을 주지 않았다면 알지 못했을 것이다. 길 건너에 신영원이 있을 거라곤.

현기영이 눈가를 쓸며 물었다.

"왜 신부가 아닌 신부의 여동생을 신경 쓰는 거지?"

장 경감은 주양에게 시선을 건네었다. 진주양의 뻔뻔스러운 연기력에 감탄했다. 무구한 눈빛을 보내고 있다. 자신은 아무것도 모른다는. 그저 버림받은 신랑일 뿐이라는 결백한 자세였다. 심지어 혈색 없는 낯빛은 고통스러워 보였다. 깊게 침잠된 침묵이 그의 소리 없는 고통스러운 울부짖음을 대변하는 듯했다.

'더 이상 네 연기에 기만당하지 않아.'

힘이 들어간 장 경감의 턱이 단단하게 물렸다.

분노 어린 표정을 진주양은 놀랍도록 정확히 읽어 냈다. 그가 입술에 스미듯 이중적인 미소를 드리웠다. 역시 비열한 가면이었다. 그는 저토록 뻔뻔하다.

진주양이 눈을 감았다. 다시금 그 눈꺼풀이 떠졌을 때, 닭살이 오싹하게 돋아냈다. 눈동자에 새겨져 있던 비통함은 전혀 새롭게 바뀌어 있었다. 강마른 무저갱이었다. 치가 떨리는 만큼 지독한 어둠만이 증식했다.

'어디 해볼 테면 해봐.'

그렇게 경고해 오는 퍼런 서슬이 무서웠다.

'그 겁먹은 주둥이로 헛소리를 뻥끗할 수 있을진 모르겠지만.'

장 경감을 조롱하고 도발했다.

신영원이 병원에 갇혀 있었을 때도, 탈출한 뒤에 다시 모습을 드러냈을 때도 딱 하나의 생각엔 변함이 없었다. 진주양이 신영원을 사랑하고 있다는 것. 어떤 사랑의 방식이건, 저 남자는 신영원을 사랑했다. 그가 신영원과 한 것은 분명 사랑이었다. 그런데 너무나도 멀쩡해 보이는 남자를 보며 다른 생각이 들었다.

그는 저토록 뻔뻔하다. 만약 그녀를 사랑했다면, 납치된 그녀 생각에 정상적이지 못했을 것이다. 그러니 저 남자는 신영원을 사랑한 게 아니야.

이용한 거야.

참을 수가 없었다. 장 경감은 주양을 향해 해서는 안 될 말을 꺼내었다.

"나 역시 궁금한 참이야. 대체 저 남자가 신영원과 뭘 했는지."

쏘아붙이자 주양이 재미있다는 얼굴을 해 보였다.

수사본부를 나오자 새까만 밤이었다. 진주양이 앞서 갔다. 장 경감은 담배에 불을 붙이며 곧은 등을 바라보았다. 눈가가 가늘어졌다.

"당신 같은 남자한테 '순정'이 있을까?"

혼잣말에 가까운 질문이었다. 진주양이 걸음을 멈추고 그를 돌아보았다. 괜히 시비를 걸었다.

"당신한테는 사람 목숨 같은 건, 길가의 돌멩이만도 못할 거야? 그지?"

농도 짙은 야유에도 진주양은 예의 그 무표정한 마스크를 고수했다. 장 경감은 새삼 자신의 의뢰인을 눈여겨보았다. 그래. 그는 의뢰인이다. 자신의 고객이고, 밥줄이며, 왕이다. 살인자의 변호를 맡은 변호사는 살인자에게 불리한 말을 절대 하지 않는다. 이건 많이 잘못되었다. 자신이 뱉은 말은 그 의뢰인을 모함하기 위해서였다. 신영원의 존재감을 뚜렷하게 자각한 현기영에게 그럴싸한 미끼를 던져 주었다. 비밀 유지를 위해서 어떻게든 둘러대도 모자랄 판에 의뢰인을 추궁한다니. 실격이다.

'나 역시 궁금하던 참이야. 대체 저 남자가 신영원과 뭘 했는지.'

진주양은 미미한 반항에 크게 동요하지 않았다. 오히려 호기로운 용기로 넘겨 주겠다는 태도를 보였다. 저 남자에게는 수세에 몰리는 것을 두려워하는 공포란 게 없는 걸까. 어떤 의미에선 대단한 남자다. 뭐가 저렇게 당당하지? 그리고 재수 없었다. 진주양은 손끝으로 소파 원목을 간단히 두드리다 고백했다.

'예. 그녀와 나는 내연 관계였습니다.'

폭탄처럼 터트려진 진실 게임. 장 경감도 현기영도 굳었다. 진주양은 너무도 쉽게 인정했다.

'나는 처제와 몸을 섞었습니다.'

'아, 저⋯⋯.'

비난하듯 추궁했으면서 현기영은 말리려 했다. 떨떠름한 것은 장 경감도 마찬가지였다. 진주양은 집요했다.

'꽤 여러 번. 셀 수 없을 만큼.'

'⋯⋯.'

'몸이 꽤 잘 맞더군요.'

현기영은 어쩔 줄 몰라 했다. 헛기침이 방을 가득 메웠다. 진주양이 날카롭게 현기영을 봤다.

'이 얘기를 듣고 싶었던 거죠?'

'뭐, 그야.'

'결론은, 신부 실종을 수사하는 데 이것이 중요한 이야기인지 의문스럽습니다.'

주양의 입에서 스스로 사적인 은밀함까지 시인하게 했다. 현기영은 그를 납득시킬 만한 이유를 대야 했다.

그가 느낀 수치심을 치유해 줄 만한 무엇.

현기영이 답지 않게 말을 더듬었다.

'신부가 사라진 이유에 아주 중요한 단서가 될 수 있습니다.'

'난 신부와 결혼했습니다.'

말을 자르고 들어온 어조가 몹시 위압적이었다.

'그게 중요한 거죠. 내가, 신해수와 결혼했다는 것.'

신영원과 과거에 어떤 사이였건 결국 그는 신해수와 결혼했다. 현기영은 말을 잇지 못했다. 어쨌거나 신부가 가출한 것은 맞고, 신부가 내연 관계로 인해 상심했건 그래서 신랑을 떠났건 경찰은 그저 찾으면 되었다. 내연 관계는 민사소송을 하건 매스컴으로 심판을 받건 경찰의 몫은 아니었다.

'이해가 되었습니까?'

주양이 재차 확인했다. 그들이 찾아야 할 사람은 신영원이 아닌 신해수였다. 그리고 그것마저 못 해내고 있는 게 그들이다. 현기영은 완벽히 이해했다. 면목 없어 해야 하는 건 주양이 아니라 바로 그다. 고개를 숙였다. 권력에 굴복했다.

하지만 자신은 굴복하지 않을 것이다. 이제는 더 이상.

"하긴 순정이란 게 있을 턱이 없지. 당신처럼 자기밖에 모르는 인간한테…… 컥!"

빛의 속도로 뻗어 온 팔이 장 경감의 멱살을 틀어쥐었다. 강제로 묵살당했다. 재미있게 전개되는 상황에 주양이 얼굴 거죽을 웃어 보였다.

"내가 의뢰한 여자는 신영원이 아니었을 텐데."

"이제야 본색을 드러내시는군. 큭. 그날 신영원과 왜 만났지? 불리해질 것 같으니까 여자를 헌신짝 버리듯,"

"어째서 내가 불리하지."

"신영원이 병원을 탈출한 것, 우연이 아냐. 그리고……"

신영원을 그날 유인해서 다시 납치한 것, 내 말이 틀려? 차마 완성되지 못한 말이 모래알처럼 입 안을 굴러다녔다.

주양이 손아귀에 힘을 실었다. 흐억. 허억. 비좁아진 옷깃에 숨구멍이 죄었다.

"어떨 거 같아. 아직 살아 있을 거 같아?"

진주양은 무슨 소리인지 알아들을 수 없는 말을 했다.

"봤지. 그녀가 납치당하는 것을."

장 경감은 단박에 굳었다. 자기가 그녀를 해치웠을 거 같냐는 수수께끼 문제를 내고 있는 거였다, 지금. 마치 재미있는 장난처럼. 진지하지 못한 태도로. 불리해지지 않기 위해서 무슨 짓이든 할 수 있는 남자다. 주먹이 날아갔다.

"이 살인자 새끼……!"

잽을 뻗었다. 하지만 예상치 못하게 진주양이 엄청난 싸움 실력자였다. 주양의 발길질에 얻어맞아 고꾸라졌다. 덤볐지만 무르팍에 턱이 찍혔다. 충돌한 치아가 어긋났고 코피가 터졌다. 두피가 뜯겨 나갈 듯 뒷머리를 움켜잡힌 채 도로로 끌려갔다. 하수구에 머리가 처넣어졌다. 쓰레기와 오물들. 썩어 가는 악취에 구역질이 났다.

"씨…… 씨발!"

"뭐가 보이지? 진실? 거짓? 때론 눈에 보인다고 그게 다 진실이 아닐 때가 있지."

느껴지는 건 거짓 냄새 나는 악취들뿐이었다. 이 남자처럼.

"넌 살인마야!"

"쓸데없는 감정에 휘둘리지 마. 네 직분에 충실해."

"너 같은 살인자 새끼한테 그런 소리 들을 이유 없어."

"돈을 받았으면 프로답게 굴어. 아들 같은 일을 재현시키진 말아야지?"

상처를 후벼 파서 그 위에 소금을 뿌렸다. 자식도 지키지 못하고, 아내도 챙기지 못해 이혼당한 실패자. 낙오자. 변변찮은 직업, 그렇다고 의뢰인의 의뢰를 성공적으로 해결한 것도 아니다. 아직 신부의 그림자조차 밟지 못했다. 수표 몇 장이 도로에 흩뿌려졌다.

"치료비에 쓰도록 해요."

진주양은 그럼에도 불구하고 괘씸함이 풀리지 않았는지 복부에 구두를 한 방 더 꽂아 주고는 화를 삭였다. 손수건을 꺼내 장 경감을 만졌던 손을 닦았다. 더러운 것에 닿았다는 표정을 한껏 구기고서.

장 경감은 맥없이 늘어졌다. 머리통에 뭔가 둔탁하게 떨어졌다.

진주양이 옷을 갈무리하고 떠났다.

장 경감은 관절이 녹슨 몸을 이끌고 스타렉스에 올라탔다. 백미러에 터진 입술을 비추었다. 쓸데없이 주먹은 왜 그렇게 세?

"펜대만 굴리는 새끼가······."

두 번 덤비다간 골로 가겠네.

"염병."

후시딘을 찾기 위해 글러브박스를 뒤지는데 잊고 있던 실내화가 나왔다. 신영원이 탈출하면서 병실에 떨구고 간 실내화 한 짝이었다. 그때는 경황이 없어 생각하지 못했지만, 그러고 보면 신영원은 어째서 진주양에게 다시 돌아왔던 걸까. 병원에서 힘들게 탈출해 결국 돌아온 게 진주양의 품이었다. 왜 진주양의 앞에 나타났지? 그렇게나 그 남자에게서 도망치고 싶어 했으면서.

그의 머리통을 쳤던 둔탁한 물건은 신부의 구두였다. 진주양은 오늘 현기영에게 이걸 받으러 왔었다.

밀봉된 신부의 구두를 응시했다. 신영원의 실내화 또한. 쓸모없이 짝 잃은 신발만 잔뜩 수중에 들어왔다.

실내화를 의미 없이 있던 자리에 쑤셔 넣는데 손에서 놓쳐 조수석 바닥에 떨어트렸다.

"이게 뭐지?"

깔창이 바깥으로 삐져나왔다. 그 아래 딱지 모양의 쪽지를 감춰 두고 있었다. 종이는 이음매가 매끄럽지 못했다. 수첩에서 찢어 내기라도 한 것처럼. 실내화 밑창에 왜 이런 게 있나. 혹시 신영원이 그에게 남기기라도 한 메모일까 싶어 서둘러 펼쳤다.

'나 그 사람하고 결혼할 거야.'

쪽지는 이런 대사로 시작했다.

『 '나 그 사람하고 결혼할 거야.'

여자의 상냥함엔 배려가 없었다. 일방적이고 통보되어 오기까지 하는 상냥함엔 언제나 무슨 일이 있어도 자기 신념을 따르겠다는 아집이 묻어 있었다. 남의 기분 따위와 상관없이, 상냥함이란 얼굴을 두르고 상대의 살점을 도려냈다.

그 사람을 좋아한 것은 '내가' 먼저였다.

……

네가 내 언니가 되었을 때부터.

내가 짝사랑하던 남자를 네가 집에 데리고 왔을 때부터, 어쩌면 우리는 피할 수 없는 비극을 맞이한 건지도 모르겠다.』

"필연적으로 너는 내 모든 것을 빼앗아 갔고, 나는 너의 모든 것을 빼앗고 싶었다."

쪽지의 마지막 문장을 읽으며 그는 글귀의 정체를 헤아려 보았다.

일기 같기도 하고, 저주 같기도 했다.

쪽지는 신영원의 실내화에서 발견되었다. 이 메모를 토대로 추측해 보면, '여자'는 언니 신해수이고, '나'는 신영원이다. 그러니까 '나' 신영원의 것을 먼저 여자 '신해수'가 필연적으로 빼앗아 갔고, '나'는 '신해수'의 것을 다시 빼앗고 싶다는 간절한 고백이었다. 그러나 종이 상태로 보아 몇 개월은 더 된 과거에 쓰인 것이므로, 그 뒤에 신영원이 신해수의 것을 빼앗았는지 그저 소망에서 그쳤는지는 알 수 없다.

만약 빼앗았다면 신영원은 신해수에게서 무엇을 빼앗아 갔을까?

장 경감은 버려진 실내화를 쥐었다. 문득, 시선 끄트머리에 신부의 웨딩 구두가 닿았다.

'뭐가 보이지?'

진주양이 물었다. 장 경감의 눈에는 짝을 잃은 구두가 보였다.

'때론 눈에 보인다고 그게 다 진실이 아닐 때가 있지.'

진실을 보지 말라면서 무수히 진실을 주장하던 남자.

'경찰이, 신부를 찾지 못하게 해 줘요.'

신부의 실종, 처제와 형부의 금지된 사랑.

'그럼 찾아내요. 여기서 찌질대지 말고.'

신부를 찾지 말라는 순간에도, 신부를 찾아내라는 순간에도, 그 남자의 행동은 매번 한 방향을 가리켰다.

'진실? 거짓?'

진실. 그리고 신부.

장 경감은 숨을 몰아쉬었다.

설마……

신영원이 빼앗은 것은…… 설마…….

【1년 전, 주양】

커피숍에 음악이 흘렀다. 음악을 듣는 듯 생각에 잠겨 있는데 신해수가 당돌하게 제안을 해 왔다.

"번거롭게 가짜 하지 말고 진짜 연애해요. 우리."

서로의 요구 조건이 맞아떨어진 거래였다. 그는 백운당을 살려 주었고, 신해수는 주양이 원하는 것을 들어주었다. 그가 원한 건 계약 연애였다. 진두영 면전에서 그들이 연인인 척하는 것. 조카와 사귄 여자를 씨받이로 쓸 수는 없을 테니까.

오전에 신해수를 데려가 진두영에게 소개시켰다. 정식으로 교제하게 되었다고 하자 진두영은 사색이 되었다. 쉽게 믿지 못하는 눈치였지만 받아들이지 않아도 도리가 없다.

진두영과의 짧은 만남 이후에는 대검찰청 총장과 골프 약속을 잡았다. 골프 회동에 데려가 그녀를 소개하면서 백운당 압수 수색 관련 언질을 넣어 주었다. 담당 검사인 강규웅에게 총장의 지시 사항이 하달될 터였다. 신해수는 한신의 영향력을 실감하고 그에게 더욱 매력을 느끼는 눈치였다.

영악한 신해수가 내린 결단은 그와의 '진짜 연애'였다. 뭔지는 모르지만 생각보다 자신이 주양에게 도움이 되는 존재라는 걸 깨달은 모양이다. 진두영이 사색이 되어 떠날 만큼.

주양이 커피 잔을 조용히 들었다.

"이상하죠. 예전엔 이렇지 않았는데 어쩐지 별로군요."

"커피 맛이요?"

"아니."

주양이 숨 막힐 만큼 직선으로 해수에게 눈빛을 부딪쳤다. 해수가 긴장해서 침을 삼켰다. 주양은 그저 커피 잔을 부드럽게 들어 보일 뿐 대답을 보류시켰다. '진짜 연애' 제안에 대답하지 않은 것과 마찬가지로.

해수는 안달 내지 않기로 했다. 급할 거 없었다. 아직 여유가 있었다. 자신이 그에게 가치 있음을 알기 때문이다.

주양이 팔목에 두른 해수의 갈색 염주를 눈짓으로 가리켰다.

"예쁜 팔찌군요."

"열여덟 생일에 어머니가 선물해 주셨어요. 염주가 번뇌를 씻게 해 준대요. 전 미신 같은 거 안 믿지만."

그녀가 팔목에 두른 갈색 염주를 만지작댔다. 귀한 걸 들고도 그녀는 전혀 모르는 눈치였다. 그저 흔해 빠진 염주 취급을 하고 있었다.

사실 신해수가 지닌 염주는 굉장히 비싼 값을 들여 구입한 부적이었다. 범오사 주지승의 기원이 담긴. 염주의 은장식에 새겨진 연꽃 무늬는 범오사 사찰 문양과 같았다. 원래 부적이란 게 상대가 모르게 해야 효험이 있다고들 하지만. 저리 아무것도 몰라서야.

"부처님께 보름을 치성드려 만들었다죠."

"누가요?"

"범오사 성철스님이."

아……. 신해수가 한탄했다.

"범오사 성철스님을 뵌 적이 없습니까?"

딱히 의도가 있던 건 아니었다. 무심결에 던져진 물음이었다. 하지만 신해수가 보인 당혹스러운 반응은 의아한 구석이 있었다.

신해수는 눈치가 빨랐다. 주양의 앞에선 대답 하나하나에 기로가 갈라진다는 걸 진즉 깨닫고 있었다. 대답을 요구하는 그의 시선에서 불리한 무엇을 읽어 냈다. 그녀는 혼란스러웠다. 봤다고 해야 맞는 건가. 아님 한 번도 본 적이 없다고 해야 하는 건가.

복잡하게 뒤엉키는 의중이 그대로 전해졌다.

주양은 그런 해수를 빤히 보았다.

내내 모든 게 싱거웠다. 진두영이 내보인 우둔한 반응도, 충격 먹은 모습도, 별로 재미가 없었다. 승기를 거머쥐었지만 기쁘지 않았다.

하지만 지금 문득, 재미있어졌다.

"신해수가 아닙니다."

신호 대기 중인 차 안에서 주양이 말했다. 양 비서와 백미러로 눈이 마주쳤다.

"진두영이 찾는 그 여자, 신해수가 아니에요."

범오사에 갔다면 모를 리가 없다. 입구 비석에 가장 크게 박힌 것이 그 직인이었다. 염주가 범오사와 관련 있다는 걸 전혀 모른다는 것은 이상하다. 신해수는 그 사찰의 노승과 한 번도 직접적으로 만난 적이 없다.

"다시 알아보겠습니다."

주지승은 신해수를 어떻게 알고 그녀가 아들을 낳아 줄 관상이라고 했을까.

짐작 가는 게 있었다.

그가 범오사 홍예다리 위에서 마주쳤던 것은, 영원이었다.

노승이 말한 여자는 영원이 아니었을까.

본사 앞에 다다라 우연찮게 거리에서 영원과 비슷한 뒷모습을 한 여자를 봤다. 최근 부쩍 이런 착각을 하는 일이 잦았다.

펄떡펄떡. 갑자기 심장이 아려 왔다. 이상하게 가슴이 뛰었다. 어째서 뛰는지도 모른 채.

사고가 엉망이 되었다. 자꾸 조잡한 상상이 멈춰지지 않는 것은 괜한 기대감 탓이었다.

복잡한 도심은 교통 체증으로 시끄러웠다. 빌딩 앞에 선 매향이 얼굴에서 선글라스를 치웠다. 그녀의 시선이 높다란 빌딩 꼭대기까지 따라간다.

"낭군님이 계시는 곳이라 이건가."

한신파이낸셜그룹의 사옥임을 알리듯, 입구에는 한신의 마크가 박힌 깃발이 줄지어 늘어서 있었다. 감히 태극기와 나란히 서서 펄럭이는 모습은 초재벌 기업의 오만함을 닮아 있었다. 기둥과 보가 하중을 지지하는 커튼월 공법으로 시공된 빌딩의 외벽은 덕분에 거울이었다. 강화 유리로 사방이 뒤덮인 마천루가 한낮의 뜨거운 빛을 받아 푸른빛으로 일렁였다. 아쿠아마린, 딥블루(Deep Blue), 심해의 차가운 블루 홀이 이러할까. 빌딩 외벽에 비친 구름이 잔잔한 호수 위를 지나듯이 유유히 흘러간다.

시각성이 짙은 거대한 위용 앞에서 자연히 기가 죽었다.

영원은 차에서 얼른 내렸다.

"오늘은 버스를 놓쳐서 네 차를 얻어 탔지만, 자만하지 마. 도움받는 건 오늘뿐이니까."

매향은 그런 영원을 귀엽다는 듯 봤다.

"얘, 은행 문 닫겠어!"

앗! 영원이 서둘러 은행으로 향했다. 별채에 돈을 보관하는 것이 더 이상 안전하지 않아 이뤄진 방문이었다.

한신 JK은행 본점은 한신파이낸셜그룹 1층에 있었다. 엄청난 건물에 위축되었지만 영원은 애써 용감한 척 팔을 휘두르며 들어섰다. 창구 앞에서 대기표를 뽑아 놓고 기다렸다. 은행은 아무나 올 수 있는 곳인데, 큰 잘못을 저지르기라도 한 것처럼 마음이 진정되지 않았다.

그것은 이곳이 '그곳'이기 때문이다.

"근데 말이야. 왜 하필 JK은행이야?"

어느새 따라온 매향이 옆자리에 앉았다.

"뭐야. 그냥 가라고 했잖아."

"조금 있다 가야 해. 왜 JK은행이야?"

"뉴스도 안 봐? 경영자의 잘못으로 은행이 파산해서 사람들이 거리에 나앉은 거."

"그래서 비교적 자금력이 안전한 은행을 선택한 거다?"

"안전한 정도가 아니지. 빵빵하지. 우리나라에서 제일 큰 은행이잖아. 세계적으로도 유명하고. 눈 뜨고 코 베이는 일은 없겠지."

"얼씨구? 도대체 얼마나 있길래?"

영원이 조심스럽게 손가락 다섯 개를 폈다. 매향이 화들짝 놀라 속삭거렸다.

"오천?"

"오, 오십."

매향의 표정이 썩었다. 영원은 자못 심각하게 중얼거렸다.

"100분 토론에서 경제학자가 그러는데, 한신이 흔들리면 국가 신용도가 하락한대. 회사가 위험해지면 정부에서 불구경하듯 손가락만 빨지는 않겠지."

물론, 애초에 그럴 일은 없겠지만.

그 남자가 이 회사에 있는 한 영원은 믿을 수 있었다. 철저한 사람이니까 회사를 어려운 지경에 빠트리지는 않을 것이다.

영원이 생각에 잠겨 있는데 매향이 음흉하게 웃었다.

"흐응. 근데 정말 순수하게 통장만 만들러 온 거야?"

"하고 싶은 말이 뭐야?"

"목적이 불경스러운걸. 설마 내가 생각하는 그런 건 아니겠지. 운명을 가장해, 여기 있는 누군가와 마주치려고⋯⋯."

"무슨⋯⋯!"

영원은 펄쩍 뛰었다. 정색하며 말했다.

"생사람 잡지 마. 그, 그리고 오기 싫다는 사람 끌고 온 건 너였어."

"왜 이렇게 발끈하실까. 그냥 왜 하필 본점이어야 했을까. 쌔고 쌘 게 은행이고 널린 게 지점인데. 같은 건물에 있는 소감이 어때?"

"아, 아무 생각 없거든?"

아차, 영원은 낭패스러웠다. 매향의 페이스에 휘말려 간접적으로 고백하고 말았다.

"요게. 내가 말하는 게 누군 줄 알고 대답하는 거야."

매향이 희미하게 웃으며 놀렸다. 영원은 입을 꾹 다물었다.

시선이 자꾸 은근슬쩍 은행 밖으로 향하는 것이 막아지지 않았다. 한신파이낸셜 사옥 로비. 대기업에 다니는 직장인들이 바쁘게 돌아다녔다. 영원의 눈이 그들 사이를 빠르게 오갔다. 이 건물 상층부 어딘가에 있을 남자는 보이지 않았다. 간부가 한가하게 이런 시간에 돌아다닐 리가 없다. 아는데, 그래도⋯⋯ 아쉬웠다.

"332번 고객님."

창구에서 그녀를 불렀다. 영원은 그에 대한 생각을 지우고 얼른 일어났다.

매향은 볼일로 먼저 훌쩍 떠나고 혼자 은행을 나왔다. 성형하기 위해 대출받았다는 건 매향에게는 비밀이었다. 가장 싼 쌍꺼풀 수술이 대략 백만 원을 상회한다고. 저축해 놓은 오십에 백을 합쳐 백오십이니까 적당히 마지노선은 넘겼다. 의외인 건 대출이었다. 영원에게 신용 등급이라곤 전혀 없을 터인데. 넙죽 돈을 내줄 거라고는 예상 못 했기에 더 신이 났다. 혹시 날치기라도 당할까 봐 눈에 불을 켜고 걷자니 우우웅— 휴대폰이 울렸다.

[이자율은 잘 따지고 대출받은 겁니까.]

이상한 메시지였다. 대출 호객 광고인가 싶어 주머니에 쑤셔 넣고 다시 걸었다.

우우웅—

영원은 짜증스럽게 메시지 함을 확인했다.

[내 개인 사비로 빌려준 돈이니까, 이자는 나한테 꼬박꼬박 다달이 갚도록 해요.]

그제야 사태 파악이 돼서 주변을 살폈다. 그녀가 돈을 빌린 걸 알고 있었다. 그리고 분명 은행에서 돈을 빌렸는데 개인 사비라니? 두려움이 안면을 뒤덮었다. 분명 모르는 번호였다.

[너 누구야.]

영원이 단어를 꾹꾹 눌러 보냈다. 옆에 정차 되어 있던 자동차 유리가 내려갔다. 화들짝 놀라 물러섰다. 그렇게 만나고자 했던 남자가 눈앞에 있었다.

주양이 차 문을 열고 영원에게 나지막하게 명령했다.

"타."

차가 출발했다. 영원은 어색함에 돈 봉투만 만지작거렸다.

"내가 온 거 어떻게 알고 찾아왔어? 설마. 나를 감시하는 건 아, 아니겠지?"

순진한 물음을 주양이 간단히 비웃어 넘겼다.

"그 돈으로 뭘 할 거지?"

"네, 네가 알 필요 없어."

그의 옆에서 부끄럽지 않은 예쁜 여자가 되고 싶어 성형할 거란 말은 차마 할 수 없었다. 어쩐 일로 은행에서 아무 절차 없이 돈을 내준다 싶었다. 주양이 전화를 넣은 거였다. 그녀가 온 것은 또 어떻게 알고 처리한 건지 의문이었다.

집요하게 달라붙는 시선에 영원은 순순히 불어 버렸다.

"이, 이마에 있는 흉터를 지울 거야."

"그리고?"

"쌍꺼풀도 없애 버렸으면 좋겠어."

"남들은 없어서 만드는 쌍꺼풀을 풀겠다고? 몹시 비효율적인 일이야."

몰라서 하는 말이었다. 그건 주양이 흠잡을 데 없는 잘난 외모를 지녀서다. 영원의 외모를 천박하게 만드는 8할은 다 이 눈빛에서 나왔다. 의지와 상관없이 눈빛이 변태적이 되었다. 마치 욕구 불만에 찬 창녀처럼, 남자에게 잔뜩 안달 나서 뭐 마려운 여자같이. 어느 순간 사람들을 그렇게 핥아 대고 있었다.

문득문득 자기 얼굴에 놀라곤 한다. 축축하고 음습한 시선. 저도 모르게 눈빛이 돌변해 있었다. 처음에는 몰랐으나 계모가 혐오하면서 알게 되었다. 다행히 주양은 워낙 감정이라곤 없는 남자라서 눈 하나 꿈쩍 안 하지만, 이렇게 순수하지 못한 눈으로 사랑 고백을 하면 받은 사람 입장에선 전혀 진정성이 와닿지 않을 것이다.

쌍꺼풀을 없애 버리면 좀 나을 것 같은데. 눈이 작아지면 계모가 말한 것처럼 덜 천박해지지 않을까.

영원은 초조하게 엉덩이를 들썩였다. 빤히 주시해 오는 주양의 시선이 부담스러웠다. 항상 어떤 분위기가 있었다. 주양이 어떤 행동을 하기 직전에 그녀를 초조하게 만드는 무엇.

"……차멀미 나."

영원은 슬며시 그를 피하며 창밖으로 얼굴을 내밀었다. 바깥바람을 쐬기 무섭게 손이 쑤시고 들어왔다. 턱이 틀어 잡혔다. 억지로 그에게로 돌려졌다. 그가 머리카락을 치우려 했다.

"앗! 시……싫어!"

영원이 발버둥 쳤다. 힘으로 간단히 제압당했다. 그가 영원의 얼굴을 유심히 살펴본다. 눈 코 입, 자세히도 뜯어보았다. 얼굴에서 뭔가를 찾으려는 모습이었다. 하지만 알 수 없는지 그가 말했다.

"난 관상 같은 것 믿지 않아. 인생의 불확실성은 관상만으로 설명하기엔 변수가 많지. 하지만 네가 다른 사람들에 비해 좀 유별난 건 인정해."

결국 그게 그 소리다. 영원은 울먹였다.

"봐, 너도 내가 남들과 다르다고 말하잖아."

자신의 모습은 하등했다. 그가 영원을 보고 미묘한 표정이 되었다. 조금 웃는 듯도 했다.

"그래. 다르지."

주양이 그녀의 턱을 잡아 눈높이를 맞췄다. 씹어 먹을 것처럼 그녀를 응시하다 귓가에 입술을 붙였다.

"예쁘지. 더럽게."

가까워진 그의 입술이 그녀의 입술을 집어삼켰다. 사이를 벌리고 혀가 밀려들어왔다. 습윤하고 뜨거운 열기에 숨이 헐떡거렸다.

그녀에게 예쁘다고 말하는 사람은 이 남자밖에 없을 것이다. 손바닥 뒤집듯 그녀를 농락하는 남자라는 걸 아는데도, 그의 직관적인 눈빛 앞에선 계모가 했던 모든 것이 거짓말처럼 느껴졌다.

"그래서 이렇게 살을 섞고 있지."

그가 해 오는 진한 유혹이 가슴 떨리게 좋다.

이대로 시간이 멈췄으면 좋겠다고 생각했다.

영원을 본 남자들의 반응은 두 가지이다. 당황하거나, 적극적이거나. 영원은 자신의 눈빛이 음란하기 때문에 눈이 마주친 남자들이 이상한 반응을 보인다고 두려워했다. 그러나 문제는 눈빛이 아니라, 가만히 무표정을 지어도 남자가 꼬여드는 자극적인 외모 그 자체였다.

영원은 예쁜 여자 앞에서 남자들이 보이는 당황하고 어색한 반응을, 음란한 눈길에 대한 불편함과 혐오로 오해하고 있었다. 탐욕적인 반응 역시 그런 맥락으로 해석했다.

당연히 여자들은 투기를 하며 영원을 미워했다. 최혜란이 영원의 얼굴에서 과거의 누군가를 떠올리고 치를 떨었듯이.

이렇듯 얼굴을 보여 줬을 때와 안 보여 줬을 때 사람들의 반응이 상이해지니, 영원은 자기 눈빛에 뭔가 문제가 있다고 여기며 머리카락 안에 얼굴을 감추었다. 계모의 오랜 구박과 세뇌가 합해져서.

계모가 널 질투한 거야. 네가 네 엄마를 떠올리게 하니까, 네 얼굴이 보기가 싫었던 거지.

하지만 그녀가 진실을 깨닫게 하고픈 마음은 없었다. 이유는 다르지만, 최혜란의 마음이 이해가 갔다. 영원을 영원히 다락방에 속박해 두고, 그녀를 평생 눈뜬장님으로 만들고 싶었다. 그만이 볼 수 있는, 그만 감상할 수 있는, 아무도 보지 못하는 곳에 가둬 두고 싶다.

그는 그녀의 외모가 마음에 들었다.

"뭐, 성형을 하면 관상도 바뀌겠지."

그러나 주양은 성형을 말릴 생각이 없다. 만약 추측대로 신영원이 노승이 말한 '관상의 여자'라면 필히 성형을 해야 했다. 영원이 진두영과 엮이는 상황은 그로서도 상당히 불쾌했다.

"성형외과는 가, 강남이 좋댔어!"

영원이 침 튀기며 흥분해서 외쳤다.

주양이 영원의 머리에 손을 올렸다. 머리를 쓰윽 쓰윽 쓰다듬었다. 이 나쁜 남자가 유난히 친절한 게 이상하다. 어째서 그녀에게 이토록 친절하게 대해 주는 걸까. 가슴이 간질간질했다.

백운당으로 향하는 길에 갑작스러운 변고가 터졌다. 진 회장이 쓰러졌다. 차를 한신병원으로 돌렸다.

"썩을 놈들. 누가 죽었어? 쓸데없이 이럴 시간에 회사 일이나 더 봐! 쿨럭! 쿨럭!"

진 회장이 병석에서 소리쳤다. 주양은 원장과 면담을 가졌다.

"지난번 수술은 완벽했습니다. 하지만 경고드린 대로 연세가 문제입니다. 독한 항암 치료를 몸이 버티질 못하고 있어요. 최악의 경우, 혈관성 치매 문제가 생길 수 있습니다."

진 회장의 며느리가 원장실 밖에 서 있었다. 아직 밋밋한 배는 임신한 티가 안 났다. 주양은 숙모에게 인사했다. 그녀는 네 번째도 딸이란 결과를 받고 뵐 면목이 없어 진 회장 병실에도 들어가지 못하고 있었다. 핼쑥해진 얼굴이 가련했다.

"유산할까 생각 중이에요."

병원 VIP 대기실에서 고민 상담을 들어 줬다.

"숙부가 동의한 일인가요?"

숙모는 조금 서운한 얼굴을 해 보였다.

"그 사람 요즘 뭘 하는지 모르겠어요. 딴생각에 빠져 있는 것 같아요."

"딴생각?"

"마음이 멀어져 가는 게 느껴져요."

여자 문제였다. 사실 지금까지 버틴 것만도 선비 같은 진두영이기 때문에 가능한 일이었다. 돈과 힘이 있는 남자가 아내에게 의리를 지키는 것, 이 세계에서 보지를 못했다.

노승은 사이좋던 한 부부를 갈라놓았고 애꿎은 한 여자의 인생을 망가트렸다. 애초에 아들을 낳을 수 있다는 희망을 주지 말았어야 했다.

주차장으로 내려가는 엘리베이터에 올라탔다. 영원에게는 차 안에서 얌전히 기다리라고 했다. 조금만 가만히 두면 어디로 사라질지 모르는 천방지축이라 여간 신경 쓰이는 게 아니었다.

곁에 선 양 비서가 조심스럽게 입을 뗐다.

"신영원 씨와 거리를 두시는 게 좋겠습니다."

"충고입니까, 경고입니까."

"혹시 몰라 신영원 씨의 휴대 전화를 복구해 봤습니다. 찌라시 일로 접근한 것도 그렇고, 하필 그날 이중모 의원과 있는 사진을 찍은 것도 이상해서."

영원의 망가진 휴대폰을 양 비서가 가지고 있었다.

"신영원 씨, 너무 믿지 않는 게 좋으실 것 같습니다."

"양 비서는 그녀가 어떤 사람 같습니까."

"……."

"남을 속이고, 스파이 짓이라도 할 주제가 되는 사람처럼 보였습니까?"

"그건 아니지만."

"그럼 답이 되었으리라 생각합니다."

지하 주차장으로 나오는 그때였다. 운전기사가 급히 달려왔다.

"잠깐…… 볼일이 급하다고 하셔서. 10분이 넘도록 안 돌아오십니다."

주양은 병원 1층 로비로 올라갔다. 양 비서와 함께 영원을 찾다가 자판기 근처에서 발견했다. 안심하고 걸음을 떼었다.

"그쪽은 참 다정한 것 같아."

영원은 혼자가 아니었다. 자판기에서 음료를 뽑고 그녀에게 다가가는 이는 진두영이었다. 그가 영원에게 캔을 건네었다.

"여자에게 남자가 다정한 건 당연한 거 아니에요?"

진두영이 영원에게 말했다.

"안 그런 사람도 있어. 매일 죽이겠다고 협박이나 하고."

"협박? 내가 혼내 줄까요?"

두 사람이 화기애애하게 마주 보며 웃었다. 진두영이 보내는 다정한 눈빛과 거리낌 없는 행동. 그것을 넘어 그는 영원의 머리카락에 묻은 먼지를 떼어 주었다. 주양은 진두영의 손에서 시선을 떼지 않았다. 유부남임에도 전혀 주위를 의식하지 않는 손끝을. 마치 소유를 주장하는 듯한 손가락을.

납득할 수 없는 상황에 굳어 있는데, 어깨 너머에서 양 비서가 착잡하게 말했다.

"복구한 신영원 씨 휴대폰 통화 목록에서 뜻밖의 번호를 발견했습니다."

주양이 멍한 얼굴로 양 비서를 봤다.

"김 부장 번호가 나왔습니다."

김 부장은 진두영의 심복이었다.

"그리고 더 말씀드릴 게 있습니다. 성철스님이 말한 여자, 신영원 씨가 맞았습니다."

엎친 데 덮친 격. 한꺼번에 감당할 수 없는 해일이 몰려왔다. 주양은 두 사람에게로 다시 시선을 고정했다. 하하하하. 영원의 해맑은 웃음소리를 듣고 아연해졌다. 본디 사람을 경계하는 영원이었다. 진두영을 스스럼없이 대하는 걸 보면 꽤 오래전부터 아는 사이 같았다. 서로에게 호의적인 분위기였다. 적어도 진두영은 호감이 확실했다.

'운명' 이란 무엇일까.

만날 수밖에 없는 것이 운명이라면 저 두 사람은 노승의 예언대로 인연인가?

자그마하게 물 새는 틈조차 용납하지 못하는 성미는, 때때로 극단적인 선택을 불러일으켰다. '만에 하나' 라는 것을 그는 경멸했다. 분명 막을 수 있는 시간 차를 두고서 기회를 놓쳐 놓고, 나중에 땅을 치고 후회하는 것은 바보라는 걸 증명하는 짓이었다.

그 순간 그는 이미 결정을 내려 버렸다. '만에 하나' 라는 것에 경멸당하지 않기 위해. 영원이 진두영과 아는 사이라는 걸 알게 된 순간 '그렇게' 해 버리겠다고 결정 내렸다. 모든 일과 계획에 '만에 하나' 는 없어야 했다. 그는 언제나처럼 완벽함을 추구했다.

영원에게 '그런 짓' 을 하게 된 것은 그의 고유한 스타일이고 그가 살아온 방식이었다.

하지만 그때, 무엇을 위해서였나.

어째서 그토록 불같은 배신감에 휩싸였던가.

진두영을 견제하기 위한 선택?

양 비서의 말대로 그녀가 진두영의 사람일지도 모른다는 의심?

아니다. 그가 화난 건 엑스트라가 된 자신이었다.

그가 모르는 곳에서, 그의 눈길이 닿지 않는 곳에서, 저토록 진두영과 친밀하게 지내고 있는 영원이라니. 안 될 말이었다. 그녀는 저자의 곁에 있어서는 안 되었다. 진두영이 진실을 눈치채기 전에 그녀를 지워 버려야 했다.

사람들 틈에서.

세상 속에서.

저열한 배신감이 그를 휩쌌다.

원하는 것을 얻기 위해 인간은 어디까지 악해질 수 있는가.

주양은 인간성의 상실에 대해 생각해 보았다. 후계 구도를 깔끔하게 정리하기 위해 친아들을 정신병원에 감금하고, 결혼을 할 수 없지만 가지고 싶었기에 사랑하던 여자를 첩이란 오명으로 얽매어 두고, 바람난 사위의 내연녀를 살해하고, 심지어는 무고한 사람을 죽이고도 사과조차 하지 않는다. 주변에서 익히 보아 온 것들로 자신의 모럴 역시 무뎌진 것은 아닐까. 주양은 때때로 스스로가 지닌 폭력성이 아이러니했다.

구석진 주차장은 어두웠다. 심상치 않은 분위기에 영원이 쭈뼛거리며 다가왔다. 그와 이야기를 나누던 양 비서가 자리를 비켜 주었다.

매섭게 몰아붙일 마음은 없었다.

"내가 분명 차에서 나오지 말라고 했을 텐데."

그의 물음에 영원이 꾸밈없이 대답했다.

"그게, 오줌을 참기 힘들어서……. 화났어?"

낭랑한 목청이 밝았다. 자신의 앞에 드리워진 먹구름을 전혀 예감하지 못하는 모습이었다.

"화낼 줄 알면서 말을 안 듣는 건, 날 우습게 보는 건가?"

냉정한 태도에 영원은 황망해했다. 문득 왜 자신이 화장실 다니는 것까지 눈치를 살펴야 하는지 짜증이 난 듯했다. 그녀가 반항심 깃든 표정을 지어 보였다.

그녀는 알지 못했다. 그가 어떤 사람인지. 제일 잘 아는 것 같지만 제일 몰랐다. 그녀에게만은 그가 얼마나 참아 주고 있는지. 그의 앞에서 저런 표정을 짓고도 무사한 것은 영원뿐이었다. 그 누구도 그의 앞에서 저런 얼굴을 할 수 없었다.

"입."

"나, 나는 네가 시키는 대로 하는 로봇이 아니야."

"로봇이 되라 하지 않았어."

"이게 로봇이 되라는 거랑 뭐가 달라?"

영원은 완강히 저항했다. 주양이 순간적으로 뻗은 팔에 그녀는 놀라 눈을 질끈 감았다. 때린다고 생각했나. 이런 반응만 봐도 그녀가 자신을 얼마나 못 보는지가 보였다. 그는 그녀에게 폭력을 행사할 수 없다. 주양은 영원의 입술을 꾹 눌렀다. 힘이 들어간 엄지 손끝에 잔뜩 뒤틀린 심사가 담겨 있었다. 찐득찐득하게 음료수가 남아 있는 입술을 손가락으로 훔치며 명령했다.

"함부로 아무거나 주워 먹고 다니지 마."

"넌 매일 날 죽일 생각밖에 안 하지?"

영원이 왈칵 분노가 치민 얼굴로 쏘아붙였다. 고작 팔백 원짜리 음료수를 마셨을 뿐인데. 갑자기 화를 내는 그에게 서럽게 말했다.

"나…… 나는 아니야. 나는 네가 매일 그럴 때마다 네가 미워져."

"그것 말고 우리 사이에 뭐가 있어야 하는 건데."

그는 이렇게 영원에게 상처가 되는 말로 되받아쳤다.

"난 확실한 게 좋아. 원하는 걸 정확하게 말해. 돈? 아니면 그 쥐꼬리만 한 밥집에 네 직책이라도 있으면 좋겠어?"

"좀 더…… 다, 다정하게 대해 줘."

"뭐라고?"

"다정하게 말해 줘…… 다정하게."

진두영처럼, 진두영의 반의반만큼이라도, 그런 뉘앙스로 속삭여졌다. 그녀는 속에 쌓아 두고 있던 응어리를 거침없이 터트렸다.

"나는 다정한 남자가 좋아."

자신의 취향을 확고하게 밝히는 모습은 예뻤을 것이다. 만약 이 대화가 아니었다면.

인간성의 상실이 재차 그를 괴롭혔다.

다정함은 인간다움을 특별하게 만드는 요소였다. 그는 죽었다 깨어나도 불가능한. 인내심이 한계치를 넘어섰다.

"다정한 남자가 좋다고?"

"그래."

"좋아."

순순히 응해 주자 영원이 눈을 크게 떴다. 그는 넥타이를 조금 비틀어 내리며 씹듯이 뱉어 말했다.

"다정하게 해 주지."

"정……말?"

그는 원하는 것을 위해 얼마든지 악해질 수 있음을 지금까지 증명해 보였다. 매번 그 기록은 갱신되었다. 주변 상황들로 모럴이 무뎌진 게 아니라, 그의 프로그램엔 모럴이 아예 입력돼 있지 않았다. 저장되지 않은 영혼처럼.

그는 다정하게 대해 주리라, 다짐했다.

다정하게. 나름의 방식대로.

"무섭다고 울지나 마."

8월로 접어드는 무렵이었다. 영원은 '가출'을 했다.

"네 말대로 당분간 집에 안 들어갈 거라는 쪽지를 남겨 놨어."

옆에서 영원은 신나서 쫑알거렸다. 자동차는 파주에 접어들었다.

"강남이 기술이 좋다고 하지만 뭐. 네가 대단한 곳이라니까. 근데 쌍꺼풀 수술 하고 원래 입원하는 거야?"

그녀는 그의 소개로 성형을 받는 줄 알고 따라나섰다. 모든 게 달라질 거라고 믿고 있었다. 사람들의 시선도, 그녀의 인생도.

주양이 나지막이 속삭였다.

"모든 게 달라질 거야."

영원은 자신의 속을 들여다본 듯한 말에 그를 봤다. 주양은 좀처럼 굳은 표정을 풀지 않았다.

병원에 도착하자 미리 연락받아 놓은 병원 직원들이 나왔다. 영원은 특실 병동으로 안내되었다. 원장이 주양에게 귀뜸했다.

"5호실의 보안은 어디에도 새 나가지 않습니다. 염려 마십시오."

주양은 영원의 뒷모습을 보았다. 그가 더 이상 따라오지 않자 그녀가 돌아보았다. 강아지 같은 순한 눈망울에 두려움이 어려 있었다.

달려와 그의 팔을 끌어당겼으면 어땠을까. 들어가려는 그녀를 그가 막았을지도 모른다. 하지만 영원은 어른스러웠다. 두려움 속에서도 괜찮다는 모습을 보여 주었다. 그를 향해 조금 웃어 보였다. 자기가 들어가는 곳이 어디인지도 모르는 채 오히려 그를 위로했다.

주양은 그날 기억이 희미했다. 그때 자신이 어떤 얼굴을 했는지.

입꼬리를 뺨으로 간신히 당겨 보았지만 그게 웃는 거였던가? 치미는 혼란을 참아 내는 거였나.

그저 잊고 싶었다.

【실종 22일째】

구형 스타렉스가 흙먼지를 일으키며 마을로 들어섰다. 마른 흙을 비벼 밟으며 장 경감이 차 문을 닫았다. 자동차는 백운당 뒤편에 주차됐다.

'그 집을 찾아가겠다고요?'

수진이 놀라서 물었다.

'그러고 보니 신부의 방을 둘러본 적이 없어. 제일 중요한 부분이잖아.'

신부의 일기장이나 그녀의 심리 상태를 알 수 있을 만한 단서가 분명 나올 텐데 말이다.

백운당과 이어지는 담벼락에 최혜란 사장의 사가가 붙어 있었다. 장 경감은 사택을 올려다보았다. 방문하기엔 늦은 시간이었다. 이미 지평선 끝까지 번지기 시작한 석양은 유난히 선명한 색깔을 발했다. 그 탓에 들풀들은 불길에 휩싸인 성냥 같았다.

누군가 자꾸 그 쪽을 보는 시선이 느껴졌다. 당산나무였다. 언덕배기에 서서 검은 망자처럼 장 경감을 바라보고 있었다.

'신이 노한 거야. 이 마을에 곧 재앙이 닥칠 거야.'

칠십 먹었다는 늙은 무당의 귀기 어린 목소리가 생생했다.

'원래 폭풍 전야가 더 조용한 법이지.'

돌고 돌아 결국 원점으로 와 버렸다. 장 경감은 그것을 무시하며 울타리를 밀고 들어갔다. 마을을 방문할 때마다 기분이 오싹해지는 것이 싫었다.

"계십니까?"

대답은 돌아오지 않았다. 문은 계속 열려 있었다. 삐걱거리는 오래된 가옥으로 장 경감은 조심스럽게 발을 들였다.

"아무도 안 계십니까?"

음식을 준비하다 잠시 자리를 비웠는지 도마에 썰다 만 두부가 놓여 있었다. 그는 부엌을 지나쳐 2층 계단을 밟았다. 신부의 방은 어렵지 않게 찾을 수 있었다. 신해수, 그러니까 신부의 사진이 커다랗게 걸려 있었다. 꽃 같은 자태로 거문고를 연주하는 신부는 아름다웠다. 그녀의 취향이 고스란히 묻어나는 방엔

온갖 레이스가 가득했다. 구두를 신발장이 아닌 방에 보관하는 사람들이 있다 더니 신부가 그런 타입이었다. 때가 타면 안 되는 명품 구두들이 가방과 함께 완벽한 드레스 룸을 이뤘다.

장 경감은 구두를 뒤집어 봤다.

"240."

정확히 '그것'과 맞아떨어지는 사이즈였다.

지난밤, 장 경감은 호텔 로비 영상을 미친 듯이 살폈다. 회전용하고 고정식 합쳐서 호텔 로비에만 CCTV가 열네 대가 넘었다. 그중에 경찰이 채증한 신부 가 잡힌 CCTV는 일곱 대, 호텔 로비 천장이 높다 보니 녹화 영상이 너무 어두 웠다. 네 대는 행인들 통행만 구분할 정도고, 나머지 세 대도 뒷모습 아니면 화 면 사각지대에 잡혀서 너무 순식간이라 신원 확인이 불가능했다. 신부의 이동 경로에만 주력했기에 그 얼굴에는 관심이 없었다. 당연히 신부라고 생각했었기 때문에.

거기서부터 실수가 시작됐다.

'뭐, 신영원도 그런 심사로 나처럼 식장을 박차고 나온 거 아닐까요?'

'아닌데, 분명 신영원이었는데.'

장 경감은 신영원을 봤다는 김보경을 추적했다.

로비에서 2층 에스컬레이터를 타는 하객들을 전부 샅샅이 살폈다. 김보경을 뜻밖의 곳에서 찾아냈다. 바로 벨보이가 몰카를 찍었던 여자가 김보경이었다. 김보경의 앞을 신부는 간발의 차로 스쳐 갔다. 후드를 푹 뒤집어쓰고, 풀어 헤 친 긴 머리카락으로 얼굴을 가린 채였다. 김보경이 신부를 알아본 듯한 모습을 할 때였다. 벨보이가 김보경의 스커트 아래에 몰카 시계를 들이밀었다. 벨보 이, 김보경, 신부…… 한꺼번에 가중된 혼돈이 머릿속에서 끊임없이 리플레이 됐다.

영상을 아무리 뒤져 봐도 김보경은 그날 신영원을 만나지 못했다. 김보경은 신부 대기실이 있는 2층에 올라가지도 않았을뿐더러, 오히려 영상만 보자면 김보경이 본 것은 신영원이 아닌 신부였다. 신부, 신해수는 김보경의 앞을 그대로 스쳐 지나갔다. 하지만 김보경은 제 입으로 신영원을 봤다고 했다.

어째서 이럴 수가 있을까.

정답은 단 하나뿐이었다.

하지만 이 가정엔 치명적인 '오류'가 있었다. 장 경감은 녹음기를 꺼내 귀에 붙였다. 목격자들의 생생한 목격담이 줄을 이었다.

「결혼식 전날까지만 해도 해수랑 신랑 될 사람하고 팔짱 끼고 산책했는데. 둘이 사이좋았다는 건 여기 사람들 다 안다.」

「진 이사인가 하는 그 사람은 매일같이 집에 찾아오고 그치하고 마을을 산책했지. 두 사람 얼마나 보기가 좋던지 팔짱을 끼고 매일 붙어 다녔는데…….」

분명 그들을 본 사람들이 한둘이 아니었다. 진주양이 신해수와 다정하게 있는 모습을 마을 주민 대다수가 증언했다. 다시 되감기 했다.

「결혼식 전날까지만 해도 해수랑 신랑 될 사람하고 팔짱 끼고 산책했는데. 둘이 사이좋았다는 건 여기 사람들 다 안다.」

「진 이사인가 하는 그 사람은 매일같이 집에 찾아오고 그치하고 마을을 산책했지. 두 사람 얼마나 보기가 좋던지 팔짱을 끼고 매일 붙어 다녔는데…….」

계속해서 되감기를 했다.

「진 이사인가 하는 그 사람은 매일같이 집에 찾아오고 그치하고 마을을 산책했지. 두 사람 얼마나 보기가 좋던…….」

옷장 깊숙한 곳에 팔뚝만 한 뭔가가 돌돌 말린 채 쌓여 있었다. 싹뚝, 싹뚝. 장 경감은 뇌 회로가 오싹하게 절단되는 걸 느꼈다. 어떤 예감이 세포 하나하나 깨어났다. 손을 뻗었다. 감춰져 있던 진실로 접근하는 순간이었다.

"누구세요?"

장 경감의 손끝이 허공에서 멎었다. 돌아온 직원이 문지방에 서 있었다. 허락도 없이 구역을 침범한 낯선 손님을 그녀는 바짝 경계했다.

와이퍼가 무거운 빗물을 쓸어 버렸다. 서울로 내려오자 소나기가 쏟아졌다. 장 경감은 한신그룹 본사까지 차를 몰았다.

백운당의 최혜란 사택에서 마주쳤던 여자는 식당의 매니저였다.

노 집사가 자리를 비운 동안 집을 관리한다고 했다.

처음에 그녀는 경계했지만 장 경감이 상황을 잘 설명했다. 자신이 신부를 찾고 있는 탐정이며 신부의 방을 둘러보고 있었다고.

'해수 아가씨가 결혼식장에서 사라졌다는 얘긴 들었습니다. 경찰이 찾고 있다는 것도요.'

최혜란 사장에게 모든 이야기를 전해 들었는지 그녀는 담담했다.

장 경감은 신해수의 방에서 팔뚝만 한 크기의 둘둘 말린 양산을 집어 들며 물었다.

'신부가 양산을 자주 쓰고 다녔나요?'

매니저는 우물쭈물하다가 답했다.

'해수 양은, 양산을 쓰지 않곤 밖에 못 돌아다녀요. 햇빛 알레르기가 심해서. 피부가 뒤집어지죠.'

'평소에도 심심찮게 이 양산을 쓰고 다녔겠군요?'

'네.'

장 경감은 집을 나왔다. 마을 논두렁에 아직 잔업을 하는 주민들이 보였다. 신랑과 나란히 산책하는 신부를 봤다고 증언했던 주민들이었다.

'아주머니. 아주머니!'

그는 진흙을 밟고 들어갔다. 신해수의 민증 사진을 들이밀었다.

'그날 신랑하고 있던 여자가 사진 속 이 여자가 맞습니까?'

'이 양반이 벼를 다 밟네!'

'신랑하고 신부 모습을 봤다고 했잖습니까. 신부가 혹시 양산을 쓰고 다니지는 않았나요?'

결혼 직전까지도 두 사람은 다정한 모습을 연출했다. 마을 사람들이 두 눈으로 똑똑히 봤다던 다정한 연인. 증언을 했던 마을 주민들은 처음엔 장담했다. 그러나 그것이 신해수인지 확신하냐는 물음엔 우물쭈물했다.

'이 촌구석에서 이런 예쁘장한 양산 쓸 젊은 처자가 어딨어. 뻔하지. 이 양산, 그 집 둘째 딸이 만날 쓰고 다니던 거 맞아.'

역시 장 경감의 생각대로였다.

속임수였다. 아주 간단하고 사람들의 눈을 속이기 쉬운 트릭.

신부는 양산을 쓰고 다녔다.

장 경감은 붉게 물들어 가는 논을 바라봤다. 멀리서 한 남녀가 팔짱을 끼고 산책하고 있었다. 남자는 진주양이었다. 주양의 옆에는 그의 연인이 있었다. 여자는 긴 머리카락에 하얀 원피스, 그리고 꽃 자수가 입혀진 아름다운 양산을 쓰고 있었다. 둘은 사이가 무척 좋아 보였다. 불현듯 길을 가던 여자가 멈췄다. 그녀가 장 경감을 돌아보듯 얼굴을 이쪽으로 향했다.

그녀가 뒤를 돌아보자 양산에 가려져 있던 얼굴이 마침내, 드러났다.

그녀는 신해수가 아니었다.

장 경감은 진주양의 집무실에 들이닥쳤다. 이미 밖은 깜깜한 밤이었다. 진주양은 스탠드 불빛에 의지해 늦은 시각까지 일을 처리하고 있었다.

"이사님. 장영범 씨가 오셨습니다."

이미 들이닥친 장 경감을 비서가 당황해서 말했다.

"들이세요."

장 경감은 천천히 진주양에게 다가갔다. 소맷부리가 빗물을 뚝뚝 떨어트렸다. 장 경감은 책상에 들고 온 신부의 구두를 올려 두며 물었다.

"신부가…… 바뀐 겁니까?"

사라진 신부의 구두와 정신병원에서 발견된 영원의 실내화. 두 신발은 사이즈가 달랐다. 각각 다른 사람의 것일 테니 크기가 다른 것이 당연했지만, 그런 문제가 아니었다. 실내화 하단에 적힌 숫자는 정확히 240이었다.

그에 반해 신부의 구두는 245.

그리고 조금 전 신해수의 방에서 발견한 그녀의 구두 사이즈는 정신병원에서 발견한 실내화와 정확하게 크기가 맞아떨어졌다.

그렇다면, 정신병원에 갇혀 있던 건…….

정신병원에서 신영원의 얼굴을 본 적이 없다. 긴 머리로 얼굴을 가려 놓아서 당연히 그녀인 줄 알았다. 가까이 접근조차 불가능했다.

그건 경찰들도 마찬가지일 것이다. 왜 정신병원 보안이 그렇게 삼엄했는지. 왜 사랑했던 여자를 병원에 가둬 둬야 했는지. 이제야 알 것 같았다.

정신병원에 가둬 둔 건 신해수였다.

사라진 이는, 신부는……

신영원이었다.

신해수를 정신병원에 가둬 두고서, 그녀는 신해수의 이름으로 결혼을 준비했다. 둘은 쇼를 해야 했던 것이다. 누구도 의심치 않는 결혼을 만들기 위해서. 이 결혼에 아무 문제가 없다는 것을 보여 주기 위해, 주민들에게 보란 듯이 촌 동네를 매일같이 산책을 다니면서 알리바이를 만들었다.

진주양이 실종 수사에 탁월한 자신을 찾아온 것엔 이유가 있었을 것이다. 단순히 경찰의 수사를 방해할 목적이라면 오히려 자신에게 의뢰한 것이 더 이상하다. 그림자 신부의 진실을 알고도 열성을 다해 그 신부를 찾아 줄 만한 사람……. 돈을 밝히지만 정의감이 남아 있으며, 쉽게 경찰에게 협력하지 않을 자.

그런 자가 필요했던 것이다.

진주양이 금이 입혀진 만년필을 천천히 내려놓았다. 신부가 바뀌었냐고 채근하는 장 경감을 가만히 쳐다보았다. 남자에게는 물 흐르는 듯한 유연함이 배어 있었다. 주양은 다리를 꼬며 느긋하게 장 경감에게 말했다.

"의뢰 내용을 바꾸겠습니다."

의뢰 자체가 바뀐 게 아니었다. 처음부터 그가 원한 것은 오직 하나였다.

이제야 본게임을 시작하겠다는 듯, 명령한다.

"신부를 찾아내세요."

그가 찾고자 하는 신부는 오직 '거짓'을 눈치챈 자만이 찾을 수 있는 신부였다.

8

【실종 23일째】

와그작.

장 경감은 애꿎은 담뱃갑만 무참히 구겨 버렸다. 화풀이였다. 한신그룹 본사를 나오자 3:00 AM. 자동차 대시 보드 시계가 노란 형광색을 띠었다. 미명도 오지 않은 어두운 새벽이었다.

'살려 줘.'

신영원은 문자로 SOS를 쳤다. 필사적으로 정신병원을 탈출하려 했다. 그러나 막상 국회 앞에서 직접 만난 여자는 예상과 많이 달랐다. 멀리 도망쳐도 모자랄 상황인데 오히려 제 발로 진주양을 찾아왔다. 죽여 버려도 시원찮은 남자에게 어째서 미안하다는 눈빛을 보내는가? 이해가 가지 않던 수수께끼는 씨실과 날실처럼 정교하게 맞물렸다.

장 경감은 이제야 납득이 갔다. 정신병원에 갇혀 도움을 요청한 건 신해수였다. 신해수는 신영원의 이름으로 정신병원에 갇혔다. 자신의 신원을 복권하기 위해 가짜 신부의 내막을 밝히려 그토록 애를 쓴 것이다.

국회 앞에 나타난 신영원은 진짜 신부였다. 아마 진주양을 찾아온 걸 것이다. 신영원이 진주양에게 보낸 그 눈빛은 신부의 눈빛이었다. 신랑을 버리고 사라진 미안함, 죄책감.

모든 것이 퍼즐처럼 꿰맞춰졌다.

장 경감은 지하철 출구에서 수진을 픽업했다. 조수석에 올라타는 수진을 곁눈질하며 물었다.

"정보원은 잘 만났어?"

"다른 인맥 뚫든지 해야지."

"정보비 많이 요구해?"

"배보다 배꼽이 더 커지겠어요. 그 사람 캐시를 너무 밝혀요."

신영원에 대해 조금 더 자세히 캐낼 필요가 있어 건강보험공단 직원에게 돈을 찔러줬다.

타인의 의료 기록을 사는 건 일도 아니었으나 상대가 밝혀도 너무 밝혀서 다음 거래는 신중히 고려해 봐야 될 정도라는 게 문제다.

수진은 언짢게 미간을 찌푸리며 서류를 꺼냈다.

"신영원은 11월에 정신병원에 격리됐네요. 망상을 동반한 정신 분열."

수진이 조수석에 앉아 기록을 훑으며 밝혔다. 기록엔 신영원이라고 되어 있지만 사실 그건 신해수였다. 자매를 정신병원에 처박아 두고서 신영원은 그때 진주양과 신해수의 신분으로 결혼을 준비하고 있었다.

"근데 이상한 게 있어요. 하늘정신병원 간호사한테 들은 얘기로는, 신영원이 입원을 한 게 11월이 처음이 아니라고 했거든요."

"의료 기록엔 11월이라며?"

"그러니까요. 신영원은 총 두 번에 걸쳐 정신병동에 입원했어요. 첫 번째 격리는 작년 8월. 두 번째 격리는 그해 11월 초겨울에 이뤄졌어요. 11월에 격리되고서 올해 6월까지 쭉 갇혀 있었던 거고요."

분명 두 차례에 걸쳐 입원했는데 의료 기록엔 11월 기록만 남아 있었다.

"경우의 수는 딱 하나예요. 첫 번째 입원이 비보험이었다는 거죠."

장 경감은 턱을 쓸었다.

"왜지?"

"신영원이 가출을 했다는 소문 기억나세요?"

"가출?"

'걔가 좀 이상한 애인기라⋯⋯. 제 언니, 해수 남편 될 사람은 그리 쫓아댕 겼제.'

'그것 때문에 집도 나갔다니까. 가출을 해서 한동안 걔 찾는다고 집안이 발 칵 뒤집어졌었지.'

그래. 그런 얘기가 있었다. 진주양과 신해수가 깊은 사이가 되자, 그들을 질 투한 신영원이 가출을 했다고.

수진이 뒤늦은 깨달음에 쐐기를 박았다.

"가출 시점이 작년 8월쯤이더라고요."

"근데?"

"뭐 냄새나지 않아요?"

정신병원에 격리 수용 되려면 가족의 동의를 받아야 한다. 하지만 동의 없이 불법으로 사람을 감금시키는 경우는 음지에도 허다했다. 신영원이 가출을 한 시점이 작년 8월. 비보험 입원도 마침 작년 여름. 신영원이 가출한 게 아니라 사실 정신병원에 들어가 있었다면? 백운당 가족들조차 모르게.

비보험으로 사람을 감금시켰다 빼낼 수 있는 권력을 쥔 사람은 오직 한 사람 뿐이었다.

"진주양의 짓인가?"

"적어도 작년 8월에 정신병원에 갇혔던 건 진짜 신영원이었을 확률이 커 요."

두 번에 걸친 정신병원 수용 중에 작년 8월은 진짜 신영원이었고, 작년 11월

두 번째 격리 수용 땐 신영원의 이름으로 신해수가 감금됐다. 8월. 그 한 달 동안 무슨 일이 일어난 걸까? 뭔가가 진주양의 심경에 커다란 변화를 일으켜 정신병원에 집어넣었던 귀찮은 여자를 사랑으로 승화라도 시킨 건가?

도저히 상식적으로 납득하기 어려운 상황들의 연속이었다. 어째서 신부가 바뀌게 된 건지 장 경감은 아직 잘 몰랐다.

그렇기에 진주양은 그 무엇에 대해서도 보류했다. 받아들일 준비가 되지 않은 사람에게 말을 아끼듯이. 그저 장 경감에게 경고성 멘트를 날렸다.

사냥하기 전에 사냥당하지 말라는.

'내 가족, 경찰, 심지어는 내 편들도. 아무도 믿어선 안 됩니다.'

진주양은 오롯이 혼자 힘으로 신부를 찾아내라고 지시했다. 가족을 믿지 말라는 건 어느 정도 짐작이 갔다. 근데 경찰과 그의 주변 심복들까지 믿지 말라니. 프락치가 있는 건가. 진주양의 적이 진두영만 있을 거라 생각한다면 오산이었다. 한 명의 괴물을 죽이면 또 다른 괴물이 그 자리를 차지한다. 한신의 친인척들…… 괴물 같은 인간들이 차례를 기다리고 있다. 누구도 믿을 수 없는 상황이다.

주양만 해도 그렇다.

처제와 바람난 개새끼에서, 알고 봤더니 버림받은 왕자에, 신부를 기다리는 로맨티스트라니.

'당신 누굽니까?'

작은 불만이었다. 시비 걸듯 그렇게 물은 것은.

묻는다고 답해 줄 것 같지 않아 자세한 내막은 혼자 알아낼 생각이었다.

역시나 주양은 짧고 굵게 대답할 뿐이었다.

'신랑.'

그 입술에서 흘러나온 그 지극히 당연한 단어가 장 경감의 마음을 이상하게 흐트러뜨려 놓았다. 저토록 무정한 남자를 비련의 남자 주인공으로 만든 신영원은 어떤 여자였을까? 기이한 일이었다. 모든 것을 가진 왕자가 기껏 마음을 준 여자는 아무것도 가지지 못한 허름한 하녀였다니. 얼마나 매력적인 여자이기에? 아니. 어쩌면 매력이 없었기에 남의 이름까지 훔쳐 결혼을 했는지도 모르겠다.

그녀 때문에 신해수는 정신병자가 되었다. 멀쩡한 사람의 인생을 망쳤다는 점에서 신영원은 용서받을 수 없는 악인이었지만, 맹렬한 거부감이 일지 않는 것은 영원이 남긴 불행한 삶의 발자취 때문이었다.

백운당의 귀신. 사람들에게 천대받던 천덕꾸러기. 재투성이 신데렐라.

질투하고 동경하던 다른 자매의 신분을 훔쳐 결혼을 감행했지만 결국 도망쳤다. 그녀의 성격이 대략 나왔다. 커다란 욕망에 비해 어설프고 나약해서 손해만 보는. 끝장을 보지 못하는 무른 성격. 막상 죄책감이 들었나? 무서워서 도망쳤나?

그런 신영원을 납치한 제삼자는 또 누구지?

얼기설기 상념이 복잡해지는데 수진이 끼어들었다.

"전화로 대충 정황을 듣긴 했는데, 믿기지가 않아서요. 지금까지 우리가 정신병원에서 봤던 여자가 정말 신해수였다는 건가요?"

"그런 셈이지."

"기가 막히네."

"작정하고 달려들면 사람 하나 병신 만드는 거, 저 세계 사람들한테 그다지 어려운 일 아냐."

"그러니까 진주양이 결혼한 건 사실 신영원이었고, 신영원이라고 알았던 정신병자가……"

"신해수였다고."

수진의 경악 어린 어조와 달리 장 경감은 담담했다. 지금 자기네들이 죽어라 찾는 신부가 신영원이란 걸 알면 현기영은 어떤 표정을 지을까.

"가족 전부를 속인 연극이겠죠?"

"그러니까 경찰이 신부를 찾지 못하게 해 달라고 했겠지."

경찰의 귀에 들어가면 숙부 진두영에게도 흘러들어 갈 테고, 그걸 기회 삼아 진주양을 흠집 내려는 세력들이 들끓듯 일어날 터다.

"세상에 밝혀지면 쇼킹한 사건이 될 거야."

"더 이해할 수 없는 건 신해수예요. 굉장히 똑똑한 여자라고 들었는데."

온화하기로 소문난 백운당 해어화와 히스테리 부리며 자살 난동을 피운 정신병자는 매치가 안 된다.

"어떻게 한순간에 그렇게 망가질 수 있는 겁니까?"

자동차는 논이 펼쳐진 곳으로 접어들었다. 마침내, 그들은 '파주'라고 적힌 표지판을 지나쳤다. 장 경감이 나직이 목소리를 깔았다.

"이제부터 우리가 그걸 알아내야지."

대체 저들 사이에 무슨 일이 벌어진 건지.

【1년 전, 해수】

기억이란 알다가도 모르겠다. 머릿속에서 희미해져 있다가도 어떤 계기로 거품처럼 일어난다. 케케묵은 기억은 시간이 흐를수록 점점 더 선명해진다.

해수는 갑자기 어릴 적 일이 생생해졌다. 세 자매는 숨바꼭질을 자주 했었다. 백운당은 곳곳이 숨을 장소 천지였다. 커다란 백운당을 누비고 돌아다니며 서로를 찾아다녔다.

해수는 달리기에 소질이 없었다. 그래서 항상 술래였다. 못 찾진 않았다. 오히려 그 반대였다. 자매들의 성향은 읽기 쉬웠다. 그들이 숨을 만한 곳은 한정되어 있었다. 눈치가 빨랐고 센스가 탁월한 탓이었다. 해수는 반드시 자매들을 찾아내었다.

성원 언니는 그때도 어린애답지 않게 얌체 같았다. 백운당 담장 밖에 숨는 반칙을 썼다. 그래 봐야 얄팍한 수였다. 그에 반해 영원은 요령이 부족했다. 매번 비슷한 장소에 숨으면서 자기 딴엔 들키지 않을 거라고 믿었다. 성원과 해수는 영원이 숨은 곳을 알면서 모르는 척하기도 했다. 그러다가 저녁 시간이 돼서, 영원을 까맣게 잊어버리고 그들은 집으로 돌아간 적이 있었다. 잠자리에 들다 그제야 생각나 직접 찾으러 가니 영원은 그곳에서 해수를 기다리고 있었다. 자기를 찾으러 와 줄 때까지.

십여 년이 흐르는 동안 까맣게 잊고 지냈던 기억은 뒤통수를 치듯 불쑥 해수를 찾아왔다. 숨바꼭질이 다시 시작됐음을 예고하며.

영원이 숨어 버렸다. 8월, 그 서늘한 여름에.

성원이 사장실 테이블에 쪽지 한 장을 내려놓았다.

"신영원이 남기고 간 거야."

영원의 방 책상에서 찾아낸 쪽지였다. 아침에 집이 발칵 뒤집어졌다. 밥을 차려야 할 영원이 모습을 감췄다. 백운당 어디에서도 보이질 않았다.

"드디어 가출한 거지, 뭐."

성원은 불난 집에 부채질했다. 자신은 영원이 가출한 작금의 사태와 무관한 타인인 양 객관화했다.

"엄마가 오죽 걔를 구박했어. 신해수, 너도 은근 부려 먹었지."

해수는 쪽지를 읽었다. 당분간 들어오지 않을 거라고 적혀 있었다.

"대체 무슨 심경의 변화로?"

"그냥 집 나간 거야. 너 때문에."

"언니. 무슨 말을 그렇게 심하게 해? 내가 뭘 어쨌다고?"

"오래 버텼어. 나 같았으면 벌써 나가도 열두 번은 나갔지."

"……그만!"

상석에 앉은 최혜란이 다툼을 막았다. 바스락거리는 한복 치마를 갈무리하며 일어났다.

"호들갑 떨지 마. 별것도 아닌 일에 쏟을 시간 없다."

혜란은 곧장 해수에게 오늘 스케줄을 일렀다. 그러곤 딸들을 사장실에서 쫓아내듯 내보냈다.

두 자매는 나란히 복도를 걸었다. 침착함을 가장했지만 혜란은 당황한 기색이 역력했다. 정말 영원이 가출할 줄 몰랐을 테니까. 누구보다 영원의 가출에 대해 책임을 피할 수 없는 사람이었다. 막말로 영원이 이대로 어딘가에서 시체로 발견된다면 경찰이 용의선상에 둘 1순위는 혜란이 될 것이다.

해수가 모퉁이를 돌려는데 성원이 벽에 기댔다. 질기게 해수를 물고 늘어졌다.

"엄마 때문은 아냐."

해수는 더 이상 참지 못하고 외쳤다.

"그럼 나 때문이라는 거야?"

"너 때문이지."

"무슨 근거로?"

"네가 진주양하고 혼사가 오갈지도 모른다고 한 뒤 바로 나갔어."

해수는 반박하지 못했다.

"엄마의 학대는 걔한테 더 이상 상처가 되지 못해. 만성이 되었으니까."

"……."

"일상 그 자체니까."

"유감이지만 빈약한 추론이야. 가출할 이유는 많아."

"걔가 가출할 위인이 못 된다는 건 누구보다 네가 정확히 보증할 텐데."

성원이 표적을 향해 결정적인 비난을 꽂았다.

일단 자신한테 불리하면 인정하지 않고 보는 게 해수의 습성이었다. 영원이 주양에게 마음이 있을지 모른다고 생각했으면서 모르는 척했다. 지금도 마찬가지다. 해수는 영원의 가출을 부정부터 하고 있었다. 영원은 마음이 없는 무뇌에 가까웠다. 가출을 할 거였다면, 혜란의 학대가 절정에 이르렀던 청소년기에 진작 시도했었을 것이다.

그러니 만약 영원이 가출을 했다면 그건 주양 때문이었다.

"그 말 병신, 내심 진 이사를 마음에 두고 있었어. 넌 몰랐겠지만. ……아니.

알고 있었나?"

성원이 고약하게 해수를 찔러보며 비꼬았다. 해수의 어깨를 치고는 복도를 돌아 나갔다.

이때만 해도 영원이 며칠 내로 돌아올 줄 알았다. 그러나 가출은 일주일을 지나 한 달이 되어 갔다. 그사이 모두들 정상적으로 일상을 되찾아 갔다. 백운당 직원들도 뒤에서 수군거렸지만 세상의 가십들이 짧게 소비되었다가 사라지듯, 일주일을 못 버텼다. 사람들의 관심 속에서 영원은 빠르게 잊혀져 갔다.

해수의 기억에서만 빼고.

모두들 너무 빠르게 일상으로 복귀했다. 석연치 않아 하는 건 해수 혼자였다. 그녀만 이 상황이 이상하다고 여겼다. 이상한 것들투성이였다. 백운당에 꽤 여러 개 있었다. 그중에 가장 이상한 것은 '매향'이었다.

해수는 머리에 전모를 쓰고 길을 걸었다. 백운당 중정 연못을 지나는 참이었다. 딴생각에 빠져 중심을 잃은 그때였다. 턱, 하고 손이 그녀를 잡았다.

"조심해야지."

시린 매화꽃 같은 향이 자취를 남겼다. 해수는 매향의 시선을 피했다.

"고맙……습니다."

어쩐지 매향이 껄끄러워 급히 자리를 뜨려고 했다.

"영원이 가출한 거 사실이야?"

매향이 해수를 먼저 붙잡았다. 두 사람은 왕래가 없었기에 이런 식으로 이야기를 나누는 게 처음이었다. 안 그래도 궁금하던 참이었다.

"그 애한테 참 친절하시네요."

"영원이?"

"왜 그 애한테 자꾸 호의를 베풀죠?"

다들 느끼지 못했지만, 해수는 저 여자가 평범한 여자가 아니라는 걸 진즉 알고 있었다. 몹시 이상한 여자가 아닌가. 백운당은 살벌한 세계였다. 살아남기 위해 알게 모르게 모두가 암투를 벌이고 있다. 그런 백운당에서 매향만이 영원에게 친절하게 굴고 있는데 그게 과연 정상일까?

매향은 모두가 기피하는 영원에게 호의를 베풀었다. 다정한 언니처럼. 혹은 친구처럼.

인간은 자신에게 이득이 없으면 뭘 하지를 않는 족속들이다. 그러니까 이상하다는 거다. 대체 영원에게서 무엇을 얻기 위해 잘해 주는가.

적대감 가득한 해수의 눈초리를 매향이 곰방대로 스치듯 훑었다.

"넌 내가 마음에 안 들어. 그치?"

해수는 인간에겐 남들은 모르는 두 번째 얼굴이 존재한다고 믿었다. 남들에게 내보일 수 있는 민낯과 자기만 아는 민낯. 간혹 그 경계가 모호한 이들이 있었다. 때문에 하나의 민낯이 더 존재했고, 매향은 세 번째 민낯을 가진 몇 안 되는 인간이었다.

진주양과 더불어.

"영원이는 좋은 아이야. 너 같은 거보다 훨씬."

매향이 웃기는 소리를 했다. 아니. 그 애는 바보였다. 자기를 잡아먹을 포식자인 줄도 모르고 머리를 들이미는 바보. 해수는 그들을 이용할지언정 그들의 가면에 절대 속지 않았다.

"모르기 때문이겠지."

해수가 반박했다.

"그 애 주변에 유독 당신들 같은 부류가 발견되는 것은. 당신들 같은 부류가 그 애에게 끌리는 것은."

"……."

"그 애가 겁도 없는 무지렁이기 때문이겠지."

초식 동물은 포식자를 만나면 경계를 한다. 그러나 간혹 멍청한 초식 동물은 포식자를 포식자로 알아채지 못하고 그들과 친구를 맺는다. 처음엔 잡아먹으려 한다. 포식자는 그 과정에서 초식 동물의 순진함에 주저하다가 얼결에 마음을 쥐 버리게 된다. 둘은 그렇게 친구가 되는 거다. 운이 좋다고 할 수 있다. 하지만 해수 같은 정상적인 초식 동물은 불가능했다. 감추려야 감출 수 없는 두려움이 뼛속까지 박혀 있기 때문에.

어느덧 무더운 여름이 지나고 가을로 접어들었다.

가출 이후 한 달이 흘렀다.

9월의 어느 날, 영원이 예고도 없이 귀환했다.

해수가 앞을 아연하게 응시했다. 멀쩡한 모습을 하고 영원이 나타났다. 느닷없이, 가출한 적이 있었냐는 귀가였다. 성원의 목소리가 등 뒤에서 울렸다.

"왔네?"

성원이 투게더를 한 손에 들고 퍼먹으며 대수롭지 않게 그들을 지나쳤다. 해수는 다급하게 영원을 살폈다. 팔, 다리, 모두 다 멀쩡하게 달려 있다.

"그동안…… 어디 있었어?"

"그냥."

영원은 무뚝뚝한 짧은 대답뿐이었다. 방으로 올라간 그녀는 짐 가방을 풀고 옷 정리를 했다. 해수가 영원에게 바싹 붙어 물었다.

"무슨 일 없었지?"

영원이 해수를 날카롭게 돌아봤다.

"마치 무슨 일 당하기라도 했음 하는 말투네?"

해수는 당황했지만 상냥하게 대꾸했다.

"아무 일 없었나 보네. 그 입, 아직 살아 있는 거 보면."

험한 일을 당한 기색은 아니었다. 분명. 능력 없는 영원이 집 밖에서 돈을 벌었을 리는 없고, 그런 것치고 영원은 전혀 고생한 흔적도 없었다. 못 먹어서 살이 마르지도…… 아니. 오히려 살이 좀 올랐나?

미심쩍어하다가 흠칫. 해수는 스스로 반문했다.

'수상쩍다고? 무엇이?'

영원이 돌아온 것만으로도 기뻐해도 모자랐다.

분명, 그러한데.

영원의 그간 행적에 대한 의문이 집요하게 뇌리에 달라붙었다. 그건 걱정이 아니었다. 영원이 빨리 돌아오길 바랐던 간절함은 오직 자기만족을 위해서였다. 불안했다. 어디에 있었는지. 뭘 했는지.

누가…… 그녀와 함께였는지.

해수는 초조하게 손톱을 물어뜯었다. 묻고 싶었다.

'누구와 있었어?'

'누가…… 널 보살펴 줬어?'

'지금까지 '그 사람'과 함께 있었던 건 아니지?'

가출 사건은 해프닝에 그쳤다. 성원도, 혜란도 영원에게 가출에 대해 이 이상 왈가왈부하지 않았다. 빈자리는 채워졌고 다시 일상으로 넘어갔다.

해수만 빼고.

내색하지 않았지만 마음이 불안하게 갈피를 잃었다. 표면으로 드러나지 않았을 뿐, 일상이 뒤틀리고 있음을 해수는 감지했다.

주양은 바로 그 뒤틀린 지점을 비집고 들어왔다. 영원이 돌아오고 일주일 뒤, 그가 백운당을 방문했다.

"집으로 찾아와서 미안합니다. 별채에서 할 이야기는 아닌 것 같아서."

주양은 사택 초인종을 누르고 찾아왔다. 해수는 정원에 예쁜 테이블을 차려 다소곳이 그에게 차를 대접했다.

"통 발길이 없으셔서 해외 출장 떠나신 줄 알았어요."

화려한 본차이나 찻잔에 달콤한 홍차가 향내를 피워 올렸다. 그가 무슨 말을 하려고 왔는지 해수는 짐작하고 있었다.

그때 쿠키가 담긴 접시가 놓였다. 영원은 가출 이후 근신령이 내려져 출근하지 않고 집안일만 맡았다. 해수는 집기를 놓는 영원을 곁눈질하다 말했다.

"저도 근래 곤혹을 치렀어요."

"곤혹?"

"사람들이 어떻게 알았는지, 이사님과의 관계를 물어봐요. 비밀 연애가 민망해지게."

곤란함을 애써 덮듯 해수의 입가에 미소가 맺혔다.

"며칠 전에는 여성지 기자가 찾아와서 인터뷰를 부탁하는데, 소문이 도나 봐요."

언제부턴가 그녀는 혼자 떠들고 있었다.

"저와 이사님이 교제를 한다. 염문설이 사실이냐고 묻는데……."

주양이 듣고 있지 않은 걸 깨달은 해수는 말을 멈췄다. 그는 딴 곳에 정신이 팔려 있었다. 영원이 달그락거리며 포크와 티슈를 테이블에 내려놓았다. 툭 불거진 영원의 손가락……, 그의 눈동자가 뼈 마디마디를 타고 올라갔다. 영원의 행동 하나하나에 남자가 촉각을 세우고 있었다.

해수는 어느덧 혼자 남았다. 주양과 어떤 이야기를 나눴던 거 같은데 기억이 나지 않았다.

'잠깐 실례하죠.'

주양은 냉정하게 전화해 줘야 할 곳이 있다며 엉덩이를 뗐다. 기다려도 오지 않아 그를 찾아 나섰다. 백운당 어디에서도 그를 발견할 수 없었다. 해수는 다시 집으로 돌아왔다. 주인을 잃은 차는 지독히 차갑게 식어 있었다.

모든 게 이상했다. 석연치 않았다.

'아무도 이게 비정상이라는 걸 느끼지 못하는 거야?'

해수는 조용히 고개를 들었다. 2층 계단을 올라갔다.

주양이 그곳에 있을 리가 없었다.

하지만 그럼 주양은 어디에 있는 걸까. 백운당을 아무리 뒤져도 그림자도 밟히지 않았다. 2층에 오른 해수는 다락방으로 이어지는 비좁은 계단을 응시했다. 계단을 밟았다. 삐걱삐걱. 오래된 나무가 뒤틀릴 때마다 그녀 안의 무엇도 크게 뒤틀려 갔다. 불안이 오싹하게 그녀를 옭아매며 무섭게 심장이 뛰었다.

'그는 이 안에 있지 않을 거야.'

일상의 뒤틀림. 해수는 문 앞에 섰다. 긴장한 손끝을 문고리에 얹었다.

그것은 절묘한 우연의 일치였을까. 의도적이었을까.

안에 있던 누군가가, 문을 잠갔다.

팅—!

스크래치를 일으키듯 소름이 해수의 등줄기를 내달렸다. 완벽히 그녀를 차단하는 안전핀 소리. 들어갈 수도, 안에서 무슨 일이 일어나는지 알 수도 없었다.

이거 하나는 확실했다.

이. 방. 에. 두. 사. 람. 이. 함. 께. 있. 어.

내내 의심으로만 남겨 두었던 두 사람의 밀애 현장을 드디어 잡았다.

기억은 알다가도 모르겠다. 어찌하여 그 순간 숨바꼭질의 주문이 희미하게 귓가를 울렸는지. 파멸의 전조는 이미 그때부터 실체화되고 있었는지도 몰랐다.

꼭꼭 숨어라……

머리카락 보일라.

꼭꼭 숨어라……

잡았다.

【1년 전 8월, 영원 26세】

영원은 쿵쾅거리는 심장을 억누르며 병원 직원들을 따라갔다. 과연. 주양이 소개한 성형외과는 초호화였다. 강남에서도 이런 곳을 찾기는 힘들 거다.

"쌍꺼풀 없애는 수술은 가격대가 어느 정도 할까? 사람에 따라 수술 결과가 차이 난다는데. 설마 수술한 티가 나는 건 아니겠지?"

권력이란 게 이래서 좋은 거다. 알아서들 기어 주니까. 한신가의 지인에게도 병원은 VIP 대접을 했다.

"VIP께 불편함 없도록 하세요. VIP 식사 시간은 절대 엄수해야 합니다."

원장이 직접 마중 나와 간호사들에게 지시 사항을 전달했다. 당연히 병실도 특실층이었다. 간호사는 옷가지를 놔두고 갔다. 환자복과 슬리퍼, 쾌적하고 깔끔한 병실이었다. 다만 지나치게 아무것도 없다는 것이 좀 마음에 걸렸다.

"TV는 갖춰 놔야 하는 거 아냐? 며칠을 어떻게 버티라고. 나 참."

항의해야겠다고 마음먹었다. 문을 열려고 하는데 꼼짝도 하지 않았다.

"뭐야."

미닫이문을 좀 더 힘주어 밀었다.

덜커덕덜커덕.

문 밑에 못이 박힌 것처럼 아무 반응이 없었다.

"여기! 문이 고장 난 거 같아!"

소리쳐 봤지만 묵묵부답이었다. 못 들은 걸까?

"이봐!"

외침이 복도 밖까지 무의미하게 메아리쳤다. 이 층수에는 그녀 혼자만 있는 듯 지나치게 적막하다. 병실 공기가 숨 막히게 그녀를 에워쌌다.

"여기……"

목소리에 점차 자신이 없어졌다. 표정이 굳은 영원은 병실을 어슬렁거렸다. 그러다 참지 못하고 다시 한번 입 밖으로 소리 내어 뱉었다.

"여, 여기 사람 있어!"

겹겹이 둘러진 석조 건물은 감옥의 형상처럼 그녀를 가두고 있었다. 피가 터져라 외친들 누구도 듣지 못할 것이다. 그러기 위해서 존재하는 곳이니까.

그제야 이상하게 돌아가는 상황이 영원은 피부로 느껴졌다.

똑딱똑딱똑딱똑딱—

똑딱똑딱똑딱똑딱—

시계 초침이 핏속을 흘러 다녔다. 귓가를 고통스럽게 누르는 건 주양의 나지막한 속삭임이었다.

'……모든 게 달라질 거야.'

원망스러운 목소리는 꿈을 넘어 현실 영역까지 점령했다. 확— 의식이 확장됐다. 영원은 침대에서 정신을 차렸다. 그것은 꿈이었다. 한때의 과거이자.

그녀가 깨어나는 시간을 기다리기라도 했는지 곧장 문이 열렸다. 드르륵. 문이 내는 스산한 소음을 누르며 교도관이 들어왔다.

"오늘 기분은 어때요."

이 병원의 원장이었다. 매일같이 찾아와 그녀의 기분을 묻는 상냥한 낯짝은, 약탈자의 냄새를 풍겼다.

"밖으로 나가고 싶다고 했다던데. 병원 옥상이 아주 잘 돼 있어요. 점심 먹고 옥상으로 산책을 나가 보는 것도 좋은 생각 같군요."

"수술 스케줄은 잡혔어?"

트러블을 만들고 싶지 않아 영원은 최대한 얌전하게 물었다. 병실에 갇힌 지 3일째. 아무도 영원의 이야기를 들어 주지 않았다.

"나는 쌍꺼풀 수술 받으러 왔어."

원장은 인자하게 미소를 머금었다.

"그래요. 기분이 나아지면 쌍꺼풀 수술을 하도록 하죠."

"그깟 성형 수술 받는 데 왜 이렇게 오래 걸려!?"

걱정하지 말라는 모습에 결국 폭발하고 말았다. 희미한 불안으로 영원의 음성이 히스테릭하게 높아졌다.

"지, 집에 가고 싶어. 그냥 안 받을래."

일어나려 했지만 건장한 남자 간호사들에 의해 영원은 어깨가 잡혀 눌렸다. 침대에 다시 앉혀졌다.

"가, 갈 거야!"

"대기 환자들이 많아요."

"웃기는 소리 마!"

"밥 잘 먹고, 운동 열심히 하고, 우리 병원에서 진행하는 교육 프로그램을 잘 따르면 여기서 나가게 해 줄게요."

"미친 인간들뿐이라고! 여긴!"

자신이 조선 시대에서 타임 슬립을 했다는 거짓말쟁이도 있었고, 사람을 죽여 놓고 게임과 혼동하는 살인마도 있었다.

주양은 성형을 시켜 주겠다며 그녀를 이곳에 데려왔다. 먼저 선심을 베풀 때부터 눈치를 챘어야 했다. 하루가 3일이 될 동안 그는 코빼기도 모습을 내밀지 않았다. 분위기가 이상했다. 마치 저들은 그녀를 여기에 가둬 두지 못해 안달난 이처럼 굴고 있다.

여긴 창살 없는 감옥이었다.

"난 안 미쳤어."

"……."

"난 안 미쳤어!"

영원이 식판을 집어 던졌다.

사방으로 음식물이 튀었다. 원장의 하얀 의사 가운을 더럽혔다. 남자 간호사들이 그녀를 짓눌렀다. 영원은 아래에 깔려 숨을 흉포하게 들썩였다. 발악하며 속사포처럼 말을 쏟아 냈다.

"내가 모를 줄 알지? 여긴 성형외과가 아니야. 왜 다들 날 미친 여자 취급해!"

"신영원 씨. 진정해요."

"그 사람은? 그 사람은 언제 와?"

"자꾸 이렇게 흥분하면 진정제 투여합니다."

"……날 여기에 집어 처넣고 왜 안 오냐고!"

"안 되겠군. 로라제팜 2밀리그램 투여해."

"싫어. 싫어!"

매번 같은 패턴이었다. 저들은 상냥한 낯짝으로 잔뜩 겁에 질린 영원을 안심시켜 놓았다. 그때가 바로 팔뚝에 주사를 꽂는 순간이었다.

"흐……아아악! 놔!"

팔다리가 구속복에 꽁꽁 싸매어졌다. 진정제를 맞으면 하루 종일 몽롱해서 꼼짝도 못 했다. 진정제는 환자들을 공포스럽게 통제하는 '체벌'이었다.

"해를 끼치지 않아요. 우린 환자분을 도우려고 존재합니다. 당신은 이 병원의 VIP입니다."

VIP. VIP. 저들이 입을 열 때마다 불러 대는 호칭이 처음엔 듣기 좋았지만 이젠 아니다. VIP란 것이 어떤 건지 대략 견적이 나왔다. VIP. 일반 환자들과 차별되는 특별 관리 대상자.

간혹 정상인이 섞여 있을 수도 있다. 영원처럼.

여기가 사이비 정신병원이란 것쯤은 이제 영원도 받아들여야 했다.

허억. 허억. 허억.

믿고 싶지 않았다. 그를 사랑하면 할수록 감당할 수 없는 괴로움도 함께 밀려왔다. 그는 밑바닥이 보이지 않는 우물이었다. 발이 닿지 않는 심해였다. 그를 들여다보려고 그의 심연에 얼굴을 비출수록 우물은 그 깊고 괴괴한 골격으로 나를 빨아들였다. 거대한 압력이 뼈를 뭉개고 형체도 없이 갈아 버렸다.

'겉모습만 보고 혹했나 본데, 그 사람은 가망 없어.'

해수는 진즉에 알았던 거다. 주양에게서 달아나야 산다는 것을. 광기 어린 혓바닥이 속삭이는 말뜻을.

'……모든 게 달라질 거야.'

영원은 인정해야 했다.

주양은 오지 않는다는 것을.

그가 이곳에, 나를 버렸음을.

불빛 한 점 들지 않는 병실이었다. 주양은 어둠이 내려앉은 소파에 앉아 잠든 진 회장을 바라보고 있었다. 사람은 잠잘 때 가장 천진해진다 했던가. 얼굴에서 형형한 눈빛이 사라진 진 회장은 그저 평범하게 늙은 노인일 뿐이었다. 독한 항암 치료 탓에 거무스름해진 얼굴이 더욱 가련해 보였다. 자신도 모르는 나약함을 숨결과 함께 내보내고 있었다. 평생 진 회장은 자신의 다른 면을 모른 채 살다 죽을 것이다. 자신의 잠든 얼굴을 볼 수 있는 건 타인뿐이었다.

진 회장이 눈을 떴다.

"준영아."

진 회장이 허공에 대고 헛발질하듯, 첫째 아들을 부르짖었다. 진 회장의 눈길은 소파에 앉은 주양에게 와 닿았다.

"준영아."

꿈결에 혼동하는 듯했다. 노인은 근육이 소실된 팔뚝을 흔들어 힘겹게 주양을 불렀다.

"왜 이제야 온 거야. 내 아들."

노인의 관자놀이로 악어의 눈물이 흘렀다. 주양은 반쯤 정신이 풀린 진 회장을 차갑게 봤다. 진 회장은 의아해했다.

"왜 그러니. 이 아비가 반갑지 않은 게야?"

독한 약물에 혀가 뭉그러져 발음이 꼬였다.

"회장님. 전 진준영이 아닙니다."

이젠 아예 자신을 죽은 첫째 아들로 착각할 셈인가.

진 회장은 믿지 않았다.

"내게 화가 났구나. 미안하다. 아픈 너를 그렇게 포기해 버리는 게 아니었는데."

뜻밖의 고해가 시작됐다.

"네가 고통스럽다고, 죽여 달라고 해도 그러는 게 아니었는데……. 하지만 나를 미워하지 말거라. 너답지 않은 눈빛을 하지 마."

"회장님. 전 진준영이 아닙니다."

"나를 노려보고 있잖니."

"……."

"무섭게."

주양이 입술을 비릿하게 쳐올렸다.

"제가, 무섭습니까?"

친인척들은 그가 지나가면 등 뒤에서 수군거렸다. 저주받은 왕자, 인조인간, 진준영의 대용품, 진 회장의 첫째 아들을 향한 집착의 소산물. 끊임없이 달라붙는 구설수를 내버려 두었다. 삶을 구성하는 데 극히 사소한 부분에 지나지 않는 것들이었다. 그간 얼마나 편하게 그것들을 이용해 왔던가. 죄의식에 무뎌진다는 건 편리한 삶이었다. 지금도 변함이 없다. 일말의 망설임 없이 영원을 정신병원에 가두고 오지 않았나.

그러나 '무섭다' 라는 말은 적어도 진 회장이 입에 담을 말은 아니었다.

"준영아."

"왜 날 만든 겁니까?"

목소리는 반쯤 잠긴 상태에서 흩어졌다.

"왜 나는 만들어진 겁니까?"

정작 답을 해 줘야 할 진 회장은 이해할 수 없다는 반응을 보였다. 자신이 무엇을 만들었는지 까맣게 잊어버리고서. 진 회장은 하품을 했다. 몰려오는 졸음에 잠시 헛소리를 지껄이더니 노인은 수마에 빨려 들어갔다.

진 회장이 다시 눈을 떴을 때 그는 자신이 선보인 기이한 행동들과 주양과 나눈 대화를 기억하지 못했다.

"언제 왔냐."

진 회장이 퉁명스럽게 눈치를 줬다. 준영과 대화를 나눈 것이 꿈이라고 생각하는 듯했다. 노인은 다시금 주양에게 의아한 눈빛을 보냈다.

"내가 이상한 잠꼬대를 했니?"

주양은 진 회장을 알 수 없는 눈으로 보다 자리를 떴다. 복도에서 김 원장과 마주쳤다. 주치의로서 직분에 충실한 인물이었다. 자신의 환자에게 퇴근 허락까지 받는.

"회장님께 들렀다 가시는 길이시군요."

김 원장이 먼저 알은체를 하며 다가왔다.

"회장님은 좋으시겠습니다. 아들에 이렇게 효심 지극한 손자까지. 하하하."

간단히 인사치레 후 헤어지려는데, 불현듯 주양이 김 원장을 돌려 세웠다.

"더 물어보실 게 남았습니까?"

"항암 치료 후유증……, 어떻게 나타난다고 했죠? 그때."

"면역력 저하는 물론이고 탈모에, 최악의 경우 혈관성 치매를 대비하셔야 합니다."

주양의 머릿속이 재빠르게 정돈, 재배열되었다.

"회장님께 변고가 있습니까?"

되물으며 김 원장이 그를 빤히 봤다. 회장은 치매기를 보였다. 지금 발견하면 조기에 예방할 수도 있었다. 주양은 입을 떼었다. 한 치의 죄책감 없는 시선으로 간결히 일축했다.

"아니. 아무것도."

"죽여 버릴 거야!"

살기 어린 그림자가 주양에게 빠르게 달려들었다. 병원 지하 주차장에 들어설 때 기둥 뒤에 누군가 숨어 있었다. 수행원들이 막기도 전에 가슴팍에 계란이 투척됐다. 김보경이 악에 받친 비명을 질렀다.

"넌 인간도 아니야! 인간이라면 그럴 수가 없어!"

김인택의 사십구재를 혼자 치르고 독이 바짝 올라 있었다. 양 비서가 더러워진 주양의 옷을 손수건으로 닦아 주었다. 그를 대피시키려고 했다.

"아버지가 감옥에서 나오면 금세 재기할 거야. 오빠의 원수를 기필코 갚아 줄 거야!"

차에 타려고 했으나 도저히 무시할 수 없는 수준이었다. 지하 주차장에 저주가 쩌렁쩌렁하게 울려 퍼졌다.

돌아선 그와 김보경의 시선이 충돌했다. 그가 여자에게 일직선으로 걸어갔다. 죽이겠다고 계란을 투척한 여자는 막상 그의 앞에선 고양이 앞에 생쥐였다. 찍소리 못 했다. 살해당할 두려움에 김보경이 뒷걸음치다 넘어졌다. 주양이한 걸음을 남겨 두고 멈췄다. 구두 끝에 내용물이 다 빠져나온 여자의 핸드백이 닿았다.

그는 한쪽 무릎을 꿇었다. 물건들을 하나씩 하나씩 주워 담아 핸드백을 김보경에게 건네었다. 친절하고 정중하게.

경계의 끈을 놓지 않으며 김보경이 핸드백으로 손을 뻗었다. 주양은 정중히 충고했다.

"네 오라비는 너 때문에 죽었지."

김보경이 굳었다. 주양은 김보경의 얼굴을 위험한 시선으로 더듬었다.

"너는 네 오라비를 위해 죽을 수 있나?"

김보경은 얼굴 가죽이 샛노래졌다.

그를 이렇게 태어나게 한 건 진 회장이었다. 그런데 진 회장은 그의 눈빛이 무섭다며 두려워했다. 진 회장이 원한 건 죽은 첫째 아들 진준영이었다. 진 회장이 세상에서 가장 사랑하는 인간이자, 그의 말에 따르면 가장 순수하고 다정한 영혼을 지녔던 그의 자식. 하지만 주양에겐 얼굴도 보지 못한 아비일 뿐이었다. 진준영은 죽어서도 망령으로 세상에 존재했다. 그 굴레를 주양이 대신 뒤집어쓰고 그의 아바타로서 존재할 수 있었다.

"당신한테, 마음……이란 게 있긴 한 거야?"

김보경이 떨리는 음성으로 물었다. 그는 한참 동안 말을 고르다 간신히 꺼냈다.

"없을지도."

죽은 김인택 같은 마음이라면 없을지도 몰랐다. 김인택은 동생의 명예를 지켜 주기 위해 그를 찾아왔고 전사했다. 그는 그게 어떤 마음인지 이해할 수 없었다. 남의 고통을 내 고통처럼, 그런 건 어려웠다.

핸드백을 받을 생각이 없는 여자를 대신해 그가 친절히 가방 끈을 쥐여 주었다. 여자는 전의를 완전히 상실했다.

주양은 그대로 돌아서 차에 올라탔다.

쏴아아아—

물줄기가 두피를 갈랐다. 샤워 부스 아래 서서 주양은 뜨거운 머리를 차가운 물로 식혔다. 옷장을 열었다가 행거에 걸린 넥타이가 그의 시선을 사로잡았다.

"……."

푸른 타이였다. 일전에 영원이 머리카락을 묶었던. 매끄러운 실크를 느끼다가 그는 타이를 코끝에 댔다. 향기가 전혀 느껴지지 않았다. 문득 무의식에 깔려 있는 영원의 존재감에 그가 무섭게 눈을 치떴다. 타이를 쓰레기통에 던져 버렸다. 그때 양 비서가 노크했다.

"들어오세요."

옷장을 닫고 침실로 나갔다. 소파에 다리를 꼬고 앉아 양 비서가 내미는 자료들을 받았다. 신규 투자 계획서와 딜러들의 연간 운용 성과에 관한 보고서였다.

"김보경이 아무래도 마음에 걸립니다."

양 비서가 계란 사건을 잊지 못하고 모욕을 삼켰다. 주양은 확인한 것들을 사인해 주고 서류를 닫았다.

"이번이 처음이자 끝일 겁니다. 김인택의 처참한 시신을 마지막까지 확인한 사람이니, 제일 잘 알지 않겠습니까."

양 비서가 납득했는지 금세 수긍했다. 그러면서 넌지시 영원의 소식을 전해 왔다.

"신영원 씨에게 한 번은 가 보시는 게······. 일주일이 지났습니다."

주양은 갑자기 비위가 안 좋아졌다.

"양 비서님."

"말씀하십시오."

"하나만 하세요. 신영원과 가까이하지 말랬습니다. 자꾸 왔다 갔다 할 겁니까?"

주양이 서늘하게 시선을 들었다. 영원을 믿지 말라고 한 건 양 비서였다.

양 비서가 복잡한 표정으로 고개 숙였다.

"통 굴복하지를 않습니다. 짐승도 아니고, 자신이 정신병원에 가둬진 이유는 알려 줘야 순응하지 않을까요."

"이유를 알면 더 화나지 않겠습니까?"

"그게 무슨."

"고작 아무것도 아닌 이유였다는 걸 알면 더 화나지 않겠어요?"

"······이사님?"

주양은 54층 야경이 비치는 창가에 섰다. 사람을 매혹시키는 경관이었다. 그러나 빛이 밝을수록 그 뒤의 어둠은 더욱 짙게 드러나지 않는 법이었다. 화려한 이면 뒤에 감춰진 절망. 주양은 양 비서를 돌아보았다.

"나는 그랬습니다."

"······."

"나는."

얻어맞은 사람은 있는데 잘못한 사람은 없다. 얻어맞은 이유가 있지만 시시한 이유였다. 자기 손으로 아들의 숨을 거둔 죄책감이 든 진 회장은 그저 죽은 아들을 재현해 보고 싶었을 테고, 주양은 그렇게 태어났다. 진 회장의 사랑은 폭력이었다. 타인이 빚어낸 일방적인 폭력에 주양은 무력한 희생자이자 가해자가 되었다. 진 회장은 그를 무서워했다. 인정해 버린 것이다. 주양이 인간이 아니라는 것을. 그를 그렇게 만들어 낸 것이 본인임에도. 그가 잘못한 것은 1퍼센트도 없었지만 결국 고통은 온전히 그의 몫이었다.

상상도 못 할 것이다. 그가 어떤 역심을 품고 조부를 봐 왔는지.

'회장님께 변고가 있습니까?'

김 원장의 물음에, 그는 망설이는 시늉도 않고 조부를 죽음으로 한 발짝 밀어 넣었다.

'아니. 아무것도.'

그래. 그는 매 순간, 조부를 그의 인생에서 살해하고 싶었는지도 모르겠다.

날이 밝았다. 주양은 영원을 찾아갔다. 특진 병동은 아수라장이었다. 심전도 검사를 하는 틈을 타 영원이 자살 소동을 벌였다.

의료진이 방심한 틈에 간호사 하나를 사로잡아 협박했다. 영원의 손에는 위협적인 유리 조각이 들려 있었다.

"다 필요 없어!"

영원이 짐승처럼 울부짖었다.

"진주양, 흐윽······! 그 나쁜 새끼만 내 앞에 데려다 놓으란 말이야!"

주양이 지나가자 모세의 기적처럼 길이 열렸다. 끔찍한 소음, 무더기로 쏟아지는 공포에 질린 숨소리.

터벅······ 터벅······.

영원의 붉어진 눈시울이 그를 향했다.

"내려놔."

그런 순간에도 그는 침착했다.

"내려놔. 신영원."

자신이 내린 명령에 분한지 영원이 유리 조각을 쥔 손에 힘을 줬다. 괴로움을 참는 표정은 점차 일그러지고 있었다.

"이년이······ 내 팔뚝에 주삿바늘을 몇 개나 꽂아 넣었는지 알아?"

영원이 원망스럽게 그를 보며 토해 냈다.

"나를 죽이려고 했어. 나는 죽어 갔다고!"

"내려놔."

"그 시간에 넌 어디서 뭘 했어?"

그는 대답하지 않았다. 출근했어. 그리고 퇴근을 했지. 그러나 그녀가 원하는 대답은 이런 게 아닐 것이다.

자신이 좋아하는 남자가, 자신을 이렇게 만든다는 것. 말할 수 없이 비참하고 고통스러울 것이다.

주양은 머리로는 이해했다. 사랑이란 것. 사랑은 무조건적이며 상대에게 헌신하는 것이다. 하지만 교과서적인 정의는 그에게 어떤 감흥도 주지 못했다. 무조건적인 사랑이란 뜬구름과 같았다. 자신이 쏟아부은 것에 비해 턱없이 보잘것없는 보상이 돌아올 때, 지금의 그녀처럼 사랑은 증오로 변질된다. 그 헌신에 배신당할 때 그들은 폭주하고, 사랑했던 사람을 미워하기에 이른다.

영원이 바란 것은 극히 사소한 배려였다. 다정함. 아무것도 아닌 동시에 전부인 것. 죽었다 깨어나도 그가 해 줄 수 없는 것들이었다.

사람들은 말했다.

'넌 인간도 아니야!'

영원을 탐하면 탐할수록 주양 역시 감당할 수 없는 괴로움이 밀려왔다. 그녀는 진실을 비추는 거울이었다. '그'라는 인간을 한마디로 정의해 버리는 낱말이었다. 그녀를 들여다보려고 그녀의 심연에 그의 얼굴을 비출수록 그는 스스로가 무엇인지 알아 갔다.

타인을 향해 아무 거리낌 없이 폭력을 행사할 수 있는 존재.

주양의 가슴이 찢어졌다.

나는,

'괴물'이다.

영원은 간호사를 사로잡고 병원 관계자들과 대치했다. 유리 조각을 꽉 쥔 탓에 팔뚝을 타고 핏물이 흘러내렸다. 하얀 환자복에 알알이 맺힌 원색적인 피비린내가 각막에 파편처럼 꽂혀 왔다. 사, 살려 줘요. 간호사의 목 끝에 유리 조각을 겨누고 영원은 눈앞의 남자를 봤다. 증오스러운 눈길이 주양을 끝장낼 것처럼 담았다.

"처음엔 이해할 수가 없었어."

허기진 음성은 쇳소리처럼 갈라졌다.

"나는 그저 사랑을 했을 뿐인데, 왜 이런 취급을 받아야 하는지."

그를 믿었다. 그를 마지막으로 믿기로 한 거였는데…….

그녀가 하는 사랑은 항상 실패였다. 실패할 확률이 높은 사랑만 고르기 때문일까. 그녀가 사랑을 준 사람들은 전부 그녀를 고통스럽게 만들었다. 계모를 사랑했다. 친엄마보다 더. 온 힘을 다해 사랑했지만 돌아온 건 학대였다.

"맞는 게 너무 치욕스러웠는데, 죽고 싶을 때마다 어떻게든 살아남아야 한다는 생각뿐이었어."

왜 자신을 때리는지, 왜 자신을 미워하는지.

"나중에는 사는 것보다…… 맞는 게 쉬워졌어."

납득할 수 없는 시간들이 무연히 흘렀다.

"이제부터 모든 게 달라질 거라고?"

그는 영원을 병원에 데려오며 모든 게 달라질 거라고 했다. 영원의 생각은 달랐다. 달라지는 건 없다.

"네가 날 여기에 평생 가둬도, 비참했던 내 인생에 달라지는 건 없어."

"……."

"나를, 나를 눈물 흘리게 하는 사람이…… 하아, 하. 그 여자에서, 너로 옮겨진 것뿐이야."

체념이라 해도 무방한 자조가 주양의 마음에 타격을 입혔다. 그가 턱에 힘을 주었다. 모두들 엄두를 못 내는 상황이었다. 주양이 한 발짝 걸음을 떼었다. 영원이 간호사를 칼날처럼 위협하던 유리 끝을 그에게 겨눴다.

"오지 마."

"……."

"오지 마……. 내가 못 할 거 같지?"

"……."

"널, 널……! 죽일 수 없을 거 같아!"

이 칼로 그를 찌를 수 있을 것 같았다. 죽이고 아무렇지 않을 자신감이 있었다. 주양은 멈추지 않고 한 발짝씩 그녀에게 다가왔다. 경호원들이 위험하다고 저지했지만 그를 멈춰 세울 수 없었다.

그가 손을 뻗었다. 찰나의 순간에 모든 행위가 이뤄졌다. 영원은 질끈 눈을 감았다. 유리 조각을 놓쳤다. 간호사가 도망을 쳤다. 그가 영원의 멱살을 잡아 끌어당겼다. 짠 물기가 뺨을 가르고 적셨다. 거친 숨소리……. 영원은 희미하게 눈을 떴다. 빨려 들어갈 듯, 지독히 검은 눈동자가 버티고 섰다. 응시해 오는 눈빛은 노기로 미약하게 데워져 있다.

그녀에게 화가 난 듯했다.

"매일 나는 거울에 비친 내 자신을 꽤 자세히 확인하곤 해. 거울을 똑바로 보며 다짐하지. 어제는 정말 열심히 살았어. 오늘 하루도 뿌듯하고 보람차게 보내자."

"……."

"모두들 배신감을 느낄 거야……. 내가 아무런 죄책감을 느끼지 못하고, 보람찬 삶을 산다는 것에."

"……."

"나 같은 악인은 행복해서는 안 된다는 믿음에."

주양은 바닥에 떨어진 유리 조각을 집어 들었다.

"이딴 게 날 죽일 수 있을 거 같아?"

"왜 그랬어?"

영원은 턱을 웅얼거렸다.

"나한테 왜 그랬어……?"

그에게서 듣고 싶은 건 다른 말이었다. 그러나 덜덜 떨려 발음이 말을 듣지 않았다. 지금 그녀가 할 수 있는 건, 그에게 진심을 다해 반복해서 묻는 것뿐이었다.

"나한테 왜 이래!"

"내가 왜 그랬을 거 같아."

그의 물음에 맹렬한 혐오감이 영원의 표정에서 돋아났다. 사랑에 눈이 멀어 그동안 외면해 왔던 것들, 그간 봐야 할 것을 보지 못하도록 단단히 씌워졌던 콩깍지가 벗겨질 때가 됐다.

주양은 그녀의 표정에서 마음을 읽었다. 조부가, 삼촌이, 김인택이 그를 볼 때의 시선이었다.

정상인의 사고로 이해할 수 없는 폭력성.

그는 피 묻은 유리를 정중히 손수건으로 감싸 영원의 손에 쥐여 주었다.

"이제 네 눈에도 제대로 보여? 내가 누구 같아."

긴 시간을 돌아 이 꼴을 보이며, 또다시 그때 그 54층 방에서처럼 여자에게 묻고 있었다.

'내가 나쁜 겁니까?'

"역시 내가 나쁜 게 맞지?"

영원이 팔을 쳐들었다. 그의 뺨을 때리려고 했다. 유리를 쥐고 있는 걸 깜박했다. 그는 그 순간에 그녀의 손을 끌어다 자신의 목덜미에 대었다. 영원은 팔목을 뒤로 빼다가 유리를 잘못 휘둘렀다. 푹, 하고 박혔다 빠져나오는 감각이 머리끝을 쭈뼛쭈뼛 곤두세웠다.

챙강—!

영원은 유리를 떨어트렸다. 후드득, 눈물이 추락했다. 그제야 정신이 들었다. 뒷걸음질 쳤다. 피가 그의 쇄골을 타고 흘러내렸다. 그가 천천히 손바닥으로 목을 덮었다. 손에서도 피가 마구 흘러내렸다. 의료진들의 다급한 외침이 소용돌이쳤다. 도망치려는데 그가 손을 뻗었다. 영원의 멱살을 틀어잡아 가지 못하게 했다.

"지금 당장 수술해야 합니다. 출혈이 심해요, 이사님!"

의료진들이 그를 그녀에게서 떼어 내려 했지만 그가 그녀를 쥐고 놓지 않았다. 코끝이 가까이 그와 맞붙었다. 저를 찌른 칼날보다 더 강렬하게 그녀를 주시했다.

주양은 피가 새는 목을 지혈하듯 꽉 눌렀다. 머리는 냉정하니 차가운데 호흡이 이상하리만치 가빴다. 이렇게 아픈데, 이 고통의 10분의 1만큼도 그는 인간적이지 못하다. 아픔을 느끼는 센서는 똑같이 장착되어 있었지만 여과 장치에 하자가 있다. 그의 아픔은 심장을 거쳐 뇌로 가는 동안 어디론가 증발해 버린다. 그리고 그는 사람을 죽인다.

사람은 고통을 느끼기 때문에 타인과 공감한다. 그러나 그의 경우는 다르다. 동질의 아픔이 곧 인간성을 완성시켜 주진 않는다. 그가 아팠던 것처럼 그들도 똑같이 아플 거야, 가 아니다. 내 아픔은 아픔이고 그들은 용서할 수 없다. 아픔을 느끼는 순간 타인에게 가하는 폭력은 정당화된다. 왜 나는 '그들과' 다른 것인가.

태생이 다르기 때문이다. 그에게 고통은 그의 태생처럼 도구로서 존재했다. 오천만 원에 대리모의 자궁에서 태어났듯이, 고통은 그의 안에서 철저히 도구화 됐다. 타인과 공감하기 위해서 고통을 느끼는 게 아니라, 그들을 공격하기 위해서 존재하는 게 아닌지 의문이 들었다.

"난 다정해질 수 없어."

주양은 힘겹게 말을 내뱉었다. 멱살을 옥죈 손아귀는 더욱 그녀를 틀어쥐었다.

"그러니까 네가 포기해."

그의 말이 뜨겁게 쏟아졌다. 열병처럼, 그녀는 심장이 뒤흔들렸다. 피로 뒤덮인 셔츠를 보다가 영원은 비겁하게 울먹였다.

"내, 내가 한 게 아니야."

"……."

"내가 한 게 아니야. 갑자기 네가 칼을 목에 대는 바람에……."

그를 찔렀다는 사실에 영원은 패닉에 빠졌다. 눈물을 흘리고 있는 여자를 보다 주양은 얼룩진 뺨을 닦아 주었다. 야박한 척 굴지만 개미 한 마리도 죽이지 못할 여자를 볼 때면, 그가 가질 수 없는 것들에 대한 동경이 살아났다. 그녀는 그를 채워 주었다. 심지어 고통마저도. 불가사의한 일이었다. 여전히 타인의 고통에 무감각했지만 이상하리만치 이 여자의 눈물은 외면이 안 됐다.

그녀의 고통은, 그의 고통이 되었다.

"그래. 네가 한 게 아니야."

주양은 잇새로 마른 음성을 흘렸다.

"네가 한 게 아니야."

"……."

"내가 한 거야."

영원은 그저 멍청하게 눈물만 떨궜다.

그녀를 이곳에 가둬 놓고 한 번도 찾아오지 않았다. 최대한 만남을 미루고 싶었다. 이렇게 될 것을 예견했기 때문인가. 나약한 모습을 보이고 말 것이란 걸 예견했기 때문에. 손끝이 떨려 왔다. 그는 마지막으로 영원의 눈물을 훔쳐 주었다.

"미안."

예상치 못한 고백. 영원이 휑뎅그렁해져서 그를 봤다. 사실 병원에 와서 제일 먼저 해 주고 싶은 말은 이거였는데……

"미안……하다."

이제 생각나서.

다리에 힘이 풀렸다.

털썩.

무릎이 꿇려지고, 손이 축 땅으로 늘어졌다.

그는 눈을 감았다.

모든 고통도, 괴로움도, 그러므로 사라졌다.

【실종 23일째】

이야기는 거기서 끝났다. 정신병원 원장은 자신이 아는 모든 내용을 털어놓았다. 신영원이 하늘정신병원에 온 첫날, 그 뒤에 벌어진 자살 소동. 고작 일주일 사이에 터진 사고였다.

"이사님께서 그런 모습을 보인 것은 처음이었죠."

병원장은 그날 벌어진 살풍경을 이렇게 표현했다.

"난 이미 그때 예감했습니다. 그녀가…… 이사님의 신부가 될 거라고."

장 경감은 수첩을 닫았다. 여운에 잠시 할 말을 잃었다. 어쩌면 그 남자, 생각보다 더 진심인지도 몰랐다. 가려는 장 경감을 원장이 불러 세웠다.

"노 집사님을 만나 보시겠습니까?"

"그분이 아직 병원에 계십니까?"

장 경감이 놀라서 원장을 봤다.

노 집사는 이 병원에서 회복기를 갖고 있다고 했다. 신영원, 그러니까 신영원의 이름으로 병원에 감금되었던 신해수가 탈출 시도 중에 수면제 치사량을 먹여 죽다 살아났다.

노 집사는 옥상에 쳐 놓은 유리 펜스 밖을 멍하니 바라보고 있었다. 환자들이 옥상 정원을 거닐고 있었다.

"사장님. 사장님."

노 집사가 허공에 보이지 않는 누군가를 불러 댔다.

"잘못했어요."

누구에게 잘못했다고 빌고 있었다. 그 모습을 지켜보던 간병인이 고개를 가로저었다.

"혼수상태에서 깨어나고 그 뒤에 쭉 저런 상태예요. 사장님이란 사람만 불러 대요."

노 집사는 확실히 눈빛에 총기가 없었다. 정신이 오락가락한다고. 허공에 대고 사장님만 애타게 찾고 있었다.

"사장이라면, 최혜란 사장을 부르는 건가요?"

"아뇨. 죽은 전 사장이라던데요."

최혜란 사장의 전남편, 백운당의 진짜 주인. 노 집사는 죽은 전대 사장의 환영을 보는 듯했다.

"용서해 주세요. 내가 아가씨를 모르는 척했어요. 사모님이…… 무서워서…… 내가 아가씨를."

장 경감은 조심스럽게 옆 벤치에 앉았다. 노 집사는 원래 죽은 전대 사장의 사람이었다고 들었다. 그러나 그가 죽자마자 새로운 실세로 부상한 최혜란에게로 노선을 틀었다고. 죄책감인 걸까? 자신을 거둔 사장을 배신하고 최혜란에게 붙었으니 미안할 만도 했다. 그의 딸이 이 지경이 되도록 방치한 책임을 피할 순 없을 것이다. 착잡한 마음에 생각에 잠겨 있는데 시선이 느껴졌다. 노 집사가 장 경감을 똑바로 보고 있었다.

"나를…… 알아보겠습니까?"

부릅뜬 눈동자는 분명 장 경감을 알아보는 듯했다.

"내가 왜 여기에 왔는지, 그간 무슨 일이 있었던 건지 나한테 얘기해 줄 수 있겠어요?"

노 집사는 의식이 통째로 잘려 나가 웅얼거렸다.

"뭐라고요?"

"세상한테서…… 부정당한 여자와, 세상으로부터 인정받던 남자의 사랑이라. 그런 사랑은 도대체 어떤 형태를 띨 수 있을까."

넋이 나간 노파가 알 수 없는 소리만 지껄였다. 눈앞에서 손바닥을 흔들어 봐도 자기 세계에서 헤어 나오질 못했다.

사랑의 형태? 신영원과 진주양의 사랑을 묻는 건가? 재벌과의 사랑은 뻔했다. 세상 모든 걸 가진 왕자가 아무것도 가지지 못한 하녀를 버리거나, 아님 왕자가 하녀를 거두거나. 하녀가 왕자를 버리는 일은 일어나지 않을 것이다. 왕자가 없이 하녀는 아무것도 아니기 때문에. 하녀는 왕자가 사랑하는 여자이기 때문에 특별해질 수 있는 거였다.

하지만 하녀가 왕자를 버리는 일이 발생했다. 바로 이 사건이었다. 신영원은 진주양이 누리게 해 주는 모든 부와 권력을 걷어차고 제 발로 나가 버렸다.

"나 역시 궁금하네."

세상한테서 부정당한 여자와 세상으로부터 인정받던 남자의 사랑이라. 그런 사랑은 도대체 어떤 형태를 띨 수 있을까.

병원을 나오자 수진이 먼저 차에 타 있었다.

"자살 소동 이후에 신영원은 정신병원을 나왔어요."

간호사들을 탐문해 알아낸 것들을 수진이 늘어놓았다.

"진주양은 어떻게 됐지? 목을 찔렸잖아."

"뭐, 죽을 정도의 상해는 아니었으니까 결혼도 하고, 지금 우리 목줄을 틀어쥐고 있는 거겠죠?"

생각할수록 기상천외한 여자였다. 신영원. 그 남자를 다치게 하고도 무사하다니. 사랑에 빠지면 대책이 없다더니 가차 없는 그 남자도 별수 없는 사랑에 빠진 사내인가.

"잠깐. 자살 소동 직후라면 고작 8월 초잖아. 너무 이른데?"

가출 기간은 한 달이었다.

"그 한 달을 병원에서만 보냈던 게 아니라는 소리죠."

병원에 입원한 기간은 고작 일주일에 지나지 않는다. 나머지 4주는 누구와 있었을까? 안 봐도 비디오였다.

"수사 초기에 진주양의 행적을 역추적한 적이 있어요. 작년 8월. 그 기간에 진주양은 W호텔에서 한 달을 머물렀어요."

수진이 중요한 단서를 넘겼다.

"신영원의 행적은 곧 진주양이지. 진주양을 따라가면 신영원이 나오고."

"진주양이 호텔에 들어간 시기가 작년 8월. 신영원이 병원에서 퇴원한 것도 작년 8월이에요. 그땐 소문의 여자가 당연히 신해수일 거라고 생각했는데……진주양이 호텔에 숨겨 둔 여자가 있다는 스캔들이 흐르기 시작한 게, 바로 작년 8월이에요."

"그 말은……."

"신영원과 진주양. 둘이 호텔에서 본격적으로 살림을 차렸던 거 같아요."

【1년 전, 영원 26세】

영원은 눈을 깜박였다. 침대에서 일어나니 낯선 호텔방이었다. 옷도 새로이 갈아입혀져 있었다. 주변을 경계했지만 주삿바늘을 무식하게 꽂아 넣던 간호사들은 보이지 않았다. 객실은 50평 정도로 모든 것이 갖춰져 있었다. 하지만 사람은 그녀 혼자. 그 외에는 텅 비어 있었다.

"아, 깨어나셨네요."

호텔 직원이었다.

"아프셨다고 해서 죽을 준비했습니다."

그녀는 피폐해진 영원의 속을 달래 주려 곱게 쑨 흰죽을 챙겨 주고 떠났다.

하루는 주양이 언제 들이닥칠지 몰라 전전긍긍하면서 지나갔다.

이틀째. 그는 오지 않았다. 사흘, 나흘, 룸에서 지내는 동안 식사는 제 시간에 세끼가 챙겨졌고 그녀는 무료한 일상을 보냈다. 그리고 그는 오지 않았다.

그렇게 고요하게 지내던 어느 날, 문득 안에서 치솟는 분노에 영원은 주체할 수 없었다. TV 액정에 스탠드를 집어 던졌다.

와장창—!

TV가 선반 뒤로 넘어갔다. 식사 시간이 되어서 룸서비스 직원이 왔다가 방 안의 풍경을 보고 아연해졌다. 폭풍이 휩쓴 듯 처참해진 폐허에 그녀는 서 있었다.

"아……, 이런."

직원이 도망치듯 사라졌다. 30분 뒤 달칵, 문이 열리고 누군가 왔다.

사내는 살벌한 방 안 풍경에 잠시 멈칫했다.

얼른 문가를 본 영원은 기묘한 실망감에 찼다. 그녀가 기대했던 남자가 아니었다.

"충견이 왔네."

"불만 사항이 있으신 것 같다 해서 왔습니다."

단호하기 짝이 없는 어조로 양 비서가 영원에게 말했다.

"그런 거 없어."

"필요하신 게 있으시다면 룸서비스 직원에게 부탁하시면 됩니다. 직원을 부르고 싶다면, 내선 전화를 이용하시고요. 다행히 전화기는 부서지지 않았군요."

그는 묵묵히 물건들을 치우며 잔해 속에서 전화기를 찾아냈다. 영원은 소파에 몸을 늘어트렸다. 그가 물건들을 다 치울 때까지 꼼짝도 하지 않았다. 그러나 시선은 그에게서 떼지 않았다. 양 비서가 드디어 허리를 폈다. 문으로 걸어가는 등을 영원은 멍하니 좇았다. 나가기 직전 양 비서가 그녀를 돌아봤다. 영원은 아무 말도, 아무 감정도 담지 않은 눈을 할 뿐이었다.

"이사님을 원망하십니까?"

자기 상사를 죽이려 한 여자에게 예의를 갖출 마음은 없는지 그가 짧게 해법을 제시했다.

"나가고 싶다면, 문을 열고 나가면 됩니다."

확실히 하려는 듯 그가 문을 여는 법을 알려 주었다. 영원은 여전히 재미없는 낯짝을 한 남자라고 생각했다.

탁, 문이 닫혔다. 방에 어둠이 내려앉았다.

다시 사흘이 흘렀다. 여전히 영원은 혼자 식사를 했다. 멍하니 숟가락질을 하다 다시 발작이 찾아왔다.

'미안. 미안하다……'

그따위 말 하나 해 놓고 코빼기도 비치치 않는 남자에게, 그녀를 혼자 내버려 두는 남자한테 미친 듯이 화가 났다. 우격다짐으로 입 속에 음식물을 쑤셔 넣었다. 손가락으로 디저트까지 집어 위에 밀어 넣다가 헛구역질이 나왔지만 멈추지 않았다.

"우……웩."

자살행위나 다름없는 폭식이었다. 한 시간쯤 흘렀을까. 어질어질해서 세수를 하는데 얼굴이 창백했다. 그녀는 그대로 뒤로 넘어갔다.

쓰러져 있는 그녀가 발견된 건 다음 끼니를 가져온 직원에 의해서였다. 급체로 병원에 실려 갔다. 영원은 병실에서 눈을 떴다. 눈을 뜨자마자 그녀가 찾은 건 옆자리였다.

이번에도 없으면 정말 용서하지 않겠다고……

영원은 잠시 숨을 골랐다.

그는 눈을 감고 있었다. 부드럽게 이마부터 흘러내리는 음영 선, 윤곽을 이루는 이목구비는 균형적이다. 긴 팔다리마저.

잊을 수도, 잊히지도 않던 얼굴이었다. 그때 그가 눈꺼풀을 밀어 올렸다. 누워서 그를 빤히 보던 그녀와 눈이 마주쳤다. 8일 만이었다. 살아 있는 그를 확인하자 안도감이 밀려왔다.

뛰어왔던 걸까.

후줄근하게 풀어 헤쳐진 와이셔츠가 긴박한 상황을 대변했다. 칼라가 땀에 젖어 있었다. 약간 피가 비치는 목 거즈를 보며 영원은 입술을 깨물었다.

"룸서비스 비싼 걸로만 잔뜩 시켜 먹었어."

영원은 무슨 일이 있었냐는 듯 천진하게 말했다.

"체크아웃할 때 청구서 엄청 깨질걸. 내가 그 방에서 비싼 물건은 다 때려 부쉈거든."

그녀에게 기쁨과 고통을 동시에 주는 남자였다. 그 원망은 그만이 풀어 줄 수 있다. 그러나 그는 반응이 없었다.

"화 안 내?"

"이제부터 네가 무슨 짓을 해도 참아 줄 참이야."

"네 성격에?"

"단 한 가지 빼고."

그 한 가지가 뭔데? 영원이 궁금해서 눈알을 굴렸다. 그는 영원의 얼굴을 손가락으로 훑었다. 눈썹, 미간, 입술⋯⋯.

"목을 찔렸을 때 생각했지. 만약에 내가 죽지 않고 눈을 뜨면⋯⋯ 널 놔주지 않겠다고."

영원은 심장이 바짝 조여들었다.

"화내도 좋아. 평생 미워해."

"⋯⋯."

"넌 나한테서 못 벗어나."

"⋯⋯."

"너는 그때 날 죽였어야 했어."

이런 사랑 고백이라니. 그것을 또 그녀는 알아들었다. 그도 이상하고 그녀도 이상했다. 그러니까 자기감정도 제대로 이해하지 못하고 표현할 줄 모르는 이 불쌍한 남자를, 그녀는 미워할 수 없다.

그가 호텔에 나타나지 않아 불안했다. 다시는 찾아오지 않을까 봐. 나갈 수 있었지만 나가지 않은 것은 그녀였다. 그는 감금하지 않았다. 그녀는 원한다면 얼마든지 호텔 밖으로 도망칠 수 있었다.

그가 콩떡같이 말해도 그녀는 찰떡같이 알아듣는다. 이런 남자인데 어떻게 미워할 수 있는가. 사랑한다고 고백할 줄 몰라서 협박처럼 옆에 놔두겠다고 엄포를 놓는 남자를.

사랑이란 허물을 덮어 주는 것. 그녀가 사랑했던 것은 그의 멋진 모습이 아니었다. 그의 돈과 그가 입은 옷, 그의 외모만 보고 판단하며 그를 좋아하는 속물 같은 사랑을 하고 싶지 않았다. 진짜 사랑이라고 자신 있게 말할 수 있는 그런 사랑을 하고 싶었다.

그를 사랑하기 때문에.

영원은 손을 뻗었다. 손끝이 그의 가슴을 타고 올라갔다. 더듬어지는 손길에 그의 숨이 거칠어지는 걸 느꼈다. 손은 가슴을 올라 거즈가 붙은 그의 목에 도착했다. 영원은 거즈를 들추며 물었다.

"아팠어?"

그가 뜨겁게 그녀를 봤다. 그는 대답 대신 손가락으로 그녀의 눈을 쓸어내렸다. 영원은 반사적으로 눈을 감았다가 떴다. 다정하게 웃지도, 다정한 말을 속삭여 준 것도 아니었지만 그의 체온은 느낄 수 있을 만큼 충분히 다정했다.

그렇게 둘은 서로를 오래도록 응시했다.

어두운 객실 안을 스탠드 불빛이 은은하게 밝혔다. 그들은 호텔방으로 돌아왔다. 영원은 멍하니 TV를 보다 거실 옆에 딸린 방을 곁눈질했다. 주양은 서류를 검토 중이었다. 원목 책상에 앉아 일하는 모습이 낯설었다. 영원은 시계를 봤다. 12시가 넘어가고 있었다. 지금 출발해도 늦을 텐데…….

"서류는 언제까지 봐야 해?"

영원의 물음에 주양이 힐끗 봤다.

"먼저 샤워해."

"어?"

"난 이따 할 거니까."

맥락 없는 대화는 아니었다. 그녀가 먼저 씻고 그가 씻는다. 하지만 잠시 생각이 헝클어졌다. 무슨 소리지? 그가 왜 여기서 샤워를 하지? 기계 결함이 난 로봇 같은 자세를 하고 있자 그가 서류를 내려놓았다. 의자에 기대어 영원을 깊숙이 눈동자에 담았다.

"너랑 할 거야."

"……."

"오늘."

그의 직설적인 방식은 언제나 그녀가 예상치 못한 지점을 침투해 왔다.

그것은 예상치 못한다는 점에서 강렬한 의미를 지녔다. 어안이 벙벙해 있는 그녀에게 그가 진지하게 명령했다.

"샤워해."

무엇이든 중간이라는 게 있다. 그렇게 되기 전에, 혹은 그렇게 되기까지의 과정 중에 드러나는 전조 같은 것. 그러나 사람들이 오랜 기간 신중하게 쌓아 놓은 연애의 기본 단계들을 그는 무색하게 만들었다. 자질구레한 과정 따위는 훌쩍 건너뛴다. 종착지야 다 거기서 거기니까. 그에게 정석 따윈 통하지 않는다.

영원은 어찌할 바를 모르고 카펫 바닥만 더듬어 봤다. 안절부절못하는 기운이 그에게까지 가 닿았는지 그가 고개를 들었다. 영원은 혼란을 그대로 내보였다. 그가 흥이 깨진 얼굴을 했다. 영원이 앞에서 신경 쓰이게 알짱거려 집중이 안 되는지 완전히 서류를 닫았다.

그가 의자에서 일어났다. 그리고 걸어왔다. 영원부터 해치우자고 작정한 사람처럼. 소매 단추를 하나씩 풀면서.

"그럼 지금 해."

영원은 느닷없이 외쳤다.

"새, 생각해 보니까, 나 빼먹은 일이 있어."

어색한 연기에 그가 느긋하게 입술을 당겼다.

"유감인데. 이렇게 갑자기?"

"내일 조식 메뉴를 확인하지 않았어. 가끔 맛없는 게 나오기도 하거든."

단추를 푼 손이 타이를 잡아끌었다. 영원은 뒷걸음질 치다 소파에 오금이 부딪혔다. 급해진 마음에 얼른 리모컨을 찾아 들었다.

"맞아! 지, 지금 '동물의 왕국' 재방송할 시간이야. 지성인은 다큐를 즐겨 봐야 해."

하지만 금세 강탈당했다. 주양이 리모컨을 눌러 TV를 껐다.

"먼 데서 찾을 거 없어. 동물의 왕국은 내가 가르쳐 줄 수도 있으니까."

그가 그녀의 몸을 밀쳤다. 털썩, 소파에 드러눕혀졌다. 그가 위로 올라탔다. 완전히 풀어진 타이가 바닥에 떨어졌다.

"거, 건강도 안 좋잖아. 회복 덜 된 거 아니었어?"

"목 운동은 아니잖아?"

"허리와 목은 관계가 있댔어."

"내가 알아서 조절해."

그가 영원의 목덜미에 입술을 파묻었다. 기도가 꽉 막혔다. 머릿속에서 뭐든 말해야 한다고 끊임없이 채근했지만 그도 흐릿해졌다. 짓눌린 숨이 살짝 새 뜬 입술에서 배어 나왔다.

"아……."

소파에 등이 완벽히 눕혀져 밀착됐다. 그가 그녀의 옷을 벗겼다. 엎치락뒤치락, 거친 숨소리가 어둠을 채웠다. 활력이 넘치는 어깨 근육을 더듬자 후우, 어둠 속에서 날 선 그의 눈빛이 깜박깜박 그녀를 비추었다. 자극했는지 그의 욕망이 일어선 것이 느껴졌다. 영원은 그의 셔츠 끝을 부여잡았다.

"숨 쉬기가 힘들어."

그의 아래에 깔려 있어서가 아니었다. 그가 행하는 모든 것들이 그녀를 숨막히게 했다. 그를 감당할 수 있을까?

영원이 바르작거리자 그가 귓가에 속삭였다.

"그때 기억해?"

그가 귓불을 핥고 그녀와 눈을 얽었다.

그날, 그들이 섹스 한 첫날.

"차차 돌아올 거야."

"……."

"선명하게."

그의 말은 정확했다. 그때 그 감각, 쾌감이 해일처럼 다시 그녀를 덮쳤다.

"소꿉놀이에 너무 심취하신 것 아닌가 싶습니다."

차에 올라타려는데 문을 열어 주며 양 비서가 딱딱하게 말했다. 주양이 양 비서를 봤다.

"이사님은 현재 공식적으로 사귀시는 분이 계십니다."

그간 잊고 있던 현안을 주양은 그제야 떠올렸다. 영원의 문제로 신해수를 아직 처리하지 못했다. 진두영이 찾는 여자가 신해수인 줄 알고 저지른 섣부른 실수. 주양이 얄팍하게 미간을 좁혔다.

"공식적은 아니죠. 비밀 연애일 텐데요."

"소문이 돌고 있습니다."

"진두영 쪽 움직임, 아직도 수상합니까?"

진두영은 자신이 신해수와 사귀는 걸 믿지 못할 것이다. 정말 사귀는지 뒤를 캐고 다니고 있을 게 분명했다. 집은 주시할 것 같아서 호텔에 뒀는데, 영원과 있다는 사실이 진두영의 귀에 들어가 봐야 좋을 게 없다.

"당분간 이곳 출입은 자중하시는 게 좋겠습니다."

양 비서가 말했지만 주양은 뜻을 알 수 없이 눈을 치뜰 뿐이었다.

그와 호텔에서 계속 지냈다. 아침이 되어도 그는 돌아가지 않았다. 호텔에서 출근을 했고, 퇴근했다. 일상이 반복되면서 영원은 그가 올 때까지 애완동물처럼 얌전히 집에서 기다렸다. 출근하는 그를 배웅할 때가 가장 외로워지는 순간이었다.

주양이 출근하면 영원은 호텔 라운지 카페에서 홀로 시간을 때웠다. 대낮에 한가로이 호텔에서 차를 마시는 부류는 상류층 여자들뿐이었다. 생크림 잔뜩 얹어진 티라미수를 먹다 보면 심심찮게 사교계 여자들의 이야기가 흘러들었다.

"선 자리가 계속 들어오는 모양이야. 명진그룹 쪽에서 노골적으로 의사를 밝혀 오는데 감감무소식이래. 염문설 돌잖아."

"안 그래도 우리 남편 검찰 쪽에 친분 두텁잖아. 총장 선에서 흘러나온 얘기라며?"

"겨우 사귄 게 백운당 둘째 딸이라니. 말이 되니? 격 떨어지게."

영원은 순간 포크질을 멈췄다.

"어찌나 황당하던지."

"이미 가족들한테 인사시켰대. 알 만한 사람들 사이에선 기정사실화됐다던데."

"에이. 결혼까지야 가겠어?"

잊고 있었다. 그가 해수와 교제를 한다는 것. 어떤 사업적 이유로 그런 선택을 했건, 그는 해수와 대외적으로 사귀는 사이다. 이렇게 소문이 발 빠르게 퍼질 거라곤 꿈에도 몰랐다. 안일했다. 그리고 잊고 있었다. 주양이 해수와 결별한대도 해수의 자매인 자신과는 불가능하다는 것.

한신그룹의 명예에 먹칠한 추문이 될 거라는 것.

여자들은 귓속말을 했지만 다 들렸다.

"근데 그것만이 아냐. 나 지난주에 휘트니스 이용하고 가다 한신 손자 봤어. 매일 여기서 출퇴근하는 거 같아."

"잘못 봤겠지."

"나만이 아냐. 심심찮게 목격되나 봐."

"아니, 멀쩡한 집을 놔두고 왜?"

영원은 정면에서 시선이 느껴져 고개를 들었다. 앞 테이블에 낯익은 사내가 뜨거운 차를 한 잔 시켜 놓고 앉아 있었다. 분명하게 영원을 응시하면서.

"뻔하지. 호텔에 숨겨진 여자가 있는 거 아니겠어."

수평선보다 평행선에서 바라볼 때 서로가 더 잘 보이는 법이다. 기이한 운명의 얽힘과, 절실했기에 그 사랑은 역겨울 수밖에 없었던 것들. 하필 그 순간에 진두영이 그녀 앞에 있어야 했던 운명은 어떤 식으로 해석해야 하는 건지.

여자들의 대화는 끊이지 않았다.

"어머. ……진 이사한테 여자가 또 있어?"

진두영의 깊고 부드럽던 눈매는 얼음장처럼 한없이 차가웠다. 그렇게밖에 할 수 없었냐고. 어떻게 나를 이리 실망하게 할 수 있냐고. 그는 좀처럼 영원에게서 시선을 떼지 않았다.

"그래. 세컨드."

영원의 처지를…… 신랄하게 질책하는 눈빛이었다.

【실종 23일째】

― 선배. 신부 찾을 거 같아요.

장 경감은 굳었다. 정신병원에서 돌아오는데 후배 형사에게서 전화가 왔다. 현기영의 견제가 심해져 경찰 내부 정보를 알아낼 수가 없었다. 후배 형사를 포섭해 놓았다. 장 경감이 진주양에게 받을 의뢰비의 30퍼센트를 나눈다는 조건으로.

신부를 찾을 거 같다니.

"뭐가…… 나왔어?"

― 수배 돌렸던 장물이요.

신부가 착용하고 사라진 나머지 구두 한 짝, 거기에 박혀 있던 보석들……

— 보석을 팔려는 사람이 나타났어요. 인천이랍니다.

장 경감은 인천으로 날아갔다. 경찰이 오기 전에 먼저 영상 확보를 해야 했다.

전당포 주인이 그를 반겼다.

"한 시간 전에 연락 주신 형사님이죠?"

장 경감을 형사로 오해해 수월하게 협조해 주었다.

"워낙 알도 크고, 이런 데서 취급할 수 있는 게 아닌 고가의 보석이라서 눈여겨봤지. 근데 남편이 모아 둔 수배지 거랑 똑같은 게 아니겠어?"

"보석 감정가를 알고 싶어 했다고요?"

"목돈이 필요한 모양이더라구. 근데 여기 보면 신고자한테 포상금도 준다는데, 이건 어디 가서 말해?"

전당포 내부를 찍은 카메라 영상을 살폈다. 진주양의 의뢰는 경찰이 신부가 신영원인 걸 눈치채지 못하게 하는 것도 포함이었다. 어쨌거나 의뢰인 이상 그는 철저하게 신영원임을 숨겨야 했다. 다행히 신영원은 보이지 않았다. 경찰에게 빌미를 제공할 만한 영상은 아니었다.

보석 감정가를 물은 남자는 경찰 수사에 대해 아는지 의도적으로 모자를 깊게 눌러쓰고 있었다.

"키가 훤칠했지. 어깨가 넓은 거 보니 180 이상은 되는 건장한 체격이었어."

"나이는요? 목소리가 젊던가요?"

"20대에서 30대 초반이 아닐까 싶은데."

영상 하단에 적힌 날짜는 신부 실종 17일쯤이었다. 신영원이 국회도로에서 진주양과 짧은 만남 뒤에 사라지기 며칠 전이다. 기절한 신영원을 업고 가던 그자일까? 그렇다면 신영원은 쭉 이 남자와 있었다는 뜻이다. 어쩌면 지금도.

정신병원에 갇혀 있는 게 신영원인 줄 알았을 땐 진주양이 탈출한 영원을 유인해 납치했다고 생각했는데, 이제는 전혀 다른 그림이 그려졌다.

'신영원은 처음엔 자발적으로 결혼식장을 걸어 나갔어.'

그러다가 제삼자에 의해 납치가 되고, 몸싸움을 하다 구두 한 짝을 떨어트렸다.

갑자기 툭 튀어나온 이 새끼는 대체 누굴까? 누군가가 부리는 하수인일까? 진두영 쪽 사람?

그때 삐빅— 메시지가 떴다.

[도착하기 5분 전.]

후배의 연락이었다. 장 경감은 얼른 동영상을 다른 메모리 칩에 옮겨 담았다. 뛰쳐나가 허겁지겁 계단을 올라갔다.

"이봐요, 포상금은!"

"형사들 곧 올 겁니다! 그 사람들한테 물어봐요!"

간발의 차로 형사 셋이 들이닥치는 걸 보고 그는 숨을 몰아쉬었다.

가랑비가 추적— 추적— 어깨를 적셨다. 늦은 밤. 장 경감은 낡은 흥신소 건물 아래에 차를 주차했다. 계단을 올라가려는데 동네 대형 쓰레기 수거함 뒤편에서 무언가 움직였다. 빽빽하게 들어선 건물과 건물 틈이었다. 환풍구들과 전선들이 얽혀 있는 그 좁은 통로는 철창으로 막아 놓고 있었다.

그는 알 수 없는 힘에 이끌려 어둠으로 다가갔다. 금세 두꺼운 철창에 가로막혔다. 더 이상 앞으로 갈 수 없었다.

"고양이인가?"

야옹— 야옹—

고양이가 어둠 속 철창 너머에서 파란 눈으로 째려보고 있었다. 밤중에 만난 고양이. 기분이 나빴지만 별의별 일을 다 겪어, 이젠 귀신 할아버지가 와도 놀라지 않을 것이다. 그는 발길을 틀었다.

부스럭—

그때 어둠 속에서 다시 한번 기척이 느껴졌다.

장 경감은 주춤, 재킷 안의 가스총부터 찾았다. 골목 어둠에 고양이 말고 다른 존재가 있었다. 고양이라고 하기엔 너무나도 커다란, 사람의 인영이었다.

목소리가 끼얹어졌다.

"장영범 씨?"

"누구십니까."

검은 그림자가 한 발자국 가로등 불빛으로 걸어 나왔다. 감히 예상도 하지 못했던 사람이다.

"당신……."

여자가 깊게 눌러쓴 우비를 벗었다. 초췌한 얼굴, 귀신같이 길게 헝클어진 머리, 쫓기듯 초조함과 불안이 서린 눈초리.

쾅! 철장을 움켜잡고 그녀가 으르렁댔다.

"살려 달라고 했잖아. 왜 안 왔어."

모든 것을 빼앗기고 정신병원에서 탈출한……

……신해수가 나타났다.

장 경감은 신경이 팽팽하게 날 섰다. 어둠 속에서 등장한 신해수에게 의식을 사로잡혔다. 신해수는 그녀의 방에 걸려 있던 커다란 사진 속 모습과 달랐다. 많이 야위고 상해 있었다. 그녀는 잠도 못 자고, 누군가에게 쫓기고, 숨도 잘 못 쉬는 폐인의 모습을 하고 있었다. 미라같이 푹 파인 광대, 얼마나 물어뜯었는지 윗입술 아랫입술 할 것 없이 온전한 부위가 없었다.

더 이상 예전의 꽃 같은 아름다움 같은 것은 찾아볼 수가 없다.

"병원에 있었으면 그대로 죽임당했을 거야. 쥐도 새도 모르게…… 그 남자가 원하는 대로."

그녀는 살해당할 위험에 이성을 잃고 있었다.

"흐윽……, 난 죽을 거야. 죽을 거라고."

다짜고짜 그렇게 말하면 장 경감은 아무 말도 준비할 수 없었다.

"죽이다뇨. 누가, 진주양이 당신을?"

신해수는 이렇게 된 자기 처지를 믿을 수가 없는지 울먹였다. 손톱을 깨물던 그녀가 갑자기 돌변했다.

"아니. 아니지. 내가 먼저 죽여 버리는 거야."

"……."

"날 죽이기 전에 내가 두 연놈을 심판하는 거야. 신영원, 그 계집 먼저 찾아내서 죽여 버릴 거야."

"이, 이봐요."

가두어지고 극단적으로 몰아붙여진 상황들에 여자는 정신까지 황폐해져 있었다. 정말 정신병자 같았다. 논리와 비논리를 구분하지 못하고, 자신의 감정을 제어하지 못했다. 살인을 하겠다는 건가? 그녀의 분노는 이해했지만 옳지 않은 방법이었다.

의뢰를 받은 일이니 장 경감은 경찰에게 숨기고 있지만 신해수는 그러지 않아도 됐다.

"그러지 말고 이리 와서 나랑 자세히 얘기하죠."

신해수가 번뜩 안광을 날카롭게 세웠다. 장 경감은 흠칫 뒤로 물러섰다.

"내가 당신의 뭘 믿고."

"……."

"당신은 그 인간의 사람이잖아. 아냐?"

진주양의 사람이 된 자신을 믿을 수 없는 거다. 그들을 가로막고 있는 철창은 그녀를 보호하기 위한 마지막 보호 장치였다. 괜히 그 뒤에 서 있는 게 아니었다. 장 경감은 무안해졌다.

"차라리 경찰에 알려서 사건을 끝내요."

"경찰? 그것들이 뭘 해 줄 수 있는데. 지금까지 뭘 했는데."

"적어도 지금 당신이 하려는 것보다는 나을 겁니다."

"당신은 내가 어떤 일을 겪었는지 몰라. 권력을 틀어쥔 인간들 말이야. 법 위에 선 인간들. 그들은 정의로 상대할 수 있는 것들이 아냐."

법으로 싸울 수 없는 자들이었다. 진주양과 같은 부류들은. 그러니까 신해수는 살해당하지 않기 위해 신영원을 죽이려는 거다. 눈에는 눈. 이에는 이. 함무라비 법전의 논리로. 신해수는 숨을 헐떡이며 자꾸 뒤를 돌아봤다. 장 경감은 영문을 알 수 없다. 쫓아오는 사람도 없는데 신해수는 자꾸 시간이 없다는 말만 되풀이했다. 그는 한숨을 내쉬었다.

"신해수 씨. 진주양의 사람이란 걸 알면서 날 찾아온 데에는 그만한 사정이 있겠죠."

도움 청할 데가 그밖에 없는 것이다.

"도와주고 싶어도 무작정 죽임당할 거라고만 주장하면, 나도 어떻게 해 줄 방법이 없어요."

"날 도와주겠다는 거야?"

"무슨 근거로, 진주양이 당신을 죽이려는 건지 납득할 수 있게 설명해 봐요."

그도 처음엔 진주양을 의심했다. 여자가 쓸모없어지자 헌신짝처럼 버리고 정신병원에 가둬 뒀다고. 국회도로에서 신영원을 납치한 것도 그일 거라고. 하지만 결국엔 모두 억측이었다. 게다가…… 자신의 아들 건강까지 챙기지 않았나. 데려가도 좋다는 친절까지 베풀었다. 의뢰받는 과정에서 생긴 마찰로 비호감이 되긴 했지만, 그 남자가 굳이 신해수를 죽일 이유가 있을까? 이렇게 된 마당에? 진주양은 신해수를 신영원의 이름으로 정신병원에 처박았다. 죽일 수 있는 많은 기회에도 불구하고 그러지 않았다.

뭐, 거슬리니까 해치울 순 있지만 자의식 과잉이 아닌가 싶었다. 신해수가 병원에서 조용히 살아 주기만 하면 진주양이 신해수를 건드릴 일은 없었을 것이다. 도망쳐 나왔기 때문에 죽이려 할 수는 있다. 그런데 신해수는 죽이려고 했기에 병원을 도망쳐 나왔다는 듯이 말하고 있었다.

어째서 진주양이 그토록 집요하게 신해수를 죽이지 않으면 안 되지?

"날 신영원으로 만든 건 그 자식이었어."

신해수는 떨리는 음성으로 이야기를 시작했다.

"신부가 사라지자, 며칠 뒤 날 찾아와서 제안하더라고."

신부 실종 며칠 뒤…….

"정신병원에서 평생을 썩을 것이냐. 웨딩드레스를 입고 다시 신해수가 될 것이냐. 죽느냐…… 사느냐……."

정신병원에서 살다 죽을 것이냐, 웨딩드레스를 입고 살 것이냐의 선택인가? 장 경감은 영문을 알 수 없었다. 당연히 모두가 웨딩드레스를 입고 사는 쪽을 선택할 것이다. 그런데 진주양이 왜 신해수에게 웨딩드레스를 입히려 했을까? 신부는 신영원인데.

순간 장 경감은 간담이 서늘해졌다. 신해수가 비릿하게 웃었다.

"죽느냐, 사느냐……. 죽는 건 어느 쪽이지? 정신병원? 웨딩드레스? 어떤 선택을 해야 내가 살 수 있지? 웨딩드레스라고 생각했지? 방금."

혼돈이 장 경감을 휩쌌다. 아니. 웨딩드레스를 입으면 신해수는 죽는다. 지옥 같아도 정신병원에서 평생 썩는 것이 어쨌든 사는 선택이다. 교묘한 함정이었다.

신해수는 끔찍한 표정으로 털어놓았다.

"그는 내가 다시 신해수가 되기를 바라."

"……."

"이 사건을 어떻게든 끝내려 하고 있어."

신부가 돼라……. 진주양이 택한 신부는 신영원이었다. 신해수는 버린 패다. 저 지경으로 만들어 놓고 신해수더러 신영원의 빈자리를 다시 채우라는 말을 한 목적은 한 가지뿐이었다.

"나한테 신부의 옷을 입혀, 사람들 앞에 선보일 생각인 거야."

"……."

"싸늘한 주검이 되어 나타난, 신부의 최후를."

우아한 클래식 선율이 감돌았다. 주양은 잘 벼려진 칼끝을 살폈다. 샹들리에 빛에 반사돼 윤기가 흐르는 칼끝은 생선 비늘처럼 번뜩였다. 그는 신중하게 칼을 고르는 듯했다. 그 모습을 바라보던 진두영이 마침내 포크를 내려놓았다.

"왜, 나이프에 무슨 문제가 있니?"

주양이 나이프에서 진두영에게로 섬뜩한 시선을 옮겼다. 진두영은 침을 꿀꺽, 삼켰다. 주양이 고기로 칼을 내렸다.

"이래서야, 살점이 제대로 썰리지 않을 것 같군요."

그리고 천천히 썰었다. 모나지 않게. 예술적인 솜씨로, 핏물이 새는 살점을 갈랐다. 숙부 내외와 오랜만에 함께하는 식사였다. 숙모가 화장실로 잠시 자리를 뜬 사이 주양은 진두영과 이야기를 나눴다. 진두영이 먼저 그 얘기를 꺼냈다.

"어때, 수사에 진척이 있니?"

이미 뻔히 아는 사실이지만 진두영은 굳이 캐물었다. 주양의 표정에서 회의감을 읽어내 보이겠다는 듯이.

냅킨으로 입을 닦으며 주양이 말했다.

"그래서 말인데. 공개수사를 할까 싶습니다."

진두영이 짧게 침묵했다. 그는 곧 대수롭지 않은 듯 어깨를 으쓱해 보였다.

"신부가 오래도록 안 나타나긴 했지. 근데 공개수사 한다고 뭐가 달라질까?"

"제가 찾고 있는 걸, 뉴스로 보겠죠."

굴종을 불러일으키는 눈빛이었다. 주양이 숙부인 자신을 그런 눈으로 볼 때마다 두영은 욕지기가 치밀어 올랐다.

주양은 와인 잔을 테이블에 붙이고 돌렸다.

"아시잖아요. 신해수, 저 그 여자하고 마음에도 없는 결혼 한 거."

주양은 단도직입적으로 두영을 비웃었다.

"아들 낳아 줄 관상만 아니었으면 굳이 여기까지 안 왔습니다."

"결혼은 선택이야. 선택을 했으면 책임을 져야지. 기왕 한 거, 행복하게, 행복하게 살라구."

진두영은 나이프를 꽉 쥐며 한 자 한 자 힘주어 뱉었다. 주양이 짐짓 고민하는 투로 턱을 두드렸다.

"이미 결혼은 했고, 무를 수 없으니 어쩐담. 시체로 발견돼 주면 속 편할 텐데."

"주 본부장. 누가 들어."

"신부가 사라지고 내내 그 생각뿐이더군요."

신부가 죽어서 발견되면, 하고…… 주양이 속삭이듯 말했다.

"자연히 이혼이 되겠죠. 사건도 종결되고, 그간 우리, 숙부님과 저 사이를 갈라놓았던 껄끄러운 문제도 풀리지 않겠습니까?"

두영은 답답하게 목을 죄는 타이를 잡아당겼다.

"아무리 그래도 우린 가족인데. 그깟 여자야 뭐, 대수겠습니까. 한 핏줄이 더 소중하지."

주양은 진심으로 웃었다. 진심으로.

"숨바꼭질 알아?"

신해수는 천천히 과거를 더듬었다. 한때 빛났던 자신을.

"찾는 거 하난 내가 또 귀신같지."

"……."

"그 계집이 어디 숨어 있건, 난 찾아낼 수 있어. 항상 게임의 승리는 나였으니까."

장 경감은 멍하니 바라보았다. 신해수는 자신만만했다.

"진주양을 만나면 전해. 내가 너보다 신영원을 먼저 찾아낼 거라고. 찾아내면, 3일 굶은 개새끼들한테 그년을 산 채로 던져 줄 거라고. 그래서 시체도 못 찾게 만들 거라고."

섬뜩했다. 그 둘을 향한 증오가, 광기가 넘쳐흘렀다. 상상만 해도 짜릿한지 신해수가 나른하게 입매를 풀었다.

"이보다 그 남자한테 할 수 있는 최고의 복수가 또 있을까?"

신해수는 확고하게 목소리를 되새기고는 돌아섰다.

"자, 잠깐……!"

장 경감은 앞으로 가려다 철창에 가로막혔다. 철창 구멍으로 팔을 욱여넣었다. 신해수의 팔목을 잡았다.

"그러지 말고 나하고 얘기를 좀 더 해……!"

그때 어둠 속에서 발자국 소리가 가까워졌다. 빗물 웅덩이를 짓밟는 둔중한 소리들.

"추격자들이야……."

신해수는 사색이 됐다. 장 경감은 얼굴이 빨갛게 터지도록 철창에 몸을 욱여넣었다.

"아직 할 말이 더 있어!"

신해수에게 팔을 뻗었다. 그녀가 완전히 돌아섰다. 씨발! 그녀의 손목을 움켜쥐려 했지만 모래알처럼 느슨히 빠져나갔다. 그녀의 염주만 손에 남겨졌다.

그녀가 골목을 빠져나가자 사내들이 그녀를 추격했다.

쏴아아아ー!

장 경감은 빗속에 혼자 남겨졌다. 그녀를 뒤쫓는 사람들은 익히 봐 왔던, 진주양의 부하들이다.

처음 신부의 실종을 경찰에 알린 건 진주양이 아니었다. 그는 혼자서 신부를 찾으려 했다. 하지만 진두영이 경찰에 신고를 해 버렸고, 일이 커져 버렸다. 진주양은 이 사건을 빨리 끝내야 하는 상황에 처했다. 공식적인 신부는 신해수였다. 경찰은 신해수가 신부라고 알고 있다. 그렇다는 건, 신해수가 나타나면 사건에 대한 수사도 끝난다는 소리다.

신해수가 나타나면……

신해수가…… 시신으로 나타나면.

신해수의 말은 모두 사실이었다. 그녀는 죽음의 위협을 받고 있었고, 진주양은 시체를 노리고 있다.

진주양은 신해수를 죽여서, 이 사건을 빨리 종결지으려는 거다.

신해수는 경고했다.

'그 남자를 절대 믿지 마. 그 남자한테 진실은 하나도 없어. 다 거짓말이야.'

'하지만 그는……'

'그가 잠깐 베푸는 서푼짜리 친절, 스치듯 내비치는 슬픈 얼굴.'

장 경감의 생각을 읽기라도 하듯 신해수가 말을 끊었다.

'당신도 어떤 가면에 속고 있을지 몰라.'

'……'

'신부를 잃은 가련한 신랑?'

하하! 히스테릭하게 그녀가 웃음소리를 높였다.

'신영원은 그럼 왜 도망쳤을까? 그렇게 사랑했던 남자인데.'

손톱 같은 것이 장 경감의 뇌를 날카롭게 긁었다.

'또 모르지, 어떤 가면을 감추고 있을지.'

신해수는 천천히 입술을 움직였다.

'그 남자는 아무렇지 않게 사람을 죽여.'

이 도시를 장악한 어둠이 장 경감을 꽁꽁 싸맸다.

'그는 '악인' 이야.'

이미 판은 유리하게 짜였다.

신부가 죽으면 진주양은 새 신부를 잃은 비극의 인물이 되어 언론의 동정을 받을 것이다. 권력가들을 불신하는 사람들은 어쩌면 타살을 의심할 수도 있다. 그때쯤에 신부가 도망친 이유가 연일 보도될 것이다. 신부에게 내연남이 있었고 평소 부도덕한 여자였다고 언론의 보도가 빗발치면, 진주양이 사랑에 속은 순진한 남자가 되는 건 한순간이었다.

사람들은 외면하고픈 진실엔 무관심하다. 사건은 잠시 질질 끌다가 그대로 묻히겠지. 어느 순간 신부의 사인은 자살로 판명 나 있는 거다.

진주양이 스치듯 보인 인간적인 면모들, 슬픈 척하는 얼굴, 잠깐 베푼 친절. 혼자 상상하고 혼자 믿고 싶은 대로 생각해 버렸다. 그 남자가 사랑한 건 신영원이었다. 그 남자가 신영원을 사랑했던 거지, 타인에게는 여전히 가차 없는 살의를 발현할 수 있는 자라는 걸 간과했다. 게다가 그의 폭력은 타인에게 전염되어, 신해수는 그들을 향해 복수의 칼을 갈고 있었다.

'진주양을 만나면 전해. 내가 너보다 신영원을 먼저 찾아낼 거라고. 찾아내면, 3일 굶은 개새끼들한테 그년을 산 채로 던져 줄 거라고. 그래서 시체도 못 찾게 만들 거라고.'

진주양은 신해수를 죽이려 하고, 신해수는 신영원을 죽이려고 한다. 얽히고 얽힌, 먹히고 먹히는 아귀다툼. 이기적인 인간들의 욕망이 서로를 뜯어 먹고 맞붙어 선명하게 충돌했다.

장 경감은 지독한 현기증이 몰려왔다.

【실종 23일째】

주양이 짐짓 고민하는 투로 턱을 두드렸다.

"신부가 사라지고 내내 그 생각뿐이더군요. 신부가 죽어서 발견되면, 하고 가정해 봤습니다. 자연히 이혼이 되겠죠. 사건도 종결되고, 그간 우리, 숙부님과 저 사이를 갈라놓았던 껄끄러운 문제도 풀리지 않겠습니까?"

"……."

"아무리 그래도 우린 가족인데. 그깟 여자야 뭐, 대수겠습니까. 한 핏줄이 더 소중하지."

주양은 진심이었다. 진심. 그러나 입에 담는 것, 겉으로 보여 주는 모습들은 언제나 거짓뿐이었다. 한 핏줄이라니. 그 한 핏줄에게 된통 당해 진두영은 후계자 자리에서 폐위당했다.

"작년이 생각나."

"……."

"믿었던 한 핏줄에게 발등 찍히고 산사에 틀어박혀 지냈지 아마?"

진두영이 새삼 옛날 얘기를 꺼내자 주양이 어깨를 으쓱해 보였다. 두영은 작년 가을, 일선에서 물러났다. 그리고 범오사에 올라가 겨울 내내 내려오지 않았다. 양평에 자리 잡은 것은 요 근래였다.

"성철스님이 그러시더라고. 자업자득이란 말을 자긴 믿는다고. 어떤 잘못된 선택을 하면, 그 벌을 온전히 자신이 되돌려받을 거래."

"……."

"너무 죄짓고 살지 마. 세상 끝난 거 아니잖아."

그깟 계집애 하나 없어졌다고. 진두영이 마지막 말을 삼켰다. 주양이 문득 놀랍다는 듯 말했다.

"그런 일이 있고도 그 땡중의 말을 아직도 맹신할 줄은 몰랐습니다."

진두영은 무슨 뜻인지 안다며 헛웃음을 지었다.

"그래. 나도 알아. 무슨 말 하고 싶은지. 어이가 없었지. 아내 임신이 오진일 줄이야. 스님이 내 운에 아들은 없다고 했는데."

그가 산중에 있는 동안 아내가 떡하니 아들을 낳아 왔다. 처음엔 태아 형상이 덜 되어 오진했을 수 있지만, 검사를 몇 번 하다 보면 금세 알았을 텐데. 임신 기간 내내 아내는 아들인 걸 알고도 일언반구조차 하지 않았다. 그리고 서프라이즈처럼 아들을 데려왔다.

중의 예언은 틀렸다.

"그 땡중이 공연하게 입을 나불거릴 때부터 알아봤습니다."

"그런 말 마."

"근데, 친자 확인 절차는 거치신 겁니까?"

진두영이 싸늘해졌다. 주양은 어둡게 그를 응시했다. 끝까지 도발했다.

"원래, 발등은 믿는 도끼에 찍히는 법이죠."

너만 하겠어?

믿는 도끼에 발등 찍힌 장본인을 멀리서 찾을 필요가 없다. 바로 두영의 눈앞에 있었다. 신부가 예식장에서 도망칠 거라고, 감히 누가 상상이나 했을까.

화장실 갔던 아내가 들어오고 대화는 중단됐다. 그러나 두영은 주양에게 난폭하게 걸친 시선을 놓지 않았다. 실종된 신부, 믿는 도끼. 그도 그런 감정을 느낀 적이 있었다. 불과 몇 개월 전 일이라 여전히 생생하기만 했다. 커피의 향, 심각했던 상황과 언밸런스하게 그 카페에 감돌던 따스한 공기, 마주 보고 앉아 있던 그녀의 덤덤한 눈빛까지.

조카가 호텔에 숨겨 뒀다는 여자를 확인하러 갔다가 뜻밖에도 영원을 맞닥 뜨렸다.

【1년 전, 영원 26세】

"내 귀에까지 들린 거 보면 알 만하군요. 신해수 씨와 교제한다고 했을 때 진즉 개소리인 줄은 알고 있었어요. 날 엿 먹이기 위해 쇼를 벌였겠죠. 다만, 그 애가 숨겨 두었다는 여자가 영원 씨일 줄은 몰랐어요."

진두영은 어울리지 않게 거친 언어를 입에 사리물었다. 영원은 그가 왜 화가 났는지 알 수 없었다. 왜 무섭게 다그치듯 말하는지.

호텔 커피숍에서 두 사람은 마주 보고 앉아 있었다.

"언제부터였어요?"

"……."

"아니. 나를 만나면서 이미 둘이 그렇고 그런 사이였던 거예요?"

진두영은 여동생을 대하듯 그녀를 뜯어말렸다.

"사랑도 할 줄 아는 사람만 하는 거예요. 걘 사랑 같은 거, 사람 같은 거, 존중할 줄 모르는 냉혈한이에요. 두고 봐요. 영원 씨 버림받을 겁니다."

가시 같은 말을 퍼부어 대며 영원을 상처 주었다.

"같은 가족끼리 어떻게 그런 말을 해?"

오히려 그녀는 그를 비난했다. 진두영의 표정이 딱딱해졌다.

"그렇게 깔아뭉개면 기분 좋아져?"

몇 번 만났다고 충고까지 덧붙이는 것은 오지랖이었다. 그녀의 인생에 감 놔라 배 놔라 할 자격을 그에게 준 기억이 없었다.

"저번엔, 날 이해한다고 했잖아요."

짜증스러운 눈초리로 보던 영원은 진두영에게 일격을 당했다. 그는 담담하게 차를 마셨다.

"그새 마음이 바뀌었어요?"

영원은 말을 잇지 못했다. 진두영이 경멸하듯 그녀를 보았다.

"아니. 상황이 바뀐 건가?"

가족을 미워하는 그를, 주양을 미치도록 죽이고 싶어 하는 그를 이해한다고 했다. 2등의 서러움까지도. 하지만 어째서일까. 그녀가 갑자기 태도를 바꾼 것은. 주양의 여자가 되었기 때문이다. 인간은 상황에 따라 얼마든지 자신에게 유리한 쪽으로 말을 바꾼다.

"날 이해해 주는 유일한 사람이라고 생각했는데……."

진두영이 힘겹게 말을 삼켰다. 애처로워 보였다.

"또 그 애한테 뺏겼네요?"

영원은 뜻하지 않은 죄책감에 입을 다물었다. 그를 이해했다. 하지만 이젠 두둔해 줄 수가 없다. 그는 주양의 적이니까. 진두영은 자신이 받은 패배감을 해소할 대상이 필요했는지, 그녀에게 또다시 상처가 되는 말을 뱉었다. 그 '진주양'과 사랑놀음을 하겠다는 영원의 용기에 감탄하는 것과는 별개로, 그들을 기다리고 있는 현실. 피해 갈 수 없는 장애를 군이 끄집어냈다.

"그 애와 어디까지 갈 셈이에요?"

"……."

"설마 둘이, 결혼할 수 있을 거라고 생각하는 건 아니죠?"

결혼이란 거 생각해 본 적도 없었다. 감히 그와 결혼할 수 있을 거라고 는…….

"나는…… 그를 믿어."

무게감이라곤 1그램도 느껴지지 않는 말이었다. 그것을 아는 진두영이 훗, 비웃었다.

정말?

결혼은 현실이었다. 그는 한신의 유력 후계자. 그녀는 백운당의 지지리 못난 재투성이 셋째 딸. 모든 사랑 이야기가 해피엔딩으로 완결 지어지는 건 아니었 으니까.

하지만 영원은 정말로 그를 믿는다고 생각했다.

믿지 못한 것은 초라한 내 자신이었다.

한적한 도로에서 신호에 걸려 차가 잠시 정차했다. 자정에 가까워지는 시각. 주양은 뻐근해진 목을 뒤로 넘겼다. 갑작스러운 해외 지사 문제로 도쿄에 갔다 왔다. 며칠 호텔에 못 가게 됐다.

"이사님. 집으로 먼저 가시겠습니까?"

"아니. 호텔부터."

연락을 줄 수 있었지만 며칠 못 가는 것 정도는 그간 대수롭지 않았기에 하 지 않았다. 대신 그녀가 좋아하는 티라미수를 사 왔다. 디저트를 맛있게 먹는 것을 보았기에 도쿄에서 100년 전통의 유명한 가게에서 사 온 것이었다.

공항에서 바로 호텔로 가던 중에 신호 대기에 걸렸다. 그는 길 건너에서 환 하게 불을 밝힌 꽃집을 발견했다. 영원은 꽃을 좋아했다. 말로는 싫다고 하면서 꽃을 심었고, 가꿨고, 사랑했다. 사랑을 받아 본 적도 없으면서 베풀 줄 아는 것은 꽃 덕분이었다.

그도 저렇게 무언가에 정을 주는 법을 배웠다면 덜 뒤틀렸을까?

아니면 그녀처럼, 어떤 기억은 지워 버리는 선택을 했다면.

정신병원 원장의 말이 내내 신경 쓰였다.

'뇌파 검사를 해 봤는데, 기억을 담당하는 대뇌 부분이 좀 불안정하네요.'

원장은 그녀가 오랫동안 학대를 받아 왔으며 몸 곳곳에 그 흔적이 남아 있다고 했다. 뼈가 상해서 금이 갔다가 제멋대로 붙은 곳이 많다고.

'불안정?'

'기억이 소실되거나 자기 스스로 봉인해 버린 부분이 있을 수도 있다는 거예요. 학대 피해자들의 경우, 고통스러운 기억을 리셋하는 경우가 많거든요.'

폭식을 유발하는 영원의 식이 장애를 의사는 심도 있게 관찰했다. 오랜 기간 학대로 이어져 온 우울증 때문이라는 진단을 내렸다. 공허한 마음을 음식물로 채우는 증상. 많이 먹으면 배가 부르다고 뇌에 전달이 되어야 하는데, 뇌가 망가져서 배가 부른지도 모르고 먹는 거라고 했다.

'음식이 자제가 안 되는 겁니다. 이렇게 살다가 위를 도려내야 할지 몰라요.'

어떻게 해야 하냐는 물음에 의사는 간단한 해법을 제시했다.

'꽃 키워 보셨습니까? 잘 보살펴 주면 무럭무럭 자라죠. 같은 원리입니다. 옆에서 애정을 주면서 관심을 쏟아 주세요. 증상이 줄어들 겁니다.'

주양은 인도 변에 늘어져 있는 꽃들을 보다 양 비서를 불렀다.

"예. 이사님."

"화분 하나 사 오세요."

"갑자기 화분은 어디에 쓰시려고……."

"아뇨. 내가 직접 하죠."

그는 차 문을 열고 나갔다. 꽃집 주인은 막 문을 닫으려던 참이었다. 꽃을 사고 싶다고 하자 주인이 늦은 시간을 확인하고 물었다.

"연인께 선물하실 건가요?"

연인. 주양은 잠시 낱말을 혀 안에서 헤아리다가 고개를 끄덕였다. 부끄러워 한다고 오해한 모양이었다. 꽃집 주인이 웃으며 작은 카드를 내밀었다.

"선물하실 분께 전하고 싶은 말을 적으세요."

낯 뜨겁게 편지 같은 것을 써 봤을 리 만무하다. 카드를 무시하려다가 생각을 고쳐먹었다. 무얼 써야 하는지 그는 한참 고민했다.

호텔까지 달려가는 시간이 길게 느껴졌다. 이상하게 부푼 마음을 안고 방 앞에 도착했을 때, 반응이 없었다. 잠을 잔다고 여겼다.

그러나 불 꺼진 방.

텅 빈 침대.

툭, 카드가 무의미하게 바닥에 떨어졌다.

『애정을 듬뿍 줘서 잘 키워 봅시다.』

그가 시도한 첫 애정은, 시작도 하기 전에 주인을 잃었다.

"영원아……."

해수가 앞을 아연하게 응시했다. 9월. 영원은 가출 생활을 청산하고 백운당으로 돌아왔다. 성원의 목소리가 등 뒤에서 울렸다.

"왔네?"

성원이 투게더를 한 손에 들고 퍼먹으며 대수롭지 않게 그들을 지나쳤다. 해수는 다급하게 영원을 살폈다. 팔, 다리, 모두 다 멀쩡하게 달려 있다.

"그동안 어디 있었어."

"그냥."

영원은 무뚝뚝한 짧은 대답뿐이었다. 방으로 올라간 그녀는 짐 가방을 풀고 옷 정리를 했다. 해수가 영원에게 바싹 붙어 물었다.

"무슨 일 없었지?"

영원이 해수를 날카롭게 돌아봤다.

"마치 무슨 일 당하기라도 했음 하는 말투네?"

미웠다. 미워 죽을 것 같았다. 자신의 모든 것을 빼앗아 가는 해수가. 호텔에서 돌아온 것은 따지고 보면 해수 때문이었다. 이 애가 주양을 차지하고 있기 때문에.

해수는 당황하는 듯했지만 상냥하게 대꾸했다.

"아무 일 없었나 보네. 그 입, 아직 살아 있는 거 보면."

영원은 밀린 집안일을 했다. 설거지부터였다. 설거지를 끝내고 물기가 흥건한 그릇들을 타월로 하나하나 닦는데 노 집사가 다가왔다.

"왜 돌아온 거죠?"

노 집사가 그릇을 집어 들며 심사를 뒤틀어 놓았다.

"짐 가방에서 못 보던 옷들을 발견했습니다. 아가씨 형편으로 그 비싼 메이커 옷들을 살 수 있었을 리는 없고. 그분과 함께였던 거군요. 왜 돌아온 겁니까."

영원은 일절 반응하지 않았다. 그릇을 빡빡 타월로 문질렀다.

"스스로 깨달은 건가요? 자기의 분수. 그래서 돌아온 건가요?"

"아직 헤어진 거 아냐. 언제든 다시 돌아갈 수 있어. 제자리로 돌릴 수 있어."

"그는 오지 않을 거예요."

뱀처럼 간교한 혓바닥이 영원의 본심을 찔렀다. 순간 들킨 속마음이 화끈했다.

"행여나 그가 찾아와 주길 기다린다면, 그러지 말라고."

노 집사가 떠났다. 영원은 허물어지듯 쥐고 있던 그릇을 내려놓았다.

진두영과 헤어지고 호텔방으로 올라갔다. 진정되지 않았다. 하루, 이틀, 삼일, 돌아오지 않는 그를 기다렸다. 출장 갔을 거라고 짐작은 했지만 견딜 수 없었다. 돌아오지 않는 그를 기다리며 불안해하는 자신. 굳게 닫힌 문만 바라보며 그가 들어오기만을 기다리는 자신. 문득 초조해하는 자신이 얼마나 한심한지 느꼈다. 그래서 집으로 돌아왔다.

호텔에 있고 싶지 않았다. 멍청이가 되는 기분이 끔찍했다. 대책 없이 도망쳐 나왔다. 그래. 도망쳐 나왔다는 말이 비유에 맞다. 지금은 뜨겁고 그가 영원에게 집착하는 것 같아 보이지만, 그것도 끝을 보이면……. 그는 변덕스러운 남자였다. 자신과 상관없는 타인에게 그가 어떻게 대하는지 잘 알고 있다. 그의 무관심과 냉대를 견딜 수 있을까? 마음이 떠나가는 것을 느끼며 그녀도 그 사랑을 추억으로만 남겨 둘 수 있을까?

그녀가 돌아왔다는 소식에 백운당 동료들이 찾아왔다.

"야, 너 뭐야, 너 때문에 우리가 얼마나 힘들었는지 알아?"

그들은 불평 반 반가움 반 섞어서 투박한 애정을 드러냈다.

"뜬금없이 가출은 뭐 하러 한 거야?"

"사장님네가 너 찾는다고 한동안 난리 났었어."

"이제 안 나갈 거지? 힘든 일 덜 시킬 테니까 여기 있으라구. 네 일까지 우리가 떠맡느라 죽는 줄 알았어."

그녀는 금세 일상에 섞였다. 이것이 노 집사가 말한 것처럼 그녀의 분수에 어울리는 자리였다.

'그는 오지 않을 거예요.'

지금쯤이면 출장에서 돌아오고도 남는 시간이었다. 하지만 그는 연락이 없었다. 찾아와 주지 않을 것이다. 자신이 가진 것만큼이나 도도한 프라이드로 가득 찬 남자니까. 누군가를 하염없이 기다리는 것, 누군가를 위해 자신의 자존심쯤은 잠시 낮춰 둘 수 있는 미덕을 그 세계 사람인 그는 배운 적이 없을 테니까.

영원은 빨래 바구니를 허리춤에 붙이고 정원에 나왔다.

대문 앞에 누군가 서 있었다.

영원은 잠시 시간이 멈춘 듯 서 있는 주양을 바라보았다. 그는 초라하지도,

한없이 자세를 낮추지도 않았다. 여전히 자신만의 프라이드로 도도함이 넘쳤
다. 그가 낮게 명령했다.

"문 열어."

굳게 닫힌 호텔방 문만 바라보며 그가 돌아오기만을 기다린 시간들.

미친 듯이 뛰어 대는 그와 그녀의 심장 소리.

영원이 주양을 바라보았다.

주양이 영원을 보았다.

떨리는 손을 들어 잠금장치를 풀었다. 그가 거칠게 문을 밀고 들어왔다. 그
힘에 그녀도 그의 품으로 딸려 들어갔다.

마침내, 그가 돌아왔다.

화려한 본차이나 찻잔에 달콤한 홍차가 향내를 피워 올렸다. 해수는 정원에
예쁜 테이블을 차렸다.

"통 발길이 없어서 해외 출장 떠나신 줄 알았어요."

영원은 묵묵히 쿠키가 담긴 접시를 내려놓았다. 그들의 차 시중을 들었다.
해수는 영원을 곁눈질하다 보란 듯이 말했다.

"저도 근래 곤혹을 치렀어요. 사람들이 어떻게 알았는지, 이사님과의 관계
를 물어봐요. 비밀 연애가 민망해지게."

곤란함을 애써 덮듯 해수의 입가에 미소가 맺혔다.

"며칠 전에는 여성지 기자가 찾아와서 인터뷰를 부탁하는데, 소문이 도나
봐요. 저와 이사님이 교제를 한다는. 염문설이 사실이냐고 묻는데⋯⋯."

영원이 차를 엎지를 뻔한 그때 덥석, 그녀의 손을 움켜잡는 손이 있었다. 주
양의 강렬한 시선이 영원에게 와 닿았다. 영원은 머릿속이 하얘졌다. 해수가 지
켜보고 있었다. 주양은 아랑곳 않고 해수에게 통보했다.

"연애, 오늘로 끝입니다."

그것을 위해 찾아왔다는 듯 그는 영원이 있는 곳에서 이별을 통보했다. 해수에게.

해수는 망치로 머리를 얻어맞고 멍해졌다. 영원도 굳었다. 해수의 시선이 뺨을 찔렀다. 영원은 얼른 눈치껏 돌아섰다. 영원이 떠나고 해수와 주양만 남겨졌다. 해수는 모욕을 씹어 삼키고 물었다.

"갑자기 그게 무슨……"

"나를 좋아합니까?"

주양이 해수의 눈동자를 똑바로 봤다.

"나 좋아하지 말아요."

"……."

"나 좋아하는 것, 나 보는 것, 내 허락 없인 안 돼. 나는 누가 나한테 추잡하게 미련 떠는 거, 무척 싫어합니다."

"주양 씨."

"내가 언제 이름으로 불러도 된다고 했지?"

주양이 완벽하게 선을 그었다. 해수는 어처구니가 없어 흘러내린 머리카락을 치웠다. 계약으로 묶인 관계일 뿐, 실제로 사귀는 건 아니다. 해수는 그의 여자관계에 대해 터치할 수 없었다. 한쪽이 헤어지기를 원하면 쿨하게 헤어지는 것. 그게 계약 연애의 장점이었지만, 해수는 애써 침착하게 되물었다.

"좋아하는 여자라도 생겼나요?"

비참하게 떨려 오는 목소리.

"그게…… 누구예요?"

해수의 마지막 미련을 용납하지 않겠다는 듯 그가 매정하게 끊어 냈다.

"당신은 아냐."

눈물이 허망하게 해수의 뺨을 적셨다. 그의 휴대폰이 울려 댔다.

"실례하죠."

그가 완전히 그녀를 떠났다.

사랑은 우리를 거지로 만든다.
그런 사랑을 구걸하고 싶었던 때가 있다.

【1년 전, 영원 26세】

쿠탕!

영원은 복도를 지나다 멈췄다. 안채에서 나는 파열음에 뒤를 돌아봤다. 무슨 소리일까? 영원은 서둘러 계모의 방으로 갔다. 계모라면 백운당에 있을 시각이었다. 한창 장사 준비에 숙수들을 들볶을 때다. 계모의 방을 확인해 봤다. 역시 사람 그림자도 안 비쳤다.

문지방에 얹어진 발은 꼼짝도 하지 않았다. 영원은 조심스럽게 다시 방을 돌아봤다. 사실 안채에는 출입문 말고 또 다른 문이 있었다. 그녀의 눈길이 커튼 뒤편으로 갔다. 저 뒤에 문이 있었다. 문을 통과하면 백운당 사장실로 곧바로 향할 수 있는 구조였다. 정체 모를 파열음은 저곳에서 샜을 소지가 다분했다.

"대체 얼마나 큰 소란이었으면 반대편 집까지 울려 퍼진 거야?"

저 비밀 문 뒤로는 긴 복도가 이어졌다. 그 길이를 단숨에 좁히고 여기까지 달음박질 쳐 왔다는 건 꽤 거칠었다는 거다. 노 집사도 이랬던 걸까? 계모가 영원에게 매질을 할 때 그 소리가 온전히 다 들렸던 걸까. 노 집사는 매번 저 복도 끝에 있는 반대편 문에 눈을 가져다 대고 사장실을 엿봤다.

'열려 있어.'

영원은 침을 삼켰다. 계모는 영원의 허튼짓을 참지 못했다. 이러다 들키면 죽어 나갈 거다. 영원은 주변을 둘러보다가 참지 못하고 문으로 기어 들어갔다. 어두운 한옥 복도를 지나자 복도 끝에 문이 나왔다. 그 문 뒤가 사장실 벽이었다.

영원은 작은 문 틈새에 눈구멍을 대었다.

'손님이랑 싸움이라도 난 걸까? 계모가 혈압 올라 졸도한 거였으면 좋겠는데.'

계모의 옆얼굴이 보였다. 그녀는 정면을 바라보고 있었다. 테이블엔 찻잔이 두 개 놓여 있었다. 건너편은 외부인인 듯했으나 장식품 도자기에 가려져 모습을 볼 수 없었다. 어이없게도 영원은 당황하고 말았다.

"나 죽는 꼴 볼래?"

계모가 울고 있었다. 울고…….

이제 보니 찻잔과 계모 얼굴의 높낮이가 비슷했다. 계모는 무릎을 꿇고 있었다. 바닥에. 상대의 바짓가랑이를 붙들며 애원했다.

"집을 사 줘도 들어가지도 않고. 차도 싫다, 옷도 싫다. 나더러 어쩌라는 거야. 아무것도 하지 말고 주지도 말라고?"

마녀 같기만 했던 매서운 눈초리는 너무도 당연히 여자로 변모했다. 눈물 맺힌 얼굴로 계모가 상대를 올려다봤다. 한껏 목이 뒤로 젖혀졌다. 꺾이는 각도로 보아 키 큰 남자 같았다. 상대가 가려고 했으나 계모가 못 가게 바지를 쥐고 놓아 주지 않았다. 오래돼 퇴색된 카키색 바지.

"내가 주는 건 받지도 않겠다. 그런데 내 고통은 즐겨 주시겠다!"

계모를 쳐 내는 손길이 냉랭했다. 집착하는 쪽은 계모였다. 어떻게든 질기게 부여잡으려 했지만 떨쳐 내는 손아귀 힘에 자빠졌다. 최소한의 존중도 없는 사이였다.

"호운……."

말하다 만 계모가 갑자기 휙 시선을 틀었다. 구멍을 엿보던 눈동자가 지진 난 듯 크게 동요했다. 영원은 놀라서 얼른 눈을 뗐다. 도망치듯 다락방으로 올라왔다.

"하아…… 하아……."

안 들켰겠지?

급한 숨을 몰아쉬며 문을 닫는데 누가 먼저 와서 그녀를 기다리고 있었다.

주양이 창틀에 비스듬히 걸터앉아 있었다. 심장이 빠르게 반응했다.

햇살, 열린 창문, 바람에 나풀거리는 흰 커튼……. 그림 같은 풍경 속에 그보다 더 완벽한 그가 자리해 있다.

남자는 해수에게 완벽하게 이별을 고했을 터였다.

조금 전까지만 해도 정원에 있었는데. 대체 언제 이곳에 왔던 걸까.

그가 이리 오라는 듯 조용히 턱짓했다. 영원이 우물쭈물 그 앞에 섰다. 그를 찾아오게 만들었다. 화를 낼까? 영원은 결국 실토했다.

"네 집안에서 알았어."

"정확히는 진두영이겠지."

영원의 눈이 휘둥그레졌다. 문득 불쾌함에 입매를 찌푸렸다.

"나한테 사람 붙였어?"

"내 사람들, 네 뒤치다꺼리하라고 있는 한가한 인력 아냐."

그가 신랄하게 쏘아붙였다. 영원은 창피해서 얼굴이 벌게졌다. 그가 영원의 미간에 있는 주름을 꾹꾹 눌러 폈다.

"그런 건 애쓰지 않아도 금세 알아. 오죽 네가 흘리고 다녀야지."

그가 영원의 턱을 들어 올렸다. 영원은 속으로 불평했다. 흘리다니. 어감이 기분 나빴다.

"호텔에 안 가."

영원이 소심하게 말했다.

"이젠 거기 안 가."

"뭐가 두려워서?"

"……."

"진두영이?"

영원은 세차게 도리질 쳤다. 진두영은 문제가 아니었다. 그런 것은 두렵지 않았다.

"그럼 뭐가."

"다들 날 네 세컨드라고 떠들어."

그가 유심히 영원을 살폈다. 그녀 안에 알을 깐 두려움이 구체적으로 어떤 것인지 가늠하려는 행동이었다. 영원은 보여 주고 싶지 않았다. 들키기 싫어 등을 돌렸다.

주양이 느리게 속삭였다.

"이 방. 온통 네 냄새가 나."

그의 손끝이 가구 하나하나를 스쳤다.

"책상, 침구……."

애무하듯 쓸던 손가락이 커튼 자락에서 종지부를 찍었다.

"난 여기서 해도 상관없어."

욕망을 숨기지 않고 직선적으로 좁혀 오는 솔직함에 영원이 어깨를 움츠렸다.

방은 무척 좁았다. 그저 침대와 책상 등 살림살이가 오밀조밀하게 들어갈 수 있는 평범한 크기였다. 그가 있으니 더 좁게 느껴졌다. 그가 혹은 그녀가, 조금만 움직이면 서로가 스칠 것 같았다. 그와 이렇게 작은 공간에 있던 적이 없다. 그의 집이나 호텔에서 이런 밀폐감은 느낄 수 없었다.

주양이 손을 뻗었다. 그녀의 머리카락을 건드렸다.

대담한 유혹.

여긴 그녀의 집이었다. 식구들이 있는.

"저, 전혀 내 말 안 듣고 있잖아. 분명 호텔에 가지 않겠다고 했어."

"그러니까."

그가 확고하게 말을 되새겼다.

"그러니까 여기서 해. 호텔 갈 필요 없이."

그는 진심이었다.

"호텔에 가지 않겠다는 의미가 무슨 뜻인지 몰라?"

영원은 알면서 일부러 이러는 그가 두려웠다. 그때였다. 삐거덕, 누군가 다락방 계단을 밟았다. 해수다. 보지 않고도 알 수 있었다.

주양과 함께 있는 걸 해수가 알면 계모도 알게 되는 건 시간문제다. 영원이 얼른 문으로 달려갔다. 닫으려는 순간이었다. 주양이 몇 걸음 되지도 않는 좁은 방을 훌쩍 가로질렀다. 어느새 영원의 등 뒤에 바짝 붙었다. 그녀가 잠그려는 것보다 먼저 문고리를 손바닥으로 덮었다.

"뭐, 뭐 하는……."

"평범해지겠다고?"

그가 무섭게 귀에 입술을 붙였다. 머리맡에 지어진 그림자.

"날 끌어들여 놓고 너 혼자, 아무 일 없던 것처럼 평범하게, 그래?"

영원의 손이 길을 잃고 방황했다.

"네가 날 연애 놀음에 끌어들인 순간 넌 내 여자고, 내 여자는 평범한 인생에서 이미 한참 멀어졌어."

그녀가 동공을 떨었다.

"해수가 있어. 해수가……."

주양이 명령했다.

"키스해."

영원은 천천히 그를 돌아봤다. 심연을 드러내 보이듯 그가 그녀를 깊숙이 들여다보았다. 해수가 계단 세 개를 앞두고 있었다.

5초,

아니, 2초.

그를 유혹한 것은 그녀가 먼저였다. 가만히 있는 그를 충동질하고, 부추기고, 매정하게 뿌리치는 그를 끝끝내 옆에 잡아다 묶어 놓았다.

1초.

영원은 망설임 없이 그에게 입술을 가져다 붙였다. 그가 문을 잠갔다. 단단한 손이 영원의 턱을 움켜잡아 자신에게 끌어당겼다. 거칠게 치아가 닿았다. 치맛단 아래로 들어가는 손이 허벅지를 더듬었다.

거부할 수가 없었다. 키스는 계속되었다.

해수가 떠난 지 한참 후에야 그가 멈췄다.

주양이 흐트러진 타이를 제대로 바로잡았다. 영원은 멍하니 앉아 있었다. 룸 키를 꺼내 영원의 가슴골 사이에 떨어트렸다. 그가 시니컬하게 말했다.

"먼저 가 있어."

문을 열고 그가 떠났다.

이제 와 자매에 대한 죄책감이라고 하는 건 위선이다. 해수의 아픔은 그녀에게 죄의식이 되지 못했다. 오히려 송곳 같은 악의로 그녀를 찌르길 바라는 사람이었다. 남의 이목 따위 상관없다고 하면서 왜 이렇게 신경 쓰이는지 그녀도 알지 못했다.

이렇게 찾아온 그가 싫지 않았다. 아니, 그래 주길 바랐다. 간절하게. 그런데 뭐가 문제지? 생각하지 못했다. 그녀가 하려는 것이 무슨 짓인지. 그녀의 사랑이 남들에게 단순하지 않을 거라는 것. 남의 이목 같은 거……라고 치부하기에는 그녀 안에 뿌리 깊은 뭔가가 있었다. 그래선 안 된다는 두려움 같은 것.

마침 그때였다. '그'가 나타난 것은.

"잘 지냈냐. 꼬맹이."

멍하니 백운당 화단에 쭈그려 앉아 있었다. 빛바랜 카키색 바지가 그녀 앞에 섰다. 한참을 올려다봐야 하는 훤칠한 골격. 햇살이 눈부셔서 눈을 감았다 떴다. 희뿌연 잔재가 사라지자 '그'의 모습이 분명해졌다.

영원의 눈이 시커멓게 패었다.

강호운이었다.

【실종 24일째】

불가마에서 땀을 빼는데 수진이 단서를 안고 왔다.

"강호운?"

장 경감이 살짝 고개를 틀었다.

"신영원을 납치한 놈이 강호운이란 자식이라고?"

신부의 나머지 한쪽 구두에 박혀 있는 보석을 처분하려 한 사내. 신영원을 엎고 뛰어간 그 남자. 진주양, 신해수, 이중모, 김 회장. 정치적 이해관계로 얽힌 이들에 또 다른 진범까지 끼어들었다.

"31세. 과거 육군 교관 출신. 전당포 주인이 보석 맡아 주면서 신분증 확인을 해 놨답니다."

그 정도로는 부족했다.

"현재 직업은."

"제대하고서는 딱히 소속을 두진 않았고요. 신체 건강하고, 남자답고, 돈 많은 아줌마들깨나 후릴 타입이죠."

"아줌마가 여기서 왜 나와?"

"백운당 사람들 사이에선 유명 인사던데요. 최 사장의 정부라는 소문이 있어요."

최혜란이 과부니까 충분히 있음 직한 이야기였다. 돈 있는 여자가 젊은 남자 사는 것쯤이야. 그런데 단순히 정부가 아니었단다. 최혜란이 꽤나 마음을 깊게 주고 있는 놈이라고.

그런 놈이 신영원과 함께 있다?

"최 사장과 관련된 치정 범죄는 어때?"

최혜란의 정부였다면 원한 혹은 돈을 노리고 그 딸을 납치했을 수도 있다. 최혜란의 딸인 신영원, 게다가 한신이라는 거대한 그룹과의 결혼.

뜯어먹을 게 많다.

"가장 편리한 추측이긴 하죠."

장 경감이 힐끗 눈을 위로 치떴다.

"미덥지 못한 투다?"

"결혼 한 시간 전에 실종된 신부, 신부를 찾고 싶지 않아 하는 신랑, 그러나 사실은 신부가 뒤바뀌었다. 이 사건, 항상 반전에 반전이 거듭되고 있지 않습니까?"

"그렇지."

"이번에도 뻔한 논리는 안 통합니다."

"그래서 하고 싶은 말이 뭐야?"

"이런 건 어떻습니까? 신영원이 자발적으로 사라졌다."

"죽을래?"

"이놈과 함께."

장 경감은 멍해졌다. 수진이 진하게 눈을 얽으며 말끄트머리를 매듭지었다.

"함께 도피했다."

신선한 충격이 장 경감을 강타했다.

어째서……? 신영원이 최혜란 정부랑 왜 도피를 하지 않으면 안 되지? 하고 많은 사람들 중에 왜 이런 남자랑…… 그것도 진주양을 버릴 만한 가치가 전혀 없어 보이는 사람인데…….

아우성을 치는 수많은 질문들, 그렇게 결론 내릴 만한 근거는 어디에도 없지만.

갑자기 툭 튀어나온 납치범의 존재.

아군인지 적군인지 애매모호한 태도만 취하는 신랑.

종적을 감춘 신부.

"뭐야? 대체."

장 경감은 백운당을 방문했다. 최혜란의 정부가 납치범이라면 최혜란을 떠보면 될 일이었다. 해답을 얻지 못할지라도.

뜻하지 않게 백운당이 당일부터 한 달간 휴업이었다. 굳게 문을 걸어 잠근 백운당을 당혹스럽게 봤다. 연중무휴로 돌아가던 곳이었다.

'최혜란에게 어떤 심경의 변화라도 일어났나?'

강호운이 납치범이란 것은 경찰 쪽 수사본부에서 먼저 흘러나온 정보였다. 진주양에게 전달 보고됐을 것이고, 최혜란이라고 백치처럼 방구석에 앉아만 있었을 리 없다. 딸이 실종되고 납치됐을지 모르는 일일 테니까.

장 경감은 코를 킁킁댔다. 희미하지만 그을린 냄새가 백운당 주변을 부유하고 있었다.

"가마솥이라도 끓이나?"

백운당은 전통 방식을 고집하며 탕 종류를 가마솥에 푹 고아냈다. 백운당 홈페이지에 들어가면 조리방식이 자세히 기술되어 있었다. 실제로 주방 뒤편에는 참나무 장작이 한 트럭이었다. 하지만 도무지 납득이 안 가는 이유는 휴무라고 걸어 놓은 팻말 때문이었다. 영업도 하지 않는데 장작이 타고 있다? 게다가 이 정도 탄내라면 보유한 참나무 전체에 불을 질러야 가능했다. 이상한 느낌에 그는 인적이 뜸한 담장으로 갔다. 비교적 낮은 담벼락을 단숨에 넘었다.

평상시 음식 냄새와 직원들로 북적이던 가게였다. 한데 지금은 서늘할 정도로 고요했다. 오직 장 경감의 발소리만 울렸다. 마침 남자 직원 하나가 마주 걸어오고 있었다. 이 탄내의 정체가 뭐냐고 물으려다가 말았다. 누군데 몰래 들어왔냐고 따지면 도리어 이쪽이 귀찮다.

일직선으로 서로에게 가까워지다가 어깨를 스쳤다.

멀리서 봤을 때도 알았지만 장 경감보다 머리 하나가 더 있는 건장한 남자였다. 180이 넘는 키. 검은 야구 모자 아래로 미동 없는 눈초리. 로봇같이 절도가 있는 자세였다. 저런 눈빛을 본 적이 있다. 신병대에 들어가면 교관들은 모자를 깊게 눌러써 위압감을 연출한다. 반쯤 가린 눈은 쉽게 의중을 읽을 수 없다.

……과거 육군 교관 출신.

사내가 장 경감의 곁을 스쳤다. 낡고 쉰 목소리가 장 경감에게서 흘렀다.

"강호운?"

부름과 동시에 우뚝, 사내가 걸음을 멈췄다. 장 경감은 총을 빼 들었다.

"너 뭐……."

쿵쾅대는 심장 소리에 지축이 흔들렸다. 자기를 호명하는 게 아니라면 멈출 리가 없다. 무서울 만치 아무것도 준비되지 않은 조우다.

납치범이.

이 벌건 대낮에 버젓이……

"대체 너 이 새끼…… 정체가 뭐야."

"……."

사내의 등은 묵묵하게 버티고 서 있을 뿐이었다.

'이 사건, 항상 반전에 반전이 거듭되고 있지 않습니까?'

'이런 건 어떻습니까? 신영원이 자발적으로 사라졌다. 이놈과 함께.'

'함께 도피했다.'

신영원을 업고 눈앞에서 유유히 사라진 강호운. 신영원을 찾으려 했던 진주양. 진주양을 향해 미안한 눈빛을 보내던 신영원…….

정말 그런 거라면……

그런 거라면.

풍향이 좌에서 우로 헤쳐 왔다. 끈끈한 열기를 품은 후덥지근한 바람이 장 경감의 앞머리를 훑고 갔다. 머리칼은 눈을 찌르며 시야를 불편하게 했다.

주륵―

땀방울이 콧잔등을 미끄러졌다. 장 경감은 대치하고 있던 상대의 등에 총부리를 겨눴다.

"대체 너 이 새끼…… 정체가 뭐야."

"형사인가."

총기를 쥔 손바닥에 땀이 차올랐다. 범상치 않은 위압감을 풍기는 상대였다.

"여자를 어디로 납치했어!"

뒤돌아선 강호운의 눈초리가 그를 향해 살짝 내려앉았다. 하반신이 꼴사납게 후들거리고 있었다. 불시착하듯 준비도 없이 맞닥뜨려진 조우가 당혹스러웠다.

강호운은 부적절한 웃음을 지었다.

"납치?"

웃기다는 투였다. 다분히 고의성이 섞인. 강호운은 침착했고 생각을 하느라 느리게 흙바닥을 발로 비볐다.

"극단적인 건 여전해. 그 남자, 진주양."

"닥쳐."

"전해. 우린 이 나라를 뜰 거야."

정신이 잠깐 가출했다 돌아왔다. 충격이 장 경감을 강타했다.

"밀항이라도 하겠다는 거야? 그리고 우리라니……?"

"그 애가 원한 일이야."

"신영원에겐 남편이 있어."

"하지만 도망쳤지."

조금도 망설이지 않고 확신으로 찬 음성이 날아들었다. 장 경감은 할 말을 잃었다. 신영원은 정말 진주양을 떠나 이놈과 도피하려고 했나. 장 경감은 등을 빳빳하게 세웠다. 혹시 모를 상황에 대비해 방아쇠 옆에 달린 안전핀을 누르는

데 미세한 소리를 강호운이 놓치지 않았다.

"날 쏘면, 영영 찾지 못해."

"신부를 쫓고 있는 경찰 병력만 몇인 줄 알고 하는 소리야?"

꼴같잖은 협박이었다.

"살아 있는 한 찾아낼 수 있어."

"영원이가 많이 아파."

총체적 난국이었다. 촌스럽기 그지없는 상황이 신물 났다. 장 경감의 머릿속엔 그날, 노조원들의 밀침 한 번에 볏단처럼 기절하던 신영원이 떠다녔다. 사기는 아닌 듯싶었다.

"아무도 그 애가 있는 곳을 몰라. 아는 건 나 혼자뿐이야."

"닥쳐, 이 새끼야!"

"내가 죽으면,"

"……."

"걔도 죽어."

강호운이 무겁게 걸어 잠갔던 입술을 뗐다. 신영원은 강호운이 가지 않으면 몇 날 며칠 그대로 그곳에 방치된 채 죽게 될 것이다. 장 경감이 매섭게 그를 몰아붙였다.

"어디 가 봐. 그 즉시 발포할 테니까."

"쏴 봐. 그깟 가스총으로 어떻게 할 수 있을진 모르겠지만."

군인 출신답게 총의 겉모양에 속지 않았다. 강호운이 천천히 발을 뗐다.

"멈춰!"

장 경감이 소리쳤다.

"서라고!"

강호운은 유린하듯 장 경감의 눈앞에서 느긋하게 멀어졌다. 결국 쏘지 못했다. 손힘이 풀렸다. 끄트머리에 매달려 있던 총이 무겁게 바닥으로 추락했다. 쏘지 못할 바에야 들고 다녀 봐야 소용이 없다. 범인에게 위협이 되지 못할 바에야……

치명적인 실책이었다. 이건 호신용이지 살상용이 아니었다. 싸울 준비가 안되어 있었다. 조롱당할 만했다.

장 경감은 한신그룹 본사 로비를 격하게 가로질렀다. 최혜란은 끝내 그를 만나 주지 않았다. 강호운은 최혜란에게 볼일이 있어 백운당에 왔었을 것이다. 협박? 통보? 무엇일까. 최혜란 역시 무언가 감추고 있었다.

"이사님께서는 자리를 비우셨습니다."

프런트에서 대답이 돌아왔다. 장 경감은 끈질기게 기다렸다. 본사 아래서 담배를 피우는데 로비 입구에 차가 섰다. 가드들이 결속해서 입구에 집합했다. 차에서 내리는 오너 일가를 일렬로 나와 맞이했다. 진 회장이 공식적으로 두문불출한 지 1년이 다 되어 가는 시점이었다. 차기 후계자인 진두영이 잘려나가고, 남은 건 진주양뿐. 구체적 병명은 안 밝혀졌지만 찌라시에 진 회장은 경영을 전혀 수행할 수 없는 상태라고 퍼졌다. 복귀하지 못할 거란 소문이 파다했다. 말만 '부' 행장급이지 한신은 이미 진주양의 입맛대로 굴러가고 있었다.

직원들이 허리를 굽혔다. 진주양은 한 자락 애정도 담기지 않은 눈으로 그들을 객관화했다. 진주양의 특기였다. 타인과 자신을 객관화하는 것.

아쉬울 것 없는 남자가 한 여자에게만은 비상한 관심을 쏟는 것은 연구해 봐야 할 일이다.

'저 남자는 어디까지 알고 있을까.'

강호운의 말투를 보아하니 그들 서로는 각자의 존재를 아는 듯싶은데.

'대체 무엇을 더 숨기고 있는 거야.'

……당신.

장 경감은 담배꽁초를 발 아래 던지고 걸음을 떼었다. 오늘은 꼭 대답을 듣고 말겠다고 마음을 다잡았다. 지척으로 다가선 그때였다. 여비서 하나가 불쑥 장 경감의 시야를 침범했다. 가드들에게 가려져 미처 발견하지 못했다. 대기업 비서들이 그러하듯 여자는 늘씬한 몸매를 자랑했다. 검고 윤기 흐르는 긴 생머리를 포니테일로 멋스럽게 묶었다.

생각났다. 까맣게 잊고 있던 존재가 다시금 하얗게 그의 머리에 불을 질렀다. 아직도 김 회장의 갑작스러운 죽음은 의문점을 많이 남겼다. 만에 하나 자살이 아니라 타살이라면. 김 회장 살해 유력 용의자로 지목할 만한 인물……

"포니테일……."

잔잔한 호수에 돌을 던졌고 작은 파문이 커다란 파도를 일으켰다.

그녀가 왜 이곳에 있는가.

치익—

담배가 회색 연기를 피워 올렸다. 주양은 니코틴을 한 모금 깊게 빨아들였다. 후, 작고 동그란 불씨가 빨갛게 발기했다. 텅 빈 회사. 퇴근하지 않고 집무실에 남아 그는 한 장의 사진을 보고 있었다.

'신부님의 마지막 행적입니다.'

양 비서가 건넨 그것은 결혼식 당일, 인근 차량 블랙박스에 찍힌 사진이었다. 경찰도, 장 경감도 그 어느 누구도 손에 넣지 못했던. 소통을 한다고 여겼다. 이런 게 영원의 소망이었다면 그는 동의할 수 없었다.

5월이었다. 사진에 찍힌 주변 가로수들은 푸릇하게 물들어 바람에 날리고 있었다. 영원은 강호운과 함께였다. 예식장을 막 도망쳐 나온 신부와 그녀의 곁을 지키는 납치범. 두 사람이 함께 사라졌음을 증명하는.

다른 남자와, 그것도 도피한 여자를 어떻게 봐야 하는가? 주양은 피우던 담배를 사진 모서리에 갖다 붙였다. 불씨에 잇닿은 사진 끝이 야금야금 타들어가다가, 거센 불길에 휩싸였다. 그는 휴지통에 사진을 던져 넣었다. 사진이 활활 불타올랐다.

'……하신 것 같습니다.'

1년 전에도 호텔에서 동일한 일이 발생했다.

'신부님이 사라지셨습니다.'

결혼식장에서 그날의 악몽이 또다시 재현됐을 때 그는 선택했다.

영원이 호운과 떠난 걸 알았지만 결혼을 그대로 진행했다.

포기할 수 없으리란 걸 알고 있었기에, 그는 태연하게 대타를 구했고 면사포를 씌웠다. 그리고 태연히 결혼식을 치렀다.

처음부터 납치 같은 것은 없었다.

강호운은 언제나 그를 한계로 몰아붙였다.

'잘 지냈냐. 꼬맹이.'

나타났던 날부터 이도 저도 아닌 불분명한 행동을 취하며, 영원에게 투박함이 섞인 다정한 면모를 보였다. 강호운은 과거의 사람이었다. 주양은 모르는. 주양이 모르는 영원의 과거를 공유하는 남자. 불쾌했다.

양 비서가 눈치껏 강호운의 뒷조사를 했다.

'과거 육군 부사관 출신이라는데, 현재는 최혜란의 정부라는 소문이 지배적입니다.'

'더 알아볼까요?' 하고 묻는 양 비서에게 그는 조소로 대답을 돌려주었다. 사내가 할 짓이 없어 몸 팔아먹고 산다……. 시답잖은 놈일 뿐이었다. 자신과는 비교도 안 되는. 비로소 주양은 안도했다.

'아뇨. 됐습니다.'

그러나 그때, 그래선 안 되었다.

강호운은 최혜란의 정부가 아니기 때문이었다.

문이 삐걱 열렸다. 어둑한 그림자가 길게 뻗었다. 느슨하게 타이를 풀며 바라보자 그 끝에 여비서, 유선민이 그를 바라보고 있었다.

【1년 전, 영원 26세】

영원은 고개를 들었다.

"잘 지냈냐. 꼬맹이."

짙은 눈썹 아래로 시원하게 찢어진 눈이 웃음을 그렸다. 볕에 그을린 사내의 얼굴이 남성적이었다. 카고 바지에 군용화, 후줄근한 남방을 걸쳤지만 흰 민소매 아래에 있는 근육을 감출 수 없었다. 군인이었음을 알려 주는 군번줄이 빛에 반사되어 눈이 부셨다.

"계집애가 꼬라지 안 고칠래?"

강호운이 덥수룩한 영원의 머리카락에 손을 뻗었다. 영원은 움칠, 경계하듯 물러섰다. 새파랗게 질린 얼굴이 애처로웠다. 귀신이라도 본 듯 충격 먹은 얼굴이었다.

그런 반응을 예상하지 못했을 리 없을 텐데, 그는 상처받은 얼굴을 했다. 그가 무안해진 손을 거두었다. 긴 어색함을 부수고 강호운이 먼저 말했다.

"백운당 마마님이 몸 좋은 정부한테 홀딱 정신이 팔렸다지? 그게 나고."

여종업원들이 그만 지나가면 저들끼리 시시덕거렸다. 가오가 있지 이유를 물어볼 순 없어 입 가볍고 몸 가벼운 것 같은 기생 하나를 꼬셨다. 듣자니 소문이라는 게 같잖아서 강호운은 무척 화가 난 얼굴을 구겼다.

영원은 고개 숙였다. 끝까지 호운과 눈도 마주치지 않았다. 그의 등장에 이미 충분히 정신 사나웠다. 6년 전부터 가끔이지만 백운당에 왔다 간다는 건 알고 있었다. 호운이 그녀를 직접 찾아온 건 이번이 처음이었다. 피해 준다고 생각했다. 그것이 당연했고, 서로가 함께 있어 봐야 좋을 것도 없다.

호운은 영원을 불편하게 만들고 싶지 않았다. 자리를 뜨려 했지만 그럴 수 없었다.

호운의 시선 끝에 한 남자가 걸렸다. 남자는 이쪽을 주시하고 있었다. 타인의 불쾌감은 제 몫이 아니라는 듯이 거만할 정도로 빤히. 호운이 느리게 불청객을 훑어 내렸다. 영국 귀족이나 입을 법한 슈트가 잘 어울렸다. 고급스럽게 머리를 넘긴 남자에게는 기품 같은 것이 있었다. 호운은 짧은 시간 내에 그에 대한 분석을 끝냈다. 반면, 남자는 애초에 호운 따윈 보지도 않았다. 자기 안중에 들어올 수 있는 건 허락된 사람만 가능하다는 듯, 오직 영원만 보았다.

호운의 눈길이 영원에게 내려갔다. 남자는 분명 영원에게 볼일이 있었다. 같은 곳에 서 있지만, 절대로 같이 섞일 수 없는 부류인 것이 냄새부터 확 풍기는데. 어째서 저런 남자가? 어떻게 영원은 저런 남자와?

"신영원."

나지막한 울림. 영원이 이끌리듯 고개를 들었다. 남자를 보고 눈이 커진다.

와.

남자가 손을 한 번 까딱했다. 호운이 닿을라치면 경기를 일으키던 영원이었다. 소스라친 영원이 그 손짓 한 번에 양처럼 온순하게 달려갔다. 남자는 배려도 없었다. 기다려 주지도 않고 그대로 돌아서는 그를 쫓는 건, 영원이었다.

거부감을 일으켰다. 남자의 오만함이.

뒤에 알았다.

저 남자가 진주양이며,

한신그룹의 후계자이고,

영원이 사랑하는 남자라는 것을.

유일하게 그녀를 믿게 한 '인간'이라는 것을.

호텔로 돌아왔다. 욕실에서 손을 씻고 나오는데 양 비서가 와 있었다.

"진두영 사장이 영월을 방문했다고 합니다."

"영월에 공장 부지가 있었습니까?"

"김 회장이 서울구치소에서 이감된 곳이 영월교도소입니다."

대화가 뚝 끊겼다. 상당히 심각하게 판이 돌아가는 듯했다.

"재소자들 처우도 좋고, 감시도 심하지 않아 다들 선호하는 편이라고 합니다."

"이사들 움직임은."

"은밀하게 이사들과 접선했다는 말이 돕니다."

"혹시 김 회장한테 꿍쳐 놓은 복사본이 더……."

그때 인기척에 주양이 돌아봤다. 영원은 얼른 숨었다. 이미 흐름 깨진 대화를 이어 나갈 마음이 없는지 주양이 양 비서를 손짓으로 보냈다.

영원이 그에게 다가갔다. 그는 소파에 다리를 꼬고 리모컨을 조종했다. 증시 동향 뉴스를 살피고 있었다. 진두영이 그 몰래 호박씨를 까는 것 같은데 주양은 굉장히 느긋했다.

"네 숙부가 사고 친 거 같던데. 이러고 여유 피워도 돼?"

주양이 TV에서 시선을 떼지 않고 영원에게 손을 뻗었다. 머리카락을 돌돌 말며 손장난을 쳤다. 물이 튀어 조금 젖어 있었다.

"상대가 약이 올랐을 땐 처방전이 없어. 아무렇지 않은 척 여유를 부려야 해. 상대가 그 모습에 더 방방 뛰면 그때 공격하는 거야."

"어떻게?"

"뒤를 치는 거지. 조용히 접근해야 해. 겉으론 아무것도 모르는 척, 상대의 계획을 전혀 파악하지 못한 척."

"네가 좋아."

주양이 움직임을 멈췄다. 땀이 차오르는 손을 꽉 쥐고 영원이 고백했다.

"네가 질린다고 해도 떠나지 않을 거야."

주양이 허를 찔렸다는 듯 미묘하게 웃음을 삼켰다.

"맞아. 그렇게 하는 거야."

"진짜야. 나는 이제……."

그런데 말문이 막혔다. 그가 그녀의 흘러내린 머리카락을 귀 뒤로 넘겨 주었다. 귓바퀴를 매만지는 손길에 솜털이 오소소 돋았다. 영원의 눈동자 속에 깃든 혼돈을 그는 피하지 않았다. 똑바로 마주했다.

"허락받지 마."

그녀를 이곳에 데려온 건 그였다.

"그 정도 책임감은 있어."

폭풍 같던 사랑도 언젠가는 그 힘을 잃고 공중 소멸된다. 그렇다고 슬픈 것만은 아니다. 그 뒤에는 가족같이 편안하고 애틋한 사랑이 차오른다. 사랑에서 열정은 끓는점이었다. 최고치일 수 있으나 급하게 한계를 드러내고 마는 민낯. 오래도록 사랑을 지속하는 데 중요한 온도는 36.9도, 사람의 체온이다.

서로를 향한 믿음. 영원은 그를 믿었다. 어떤 경우에도 그가, 그녀를 버릴 일은 일어나지 않으리란 것.

그러니 그의 사랑을 의심해서가 아니었다.

나는 무엇이 그토록 불안했나.

주양이 출근한 아침이었다.

띵동―

호텔 초인종이 울렸다. 이상하다 싶었지만 의심하지 않았다.

"누구……."

무심코 문을 열어 줬다가 영원은 빳빳해졌다. 예기치 않은 방문객. 그리고 다시 피어오르는 불쾌감의 정체. 어째서 단순한 사랑을 할 수 없는 걸까.

고통스러웠다.

주양은 회사에서 연락받고 급히 호텔로 돌아왔다.

"신영원 씨가 사라졌습니다."

처음엔 단순 외출인 줄 알았다. 그 밤에 돌아오지 않아 백운당 집으로 돌아갔을 거라고 무심코 넘겼다. 백운당으로 보낸 직원이 반나절이 지나가도록 소식을 전해 오지 않다 전화가 왔다. 3일째 사가에서도 자취를 감췄다. 복도

CCTV를 확인한 결과 3일 전, 그가 출근하고 바로 30분 뒤 방문객이 있었다.

"납치입니까?"

호텔 보안실에 CCTV 판독을 부탁해 놨다. 직원이 애매하게 뺨을 긁었다.

"아뇨, 그건 아닌 것 같습니다."

직원이 로비 화면을 보여 주었다. 방문객은 아주 잠시 머물렀다 객실을 일상적으로 떠났고, 방문객이 다녀간 직후 영원은 방을 나왔다. 그리고 로비를 통과해서 호텔을 유유히 제 발로 빠져나갔다.

그는 상황이 잠시 이해가 안 됐다.

"이게 뭐죠?"

그가 묻자 직원이 송구스럽게 답했다.

"가출하신 것 같습니다."

【실종 24일째】

"이름은 유선민. 33살. 변호사 출신 로비스트입니다."

흥신소에 돌아오자마자 장 경감은 곧바로 진주양이 대동했던 여비서 신상부터 털었다.

"진주양과는 언제부터, 어떤 경로로 일하게 된 거야?"

"김 총리 아시죠?"

"유명하지. 김한식 전 총리."

"그 영감탱이가 소개한 인재랍니다. 김 총리 밑에서 로비스트로 일하다가, 작년 11월 화친의 선물로 진주양에게 넘겼나 봐요. 그 뒤로 쭉 신부의 수행 비서였답니다."

신부의 수행 비서라……. 한신 정도의 재벌가에 시집가는 신부에게 수행 비서 하나 붙여 주는 건 당연한 일이었다. 말이 좋아 수행 비서지, 예전 조선 시대처럼 수발들어 줄 하녀 하나 붙여 줬다는 거였다. 근데 왜 하필 로비스트일까?

"로비스트 그거 뭐 무기 밀매상들한테 붙이는 거 아냐?"

"거창하게 그런 것까진 아니어도, 요즘은 일반 기업에서도 말발 좋은 로비스트들이 요긴하긴 하죠. 일부러 고용하는 경우도 많고. 무도공인단증 보유자인데 확실히…… 신부한테 붙이기엔 과하다는 생각이 드네요."

신부에게 로비스트를 수행원으로 붙이다니. 마치 신부가 아니라 협상해야 할 대상으로 취급했을 거 같은 모양새였다.

'신영원은 그럼 왜 도망쳤을까? 그렇게 사랑했던 남자인데.'

진주양에게 악감정을 가진 신해수였다. 악의가 담겼다는 전제여서 그녀를 100퍼센트 신뢰할 수 없었다. 그러나 역시 정황상, 수진의 말대로 신영원은 강호운과 도피라도 한 걸까? 하필 강호운인 것은 그녀의 사랑이 바뀌었다는 걸 방증하는 걸까. 유선민이 김 회장을 살해했다고 단정하는 것 역시 가정이다. 그저 우연의 일치로 그 길을 지나가던 중이었을 변수는 얼마든지 있다. 하지만 하필 왜 그날 김 회장이 죽었고, 그 시각 유선민이 자택 근처를 지나쳤는지 개연성이 전혀 설명되지 않고 있다.

'그 남자를 절대 믿지 마. 그 남자한테 진실은 하나도 없어. 다 거짓말이야.'

'그가 잠깐 베푸는 서푼짜리 친절, 스치듯 내비치는 슬픈 얼굴.'

'어떤 가면에 속고 있을지 몰라.'

신해수의 경고가 끊임없이 장 경감을 들쑤셨다. 진주양은 김 회장의 죽음과 관련된 혐의를 완강히 부인했다. 하지만 김 회장을 살인 교사한 것은 진주양이 확실했다. 그 여자를 통해서.

"법대 출신 로비스트라는 점 빼고, 그 외에 다른 정보는 찾지 못했습니다. 아무래도 직업 특성상 극비로 일 처리를 하다 보니, 고급 정보는 접근하기가 힘들어요."

"……"

"국정원 정도라면 모를까."

"국정원?"

"연변 출신 중에 손 기술 좋은 애들 있는데, 부탁해 볼게요. 국정원 서버 뚫으려면 시간이 꽤 걸린다는 건 아시구요."

장 경감은 유선민에 대해 생각하다가 눈을 찌푸렸다. 블라인드 사이로 비쳐 든 햇살에 은색 액세서리가 비쳐 각막을 찔렀다.

"이건 어디서 주운 겁니까? 헌 거 같은데."

"신해수."

"에? 그 여자를 만났어요?"

신해수가 흘리고 간 염주였다. 그는 기이한 문양을 살폈다. 팔각형 안에 있는 연꽃의 형상. 경황이 없어 잊었는데 무척 낯이 익는 형태였다. 이걸 내가 어디서 봤더라? 그때, TV 채널이 불교방송으로 돌아갔다.

장 경감은 벌떡 책상을 박차고 일어났다.

"작년 의뢰 일지 어딨지?"

수진을 시켜 수첩을 찾아내게 했다. 그는 다이어리 캘린더에 매 스케줄을 적어 놓았다. 작년 11월 페이지를 펼쳤다. 빼곡하게 어지럽혀진 일정은 온통 사찰들을 방문한 기록뿐이었다. 그때 의뢰인 돈 떼먹고 달아난 놈 찾으러 신속 전국 방방곡곡 안 돌아다녀 본 사찰이 없을 것이다. 그중 어떤 사찰에선가 저 문양을 봤다. 그게 어디였지?

그러다 범오사를 발견했다.

"그래. 여기야."

규모 면에선 다른 사찰에 비할 바가 못 되지만 운치만큼은 뒤지지 않던 절이었다. 장 경감은 포털에 범오사를 검색했다. 하단에 제일 먼저 한신그룹 관련 헤드라인이 떴다. 진 회장이 사별한 부인, 거문고 인간문화재 장인과 첫째 아들의 재를 '범오사'에서 지냈다는 기사가 짤막하게 다뤄졌다. 기묘한 우연의 일치에 수진이 팔짱을 꼈다.

"범오사라면, 진두영 사장이 작년 겨우내 기거했던 사찰인데요."

"요양을 했다지?"

"한신중공업 사장 자리 내놓은 게 10월이던가. 그리고 칩거에 들어간 게 11월인가 그럴 거예요."

신해수가 정신병원에 갇힌 시점과 같았다. 진주양이 영원을 신부로 탈바꿈시킨 시점이기도 했다.

"항간엔 폐위당한 충격에 야인이 되는 거 아니냐는 말까지 돌았어요."

"거기 주지승이 정치권 인사들하고 친분이 깊다지."

장 경감이 차곡차곡 사건 정황을 되짚어 갔다.

"진두영의 말동무를 해 줬을 테고, 그러다 보면 집안사가 안 나올 수 없을 테고."

범오사……

신해수와 진두영. 그리고 진주양과 신영원. 이들의 교차점이라.

"거기 주지승을 만나 봐야겠어."

헛발질이라도 상관없다. 지푸라기라도 잡고 싶은 심정이니까. 범오사에 뭔가 있을 것만 같은 기분에 피가 들끓었다.

산맥으로 아주 조금만 깊이 들어왔을 뿐인데 평행한 다른 세계에 와 있는 듯 생경했다. 차끼리 뒤엉켜 대는 클랙슨 소음 대신 햇살과 나무와 바람의 속삭임이 귀를 간질였다. 절간에 핀 들꽃이 간절히 누군가를 기다리듯 청초하게 살랑댔다.

"어제 지방에서 바로 수확해 올려 보낸 새순이라오. 맛이 순해서 그만이지."

범오사 주지인 성철스님이 차를 대접했다. 녹찻잎이 진하게 우러났다. 장 경감은 어디서부터 어떻게 운을 떼야 하는지 어려웠다. 성철스님이 암갈색 입술로 호를 그렸다.

"그래, 사람은 찾았소?"

"아뇨. 아직……."

실종된 신부는…… 이리저리 생각들을 손질하다 장 경감이 멎었다.

"그걸 어떻게……."

"돈 떼먹고 간 사람을 찾고 있다 하지 않았소. 반년이나 지났는데 여태 감감 무소식이오?"

장 경감은 멍청하게 이마를 두드렸다. 그거였나. 웃었다.

거두절미하고 장 경감이 내민 염주를 성철스님이 신중하게 살폈다.

"내가 만든 게 맞아."

하지만 성철스님이 기억하는 주인은 다른 사람이었다.

"어린 딸아이를 데리고 온 한 불자였지. 집안에 화가 미쳐 아이가 제정신이 아니었어. 그 아비가 근심이 많았지."

"이 염주를 신해수라는 여성에게서 얻었습니다."

"그 딸아이가 바로 신해수일세."

성철스님은 염주를 그 딸을 위해 만들었다고 했다. 딸이 상태가 많이 안 좋았다고. 여기서 추측할 수 있는 단서는 성철스님이 말하는 딸이 신해수라는 것. 그리고 그 딸을 손 붙잡고 데려온 아비는 신정태였다.

"염주를 만드신 이유가 따로 있습니까?"

"칼에 묻은 피를, 피로 씻어 내는 사주요. 그 애."

섬뜩한 말이었다. 칼에 피를 묻히는 것도 모자라 그 피를 흥건한 피로 다시 씻겨 낸다니. 끝도 없이 피를 묻힐 거란 소리였다.

"화마가 비껴 나는 법이 없으니, 팔자가 세도 너무 세. 그러다 부러지지."

장 경감은 신해수를 떠올렸다.

'신영원, 그 계집 먼저 찾아내서 죽여 버릴 거야.'

핏발이 죽죽 그어진 흰자로 저주를 퍼부었다. 피를 봐야만 하는 사주…….

진주양은 신해수가 누르고 있던 본성에 불을 지핀 셈인가.

"이건 부적일세. 사나운 기운을 염주에 담긴 간절한 누군가의 염원으로 희석시키지. 그래. 그 아비의 염원이야. 자신의 운을 팔아 사나운 딸아이 팔자가 평탄해지기를 바랐지."

"운을 팔아요?"

"좋게 말하면 교환이고, 나쁘게 말하면 훔치는 거야. 세상에 속하는 모든 만물, 운 역시도 총량이 정해져 있는 법이지. 부족한 사람이 풍족한 사람에게서 운수를 훔쳐 오면 공평해지지 않겠나. 불교엔 무주상보시라는 것이 있네. 조건 없이 타인에게 베푸는 것. 베풀었다는 마음조차 남기지 않는 진정한 보시라네. 그 아비는 자신의 운으로 아이를 살리기를 바랐어. 오직 그 하나만을 바랐지. 부모와 자식 간의 사랑이란 게 그렇지 않겠나."

그 아비 역시 운이 대단히 좋은 인물은 아니었을 것이다. 결혼하고 얼마 안 돼 명을 달리했으니.

백운당 전대 사장. 신정태의 사인은 등산 중 실족사였다. 설마 그 산이 범오산은 아니겠지? 장 경감은 다과상에 찻잔을 내려놓고 말했다.

"사실 제가 스님께 걸음을 한 것은 진두영 사장 때문입니다."

"한신그룹의 진두영 사장. 잘 알지."

"스님의 답에 따라 누군가가 살 수도 있고, 피해를 입을 수 있습니다. 하지만 사람 목숨이 경각에 달린 일입니다."

장 경감은 한 단어 한 단어 힘주어 박았다.

"숨김없이, 양심에 따라 털어놔 주십시오."

장 경감은 성철스님과 찢어지고 사찰을 홀연히 나왔다. 108계단을 하나씩 걸어 내려가는 내내 머릿속이 엉망이었다. 한참을 고심한 듯 노승이 믿기지 않는 이야기를 해 주었다.

108계단.

'자업자득. 모든 비극이 거기서 시작된 것은 틀림이 없지.'

101계단.

'진두영 사장은 아들을 간절히 바랐소.'

98계단.

'아내가 아들을 낳아 주지 못해 실망이 이만저만이 아니었지.'

74계단.

'여자가 있었어.'

66계단.

'아들을 낳아 줄 관상의 여자.'

59계단.

'헛된 희망을 불어넣는 게 아니었소이다.'

44계단.

'결국 아들을 낳았다네.'

힘없이 비틀거리듯 발이 계단에 얹어졌다. 장 경감은 더 이상 움직이지 않았다. 일이 그렇게 꼬인 거야. 이제야 장 경감은 납득했다. 아들 낳아 줄 관상. 진두영은 신해수가 필요했고, 진주양이 진두영을 견제하기 위해 일부러 신해수와 사귀는 척했다. 그리고 숙부와 조카가 한마음으로 동시에 한 여자, 신영원에게 마음을 빼앗겼다.

문득 진두영이 품에 안았던 갓난아기를 떠올렸다. 분명 아들을 낳았다. 그렇다는 건······

'그 여자가······ 아들을 낳아 준 겁니까?'

물음에 노승이 서늘하게 미소를 머금었다. 탐욕을 부리다 파멸한 인간의 말로를 경멸하는 눈초리였다.

'난 아내가 아들을 낳지 못할 거라고 말한 적이 없소.'

쏴아아아아—

서른두 번째 계단에서 장 경감은 소스라치는 나뭇잎 소리를 들었다. 병원의 오진. 아들을 어떻게 하면 낳을 수 있냐는 물음에 방법을 일러 준 것뿐이지, 아내가 아들을 낳지 못할 거라고 하진 않았다. 병원의 오진은 우연의 일치일 뿐.

모든 건 진두영의 욕심과 조급함이 불러온 참사였다. 아내를 믿지 않고, 사랑하지 않고, 지켜 주지 않았다. 그 과정에서 딴 여자에게 마음이 흔들렸다. 다름 아닌 조카의 여자에게. 패배감은 그를 짓눌렀고, 돌이킬 수 없는 자충수를 두었다.

장 경감은 충격을 먹었다. 노승은 다소 냉소적으로 차를 입가에 붙였다.

'어쨌든 결과적으로 아들을 낳았으니 다행이 아닌가.'

하지만 그렇다 하기엔 너무 많은 것들을 잃어버렸다. 진두영은.

'당연한 거 아니겠소? 욕심이 지나치면 탐욕이 되고 탐욕이 괴물 낳는다는 것쯤은.'

'……'

'자업자득이란 말을 난 믿소. 인간의 욕심이 결국 어떤 파국을 불러오는지.'

【1년 전, 영원 26세】

영월 교도소.

"4051번. 면회."

대산물산 김 회장이 어두운 감옥에서 눈을 떴다. 덩치 큰 간수가 무표정하게 그를 기다리고 있었다. 올 사람이 없을 텐데. 회사가 망하고 떠날 사람들은 다 떠났다. 그래도 교도소에서만큼은 남부럽지 않은 특혜를 받고 있지만, 변호사 말고는 올 사람이 없었다.

김 회장은 눈을 감았다.

"면회 받지 않겠소."

"나오십시오."

"딸의 면회는 받지 않겠다고 했잖아."

"딸이 아닙니다."

김 회장은 다시 눈을 떠 의아하게 간수를 바라봤다.

간수가 그를 데리고 간 곳은 3평 남짓 면회실이 아닌 교도소 소장실이었다. 안 소장이 김 회장을 깍듯이 맞이했다.

"회장님을 만나 뵙고 싶어 하는 분이 계십니다."

김 회장은 소장의 뒤를 살폈다. 진두영이 소파에 다리를 꼬고 앉아 있었다.

"고생이 많으셨나 봅니다. 얼굴이 많이 상했습니다."

입에 침도 안 발린 소리에 김 회장이 픽, 비웃었다. 누구 덕분인데.

"이번엔 또 누굴 사지로 몰아넣으러 왔나. 너 같은 인간을 아주 잘 알아. 자신은 도덕적인 우의를 차지하고 부처님 같은 얼굴을 하지만, 사실 본성은 그렇지 않아."

김 회장은 침을 뱉듯 진두영에게 말을 쏘았다.

"내가 말해 줄까? 넌 쓰레기야. 진주양보다 더 지저분한 새끼야."

그래. 진주양에게 죽임당한 것은 백번 양보해 아들이 먼저 죽으려 했으니 잘못했다 쳐도, 진두영이 말짱하게 앉아 거드름을 피우는 것은 납득 가지 않았다. 아들을 부추긴 것은 저 자식이었는데.

"손에 피가 안 튀었으니 넌 네가 잘못이 없다고 생각하지."

아들은 순진했다. 그리고 저들은 악했다. 그게 아들의 잘못이었다.

"내 아들을 네 세 치 혀로 갖고 놀다 죽였어. 그 애의 진심 어린 감정을 농간했다고."

이곳에서 생각하고 또 생각했다. 어떻게 하면 저들을 상처 줄 수 있을까. 하지만 그가 가진 것은 작은 비밀이었고, 그것으로 할 수 있는 일은 고작 그들의 뺨에 흠집을 내는 정도뿐이었다.

소장이 눈치를 살피고 험험, 헛기침하며 모르는 척 자리를 비켜 주었다. 그러자 진두영이 변방으로 물러난 뒷방 늙은이를 찾아온 까닭을 간략하게 압축했다.

"이사회를 열 겁니다. 이미 몇몇 대주주들을 소집해서, 그 애가 저지른 살인을 폭로했습니다. 아드님에 관한 것입니다."

김인택을 살해한 혐의를 수면 위로 드러내려는 것이다.

"그날 시신을 운반한 배 선주에게 증언을 부탁해 놨습니다. 좀 더 확실한 물증이 필요한데."

턱을 지분거리던 진두영이 예리하게 눈빛 끝을 세웠다. 아무것도 준비해 놓지 않았을 리 없다 짐작한 것이다.

"그 애 입으로 살인을 자백하는 뭔가가 있었으면 합니다. 확실하게 종지부찍을 수 있게. 회장님도 이제 패자 부활전 준비하셔야죠."

고작 흠집이라도 누가 할퀴느냐에 따라 정도는 달라진다. 1센티미터가 될지 뺨 전체가 뜯겨 나갈지. 김 회장은 결정을 내렸다. 간수를 시켜 방에서 책을 가져오게 했다. 두꺼운 책 한 권이 교도소에서 그가 소유할 수 있는 유일한 재산이었다.

가져온 책은 법전이었다.

책을 펼치자 홈이 패어 있었고 그 안에 녹음기가 들어 있었다.

"가져가게."

서늘하게 웃는 진두영을 보며 김 회장은 더더욱 서늘하게 웃었다.

누구라도 좋았다.

서로 물고 뜯고 할퀴고 그러다 한쪽이 파멸에 이를 수만 있다면, 그리고 다른 한쪽이 치명상을 입은 불명예스러운 승리를 얻는다면, 그것으로 족했다.

목소리 끝에는 희미한 불안이 깃들어 있었다.

"이사들 출석하지 않을 것 같습니다."

말을 전해 오는 김 부장을 두영은 새삼 응시했다. 모두가 주양에게로 떠난 때 부족한 상사를 믿고 자리를 지켜 줬다. 그의 도움이 없었다면 두영은 여기까지 오지 못했을 것이다.

예정대로라면 오늘 이사회가 소집됐을 대회의실. 보기 편하게 각 이사들 자리마다 배포된 종이가 무색했다. 정작 안건을 통과시킬 수 있는 핵심 멤버들이 출석하지 않았다.

"사장님. 벌써 세 시간째입니다."

조금만 지나면 올 것이다. 30분만. 1분만. 하지만 기다림이 길어질수록 분명해지는 것은 참패한 결과였다. 두영은 동요하지 않았다. 가지런한 자세로 앉아 눈을 감았다. 김 부장에게 나약한 모습을 보이고 싶지 않았다.

김 부장이 형편없는 굴욕감을 쓰디쓰게 삼켰다.

"오늘은 이만 돌아가시는 게 좋겠습니다."

두영은 속으로 반문했다. 돌아가? 어디로. 이제 어디로 돌아갈 수 있단 말인가.

두영이 본가에 도착했을 때 진 회장은 골프 연습 중이었다. 진 회장은 골프 연습이 취미가 아니었다. 그렇게 인내심이 긴 노인이 아니었다. 따로 호출 오지 않았는데 찾아온 두영은 자진해서 무릎을 꿇었다. 진 회장 앞에.

"이사들에게 공문을 보냈습니다. 주양이의 살인 자백이 담긴 녹음 파일을 어젯밤 일괄적으로 전송했습니다."

두영은 바닥에 떨어져 있는 종이를 응시했다.

『진주양 본부장의 이사 자격 박탈과 직위 해임』

그것은 그가 이사들에게 뿌린, 주총 안건이었다. 안내문은 이사들을 거쳐 진 즉 진 회장의 수중에 들어왔다.

두영은 뺨을 부르르 떨었다.

"회장님. 회장님도 직접 들어 보시면 생각을 달리하실 겁니다."

이미 끝났다고, 끝났다는 것을 아는데……

"그 자식이 무슨 짓을 벌였는지 압니까? 그 미친놈이."

포기가 안 됐다. 덜덜 떨며 양복 안주머니에서 녹음기를 꺼냈다.

"그룹 전체가 흔들릴 위기에 처할 수 있어요. 싹을 잘라 내야 합니다."

추레하게 두영은 녹음기를 눌렀다. 잠깐의 작동 시간이 지나고 음성 파일이 돌아갔다. 좋지 않은 음질이 지지직거렸다.

「……자네, 신수가 별로 좋지 못하구만.」

김 회장의 음성이 흘렀다. 다음은 주양이었다.

「궁금하십니까?」

「내가 알아야 할 일인가?」

「아드님이 어제, 제 안방에서 칼부림을 일으켰습니다. 절 죽이고 빠져나가려고 알리바이를 치밀하게 준비해 놨더군요.」

「……내 아들을 어떻게 한 거야. 진 이사! 네 이놈!」

쾅—!

녹취 파일에서 찻잔이 소리 나게 놓여졌다. 그와 동시에 두영의 옆에 있던 도자기가 깨졌다. 골프채가 휘둘러졌다. 두영은 순간적으로 팔로 방어했다.

쾅!

파편이 눈썹 위를 긁고 갔다. 진 회장이 골프채를 마구 내려쳤다. 선반 위에 올려져 있던 미술품들이 산산조각 나고, 골동품 조각상들이 팔다리가 날아갔다. 노인은 간신히 버티고 있던 분노를 폭발시켰다. 암홍색 핏물이 두영의 옆얼굴을 뒤덮었다. 네발로 기어서 회장의 다리를 부여잡았다.

"아, 아버지. 이성적으로 생각하십시오. 걔를 두둔할 때가 아닙니다. 지금은 아버지 눈치 보느라 몸 사리지만, 이미 이사들 마음은 돌아섰어요. 저와 한마음 한뜻입니다. 그런 살인마 새끼를 어떻게 상대하겠어요!"

진 회장은 말없이 리모컨을 눌렀다. 50인치 TV에 한 화면이 떴다. 간부들이 자주 가는 일식집 내부에 이사들이 모여 앉아 있었다. 안 그래도 한신그룹 내부에서 심심찮게 임원들을 불법 사찰한다는 소문이 돌았다. 룸 안의 물건에 내장된 몰래카메라가 이사들의 동태를 엿보았다. 두영은 침을 삼켰다. 그들은 두영이 뿌린 녹음 파일의 진위 여부에 대해 토론 중이었다.

「김 회장의 일방적인 주장이지, 어디에도 진 본부장이 살인을 했다고 고백한 말은 없잖아.」

「아들 잃은 아비야 뭔 말인들 못 하겠어요. 누구든 탓을 돌릴 사람이 필요하겠지.」

「설령 사람을 죽였다고 해도, 먼저 칼부림을 시작한 쪽은 김인택 사장이야. 주거 침입에 죽이려고까지 했는데, 정당방위 아닙니까?」

「정당방위요?」

그들이 의미심장하게 입술을 뒤로 당겼다. 야만적인 웃음이었다. 그들은 약속한 것처럼 주양을 옹호하는 쪽으로 입을 맞췄다. 그들에게 중요한 것은 인간성이 아니다. 그들이 보유한 주식이 깡통에 휴지 조각이 되지 않게, 가치를 높여 주는 경영자다.

「알아보니, 김인택 사장이 혼자만 간 게 아니던데. 사람 여럿을 고용했다더군요. 진 이사도 용케 살아 나왔습니다.」

「근데 진두영 사장은 그 파일을 어떻게 구한 겁니까. 설마…… 김인택 사장과 같이 공모를 한 걸까요?」

진두영은 '악!' 소리를 삼켰다. 오히려 두영이 주양을 살해하려 했다는 의혹에 휩싸였다.

「이번만이 아닙니다. 여러 시도가 있었어요. 진주양 이사가 입이 무거운 사람이니 말을 안 해서 그렇지.」

「백운당에 앰뷸런스 울렸다는 그 소문?」

「참 쪼잔한 일입니다. 진주양 이사가 일본 총리를 접대하니 견제 들어간 거라면서?」

「실망입니다. 진 사장 그렇게 안 봤는데.」

「조카를 끌어내리고 싶어도 그렇지. 범죄예요! 살인 교사라고요!」

「자자. 다들 술이나 마시자고. 후계 싸움에 우리까지 휘말려 봐야 좋을 게 뭐가 있어.」

TV가 꺼졌다. 두영은 뒷걸음쳤다. 아버지를 두렵게 봤다. 턱에서 핏물이 뚝뚝 떨어졌다. 집사가 다가와 회장에게 전화를 건네었다.

"회장님. 대산 김 회장입니다."

진 회장이 전화를 귀에 대고는 교도소에 수감 중인 김 회장과 통화를 했다.

"허허. 그간 잘 지내셨나? 나 진 회장이올시다. 내년 3.1절에 시간 어떠신 가? 아아. 차나 한잔하자고. 누구 덕분에 감방에서 말년 보내게 생겼는데 어떻게 나가냐고? 허허. 자리가 사람을 만든다고, 좁아터진 교도소 대장 노릇이나 하더니 깜냥이 다 됐나? 소식이 많이 늦는구만. 내년 대통령 경제인 특별 사면 명단에 김 회장이 포함이 됐어."

진 회장은 씨근덕거리는 숨을 잘근잘근 씹었다. 아들이 싸지른 똥은 진 회장의 몫이었다. 상당히 굴욕적인 상황이 되었다.

"아주 잘된 일이지. 그동안 딸내미는 내가 잘 보살필 테니 목욕재계하고 새출발 할 준비 하라고. 나올 때 주둥이에 단단히 지퍼 채우는 거 잊지 말고."

진 회장은 통화가 끝나자마자 화풀이하듯 수화기를 엎었다. 집사가 새로운 주총 안내문을 두영에게 건네었다. '진주양 본부장의 대표 이사 대리 선임과 더불어, 진두영 사장의 직위 해임안'이었다. 대표 이사 대리. 회장이 공석일 땐 회장의 모든 권한을 행사할 수 있는 절대적인 자리였다. 그야말로 공식적으로 후계자임을 인정하는 것이었다.

주양을 후계자로……

"아버지."

진 회장이 두영을 버렸다.

"아버지!"

"조용히 나가. 외국으로 떠나든, 머리 깎고 출가를 하든, 내 눈앞에서 꺼져."

진두영은 가려는 진 회장을 잡으려고 했다. 진 회장이 분을 참지 못하고 골프채를 쳐들었다. 두영의 등짝과 다리를 마구 후려쳤다.

"이사들 앞에서 날 개망신을 줘도 유분수지. 호로새끼도 안 할 짓을 해?!"

"으…… 컥!"

"집안일을 어디 담장 바깥까지 새 나가게 해. 이번 대선에 쏟아부은 돈이 얼마지나 알아? 돗자리를 깔 때가 있고 안 깔 때가 있지. 회사를 말아먹으려고 작정을 했어!!"

이번 대선에서 이중모의 승리가 확실히 점쳐지고 있다. 주양은 이중모 의원과 각별한 사이였다. 주양이 김 회장을 친 것은 이중모 때문이고, 주양의 살인이 수면 위로 떠오르면 이중모도 타격을 입는다. 한 명이 죽어서 해결될 일이 아니었다. 올해, 12월에 있는 대선 직전에 정치 스캔들이 터지면 어떻게 되겠는가. 야당만이 아니다. 여당 내에서도 들고일어나면 한신의 압수 수색이니 뭐니 물타기 하려고 난리가 날 것이다. 이건 진 회장이 감옥에 들어갔다 나와야 할 정도의 대형 비리 스캔들이었다.

수행원들이 진 회장을 뜯어말렸다. 건강이 아직 회복되지 않은 탓이다.

진 회장이 손짓했다.

"저거 갖다 버려."

두영은 사약을 받는 장희빈처럼 끌려 나갔다. 그러다가 막 돌계단을 올라오던 주양과 마주쳤다. 두영은 굳었다. 일전에 자신에게 경고하던 목소리가 되새겨지듯 떠올랐다.

'회사 갖고 분탕질하다 신문에 대문짝만하게 나면, 그야말로 불효입니다.'

마치 지금을 예상하고 한 말인 듯 정곡을 찔렀다.

주양이 치밀한 눈빛을 떴다. 충격을 먹은 두영은 주먹을 그러쥐었다. 이렇게 나락으로 떨어진 것은 우연이 아니다. 저놈이 이렇게 만든 것이다. 이 모든 게 주양의 덫이었다. 그렇지 않고서야 내가 이렇게 형편없이 버려질 리 없다! 아버지가 나를 스스로 끊어 버리게……, 내가 사리 판단 못 하고 돌이킬 수 없는 짓을 저지르도록 끊임없이 자극했다.

"너. 너 이 새끼 다 알고서 일부러. 내가 어떻게 나올지 알면서……."

"실패하는 사람들의 공통점이 뭔지 압니까? 남 탓을 잘한다. 그렇게 남 탓하면 좀 마음이 위로가 되나?"

"이 개새……!"

"큰 불효를 저질렀어. 저 노인네한테 한신은 자기 분신이야. 핏줄보다 소중히 여기는 한신에, 털끝만 해도 흠집은 흠집인데, 걸 가만둘 거 같아?"

주양이 한 발짝 두영에게 걸어갔다. 귀에 속삭였다.

"내가 회장이라도 불효자식은 안 키우겠어."

"……."

"그러니까 새겨들으셨어야지. 조카의 충고를."

두영이 경호원들에게 잡혀 개처럼 질질 끌려 나갔다. 주양은 후계자의 가련한 최후를 조용히 응시했다. 물론 진 회장이 진두영을 끊어 낸 건 그런 단조로운 이유만은 아니었다. 진두영이 크게 간과한 것이 있었다. 진 회장이 주양에게 부채감이 있다는 것. 누구를 더 사랑하고 덜 사랑한다는 원리가 아니다. 진 회장에게 주양은 죽어서도 끌어안고 싶었던 아들의 대신이자, 보고 싶지 않은 자신의 흉물스러운 마음이며, 그 욕심이 빚어낸 형벌이었다. 왕처럼 군림하는 대한민국에서 유일하게 진 회장을 초라하게 만들며, 채찍질하고, 그 흉터에 고통스럽게 새겨진 주홍 글씨. 그게 바로 주양이었다.

진두영은 몰랐지만 주양은 알고 있었다.

진 회장이 자신을 버리지 못할 거라는 것.

다음 날 이사회에서 안건이 통과됐다. 며칠 뒤에 열린 주총에서 주주들의 앞도적인 지지 속에서 주양은 선출됐다.

승강기가 한 층씩 고요히 내려갔다. 주양과 진 회장 사이에 진한 침묵이 밀려왔다.

"건방진 놈."

휠체어에 앉아 진 회장이 읊조렸다.

"기분이 좋으냐? 나를 이용해서 기어이 삼촌을 잘라 낸 게."

회장도 사람이다. 자식을 잘라 내는 것이 아프지 않을 리가 없다.

"다 망해 가는 중공업 정돈 떼어 줘도 됐잖아. 먹고는 살아야지. 그 정도 아량은 베풀 수 있었잖아?"

애석하게도 진 회장이 죽으면 가장 먼저 할 일은 쓸데없이 커다란 한신그룹의 몸집을 줄이는 일이었다. 특히, 방만하게 운영해 온 한신중공업은 구조 조정에 들어갈 것이다.

"약속해라. 두영인 살려 줘. 이제 한신 근처엔 발도 못 붙일 거다. 한신그룹 너 줄 테니까, 내가 죽은 후에 걘 건드리지 마."

엘리베이터가 24층에서 멈췄다. 문이 활짝 열렸다. 주양은 남처럼 행동했다. 승강기 맞은편에 내려 진 회장을 돌아봤다. 치매기가 악화되어 가고 있는지 면밀히 살피던 시선이 곧 관심을 잃고 가라앉았다. 아들이건 손자건 둘 중 하나는 잘라 내야 할 때가 온 것뿐이다. 잠재적 위험 분자를 품고 살 수는 없다.

"보름 뒤에 크루즈 명명식이 있습니다. 그 자리를 숙부님의 퇴임식으로 삼을 생각입니다."

완전한 작별. 일방적인 통고. 주양이 지지 않고 맞받아쳤다. 그렇게는 못 하겠다. 진 회장이 그런 주양을 노려보다 고개를 돌렸다. 끝내 그를 보지 않았다.

엘리베이터가 닫혔다.

주인 잃은 호텔 객실은 텅 비어 황량했다. 주양이 소파에 등허리를 기대었다. 피로한 눈가를 눌렀다. 삼류 매거진에 기사가 실렸다. 주양의 열애설이었다. 상대편 여자는 모자이크 처리되어 있지만 누가 봐도 신해수였다. 신해수와의 관계가 정리된 지 한참이었다. 총장과의 필드 약속에서 딱 한 번 동행했을 뿐이다. 그 딱 한 번의 기회를 노린 의도적이고 악의적인 캡처다.

'이 기사를 누가 냈을 거 같습니까.'

그에 양 비서의 대답은 주양과 같은 생각이었다.

진두영, 아니면 최혜란.

그날 방문객은 이것을 들고 영원을 찾아왔다. 영원의 가출 원인이었다. 사람을 시켜 찾게 했지만 기약 없이 시간만 허비하고 있었다. 그래도 납치가 아니라는 것에 위안했다.

시간은 흘러 보름 뒤, 퇴임식이 다가왔다.

인천 앞바다에 10만 톤급 크루즈가 떠 있었다. 선상 파티는 오후 6시부터 시작됐다. 거대한 위용을 자랑하는 철재 덩어리는 칠흑 같은 바다 위에서 홀로 빛났다. 배 가장자리마다 긴 띠처럼 화려한 레일등이 늘어져 선박의 골격을 이루었다. 한편에서 울려 퍼지는 바이올린 연주. 부유함의 상징, 특권층만이 누릴 수 있는 도시림 속 잠깐의 설렘이 승객들의 심장을 강렬하게 훑고 지나갔다.

크루즈 완공을 축하하는 자리였다. 각계 인사들이 뜻 깊은 자리에 참석해 주었지만 속내는 진두영의 퇴임을 바라보는 호기심 어린 추측이 난무했다. 정말 퇴임을 하는 건지, 진 회장이 한순간에 아들을 내친 데에는 어떤 내막이 있는지 정보 교류를 했다.

이 크루즈는 진두영이 한신중공업 사장으로서 만드는 마지막 배일 것이다.

쌉싸래한 밤바람이 바다 한가운데서부터 밀려왔다. 주양은 인적 드문 14층 맨 꼭대기 갑판에 서 있었다. 내려다보이는 갑판 아래로 한 여자가 걸어왔다. 여자는 맨발이었다. 걸음은 제정신이 아닌 듯 비틀거리고 있었다. 그는 작고 시려 보이는 발을 유심히 살폈다. 난간을 더듬더듬 딛고 여자가 몸을 바다 쪽으로 기울였다. 그녀가 떨어지려는 순간이었다. 낚아채듯 한 남자가 빠르게 그녀를 배 위로 끌어 올렸다. 안전 팀 직원인 듯 사내는 경호원 복장을 하고 있었다.

여자가 중얼거렸다.

"저…… 저기 바다에 사람이 있어. 구해 달라고……."

"그런 거 없어."

"아니야. 사, 사람이…… 빠져서……."

"환영이야."

여자를 품에 안고 가려다 경호원이 위층에 있는 주양과 눈이 마주쳤다. 주양을 알아보는 눈치였다. 그러나 위축되거나 흔들림 따위 없었다. 당당하게 그녀를 데리고 사라졌다. 주양은 무의식적으로 난간을 비틀어 쥐었다. 양 비서가 다가왔다.

"강호운. 정말 최혜란 정부가 맞습니까?"

심상치 않은 기운을 감지한 양 비서가 깜박했다는 듯 쩔쩔맸다.

"그게……."

"더 있습니까?"

"최 사장의 정부가 아니라…… 최 사장이 첫 번째 결혼 전에 동거했던 남자와의 사이에서 낳은 아들이었습니다. 호적에 오르지 않아, 아들이 있다는 것을 감쪽같이 속일 수 있었던 모양입니다."

"……."

"의붓오빠입니다."

"피 한 방울 안 섞인 남매잖아요. 그런 건."

주양은 목덜미를 더듬었다. 셔츠 깃 안에 가려진 칼자국을 긁었다. 영원의 생각을 할 때면 기워진 상처가 간지러워 미칠 것 같았다. 긁어도 긁어도 사라지지 않는 고통이었다.

"의붓남매라……."

주양을 보고도 주눅 들지 않은 사내는 강호운이었다. 그리고 그가 품에 안은 여자는 영원이었다. 어떻게 된 일인지는 모르겠으나 영원은 지금껏 강호운과 함께였다.

난간을 죄고 있던 손마디가 우둑, 우둑, 뼈 부러지는 소리를 내었다. 차라리 최혜란 정부였을 때가 나았다. 의붓남매라니.

"잡아."

기분이 더러웠다.

"잡아 와요."

【실종 28일째】

'신영원은 그럼 왜 도망쳤을까? 그렇게 사랑했던 남자인데.'

'신부는 납치된 게 아닙니다. '도망'을 친 겁니다. '그'에게서.'

'난 그놈이 얼마나 욕심이 많은 놈인지 잘 알아요. 그는 하나만 선택해야 하는 상황에서 두 개 다 가질 방법을 고안하는 놈입니다. 보세요.'

인간의 욕심이 결국 파국을 불러온다.

노승이 말하는 '욕심이 불러온 파국'이 진두영이 아닌, 진주양에게도 해당되는 거라면 그 파국은 '신영원의 실종'일까? 신영원이 당연히 진주양을 사랑했다고 여겼다. 어떻게 된 걸까. 마음이 도중에 바뀐 걸까. 수진에게는 말하지 않았지만 그날 장 경감은 기어이 진주양을 만났다. 그리고 단도직입적으로 물었다.

"강호운과 도망친 것을 알고 계셨습니까?"

아는 눈치였다. 어떻게 된 일이냐고, 무슨 일이 있었냐고 따져 물었다. 진주양은 노코멘트였다. 곤란한 것이다. 답변해 주기가.

그 영원할 것 같던 사랑도 어느새 바닥나고 다른 인연에게로 옮겨 간 걸까. 분명한 것은 신영원은 진주양과 결혼하는 대신 강호운과 도피했다는 거고, 그녀의 사랑에 변화가 있었을지도 모른다는 사실이었다.

그것도 잠시였다. 사건은 다시 급물살을 탔다.

수진이 다급하게 사무소로 들어왔다.

"소장님! 드디어 왔어요."

장 경감은 벌떡 일어났다.

"신부를 납치했다고 주장하는 남자에게서 협박 전화가 왔습니다."

"뭐? 협박 전화?"

"진주양에게 신부를 찍은 사진과 함께 목숨값으로 돈 이십억을 준비하라고 했대요. 그러지 않으면 신부를 죽이겠답니다."

강호운과 함께 도피한 건데 무슨 협박 전화?

"용의자 특정했어?"

"키 180 이상. 30대 초반의 건장한 체구의 남성이랍니다."

그동안 한신그룹 신부 실종 사건은 단순 가출로 취급당해 왔다. 납치라는 어떤 정황도, 물증도 없었기 때문에. 실종이 납치로 확정되는 첫 번째 요건이 바로 범인으로부터의 협박 전화였다. 이로써 현기영 쪽도 공식적으로 가출에서 납치 사건으로 방향을 전환하게 된 것이다.

"공중전화 부스에서 소량의 침이 나왔어요. 경찰 데이터베이스에 나오진 않았지만 역시 그자인 것 같습니다."

수진이 눈동자를 검게 빛냈다.

"강호운이요."

외전 1. 사라진 신부

【실종 16일째】

뚜우— 뚜우— 뚜우—

달칵.

— 네. 안 그래도 전화를 기다렸습니다, 강호운 씨. 엊그제는 나도 놀랐습니다. 신부에게 갑자기 변고가 생길 줄 우리 모두 몰랐습니다. 예상 밖의 일이었지요. 감사 인사는 할 필요 없습니다. 그렇다고 계획이 수정되는 건 아니니까.

곧 당신에게 일이 들어올 겁니다. 그때까지 신부를 감시 잘하도록 하세요. '감시'라는 어감이 불편하십니까? 하지만 당신도 두려웠잖습니까. 언제 생각을 고쳐먹을지 몰라요. 임신하면 여자는 감성적이 됩니다. 아기 아버지한테 가려고 할 겁니다. 알게 해선 안 됩니다. 어제 병원에서 진찰받은 결과를 자꾸 묻는데 어떻게 해야 할지 혼란스럽다고요? 그저 빈혈이라고 둘러대세요. 신부가 당신을 떠나면 죽 쒀서 개 주는 꼴입니다. ……사설이 길어지네요. 사실 오늘 파주 병원에 나도 있었습니다. 어쨌거나 우리 쪽도 당신이 어느 정도의 신체 능력을 지녔는지 가늠할 필요가 있었어요. 육군 출신이라더니 피지컬이 대단하더군요. 최혜란의 딸을 안전히 탈출시킨 것, 잘 지켜봤습니다. 힘들었을 텐데 고생이 많았어요. '그녀'는 신부 실종 사건의 중요한 증인입니다. 지금은 분노 때문에 앞뒤 분간을 못 하겠지만, 시간이 흐르고 머리가 차가워지면 대화가 가능할 만큼 차분해질 겁니다. 그때 우리 쪽으로 넘어올 수 있도록 설득해 보세요. 신부요? 그녀에게 우리 존재를 말해야 하는지 고민이군요. 당연히 안 됩니다. 당신은 대가 없이 신부에게 헌신하는 캐릭터예요. 당신에게 죄책감을 가질수록 신부는 당신을 떠나지 못할 겁니다. 명심하세요. 그녀에겐 남편이 있고, 당신을 사랑해서 그녀가 당신 곁에 있는 게 아니라는 것을. 경찰이 신부를 찾고 있어요. 아직 눈치채지 못한 것 같지만 알아채는 건 시간문제입니다. 당분간 연락하지 말아요. 혹시나 덜미가 잡히더라도 당신 단독 범행이라고 입 닫아야 합니다. 절대 배후에 있는 우리까지 노출되게 하지 마세요. 적어도 신부만이라도 떠날 수 있게 하고 싶다면 말이죠.

호운은 수화기를 내려놓았다. 우비를 머리 깊이 덮어썼다. 공중전화 부스를 나오자 장대비가 쏟아졌다.

쏴아아아아아—!

경찰차가 지나가기만 해도 신경이 곤두섰다. 진주양의 사람들이 일대를 샅샅이 살펴 댔다. 그들은 경찰보다 집요했고, 빨랐다. 매일 장소를 이동하는데도 2~3일 차이로 그들의 행적을 귀신같이 찾아내고 따라붙었다. 비가 마구 퍼부어졌다. 호운은 우비를 여미며 자전거를 몰았다.

외진 다리 아래로 들어갔다. 다리 밑에 탑차 한 대가 서 있다. 호운은 화물칸을 열었다. 텅 비어 있었다. 그는 다급해졌다. 주변을 살피는데 토악질 소리가 발길을 붙잡았다. 우거진 수풀에서 한 여자가 어깨를 들썩이고 있었다. 며칠 새 앙상하게 마른 등이 가여웠다.

인기척에 그녀가 흠칫, 뒤를 돌아봤다.

빛나는 웨딩드레스와 면사포 안에 아름다운 얼굴을 감춘 신부. 버진로드를 건너 신랑의 품에 안겼어야 할 신부는 처량한 모습이었다.

영원이 우는 것도 웃는 것도 아닌 표정을 지어 보였다.

"죽을병에 걸린 것 같아. 나 벌받는 걸까."

무엇을 위하여, 왜, 이 꼴로 있을 거면서, 그 남자에게서 도망쳤는지 호운은 헷갈렸다. 그들이 하는 도피가 과연 올바른 일인지, 가끔은 그녀를 그 남자에게 데려다줘야 하는 게 아닌가 의심이 일었다.

개조된 탑차는 7인승으로 잠을 청하는 데 문제가 없었다. 음식을 해 먹기 어려워서 그렇지, 씻을 수 있는 작은 화장실도 있었다. 애초에 계획했던 캠핑카는 시선이 너무 쏠렸다. 때문에 특별히 개조된 탑차였다. 바깥에서는 청과물 운반 차량처럼 보이도록 위장해 놓았다. 음식은 그동안 인적 없는 식당을 전전하거나 대충 패스트푸드로 때웠지만 어제부로 그것도 힘들게 될 것 같다. 호운이 영원에게 약통을 내밀었다.

"이게 뭐야?"

영원이 손수건으로 입 주변을 훔쳤다.

"영양제야. 약사가 먹어야 한대."

"엽산? 이런 건 처음 먹어 봐."

"너 아무것도 못 먹고 계속 토하잖아. 그러니까 더 먹어야 해."

임신한 여자들은 필수로 먹어야 하는 약이었다. 다행히 영원은 별 의심 없이 받아들였다. 호운은 운전석으로 들어왔다. 흰 봉지를 털어 내자 붕대와 약품들이 쏟아져 나왔다. 영원의 약을 사면서 같이 구입했다.

소매에 감췄던 팔이 드러났다. 눌어붙은 살갗에서 진물이 흐르고 있었다. 신음을 집어삼켰다. 병원에 불을 지를 때 시너가 옮겨붙으면서 화상을 입었다. 소독약을 붓고 연고를 발라 붕대를 감는데 영원이 다가왔다.

"해수 만났어?"

호운은 얼른 붕대 감은 팔을 옷으로 덮었다. 차창을 내렸다. 영원에게 꿀밤을 한 방 먹었다.

"꼬맹이. 내 능력을 의심하는 거냐?"

신해수를 탈출시켰다. 영원이 고개 숙였다.

"미안. 위험한 일을 시켜서."

호운은 가슴 한편이 찔렸다. 해수를 탈출시킨 건 영원이 부탁했기 때문이 아니었다. 위에서 원했다.

'그들'의 존재를 알게 된 건 5월. 결혼식이 열리는 호텔 앞이었다.

가짜 신부라니.

호운은 동의할 수 없는 방식이었지만 영원이 스스로 내린 선택이었다. 처음부터 영원을 데리고 도망치려 했던 건 아니었다. 호운은 영원을 그 남자에게로 보내 주기로 했다. 그러나 막상 축하해 주러 찾은 결혼식장 안으로 발길이 떨어지지 않았다. 역시 그런 결혼으로 영원이 행복해질 리 없다고 여겨졌다.

누구에게 들킬지 몰라, 평생 동안 전전긍긍 얼굴을 숨기고 살아야 할지 모르는 그런 결혼 생활이…….

두 사람 다 미쳤다. 영원은 잃어버린 자신의 삶을 보상받기 위한 심리였다 쳐도, 그 남자가 동조해 줄 줄은…….

그때였다. 유혹의 손길이 다가왔다.

'강호운 씨?'

그들은 신부가 식장을 나오면 이대로 데리고 떠날 것을 지시했다.

'곧 결혼할 여자가 결혼식장을 떠난다니…….'

납득 가지 않는 말이라고 무시하려는 찰나였다. 낯익은 여자가 신발도 잃은 채로 걷고 있었다. 영원이었다.

그녀는 주양을 떠나 결혼식장을 도망쳐 나왔다. 결혼을 하지 않기로 결정했다고 했다. 호운은 영원이 원한다면 뭐든 해 주고 싶은 사람이었다. 그녀는 행복할 '권리'가 있기 때문이었다. 그렇게 해서 영원과 호운은 도망자 신세가 됐다. 왜 도망쳐 나왔는지 이유는 짐작되지만 묻지 않았고, 그녀도 자세한 것은 말하기 꺼려 했다.

도망쳤지만 잡히는 건 금세였다.

마침, '그쪽'이 손을 내밀었다.

'신부와 떠나게 해 주죠. 대신, 그 보답으로 아주 작은 성의만 보여 주면 됩니다.'

그 손을 뿌리칠 수 없었다. 대한민국에서 진주양의 손아귀를 벗어나는 일이었다. 호운의 힘으로 될 상대가 아니다.

'신해수를 병원에서 빼내세요.'

첫 임무였다. 방화 환자를 구분하는 건 어렵지 않았다. 손이나 팔에 화상 자국이 있는 환자를 골라 라이터를 갖고 놀게 했다. 준비해 놓은 시너를 뿌려 병원 화장실에 불을 질렀다. 문제는 5호실 앞 경호원들이었다. 경호원은 총 다섯 명인데 시간마다 교대를 했다. 문 앞을 지키는 두 명과 보안실에서 신해수를 상시 감시하고 있는 한 명을 빼면 남는 건 세 명이었다.

'그들은 5호실 방문자를 철저히 가려냅니다. 신해수와 접견해도 되는 인물을 가려내기 위해, 주변 인물 정보를 매번 업데이트 받죠. 강호운 씨 당신은 불가능할 겁니다. 신부를 데려간 위험인물이니까요.'

진주양이라면 알 거라고 짐작했다. 영원이 자신과 함께 있다는 것. 호운은 해수를 빼내기 위해 미끼가 됐다. 역시나 그들이 먼저 호운을 알아챘다. 특별 병동 복도에 들어서자마자 무전이 울렸다. 호운을 잡으러 그들이 방심한 사이 5호실 앞은 보안이 뚫렸다. 경호원들을 따돌린 뒤 호운은 해수가 탈출하는 걸 확인했다.

생각을 끝낸 호운은 영원의 등을 봤다. 작은 어깨가 추위에 떨고 있었다. 그 어깨에 손을 올리려다가 오므렸다. 호운이 영원을 안을 수 있는 것은, 영원이 기대 올 때뿐이었다.

추적추적, 짐칸에 앉아 영원은 빗줄기를 무연히 응시했다. 여름이었다. 벌써……. 결혼을 준비할 때만 해도 따뜻한 봄이었는데.

'행복했었지. 불행한 만큼.'

지금쯤 해수는 병원에서 탈출해 어디로 갔을까. 영원을 죽이겠다고 바득바득 우겨 댈 것이다. 무섭지 않다면 거짓말이다. 복수에 미친 인간이 어떻게 변하는지 그녀는 잘 알고 있었다.

해수가 처음 폭주했던 때가 생생하게 기억이 났다. 1년 전, 주양이 출근한 아침, 호텔 초인종이 눌렸다. 그날 그녀를 찾아온 방문객은 해수와 성원이었다.

'차 한잔 마실 수 있니?'

평화롭게, 친구 집에 방문한 것처럼 해수는 청해 왔다. 영원이 누구와 이 방에서 지냈는지 알면서. 그와 사랑을 나눴던 침대가 그대로인데. 모든 걸 알고 왔으면서…….

'나 그 사람하고 결혼할 거야.'

해수는 똑바로 영원을 마주하며 밝혔다. 영원은 지지 않았다.

'내, 내가 먼저 좋아했어.'

영원이 당당하게 밀어붙였다.

'그 사람이 좋아해도 된다고 허락했어.'

온화하기만 했던 해수의 낯빛이 싸늘해졌다.

'허락을 해?'

'그래.'

하지만 성원이 먼저 화를 억누르지 못하고 영원에게 걸어왔다.

짜악—!

뺨에서 불길이 일었다. 고개가 반쯤 돌아갔다. 영원은 얻어맞은 얼굴을 감쌌다. 첫째 딸 성원이 욕설을 뱉듯 말했다.

'눈 깔아. 넌 빼앗은 년이야. 빌라고.'

언니인 성원이 영원의 뺨을 날렸다. 해수는 옆에서 성원을 말렸지만 영원을 원망하고 있는 눈빛이었다. 신해수는 항상 그랬다. 혼자 와서 해결할 수도 있었지만 비겁하게 성원을 끌고 왔다. 자신의 손을 더럽히지 않고 남이 해결하게 만들었다. 더 나쁜 년이었다. 영원은 성원을 노려보다가 해수에게 손을 쳐들었다. 눈에 발톱을 세우고 두 대로 돌려주었다.

짜악—! 짜악—!

해수가 뺨을 맞고 믿을 수 없다는 얼굴을 했다. 영원이 으름장을 놓았다.

'네가 한 대 때리면 난 이 계집을 두 대 때리고, 날 아프게 하면 나는 얠 죽여 버릴 거야.'

독기 서린 말이 술술 나왔다. 성원이 어이없어했다. 그런 영원을 해수가 노려봤다. '무릎을 꿇고 빌어도 시원찮을 판에 감히!' 라는 게 표정에 고스란히 드러났다. 어느새 침실까지 쳐들어간 성원이 이불을 찢어발겼다.

'이것들 침대까지 나눠 썼어!'

분에 못 이겨 성원이 미친 여자처럼 발광했다.

'뭐 하는 거야!'

영원이 말리러 가다 해수에게 어깨가 붙잡혔다. 해수가 드디어 본색을 드러낸다.

'좋았니?'

어젯밤에도 쓴 흔적이 역력한 침실을 해수가 곁눈질하다 신랄하게 캐물었다.

'좋아 죽었지? 너들.'

'닥쳐. 너한테 조롱받을 이유 없어.'

'어떻게, 어떻게 이럴 수가 있어. 내 남자한테 어떻게 그럴 수가 있어. 내 남자가 나한테 어떻게 그럴 수 있어!'

현실을 부정하고 싶은지 해수가 귀를 틀어막았다. 그렇다면 현실 감각을 일깨워 주는 수밖에. 영원이 말했다.

'네 남자 아냐. 내 남자야.'

해수의 움직임이 일순간에 멎었다. 해수가 텅 빈 눈으로 영원을 돌아봤다. 신해수의 남자인 적이 있긴 했던가? 그를 좋아한 것은 '내' 가 먼저였고, 먼저 그와 몸을 섞은 것도 나였다. 해수가 믿을 수 없다는 얼굴을 했다.

'내…… 남자?'

'그 사람이 너한테 헤어지자고 했잖아. 찼잖아.'

언제 거실로 나왔는지 성원이 해수 옆에 서서 비식, 웃었다.

'그거였어? 말 병신 네가 기가 찰 만큼 당당했던 이유가. 이미 헤어졌으니 거리낄 게 없다?'

'둘이 진짜 사귀었는지 어쨌는지 알 게 뭐야.'

'과연 남들도 그렇게 생각할까? 세상이 그렇게 생각해 줄까?'

'그게 무슨 소리야?'

성원 대신 해수가 그 물음에 답했다. 여성 잡지를 바닥에 던졌다. 영원의 근거 없는 자신감을 짓밟아 주겠다는 듯, 비장한 표정이었다. 영원은 두려움을 누르며 기사를 읽었다. 열애설이었다. 주양과 미모의 한 여자. 모자이크 처리된 열애설의 주인공은 해수였다. 둘이 어떤 계기로 만났으며 어떻게 만남을 이어 왔는지 이런저런 핑크빛 이야기가 구독자들의 호기심을 자극했다. '결혼까지 이어질까?' 하며 물음표가 표시되어 있었다.

'그거 알아? 세상 사람들은 내가 그 사람하고 연애하는 줄 알아. 드라마 봤지? 임자 있는 남자를 빼앗는 년을 화냥년이라고 해. 화냥년.'

한 발씩 걸어오며 해수가 강조했다. 결국 근육 하나 꿈틀대지도 못하는 영원 앞에 섰다.

'날 엿 먹이고 싶어 했지. 빼앗고 싶어 했잖아, 너. 소감은? 좋니? 이제 만족해?'

영원은 심장이 쿵쾅거렸다.

'축하해.'

'……'

'네가 그토록 경멸하던 우리 엄마랑, 똑같은 년 된 거.'

추상같은 음성이 그녀를 나무랐다.

천박하고 상스럽기 그지없는 짓을 하다니.

천벌을 받아 마땅한 짓을 하다니.

네가…… 감히 계모와 똑같은 짓을 하다니.

그런 여자와…….

제정신이 아니었다. 영원은 유령처럼 호텔을 빠져나왔다. 빨간불에 차도를 건너려다가 욕을 잔뜩 듣고야 말았다.

'넌 남의 남자를 빼앗은 화냥년이야. .'

'더러운 년.'

해수 말대로 영원은 화냥년이었다. 소원대로 해수의 남자를 빼앗으니까.

본능적인 혐오감이었다. 해수를 상처 입히는 것이 행복해야 하는데 어째서 마음에 걸리는지 의아했다. 아무것도 모르는 여편네들이 떠드는 '세컨드' 라는 단어에 왜 그토록 민감하게 반응했는지. 왜 도망치듯 바로 백운당으로 돌아갔는지. 이제 알겠다. 무엇이 그렇게 걸리고 불편했는지. 아버지의 외도는 그녀에게 올무였다. 목에 칭칭 감겨 풀려고 하면 할수록 더욱 목을 옭아매며 고통을 주었다. 아버지는 그녀에게 죄를 지었다. 간단히 계모와 어울린 것. 아무리 운명적이고 멋있는 사랑이었다 해도, 아버지. 당신의 사랑은 '불륜' 이었다.

영원은 길을 헤매다가 어느 상점 앞에 주저앉았다. 버려진 강아지처럼 있었다. 길을 가던 누군가 멈춰 섰다. 그녀의 시야를 가렸다. 퉁명스러운 목소리에 영원이 고개를 들었다.

'나오랄 땐 그렇게 버티더니 이제야 그 집구석에서 완전히 나온 거냐?'

집안사람들 중 누구도 계모의 만행을 부끄러워하지 않았다. 그중 유일하게 양심이 남아 있는 계모의 자식이었다. 강호운. 계모의 아들.

'꼬맹이. 너 울어?'

영원이 힘겹게 입을 뗐다.

'불륜도 사랑이었어?'

염산같이 눈물이 뺨을 짓무르게 했다. 함정이었다. 남들에겐 그저 더럽고 추잡한 불륜이 당사자들에게는 애틋한 사랑이라는 것은. 자신에게도 해당될 수 있는 말이었음을. 내심 그것을 알고도 그를 좋아했다. 자신의 사랑이 더 중요했으므로. 그녀에게는 이토록 진실하고 순수한 사랑이, 이 마음이, 타인의 눈에 남의 영혼을 살해하는 죄악이라면, 그녀에게 계모를 비난할 자격이 있겠는가. 앞으로도.

"바다 보러 갈래?"

상념에 젖어 있던 영원은 가까이서 들려오는 음성에 놀랐다. 고개를 드니 호운이 빤히 그녀를 보고 있었다. 생각에 잠겨 있었나. 영원은 산만해진 정신을 수습했다. 그가 어디를 가자고 했는지 알지도 못한 채 무작정 고개를 끄덕였다.

"그래."

해변에 도착하고 나서야 바다……라고 한 것을 인식했다. 영원은 멍하니 바다를 보았다. 호운이 도로 반대편 슈퍼를 가리켰다.

"음료수라도 사 올게."

덩그러니 혼자 서 있었다. 영원은 가만히 있는데 철썩— 철썩— 바다가 왔다. 영원에게로. 물살은 쓸려 갔다 다시금 크게 밀려들어 와 발목을 잠기게 했다. 영원은 아무렇지 않게 물속을 들여다봤다. 예전이라면 꿈도 못 꿨을 행동이었다. 물 근처에만 가면 몸이 나무토막이 됐다.

그때 찰나의 속삭임.

'바다의 다른 이름이 뭔지 알아?'
'소리처럼 의미도 참 예쁜 이름이야.'

어렴풋한 기억이었다. 과거 기억에 존재하는 누군가의 목소리였다.

'……라는 이름엔 아주 좋은 의미가 있지.'

한때 이 바다를 무서워했던 때가 있었다. 세상 모든 물이란 물은 질겁하고 봤다. 그건 가질 수 없는 열망에 차라리 혐오하기로 작정했던 걸까. 기억의 목소리가 끄집어내기 전에 먼저 그녀가 소리 냈다.

"해수……."

바다의 또 다른 이름은 해수였다. 해수라는 이름엔 바다라는 좋은 의미가 담겨 있었다.

멀리서 호운이 걸어오고 있었다. 철썩— 철썩— 마찰하는 파도 소리가 다시금 영원을 뒤흔들었다.

그때만 해도 호운과 이렇게 되리라고 짐작도 못 했다. 이렇게 그와 정말로 떠나게 되리라고는.

'불륜도 사랑이었어?'

호텔에서 해수와 성원을 만나고 도망치듯 빠져나온 날, 거리에서 호운을 만나 그 말을 끝으로 의식을 잃었다. 만신창이로 거리에 쓰러진 그녀를 호운은 업어 갔다. 안면을 튼 민박집 할멈 집에 호운이 그녀를 맡겼다. 그가 자취하는 집은 좁았다. 그는 지방을 전전하며 닥치는 대로 일을 했다. 일주일에 두세 번 꼴로 찾아와 영원의 생사를 확인하는 식이었다.

한 달이었다. 한 달은 정말 빠르게 지났다. 영원은 집에도 돌아가지 않고 동면기를 가졌다. 공교롭게도 그 할멈의 집에 친척이 오게 되었다. 방을 비워 줘야 했다. 마침 호운은 서울에 일자리를 얻었다. 그는 군대에서 일한 경력을 살려, 경호 쪽 일을 맡게 됐다. 파트타임으로 그가 보안을 맡게 된 곳은 크루즈, 배 위였다.

'바다는 싫어.'

승선하지 않으려는 영원을 호운이 설득했다.

'보안 팀장한테 잘 말해서 객실을 따로 마련했어. 오늘 하루뿐이야. 다른 곳을 구해 볼게.'

엊혀사는 처지에 영원은 제멋대로였다. 그가 계모의 아들이어서였다. 응석을 받아 주는 호운도 우스웠다. 계모가 영원에게 죄를 지었지만 호운이 영원에게 절절매야 할 이유는 없었다. 계모에게 장점이 있다면 자식을 대하는 태도의 '일관성'이었다. 의붓자식이나 친자식이나, 자식을 이용하는 데 써먹었다. 좋은 어미가 아니었다.

'나한테 잘해 주는 이유가 뭐야. 내가 이대로 빌붙겠다면, 날 계속 먹여 살

리기라도 할 거야?'

내일이면 또 어디론가 옮겨야 한다. 계속 민박을 전전할 순 없었다. 차갑게 쏘아붙이자 호운이 한술 더 떴다.

'나와 같이 떠나. 너 하나 먹여 살릴 힘은 있어.'

영원이 턱에 힘을 주었다. 눈앞의 사내를 노려보는 한 쌍의 눈동자에 노기가 어렸다.

'내가 왜, 너랑 떠나야 하는데?'

'……'

'네가 뭔데 나를 그 집에서 나오게 해!'

'넌 그 집에 있으면 안 되니까.'

'거긴 내 집이야.'

'너, 왜 사람들 앞에서 그 여자 딸인 척해.'

뇌 회로가 정지했다. 그가 칼날같이 말을 자르고 들어왔다. 딱딱하게 얼굴을 굳혔다. 무섭게 영원을 다그쳤다.

'그래. 거긴 네 집이야. 근데 왜 네가 신영원이야.'

'……'

'너 아니잖아. 신영원.'

영원은 단 한 마디도 반박하지 못했다. 폭발 직전의 활화산에 불씨를 당긴 것 같아 두려웠다. 그가 죽어도 그녀를 이름으로 부르지 않는 이유. 왜 꼬맹이라 부르는지 모르지 않았다.

'너 자신한테 묻고 있는 거야.'

'……'

'네가 누구야.'

'……'

'그거 아니야.'

'……'

'너.'

선상 파티에 초대된 사람들이 하나둘씩 크루즈에 승선했다. 진공 상태에 갇힌 듯 영원은 꼼짝도 할 수 없었다. 철썩— 철썩— 바닷소리가 귀 가까이서 쳐 댔다.

땅이 흔들렸다.

'해수…… 소리처럼 의미도 참 예쁜 이름이야.'
'해수라는 이름엔 아주 좋은 의미가 있지.'

4년 전, 죽으려고 결심했던 그해 겨울, 크리스마스이브.

그 이후로 단 한 번도 'S'를 생각한 적이 없었다. 그런데 호운 때문에 잊고 있던 S의 목소리가 떠올랐다. 바다의 이름을 예쁘다고 했던 'S'가 물속에서 어떻게 죽어 갔는지 그 모습까지도.

기억이 만든 흑백 사진들이 파노라마가 되어 눈앞을 스쳐 갔다.

영원은 속엣말을 삼켰다. 가늘게 경련이 이는 입술로. 웃기지 마. 이제 와서…….

눈물이 비어져 입술에 닿았다.

강호운, 이래서 네가 싫고 불편했다. 너와 있으면 잊고 싶었던 기억들이 잔뜩 떠올라 괴로워졌다. 우린 함께 있으면 안 됐다. 그 자체로 고통이 아닌 순간이 없었다.

언니가 동생이 되고,
동생이 언니가 된 순간부터.

【실종 27일째】

— 어처구니없는 실수였습니다. '신해수'는 중요한 증인이었습니다. 내가 누누이 강조하지 않았습니까. 분명 두 번은 없다고 했을 텐데요. 그때 국회 앞에서 말하는 겁니다. 정말 아슬아슬했어요. 내가 미리 접선 장소를 알아내서 망정이지, 신랑이 신부를 데려갈 뻔했습니다. 결국 자기가 임신한 걸 알고 신랑에게 가려 하지 않았습니까. 다시 한 번 경고합니다. 신부 철저히 감시하세요. 신랑에게 또다시 모습을 드러냈다가 잡히면, 당신들 밀항은 보장할 수 없습니다. 신부 옆에서 한시도 떨어지지 마세요. 그리고…… 위에서 지시 내려왔습니다. 일이 틀어졌지만 원래 계획대로 진행합니다. 행동 개시하세요.

전화가 끊기자마자 호운은 동전을 채우고 또 다른 곳에 전화를 걸었다. 상대는 기다렸다는 듯 받았다. 호운이 먼저 칼을 빼 들었다.

"돈 이십억을 준비해."

— …….

"그러지 않으면 신부를 죽일 거야."

예상대로 호들갑스러운 반응은 돌아오지 않았다. 신부를 걱정하는 마음과 별개로 그는 원래 그런 남자였다. 수화기 반대편에서 침묵이 고집스럽게 버텼다. 둘 사이에 깊은 공백이 흘렀다. 이윽고, 상대가 턱을 무겁게 움직였다.

— 잡히지 마라.

깊게 생각할 필요 없는 위로.

— 잡히면, 너 죽어.

진주양의 살해 욕구가 호운의 모가지를 잡아 비트는 착각이 일었다. 천천히 숨을 몰아쉬며 호운은 수화기를 내려놨다.

전화가 먼저 끊겼다.

사람들의 통행량이 많은 교차로. 경찰들이 변장을 한 채 주위를 살피고 있었다. 떡볶이를 파는 노점상, 카페, 전화를 받는 척하는 행인. 곳곳에 배치된 인원들이 주변을 탐색했다.

신랑은 납치범의 요구대로 교차로 횡단보도 앞에서 이십억이 든 돈 가방을 들고 기다렸다.

다섯 시간째.

멀리 지휘부 쪽에서 신호를 보내왔다. 두 팔로 크게 엑스 자 표시를 한다.

'실패.'

범인한테서 2차 연락이 왔다. 경찰의 감시가 너무 티가 났다고, 장소 변경을 하겠다고.

수사본부로 돌아온 형사들이 분장 가발을 벗으며 짜증을 냈다.

"벌써 몇 번째입니까? 이런 식으로 허탕만 친 게."

"그 새끼, 우릴 가지고 노는 겁니다."

하루에도 몇 번이나 접선 장소를 바꾸기 일쑤였다. 원래 유괴의 경우, 대부분 실패로 끝난다. 강호운 정도의 지능적인 유괴범들은 피해자 가족들이나 경찰을 지치게 만드는 데 시간을 쏟는다. 그렇게 장소를 바꿔 가면서 가족들을 힘들게 괴롭히다가 방심했을 때 돈을 챙겨 간다. 보통 피해자들은 이미 살해당한 상태다.

그들은 회의를 시작했다.

"다음 접선 장소는 일주일 뒤 청라로 원했습니다."

부하의 말에 현기영이 인상을 찌푸렸다.

"청라? 서울에서 청라는 너무 뜬금없잖아."

"범인이 이용한 대포 폰 마지막 행적이 청라입니다. 오늘 현장에 오지도 않았을 겁니다."

"청라에서 계속 머물고 있다는 거야?"

역시 힘만 빼려는 수작이었다.

"청라는 인천하고 가장 근접한 도시입니다. 마지막 발신지 가까운 곳에 인천 기지국이 있었습니다."

"인천……?"

"이십억을 가로챈 뒤에 바로 밀항을 할 가능성이 큽니다."

"자기 흔적을 너무 남기는 것 같은데. 혼선을 주려는 수작일 가능성은."

그때 후배가 돌아왔다. 후배가 은밀히 현기영의 귓가에 전해 왔다.

"말씀드릴 게 있습니다."

후배는 현재 장 경감과 협력하는 척 강호운의 소재를 쫓는 임무를 맡았다. 설마 아끼던 후배가 자신을 배신할 거라곤 생각 못 했을 것이다. 그들은 며칠 동안 인천에 있는 밀항 브로커들을 다 쑤시고 다녔다. 장 경감은 경찰보다 한 발 앞서 강호운이 밀항을 시도할 거란 정보를 알고 있었다.

"현재 브로커들을 잡아들여 심문 중에 있습니다. 강호운 사진을 보여 주며 거래가 있었는지 대조 중입니다."

"밀항이 사실이란 말이야? 그렇다면 강호운이 여권을 받으러 놈들을 다시 찾아오겠군."

"접선 날짜를 알아내 매복하고 있다가 강호운을 덮치면 될 것 같습니다."

"브로커들이 순순히 협력해 줄까?"

"버팅기고 있긴 한데 그래 봐야 우리 손바닥 안입니다. 이미 사무실에서 강호운의 가짜 여권을 찾아냈습니다. 불이익당하지 않게 해 주겠다는 선에서 협상하면, 오늘 밤 안엔 접선 날짜를 알아낼 수 있을 것 같습니다. 참, 그리고."

후배가 증거 물품을 내밀었다. 밀항에 쓰일 가짜 여권이었다. 현기영은 무심결에 넘기다가 여권 사진을 발견했다. 뜻밖에도 여권은 강호운의 것이 아니었다. 신분은 이름과 국적이 다른 중국인 여성으로 되어 있지만, 그들에게 익숙한 얼굴이었다.

후배가 짐작한 대로 눈을 빛냈다.

"강호운은 혼자가 아닙니다. 동행이 있습니다. 자신의 것과, 또 다른 한 명의 것."

"이 여자……."

여권 사진에 박힌 여자의 얼굴.

"네. 신영원입니다."

9

【실종 32일째】

빗방울이 총탄처럼 내리쳤다. 잿빛 먹구름이 호운을 따라왔다. 그 뒤를 추격
자들이 이었다.

허억…… 허억…….

콰콰콰콰쾅!

검은 양복 사내들은 점차 호운에게로 포위망을 좁혀 왔다.

호운은 남의 집 대문 뒤에 숨었다. 개가 보고 짖으려고 하는 걸 호운이 쉬.
막았다.

"발이 빠른 놈이다. 그래도 얼마 못 갔을 거야."

"넌 저쪽 골목을 뒤져. 난 이쪽으로 가 볼 테니까."

검은 양복들이 흩어졌다. 신부의 목숨값 이십억을 요구했다. 사람들이 많은
교차로에 신랑이 돈 가방을 들고 있기를 원했다. 하지만 그는 단 한 번도 모습
을 드러내지 않았다. 하루에도 몇 번이나 접선 장소를 바꾸기 일쑤였다. 지능적

인 경찰들을 지치게 만드는 데 시간을 쏟았다. 허탕 치기를 수일, 경찰은 포기했지만 진주양은 끈질겼다. 꾸준히 호운의 행적을 캐냈고, 그가 인천항에 나타난다는 첩보를 받았다. 밀항을 도와주는 브로커들까지 매수해 호운을 덮치려고 했다.

도망자에게 다리를 다치는 것은 치명적이었다. 뛰다가 접질린 다리가 쩔뚝거렸다. 풀길을 걷다가 도랑 아래로 굴러떨어졌다. 돌부리에 머리를 부딪쳤다. 기절했던 그가 깨어났을 때는 깜깜한 밤이었다. 빗물이 들이쳤다. 호운은 얼른 일어나려고 하다가 욱, 숨을 참았다. 갈비뼈가 고통을 호소했다.

그는 날숨을 내쉬며 도랑에 등을 기대었다.

'미안하게 됐수다. 우리도 살아야지.'

브로커가 호운에게 미리 귀띔해 주지 않았으면 꼼짝없이 당했다.

'지금 당신 잡으러 형사며, 웬 놈들이 진을 치고 있어. 시간을 벌어 줄 테니 그 틈에 튀어.'

놈들은 브로커들과 여권을 교환하는 틈을 노렸다. 여권은 챙겼지만 대한민국을 떠나려고 시도하는 순간 그들에게 추적당할 것이다. 이 여권으로 인해 그들은 잡힐 수 있었다. 여권도, 배편도 이제 쓸 수 없게 됐다.

"씹. 하…… 윽."

사면초가였다. 온몸이 비를 흠뻑 뒤집어쓰고 초라하기 짝이 없었다. 비에 젖은 쥐 신세였다. 이 상태로는 아무도 지킬 수가 없었다. 제 일신 하나 어쩌지 못하는 몸으로 다른 누군가를 지키겠다고…….

낮에 외출 준비를 하는데 영원이 그에게 말했다.

'나 아이를 가진 것 같아.'

'……'

'그 사람 아이야.'

영원과 그의 관계는 모래 위에 쌓아 놓은 모래성이었다. 언제든지 허물어져도 이상하지 않은. 금세 들킬 거짓말을 했다. 여자의 몸은 그만큼 예민하다. 생리일을 따지거나 몸의 변화로 얼마든지 눈치챌 수 있었다. 대답을 요구하는 눈길이 등에 와 닿았다. 어째서 거짓말을 했냐고 원망이라도 할 참인가.

억지 미소가 그의 안면에 덧입혀졌다.

'떠나고 싶다면 그래도 좋아.'

'나는 그냥……'

'처음부터 무리였어. 식장을 박차고 나온 널 돌려보냈어야 했어.'

'내가 원한 거였어. 네 잘못이 아냐.'

'그래. 엄밀히 따져 내 잘못은 아니지.'

냉소 어린 어조가 그들을 긁고 지나갔다. 알게 모르게 그들 사이에 쌓여 가고 있던 고름들. 호운은 수술 집도의처럼 썩고 곪은 부위를 말끔하게 도려냈다.

'경찰은 날 납치범으로 알고 있어. 나는 이 땅에서 발붙이고 살 수 없게 됐어. 너를 위해서 내가 어떤 짓을 했는데.'

그녀의 위로를 마음에도 없는 한낱 쓰레기로 전락시켰다. 영원은 입 한 번 뻥긋 못 하고 고개 숙였다. 이미 전력이 있었다. 짐작은 했다. 영원이 임신한 걸 눈치챘다는 것을. 그래서 주양에게 가려고 했던 거라고.

바다를 보고 오고 나흘쯤 됐나. 영원이 사라졌다. '그들'에게서 전화가 왔다. 영원이 주양과 연락을 시도했다고. 다행히 그쪽에서 미리 접선 장소를 알아내 호운이 영원을 데려올 수 있었지만, 또 영원도 충동적으로 저지른 거라고 스스로 후회했지만, 주양에게 가려다가 붙잡혀 돌아온 날부터 그녀는 호운에게 죄인이었다.

'미안.'

그보다 가슴 아픈 말이 또 있을까. 이미 돌이킬 수 없이 멀리 왔다. 그도 그녀도 잘 알고 있었다. 그들의 관계는 온전히 호운의 희생과 헌신으로서만 유지될 수 있는 모래성이었다. 그녀가 그 남자에게로 떠날까 봐 두려웠다. 정말로 떠나겠다고 할까 봐 상처가 되는 말로 비수를 꽂았다. 생색을 내 버렸다.

그러지 말았어야 했다.

급기야 영원이 먼저 두 팔을 내밀었다.

'나를 묶어.'

영원이 괜찮다는 듯 고개를 끄덕였다.

'나를 묶고 가.'

'못 돌아올 수도 있어.'

'돌아오면 돼.'

억지였다. 그가 잡히거나, 사고가 일어나서 돌아오지 못하게 되면 그녀는 이 단칸방에서 정말 꼼짝없이 죽는다. 이기적인 욕심이었다. 정말로 그녀가 행복해지기를 원한다면 그 남자에게 돌려보내 줘야 했다. 알고 있다. 그랬어야 한다는 것. 그 남자 곁에서라면 영원은 안전할 수 있었다. 밀항을 도와주겠다고 하는 자들은 그녀의 목숨 따윈 안중에 없었다. 그저 자신들의 목적에 그들을 이용하고 있었다. 게다가 밀항을 한다고 해결되는 일이 아니었다. 영원을 그렇게 평생 도망자 신세로 만들게 할 수 없었다.

그녀의 아이는?

평생 같이 도망자 신세로 만들어서 뭘 어쩌려고?

그런 건 하등 상관없다는 듯 영원이 그를 안심시켰다.

'내가 제어가 안 돼서 그래. 그러니까 나를 묶고 가.'

그가 무사히 돌아오길 바라는 염원과 흔들리는 자신을 다잡기 위해 그를 믿어야만 한다고 스스로를 다그치는 행위.

후회한다.

그녀를 행복하게 해 주겠다고 시작한 일인데, 어느새 그는 그들과 마찬가지로 그녀에게 '고통'이란 족쇄로 속박하고 있었다.

'금방 돌아올게.'

진정 그녀를 생각했다면 그것은 다른 의미의 다짐이어야 마땅했다. 진주양을 여기로 데리고 올 것이다. 네가 그렇게 사랑하는 그 남자를…… 만나게 해 줄 것이다.

'금방.'

돌아올게. 기다려. 그 남자와 올게. 네 마음을 속이지 마. 넌 그 남자를 사랑해. 남을 배려하는 것은 이제 그만해 둬. 네가 겪은 고통에 비하면 그 사람들은 아무것도 속죄하지 않았어.

그들은 끝까지 그녀에게 미안하다고 사죄하지 않았다.

죽는 그 순간까지도.

어머니의 아들로 태어난 것을 후회했다. 운명적으로 적대 구도를 이루고 묵인할 수밖에 없었던 사실들. 이로써 죄가 씻겨진다면 모래성 따윈 얼마든지 무너트릴 수 있었다.

떨리는 손으로 그는 품속에서 태아 초음파 사진을 꺼냈다. 아직 형태도 제대로 잡히지 않은 아기 위로 눈물이 얼룩졌다.

"너는 행복해질 권리가 있어. 꼭 그렇게 되게 해 줄게."

네게, 내가 좋은 사람으로 기억될 수 있다면, 백 번이라도…… 이 사진을 진짜 주인에게 돌려줄 수 있었다.

빗물이 억수같이 쏟아졌다. 장 경감은 우산 아래에 서 있었다. 아직 부두였다. 경찰이 합동해 현장을 덮쳤지만 강호운을 간발의 차로 놓쳤다.

강호운이 협박 전화와 함께 본부로 보낸 신부 사진은 당연히 신해수였다. 경찰들은 모르지만 유심히 보면, 그녀가 입고 있는 옷은 하얀 환의였다.

"대체 그 인간이 원하는 게 뭘까요?"

곁에 있던 수진이 되물었다.

"글쎄. 분명한 건 신해수를 정신병원에서 탈출시킨 게 강호운이라는 거야. 그리고 요구한 이십억은 도피 자금으로 쓰이겠지."

신영원과 밀항을 하려면 목돈이 절실했을 것이다. 경찰은 신해수를 진짜 신부로 알고 있었다. 이십억을 타 내려면 신해수를 그 정신병원에서 탈출시켜 억류해야 할 필요가 있었겠지.

이제야 딱딱 들어맞았다.

컨테이너 터미널은 적막에 휩싸였다. 장 경감은 건너편 진주양 쪽을 살폈다. 그의 수하들이 돌아왔다. 빈손이었다. 장 경감은 한숨을 쉬었다.

전화가 왔다.

"대성기획 장영범입니다."

— 총알은 장전하셨나?

"……?"

— 탐정이라지? '진짜' 신부를 찾아다니는.

이 목소리는…….

— 이제 기억하다니. 어설퍼. 설마 또 저번처럼 총탄도 없이 설쳐 대진 않겠지.

강호운이었다. 장 경감이 싸늘하게 목소리를 낮추었다.

"내 번호를 어떻게 안 거야."

— 그게 중요하진 않을 텐데.

장 경감은 바짝 긴장했다. 신해수가 말해 줬나. 아무렴 상관없다. 강호운이 먼저 접촉을 시도해 왔다. 긍정적인 신호탄이었다. 장 경감은 가슴팍에서 리볼버를 꺼냈다. 총알이 장전된 진짜였다. 쓸 일이 없기를 바랄 뿐이다.

"용건은?"

— 협상이야. 신부를 만날 수 있게 해 주지.

사내의 태도는 단도직입적이었다. 장 경감은 숨을 크게 들이켰다.

"협상 조건은?"

— 도착 즉시 내가 밀항할 수 있도록 배편을 마련해 놔. 경찰한테는 알리지 마. 경호원도 안 돼. 진주양만 보내.

장 경감은 전화를 끊었다. 차에 막 올라타려던 진주양과 시선이 마주쳤다.

이제야 의뢰인에게 면목이 설 것 같았다.

드디어 이 납치극도 끝을 볼 때가 왔다.

형사 차량 지붕에 사이렌 경광등이 부착됐다. 출동이었다. 현기영은 뒷좌석에 앉았다. 장영범이 경찰까지 따돌리며 신랑을 데리고 사라졌다. 장영범의 휴대폰 통화 목록을 조회했다. 범인의 대포 폰과 일치하는 번호가 떴다. 범인과 연락이 닿은 것이다.

위치 추적에 들어갔다. 부하가 언질을 넣었다.

"인천항 제3부두입니다."

현기영은 네 시간 전에 후배 형사와 나눴던 대화를 회상했다.

'이 여자······.'

여권 사진에 박힌 여자의 얼굴.

'네. 신영원입니다. 전당포 때 기억하십니까? 장영범이 범인을 숨겨 주려는 행동을 보였습니다. 신랑과 장 경감 사이에 처제와의 불륜을 숨겨 주는 것 이상의 뭔가가 숨어 있는 게 분명합니다.'

신영원은 진주양과 내연 관계였다. 그런 신영원은 현재 신부 납치범인 강호운과 밀항을 시도하고 있다. 신영원이 신부 납치 사건의 또 다른 공범이라면······.

'신랑이 이번 사건에 어떤 관여가 되었을 수 있다는 소리야?'

후배는 조심스러운 입장이었다.

'아예 관련이 없다 하긴 애매하지 않겠습니까.'

신랑은 단순 가출 사건이 아니라는 것을 처음부터 알았다. 장영범을 고용한 까닭이 있겠지. 치정을 감추는 것 이상의 무언가. 그리고 현재 신랑은 독단적으로 납치범인 강호운과 접촉하려 한다. 피해자 가족들이 경찰을 못 믿고 이탈하는 경우가 있기는 하지만 이번엔 경우가 좀 달랐다.

협상인가, 아님 음모인가.

범인을 생포해야 했다. 구린내를 풍기는 진원은 그 뒤에 밝혀내도 늦지 않았다.

현기영은 재빠르게 치안총감에게 연락을 넣었다.

"접니다. 현기영."

범인은 군인이었던 특수한 이력에 현재 총기를 소지한 상태였다. 경찰 특공대를 먼저 보내겠다고 하자 총감이 따져 물었다.

— 특공대를 보내는 건 좋아. 그런데 괜히 범인을 자극하는 행동일 수 있어. 신랑이 한신그룹 후계자야. 대통령께서 주시하고 계시네. 일이 틀어질 시 누군가는 총대를 메야 해.

치안총감은 사안이 사안인 만큼 조심스러운 입장이었다. 만약의 경우를 대비해 현기영에게 물었다.

— 어떤 결정을 내릴 건가.

현기영이 고심하다 입을 뗐다.

"어떻게 해야 한다고 여기십니까."

— 우리는 신랑의 안전을 최우선으로 생각할 수밖에 없네.

그런 총감에게 신랑이 신부 납치에 관련됐을 수 있다고 보고할 수는 없었다. 그것을 보고한들 상부의 결정이 달라지진 않을 것이다. 그들의 원칙은 언제나 한결같았다.

섣부른 추측으로 사건을 복잡하게 키우지 마라.

본 것도 못 본 척해라.

모두가 노력해 오랫동안 다져 온 경찰청의 평화였다. 자신이 맡은 사건으로 분란을 일으키는 것은 민폐였다. 현기영은 자신의 원칙에 위배되는 일에 타협할 줄 모르는 사람이었다. 현기영의 원칙은 정의보다, 실리였다. 냉정하다 할 만큼 현실을 추구했다. 그에게 상부의 명령은 절대적이었다. 때문에 그는 원칙주의자였지만 정의로운 사람은 아니었다. 윗선은 언제나 개인이 아닌 집단에 이득을 가져다주는 선택을 원했기 때문이다.

답지는 이미 정해져 있었다.

현기영은 결정을 내렸다.

"만일의 경우, 강호운을 사살합니다."

치안총감과의 통화를 마쳤다.

진주양이 '선'이냐 '악'이냐는 중요한 게 아니었다. 그런 건 장영범 같은 삼류 흥신소를 운영하는 개인이 신경 쓸 문제였다.

모두를 위한 선택이 현기영에겐 '정의'이고 '선'이었다.

세상에서 유일한 신부, 그녀를 위해 재단된 치수 그대로. 눈부신 브라이들 레이스에서 향기가 나는 듯했다. 조명은 감탄하듯 신부의 전신 아래로 황홀하게 부서져 내렸다. 탐나는 쇄골과 순결한 웨딩드레스. 우아하게 뻗은 목선 못지않게 가는 허리를 풍성한 치마가 꽉 동여맸다. 풍성한 볼륨감을 뽐내는 드레스는 꽃잎을 쓸어 모은 듯이, 입체적인 꽃잎 수백 개를 달아 신부가 걸을 때 꽃길을 걷는 듯 보였다. 결혼식을 며칠 앞둔 5월, 드레스가 완성됐다. 배달된 드레스를 영원은 집에서 착용해 보았다.

곁에 선 매향이 입술을 뻥긋했다.

'영원아…… 너무 예뻐.'

영원은 미혹하는 꽃이었다. 예쁘다는 말로 부족할 정도로 형연한 아름다움을 이뤄 냈다. 양 비서도, 주양도 꿈결같이 그 모습을 바라보았다.

하늘거리는 웨딩드레스에 둘러싸인 자신을 영원도 거울에 비춰 보았다. 예쁘다는 말을 생애 한 번도 들어 보지 못했다. 누군가의 신부가 될 수 있을 거라고 생각하지 못했다. 꿈에 그리던 남자와의 결혼이었다.

거울에 비친 자신의 모습에 영원이 눈물을 흘렸다.

'고마워.'

영원은 눈을 맞대며 주양에게 감사 인사를 표했다.

'나를 여자로…… 신부로, 만들어 줘서.'

영원은 감격해서 하염없이 행복한 눈물을 흘렸다.

주양의 눈에 영원은 세상에서 가장 행복한 신부였다.

기쁠 때나 슬플 때나, 건강할 때나 병들었을 때나,
서로만을 생각하며, 아주 작은 슬픔까지 나눠 가지겠습니다.
그리하여, 검은 머리가 흰머리가 될 때까지
그대의 곁을 지키겠습니다.

— 결혼 서약문

【실종 33일째】

장 경감은 외진 부두에 발을 내렸다. 항만은 지독한 어둠에 휩싸였다. 막 밤 12시를 넘기고 있었다. 길을 밝혀 주는 건 낡은 가로등 한 대뿐이었다. 그마저도 달려드는 부나방 떼에 위태롭게 점멸했다. 차 보닛을 돌아 검은 유리를 두드렸다. 차창이 매끄럽게 내려갔다. 진주양이 굴곡진 옆모습을 드러냈다.

"경찰이 곧 들이닥칠 겁니다. 시간이 없습니다."

장 경감이 초조하게 속삭였다.

경찰이 이 잡듯 그들을 찾고 있을 터였다. 강호운이 질러 놓은 불에 단단히 뿔이 나 있었다. 독단적으로 강호운과 협상에 나선 걸 지금쯤 알아냈겠지. 경찰에게 허락을 받았다 하더라도 신랑의 신변 때문에 혼자 보낼 수 없다는 입장일 것이 분명했다. 그 이면에는 성과에 대한 욕심이 깔려 있었다. 이대로 진주양이 강호운을 따로 만나 돈 이십억을 건네주고 밀항시켜 주는 조건으로 협상을 끝내면, 경찰의 공은 전혀 없게 되는 것이다. 숟가락이라도 얹기 위해선 신랑을 극진히 보호해야 했다.

그들은 강호운을 현장에서 제압하기를 원했다. 하지만 강호운은 눈치가 동물적으로 빠른 남자였다. 이미 여섯 번에 걸친 접선에서도 경찰의 분장을 다 알아챘다. 현기영의 어쭙잖은 공명심 때문에 이번에 강호운의 심사라도 뒤틀리면, 신부를 만날 길을 영영 잃는다. 강호운이 막다른 코너에 몰려 있는 지금이 적기였다. 밀항의 길이 막히고 강호운의 심리에 크게 변화가 왔을 가능성이 컸다. 신영원이 아프다고 했다. 버티기 힘들었을 것이다. 마음은 언제든지 바뀔 수 있었다. 지금이 아니면 기회가 없다.

배를 찾는 건 어렵지 않았다. 누구를 닮아 고고하게 떠 있었다.

"접선 장소는 저 배 위입니다. 안젤리크 호 갑판 위에서 만나자고 했습니다."

진주양이 한 뼘 시선을 비스듬히 창밖으로 가져왔다. 꼿꼿하게 쳐든 시선이 깊게 거대한 선체를 응시했다. 칙칙한 가로등 불빛 아래서도 눈초리만큼은 저 검은 바다보다 어둡고 강렬했다.

"저 배가 확실합니까?"

"무슨 문제가 있습니까?"

물었지만 진주양은 움직일 생각을 하지 않았다. 어딘가로 전화를 넣는다. 그동안에도 시선은 마치 기이한 생명체라도 대하듯 가만히 배를 눈에 담았다.

"죄송합니다. 많이 늦었죠?"

전화한 곳은 배 관리인인 모양이었다. 곧 항만공사 직원이 도착하고, 크루즈를 개방하기 위한 작업에 들어갔다. 비행기에 탑승할 때처럼 스텝카가 배 입구에 연결됐다. 직원은 밤중에 갑자기 불려 나와 어리둥절한 모습이었다.

직원을 보내고 그들은 배 내부로 들어왔다. 어마어마한 크기의 시설들이 장경감을 압도했다. 14층 규모의 크루즈는 고개를 한껏 젖혀야 천장이 들어왔다. 양쪽으로 객실 발코니들이 절벽처럼 층층이 쌓여 있었다.

그들은 엘리베이터를 타고 약속된 12층으로 올라갔다.

"근데 이 배는 뭡니까? 보아하니 운행하는 건 아닌 것 같은데. 한신그룹 소유인가요?"

"배가 아니라 크루즈입니다."

"아, 네. 크루즈."

"원래라면 올 초에 보냈어야 할 선박입니다. 유럽의 최고 크루즈 운영사인 퀸텀사의 주문으로 제작됐죠."

"그런데 어째서?"

"작년 초 유럽의 경기 둔화로 선사가 대금을 치르지 못했어요. 그 뒤로 항구에 발이 묶여 있는 상태입니다. 그야말로 거대한 고철 덩어리가 쓸모도 없이 녹슬어 가고 있죠."

한신중공업 진두영 전 사장이 야심차게 준비한 프로젝트였다. 그러나 작년에 일이 많았다. 진두영 사장은 해임되다시피 퇴임했고, 배도 책임자와 운명을 같이하듯 비슷한 수순을 밟았다. 역작이 졸작이 되는 건 한순간이었다.

대화를 하는 동안 승강기는 착실히 12층에 도착했다. 강호운과 약속한 배 갑판으로 나왔다. 바닷바람은 생각보다 매서웠다. 내음에 섞인 소금기가 피부를 따갑게 할퀴었다. 이 위에서 한눈에 모든 층위가 중첩됐다. 1층부터 11층 복도 곳곳을 샅샅이 눈여겨봤다. 복도를 뒤덮은 어둠은 강호운을 은신하기 좋게 만들었다.

밤 12시는 금세 새벽 3시로 훌쩍 뛰어넘었다. 기다림은 기약 없이 흘렀다. 입구를 개방했으니 강호운이 들어오는 데 무리가 없을 터. 저쯤 어딘가에 숨어 때를 기다리고 있겠지.

시야에 담배꽁초가 잔뜩 굴러다녔다. 그 주범이 코앞에 있었다. 아까서부터 주양이 폭주한 것처럼 담배를 줄기차게 피워 대고 있었다.

"재미있군요. 당신이 긴장한 모습."

그 말이 극도로 예민해진 남자를 자극했나. 곧장 잡아먹을 것 같은 시선이 장 경감에게 집중됐다.

"당신도 사람이었어."

자기 관리에 철저할 남자였다. 담배를 피울 정도로 헤비 스모커인 것은 무척 의외였다. 아니, 그러지 않고서는 이 시간을, 이 기다림을 못 견디는 거다. 주양은 아직도 신부가 왜 떠났는지 자신에게 말해 주지 않았다. 사실 장 경감이 알고픈 것은 근원적인 문제였다. 단순히 변심했다는 것 이상의 내밀한 무엇. 대체 그가 모르는 공백에 어떤 일이 있었던 건가.

가짜가 되면서까지 신영원이 얻고자 했던 신부의 지위. 그것을 포기하게 된 계기.

입이 주책이었다.

"메리지 블루였을 겁니다. 신부가 떠난 것."

위로라기엔 비참한 내용이었다. 동정 한 푼어치 던져 주듯 장 경감은 내뱉었다. 사실 말이야 바른말로 이미 볼 장 다 본 거 아닌가. 강호운과 떠난 순간부터.

장 경감은 무심결에 고개를 들다가 곤란한 입장에 처했다. 문득 자신이 뭐라고 나불댔는지 인식했다. 손가락 사이에서 담뱃재가 부스러졌다. 선체가 크게 흔들렸다. 빼곡히 주시해 오는 눈동자. 진주양은 선미에 몸을 기대고 있었다. 대리석 조각 같은 포즈로. 잘생긴 얼굴은 단조롭게 장 경감을 눈여겨봤다. 그러나 모호한 눈빛 너머는 심술로 가득했다.

유려하게 곡선을 이루는 눈매가 가늘어졌다. 장 경감에게 되묻는다.

'너, 지금 혼자 무슨 소리를 지껄이고 있는 거냐?'

무정한 표정이었다. 흉포한 감정이 뚝뚝 떨어졌다. 해칠까, 일말의 자비심을 베풀 가치도 없는 상대를 가늠하는 듯 냉정했다. 바람결에 그가 멋대로 풀어헤친 가학심도 함께 날려 왔다.

당혹감이 장 경감의 표정에 고스란히 드러났다.

"실례했습니다. 전 그저…… 위로를 해 드리려……."

자질구레한 변명을 주양은 말끔하게 묵살시켰다. 뻐딱하게 난간에 기댔던 상반신을 일으켰다. 그는 길게 말하지 않았다. 말할 필요성을 느끼지 못하는 것이다. 손가락에서 무심하게 흘려보내던 담배를, 타들어 가던 불씨를, 그대로 주먹 쥐어 으스러트렸다.

갑작스러운 행동에 장 경감은 말을 멈췄다.

남자는 살 타는 냄새를 죽이고 지척으로 다가섰다.

돈 가방을 들고 사람 많은 거리에 얼빠진 놈처럼 하루도 빠지지 않고 서 있었다. 경찰의 지리한 수사에 한 마디의 불평불만도 없었고, 강호운은 그럴 때마다 조롱하듯 수사망을 빠져나갔다. 진주양은 인내심이 한계에 다다라 있었다. 그런데 자신까지 보태 동정을 해 주시니. 참으로 고마웠을 것이다. 침묵이 분노였음을 어째서 읽지 못했는가.

붙박여 있는 위험한 시선에 명백한 살의가 깃들어 있었다. 장 경감은 가슴이 묵직해졌다. 재킷 안주머니에 심장과 맞닿아 있는 총이 움츠러들었다. 죽임당할 것 같은 공포에 집어삼켜졌다.

검고 단단한 구두가 담배꽁초를 잔혹하게 부스러트리며 한층 목을 졸랐다. 장 경감에게 끈질기게 시선을 붙이던 주양이 지갑에서 수표 한 장을 꺼내었다.

압도적인 악력이었다. 못 박듯 돈을 손에 욱여넣어 준다.

"오늘 고생했습니다. 비도 오고 힘들었을 텐데 따뜻한 율무차라도 뽑아 드세요."

경고처럼 머리부터 발끝까지 찍어 누르는 눈초리.

"내 건 됐습니다."

정중함이 극대화시켜 주는 폭력성. '너 지금 당장 내 눈앞에서 꺼져.' 장 경감은 주양의 분노를 충분히 인지했다. 그는 '버림받은' 신랑이었다.

물살마저 숨죽였다. 시커먼 바다는 아무것도 비추지 않는 것이 아니라, 무엇도 저 어둠을 범접할 수 없기 때문이었다. 범접할 수 없는 어둠을 품고 있다.

홀로 남아 주양은 영원이 작성한 결혼 서약문을 되새겼다. 비가 오나 눈이 오나, 기쁠 때나 슬플 때나, 건강할 때나 병들었을 때나 검은 머리가 흰머리가 될 때까지. 나, 그대의 곁을 지키겠습니다.

…… '곁에 있겠다'고 했다. 제 입으로.

화가 났는가. 감정은 불필요한 순간에도 충실히 몸집을 불려 왔다. 마침내,

자제하지 못하고 남들을 겁주고 있었다. 영원이 약조한 결혼 서약은 영원 자신에 의해 지켜지지 않았다.

주양은 세심한 손끝으로 난간을 쓸었다. 최고급인 삼나무 원목이라 바닷바람에도 강했다. 바로 이 장소였다. 이 난간, 이 갑판 위에, 영원은 서 있었다.

'저…… 저기 바다에 사람이 있어. 사람이 구해 달라고…….'

'그런 거 없어.'

'아니야. 사, 사람이…… 빠져서…….'

'환영이야.'

크루즈에서 열렸던 선상 파티. 한 달 만에 찾은 영원의 행방. 그녀의 곁을 차지하고 있는 것은 그가 아닌 다른 이였다. 강호운은 그를 알아봤으면서도 당당히 영원을 데리고 사라졌다. 무엇을 위한 도발인가. 어딘가에 꾹꾹 눌러 담고 있던 흉포한 노여움과 정면으로 맞닥뜨린 기분이었다.

'피 한 방울 안 섞인 남매잖아요. 그런 건.'

'의붓남매라…….'

마침내, 그는 자기 안에 있는 분노를 정직하게 받아들이기로 했다.

'잡아. 잡아 와요.'

강호운은 영원을 업고 멀리까지 가지 못했다. 배는 바다 한가운데에 떠 있었다. 사면이 바다였다. 수하들은 크루즈 내 소극장으로 강호운을 여우 몰이했다. 아직 개장하지 않아 누구의 방해도 받지 않을 수 있었다.

비명이 맹렬하게 자지러졌다. 파열음이 난무했다. 수하들이 강호운을 에워싸고 마구 구타했다. 영원이 소리를 내질렀다. 강호운은 영원을 감싸 안고서 온몸으로 발길질을 막았다.

위대한 순간과 배우들의 열연이 담긴 무대, 관람석에서 주양은 다리를 꼬고 앉아 감상했다. 지독히 깊은 혼란이 그의 머릿속을 점령했다.

'최 사장의 정부가 아니라…… 최 사장이 전남편과의 사이에서 낳은 아들이랍니다.'

양 비서의 음성이 뇌리에서 어지럽게 표류했다. 의붓오빠. 피 한 방울 안 섞인 남매. 영원의 과거에 속해 있는 남자였다. 그는 모르는 영원의 과거를 아는 남자. 영원의 아픔과 고통을 누구보다 잘 이해하며, 주양이 침범할 수 없는 것을 저 사내는 영원과 함께 나누었다.

'신해수 씨가 그날 방으로 찾아와서 심하게 모욕을 준 것 같습니다.'

양 비서가 말했다.

'열애설 기사는 오보로 내렸습니다만, 신영원 씨가 크게 상심해서 가출하신 것 같습니다. 현 계모와 아버지가 저지른 불륜의 상처를 무시하긴 힘들었겠죠.'

영원은 주양과의 연애에서 얻은 고통을 왜 다른 남자와 나눠 가지는가.

둔탁하게 뼈 부러지는 소리가 허공을 갈랐다. 선혈이 낭자했다. 강호운이 온 몸을 불살라 영원이 발길질을 받지 못하게 방패가 됐다. 피범벅이 된 호운한테서 주양은 깊은 감명을 받았다. 죽도록 얻어터지면서도 끝까지 영원을 보호하는 모습에서 강호운의 본심을 읽어 냈다.

오래되고 묵직한 짝사랑.

사랑하는 여자를……

온 정성을 다해 지키는 남자의 모습이었다.

가슴 깊이 부대꼈다.

강호운이 마지막 피 찌꺼기를 토했다. 퍼부어지던 공격들이 주양이 관람석에서 일어나자 단숨에 그쳤다. 마침내, 그가 무대 위에 올랐다. 엎어진 강호운은 발로 차서 밀었다. 영원이 아래에 깔려 있었다.

그가 영원을 간단히 안아 올리자 피 묻은 손이 바짓단을 움켜잡는다.

'내려, 놓고 가, 새끼야.'

숨이 허덕거리는 사내는 마지막까지 여자를 지키려 애썼다. 주양이 양 비서에게 영원을 넘겼다. 수하들이 강호운을 일으켜 머리채를 잡아 들어 얼굴을 보였다. 주양은 무릎을 굽혔다. 시선을 마주했다. 경고를 박아 넣는 음성이 자상했다.

'함부로 지키지 마. 네 몫이 아니야.'

강호운의 턱을 움켜쥐었다. 으스러트릴 듯 손은 악력을 더했다.

'죽을 수도 있어.'

주양의 위협에 강호운이 포기할 수 없는지 눈싸움을 겨뤄 왔다. 손은 간단히 뿌리쳐졌다. 앙칼진 반항을 주양은 자비롭게 봐줬다. 가소로이 웃으며 돌아서는데 강호운이 발길을 세웠다.

'죽을 수 있어.'

주양의 걸음이 멈췄다. 강호운이 눈을 강하게 빛냈다.

'내가 해 줄 수 있는 게 그거라면. 죽을 수 있어.'

'……'

'그래서 만약, 그 애를 위해 행동해야 할 때가 온다면, 난 그 애를 위해 죽을 거야.'

'……'

'근데 넌 뭐지?'

'……'

'좋은 집……? 명품 백……? 네 사랑은, 너무 쉬운 거 아닌가?'

주양은 호운을 돌아보지 않았다. 가난한 사랑 고백을 무시하고 나왔다. 차에 올라탔지만 여전히 속이 부대꼈다. 운전석에 대고 명령했다.

'호텔로 가죠.'

그때 양 비서가 왔다. 배웅하며 차 밖에 서서 물어 온다.

'놈은 어떻게 처리할까요.'

그는 품에 있는 영원의 머릿결을 쓸어내렸다. 눈물 자국이 말라붙은 얼굴이 가련했다. 기절하면서 느낀 공포가 아직 가시지 않아 절망적이었다. 한 달 새에 살이 빠졌다. 영원은 정작 힘들거나 고통스러울 때 그를 찾아온 적이 없었다.

왜 나를 찾아오지 않는 거지?

왜, 내게 의지하지 않는 거지?

영원은 자신을 '배려' 한 것이겠지만 그는 그럴수록 더 외로워졌다. 영원에게 마음을 주기 전보다 더 쓸쓸해졌다. 들어온 자리는 모르나 난 자리는 표가

난다. 전에는 몰랐던 고독감을 이제는 알게 됐다. 영원은 언제나 감당할 수 없는 문제에 직면하면 포기해 버리거나 사라졌다. 그런 영원이 자신이 아닌 강호운을 찾아갔다.

그녀가 가장 힘들 때 찾아간 사람이 자신이 아닌 강호운인 것에 패배감을 느꼈다. 강호운을 죽여 버리고 싶은 살인 충동이 일었다.

불안은 그런 것이었다. 영원의 감정이…… 사랑이 아닐지도 모른다는 것.

자신을 향한 영원의 마음은 동경과도 같았다. 자신이 가질 수 없는 것을 줄수 있는 남자. 유명인을 바라보듯이 신기하고 동경하는 마음.

그러니 그가 하는 것과 영원이 하는 것이 다른 것일지도 모른다는 것.

'놈은 어떻게 처리할까요.'

가난하다고 사랑마저 가난한 것은 아니다.

그건 배신감이 아니었다.

'죽여.'

'……'

'죽여, 버리세요.'

질투라는 이름의 추잡한 감정이었다.

기쁠 때나 슬플 때나, 건강할 때나 병들었을 때나, 서로만을 생각하며, 아주작은 슬픔까지 나눠 가지겠습니다.

슬픔을 나눠 짊어질 인생의 동반자로 네 마음에 내가 미덥지 못했는가.

1년 뒤, 또다시 영원의 선택은 '강호운'이었다.

그는 바다를 느꼈다. 등 뒤로 장신의 그림자가 다가왔다.

철컥.

주양의 뒤통수에 차갑고 딱딱한 금속성 물체가 대어졌다. 강호운이 비장하게 내뱉었다.

"쭉 생각했어. 우리가 다시 만나야 한다면 이곳뿐이라고. 그때 일을 여기서 결판냈어야 했어."

마른 바닷바람이 두 사람의 얼굴을 건조시켰다. 주양은 가만히 감았던 눈을 떴다.

인정하고 싶지 않았다. 아무것도 가진 것 없는 사내에게 열패감을 느낀다는 것. 그것을 인정하는 꼴이 될까 아직까지 죽이지 못하고 있는 자신이 한스러웠다.

호운은 미끄러지려는 권총을 힘주어 쥐었다. 핏물이 총 끝에서 뚝뚝 떨어지고 있었다.

"내 마음은 죄책감일까, 한풀이일까. 내가 못다 한 걸 대신 그 애를 통해 보상받고 싶었던 걸까."

호운은 딱딱한 총구를 주양의 뒤통수에 바싹 붙였다. 당장에라도 방아쇠를 당길 것처럼 그가 목소리를 떨었다.

"나는 이게 사랑이라고 생각해. 어떤 형태의 사랑이건, 그 애가 행복했으면 하는 건 사랑과 원리가 같으니까."

그 애가 행복했으면 싶었다. 나도…… 그 애도 유년 시절이 외롭고 불행했으니까. 한 인간 때문에 우리는 똑같이 불행해야 했고, 어디에도 뿌리내리지 못하고 떠돌아야 했다.

아버지는 호운을 자기 자식이 아니라고 여기며 죽는 날까지 냉대했다. 호운은 외로움 속에 구박받으며 자랐다. 아버지가 죽고 마침내 어머니를 찾아갔지만 그녀는 또 다른 남자와 결혼해 아이를 낳고, 다시 또 다른 가정을 파탄 내고 그 집 안주인의 자리를 차지하고 있었다.

정체성에 관한 딜레마는 끝까지 그를 괴롭혔다.

자신은 어디서부터 났는가. 어디에 뿌리를 둬야 하는가.

그들은 사랑을 했고, 멋대로 호운을 만들어 놨지만, 누구도 그 결과를 책임지지 않았다.

그때 그 애를 만났다. 자신보다 더 비참한 녀석. 녀석은 어머니를 사랑했다. 어머니는 인간적으로 상종 못 할 질 나쁜 부류였다. 어미가 아니라면, 버리고 싶을 정도로 타락했다. 혜란은 그 애의 모든 것을 빼앗았다.

그래서 그 애가 결혼할 남자만큼은 평범한 남자이기를 바랐다. 유복한 가정에서 평탄하게 자란 남자. 그 애의 고통을 감싸 주고 위로해 줄 수 있는. 어째서 그녀가 사랑한 남자는 이런 남자인가. 이런 남자에게서 위안을 얻으려 했는가.

자신보다…… 더 내면이 황량한 인간을.

그 애는 위로받는 존재여야 했다.

누구에게 위안이 되는 존재가 아니라.

침묵이 흘렀다.

"왜 돌아온 거야."

주양이 등 뒤에 있는 호운에게 물었다.

"밥을 숟가락으로 떠먹여 줘도 못 받아먹나."

기껏 영원이 자신을 떠나 줬는데, 너에게 가 줬는데 왜 다시 돌려주려 하는가.

호운이 총구를 더욱 바싹 붙였다.

"너야말로 왜 안 묻는 거지. 아무것도."

"……."

"신부에 대해서 한 번도 묻지 않고 있잖아."

"……."

"신부의 안부가 궁금하지 않아?"

신부를 정말 찾고 싶은 사람이 맞나 싶을 정도였다. 물으면 곧바로 그녀가 어떤 상태인지 말해 줄 수 있다는데도. 그렇게 애타게 찾아 댔으면서도.

주양은 힘겹게 입을 뗐다.

"신부는, 잘 있나?"

웃긴 남자였다. 그러나 주양의 떨리는 목소리에서 묻는 것조차 조심스러운 마음이 느껴졌다.

호운은 그가 잘난 척하는 게 싫었다.

"넌 그 애를 행복하게 할 수 없어."

"……."

"넌, 누굴 행복하게 할 재주가 없어."

하지만 주양은 동요하지 않았다. 그건 사실이 아니기 때문이었다. 주양이 아니고는 영원을 행복하게 해 줄 사람이 없기 때문에 호운이 이렇게 돌아온 것이다.

주양이 말했다.

"넌 좋은 사람이야."

의외의 칭찬이었다. 하지만,

"그뿐이야."

선을 넘지 말라는 경고. 감히 넘보지 말라는 위협.

호운이 허탈하게 웃는 그때였다.

탕!

총알이 갑판을 튕겨 나갔다. 등 뒤였다. 일순 모든 동작이 정지했다. 군화 소리가 무더기로 계단을 올라오고 있었다. 어느새 위층과 배 반대편에 자리 잡은 저격수들의 MP5 기관단총이 호운에게 조준됐다. 그의 몸 곳곳에 정신없이 빨간 레이저 포인트가 찍혔다. 12층 갑판을 중심으로 14층 일대를 SWAT이 포위한 것이다.

타격대가 속속들이 자리를 잡았다.

순식간에 퇴로가 차단됐다. 호운은 완벽히 포위됐다.

주양을 돌아봤다. 이 상황을 설명하라는 듯 봤다. 믿음을 잃고 싶지 않았지만 주양은 무표정했다. 그의 대답은 침묵이었다. 호운의 눈에 배신감이 들어찼다.

"……날 잡으려는 함정이었어?"

진주양은 긍정도 부정도 하지 않았다. 언제나처럼 무관한 입장으로 모호한 태도를 취했다.

"말해. 아니라고."

"……."

"신부를 돌려주려 했어. 내 선택을 후회하게 만들지 마. 경찰을 부른 게, 네가 아니라고 말해!"

주양은 오히려 흥분하는 호운을 의아해하는 눈빛이었다. 그가 뜸을 들이다 입을 달싹였다. 무정한 남자가 툭 내뱉은 일격이 호운의 분노를 차갑게 잠재웠다.

"그럼, 살려고 했나……?"

호운은 갈피를 잃었다.

"……뭐?"

"사랑을 위해 목숨 따위 바칠 수 있다고 말하던 패기는 어디 갔어. 여기까지 오면서 네 목숨 줄 챙겨 가려 했던 거야?"

"말 돌리지 마. 경찰과 네가 짜고 친 고스톱이라 이거 아냐."

"그게 중요한가?"

주양이 실망스럽다는 듯 눈을 내리떴다.

"신영원을 위해 죽을 수 있다던 말, 허세였나."

죽고 싶지 않았다면 애초에 돌아오질 말았어야 했다. 그러니까 미리 경고했다.

'잡히지 마라.'

'잡히면, 너 죽어.'

잡히지 말라고. 잡히면 죽는다고. 그래서 물었다. 왜 돌아왔느냐고. 도망치거나 죽거나. 호운은 둘 중 하나여야 했다. 어떻게 납득하게 할 길이 없기 때문이었다. 저들에게 잡히면 신부를 바꿔치기한 것을 뭐라고 설명할 것인가. 경찰은 집요하게 호운을 심문할 것이다. 가짜 신부의 내막을 알게 되는 건 시간문제였다. 진짜 신부 신해수는 정신병원에 처박혀 있고 처제가 될 여자가 형부와 결혼을 올렸다. 세상을, 아니, 당장 사건을 담당하는 저들에게 그걸 어떻게 납득하게 만들 수 있는가.

그러니까 죽고 싶지 않았다면 애초에 돌아오지를 말았어야 했다.

진주양은 현실적인 판단이 빠른 남자였다. 경찰이 올 것을 예상했건 못 했건, 가장 합리적인 선택을 도출한다. 진주양은 돌려서 말할 것 없이 단도직입적으로 원하는 것을 요구했다.

"네가 살면, 신부가 죽어."

"……"

"근데 네가 죽으면, 신부는 살아."

"……"

"신부의 명예를 네가 지켜라."

저렇게 냉정한 인간이, 한 인간에 관해서만은 수단과 목적으로 여기지 않는 것이 기적에 가까웠다. 주양의 와이셔츠 깃에 다 가려지지 않은 흉터가 보였다. 영원은 간혹 정신을 놓고 주양에 대한 말을 하곤 했다. 들은 적이 있었다. 그녀가 보는 앞에서 망설임 없이 그어 버렸다고. 주양 역시 다르지 않았겠지. 만약 자신과 같은 상황이었다면. 영원을 위해 주저 없이.

주양의 빠른 판단력이 사형 선고처럼 내려졌다.

"자살해라."

대형 플래시라이트가 갑판을 비추었다. 멀리서 최후의 경고가 전해졌다.

"나는 KNP868, 서울지방경찰청 경찰 특공대 대장 이준명이다. 무모한 짓은 관둬라. 너는 포위됐다. 지금 투항하면 사살은 하지 않겠다."

퇴로는 막혔다. 투항의 길뿐이다.

경찰은 총기를 버리라고 요구했고 주양은 자살을 명령했다.

호운은 최대치로 압력을 받았다. 심장이 파열할 듯 펌프질했다. 생과 사의 기로에서 그는 갈등했다. 그때였다.

"찾아내. 반드시."

주양이 안심하라는 듯 시선을 맞췄다.

"넌 좋은 사람이니까."

좋은 사람.

아무것도 아닌 그 한마디가 가슴을 크게 울렸다.

한 인간의 생애에 걸친 비극까지 관심 가져 줄 여력이 사람들에겐 없다. 대중은 신문 기사에 굵은 글씨로 나오는 짧은 제목 하나로 전체를 판단한다.

'알고 보니 신부는 여동생이었대.'

'세상에, 형부를 꿰었대.'

윤리에 어긋나는 결혼을 저지른 악녀. 매스컴은 영원을 마녀로 난도질하고 정신적으로 죽일 것이다. 그것은 산 게 아니다. 산다고 할 수 없는 인생이다. 어째서 그 사람이 그럴 수밖에 없었는지. 어째서 그런 일까지 벌일 수밖에 없었는지. 사람들이 즐기는 건 자극적인 사건의 팩트였다. 언니를 정신병원에 집어넣고 형부를 가로채 결혼한 여자. 그들이 원하는 스토리는 그것이다.

그러나 호운이 여기서 죽으면 모든 게 해결된다. 진주양이란 남자는 어떻게 해서든지 영원을 찾아낼 것이다. 영원은 무사히 그의 품에 돌아갈 것이다. 비밀은 지켜진다.

영원은 행복할 수 있겠지.

영화에서 죽는 역할이 있다. 좋은 역할이지만 막판에 죽게 된다. 그들이 죽음으로써 갈등이 해소될 수가 있기 때문에. 그런 의미에서 호운은 죽어야 하는 배역이었다.

납치범이 죽으면 사건은 끝난다.

영원을 경악적인 스캔들의 여주인공으로 만들고 싶지 않았다. 자존심을 지켜 주고 싶었다.

바람에 머리카락이 펄럭거렸다. 진주양이 다시 한번 오만하게 명령했다.

"죽어라. 강호운."

네 가난한 사랑을 증명해라. 죽음으로.

"그 애를 위해."

돌이킬 수 없다. 그것을 너무나도 잘 알고 있어 뺨 위로 눈물이 고통스럽게 흘렀다. 호운이 권총을 들었다. 총구의 방향은 진주양을 겨눈 채였다.

내가 속죄해야 할 것은 두 가지.

첫 번째. 어머니의 아들로 태어난 죄.

두 번째. 어머니의 아들이기에 묵인할 수밖에 없었던 죄악들.

멀리서 장 경감이 달려오며 소리쳤다.

"안 돼! 기다려!"

"……."

"총 쏘지 마!"

호운이 방아쇠를 미세하게 당겼다.

밤하늘이 올려다보였다. 하늘을 똑바로 올려다본 적이 언제였던가. 슬프게도 하늘엔 별도 없었다.

사위가 무겁게 호운을 짓눌렀다. 온몸이 부서져라 두들겨 대는 총성, 소음마저 침묵으로 탈바꿈시키는 묵직한 비극. 폭죽처럼 퍼부어진 총성에 고막이 찢어졌는지 이명과 함께 의식이 흐릿해졌다.

검지 끝에 힘을 주는 순간 위층 갑판에 엎드려 있던 스나이퍼가 총의 초점을 호운에게 맞췄다. 한 치의 오점도 허용하지 않는다. 호운은 주양 어깨 너머로 비스듬히 총을 쐈다. 그 순간 스나이퍼가 그대로 방아쇠를 당겼다.

타앙—!

총알이 튕겨 나갔다. 회전하며 정확한 궤도로 나아간 총알이 빛의 속도로 호운의 어깨를 뚫었다. 피가 짧고 굵게 터져 나갔다. 장 경감이 덮치듯 달려왔다. 주양을 감싸 바닥에 엎드리게 했다. 그것과 동시에 총들이 호운을 벌집으로 만들어 놓았다.

탕탕탕탕탕—!

호운은 비틀거리다 뒤로 쓰러졌다.

쿨럭……! 피가 멈추질 않았다.

고개를 돌리니 주양이 엎드린 채 자신을 보고 있었다. 호운을 절대로 놓지 않고 있었다.

경찰들이 달려오고 있었다.

'금방 돌아올게.'

그녀에게 약속했다.

'금방.'

돌아올게. 기다려.

진주양을 데리고 올게. 네가 그렇게 사랑하는 그 남자를…… 만나게 해 주겠다고.

"너는 행복해질 권리가 있어."

네게, 내가 좋은 사람으로 기억될 수 있다면, 백 번이라도…… 이 사진을 진짜 주인에게 돌려줄 수 있었다.

호운은 조끼 안에 손을 집어넣었다. 피 묻은 손에 사진 한 장이 딸려 나왔다. 총구멍이 난 팔이 시렸다. 주양이 기어 왔다. 사진을 필사적으로 잡으려 했다. 어쩌면 오래전부터 이런 평안을 원했는지도 모르겠다. 속죄라는 평안. 주양의 손끝이 마침내 사진에 닿으려는 순간, 장 경감이 호운의 멱살을 움켜잡았다.

호운은 사진을 놓쳤다.

사진은 땅바닥에 떨어졌다.

구르고 짓밟혔다.

"신부 어딨어."

장 경감이 숨을 헐떡였다. 핏발이 불그죽죽하게 그어진 야차 같은 얼굴을 장 경감이 들이밀었다.

"신부, 어, 디, 있, 어."

장 경감이 미친 듯이 멱살을 쥐고 흔들었다.

"신부 어딨어! 신부 어딨는지부터 말하고 죽어!"

호운이 힘겹게 입을 떼었다.

"……흥……."

뭐라고? 장 경감이 귀를 바싹 붙였다. 어린아이처럼 눈물이 호운의 관자놀이를 적셨다. 그녀의 곁에 오래 남는 방법을 택한 거라면 탁월한 방법이었다. 죄책감이란 이름으로 그녀의 기억 속에 오래도록 좋은 사람으로 남는다. 강호운은 신부를 위해 희생하는 캐릭터이다. 신부의 죄책감이 커질수록 호운은 그녀의 곁에 오래도록 있을 수 있다. 죽어서도……

가혹하리만치 생명은 누구에게나 엄정했고 평등하게 주어졌다.

허억…… 허억…….

간헐적으로 이어지는 숨소리. 그 애가 슬퍼해 줄까? 그것이 호운의 마지막 말이었다.

"해수……."

깜박깜박, 가로등이 생명을 다하고 꺼졌다. 침침하던 얼굴에 끝내 눈꺼풀이 내려앉았다. 허무한 개죽음을 목도하고 장 경감이 굳었다.

안 돼…….

이럴 수는 없었다. 이런 것은 말도 안 됐다. 아직 죽어선 안 됐다.

누구도 강호운의 죽음을 허락해선 안 됐다. 신부의 생사를 확인하기 전까진……

아직은 안 돼.

"신부 어딨어."

끝내 비탄이 검은 바다를 집어삼켰다. 절규가 메아리쳤다.

"신영원 어디 있어—!"

그 망망대해 아득한 바다 위에서 영원은, 영원히, 사라졌다.

미명이 찾아들고 있었다.

수술실 복도를 장 경감은 묵묵히 지켰다. 피에 푹 잠겼다 꺼내진 것 같은 옷이 더러웠다. 모두 한 사람의 몸에서 나온 출혈량이었다. 강호운은 간신히 숨이 붙어서 병원까지 이송됐다. 급소는 피했지만 총이 여러 장기를 뚫어서 살 가망이 낮았다.

수술 중

표시등에 불이 켜지고 열 시간째였다. 등 뒤에서 현기영의 걸음이 느껴졌다. 장 경감은 조용히 물었다.

"사살 명령, 네가 한 거냐."

"그래."

"너 인간이 왜 그렇게 매정해. 네 목숨 아니다 그거야?"

"총을 발포했어. 신랑을 죽이려고 했어."

"저 자식을 죽이면, 신부를 어떻게 찾으라는 거야."

"신랑이…… 공범이라고 생각했어."

현기영이 쓰디쓴 실책을 인정했다.

"강호운이 신영원을 병원에서 탈출시켰더군. 둘은 공범이었어. 알겠지만 신영원과 신랑은 내연 관계였어. 신랑과 신영원, 그리고 강호운 사이에 모종의 거래가 있을 거라고 의심했어……. 뭐, 결국엔 아니었지만."

강호운은 신랑을 죽이려고 했다. 진주양이 신부 납치의 배후였다면 강호운이 주양을 죽일 리가 없다.

"어쨌든 신영원이 남았어. 신영원은 공범이 확실해. 신부는 신영원이 데리고 있을 거야."

확신에 찬 음성에 장 경감은 웃음만 났다.

"아, 신영원."

그런 건가. 강호운이란 납치범이 죽어도 신영원이란 또 다른 공범이 살아 있으니 진주양의 안전을 위해 죽여도 상관없다 이건가.

여러 인간들의 이해관계가 충돌한 결과 내려진 답이었다. 경찰의 무능하고 지리한 수사, 그 과정에서 신랑이 범인에게 살해, 혹은 상해를 입는다면 매스컴이 관심을 가질 테고 시끄러워진다. 여러 명이 옷을 벗게 될 수도 있었다. 보고서에 성의를 보였다는 걸 표하기 위해 범인을 사살하는 공이라도 세워야 했다. 현기영 같은 또 다른 입장들은 진주양이 신부 납치에 깊게 연루되어 있다고 의심했던 거다. 그것이 불거지길 원치 않아 알아서 그 싹을 제거해 준다. 강호운이란 싹을.

그런데 이들의 논리엔 커다란 오류가 있었다.

진주양은 납치 사건에 연루되어 있지 않았다. 그리고 신영원은 공범이 아니라 그들이 찾고 있는 진짜 신부였다. 그래서 공범 같은 것은 없고, 강호운이 알려 주지 않는 한 어디에 있는지 알 수 없으며, 몸도 아파서 언제 죽을지 모르는 위험한 상태였다.

이로써 정말 신부를 찾을 수 없게 됐다.

신부가 죽었는지 살았는지도.

아이러니하게도 그들은 모두를 위한 선을 추구하다, 모두를 더 위험에 빠트렸다.

장 경감은 골치 아픈 상황을 애써 잊으려 하며 물었다.

"근데 장소는 어떻게 알고 찾아온 거야. 신랑하고 사전에 미리 얘기가 된 거였어?"

신랑하고 그 둘만 알았다. 장소. 장 경감의 허탈한 물음에 현기영이 인상을 찌푸렸다.

"무슨 소리야. 신랑은 자기 경호원들한테도 장소를 숨겼어."

"그럼 어떻게. 휴대폰 위치 추적은 불가능했을 텐데."

"강호운 걸음걸이로 찾아냈어. CCTV 영상으로 보행 분석 했거든. 강호운이 다리를 삐었는지 절뚝거리는 바람에 특정이 쉬웠어. 청라와 인천 기지국에 대포 폰 위치가 마지막으로 뜨더군. 운이 좋았지."

그때 병원 복도를 한 여인이 걸어왔다. 최혜란이었다. 연락받고 왔는지 여자는 꼴이 말이 아니었다. 신발 한 짝도 잃어버리고 볏단처럼 흔들거렸다. 딸이 실종돼도 백운당 장사까지 했던 대단한 여자였다. 그런데 강호운이 중태라는 말에 최혜란은 피골이 상접해 있었다. 하늘이 존재하기는 하는구나. '천벌이라는 것이 바로 이런 것이다'라는 걸 느낀 사람처럼 최혜란은 무너졌다. 어깨를 덜덜 떨었다. 수술실 복도에 주저앉아 억울하게 가슴을 치며 오열했다. 그녀는 마지막까지 항변했다.

"계모가 의붓딸 미워하는 게 뭐가 잘못이야."

"……."

"계모는 원래 악역이야."

알아들을 수 없는 헛소리를 지껄였다. 그런 최혜란을 현기영이 비웃었다.

"의붓딸 때문에 자기 애인이 죽게 생겼다고 화내는 거야? 아무리 정부한테 홀딱 빠져도 그렇지, 딸을 납치한 놈인데. 저 집안도 참 막장이야. 역시 계모는 계모야."

장 경감은 먼저 복도를 빠져나왔다. 병원 밖에 비치된 흡연 부스에 엉덩이를 붙였다. 라이터를 켜는데 옆이 시끄러웠다. 상대는 전화 통화를 하고 있었다. 최혜란을 병원까지 데려다준 운전기사인가. 의도치 않게 엿듣게 됐다.

"글쎄, 해수 아가씨가 납치를 당했다는 거야. 그 납치범이 강호운이래. 그래, 최 사장 애인. 그놈이 지금 중태인데, 최 사장이 그 납치범 새끼 때문에 초상났다는 거 아냐. 아무리 최 사장이 해수 아가씨를 친딸처럼 키웠어도 계모는 계모야."

비가 추적추적 내렸다. 장 경감은 슬프게도 운다 싶었다.

"재수도 없지. 재벌가에 시집간다 해서 꽃길만 걸을 줄 알았는데. 그래도 해수 아가씨만큼 복 많은 사람도 없어. 죽은 사모님 닮아서 얼굴 하나는 기똥차지. 계모도 그런 계모가 어딨어. 최 사장이 차별 없이 애들은 잘 키웠지. 의붓딸을 자기 친딸보다 더 애지중지 키웠으니. 난 처음 백운당에 왔을 때 해수 아가씨가 최 사장 친딸인 줄 알았다니까? 말은 안 해도, 지 딸내미가 해수보다 못한 거 볼 때마다 그 속이 얼마나 썩어 문드러졌겠어. 그래서 막내딸한테 더 모질고 잔인하게 대했는지도. 영원이 삐뚤어진 게 그것 때문인지도 몰라. 잘난 언니에, 남들과 비교당하는 것도 모자라, 친엄마 사랑을 해수 아가씨한테 다 빼앗겼다고 생각하고도 남아."

장 경감은 하얗게 피어오르는 담배도 잊은 채 허공을 쳐다봤다.

『필연적으로 너는 내 모든 것을 빼앗아 갔고,
나는 너의 모든 것을 빼앗고 싶었다.』

언젠가 보았던 글귀가 문득 떠올랐다.
그래. 빼앗아 보니 어떻든가.
생각만큼 행복하지 않았나.
유리창에 빗방울이 맺혔다.
비는 무심하게 지상으로 제 한 몸을 투신했다.

병실은 한산했다. 대수술을 끝내고 강호운은 여전히 혼수상태였다. 멸균 처리된 유리벽 너머에서 띠— 띠— 비프음이 이어졌다. 장 경감은 병실 소파에서 한 권의 노트를 발견했다.
　'주양이 놓고 간 걸까.'
　방금 전까지 남자가 앉아 있었는지 소파에 온기가 남아 있었다. 장 경감은 무심결에 노트를 펼쳤다.
　그것은 편지 형식의 회고록이었다.
　누군가의⋯⋯.

나는 타인을 불편하게 하는 존재였습니다.
　나는 그들의 곁에서 그들이 잠을 잘 때나, 밥을 먹을 때나, 숨을 쉴 때나 언제나 기생충처럼 붙어살았습니다. 나로 인해 그들은 불쑥불쑥 원치 않은 과거를 상기했을 겁니다. 그들의 죄악을 끊임없이 곱씹게 하는 존재였을 겁니다. 그들 역시 지난 세월이 꽤 고통스러웠겠죠.

그러나 나는 이 일기를 남겨야겠습니다. 이 정도는 내게도 권리가 있다고 생각하기 때문입니다.

'권리'.

참으로 나를 괴롭히는 단어였습니다. 사람은 태어나면서 권리가 주어지지만 어째선지 내게는 당연한 것들이 허락되지 않았습니다. 나는 이제 갈망하던 그 권리를 포기하려고 합니다.

아마 당신이 이 일기를 읽을 즈음엔, 나는 이미 고인이 되어 있지 않을까 생각합니다.

이 일기마저 남기지 않으면 나라는 존재는 먼지처럼 사라지겠지요. 사람이 태어나서 어떻게 아무 흔적도 남지 않을 수 있냐고 묻는다면, 그것은 내가 세상에 존재했음을 부정하고 싶은 이들이 존재하기 때문일 겁니다.

한때, 내게도 모든 것이 당연했던 적이 있었습니다. 아버지가 그들을 집으로 데려왔을 때 내게 가정 교사 선생님이 생겼고, 나와 같이 놀아 줄 두 자매가 생겼습니다. 아버지가 재혼했을 때 그들은 내 가족이 됐습니다.

그러나 나는 이제 그들을 증오합니다.

보이는 것들에 비해 감춰진 것들은 얼마나 또 많을 것인가, 생각해 봅니다.

사람의 욕심이 그렇습니다.

하나를 얻으면, 허전한 다른 쪽 손에 하나를 더 쥐여 주고 싶어집니다. 그러나 그것이 인간으로서의 존엄성까지 뺏길 정도의 과한 욕심이었는지는 의문입니다.

그들이 처음부터 야박했던 것은 아닙니다. 한낱 추억이 됐지만, 나는 어머니를 존경했고 그녀의 따스함을 사랑했습니다. 어머니가 변한 것은 아버지가 돌아가신 뒤부터였습니다.

지금이나 그 당시나 아마 '유산' 문제가 걸려 있었던 모양입니다. 어머니에겐 한 푼의 재산도 가지 않았습니다. 그것은 친딸의 몫이었으니까요. 백운당은 폐업을 했습니다. 직원들은 뿔뿔이 흩어졌습니다. 직원들의 잔금을 치르는 데 보태 써서 아버지의 사망 보험금으로는 턱없이 모자랐습니다. 어머니는 거리에 나앉을 수 없었습니다. 딸 셋을 건사하기 위해선 남편이 남긴 거액의 유산이 필요했습니다.

그러나 그것엔 절차가 복잡했습니다.

"조사원이요?"

"아무래도 거액의 돈이 오가는 문제다 보니, 조사원이 확인차 방문하려는 모양입니다."

법률 자문가의 말에 어머니는 심기가 불편한지 눈살을 찌푸렸습니다.

"내 돈을 내가 처분하겠다는데 누가 왜."

"엄연히 따지고 보면 따님의 재산이죠. 의붓따님."

모든 일에는 계기라는 게 있기 마련이죠. 어머니는 그때 느꼈습니다. 남편이 죽으면 모든 게 자신의 것이 될 수 있을 거라던 막연한 꿈이, 그저 희망 고문일 뿐이었다는 것을.

하필 조사원이 오는 날 나는 고열이 들끓었습니다. 어머니는 조사원의 매 같은 눈에 자그마한 구실도 잡히고 싶지 않았습니다. 그때 마침, 조사원의 눈에 비슷한 또래의 다른 딸이 보였습니다.

"이 아이가 신해수 양인가요?"

어머니는 얼결에 답했습니다.

"네. 그렇습니다."

10분 정도의 짧은 상담이 진행됐습니다. 일곱 살짜리 아이에게 조사원이 바라는 게 있었을 리 없습니다. 그저 제 손으로 서류에 도장을 찍게 했습니다. 어머니는 동결돼 있던 거액의 돈을 수령받을 수 있게 됐습니다.

어머니는 우리 딸들에게 맛있는 것을 사 주었습니다. 어머니는 미안했는지 내게 분홍색 원피스를 사 주었습니다. 그리고 내 머리를 쓰다듬었습니다.

나는 행복했습니다.

쇼핑을 많이 했는데도 돈은 남아돌았습니다. 어머니는 그렇게 큰돈을 가져 본 적이 없었습니다. 마음이 술렁거렸습니다. 지금보다 더 부자가 되면, 세 자매를 잘 건사할 수 있겠지요. 그녀에게 처음으로 꿈이 생겼습니다. 남편이 남겨 놓고 간 땅과 건물들을 처분해서 백운당을 키우고 싶은 야망에 부풀었습니다. 전보다 더 큰 자금을 융통하기 위해선 다시 의붓딸의 동의가 필요했습니다. 조사원은 이미 아이의 얼굴을 알고 있었습니다. 약간의 죄책감이 들지만 문제는 없었습니다.

다시 자기 딸에게 도장을 찍게 하면 되니까요.

자신의 성공이 모두의 행복이었습니다.

그리고 그 거짓말도 얼마 후 끝이 보였습니다.

노 집사는 아버지의 아버지 때부터 집안일을 관장했습니다. 그러나 내가 태어나고 세 살이 되던 무렵 아들 내외의 손주를 봐주기 위해 떠났다고 했습니다. 노 집사는 아버지가 가장 믿었던 심복이었습니다. 아버지의 유언장에도 노 집사가 언급됐습니다.

어머니는 노 집사의 방문에 두려움이 앞섰습니다. 하필 조사원이 방문하는 날과 동일한 날이었습니다. 10분 정도 조사원을 속이는 건 문제가 없었지만 노 집사는 적어도 며칠 동안 지낼 것이었습니다. 노 집사가 사실을 알게 되면 후견인 권리가 박탈될지도 모른다고 생각했습니다. 어머니는 아마도 노 집사를 며칠 묵게 하다 집에서 내쫓을 수 있을 거라 여겼던 것 같습니다. 노 집사는 젊은 주인의 마지막 유언에 의리를 지키러 왔을 뿐 미련이 없을 것이기 때문입니다. 하지만 딸들을 어떻게 납득하게 만들지 고민이 됐습니다.

어머니는 세 자매가 숨바꼭질을 하는 걸 유심히 지켜보게 됐습니다. 그때 어머니에게 기발한 생각이 떠올랐습니다.

바로 숨바꼭질이었습니다.

놀이의 방법은 간단했습니다.

"서로 역할을 바꾸는 거야. 해수가 영원이가 되고, 영원이는 해수가 되는 거지."

나는 항상 영원이가 부러웠습니다. 내가 가지지 못한 것을 가진 그 애한테서, 아주 자그마한 것이라도 나눠 갖기를 바랐습니다.

단 한 가지, 내가 유일하게 나눠 갖기를 바랐던 것은 '엄마'였습니다.

어머니는 내가 모정에 목말라 있다는 것을 이용했습니다. 그때도 어머니는 약간의 죄책감이 들었지만 금세 합리화를 했습니다. 같이 잘 먹고 잘 살자는 뜻이었으니까요. 나는 진심으로 어머니의 딸이 되고 싶었습니다. 의붓딸이 아닌 친딸이 되고 싶었습니다.

어머니는 약속했습니다.

"아주 잠깐만. 잠깐이면 돼. 해수야. 선생님 믿지?"

나는 그것이 놀이라고 생각했습니다. 내가 꼭꼭 숨어도 언젠가 술래가 나를 찾아 주는.

기다리면 원래 내가 있던 곳으로 되돌려 주는,

숨바꼭질 같은.

이쯤이면 당신도 내가 누군지 짐작하셨을 겁니다.

이것은 스스로 제 무덤을 판 멍청한 여자의 반성문입니다. 나의 치부를 까발리는 내용이 아니라고 부정하진 못하겠습니다.

내 시계는 그날에서 멈춰 버렸습니다.

나는 두 번 다시 내 본래 이름으로 돌아가지 못했습니다.

나는 과거의 신해수이자,

현재의 신영원입니다.

장 경감은 노트를 덮었다. 뒷내용이 아직 많이 남아 있었지만 장 경감은 더 이상 읽기를 지속할 수 없었다. 영혼의 귀퉁이가 서걱거렸다. 보이는 것들에 비해 감춰진 것들은 얼마나 또 많을 것인가. 주양은 어느새 문가에 자리 잡고 있었다. 세수를 한 듯, 총체적으로 그의 고귀한 인상을 만드는 검은 머리칼이 흐트러져 있었다. 물기가 반짝였다.

처음엔, 신해수의 일기라고 생각했다. 하지만 내용을 읽어 갈수록 다른 사람을 지목했다. 신해수의 일기가 아니었다. 일기의 주인공인 '나'는 신해수였지만 이건 명백한 신영원의 회고록이었다.

뭐라 말할 수 없는 욕지기가 치밀었다.

"이게 무슨 소리입니까?"

"……."

"신영원 씨가, 최혜란의 친딸이 아니었습니까?"

등줄기에 소름이 돋았다. 도무지 형태가 잡히지 않는 의문이다.

최혜란이 죽은 신정태와 재혼하면서 데리고 온 딸은, 첫째 딸과 셋째 딸이었다. 성원, 영원이다. 그러니 신영원은 최혜란의 친딸이었다. 호적이 증명해 주니 의심할 여지가 없다. 그건 경찰을 비롯한 백운당에 있는 직원 전체도 같았을 것이다. 장 경감 역시 지금까지 영원을 최혜란의 친딸로 알고 있었다. 그래서 자신의 친딸인 영원을 주양과 결혼시키기 위해서 의붓딸 신해수를 정신병원에 처박아 둔 것을 보며 최혜란도 어쩔 수 없는 계모라고 여겼다. 아무리 신해수를 귀하고 예쁘게 길렀다 해도 의붓딸이었다. 결국에 팔은 안으로 굽는다. 아무리 못나도 아픈 손가락인 영원에게 좋은 남편감을 주고 싶었을 거라고, 결국 최혜란도 자기 핏줄이 우선이라고, 지금까지 그렇게 생각했다.

하지만 사실은 아니다.

모두가 속았다.

모두를 속였다.

"신영원 씨가…… 신영원이 아니었습니까?"

정작 주양은 섬뜩하리만치 비정상적인 태연함을 두르고 있었다.

보이는 것들에 비해 감춰진 것들은 얼마나 또 많을 것인가. 진실을 자꾸 알아 갈수록 두려워졌다.

그 진실은 또 어떤 거짓 같은 진실 안에 감춰져 있을 것이며, 또 새로운 진실로 얼마만큼 나의 심장을 주저앉게 할 것인가.

한 여자가 있었다. 인생을 통째로 부정당한 채 살아야만 했던.
자기 이름을 남에게 빼앗긴 것도 모자라, 주홍 글씨를 혼자 짊어져야 했던.

10

'신데렐라, 오늘부터 네 이름은 신데렐라야.'
이름엔 마법 같은 신비한 힘이 있었습니다.
계모와 의붓언니들이 그렇게 부르니까
……
나는 정말 〈재투성이 하녀〉가 되었습니다.

— 영화 신데렐라 中에서

【1년 전, 영원 26세】

'저…… 저기 바다에 사람이 있어. 구해 달라고…….'
'그런 거 없어.'

'아니야. 사, 사람이…… 빠져서…….'

'환영이야.'

영원은 눈을 번쩍 떴다. 극한에 다다른 동공에 공포 어린 핏기가 어려 있다. 그녀는 비 온 듯 땀을 흠뻑 뒤집어쓰고 있었다. 크루즈에서 어떤 웨이트리스를 마주쳤다. 아는 여자였다. 미친 듯이 따라가다 보니 갑판이었다. 그리고 기절했던 것 같다.

호흡을 가다듬으며 주변을 둘러봤다. 필름이 끊긴 듯 기억은 드문드문 기워진 자국을 남겼다. 깔끔하지 못한 박음질이 사이사이에 공백을 남겼다. 이것은 공백 안의 일이었다. 분명 호운과 크루즈에 승선해 있었는데,

깨어나 보니 주양과 묵었던 호텔 침대 위였다.

어떻게 내가 이곳에 있지?

호텔까지 돌아온 하룻밤 새의 일이 감쪽같이 증발했다. 영원은 이불을 젖히고 몸을 일으켰다.

조심스럽게 거실로 나갔다.

호운이 나를 여기로 옮긴 걸까. 아니다. 호운과 주양은 일면식도 없는데 어떻게? 환각에 몽유병까지 겹쳐서 제 발로 돌아온 것이 분명하다. 마음 깊숙한 곳에 자리한 돌아가고 싶다는 잠재의식이 잠결에 무의적으로 발동한 거다.

멋대로 나가는 변덕이 죽 끓듯 하는 여자에게 그는 지쳤을지도 모른다.

'주양에게 뭐라고 변명하지.'

'정신이 온전치 못한 나를 들여보내 주긴 했지만 왜 돌아왔냐고 하면?'

'이제 너의 자리는 여기에 없다고 하면?'

발등에 불이 떨어졌다. 두려운 생각이 옆통수를 스쳤다.

영원은 조심스럽게 옷장을 열었다. 버릴 여자의 옷 따위 그가 보관해 뒀을 리 없으니까. 떨리는 가슴을 진정시키며 안을 확인했다. 다행히 그녀의 옷들은 떠난 날 그대로 있었다.

낌새를 봐서 돌아오려고 했는데 타이밍을 놓쳤다. 며칠 민박집에서 죽치고 있자니 생각이 많아졌다. 민박집의 늙은 할멈은 그녀에게 관심을 가지지도, 안을 들여다보지도 않았다. 무얼 시키지도 않았다.

그녀는 손님이었다.

26년을 살아오면서 아무것도 하지 않았던 적이 없는 것 같았다. 한 번도 뭘 손에서 떼어 놓은 적이 없는 가파른 삶이었다. 설거지를 하거나, 밥을 차리거나, 청소를 하던 손이었다. 냉대를 받았지만 영원의 뒤통수엔 언제나 눈과 귀가 따라붙었다. 그녀가 어디에 있는지, 뭘 하는지, 집 안 사람들은 365일 그녀의 동태를 주시했고 의식했다.

그때 자신이 이 고요함을 즐긴다는 것을 깨달았다.

영원의 손가락이 옷장에 메이커별로 걸린 주양의 셔츠들을 건드렸다. 노골적일 정도로 그의 체취를 닮은 향이 영원의 코를 마비시켰다.

짙다.

매일 밤 그가 나타나는 꿈을 꿨다. 꿈속에서 그와 격렬하게 정사를 나눴다. 현실과 가상이 혼재되어 뒤엉켰다. 헤어져 있는 순간에도 남자는 그녀에게 영향력을 뻗쳤다. 범의 아가리에 집어삼켜진 듯 숨을 쉬기 힘들었다.

그의 곁에 있다는 것은 본가와 연장선상의 일이었다. 절대로 편안한 남자가 아니다. 언제나 그녀에게 극도의 긴장감을 준비시키는 남자였다. 그가 너그러워진 것은 두 달이 채 안 된다. 그가 보내는 손짓, 눈빛, 순식간에 돌변해서 예측할 수 없는 행동들. 그가 접근해 올 때면 근육의 텐션이 바짝 기립했다. 팽팽한 긴장감은 집에서나 호텔에서나 24시간 그녀를 동여맸다.

그에게 잘 보이고 싶다.

어울리는 여자가 되고 싶다.

실망하게 하고 싶지 않다.

사랑을 받는다는 것은 노력한다는 뜻이기도 했다. 연애는 피곤함을 수반했다. 애정과 편안함은 별개였다.

영원은 거실로 걸어 나왔다.

가출이 그를 분노케 했으리란 건 자명했다. 어떤 처벌을 해도 달게 받겠다, 그리 마음을 다잡았다.

서재 쪽에 불이 켜져 있었다.

"왜 내게 책임을 묻지 않는 거죠."

영원은 짓쳐 드는 목소리에 멈칫했다. 시곗바늘이 밤 9시를 넘어가는 시각. 주양이 앉은 책상 앞에 한 여자가 서 있었다.

"그 애가 사라진 것이 내가 왔다 간 후라는 걸 알았을 텐데."

두꺼운 가죽 의자에 앉아 주양은 담담하기 짝이 없는 얼굴로 한 음절 한 음절 말을 박아 넣었다.

"이렇게 찾아와 구구절절 하소연할 게 뻔했으니까. 신해수 씨, 당신이 하는 하소연 따윈 듣고 싶지 않았으니까."

자존심을 바닥에 내려놓은 여자는 해수였다. 해수가 무릎을 꿇었다.

"나를 선택하지 않아도 좋아요. 그 애한테는 가지 말아요."

"……."

"제발, 부탁이에요."

주양은 발 아래를 차갑게 내려다보았다. 영원이 자리를 비운 사이 그녀를 버리라고 주청하러 온 거다. 고작…… 고작 그따위 부탁을 하기 위해 이 밤에.

해수는 그새 초췌해져 있었다. 푹 꺼진 눈두덩에 고생의 흔적이 엇비쳤다.

"제발."

"제발이란 단어는 이렇게 함부로 쓰는 게 아닙니다."

"제발요."

"아껴 둬요. 그 단어를 쓰게 될 경우는 앞으로 당신 인생에서 무궁무진할 테니까."

"이해할 수가 없어. 당신의 안목이 그 정도밖에 안 된다는 것이. 있을 수 없는 일이야. 그런 거지 같은 계집하고 나를 저울질한다는 게 말이 돼? 그런 배운 거 없는 무지렁이와 나를……."

"……."

"어떻게. 어떻게 감히!"

주양의 단호함에 해수가 분개했다. 주먹을 덜덜 떨었다. 비참함이 그녀를 휩쌌다.

"나 신해수야."

"……."

"나 신해수라고! 그따위 계집한테 밀릴 내가 아니란 말이야!"

너는 항상 온화한 낯짝으로 나를 위하는 척했지. 그리고 내가 너보다 조금만 유리해져도 그것을 참지 못했다.

해수가 악에 받쳐 달려들었다. 따귀를 날리려는 팔목을 주양이 틀어쥐었다.

"고귀하게 태어났다 해서 고귀한 팔자라 할 수 없고, 천하게 태어났다 해서 천하게 살라는 법만은 없어. 당신의 인생 신조가 아니었던가?"

"내 인생 신조라니. 그게 무슨……."

해수의 물음에 주양이 바싹 그녀를 당겼다. 해수의 귓바퀴에 그가 입술을 붙였다.

입을 달싹였다.

해수가 멍하니 주양을 바라보았다. 자동 음 소거를 한 것처럼 세상은 단절과 고요로 가득 찬다. 귓가에 말이 깊숙이 속삭여질수록 해수의 안색이 나빠졌다. 심판자는 위선 가득한 거짓말쟁이에게 찬사를 보냈다.

"도둑질한 것도 제 인생인가."

해수의 낯짝에 대고 주양이 비웃음을 박았다.

"어차피 이름부터 네 거가 아니잖아."

통보되어 오는 은밀한 진실, 그 순간 그 방에 넘실대는 혼돈에 영원은 가슴이 요동쳤다.

주양이…… 저것을 어떻게 알고 있나.

균열 조짐은 아주 조금씩 틈새를 벌리고 있었다.

판도라의 상자는 열렸다.

'너'에 대해 말해 보려고 합니다.

그 이야기를 하기에 앞서 내 인생에서 '너'를 빼먹고 다룰 순 없을 겁니다.

'너'는 그때부터 상냥한 여자아이였습니다. 너는 언제나 기묘한 죄책감이 뒤엉킨 얼굴로 나를 대했습니다. 너도 인간이었을 테니 죄라는 게 목뒤를 짓눌렀을 겁니다. 사람들이 그런 너를 보며 마음씨가 곱다고 칭찬할 때마다 내가 가장 견디기 힘든 것은 그 상냥함이었습니다. 이기적인 상냥함. 착한 울림이 피가 응고되고 배를 움켜쥐게 했습니다.

'내가 원한 게 아니었어. 내가 의도한 게 아니었어⋯⋯!'

'어머니가 시켜서 나도 어쩔 수 없었어.'

'내 탓이 아니야. 어머니 탓이야.'

뼈아픈 고해를 토해 내며 너는 괴로운 눈을 똑바로 맞추고 내게 동정심을 구했습니다. 자의가 아니었다고. 타인에 의해 어쩔 수 없이 했다는 듯이, 무고한 척 상냥한 죄책감으로 파르르 뺨을 떨구고서 나를 부숴 갔습니다.

너는 알고 있었을 겁니다.

너의 상냥함이 내게 상처가 됐다는 것.

그 기간, 아무것도 안 한 것은 아니었습니다. 여덟 살이 되자 나는 학교에 들어가야 했습니다. 취학 통지서가 집으로 날아왔습니다. '그 무렵'부터 나는 어머니를 계모라고 부르기 시작했습니다. 어머니에게 내가 딸이 아니었듯이 내게도 그녀는 계모였습니다.

계모는 돈의 맛을 본 후 변했습니다. 아니, 어쩌면 그게 그녀의 본성이었는데 뒤늦게 내게 보인 것일 수도 있습니다. 계모는 한 번 범죄에 발을 물들이니 서슴없어졌습니다. 후견인으로서 그 자금을 자신이 마음껏 운용하고픈 야망이 있었을 겁니다. 불안감도 뒤따랐겠죠. 온전히 자신의 돈이 아니니까.

백운당에 새로이 자신이 직접 뽑은 직원들이 생겼습니다. 직원들이 '너'에게 정중하게 대하는 것을 보고 계모는 생각했습니다.

'부모만 잘 만나면 날개 돋친 듯 화려하게 살 아이인데.'

노 집사가 집에 있는 동안 '너'는 내 연기를 완벽하게 해냈습니다. 어쩌면 나보다 더 완벽한 백운당의 정통 후계자의 면모를 보였습니다. 어린아이답지 않은 침착성과 대범함이었습니다.

계모는 원래대로 돌아가기가 싫어졌습니다. 자신의 딸을 화냥년의 딸로 키우고 싶지 않다고 생각했습니다. 이대로도 충분히 행복했습니다. 계모는 점차 거짓말에 무뎌졌습니다. 마치 그것이 일상인 듯 안주하게 됐습니다. 어느새 다시 돌려주겠다던 나와의 약속도 잊었습니다.

그러나 내가 없어지는 건 아니었습니다.

나는 그들의 죄악을 끊임없이 곱씹게 하는 존재였을 겁니다. 나는 그들의 곁에서 그들이 잠을 잘 때나, 밥을 먹을 때나, 숨을 쉴 때나 언제나 기생충처럼 붙어살았습니다. 나로 인해 그들은 불쑥불쑥 원치 않은 죄악을 상기했을 겁니다. 그들 역시 나를 지켜보는 것이 꽤 고통스러웠겠죠.

나를 보는 것이 괴로울수록, 계모는 나와 눈도 마주치고 싶지 않아 했습니다. 이유를 알 수 없는 냉대와 차별, 계모의 변모한 모습이 나를 혼란스럽게 했습니다.

그 무렵, 나는 '너'를 뭐라고 불러야 하는지 의문이 들었습니다. 집에서만 하던 놀이는 바깥에서도 이어졌습니다. '너'는 내 이름으로 학교에 다녔습니다. 애들은 자라면서 얼굴이 얼마든지 바뀌기 마련입니다. 얼마든지 사람들의 눈을 속일 수 있었습니다. '너'가 왜 양산을 쓰고 다녔는지 나는 압니다. 얼굴을 가려야 했을 겁니다.

'너'는 계모만큼이나 능동적이고 치밀했습니다.

너는 어린아이답지 않게 이해타산이 빨랐습니다.

첩실의 딸보다는 백운당의 후계자라는 타이틀이 훨씬 미래 지향적이라는 걸 그 어린 나이에 깨달은 겁니다.

너는 자신의 어머니를 수치스러워했습니다.

내가 그토록 갈망했던 어머니를요.

계모는 나를 학교에 보내지 않았습니다. 일신상의 이유로 나는 홈스쿨링을 했습니다. 전국의 많은 어린아이 중 한 명이 초등학교에 입학하지 않는다 해서 그 집안 사정을 들여다볼 교육청 관계자는 없었습니다. 게다가 나는 계모의 호적상 친딸인 신영원이란 이름으로 살았습니다. 친어머니가 친딸을 학교에 보내지 않는데 이상하게 볼 사람은 없었습니다. '너'가 학교에 갈 동안 나는 집안일을 했습니다. 나는 숨바꼭질을 그만하고 싶어졌습니다.

……잠시 잊고 있던 인물이 있습니다.

이 연극이 시작된 것은 다 노 집사 때문이었습니다. 노 집사는 며칠 묵고 떠날 것이란 당초 계모의 예상과 달리 백운당에 뿌리를 박았습니다.

예. 노 집사는 진실을 묵인했습니다. 사실 연극은 한 달 만에 탄로 났습니다. 노 집사는 예리한 여자였습니다. 주인의 딸을 구분 못 할 정도로 둔하진 않았습니다. 나중에 알게 되었지만 그 당시 노 집사에게는 더 이상 물러날 곳이 없었습니다. 그녀는 인생의 막다른 곳에 서 있었습니다. 아들의 사업이 도산하며 빚더미에 올랐고, 사채업자들이 일터로 쫓아와서 그녀를 닦달했습니다. 아들의 팔 한 짝을 잘라 버리겠다고 서슬 퍼렇게 협박했습니다.

백운당까지 찾아온 사채업자들에게 약속한 이자를 갚아 준 것은 계모였습니다. 묵인한 그 대가로 빚의 일부를 갚았습니다.

노 집사는 뼈를 묻을 심정으로 백운당에 온 것입니다.

더 이상 갈 곳이 없었습니다.

과유불급.

노 집사는 자신의 분수를 누구보다 잘 아는 여자였습니다. 계모를 협박해 사장 자리를 꿰차려고 욕심부리지 않았습니다.

사람에겐 그에 걸맞은 자리가 있는 거니까.

숨바꼭질을 관두고 싶어 하는 나를, 노 집사는 붙잡고 단단히 일렀습니다.

"세상 모든 어미는 자식을 위해 불구덩이에도 뛰어듭니다. 내가 경멸스럽다

해도 어쩔 수가 없습니다. 참다 보면 좋은 날이 오겠죠. 지금은 숨죽여야 할 때입니다. 살아남으세요. 나머지는 그 뒤의 일입니다."

나는 납득할 수 없었습니다.

"전 사장님이 돌아가시기 직전 내게 편지를 보내셨습니다. 우려의 말이 깊더군요. 그 안에는 아가씨에 대한 걱정도 함께였습니다. 사장님은 아가씨에게 엄마를 만들어 주고 싶었을 겁니다."

"……."

"지금 집을 차지한 저 여자를 선택한 것은, 다름 아닌 아가씨였습니다."

사람의 욕심이 그렇습니다.

하나를 얻으면, 허전한 다른 쪽 손에 하나를 더 쥐여 주고 싶어집니다.

내 기억 속의 친어머니는 언제나 병자였습니다. 아프고, 어딘가 위태로우며, 그녀의 고통은 전염성이 강해 어린 나까지 불안하게 만들었습니다. 나약한 육체는 종잇장 같은 그녀의 정신마저 갉아먹었습니다.

친어머니는 나를 사랑했습니다. 꽃처럼 아름다운 미소는 항상 어딘가 슬퍼 보였습니다. 그리고 방 밖으로 나설 수 없었습니다.

그렇습니다.

계모를 선택한 것은 나였습니다.

계모가 나의 가정 교사일 때 친어머니가 해야 할 전반적인 일들을 처리했습니다. 유치원 소풍이나 학예회에 참석해서 친어머니 대신 자리에 앉았습니다. 친구가 계모를 보고 감탄했습니다.

"와, 너네 엄마 진짜 예쁘시다. 해수 엄마는 매일 아프시다고 들었는데 아니었구나?"

아이들은 '작은 악마' 라 했던가. 나는 무지했고, 너무나 순수했으며, 심지어 내 어머니의 자리를 빼앗아 선생님이 내 엄마가 됐으면 좋겠다고 소원했습니다.

아픈 엄마 따위 없어져 버렸으면 좋겠다고 여겼습니다.

나는 진짜 계모의 딸이 되고 싶었습니다.

나는 태연하게 연기했습니다.

"우리 엄마 진짜 예쁘지?"

그때 아버지와 계모가 주고받던 어색한 눈빛 교환⋯⋯.

예상치 못한 공간에서, 예상치 못한 사람과 예상치 못했던 감정의 기류⋯⋯.

아버지는 잘생겼고 젊었고 돈도 있었으나 외로웠습니다.

그러나 아버지가 계모를 선택한 데에 나의 의견이 없었다고는 말할 수 없을 겁니다.

우리에겐 건강하게 집안을 지탱해 줄 아내와 엄마가 필요했습니다. 계모는 그 틈을 파고들었습니다.

얼마 뒤 친어머니가 세상을 떠나고 아버지는 계모와 결혼을 했습니다. 아버지는 어머니의 병세가 악화됐다고 했지만 나는 그때를 똑똑히 기억하고 있습니다.

노 집사가 왜 내게 죽은 친어머니 얘기를 꺼냈냐면, 일종의 '속죄'를 하라는 뜻이었을 겁니다.

아버지는 친어머니가 살아 계실 때 '불륜'을 저질렀고,

그 '불륜'을 조장한 것은 내가 되겠지요.

어머니는 자살했습니다.

복수처럼.

영원은 어느새 백운당 앞까지 와 있었다. 주머니에 있던 돈을 탈탈 터니 아랫마을 입구에서 택시 미터기가 찼다.

"집이 어디예요? 저 위 아니에요? 밤길도 어두운데 그냥 타고 가요. 데려다

줄게요."

흔치 않게 예의와 책임감 있는 택시 기사였다. 영원은 고개를 저었다. 그리고 밤길을 걸었다. 후문을 지나 들어가는데 영원의 발에 이불이 던져졌다.

"빨아."

계모가 영원을 교련하는 방식이었다. 딸들에게 이야기를 전해 들었겠지. 영원이 진 이사와 호텔에서 같이 지냈다고.

기 싸움이었다.

'영원이 주양과 어떤 사이가 됐건 달라지는 건 없을 것이다.'라고 경고하는 행위였다.

영원은 그들의 하녀니까.

"네가 집에 없는 동안 빨래가 산더미야. 할 일을 해야지?"

해수의 이불이었다. 생리혈이 묻은 이불. 하지만 영원은 꼼짝도 하지 않았다.

"지금 뭐 하는 거지? 신영원."

"……."

"신영원!"

언젠가 주양에게서 이런 질문을 받았다.

'최 사장을 사랑하나?'

어째서 그가 그녀의 복수심에 그토록 쉽게 수긍했는지, 친딸이 친어미에게 복수를 하겠다는데 왜 어떤 의구심도 품지 않았는지. 이제야 이해가 갔다. 빼앗긴 것을 알고 있었던 것이리라. 모든 비밀을 처음부터 알고 있었다. 그래서 물은 것이다.

'최 사장을 사랑하나?'

사랑하지 않고서는, 그 긴 시간 빼앗긴 채 이 얼굴을 한집에서 매일같이 마주치며 살 수 없을 테니까.

사랑하지 않고서야.

"사랑해요."

계모가 단박에 굳었다. 자신이 들은 게 확실한지 제 귀를 의심하는 눈초리였다. 영원이 다시 말해 주었다.

"사랑해요."

"너……."

계모가 소름이 돋을 정도로 **빳빳**해졌다.

나는 일곱 살, 욕조에 머리가 처박혀 몸부림치고 있다. 살려 달라고, 살려 달라고 버둥거리는데도 죽으라고, 죽으라고 누군가 내 뒤통수를 눌렀다. 나를 물에 수장시켜 죽이려 한다.

'흐……악! 우……윽.'

나는 몸부림을 치다가 욕조 마개에 이마를 찍힌다. 쇠 모서리와 충돌한 뇌가 일시 정지 한다. 의식이 멀어져 가는 걸 느낀다. 정신없던 몸부림은 거짓말처럼 멈춘다.

내 피가 염료처럼 느리게 퍼져 나간다.

꿈은 거기서 끝이 아니었다. 내가 살아 있으므로.

누군가 나를 욕조 밖으로 **끄**집어냈다. 노 집사였다.

'애야. 애야!'

나는 의식을 잃기 직전 희미하게 눈을 떴다. 날 **빠트려** 죽이려 한 손의 주인은 욕조 앞에 주저앉아 있었다. 기억 속에서 살인범의 얼굴을 가리고 있던 뿌연 안개가 걷혔다.

원망하듯 나를 쏘아보는 계모의 눈빛……

잊고 있던 고통이 차올랐다.

"사랑해. 늘 당신이 죽어 버렸으면 좋겠어."

통렬한 슬픔. 사랑과 살인의 경계선을 위험하게 넘실대는 감정. 정반대되는 낱말이지만 이것만큼 폭력적으로 짙게 관통하는 고백이 또 있을까.

내가 빌미를 제공한 셈이었다.

내가 내 무덤을 팠다.

할 수만 있다면 그때로 돌아가 내 혀를 도려내고 싶다.

모친은 나를 사랑했습니다. 배신한 것은 나였습니다.

모친의 죽음을 목도한 뒤 나는 정신이 온전치 못했습니다. 아직도 그때의 기억이 별로 또렷하진 않습니다. 기억이 불분명하다는 건 멋대로 해석하기 좋다는 말이기도 합니다. 나는 지금도 어머니가 자살했다고 믿지 않습니다. '기억 왜곡'이라는 말을 신문에서 읽은 적이 있습니다. 모든 기억은 불확실성을 바탕으로 하며, 그렇게 나 스스로의 기억을 조작해 버리면 언젠가 진짜 나 자신을 속일 수 있을 거라고 믿기 때문입니다. 수치, 흠집 난 영혼, 용서되지 않는 지난 세월. 고통에 맞서 싸우면서 나는 면역력을 전부 소진했습니다. 나는 포기가 빨라졌습니다.

그 후에도 나는 한참 동안 백운당을 떠날 수 없었습니다. 부모님이 남기신 유산이 욕심나서가 아니었습니다. 나는 백운당을 떠나는 것이 두려웠습니다.

그거 아십니까?

폭력이라는 것이 가해자에게만 만성이 되는 건 아닙니다.

폭력이 장기간 이어지다 보면, 폭력의 그늘이 편안해질 때가 있습니다.

굴종이 주는 편안함.

약간의 비참함만 참으면, 얻어지는 일신의 안위.

최소한의 인간적 권리와 맞바꾸면 아무 일도 일어나지 않았습니다.

세상 밖으로 나가서 내가 할 수 있는 게 무엇이 있겠습니까? 중학교도 제대로 나오지 못한 내가. 그냥…… 삼시 세끼 밥을 얻어먹으며, 이렇게 복종하며 죽은 듯이 사는 것도 나쁘지 않다고, 나는 안주하게 됐습니다.

나는 사람을 믿지 않았습니다. 한때 신을 생각해 본 적이 있습니다. 하지만 신이 있다면 어째서 그 벌을 나 혼자만 받아야 했던 걸까요. 고통은 이십여 년 내내 온전히 내 몫이었습니다. 신도 돌봐 주지 않는 나를 비열한 인간들이 봐 줄 리 없었습니다.

돌아갈 수 없을 것이리라. 그 무렵 나는 더 이상 권리를 되찾으려 하지 않았습니다. 지성이 깊어질수록 논리성까지 갖추며 무력감이 나를 나락으로 떨어트 렸습니다.

그들은 내 권리를 빼앗고 세상에서 지워 버렸습니다. 그러나 나라는 존재를 유일하게 증명할 수 있는 사람들이기도 했습니다. 나는 세상에서 지워지는 게 두려웠습니다. 내가 떠나면 그들은 편안하게 나를 잊겠죠. 유일하게 나를 기억 하는 그들이.

그들은 내가 세상에서 유일하게 의지할 수 있는 가족이고, 저주 같은 희망이 었습니다.

나는 세상에서 지워지지 않기 위해 질기게 살아남았습니다.

……그렇게 살아남았습니다.

그리고 지금 나는 죽으려 합니다.

내가 스물두 살이 된 올해였습니다.

내 인생에 반환점을 가져다준 '그 사람'을 만난 것은.

장 경감이 일기의 다음 장을 넘기는 그때였다.

삐이이이—!

희미하지만 규칙적인 그래프를 그리던 바이털 사인이 갑작스레 아래로 고꾸 라졌다. 검은 모니터 위를 그대로 직선으로 뻗었다.

"……!"

장 경감은 서둘러 유리벽 너머 호운을 들여다보았다. 중환자실 베드에 강호운은 죽은 듯이 누워 있었다. 활력 징후가 점차 떨어지고 있다. 코드 블루, 코드 블루, 위급 상황이었다. 안내 방송이 울려 퍼지고 의료진들이 황급히 안으로 뛰어 들어갔다. 카디악 어레스트(Cardiac Arrest, 심정지)였다.

"혈압, 맥박, 다 안정 수치를 벗어났습니다!"

"제세동기 준비해!"

200J 차지! 클리어! 리듬 체크할게요!

의료진들이 바쁘게 몸을 놀렸다. 장 경감은 입을 다물고 그 모습을 지켜봤다. 사력을 다해 환자를 살리려는 의사들의 숨 가쁜 처치. 그들의 땀방울과 다급함이 귓가에서 멀어져 갔다. 한 편의 연극을 보듯 현실감에서 동떨어졌다. 그가 그 안에서 할 일은 없었다. 할 수 있는 것도.

그런 비현실성을 불러일으키는 것은 자신의 뒤에 있는 저 남자 탓일 거다.

진주양은 소파에 팔을 대고 앉은 포즈로 생각에 잠겨 있었다. 무섭도록 엄숙한 동선을 그리며 그는 담배에 불꽃을 지펴 올렸다. 장벽처럼 하얗게 담배 연기가 턱선을 쓰다듬으며 너울거렸다. 생과 사를 오가는 반대편 병실의 위급한 상황과 다르게, 이쪽은 한없이 느긋하다. 아련한 어조는 과거를 회상하고 있었다.

"이상했지. 최혜란 같은 여자가 자기 친딸도 아닌 신해수를 그토록 살뜰히 챙기는 이유가 뭘까."

냉소적으로 정면을 주시하던 주양이 장 경감에게 말했다.

"5년 전, 우연찮게 그 사실을 알게 됐죠. 이중모 의원의 약점을 쥐고 있는 최혜란은 화약고였어요. 유사시에 그녀의 폭주를 멈추게 할 약점이 필요했죠."

비현실인 듯, 꿈꾸는 듯했다. 설마 그것이……. 장 경감의 눈빛에 주양이 나직이 읊조렸다.

"당신의 생각이 바로 내 생각입니다."

최혜란이 어마어마한 짓을 저질렀다는 걸 알아냈다.

"그녀를 처음 만났던 게 크리스마스이브 겨울이었든가. 사실 난 이미 5년 전부터 영원을 알고 있었어요."

영원의 스물두 살. 크리스마스이브의 밤…….

"그 눈에 깃든 절망과 고통, 그때 분명 그녀는 자살하려고 했습니다."

장 경감은 일기장의 뒤표지를 확인했다. 일기장의 제조년월이 지금으로부터 5년 전이었다. 일기는 '내가 스물두 살이 된 올해'라고 진술하고 있었다. 그러니까 이 일기는 5년 전, 영원이 스물두 살일 때 쓰인 것이고, 5년 전에 아마 일기를 쓴 뒤 자살을 하려 했다.

주양의 목소리는 조금씩 경련하고 있었다.

"책에서는 봤지만 스톡홀름 증후군을 실제로 보는 건 처음이었어요."

그 당시 주양은 영원을 보며 두 가지 가정을 내렸다. 영원이 계모를 살해하거나, 계모의 폭력을 못 견뎌 집을 나가거나. 그런데 살인 사건이 일어나지도, 가출하지도 않았다. 4년 후, 영원이 그에게 복수를 제안했을 때 오히려 놀랐다고 밝혔다. 머리가 빈 멍청한 여자라고만 생각했다.

때로, 복종은 자유보다 더 안락함을 느끼게 한다. 맞고 사는 것도 당연시 여기면 찌그러져 살 만하다. 그러나 모든 것은 치밀한 연기였나. 최혜란 몰래 키워 왔던 영원의 복수심이 경이로웠다. 그의 관심을 끌기 충분했다.

처음엔 호기심이었다.

"가족을 살해하고 싶어 하는 건 어떤 마음인가, 궁금했습니다."

그 뒤에 알 수 없는 운명으로 그녀에게 정을 주게 되었다. 처음엔 호기심이었고, 작은 관심을 넘어, 영원에게 진심까지 바치는 지금의 수준에 이르렀다.

"그래서…… 그 이상한 신부 연극을 한 겁니까?"

장 경감의 물음에 주양이 간단히 답했다.

"그녀의 고통을 묵인할 수 없습니다."

이름이 바뀌었다.

이름을 빼앗겼다.

"이름을 되찾아 주고 싶었습니다."

노 집사는 이 모든 것을 알고 있었다.

'세상한테서 부정당한 여자와 세상으로부터 인정받던 남자의 사랑이라. 그런 사랑은 도대체 어떤 형태를 띨 수 있을까.'

세상한테서 부정당해야 했던 여자……
영원이 유일하게 의지할 수 있던 남자……
그리고 마침내, 그녀는 되찾은 것이다.

장 경감은 병실 밖으로 나왔다. 아무도 없는 복도. 그는 차가운 벽에 조용히 몸을 기대었다. 다행히 그사이 강호운은 안정을 되찾았다. 강호운 역시 최혜란의 정부가 아니었다. 지금까지 그는 강호운이 신영원을 여자로서 사랑한다고 생각했다. 신영원도 없잖아 그런 감정이 있어서 주양을 떠난 게 아닐까 하고. 하지만 강호운이 최혜란의 아들이라면, 신영원과는 의붓남매였다.
이뤄질 수 없다.
'그렇다면 신영원은 무엇 때문에 떠난 것인가?'

『내가 스물두 살이 된 올해였습니다. 내 인생에 반환점을 가져다준 '그 사람'을 만난 것은.』

장 경감이 일기의 다음 장을 넘기는데 전화가 왔다.
Rrrrrr— Rrrrrr—
아들이 입원한 병원의 주치의였다.
"무슨 일이 있습니까?"
물음에 어딘가 다급하고 화가 난 목소리였다.
— 간호사가 연락을 했는데 왜 안 받으신 겁니까?
전화받을 여유가 없었다.

— 18시 23분. 아드님 방금 전 사망했습니다.

휴대폰이 바닥으로 추락했다.

실종 34일째.

……신부 발견까지 4일 남음.

【실종 35일째】

아들의 장례는 간소하게 치러졌다. 새벽이 되고 빈소에 객들이 뜸해질 즈음 주양이 찾아왔다. 폐인이 돼서 널브러져 있을 거라고 생각했나. 의연하게 조문 객을 받는 모습에 주양이 의외라는 얼굴을 했다.

"그때 내 아들도 신영원 씨와 비슷한 또래였습니다. 아홉 살."

"……"

"부모의 보살핌이 필요한 나이였어요. 살 떨리는 범죄의 피해자가 되기엔 너무 어렸죠."

보복 범죄였다. 그와 친하게 지내던 범죄자였는데 오해가 있었다. 장 경감이 그를 이용해 조직에서 버림받았다고 여긴 것이다. 출소 후 아이를 유괴했고, 신속하게 범인을 검거했지만 아이는 이미…….

"마지막에 살려 달라고 한 아들의 울음소리가 잊혀지지 않습니다. 세상엔 최선을 다했다고 합리화할 수 없는 것들이 있습니다."

그는 골든 타임 내에 아들을 살리지 못했다.

내가 조금만 더 빨랐으면 아들은 살았을까?

"전 이해합니다. 신영원 씨의 자책, 후회."

"……."

"얼마나 죽고 싶었을지. 얼마나 죽이고 싶었을지."

그때였다.

"아니. 당신은 이해 못 해. 절대."

주양이 빠르게 받아쳤다. 장 경감은 멀거니 주양을 올려다봤다.

"당신은 이해 못 해."

주양은 납덩이를 하나 얹은 것 같은 얼굴이었다. 뭐라 위로의 말을 건넬 수 없는 먹먹한 표정.

작년 10월.

한 여자가 한밤중에 으스스한 백운당 뒷산을 지나쳤다. 그녀는 이제 갓 들어온 막내 기생이었다. 숙소로 향하는 그녀의 발목을 문득 기괴한 소리가 붙잡았다.

'고라니인가?'

원래도 밤이 되면 짐승 소리가 판을 쳤지만 소리의 근원이 동물이라는 생각이 들지 않았다. ㄲ…… 끅, 뭔가 목젖 안에서부터 긁어 올리는 소리가 기괴했다. 그녀는 휴대폰 불빛을 비추었다.

사위는 어둠뿐이었다. 그대로 돌아가고 싶었지만 어느새 발길을 풀숲으로 천천히 들이고 있었다.

몹쓸 호기심.

마침내, 기생은 소리의 근원을 확인했다.

"아……."

발이었다.

허공에서 몸부림치는 발.

그 시각, 영원은 계모와 대치 중이었다.

"사랑해. 늘 당신이 죽어 버렸으면 좋겠어……."

영원을 보는 계모의 눈동자가 위태로이 흔들렸다.

"당신만 없었으면 모두가 행복할 수 있었어."

"……."

"나, 엄마, 아빠. 다 행복했어."

"……."

"당신만 없었으면."

영원의 눈길이 핏물이 묻은 이불에 가닿았다. 눈이 오나 비가 오나 손이 짓무르도록 이불을 빨아 줬다. 신해수는 그녀를 비참하게 만들었다. 가질 수 없는 이름이란 것과, 그 이름을 차지하고 있는 여자가 영원을 동정한다는 점에서 그랬다. 신해수는 어째서 조심하지 못하고 이불에 잔뜩 생리를 묻혀 놓는 걸까.

눈물이 쏟아지며 살갗 하나하나를 파먹었다.

평생을 나는 그것으로 고통받았지만, 고통엔 실체가 없었다.

"사과해."

"……."

"제발 내게 사과해 줘."

"……."

"그 정도는 해 줄 수 있잖아."

영원은 처음으로 최혜란에게 애원했다. 어째서 이제 와, 새삼스레……. 그렇게 비아냥거리지 마라. 이제야 나는 준비가 된 것일 뿐.

"……나한테 왜 그랬어?"

그 순간 야만스러운 살의가 영원의 안에서 돋아났다. 뻔뻔하게 끝까지 모르는 척하는 여자를 갈기갈기 찢어 죽이고 싶어졌다. 생리혈이 묻은 이불을 계모의 면전에 집어 던지며 악을 썼다.

"대체 왜!"

과열된 심장에 숨이 헐떡여졌다. 눈시울은 뜨거운 눈물을 피할 길이 없었다.

왜 그 사실을 다른 사람한테서 듣게 하냔 말이야.

신해수.

그 이름은 자신 안에서 부서진 지 오래였다. 자신으로 인해 무고한 한 생명이 목숨을 잃은 이후, 영원에게는 더 이상 그 권리를 주장할 '권리'가 없었다. 그 이름으로부터 이제는 자신을 완전히 객관화시킬 수 있었다. 그만큼의 시간과 상실감이 자신을 지나쳐 갔다. 영원은 어느새 잊고 있었다. 자신의 이름이 무엇이었는지.

자신이 누구였는지.

"미안하다."

영원은 굳었다. 최혜란은 잔디 위에 서 그녀를 응시했다. 뜻밖이어서 정신이 멍해졌다. 사죄를 받을 수 있을 거라고 한 번도 기대하지 않았다. 이렇게 순순히 해 줄 거였다면…… 왜 지난 세월 그토록 난,

무엇을 위해 이를 악물고…….

하지만 그뿐이었다.

"무슨 소리를 하는지 모르겠네."

성큼, 다가와 몸을 밀착시킨 최혜란이 얼굴 가까이 목소리를 기울여 눌렀다.

"미안하다."

"……."

"해 줄 말이 없어서."

뚝, 실낱같던 뭔가가 끊어졌다.

"사장님! 사장님, 큰일 났습니다!"

노 집사가 그들 사이로 황망하게 달려왔다. 계모의 시선은 영원을 빗겨나 노 집사에게 집중됐다.

어두운 복도를 타고 괘종시계가 울렸다.

데엥, 데엥, 뎅……

"해수 아가씨가…… 아가씨가…….'"

노 집사의 굳은 음성이 괘종의 움직임에 맞춰 갈피를 잃은 듯 흔들렸다.

그때 그들은, 제한 속도를 위반한 폭주 기관차였다. 마지막 남은 경고 표지판을 지나치고 걷잡을 수 없이 내달리고 있는 폭주 기관차였다. 품위도, 이성도 상실한 채 자신들의 비열한 이기심만을 위해 내달렸다.

시계는 정각을 알리고 있었다.

주양이 그날 일을 회상하며 덧붙이듯 말했다.

"신해수는 자신이 결백하며 티끌만 한 흠도 없다고 여기는 인간이었습니다. 그런 자신의 더러운 치부가 드러났고, 견딜 수가 없었겠죠."

불과 작년 10월에 벌어진 일이라고 주양은 덧붙였다.

"그녀는 나무에 목을 매달아 자살 시도를 했습니다."

위선자답게 진짜 죽으려던 것은 아니었을 것이다. 자신이 죽을 만큼 고통스러웠다는 것, 부채감을 느꼈다는 것을 보여 주기 위한 퍼포먼스가 아니었을까? 장 경감은 생각하며 주양을 봤다.

"그녀는 지나가던 사람에 의해 구해졌죠. 신해수는 병원으로 들어가는 날까지 영원을 저주했어요."

자신이 한 짓은 생각하지 않고 영원이 자신의 모든 것을 **빼앗았다**고. 끝내 자신을 정신병원에 가둔 거라고.

"하지만 약간의 복수엔 성공했군요. 병원에 가둔 것."

그 말에 주양은 단호히 반박했다.

"신해수를 정신병원에 가두기로 계획한 건 최혜란이었어요."

"자기 딸을요?"

"무덤에 가두는 것보단 나을 테니까."

장 경감도 깊게 수긍했다. 죽을까 봐. 실제로 병원 서류에 분명 최혜란이 직접 한 사인이 있었다. 주양이 이어 말했다.

"사과도, 자진해서 이름을 돌려주는 일도 없었습니다. 그녀와 내가 할 수 있는 선택지는 뻔했어요."

"……."

"우리는 서로 사랑했지만 나는 한때 그녀의 자매와 사귀는 사이였어요. 우리는 이루어질 수 없는 사이였죠. 그래서 신부를 바꾸자고 생각했어요."

"……."

"어차피 신해수라는 이름은 원래 그녀의 것이었으니까, 되찾는 것뿐이라고."

장 경감은 재킷 안주머니에서 일기장을 꺼냈다.

뒷내용이 남아 있지만 내용이 길어서 마지막 장으로 건너뛰었다. 대체 결말이 어떻게 끝나는지 궁금했기에.

장 경감은 떨리는 손으로 뒷장을 넘겼다. 마지막 장은 찢겨져 있었다. 그런데 종이의 재질과 디자인, 찢어진 크기가 낯설지 않았다. 그는 지갑 안에 품고 있던 쪽지를 꺼냈다.

정신병원에 감금되어 있던 신해수가 실내화 안에 간직하고 있던 쪽지.

일기장 맨 뒷면의 거칠게 나가떨어진 이음매에 쪽지를 맞춰 봤다.

'딱 맞아떨어진다.'

앞 내용은 샤프로 썼는데 쪽지의 글씨는 검정 펜이었다. 오랜 시간이 지난 뒤에 신영원은 일기장을 다시 펼쳐서 쓴 것이다.

내용은 시간이 많이 흐른 뒤였다.

당장 신영원의 심경 변화가 글씨에 묻어나 있었다. 앞의 일기 내용을 보면 글씨에 힘이 없었다. 모든 걸 자포자기한, 자살을 결심한 사람이었지만 쪽지의 글씨는 한 자 한 자 꾹꾹 눌러쓴 듯 비장함이 담겨 있었다. 그리고 '너'를 가리키는 지칭이 '너'에서 '여자'로 3인칭화하고 있었다. '너'라는 지칭보다 훨씬 멀리 객관화하고 있다. 티끌만 한 동정심도 남지 않은, 더 이상 가족으로 보지 않겠다는 비장함일까.

『 '나 그 사람하고 결혼할 거야.'

여자의 상냥함엔 배려가 없었다. 일방적이고 통보되어 오기까지 하는 상냥함엔 언제나 무슨 일이 있어도 자기 신념을 따르겠다는 아집이 묻어 있었다. 남의 기분 따위와 상관없이, 상냥함이란 얼굴을 두르고 상대의 살점을 도려냈다.

그 사람을 좋아한 것은 '내가' 먼저였다.

처음에 좋아한다고 고백한 것도, 그가 주는 쾌락에 선선히 옷을 벗어 준 것도 오롯이 '나'였다. 그가 무슨 생각을 하며 나와 몸을 섞는지. 나를 사랑하긴 하는 건지, 하지만 두렵지 않았다.

'너 어떻게 이럴 수가 있어! 내 남자한테 어떻게 그럴 수가 있어!'

증오와 고통이 범벅되어 내게 저주를 퍼붓는 여자를 보며 안심되었다.

이런 꼴을 보고도 설마 또 저 남자와 결혼을 하겠다고 하진 않겠지.

넌 몰랐겠지만 비극은 훨씬 이전부터 시작되었어.

네가 내 언니가 되었을 때부터.

내가 짝사랑하던 남자를 네가 집에 데리고 왔을 때부터, 어쩌면 우리는 피할 수 없는 비극을 맞이한 건지도 모르겠다.

필연적으로 너는 내 모든 것을 빼앗아 갔고,

나는 너의 모든 것을 빼앗고 싶었다.」

단순히 남자를 빼앗고 싶었던 게 아니다.

그저 재벌가에 시집가는 자매를 질투하는 졸렬한 감정이 아니었다.

영원이 이제까지 무엇을 빼앗기며 살았는지, 그리고 어째서 그녀는 신해수의 모든 것을 빼앗고 싶어 했는지 그 진짜 의미를 알게 됐다.

그것이 그녀의 당연한 '권리'였기 때문이다.

장 경감은 애틋하게 손바닥으로 노트를 쓸어내렸다. 눈물 한 방울이 툭…… 장 경감의 손등으로 미끄러져 내렸다.

'신해수를 병원에서 탈출시킨 것은 강호운이었다. 강호운과 신영원은 함께였다. 신영원의 의지였을까.'

그녀가 어떤 심정으로 신해수를 정신병원에서 석방시켜 줬을지 생생한 고통에 가슴이 뻐근해졌다.

어째서 용서를 구걸하는 쪽은 가해자가 아닌 매번 피해자 쪽이어야 하는 걸까.

미움을 지속하는 건 괴로운 일이었다. 그들의 사죄를 기다리고 기다리다 끝내 지쳐, 신영원은 혼자 그들을 용서하기로 한 것이다.

아무도 뉘우치지 않는 용서 따위,

용서하는 사람만이 더 고통스러운 것일 뿐인데도.

"신부를 꼭 찾아내도록 하죠."

빈소를 떠나는 주양에 대고 장 경감이 한 약속이었다. 주양은 잠시 그렇게 장 경감을 보다 떠났다.

경찰은 강호운의 대포 폰에서 또 다른 업자를 찾아냈다. 수사본부에 불이 꺼지고 브리핑이 시작됐다. 상석에 앉아 현기영이 수사관에게 물었다.

"탑차를 구한 이유가 뭐지?"

"아무래도 여관이나 숙박업소는 경찰에게 발각될 위험이 큽니다. 이런 사건이 있을 경우 경찰들이 제일 먼저 뒤지는 게 숙박업소니까요. 머리를 쓴 거죠. 화물칸에서 숙식을 해결했을 겁니다. 설마 탑차에서 생활했을 거라곤 경찰이 예측하지 못할 거라 생각했겠죠."

"그럼 신영원이 아직 그 차 안에 있을 거란 소리네."

"강호운이 죽은 것은 철저하게 비밀에 부쳐지고 있습니다. 36시간이 채 지나지 않았으니, 신영원이 아직 강호운을 기다리고 있을 겁니다. 무엇보다, 신영원은 이 사건의 주동자입니다. 신해수를 감금했든, 살인, 유기를 했든, 행방을 알 겁니다."

"좋아! 그럼 이제부터 그 탑차를 추적하면 되겠군!"

수사에 일말의 희망이 보이기 시작했다.

며칠 뒤, 아들의 발인을 끝낸 장 경감은 새 옷으로 갈아입었다. 새 옷이라 해 봐야 닳아 빠진 잠바였다. 형사 시절부터 그가 입고 다니던.

그만큼 진지했다.

수진이 석연치 않은 얼굴로 다가왔다.

"신부가 아직 살아 있을까요?"

수진의 우려가 이해가 안 되는 것도 아니었다. 벌써 나흘이나 지체됐다. 경찰에서도 탑차의 행방을 찾는 시간이 예상보다 늦어지고 있어 신영원이 도망쳤을 거라 예상하고 있다. 그러나 장 경감은 알고 있다.

신영원은 몸이 아팠다. 아무 데도 가지 못했을 것이다.

"우리가 찾으려는 시도조차 하지 않으면 죽겠지."

장 경감이 그녀의 어깨를 두드려 주었다. 수진이 고개를 숙였다.

"희망에 기대를 걸어 보자고."

아들과의 약속이기도 했다. 반드시 영원을 찾아내야 했다.

지열이 무겁게 영원을 짓눌렀다.

희망.

누가 그녀에게 그런 단어를 가르쳤나.

운명은 정해져 있어서 바꿀 수 없다고 배웠다면 아무것도 하지 않았을 텐데.

삶에 이정표가 정해져 있다고 배웠으면, 방황할 필요가 없이 엇갈리는 일 따위 없을 텐데.

물 한 모금 마시지 못해 말라 가고 있었다. 밧줄은 생각보다 쉽게 풀렸다. 호운은 밧줄을 제대로 묶지도 않았다. 저가 돌아오지 못해도 그녀가 언제든지 제 발로 나갈 수 있게 허술하게 밧줄을 묶었다.

그래서 돌아오지 않는가. 그렇게 안심해 버리고…….

영원은 몸을 웅크렸다. 복통이 찾아왔다.

배 속의 아이가 잘못된 것일까.

아이를 가진 줄도 모르고 결혼식장을 빠져나왔다. 임신 한 달이 조금 넘어서 티도 안 났다. 배가 판판했다.

울음 섞인 신음을 참았다.

여기서 나가지 못할 것이다.

'나를 묶고 가.'

말도 안 된다는 걸 알면서 억지를 부렸다.

'또 도망치지 않게 나를 묶어.'

영원은 이 좁은 방에 방치된 채 소리 소문 없이 죽을 것이다.

'못 돌아올 수도 있어.'

'돌아오면 돼. 내가…… 내가 제어가 안 돼서 그래.'

답답한 남자 강호운은 죄책감이 가득 썬 얼굴로 그녀를 묶었다. 멍청이. 그렇게 물러 빠졌으니까 이용만 당하는 것이다. 영원은 그를 이용했다. 예식장을 떠나야 했고, 아무나 도움이 필요했다. 마침 호운이 있었고, 혼자 도피하는 건 외로웠으므로 호운을 동행자로 삼기로 했다.

호운을 이용했다.

그녀의 외로운 도피 길을 달래는 데.

그것도 모르고 호운은 열성을 다해 필사적이었다. 자신이 이용당하는 줄도 모르고. 그녀가…… 그녀가 얼마나 약아빠진지도 모르고.

'벌'을 받는 것이다.

되찾겠다고 하는 게 아니었다. 빼앗겠다고 하는 게 아니었다. 그것은 이기심이었다. 그 고집으로 무고한 한 사람이 죽었고 이제 또 다른 사람이 죽게 될지도 몰랐다.

얼마의 시간이 흘렀는지 불분명했다.

"여기 사람이 있어요."

필사적으로 바깥으로 나가 도움을 청하려 했지만 말라비틀어진 목청에서 쉰 소리만 맴돌았다. 날을 세운 손톱이 바닥을 긁었다. 영원은 배를 움켜쥐었다. 식은땀이 등을 적셨고 온몸이 뒤집히는 고통이었다. 의식이 희미해지는 걸 느꼈다. 어차피 5년 전에 이미 죽었어야 할 몸이었다. 그러나 이렇게는……

이렇게 허무하게는……

나는 죽어도 됐지만 이 배 속에 있는 아이는…….

마지막까지 살고자 하는 본능이 미련을 떨었다.

'너는 행복해질 권리가 있어.'

한때, 호운의 말처럼 영원도 그렇게 생각했던 적이 있었다. 나는 행복해질 권리가 있다고. 그것이 진실이라고 믿었던, 순진한 때가 있었다.

그래서 앞뒤 재지 않고 맹렬하게 피를 묻혔다.

'너는 행복해질 권리가 있어.'

아니. 그들의 죽음에는 내 잘못이 있었다.

그깟 '권리' 때문에……

한 여자는 살해당해야 했고,

나는 가짜 신부가 되었으며,

호운은 납치범이란 올무를 썼다.

그러니까 나는 행복해서는 안 됐다.

'금방 돌아올게.'

눈물은 마음에서부터 솟아올랐다. 왼쪽에서 시작된 눈물 줄기는 콧등을 넘어 반대편 눈물과 합해졌다. 슬픔은 두 배가 됐다. 올무에 걸린 사슴이 발버둥을 칠수록 수렁에 더 빠져 가듯이, 희망이란 그런 걸 테다. 아무런 기약 없이 사람을…… 말려 죽여 가는 것.

……주양이 내게 실망했을까.

나를 잊겠지.

서글픔이 덮쳤다. 희미하게 시계가 째깍거렸다.

【실종 38일째】

"탑차를 찾았습니다!"

고함이 빗속을 파고들었다. 경찰 경광봉이 흐릿하게 길을 비췄다. 장 경감은 산비탈을 허겁지겁 미끄러져 내려갔다. 폭우로 질퍽해진 흙을 튀기며 모두가 달려들었다. 한낮까지 땡볕을 직사로 받으며 탑차는 폐건물 뒤에 주차돼 있었다.

긴 숨바꼭질도 이제 끝날 때가 왔다.

걱정 마. 진아, 아빠⋯⋯ 아빠가 구해 줄게.

걱정 마. 진아, 아빠⋯⋯ 아빠가 구해 줄게. 이번만은⋯⋯

이번만은 늦지 않아⋯⋯!

문을 개방했다. 폭염이 지속되던 사흘,

"우욱!"

내내 탑차 안에 고여 있던 화기와 엄청난 썩은 내가 몰아닥쳤다.

"찾았어? 뭐야! 어떻게 됐어!"

현기영도 뒤늦게 달려와 장 경감에게 물었다. 장 경감은 멍하니 내부를 응시했다. 현기영도 안을 봤다. 그곳에 있던 모두가 숙연해졌다.

『아마 당신이 이 일기를 읽을 즈음엔, 나는 이미 고인이 되어 있지 않을까 생각합니다.

이 일기마저 남기지 않으면 나라는 존재는 아마 먼지처럼 사라지겠지요.』

시신은 천장을 보고 똑바로 누워 있었다.

풍선처럼 잔뜩 부풀어 오른 시신은 부패가 진행되고 있었다.

구더기가 들끓었다.

"육안으론 힘들고요. 부검해 봐야 신영원인지 신해수인지 판별할 수 있을 것 같습니다."

　수사관 한 명이 탑차 안을 굴러다니는 소지품들을 투명 증거 봉투에 담았다. 물품들 표면에 붙은 지문들을 떠 보면 나중에 이 변사자의 시신이 누군지 정확해지리라.

　다른 형사들이 위로의 말을 건넸다.

　"희망은 있어. 신영원일 확률이 커."

　『한때 신을 생각해 본 적이 있습니다. 하지만 신이 있다면 어째서 그 벌을 나 혼자만 받아야 했던 걸까요.』

　장 경감은 천천히 탑차 안으로 들어갔다. 엿가락처럼 녹아내린 시신에 어린 순경이 벽을 부여잡고 뛰쳐나갔다.

　『나는 그것이 놀이라고 생각했습니다.
　내가 꼭꼭 숨어도 언젠가 술래가 나를 찾아 주는.
　원래 내가 있던 곳으로 되돌려 주는.
　숨바꼭질 같은.』

　그녀를 찾아 헤맸다. 아무도 신경 쓰지 않는 그녀를 간절히 찾아다녔다.
　눈시울이 붉어졌다.
　어째서 이런 곳에 숨어 있는가.
　숨을 곳이 그렇게 없었는가.

　『내 시계는 그날에서 멈춰 버렸습니다.
　……
　세상에서 지워지는 게 두려웠습니다.』

"찾았습니까?"

장 경감은 우뚝 멈췄다. 소식을 듣고 찾아온 주양이 장 경감의 등을 바라보고 있었다.

"찾았어요? 그녀를 찾았습니까?"

장 경감은 돌아보지 못했다. 신랑을 볼 면목이 없었다. 그 긴 침묵의 의미를 받아들이고 싶지 않은지 주양의 목소리 끝이 흔들렸다.

"이제…… 다 끝난 겁니까?"

모든 것이 다 끝났다고, 남은 건 행복뿐이라고 말해 달라고, 그렇게 자신을 바라보는 주양에게 장 경감은 말문이 막혔다.

'그녀를 찾으면 어쩔 겁니까.'

빈소에서 장 경감의 물음에 주양이 답했다.

'제대로 된 결혼식을 다시 올릴 겁니다.'

딱딱하게 힘주어 다문 턱이 일그러졌다. 최선을 다했다는 말로 합리화할 수 없는 것들이 있다. 그때도 그랬을 터인데. 왜, 우린 자꾸 부질없는 희망에 목을 매는 걸까. 그 밧줄이 올가미가 되어 우리들의 목을 죌 거라는 것을 알면서도.

숨바꼭질에 20년은 너무도 늦은 시간이었나.

그는 주먹을 꽉 틀어쥐었다. 실패자. 치가 떨리는 무능함.

아버지. 또 실패했어…….

아들의 실망스러운 어조가 둔탁하게 장 경감의 가슴을 쳤다.

너무 늦었다.

또.

다.

시.

늦었다.

이내, 환청은 시니컬한 조롱으로 바뀌었다.

아버지 당신,

······나를 구할 마음이 있긴 했던 거야?

쏴아아아ㅡ!

서러움 가득한 날씨가 마지막까지 포악을 떨쳤다. 장 경감은 고개를 숙였다. 눈물이 흘러내렸다. 끝없이 지속되는 상처를 껴안고 사는 건 비참한 일이었다. 남은 것은 살아남은 자가 감내해야 할 슬픔뿐이었다.

"미안합니다. 신부님을······ 찾았습니다."

11

냄새는 이제 백운당과 한 몸이 된 듯했다.

매캐한 탄내가 가게 전체를 뒤덮고 있었다. 기와집, 마루, 기둥, 곳곳에 스며 떼려야 뗄 수 없게 돼 버렸다. 성원은 백운당을 감싼 탄내를 애써 담배 냄새로 지워 버렸다.

"후……."

하지만 냄새는 머릿속에 박혀 버렸다. 그을음은 상흔처럼 깊게 새겨져, 절대로 지워지지 않을 것이다. 성원은 한 모금 연기를 마시고 손끝을 떨었다.

오래전엔 이 집에서 그렇게 살고 싶었다. 이 집의 딸이 되려고 씻을 수 없는 죄를 저질렀다. 이 집을 차지하기 위해.

헌데, 지금은 이 백운당이 끔찍했다. 여기서 나갈 수만 있다면 소원이 없겠다.

백운당은 저주에 걸렸다.

성원도 언젠가 집어삼켜질 것이다.

【실종 39일째】

"정말…… 신영원이 맞다고?"

"100퍼센트 신영원이야. 유전자의 경우 오류가 날 수 있지만 치아 구조는 불가능해. 지구상에 이런 구조를 가진 사람은 단 한 명뿐이니까."

현기영이 말하며 소파 테이블로 감식 결과서를 던졌다.

신부가 아닐 거라고 믿었다. 강호운은 분명 신부를 만나게 해 준다고 했어. 저 시체는 죽은 지 꽤 된 시체잖아. 장 경감은 애써 믿지 않고 부정했다.

하지만 결과로 나왔다.

『영구치와 치아 마모 정도를 따져 사체의 추정 연령대는 20대 중후반의 여성으로 사료됨. 부패가 심해서 신원 확인에 어려움이 따랐으나, 다행히 치과 기록이 남아 대조한 결과, 두 기록이 100% 정확히 일치한 것으로 결과 나옴. DNA fingerprinting 역시 신영원으로 일치함.』

【실종 41일째】

"수사를 종결하겠다니요?"

장 경감은 어이가 없어 주양에게 소리쳤다. 담당 검사에게 얘기를 전해 듣고 오는 길이었다. 검사도 동의했다고. 이미 검사지휘서가 경찰청 쪽에 전달됐다. 신영원의 장례 준비가 신속하게 밟아진다는 것이었다. 주양은 담담히 말했다.

"현 과장한테 전해 들었습니다. 치아로도 충분히 신원 확인이 끝났다고 하더군요."

"부검 결과도 받지 못했습니다. 정확한 사인도 알지 않고 이대로 끝낸다고요?"

"땡볕에서 오래 방치되었습니다. 죽어서도 고통스러웠을 겁니다. 편안하게 해 주고 싶습니다."

"진 이사님!"

"그게 뭐가 중요합니까."

낮게 까는 어조에 장 경감은 꿀 먹은 벙어리가 됐다. 이미 그 시체가 영원이라는 것이 나왔는데. 그녀가 죽은 것엔 변함이 없는데. 주양은 지친 목소리로 돌아섰다.

"그만하고 싶군요. 곧 수사 중단 통보가 갈 겁니다. 당신도 할 일은 끝났습니다."

장 경감은 이해할 수 없었다. 정말, 정말, 이대로 이렇게……. 당신은 어떻게 그렇게 침착할 수가 있지? 아무렇지 않게 감정을 억누를 수가 있지?

"진두영 사장을 의심하고 계십니까?"

장 경감이 복도에 대고 소리쳤다. 주양은 뒷모습만 보였다.

강호운은 신부 납치 사건의 주범이 아니었다. 그도 누군가의 지시를 받고 있었다.

강호운의 대포 폰 통화 기록을 보니, 누군가와 주기적으로 연락한 것이 나왔다. 일을 벌이기에는 스케일이 너무 커졌다. 강호운은 방랑자였다. 전국을 전전하며 몸 쓰는 일로 하루 벌어 먹고살았다. 신영원의 계좌 역시 경찰들이 내내 감시하고 있었기 때문에 자금 운용이 쉽지 않은 상태였을 거고. 브로커들이 밀항을 도와주는 조건으로 돈을 꽤 많이 요구했는데, 호운에게는 그럴 만한 주머니 사정이 없었다. 그는 어머니인 최혜란에게 손을 벌리지 않았다. 단독으로 모든 것을 치밀하게 준비할 수 있을 리가 없다. 배후에 분명 누가 더 있을 게 분명하다고 짐작했다.

장 경감이 주먹을 으스러지게 쥐었다.

"실종 수사를 하면서 내가 깨달은 바가 있어요. 생각보다 인간은 거창한 존재가 아니라는 거죠."

"……"

"신영원 씨를 죽이고 싶어 하는 사람은 진 이사님 생각보다 많습니다."

"……"

"잊었습니까? 신영원 씨가 망가트린 사람들."

진주양이 장 경감을 돌아봤다. 이 모든 진실을 아는 동시에 신영원을 죽일 동기가 확실한 자.

……내가 살해당하지 않으려면, 내가 먼저 그년을 찾아서 죽여야 해.

"병원에서 탈출한 신해수 씨는 지금 어디에 있는 겁니까?"

괴괴한 정적이 방 안을 휩쌌다. 그들이 아주 잠시 잊고 있던 존재. 병원에서 탈출한 후 신해수는 어디로 사라졌는가.

어두운 밤, 최혜란은 밤이슬을 밟고 있었다. 성원은 밤늦게까지 클럽을 쏘다니다가 모친을 발견하고 의아함에 뒤를 밟았다. 혜란은 음식이 담긴 쟁반과 생수를 들고 있었다. 백운당과 이어지는 쪽문을 넘어가는 뒷모습을 보다 성원은 미간을 찌푸렸다. 수상하게 주변을 살핀 최혜란은 뒷산 식재료 저장 컨테이너로 들어갔다. 대체 이 밤중에 저긴 왜 들어가는 거지?

최혜란이 누군가와 대화를 나누고 있었다. 성원은 쇠창살이 쳐진 컨테이너 창문으로 몰래 안을 들여다봤다. '그것'은 담요에 꽁꽁 싸매어져 있었다.

"어서 먹어."

최혜란이 수저를 떠밀자 '그것'은 한참 배를 굶주렸는지 허겁지겁 국밥을 삼켰다. 귀신 같은 몰골을 한 '그것'은 해수였다.

'5호실이 비었습니다. 아는 바가 있습니까?'

어제 양 비서가 성원을 찾아와 몇 가지를 캐물었다. 해수가 정신병원에서 탈출했다고 했다. 성원은 필사적으로 모른다고 했다.

헌데, 어머니가 숨겨 주고 있었던 것이다. 죽임당할 거다. 그 남자가 사실을 알면 다 죽을 거다. 해수가 기어이 자신과 엄마까지 죽이려고 여길 찾아온 거다. 성원은 다급하게 휴대폰을 꺼냈다. 양 비서의 단축 번호를 누르려는 그때였다.

"죽여 버릴 거야."

성원의 손끝이 차가워졌다. 해수는 생수병을 손으로 우그러트렸다. 신영원을 찾아내서…… 죽여 버릴 거야. 음성에 서린 서늘한 한기가 성원의 마음 깊숙한 곳까지 훑고 지나갔다. 모든 게 달라졌다. 영원이 두 번째 가출을 끝내고 온 뒤부터.

희번덕, 해수는 복수의 칼날을 갈았다.

"그림자는…… 그림자로만 남아야지."

"……."

"감히 그림자가 주인이 될 수는 없는 법이지. 안 그래?"

신해수라는 이름은 누구의 것도 아니다.

오직 승자의 것이었다.

장 경감은 형사과를 지나다가 부검의와 마주쳤다.

"부검소견서 받아."

과거 알던 부검의기에 그녀가 먼저 장 경감에게 인사했다. 짧게 면담을 나누다가 장 경감에게 이상한 점을 말했다.

"시신이 발견된 차량이 청과물 탑차라고 했나?"

"왜, 누이. 뭐가 안 좋아?"

그녀가 고개를 갸웃했다.

"감식반한테서 보고받은 사인과는 좀 다르길래."

현장 감식반은 그녀를 일반 질식사로 단정 지었다. 컨테이너의 높은 온도에

255

방치되다가 죽은 게 아닌가?

"내가 간소하게 혈액 샘플을 채취했어. 사인이 일산화탄소 중독인 것 같아."

"가스 중독?"

"부패가 심하긴 하지만 피가 선홍 빛깔을 띠고, 무엇보다 일산화탄소헤모글로빈의 혈중 수치도 굉장히 높아, 코 상피 세포에서 그을음 성분이 검출됐어."

탑차에 화재가 난 흔적은 없었다. 그을음이 나올 수가 없다.

"먼지 아냐?"

"처음엔 그런 줄 알았는데, 이게 기도에서도 나오잖아. 시신이 부패가 안 됐으면 더 확실했을 텐데. 아마 사망자는 죽기 직전 화재 때 뜨거운 공기를 들이마셨을 거야. 폐와 기도에 큰 화상을 입은 게 분명해. 직접적으로 매연에 질식했다기보단, 매연의 열기에 일차적으로 호흡기에 화상을 입었고, 그 후에 한 시간 정도는 살아 있었을 거야. 그렇지만 폐가 제 기능을 하지 못해 질식으로 죽었을 가능성이 커."

"그게 무슨……."

"내 소견은 다른 곳에서 화재가 있었고, 이후 차량으로 옮겨진 게 아닌가 싶기도 하고."

"……."

"단순 질식이라기보단 화재로 인한 질식사에 가까워."

그녀가 그럼 수고하라며 장 경감에게 어깨를 때려 주고 떠났다.

장 경감이 백운당에 차를 세웠을 때 중천에 떠 있던 해가 저물어 갔다. 해님이 붉은 속살을 드러냈다. 그을음. 그것은 불에 새카맣게 그슬린 수상한 냄새였다. 매캐하면서, 타고 남은 재 가루가 공기 중에 그대로 부유하는 것 같은. 냄새는 백운당 초입부터 불길하게 흘러들었다.

흥신소에서의 만남을 마지막으로 신해수는 종적을 감췄다. 여자가 갈 데는 모친인 최혜란이 있는 백운당뿐이었을 것이다. 백운당 내에 신해수가 숨어 있을 만한 장소가 없나 유심히 살피는데 그 그슬린 냄새가 참을 수 없었다.

'대체 이 냄새가 뭘까.'

강호운과 백운당에서 마주쳤던 그날도 났었다. 이 냄새.

수상한 탄내…….

최혜란은 그 후로 두문불출이었다. 칩거 중이라 했다.

"누구세요?"

백운당에 아직 직원이 남아 있었다. 휴업 중이긴 하지만 몇천 평 되는 가게를 관리해 줄 사람이 필요할 테니까.

여직원은 장 경감에게 사정을 전해 듣고 고개를 끄덕였다. 장 경감이 코끝을 문지르며 주변을 살폈다.

"근데 아까서부터 이 냄새가 뭐죠?"

"십여 일 전에 작게 화재가 났어요."

"화재?"

백문이 불여일견. 여직원이 백운당 뒤편 창고 건물로 그를 데려갔다. 그중 한 컨테이너가 새까맣게 소진돼 있었다.

"어떤 인간이 담배를 피웠는지, 불씨가 남아서 창고까지 옮겨붙었다니까요."

여직원이 씩씩대며 말을 보태었다.

"하필 기름 창고 옆에서 피울 건 뭐람. 빨리 끄긴 했는데, 사람이 안에 없었기에 망정이지 통닭구이가 될 뻔했어요. 잡히기만 해 봐라."

정신이 멍했다. 여종업원이 떠나고 장 경감은 화재가 났던 컨테이너로 다가갔다. 풀숲에서부터 번진 불길이 컨테이너까지 이어진 것이 보였다. 그래도 불을 빨리 진화했는지 컨테이너의 반쪽은 비교적 멀쩡했다. 그는 바닥에 굴러다니는 1.5리터 생수병을 주웠다.

"사람이 이곳에 있었어."

직원들의 왕래가 적고, 숲에 가려져 있어 몸을 숨기기 아주 적당한 장소였다. 가령 최혜란이 도망쳐 나온 신해수를 숨겨 주기에.

백운당, 화재.

불현듯 부검의와 나눈 얘기가 떠올랐다.

'아마 사망자는 죽기 직전 화재 때 뜨거운 공기를 들이마셨을 거야. 폐와 기도에 큰 화상을 입은 게 분명해. 직접적으로 매연에 질식했다기보단, 매연의 열기에 일차적으로 호흡기에 화상을 입었고, 그 후에 한 시간 정도는 살아 있었을 거야. 그렇지만 폐가 제 기능을 하지 못해 질식으로 죽었을 가능성이 커.'

'내 소견은 다른 곳에서 화재가 있었고, 이후 차량으로 옮겨진 게 아닌가 싶기도 하고.'

'단순 질식이라기보단 화재로 인한 질식사에 가까워.'

잠깐. 유전자 검사 결과가 어떻게 나왔었지?

DNA fingerprinting(지문분석). 신원 확인은 보통 유전자 감식으로 하게 되는데 가족의 유전자가 있어야 했다. 가족의 유전자와 시신의 유전자를 분석해 일치하면 실종자의 신원을 확정할 수 있다. 경찰은 신영원을 아직 최혜란의 친딸로 알고 있다. 호적이 그렇게 되어 있으니까. 당연히 최혜란의 DNA와 대조해 결과를 냈을 것이다.

그런데 어떻게 신영원과 최혜란의 유전자가 '일치' 했지?

'일치하지 않는다.' 라고 나와야 정상 아닌가?

만약 시신이 최혜란과 유전자 대조에서 일치한다면, 그것은 친자여야 가능한 일이었다. 시신이 최혜란의 자식이어야 한다. 그러나 신영원은 최혜란의 친자식이 아니다.

그렇다면 부검대에 올랐던 그 시신은…….

아냐. 아냐. 그것은 비약이야. 치아 감식 결과 신영원과 일치했어. 유전자는 오류가 날 수 있어도 치아는 불가능해. 치아 감식을 했다면 사체의 치아 구조와 비교할 치과 진료 기록이 있을 터였다. 그것은 영원이 치과 진료를 받았을 당시 찍힌 것이었다. 시신이 본인이 아니라면 절대로 일치할 수가 없다. 치아의 모양과 위치는 지구상에서 그 사람만 유일하게 가질 수 있는 구조니까.

아들의 죽음과 연달아 이어진 신영원의 죽음. 너무도 처참했던 시신을 본 탓인지 판단이 많이 흐려졌다.

매미가 그악스럽게 울어 제꼈다. 비지땀에 번들거리는 목덜미를 닦는 그때, 장 경감의 시야에 창고에 구겨져 방치된 현수막이 들어왔다.

정성을 다해 모시겠습니다.

이전에 백운당 광고를 위해 쓰였던 것인 듯 때가 타고 더러웠다. 문구 아래에 한복을 입은 우아한 자태의 모델이 낯익었다. 저 여자……

그가 현수막을 들고 서둘러 식당으로 달려갔다. 여직원도 마지막으로 떠날 차비를 하고 있었다. 현수막에 인쇄된 여자 모델을 장 경감이 가리켰다.

"이 여자, 이 여자 누굽니까?"

하고 묻는 그때였다.

「○○리 인근에서 시체가 방치된 탑차 한 대가 발견됐습니다. 경찰이 사체의 신원을 확인하던 중 한신그룹 며느리 신 모 씨 여동생이라는 것이 밝혀졌습니다. 부검 결과 사인은 화재로 인한 질식사로 판명됐습니다. 신 씨는 작년 말부터 정신 질환 문제로 파주 인근에 있는 정신병원에서 요양을 하던 중으로, 병원에 있었던 화재로 탈출해 행방불명된 상태였습니다. 신 씨의 시신이 발견된 차량은 병원에 청과물을 대 주던 탑차로, 경찰은 신 씨가 대피하던 도중 탑차에 숨어들었고 그 과정에서 질식사를 한 것 같다고 전했습니다. 탑차 기사를 상대로 현재 경찰은 자세한 경위를 조사하고 있습니다.」

TV 아나운서의 목소리가 그의 발목을 붙잡았다.

뉴스 속보는 신영원의 죽음을 다루고 있었다. 화재로 인한 질식사. 검시관이 말한 그대로가 전해지고 있었다. 시체는 부패가 심했지만 외부적으로 훼손된 흔적은 없었다. 깨끗한 상태였다. 현장 감식반은 사인을 단순 질식으로 예상했지만 부검 결과, 화재로 인한 질식사로 판명 났다. 그러나 탑차 어디에도 화재의 흔적은 없다. 추측건대, 시신은 일차 화재 장소에서 변을 당한 뒤 탑차로 옮겨진 것이리라. 부검의의 추측이 맞았다.

그러나 장 경감은 알고 있었다. 정신병원 화재로 죽었을 리가 없다. 정신병원에 있던 것은 영원이 아닌 해수 아니었나. 저 시신이 신해수라고 해도 그녀는 정신병원에서 탈출한 뒤에 흥신소로 자신을 찾아왔었다. 정신병원 화재로 누구도 죽지 않았다. 오히려 죽었다면, 백운당 화재가 더 일리가 있지 않나. 시간으로 따져 봐도…….

경찰이 착각하고 있는 건가?

아니.

절묘한 조작이었다.

왜 저렇게 거짓으로 뉴스를 흘리는 거지? 게다가 한신그룹에서 모든 언론사를 틀어막고 있었다. 어떻게 기사가 나가는 거야? 비밀 유지의 서약이 깨진 건가?

그 와중에 현수막을 들여다보던 여직원이 답했다.

"매향이 모르세요? 백운당 대표 기생인데."

매향……?

"유선민이 아니고?"

여직원은 대수롭지 않은 얼굴로 웃었다.

"유선민? 본명이 그랬던 것 같기도 하고."

"영원이가 병원에 입원한 후 매향도 가게를 관뒀어요. 두 사람이 친했거든요. 매향이 명문대 법대 출신인데 왜 이런 데서 기생 일을 하냐고요? 어머, 세상 물정 모르시네. 여기 기생들은 웬만한 대학 간판 아니곤 명함도 못 내밀어요. 뭐, 매향이 그중에서도 특출나긴 했었지만."

장 경감은 가게를 섬뜩한 얼굴로 나왔다. 매향이 신부의 수행 비서가 된 이유를 깨달았다. 매향, 유선민은 영원을 도와 가짜 신부의 연극을 완성한 것이다.

지금 전파를 타는 뉴스 역시 진주양이 허락한 일인 것이다. 뉴스에 사건을 내보내라고 진주양의 지시가 떨어진 것이다.

뭔가…… 뭔가 아직 더 있어…….

진주양이 아직 내게 말하지 않은 뭔가가 더 있어.

'세상한테서 부정당한 여자와 세상으로부터 인정받던 남자의 사랑이라. 그런 사랑은 도대체 어떤 형태를 띨 수 있을까.'

노 집사의 물음이 지나간 자리에 주양의 말이 차례로 스쳤다.

'우리는 서로 사랑했지만 나는 이미 그녀의 자매와 사귀는 사이였어요. 우리는 이루어질 수 없는 사이였죠. 그래서 신부를 바꾸자고 생각했어요.'

'어차피 신해수라는 이름은 원래 그녀의 것이었으니까, 되찾는 것뿐이라고.'

되. 찾. 는. 것. 뿐. 이. 다.

조금도 죄책감을 느끼지 않는 당연한 어조였다.

장 경감은 진주양이 말해 준 과거 진실에 이상함을 느꼈다.

진주양이다. 진주양이 마음먹은 일인데 그렇게 시시하기만 했을까? 최혜란 모녀 역시 그렇다. 가만히 있지 않았을 텐데. 그렇게 가만히 당하고만 있지 않았을 텐데.

본부로 찾아가니 이미 짐을 싸고 있었다. 해산 명령이 떨어졌다고 했다.

"신부가 돌아왔대."

현기영의 말에 장 경감은 굳었다. 현기영 역시 어처구니없는지 머리칼을 쓸어 넘겼다.

"현재 신혼집에서 안정을 취하고 있대. 윗선에서 수상 중단하라고 지시가 내려왔어. 신랑한테 아무 얘기 못 들었어?"

그런 얘기 못 들었다. 신부가 돌아왔다니······.

"납치범은 혼수상태고, 신부는 갇혀 있다가 무사히 탈출해서 신랑의 품으로 돌아왔다. 끝이지."

현기영의 말대로 신부가 돌아왔으니 사건은 종료였다.

이로써 확실해졌다.

시신은 바꿔치기 됐다. 탑차의 시신은 신영원이 아니다. 신해수였다.

정신병원에 처박혀 있던 신해수는 신영원으로 죽었다.

신해수가 신영원으로 죽어 줬으니, 영원은 비로소 진짜가 될 수 있었다.

가짜 신부가 아닌 '진짜 신부'가······.

'그녀를 찾으면 어쩔 겁니까.'

빈소에서 장 경감의 물음에 주양은 이렇게 답했다.

'제대로 된 결혼식을 다시 올릴 겁니다.'

완벽한
해피 엔딩이다.

'신영원은 왜 자기 이름을 빼앗기고도 무력하게 살았을까요? 주변 사람에게 도움을 청하든지, 되찾을 기회는 많았을 텐데.'

'글쎄. 죄책감 아니었을까?'

수진의 물음에 장 경감이 답했다.

'죄책감?'

'스스로 형벌을 받는다고 옭아맨 거지. 일기 내용을 보면 신영원은 계모가 내심 자기 엄마가 되기를 바랐어. 아픈 친엄마는 자기에게 아무런 사랑도, 도움도 되지 못했으니까.'

'······.'

'불륜은 아버지가 저질렀지만, 처음 그의 불륜을 부추긴 것은 자신이라고. 그렇게 죄책감을 느꼈는지도 몰라. 그래서 계모의 모진 학대도 묵묵히 받아 냈는지도.'

'……'

'스스로 자기 무덤을 팠다며 자책하며 살았겠지.'

이름 같은 것을 빼앗겨도 싸다고.

'근데 친엄마라는 사람이요.'

'신영원의 죽은 모친?'

'몸이 아픈 게 아니었어요.'

무슨 소리인가.

'정신적으로 문제가 있었던데요.'

수진이 오래된 진료 기록을 장 경감에게 넘겼다. 그것은 수기로 작성된 자료였다.

'의부증이 굉장히 심한 여자여서…… 신정태가 정신과 상담을 받을 정도였어요. 그때 담당의를 만나 봤는데 신정태가 여자와 옷깃만 스쳐도 폭력적으로 돌변했나 봐요. 마지막 상담 당시, 그녀가 자기 아이를 죽이려고 했다고 해요.'

'신영원을……?'

'신정태가 최혜란과 불륜을 저지른 걸 알고, 친모가 복수심에 딸과 함께 자살하려 했던 거죠.'

배우자에게 불신이 많은 사람의 경우, 아이에게 그 집착을 돌리는 경우가 많다. 아이를 학대한다든지.

'신영원은 물을 무서워했대요. 어린 시절 누군가에게 물에서 살해당할 뻔한 트라우마 때문이죠.'

'진주양의 말에 따르면 욕조에 자기를 빠트려 죽이려 했던 사람이, 계모 최혜란이라는 걸 기억해 냈다 했어. 그간 꾹꾹 눌러 담았던 고통이 폭주한 것이라고. 그래서 사과를 요구했지.'

신영원이 최혜란에게 사과를 요구했지만, 최혜란은 뻔뻔하게 모르쇠 했다.

죄를 뉘우치지 않는 그들에게 환멸을 느껴 신영원은 더 이상 무엇을 하는 걸 포기해 버렸다.

그랬다. 진주양의 말에 따르면.

'그러니까요. 이상하지 않습니까?'

'뭐가?'

'보통은 더 화나지 않나요?'

수진의 의구심에 장 경감은 반박할 수 없었다. 가해자가 너무 뻔뻔해서 용서한다라? 지금 듣고 보니 상식을 거스르긴 한다.

'어째서 신영원은 그토록 쉽게 용서하고 포기했을까요?'

학대 피해자들은 나쁜 기억을 빠르게 잊고 좋은 기억만을 남기려는 경향이 있다. 과거의 기억을 미화시키는 것.

'신영원은 깨달았는지도 몰라요. 자기를 죽이려 한 사람이, 계모가 아니라 자기 친엄마였다는 것을.'

【1년 전, 영원 26세】

"제발 내게 사과해 줘."

"……."

"그 정도는 해 줄 수 있잖아."

영원은 처음으로 최혜란에게 애원했다. 어째서 이제 와, 새삼스레……. 그렇게 비아냥거리지 마라. 이제야 나는 준비가 된 것일 뿐.

"……나한테 왜 그랬어?"

"미안하다."

영원은 굳었다. 최혜란이 잔디 위에서 그녀를 응시했다. 성큼, 다가와 몸을 밀착시킨 최혜란이 얼굴 가까이 목소리를 기울여 눌렀다.

"해 줄 말이 없어서."

뚝, 그때 영원의 안에서 실낱같던 뭔가 끊어졌다.

"당신만 없었으면 모두가 행복할 수 있었어."

"……."

"나, 엄마, 아빠. 다 행복했어."

"……."

"당신만 없었으면!"

달려들어 최혜란의 머리채를 잡았다. 하지만 최혜란이 더 빨랐다. 영원은 머리채가 덥석 움켜잡혀 질질 끌려갔다.

"이런, 흐윽……! 우리 엄만 이런 당신한테 엄마 자리를 빼앗겼어."

고개가 들렸다. 최혜란이 바싹 얼굴을 붙였다.

"왜 시치미니."

최혜란이 영원의 눈을 들여다봤다. 동공에 이는 떨림이 한눈에 들여다보였다.

"너 알잖아. 네 엄마가 어떤 여자였는지."

"헛소리 마."

"너야말로 헛소리 좀 작작 해. 왜 그랬냐고……?"

최혜란의 얄실한 입술이 일그러지듯 치켜 올라갔다.

"내가 그런 게 아니야, '너희' 들이 그런 거지."

"……."

"너도, 네 아빠도 그 여자한테서 도망쳐 온 거야. 나한테."

그렇게 생각하면 죄책감이 좀 덜해지는가. 남의 가정을 파탄 내고 자리를 차지한 후 계모에게 모친은 콤플렉스였다. 유독 모친에게 민감하게 반응한다는 것쯤은 알고 있었다.

잘 손질된 손톱이 영원의 이마를 쿡, 쿡 밀었다. 영원은 조용히 눈물을 흘렸다.

"어릴 적이라 분별이 안 되니? 기억까지 바꿨니?"

"아니, 다 기억해! 똑똑히 기억해. 엄마가 어떻게 자살했는지까지도!"

"자살?"

최혜란이 헛웃음을 터트렸다.

"그래. 자살하려다가 실패했지! 너랑 같이!"

뭐…….

뽑힐 듯 앞머리가 틀어잡혔다. 최혜란이 영원의 이마 흉터를 긁었다.

"이 흉터 네 어미가 너한테 남긴 거잖아."

"……."

"널 죽이려고 한 건 그 여자야!"

영원의 동공이 확대되고 심장 박동이 증폭했다.

나는 일곱 살, 욕조에 머리가 처박혀 몸부림치고 있다. 살려 달라고, 살려 달라고 버둥거리는데도 죽으라고, 죽으라고 누군가 내 뒤통수를 누른다. 나를 물에 수장시켜 죽이려 하고 있다.

'흐……악! 우……욱.'

나는 몸부림을 치다가 욕조 마개에 이마를 찍힌다. 쇠 모서리와 충돌한 뇌가 일시 정지 한다. 의식이 멀어져 가는 걸 느낀다. 정신없던 몸부림은 거짓말처럼 멈춘다.

내 피가 염료처럼 느리게 퍼져 나가는 걸 지켜보는 그때 극적으로 욕실 문을 벌컥 연 누군가가 나를 욕조 밖으로 끄집어낸다.

아버지다.

'얘야. 얘야!'

나는 의식을 잃기 직전 희미하게 눈을 뜬다. 날 빠트려 죽이려 한 손의 주인은 욕조 앞에 주저앉아 있다. 아버지가 흐느낌을 섞어 절규한다.

'당신 미쳤어! 내가 미워도 그렇지. 어떻게 자기 딸을. 정말이지 지겨워! 당신의 그 미친 의부증 더는 감당 못 하겠다고!'

기억 속에서 살인범의 얼굴을 가리고 있던 뿌연 안개가 걷힌다.

가위로 마구잡이로 잘라 낸 듯 기괴한 헤어, 병색이 완연한 새파란 입술, 정신 줄을 놔 버리고 풀어 헤치는 히스테릭한 웃음, 원망하듯 아버지를 쏘아보는 눈빛……

'엄마……'

나는 소리 내어 불러 본다. 모친은 나를 보지도 않고 아버지에게 저주를 퍼부었다.

'계모 밑에서 자라게 할 순 없어. 내 자식이니까 내가 데려갈 거야. 내 배에서 나왔으니까!'

아버지에 대한 복수심으로…… 어머니는 영원을 죽이고 자신도 자살하려 했다. 그런 여자였다. 꽃같이 아름다운 얼굴로 한 번도 영원에게 미소 지어 주지 않았던.

그런 영원에게 계모는 '첫정'이었다. 첫사랑이었다. 한 번도 느껴 보지 못한 따스함이었다.

"하, 하지만, 어머니는 자살을……."

"그 자살은 실패였어!"

계모가 소리쳤다.

"그 여자는 요양원에서 죽기 직전까지 나와 네 아버지를 괴롭혔어! 자살 같은 걸 절대 할 여자가 아니었지. 오죽하면 네 아버지가 널 절에 데리고 다니면서 불공을 드렸을까. 너까지 미쳐 버릴까 봐 그 양반은 죽는 날까지 네 걱정뿐이었어. 널 보면 그 여자가 떠올라. 네가 네 어미를 빼다 박았어. 불길해, 특히 이 눈. 이 더럽게 기분 나쁜 눈! 나를 제 남편 빼앗을 더러운 벌레 보듯 쳐다보던 눈! 아주 끔찍해!"

계모는 체벌할 때마다 영원의 얼굴을 거울에 들이밀고 저주했다.

'천박한 년. 넌 네 어미랑 똑 닮았어.'

눈물 젖은 뺨이 흉하게 유리에 짓눌렸다.

'특히 이 눈! 봐라. 천박하다 못해 불길하지. 분명히 너한테는 죽은 네 어미의 망령이 따라다닐 거야.'

저주처럼 퍼부어지는 목소리에 정신이 아찔해졌다. 제정신이 아니었다. 순간 팟! 하고 뭔가 터지면서 아래가 뜨끈해졌다. 투명한 물이 다리 사이로 흘러내렸다. 계모가 아연해졌다. 오줌이었다. 영원은 비참함에 패닉이 몰려왔다. 계모가 그런 영원을 보며 한심스럽다는 듯 말했다.

"가지가지 한다."

그녀는 그냥 떠나 버렸다.

지그시 감았던 눈을 뜨자 제일 보이고 싶지 않았던 사람이 서 있었다. 주양이 마루 기둥 뒤에서 나왔다. 영원을 응시했다. 경멸 속에 인생을 부정당한 채 살아가는 영원과는 삶의 위치가 다른 남자. 머리카락으로 얼굴을 반쯤 가려 놓고 살아가는 그녀를, 주양은 무슨 생각을 하며 볼까?

아마도 구질구질하다 못해 기분 나쁘겠지.

납득하지 못할 것이다. 아무도. 그녀의 삶을.

주양이 재킷을 벗었다. 오줌이 적신 다리와 발을 닦아 준다. 영원이 메마른 입술을 달싹였다.

"더러워."

그는 가만히 숨을 골랐다. 끝내 고개를 들지 않았다. 붙잡힌 발목에서 강한 악력이 느껴졌다. 그가 치미는 감정을 억누르고 있는 게 보였다.

정원에 버려진 것은 재투성이 하녀. 그리고 그녀가 감당해야 하는 산더미 같은 이불 빨래들.

대상을 잃은 분노가 영원의 그림자 끝에서 흔들렸다.

그녀는 눈물을 새도록 내버려 두었다.

【실종 41일째】

장 경감이 유전자 검사 기록을 내밀었다. 찾아올 줄 알았다는 듯 주양은 대수롭지 않은 반응을 보였다.

"생각보다 빨리 알아챘군요."

99.9퍼센트로 최혜란과 신영원이 모녀 관계가 성립된다는 내용의 서류였다. 경찰은 아직 신영원을 최혜란의 친딸로 알고 있었다. 그러니 시신의 DNA가 최혜란과 일치하면 당연히 신영원이라고 여길 수밖에 없다. 그러니까 즉, 그 시체는 신해수라는 소리다.

흥신소로 그를 찾아온 신해수는 두려움에 새파랗게 질려 있었다.

'흐윽……, 난 죽을 거야. 죽을 거라고.'

'그 남자를 절대 믿지 마. 그 남자한테 진실은 하나도 없어. 다 거짓말이야.'

'그가 잠깐 베푸는 서푼짜리 친절, 스치듯 내비치는 슬픈 얼굴.'

'당신도 어떤 가면에 속고 있을지 몰라.'

'그 남자는 아무렇지 않게 사람을 죽여.'

신해수는 이 모든 걸 예견하고 있었다. 자신이 죽을 것이란 것을, 그리고 자신이 죽는다면 그것은 진주양의 짓일 거라고…….

주양은 두 주먹을 바지에 찔러 넣고 빌딩 아래를 내려다봤다. 가히 악인다운 뻔뻔한 모습이었다.

"신해수입니까?"

희미한 노기가 어린 물음에 주양이 그를 돌아봤다.

"맞다면? 그래요. 저들이 찾은 시체는 실종된 신부가 아니라 신해수입니다."

"치과 기록까지 신영원과 일치했습니다. 어떻게 한 겁니까."

"하늘정신병원에서는 환자들의 쾌적한 삶의 질을 위해 6개월에 한 번씩 치아 검진을 합니다. 가장 최근 기록이라면 신영원의 이름으로 입원되어 있던, 신해수의 것입니다."

철두철미함에 장 경감은 섬뜩해졌다. 당신이 신해수를 살해한 겁니까? 목구멍까지 묻고 싶은 말이 치밀어 올랐다. '신영원이 돌아왔을 때 완벽한 제 자리를 만들어 주려고 신해수를 죽였다.' 는 것이 장 경감의 추리였다.

한여름 뙤약볕에 밀폐된 탑차는 기하급수적으로 온도가 높아졌을 것이고, 그 안에서 시체는 부패되어 갔을 것이다. 사망 추정 날짜는 시체의 부패 속도를 감안해 실종 38일째였던 발견 당시로부터 최소 13~18일 전. 신해수를 마지막으로 본 것은 비 오는 날 홍신소 앞에서인 실종 23일째 되던 날. 그리고 시신이 발견된 게 실종 38일째. 그 사이엔 15일의 간격이 있다. 신해수는 아마 장 경감을 마지막으로 만났던 실종 23일째 날, 그를 만나고 곧바로 살해당했다.

장 경감은 눈앞이 캄캄해졌다. 사방이 어둠에 집어삼켜졌다. 신해수를 쫓던 검은 무리들이 내는 발소리가 생생하게 귀를 되울렸다.

진주양의 수하들.

그때 진주양은 신해수를 죽이려고 했다. 사건을 어떻게든 종결시키기 위해서.

장 경감이 한 발 남자에게 다가가며 따졌다.

"현 과장이 신부가 돌아왔다는데. 사실입니까?"

장 경감은 주양의 54층 집을 둘러봤다. 여자의 흔적을 찾으려고 했다.

"어디 있죠? 그래도 내가 발에 물집 잡히도록 찾아다닌 사람인데 인사 정도는 하고 싶군요. 저 방에 있는 건가요?"

여러 방을 무작정 열어젖혔다.

신부가 돌아왔다는 현기영의 말은 신빙성이 적었다. 담당 수사 지휘관도 모르는 신부의 귀환이라니.

"이런 식으로 얼렁뚱땅 넘어가려 하지 말란 말이야!"

수사 내내 진주양이 보였던 진심과 신부를 찾고자 하는 애가 타는 마음. 그런 것들의 진실은 어디 가고 거짓만 남아 있는 걸까. 그것마저 거짓으로 치부하고 싶진 않았다. 하지만 현기영의 말대로 정말로 신부가 돌아왔다면, 진주양은 어떻게 신부를 찾아냈지?

강호운이다. 총을 맞고 강호운이 의식을 잃어 가며 진주양에게 뭘 건네려 했다. 얼핏 종이 같은 거였다. 신부의 위치가 적힌 메모였을까. 신부를 찾는 데 힌트가 될 만한 단서라도 넘긴 게 분명했다. 아마 강호운은 신부를 안전하게 다른 장소에 묵게 했을 거다. 다른 시신으로 신부의 시신인 양 위장하고 신부는 진주양에게 안전히 넘기고 자신의 목숨을 바쳤다. 그럼 진주양은 강호운이 혼수상태에 있는 4일 동안 그 단서를 토대로 신부를 찾아낸 건가?

아무 데도 없었다. 어떤 것이 진실일까. 신부를 찾았다는 것도 거짓말인가? 아니면 처음부터 모든 것이 자작극이었나? 모두들 주양의 장기말이었고 그가 짠 장기판에서 놀아난 건가.

대체 저 남자가 원하는 게 뭘까.

진주양의 입에서 나온 이야기는 모든 게 가짜였다.

"지금 생각해 보니 당신이 병원에서 해 준 얘기도 이상했어. 당신이 그 대화 내용을 어떻게 알고 내게 말한 거지?"

"……."

"신영원과 계모가 나눴던 대화."

'사랑해. 당신이 죽어 버렸으면 좋겠어…….'
'사과해.'
'제발 내게 사과해 줘.'
'그 정도는 해 줄 수 있잖아.'

진주양은 신영원과 계모 두 사람의 대화 내용을 어떻게 상세히 알고 있었을까? 그때 진주양은 신해수와 함께 있었다. 신해수는 주양에게 무릎을 꿇었다. 신영원은 두 사람을 목격한 후 호텔을 빠져나와 백운당으로 돌아왔다. 그리고 계모와 단둘이 대화를 나눴지. 근데 진주양 이 남자가 그 대화 내용을 어떻게 알고 있을 수 있는 거지?

"당신. 그 자리에 있었던 거야. 신영원이 사라지자 백운당으로 찾아갔던 거야."

우연히 듣게 된 거지.

주양은 장 경감을 차갑게 볼 뿐이었다.

"내게 또 거짓말한 게 있어."

"……."

"신해수는 스스로 목을 매다는 짓 따위 하지 않았어."

진주양이 만들어 낸 거짓말이다. 신해수는 목을 매달지 않았다. 최혜란이 신해수를 정신병원에 보낸 것도 아니다.

신해수를 정신병원에 보내 버린 건 신영원이다.

신해수는 강제적으로 정신병원에 갇혔다. 그래서 그토록 신영원을 죽이고 싶어 했던 것이다.

'어째서 신영원은 그토록 쉽게 용서하고 포기했을까요? 이상하지 않습니까? 보통은 더 화나지 않나요?'

그래. 수진의 말대로 용서했을 리가 없다. 그렇게 쉽게. 그렇게 간단히 용서했을 리가 없다.

세상한테서 부정당한 여자와 세상으로부터 인정받던 남자의 사랑이라. 그런 사랑은 도대체 어떤 형태를 띨 수 있을까.

그 질문에 대한 답을 이제는 알겠다.

세상 모두에게 부정당한 삶을 살아야 했던 여자에게 진주양은 기회였을 것이다. 계모와 두 딸들을 심판할 엄청난 기회.

재투성이 신데렐라가 엄청난 힘을 얻게 되었을 때, 뭐부터 했겠어?

장 경감의 머릿속에 빨간 경고등처럼 떠오르는 한 단어.

복수……

……광기에 가까운 복수.

범오사 노승은 경고했다.

'칼에 묻은 피를, 피로 씻어 내는 사주요. 그 애.'

신영원은 피비린내 나는 복수를 완성했다.

<u>12</u>

【1년 전, 영원 26세】

영원의 다리 사이로 뜨듯한 물줄기가 흘렀다. 소변을 지렸다. 주양은 얼른 재킷을 벗어 그녀의 다리를 감쌌다.

영원이 힘없이 중얼거렸다.

'신경 쓸 거 없어. 이런 거…… 아무것도 아니야.'

다 잊고, 다시 출발하면 된다. 공허하게 다짐하던 영원이었다.

'똥 밟은 셈 치고 잊어버리면 그만이야.'

영원은 앵무새처럼 반복하여 말했었다.

그녀는 더 이상 고통받지 않기를 원했다. 과거 기억을 지웠으면 했다. 새 출발에 제일 먼저 필요한 것은 이마 흉터 제거였다. 흉터는 비참했던 영원의 인생에 있어 상징과도 같은 존재였다. 그래서 내일부터 열심히 피부과 치료를 받기로 약속했었다.

헌데, 그렇지가 못했던 것이다. 다 정리됐다고 생각했는데. 혼자만의 착각이었다.

주양이 퇴근하고 호텔로 돌아왔는데 집이 조용했다. 핏물이 욕실부터 침실까지 점점이 찍혀 있었다. 주양은 갈라진 문틈으로 희미하게 빛이 새어 나오는 침실로 들어갔다.

영원은 거울 앞에 서 있었다. 옆으로 다가가는 주양의 시선이 영원의 오른손으로 내려갔다. 감전된 절지동물처럼 감각 없이 손끝이 까딱거렸다. 암적색 굳은 피딱지가 손톱에 끼어 있었다. 육체의 고통이 전혀 느껴지지 않는가. 힘주어 움켜쥔 유리 조각 끝에서 툭, 툭…… 신선한 혈액이 느리게 흐르고 있었다.

"용서하려고, 잊으려고 했는데 그게 잘 되지 않았어."

영원은 얼굴이 피범벅이었다. 피로 짓무른 눈가를 영원이 깜박였다. 세면대 유리로 이마 흉터를 더 깊고 진하게 그어 버린 듯했다.

"생각해 보니, 아무도 뉘우치지 않는 용서 따위, 그저 자기 편안하려는 기만적인 위안일 뿐이잖아."

좋은 음악을 들어도 그들이 생각났고, 맛있는 음식 앞에서도 그들 또한 이런 호사를 누릴 것 같아 용서할 수가 없었다.

"과거를 청산하지 않고는 새 출발도 할 수 없어."

이마에서 피가 줄줄 흘러 피눈물을 이루었다. 영원은 소리도 없이 울고 있었다.

고통에 전 한 영혼이 처절하게 분노했다.

"내가 복수에 성공할 수 있을까?"

영원이 혼몽하게 물었다.

주양은 떨리는 손을 들어 영원의 얼굴을 감쌌다. 눈물과 피가 구분이 가지 않는다. 그는 소매로 영원의 얼굴을 닦아 주었다. 빡빡 문질러도 피가 완전히 씻기지 않았다. 상처가 곪을까 봐 걱정되었다.

"대답해 줘. 그때처럼."

그때, 영원은 복수가 아니었다. 복수도 뭣도 아니었다. 흐지부지한 미움과 갈팡질팡하는 애증. 사과를 받아 내겠다고, 집에서 내쫓겠다고. 복수의 이름을 빌려 쓰기엔 턱없이 모자란 분노.

"아무 의미 없는 말이었어."

주양은 애써 부정했다. 그러나 아무 의미 없는 말이었어도 그러지 말았어야 했다. 그러지…… 말았어야 했다. 자신에게 되돌아올 줄 알았다면…… 그렇게 남 일 말하듯 비웃는 게 아니었다.

'신영원 씨. 당신의 복수는 무척 흥미로웠어. 복수라. 그 어떤 드라마보다 선과 악이 뚜렷하게 구분되는 권선징악의 결말이지. 그런데 그 복수의 대상이 가족이라니. 너무 궁금했어. 과연 어떤 복수가 될 것인가.'

'네 복수……, 나를 굉장히 실망시켰어. 기대했던 것보다 훨씬 시시한 신파였어.'

영원이 주양에게 새파란 시선을 박았다.

"네가 그랬잖아. 내 복수가 시시하다고. 차마 눈 뜨고 볼 수 없이 어설프다고."

"……."

"어때? 나."

영원은 곧장 주양의 의식 속으로 투신해 왔다.

"지금은 진짜 복수할 것 같아 보여……?"

영원이 부서질 듯 위태롭게 웃어 보였다. 가슴이 조여들었다. 주양은 참지 못하고 그대로 영원을 품에 끌어당겨 안았다. 그녀를 꽈악, 끌어안았다. 복수는 폭주다. 복수엔 이성을 챙길 여유 같은 건 없다. 순도 높은 폭력이라는 점에서 복수는 광기에 가까웠다. 영원이 조용히 그의 가슴께에 뺨을 묻었다.

"그들이 나와 똑같은 고통을 겪게 해 줘."

메마른 눈동자는 더 이상 울지 않았다.

아무도 이해 못 해. 날…… 아무도 이해 못 해. 하지만 비난도 할 수 없을 거야.

계모와 두 딸은 이 시간 이후로 아무것도 가지지 못할 것이다. 이 땅에서 그들이 소유할 수 있는 건 그들을 두른 그 껍데기뿐일 것이다. 전부 빼앗기게 될 거야. 영원이 슬프게. 그러나 그렇게 해 버리지 않고는 이 안의 불덩이를 잠재울 수 없다는 듯 광기 어린 음성으로 중얼거렸다.

그가 할 수 있는 것은 없었다. 오직 인내하는 것뿐이었다. 상처가 곪지 않도록. 상처가 아물 때까지. 상흔을 달래는 것뿐이었다.

【실종 41일째】

남자가 입술을 움직였다. 음성은 마치 약같이 느릿느릿 얹어졌다. 장 경감은 기류 하나하나를 읽으며 생각했다. 광기. 광기에 가까운 복수. 그 순간 의식에 초록불이 켜졌다. 정체돼 있던 감각들이 신호 정지 상태에서 벼락 치듯 출발했다. 굼뜨던 주양의 음성도 한꺼번에 몰려와, 장 경감을 덮쳤다.

"뭐가 보입니까."

"……."

"저게 뭐 같습니까."

주양은 전망 좋은 자신의 집, 거대한 창 아래를 보며 물어 왔다. 깨알 같은 자동차. 그저 사람들이 보일 뿐이었다.

"나는 졸개……였습니까?"

돌아보지 않는 등을 응시하며 장 경감이 빠르게 입을 놀렸다.

"대답하시죠."

"열 길 물속은 알아도 한 길 인간의 마음속은 모른다는 말 압니까."

그게 당신의 대답인가. 그래. 모르겠다. 당신의 마음.

"경찰이 아니라 처음부터 나한테 의뢰한 것도, 경찰에게 신부를 바꾼 것을 밝히지 않은 것도, 신해수가 죽은 채 발견된 것도……. 아주 잠시 깜박했어. 당신이 어떤 남자였는지."

사건을 종결하려고 신해수를 죽인 것이다.

"모두를 갖고 놀았어."

진주양은 처음부터 자신을 신부를 죽일 계획에 이용했다. 경찰들의 주의를 분산시키는 졸개 역할. 현기영의 라이벌 의식을 자극해 자신 때문에 사건에 제대로 집중하지 못하게 했다. 수사 내내 그가 보여 왔던 수상한 행동들. 비인간적일 정도로의 침착함과 냉정함.

"충분히 그럴 수 있는 남자지."

누가 봐도 범인이다. 자신은 그에게 철저하게 이용당한 거다. 그리고 진주양은 저렇듯 언제나 깊고 모호한, 알 수 없는 모습을 취하는 것이다.

"그렇다면?"

장 경감은 흠칫, 물러섰다. 조금도 망설임 없이 맞받아쳐 오는 물음. 진주양이 유리에 몸을 느슨하게 기대었다. 너무도 손쉽게, 성가시다는 태도로 장 경감을 발아래에 둔다.

"덤빌 건가."

차갑고 인간미 없는 사람이지만 분명 장 경감이 본 것은 진심의 한 조각이었다. 꽤 친해졌다고 방심했다. 하나의 목표를 향해 움직이는 동지라고. 서로를 이해한다고 여겼는데. 그 순간 주양의 입술 끝이 치솟았다. 장 경감의 믿음 어린 표정을 읽은 듯, 철저하게 부수었다.

"우리가, 친구는 아니잖아요?"

……졸개였다.

"친구가 되기엔 우린 서로를 너무 모르지."

누구도 그 사람이 어떤 생각을 하는지 섣불리 장담해선 안 된다. 신해수를 죽이지 않았다고 주양이 부인했다면 장 경감은 믿었을까?

그것을 주양은 복습시켜 주는 것이다.

'그래도, 변명이란 게 있잖아. 사람을 죽여도 변호사를 선임할 권리가 있는데. 설득하면 혹시 아나? 내가 납득해 줄 수도…….'

쫓겨나기 직전까지 끈질기게 주양을 붙들었다. 주양이 손가락을 맞부딪히자 검은 하수인들이 다가왔다. '이만 나가 주실까?' 하는 위압적으로 잔뜩 힘을 준 몸뚱이들이 장 경감을 에워쌌다. 장 경감이 이를 악물자 '다음에 올 때 나를 감동시킬 정도의 수준은 탑재하고 와요, 그땐 한 번 고려해 보죠. 설득.' 하고는 주양이 돌아서 복도 어둠으로 사라졌다.

장 경감은 도로변에서 54층 타워를 올려다봤다. 그는 지금 신영원의 복수극을 하고 있는 건가? 이것도 신부의 복수극인가? 여전히 복수의 연장선인 거야? 정말 신부가 집으로 귀가했다면 이 모든 게 그녀의 복수극이었다고밖에 설명할 길이 없다.

하지만 이것이 신영원의 복수극이었다면, 김 회장의 죽음은 또 뭐지?

유선민, 매향은 어째서 김 회장을 살해했을까?

진주양이 명령해서? 아니야. 매향은 진주양의 사람이라기보단 신영원의 사람이었다. 그렇다면 영원을 위해서 일을 했을 가능성이 크다.

김 회장을 죽이는 것이 왜 신영원을 위한 일인 거지?

신영원과 김 회장 사이에 뭔가 있었던 걸까?

김 회장은 당시 이중모를 협박하기 위해 백운당에서 죽은 여종업원 동영상을 가지고 있었다.

불현듯 잊고 있던 것이 번뜩였다.

백운당 여종업원 사망 날짜와, 신영원이 자살하려다 주양을 만난 시기가 비슷하다.

여종업원이 죽은 것이 5년 전 크리스마스이브 며칠 전, 그리고 신영원이 자살을 기도한 것은 그 해 크리스마스이브 날. 진주양의 말이 사실이라면 여종업원의 죽음과 신영원의 자살 시도엔 연관성이 있다.

그래. 일기장의 뒷부분.

『그리고 내가 스물두 살이 된 올해였다. 내 인생에 반환점을 가져다준 '그 사람'을 만난 것은.』

엄청난 착각을 하고 있었다. 일기에서 언급하는 '그 사람'이 진주양일 거라고 착각했다. 신영원이 진주양을 만나서 어떻게 둘이 엮이게 되었는지, 연애 내용이 주를 이룰 거라고 생각했다. 그래서 뒷내용을 보지 않았다.

'그 사람'은 진주양이 아니다.

일기는 5년 전 신영원이 자살을 결심하고 쓴 유서다. 그러니까 이 일기는 진주양을 만나기 전에 쓴 것이었다. '그 사람'을 만난 스물두 살과 진주양을 만난 스물두 살 크리스마스 겨울 사이엔 어떤 공백이 있었다. 그 안에 매향이 대산 김 회장을 살해한 이유와 신영원이 왜 자살하려 했는지 그 이유가 들어 있다. 장 경감은 외투 안주머니에 항상 지니고 다니던 일기장을 펼쳤다. 내용을 읽어 갈수록 안색이 굳어 갔다.

장 경감은 늦은 밤이 돼서야 관할 경찰서를 나왔다. 5년 전, '백운당 여종업원 사건'을 맡았던 형사는 이미 딴 곳으로 발령이 난 상태였지만 사건 파일은 보존되고 있었다.

『여종업원은 실족사한 것으로 추정됨. 그녀의 혈액에서 마약류인 GHB가 검출. 사망 시각 당일 23시쯤. 최초 신고자 신영원……..』

여종업원이 죽은 걸 최초 신고한 사람은 '신영원'이었다. 사건 파일에는 여종업원의 전날 행적을 기록해 놨다. 그녀는 전날 경찰서에 가서 학대 신고를 했다. 그 대상이 무려 백운당 최혜란 사장이었다. 그러나 그것은 한 시간도 안 돼서 해프닝에 그치고, 여종업원은 당일 백운당 연못에서 실족사했다.

실족사.

최혜란을 학대로 신고한 뒤 곧바로.

시신을 처리한 것은 최혜란과 대산 김 회장이었다. 시골 마을 경찰은 유착 관계가 심했다. 시신 하나 처리하는 건 일도 아니었다. 돈을 먹이고 사건을 덮은 것이다. 최혜란은 마치 여종업원이 이중모 때문에 죽은 것처럼 꾸몄다.

여종업원의 죽음은 단순 사고가 아니었다. 신영원과 연관이 된 타살이었다.

여종업원은 신영원이 최혜란에게 장기간 학대를 받았다는 것을 알고 있었다. 학대를 알았다면, 어쩌면 아이를 바꿔 키운 사실도 알았던 게 아니었을까? 여종업원이 진실을 세상에 알리려고 했다가 죽임을 당한 거라면, 그래서 신영원이 죄책감에 자살하려던 거라면……

여종업원이 자신을 도우려다가 살해당했다. 신영원은 굉장한 정신적 압박을 받았을 것이다. 그래서 여종업원이 죽은 며칠 뒤, 신영원은 크리스마스이브에 자살 시도를 했다.

신영원은 복수를 하고 싶었던 걸까?

그 결과 신영원은 결혼식장에서 돌연 사라졌다. 그리고 신영원의 친구인 매향은 여종업원 죽음에 관련된 김 회장을 살해했다.

이것은 신해수를 향한 복수가 아니었다.

계모. 최혜란을 향한 핏빛 복수극이었다.

최혜란이 가장 사랑하는 사람들을 하나씩 망가트리는.

강호운. 신해수. 그 백운당마저도.

밤새 주룩주룩 비가 내렸다. 장 경감은 흥신소로 돌아왔다. 책상에 앉아 홀연히 담배를 피우는데 누군가 찾아왔다.

곧장 알아보지 못했지만 "그 시체, 사실 영원이가 아니야. 해수야." 그 말에 여자를 알아봤다.

"전직이 경찰이라고 했지. 자수하면 정상 참작 돼서 형량이 좀 덜어지나?"

백운당 첫째 딸, 성원이 접은 우산을 들고 서 있었다. 빗물이 뚝뚝 떨어졌다.

살아남기 위해 자매를 정신병원에 넣는 것을 묵인한 여자. 여동생이 죽고 나니 상황 파악이 된 걸까. 아님, 죄책감을 좀 덜어 보려고 하는 건가. 잠시나마 생각했으나 그 이유 역시 자신이 조금이라도 이득을 보기 위해서였다. 정상 참작이라니. 동생이 죽었는데. 장 경감이 경멸하듯 성원에게 등을 돌리는 그때였다.

발길을 멈추게 하는 고백.

"해수를 죽인 건 나야."

타들어 간 담뱃재가 부스러졌다.

"내가 죽게 했어."

최혜란과 신해수.

성원은 모녀의 지성과 미모에 비해 턱없이 모자란, 실패작 같은 여자였다.

『첫째 딸의 진술 내용

: 경찰서까지 오시는 길이 불편하진 않으셨습니까? 신성원 씨.

: 유쾌하진 않군요. 형사님. 취조는 빨리 끝냈으면 해요.

: 신해수 씨가 결혼식 직전에 실종된 것 아시죠?

: 그 자리에 저도 있었습니다.

: 신부가 실종되던 시각 무얼 하셨습니까?

: 저는 신부의 언니예요. 당연히 결혼을 축하하러 참석했었죠. 분명히 신부 대기실에 있는 걸 보고 왔는데, 실종되었다니 충격입니다. (의혹 어린 눈길로) 누가 '납치'를 한 건가요?

: 아직 수사 단계에 있습니다. 하지만 그렇게 말씀하시는 이유는, 평소 신해수 씨에게 원한을 가진 사람이 있었나요?

: 원한이요? (웃음) 해수는 모든 사람한테 사랑받는 아이였어요. 얼굴도 예쁜데 마음씨도 상냥했고 똑똑하고, 모두가 그 애를 칭찬했어요. 하긴, 그런 해수를 질투하는 사람이 한 명쯤은 있을 수 있겠죠.

: 질투?

: 아, 못 들은 걸로 해 주세요. 별 시답잖은 이야기예요.

: 혹시 결혼식에 참석하지 못한 여동생, 신영원 씨를 말하는 건가요?

: (머뭇거리다가) 동생을 욕하는 건 별로 내키지 않네요. 아, 우리가 의붓자매들이란 건 아시죠? 우리는 원래 두 자매에서 세 자매가 되었어요. 그래요. '세 자매'. 자매라는 건 축복인 동시에 저주이기도 하죠. 정말 복잡미묘한 관계가 바로 '자매' 예요. 제일 먼저 축하해 주다가도 누구보다 배 아파하는. 상상이 가세요? 나보다 더 월등한 자매를 지켜봐야 하는 삶이 어떤 건지. 사실 난 그 애가 이해가 가기도 해요.

: 더 자세히 말해 줘 봐요.

: 영원이는 해수와는 정반대였어요. 모든 사람이 그 애를 싫어했어요. 음침하고 괴팍하고, 사람을 끌어모으는 해수와 달리 영원이는 사교적이지 못했어요. 해수와 모든 면에서 비교되었죠. 그 애는 해수를 미워했어요. 해수를 증오했어요.

: (웃음) 목소리에 힘이 들어가는 걸 보니, 언니분이 더 신해수 씨를 미워한 것 같은데요.

: (침묵) ……말했잖아요. 난 영원이의 심정을 이해했다고.」

장 경감이 성원을 응시했다. 여자 손끝에서 담배가 타들어 갔다. 그녀는 가늘게 눈을 뜨며 그날을 회상했다. 아마 바닥에 흐른 기름에 담배 불씨가 날아간 듯했다. 분명 다 피운 담배를 지지고 집으로 돌아왔는데 얼마 안 돼서 불이 번졌다.

"고의가 아니었어. 담배를 피운다는 게 그만 컨테이너에 불이 붙었어."

불길은 걷잡을 수 없이 모든 것을 집어삼켰다. 왜 불을 마귀에 비유하며 '화마' 라고 일컫는지 알 것 같았다. 그 자신도 악마가 된 것이리라.

"악마 같더란 말이야. 그 순간엔 이성도 인간성도 다 상실했어. 그저 살겠다는 본능뿐이었어."

해수는 바깥으로 나오지 못하고 죽었다. 성원이 문을 자물쇠로 잠가 놓았다. 양 비서에게 넘겨야 하는데 혹여 밤새 말도 없이 사라지면 곤란하니까.

인간이란 얼마나 추악한 존재인가.

담배를 입술에 가져다 대는 손이 덜덜 떨리고 있었다.

해수를 죽인 것은 담배가 아니었다. 인간의 추악한 마음이었다.

"당신…… 복수에 미친 인간이 어떤 얼굴을 하는지 알아?"

한때 해수를 부러워하고 질투했다. 그러나 한편으로, 경멸했다.

남의 눈물과 고통으로 쌓아 올린 영광 따위, 그런 주제에 항상 저는 고고한 척 나를 업신여겼지. 나를 속물인 양. 진짜 속물이 누군데?

인간의 민낯은 추악할 뿐이다. 그래서 성원은 해수를 양 비서에게 넘길 수 있었다. 아무런 죄책감 없이.

뒤늦게 혜란이 안에서 해수를 꺼냈지만 이미 죽어 가고 있는 상태였다.

직원들에게는 해수를 들키지 않았다. 가게는 영업을 중단했다. 화재를 탓으로 돌렸지만 원인은 최혜란의 붕괴였다.

"제정신이 아니었어. 썩어 가는 시신을 끌어안고 하루 종일……!"

침대에 눕혀 놓고 살아 있는 양 해수를 주무르고 물을 먹이려 했다. 분명 죽었는데, 온기가 식어 파래지고 있는데. 딸이…… 해수 하나는 아니잖아! 나도 있는데. 해수에게 모든 기대를 쏟아부은 탓이다. 해수가 죽으니까 자신의 꿈마저 몰락한 기분이 드는가? 꼴좋다. 실컷 비웃어 주었다.

얘기를 듣다가 장 경감은 멈칫했다. 성원은 눈물을 흘리고 있었다.

"그래도…… 그래도 그렇게 비참하게 죽기를 바랐던 건 아니었다구."

성원이 괴로운 듯 입술을 물었다.

장녀지만 엄마의 관심과 기대에서 멀어져서 살았다. 공부도 못했고, 손재주도 나빴고, 얼굴도 못생겼다. 할 줄 아는 것은 돈 쓰는 재주뿐이다. 시작부터 울퉁불퉁 꼬인 성격일 수밖에 없는 인생이다. 영원을 미워했다. 해수를 대놓고 질투하고, 한때 혜란의 사랑을 미련스럽게 갈구했던 영원이 그래서 더 싫었다. 구질구질해서.

아이러니한 일이 아닌가. 치가 떨리는 계집을 자신의 손으로 구하다니.

"그날 불이 나지 않았으면 영원은 죽었겠지."

정신병원에서 탈출한 해수는 영원을 죽이겠다고 복수를 다짐했다. 해수는 영원이 어디에 있는지 아는 눈치였다. 죽였을 거다. 분명 죽였다. 누가 죽든 상관없으나 영원이 잘못되면 진주양이 가만히 있을까? 결과는 몰살이다. 몰살.

그즈음 호운이 찾아왔다. 해수를 탈출시킨 게 호운이라는 걸 그때서야 알게 됐다. 호운은 해수를 데려가려고 했지만 죽은 걸 알고 굉장히 당황해 했다. 호운이 어딘가로 전화를 하는 걸 엿들었다. 뭔가 일이 틀어진 듯했다.

"시신을 계속 집에 둘 수가 없었어. 냄새가 나면 사람들이 의심할 테니까. 호운이 시신을 수거해 갔어."

성원이 아는 것은 거기까지였다.

장 경감은 턱을 문질렀다. 강호운이었다. 탑차에 시신을 넣은 것은. 경찰 수사에 혼선을 줘 밀항 시간을 늘리려고 그 시신을 신영원으로 위장했다. 어쨌거나 신원을 판독하기까지 시간이 걸릴 테니까. 그때 영원은 다른 장소에 있었다.

하지만 강호운의 마음이 바뀌면서 모든 게 꼬인 거야.

신영원은 원래라면 주양에게 돌아가야 했다.

진주양은 왜 신해수를 마치 자신이 죽인 것처럼 말했지? 아니. 자신이 죽였다고 말한 적이 없다. 믿어 주지 않은 건 장 경감이었다.

'친구가 되기엔 우린 서로를 너무 모르지.'

진주양은 그를 버린 것이다. 인간의 간사함을 경멸한 것이다. 그래서, 진주양은 신영원을 찾아낸 건가?

성원이 더듬더듬 말을 내뱉었다.

"해수 시체가 발견되고서 진주양이 날 찾아왔지. 우리가 해수를 숨겨 준 걸 다 알고 있었어."

"신해수의 위치를 알면서 모르는 척했다고?"

그럴 리가. 그는 신해수를 죽이려고…….

"몰랐을 리가 없잖아. 해수가 정신병원에서 탈출해서 갈 데가 집밖에 더 있겠어? 처음엔 죽이려고 했던 거 같아. 해수를 깔끔하게 처리해서 사건을 끝내려고. 근데 어째서인지 생각이 바뀌었어."

"왜 바뀌었지?"

"내 생각인데. 배후를 알아낸 것 같아. 호운 뒤에 있는 배후. 우리도 호운이 영원을 데리고 있는 줄 몰랐어. 말해 주지 않았으니까."

강호운 뒤에 또 다른 공범이 있다는 것은 장 경감도 의심한 바였다. 진두영.

"진주양, 아직 신부를 찾고 있는 것 같아."

그제야 장 경감은 모든 것이 머릿속에서 정리됐다.

진주양은 아직 신영원을 찾. 지. 못. 했. 다.

진주양은 신해수가 어디에 숨어 있고, 무엇을 하고 돌아다니는지 다 알고 있었다. 신해수가 백운당 화재로 죽었다는 것도 미리 전해 들었겠지. 강호운이 그 시신을 처리한 것도. 그래서 강호운이 덫을 놓은 시신이 발견됐을 때 주양은 그게 영원의 시신이 아니라는 걸 처음부터 짐작하고 있었어. 머리 좋게 역이용한 거야. 어차피 죽은 시체, 신해수를 영원으로 둔갑시키고 사건을 종결시킨 거지.

강호운이 혼수상태인 지금 신영원은 다른 누군가가 데리고 있다. 신영원은 정말 납치가 되긴 한 것이다.

성원의 말대로 진주양이 사건의 배후를 알아냈다면, 지금 치밀한 심리전이 벌어지고 있다.

추측하건대 진주양은 사건을 종결시키려 하고 있고, 납치 배후는 이 사건을 키우려 하고 있다. 강호운에게도 신해수의 죽음은 계획에 없던 사고였다. 강호운은 아마 전화 통화를 한 그 '납치 배후'에게 신해수를 데려가야 할 의무가 있었는지도 모르겠다. 그 대가로 밀항의 도움을 약속받은 것이다.

납치 배후는, 가짜 신부 스캔들을 온 세상에 까발려서 주양을 흠집 내려고 한 건가?

하지만 납치 배후가 진두영이라는 건 너무 상식적이고 뻔해. 범인을 아는데 진주양이 신부를 못 찾아서 쩔쩔맬 리가 없다. 배후는 전혀 예측하지 못할, 주양의 수사망을 벗어난 다른 인물이어야 하지 않을까? 주양의 가장 가까운 곳에 있으면서, 가짜 신부의 내막을 전부 다 상세히 알고 있던 인물.

"매향. 그년이 나타나고 모든 게 꼬였어."

장 경감은 멈칫했다.

"몰랐어? 시체가 발견되자마자 숙부 쪽으로 갈아탔다구. 지금 진주양의 사람이 아냐."

매향, 유선민……?

"하지만 그 여잔 진주양의 심복……."

매향은 신영원의 편을 자처했다. 그렇기 때문에 주양이 믿고 그녀에게 일을 맡겼다. 영원을 누구보다 끔찍이 여기는 여자니까. 영원의 복수를 도와준 친구. 김 회장을 살해하면서까지 영원에게 헌신한 친구.

성원이 앙심을 품고 거칠게 말했다.

"기분 나빴다고. 해수는 그년을 무척 싫어했지. 속을 알 수가 없는 타입이긴 했어. 누구를 닮았어. 아, 그래. 그 남자…… 진주양처럼."

누구도 그 사람이 어떤 생각을 하는지 진심으로 말하기 전까진 섣불리 장담해선 안 된다. 열 길 물속은 알아도, 한 길 사람 마음을 장담할 수 없다. 의심하고 의심하라.

그러나 그러는 사이 미처 지켜야 할 것들을 지키지 못하고 떠나보내게 되고 만다. 의심 역시 장담의 한 종류다. 주양이 신해수를 죽였다고. 어느 순간 자신은 장담해 버리고 놓쳤던 것은 아니었을까?

"그땐 몰랐는데 처음부터 꿍꿍이가 있어서 백운당에 온 거 같아."

성원이 장 경감에게 똑바로 시선을 박았다. 장 경감은 불길해졌다.

"생각해 보니까 그년이 영원이를 부추겼던 거 같아."

백운당에는 이상한 괴담이 돌았다. 새로 신입이 들어오면 선임은 백운당에 있는 재미있는 이야기를 해 주었다.

"이건 비밀인데. 백운당에 귀신이 살아."

"아, 사장 딸 말하는 건가요? '얼굴 없는 귀신'이라던. 지겹게 들어서 딱지가 앉을 지경이에요."

하고 말하는 신입에게 선임은 후후, 웃으면서 말하는 것이다.

"아니. 그 귀신 말고."

"……."

"진짜 여기서 죽은 처녀 귀신."

거세게 휘몰아치는 강풍에 문간이 들썩였다. 테라스 바닥으로 폭우가 그대로 들이치고 있었다. 어느 고급 오피스텔. 어두운 거실에 TV가 나 홀로 돌아갔다.

「기상 특보입니다. 태풍이 몰려오고 있습니다. 북상하는 태풍의 영향권 아래서 한반도는…….」

주인 없는 방을 주홍빛 스탠드가 비췄다. 책상에 서류들이 수북이 잡다하게 엉켜 있었다. 법률 서적들이 즐비한 책장 옆으로 눈길을 돌리면 이 방 주인을 짐작게 해 주는 졸업장이 걸려 있다.

유선민. 사법연수원 39기 수석 졸업생. 반대편 벽은 지역 신문의 아주 짧은 귀퉁이를 차지하는 기사 스크랩으로 도배가 돼 있었다. 공간이 남지 않을 정도로 빽빽한 공부의 노력이 엿보였다. 백운당에서 사고로 죽은 어느 여직원……, 그 사건에 관여된 여러 인물들의 사진과 관계도였다. 자기들의 이익을 위해 한 사람의 죽음을 덮은 인간들. 이중모, 최혜란, 대산 김 회장, 진주양. 치밀하고 집요한 흔적이 엿보였다.

그때 사진 하나가 바람에 떨어졌다.

다른 사진들과 달리 특별히 별표 표시가 돼 있었다.

'신영원.'

맞은편에 걸려 있던 액자 속 졸업 사진이 번뜩이는 눈으로 영원을 거누었다.

【1년 전, 영원 26세】

영원은 백운당 중정 연못을 빤히 내려다보았다. 잔잔하게 고인 못은 그 안을 들여다보기가 힘들다.

계모에게 용서를 구하라고 구걸하다시피 말했지만, 돌아온 것은 괴로움이었다. 계모는 뉘우치는 것 없이 오히려 영원을 미친년 취급 했다.

'이 흉터 네 어미가 너한테 남긴 거잖아.'

'널 죽이려고 한 건 네 어미야!'

비참함과 한심함. 꼭 그렇게까지 진실을 밝혔어야 했나. 미안하다. 그 한 마디면 됐는데. 그 한 마디면. 계모는 조금도 자신에게 양심의 가책을 지우지 않으려고 그녀를 비난했다.

피곤해졌다. 누군가를 이해하려고 하는 행위들이.

그간 눈감아 준 계모의 죄가 얼마나 되던가.

그러한데, 계모는 단 한 번도 영원에게 빈말이라도 사죄하지 않았다. 그저…… '내 탓이다. 미안하다.' 그 한마디만을 듣고 싶었을 뿐인데.

그래. 영원을 죽이려 한 것은 친엄마였다. 하지만 그게 뭐……?

친엄마였다 해서 모든 게 없던 일이 되는가. 그 외에 계모가 저지른 일들. 자신 안의 증오가 옅어지나. 영원은 깨달았다. 진실은 중요한 게 아니라는 것을. 그녀의 증오와 악의의 방향은 모두 계모를 향해 뻗어 있었다. '계모가 내게 지은 죄가 얼마나 더 있었지?' 그 순간 영원은 머릿속에서 셈을 하고 있었다. 계모가 저지른 죄악의 개수를. 계모를 지금보다 더 증오하기 위하여.

"밤에 보면 귀신인 줄 알겠네, 아오."

연못 가까이 있는 영원을 보고 동료들이 멀찍이 떨어져 비웃었다.

"진짜 귀신도 쟤 보고 놀라서 심장 마비 걸릴 거야."

"백운당에 처녀 귀신이 정말 살긴 해?"

"실제로 살아."

"설마."

"진짜."

신입이 호기심을 보이자 동료가 잘난 척하듯 말했다.

"한 4년 전인가. 크리스마스이브 며칠 전이었어. 크리스마스 시즌만 되면 백운당이 바빠져. 모든 직원이 풀가동이지. 그 여자도 이 식당 직원이었어. 추운 겨울에 손님 심부름 하면서 열심히 일하다가 빙판길에 미끄러져 연못에 빠져 죽었어."

"죽어?"

"그 뒤로, 밤마다 원혼이 이 백운당을 떠돈다는 소문이 있어."

"꺄아아악! 소름."

백운당에서 살해당한 여직원…… 그때, 떠들던 직원들이 매향을 보고 후다닥, 도망쳤다. 매향이 다가와 영원의 어깨를 쥐었다.

"신경 쓰지 마. 계집애들 얘기."

"너도 믿어? 백운당에서 죽은 여자가 밤마다 운다는 소리."

영원의 물음에 매향이 무심히 곰방대를 물었다.

"세상에 귀신이 어딨어. 난 인간이 더 무섭더라."

"난 매일 듣는데."

"뭐?"

"난 매일 들어. 울음소리."

쏴아아아—

바람이 긁고 지나갔다.

"매일 날 찾아와."

매향이 알 수 없는 눈길로 옆모습을 깊게 쳐다봤다. 영원은 연못을 물끄러미 내려다봤다.

"그 애가…… 널 찾아온다고?"

크루즈에서도 그랬다. 분명 물속에 누군가 있었지만 호운은 아니라고 했다.

'저…… 저기 바다에 사람이 있어. 사람이 구해 달라고…….'

'그런 거 없어.'

'아니야. 사, 사람이…… 빠져서…….'

'환영이야.'

쓸모없는 사람이 된 것 같았다. 모지리가 된 걸까. 영원의 눈에는 분명하게 보이는 죽음의 그림자가 다른 이들에겐 정신 착란이었다. 전문 용어로 이것을 '섬망'이라고 한다. 영원은 환자였다.

그래. 이것은 환영이야.

환영을 맞닥뜨리는 순간 영원의 의지와 육체는 자신의 컨트롤 밖의 일이 된다. 명확하게 인지하고 있다. 환영이라는 것쯤. 그러나 올무에서 벗어날 수가 없다. 매번 공포만큼은 가짜가 아니다. 시간과 함께 고통의 질기도 흐려진다는데, 해묵을수록 죄책감은 구름 한 점 없이 쾌청하다. 그래. 이것은 환영일 터다. 내 양심의 가책이 빚어낸 속삭임일 터다.

'왜 날 보고만 있었어? 왜 살려 주지 않았어?'

그 애가 지금도 내 어깨에 달라붙어 귓가에 속삭여 온다.

영원은 방 깊숙한 곳에 숨겨 둔 과거를 끄집어냈다. 일기장을 다시 찾을 날이 올 거라고는 생각지 못했다. 잊고 있었다. 그 애가 죽고 지난 4년 동안 단 한 번도 생각하지 않았다. 바다의 이름을 예쁘다고 했던 'S'가 물속에서 어떻게 죽어 갔는지 그 모습까지도. 그래야 살 수 있었으니까.

이제는 한계였다. 똑바로 마주하지 않으면 새 출발을 한다 해도 지금처럼 과거에 끌려다닐 거다. 영원은 떨리는 손으로 노트를 펼쳤다.

『그리고 내가 스물두 살이 된 올해였습니다. 내 인생에 반환점을 가져다준 '그 사람'을 만난 것은.』

아마도 나 같은 사람은 태어날 때부터 '행복할 권리'가 없는지도 모릅니다. 의심은 확신이 됐습니다. 자신으로 인해 무고한 한 생명이 목숨을 잃은 이후, 내게 그 권리를 주장할 '권리'는 완벽히 떠나갔습니다. 타인의 생명을 빼앗은 주제에 어떻게 행복해지길 바랄 수 있을까요.

앞서 나는 밝혔습니다. 내가 '그 사람'을 만난 것은 스물두 살이 된 올해라고.

그 사람도 나와 같은 스물두 살 동갑이었습니다. 한 어린 인생이 죽었습니다. 나로 인하여.

그 사람의 이름은 S.

이 일기가 시작된 이유이기도 합니다.

초봄이 도래한 시기였습니다. 그날도 나는 산더미 같은 빨래와 씨름 중이었습니다. 어째서 '너'는 조심성이 없는 걸까요. 항상 빨간 날만 되면 이불에 흔적을 남겨 놔서 나를 힘들게 했습니다. '너' 는 내가 자신의 것을 빨아 주는 걸 즐기는 게 아닌가 강력한 불신이 들기도 합니다. 의도했든 의도하지 않았든, 너는 나를 비참하게 만들었습니다.

'너' 를 떠올리며 비누에 힘을 주는 그때였습니다. 매끄러운 비누가 손에서 빠져나가 굴렀습니다. 그것을 잡는데 수풀에서 얼굴이 하나 튀어나왔습니다. 헉. 나는 엉덩방아를 찧었습니다.

여자는 자기가 더 놀란 얼굴을 했습니다.

"너 누구야?"

내가 묻고 싶은 말이었습니다.

"엇, 여기 사장님 사가잖아? 그럼 네가 영원이? 사장님 막내딸?"

여우같이 조밀한 예쁘장한 이목구비, 미소 지으면 길게 퍼지는 눈웃음을 지으며 여자가 사과를 해 왔습니다.

"놀라게 했다면 미안. 길을 잃었어. 온 지 얼마 안 된 신입이거든."

그래요. 그것이 S와의 첫 만남이었습니다.

S가 내게 웃어 주었습니다.

"소정. 난 한소정이야."

S.

소정을 만난 것은 그해 봄이었습니다.

학대를 받다가 머리를 심하게 얻어맞아 뇌의 어딘가가 망가져 버린 건 아닐까, 종종 고민합니다. 나는 공감 능력이 결여되어 있는지도 모릅니다.

타인의 삶에 무관심했습니다. 세상 인간 중에서 내가 유일하게 관심을 쏟는 이들은 계모와 두 딸뿐이었습니다. 증오라 불러도 좋았고, 체념이라 불러도 괜찮았습니다. 나는 폭력의 그늘 아래서 일신의 안위를 유지하기 위해 이미 굴종을 선택했습니다. 살아남는 것. 살고 있다는 것 이외에 내가 이 비참한 삶에서 거머쥘 수 있는 장점은 생각해 보지 못했습니다.

그들에게 복종하며 사는 것. 그것이 내가 그나마 이 인생에서 가질 수 있는 유일한 장점, 산다는 '행복'을 지키는 방법이었습니다. 그런데 그 애가 끼어든 겁니다. 돌발적인 변수는 가까스로 다져 놓은 평화를 위협하기도 합니다. 갑작스러운 타인의 개입이 불안했고 불편했습니다.

그 뒤로 그 애는 종종 나를 찾아왔습니다.

"남은 화과자야. 숙수 몰래 훔쳐 왔어."

주전부리들을 챙겨서 점심시간이면 내 주변에서 알짱댔습니다. 나는 빨래를 하거나 화단을 가꿨습니다.

"백운당 직원들은 항상 네 얘기만 해. 어떤 애인지 궁금했어. 난 네가 TV에서 나오는 것처럼, 심장병을 앓아서 집 밖으로 못 나오는 연약한 공주님이라고 생각했어."

나는 눈앞의 화단을 가꾸는 데 열중했습니다. 바닥에 뿌리 내리고 사는 생물을 가꾸는 것은 유일한 내 낙이었습니다.

"너 진짜 이상해. 재미없다구. 땅바닥에 금이라도 숨겨 놨어?"

바닥으로 추락한 뒤 나는 하늘을 보지 않았습니다. 나는 가장 미천한 자리에서 살아남기 위한 삶만을 보았습니다.

"어! 저게 뭐지?"

이상한 아이였습니다. 그 애는 좀처럼 고개를 들지 않는 내게 억지로 하늘을 보게 했습니다.

"아니. 이번엔 진짜야! 구름이, 모양이 꼭 '봄'이라고 쓰여 있는 것 같은데?"

봄, 하면 사람들에게 떠오르는 어떤 이미지들이 있을 겁니다. 따스함, 부드러움, 솜사탕처럼 달짝지근한 느낌들. 그러나 내게 봄이 와서 좋은 점은 빨래를 해도 손이 곱아들지 않는다는 것이었습니다. 그 당시만 해도 내게 계절의 변화 따위는 빨래가 잘 마르냐, 안 마르냐의 차이였습니다. 자꾸 하늘을 보라고 하는 그 애가 귀찮고 거슬렸습니다.

자유 같은 것은 함부로 만끽하는 게 아니었습니다. 한때, 신을 생각했던 때가 있습니다만 포기했습니다. 더욱 외로워지니까. 자유를 갈망하면 살 수 없을 테니까.

얕은 수에 넘어갈 내가……,

"아……."

나는 감탄했습니다. 구름이 정말 '봄'이라고 쓰여 있었습니다. S와 나는 멍청하게 눈이 마주쳤습니다. S가 먼저 어처구니없다는 듯 웃음을 터트렸습니다.

"뭐야, 저거. 황당해."

하늘을 올려다본 게 얼마 만인가.

후우, S가 풀밭에 드러누웠습니다.

"오늘 기분 나쁜 일이 있었는데 좋아졌어. 낮에 가게에서 옛날 부모를 만났거든."

부모면 부모지 옛날 부모는 어떤 신조어인가요.

"밥 먹으러 왔더라고. 나 사실 말 못 한 비밀이 있어. 고아야. 이제껏 창피해서 아무한테도 말 못 했는데, 파양당한 뒤 쭉 혼자 살았어."

항상 밝고 즐거워서 그런 아픔이 있는지 몰랐습니다.

"이상하네. 왜 네 앞에서는 술술 나오지? 너와 있으면 외롭지 않은 느낌이야."

S가 좋은 생각이 났다는 듯 벌떡 일어났습니다.

"우리, 비밀 노트 교환하지 않을래?"

며칠 뒤, S가 노란색 노트를 내밀었습니다. 동갑내기의 제안을 어째선지 거절 못 했습니다. 그것을 받아 들고 다락방까지 올라왔습니다. 신기한 시선으로 노트를 이리저리 구경했습니다. 반짝반짝 빛이 나는 펄이 입혀진 노트는 예뻤습니다.

비밀이라니. 누군가와 콩 한 쪽도 공유해 본 적이 없었습니다. 유대감 주는 단어는 이상하게 간질거렸습니다. 그러나 거대한 벽에 막혔습니다. 노트를 폈지만 막상 자랑할 만한 게 없었습니다. 무엇을 말할까요. 내 아버지가 불륜을 저지른 것? 어머니가 자살한 것? 스스로 제 무덤을 판 치부를 까발리라고?

굴욕으로 점철된 삶은 자랑할 만한 게 못 됩니다. 굴욕을 당하는 일은 아무렇지 않았으나, 타인에게 그 모습을 보이는 것엔 면역이 돼 있지 않았으니까요. 나는 그걸 방구석 어딘가로 던져 버렸습니다. 내가 이 비밀 노트를 쓰는 일은 없을 것입니다.

그러는 사이 계절이 변했습니다. 중정 연못에서 물비린내가 심해졌습니다. 여름이었습니다.

짜악—!

코피가 후드득, 바닥에 흩뿌려졌습니다. 반지를 낀 주먹에 얻어맞은 코가 얼얼했습니다.

"실크를 물빨래하면 어쩌자는 거야. 집안일 한 지 몇 년인데 아직도 물빨래랑 드라이클리닝 구분을 못 해? 만찬 모임에 입고 갈 수 없게 됐잖아!"

걸레짝이 된 옷을 계모가 바닥에 패대기치고 갔습니다. 코피가 터진 부위를 손으로 막았습니다. 나는 마음으로 상처 입지 않았습니다. 내 인내는 담금질 된 쇠방패였습니다. 어떤 충격에도 꿈쩍하지 않을 겁니다.

해파리처럼 물에 젖어 쭈글쭈글해진 옷을 평소처럼 태연하게 줍는데, S가 날 보고 있었습니다.

굴욕을 당하는 일은 아무렇지 않았습니다. 하지만 그 애에겐 보이고 싶진 않았습니다.

S는 우연히 목도한 광경에 무척 당황해 했습니다. 언제나처럼 먹거리를 가지고 온 겁니다. 천에 싸인 화과자를 어쩔 줄 몰라 했습니다.

그때 내 안에서 울컥, 가시 달린 감정이 돋아났습니다.

'수치'.

나는 처음으로 초라한 내 자신이, 내 존재가, 내 인생이, 수치스러웠습니다.

제일 들키고 싶지 않은 비밀을 들켜 버렸습니다.

'탑에 갇혀 사는 공주님인 줄 알았어.'

S가 멋대로 상상한 탓입니다. 나는 공주가 아니었습니다. 사실 나는 하녀였습니다.

그 애는 이제 내가 이 집에서 어떤 취급을 받는지 낱낱이 알게 됐겠죠. 남들이 부러워하는 백운당의 딸이 아니라 하녀라는 것을. 남에게 들키고 싶지 않은 민낯이 까발려진 기분이었습니다.

S가 자기 일처럼 화를 내었습니다.

"왜 그러고 살아? 너 바보니?"

그 말이 내 자격지심에 불을 지폈습니다. 아무도 나를 비웃어선 안 됩니다. 내가 어떻게 살아남았는지를 안다면, 그렇게 비난할 순 없을 겁니다.

"친엄마인데 왜 너를 못살게 굴어? 이런 인생을 살아도 너 괜찮아?"

친엄마가 아냐. 친엄마가 아냐!

계모가 얼마나 무서운 여자인지 알기를 바랐습니다. 내가 '비밀'을 말한다면 계모는 S를 가만두지 않겠죠. S는 이제 백운당에서 쫓겨날 겁니다.

하지만 그 순간 내게 일말의 기대가 없었다고 말하진 못하겠습니다. 사실 누구보다 구제받기를 기도했습니다. 용자가 나타나 주기를. 감당할 수 없다는 걸 알면 떠날 거라고 생각한 동시에, 그 애가 진실을 감당할 용기 있는 친구라는 것도 나는 알고 있었습니다.

잘난 척하지 마. 그래서 너는 뭘 할 수 있는데.

나는 코피를 손등으로 닦으며 차게 말했습니다.

"네가, 날 구제해 줄 수 있어?"

나는 비겁했습니다.

비극은 거기서 시작됐습니다.

내가 모든 진실을 그 어린 아이에게 털어놓은 것에서.

별 무리가 차가운 겨울밤을 선회했습니다. 입김이 하얗게 얼었습니다. 어느덧 12월입니다. S는 그 여름 후로 나를 찾아오지 않았습니다. 가끔 마주쳤지만 S가 먼저 재빠르게 내 시선을 피했습니다. 예상했던 반응이었습니다. 감당하기엔 두렵고 어려운 진실이었겠죠.

백운당 여직원들의 말소리가 담장 밖으로 샜습니다.

"소정이 오늘 당직 아냐? 숙소에도 없었지?"

S가 돌아오지 않는 모양입니다.

오늘 낮에 S는 나를 찾아왔습니다.

'해수……, 소리가 참 예쁜 이름이야. 해수라는 이름엔 아주 좋은 의미가 있지.'

알 수 없는 말만 던져 놓고 웃어 보였습니다.

그날따라 계모가 야근을 했습니다. 밤참을 들고 사장실로 향하는데 어디선가 말다툼이 일었습니다. 뒤이어 풍덩! 물에 빠지는 소리가 들렸습니다. 나는 중정 연못으로 달려갔습니다. 그와 동시에 누군가 반대편 어둠으로 후다닥— 사라졌습니다. 연못에는 누군가 있었습니다. 버둥거리는 뭔가가…….

의아해서 가는데 그것은 S의 머리였습니다.

연못에 빠진 그 애를, 살리고 발악하는 그 애를, 하지만 수심이 깊어서인지 허우적거리는 그 애를, 살리려고 했습니다. 의지와 달리 물가에서 꼼짝도 할 수 없었습니다. 몸이 말을 듣지 않았습니다. 역겹고 숨 막히는 트라우마가 나를 죄었습니다. 과거에 내가 당했던 일 때문이었습니다. 죽이려는 손과 살려 달라고 울부짖던 내 자신. 살리고, 살리고 허우적거리면 죽으라고, 죽으라고 욕조에 얼굴을 처박던 손. 물 곁에만 가면 손발이 차게 식고 몸이 사시나무 떨듯 떨렸습니다. 두려워서 꼼짝도 할 수 없었습니다. 나는 그 애를 눈앞에서 보고만 있었습니다.

그렇게 얼마간 가위에 눌려 있다가 정신을 차렸습니다. 발버둥 치던 S는 이미 몸부림을 멈춘 후였습니다.

나는 멍하니 그걸 지켜보았습니다.

며칠 뒤, 경찰이 죽은 S의 사건 파일을 들고 백운당을 찾아왔습니다. 돈을 먹은 경찰은 이미 S가 발을 헛디딘 걸로 수사를 종결했습니다. 형사는 계모 옆에 나를 나란히 앉혀 놓고 물었습니다.

"그럼 한소정 씨가 학대로 고소한 건 어떻게 할까요?"

S가 마지막으로 남겨 놓았던 것.

"그래도 진술은 받아 놓는 게 절차라. 마침 한소정 씨가 주장하는 피해자가 있으니 물어보죠. 어머니께 학대를 당한 일이 있었습니까?"

형사가 형식적으로 물었습니다. 계모가 눈앞에서 나를 빤히 봤습니다. 가해자와 피해자를 한 방에 두고 묻다니. 답을 하라는 건가, 하지 말라는 건가. 나는 계모의 팔뚝에 난 할퀸 상처를 봤습니다. 몸싸움의 흔적이었습니다. 계모는 내가 비밀을 제삼자에게 발설한 걸 알았을 겁니다. 그러나 나를 추궁하지 않았습니다. 대신 더욱 확실한 방법으로 본보기를 보여 주었습니다. 계모는 나를 시험한 겁니다. 자신이 데리고 살아도 되는 겁쟁이인지, 아니면 S처럼 처리해야 하는 검은 머리 짐승인지.

아마 내가 진실을 밝혔어도 계모는 돈과 인맥으로 틀어막았을 겁니다. 계모가 유지로 있는 폐쇄적인 시골 마을에, 계모와 친분이 두터운 형사에, 계모의 권세가 하늘을 찌르는 이 백운당에서, 지난 20년간 내가 뼈저리게 통달한 것은 그런 것이었습니다.

나는 그냥 빨리 모든 것이 끝나서 다시 평화가 찾아왔으면 했습니다. 내 안에 그런 냉혈함이 존재할 줄 꿈에도 몰랐습니다.

나는 무심히 답할 수 있었습니다.

"그런 일은 없어."

계모는 이로써 나를 완벽하게 복종시켰습니다. 나는 평화주의를 가장한 겁쟁이였습니다. 심지어 비열한. 그 애는 이런 인간을 위해 목숨을 잃은 겁니다.

지금 S를 위해 일기를 쓰지만, 사실 S는 내 인생에 그렇게 큰 비중도, 의미도 차지하지 못했습니다. 내 안중에는 살아남아야 한다는 절박함과 계모와 두 딸들 이외에 아무도 들어오지 않았습니다. 나는 타인의 삶과 죽음에 무관심했습니다.

S가 죽고 나는 빠르게 일상으로 돌아갔습니다. 낮에는 산더미처럼 쌓인 집안일을 했고 밤에는 계모에게 폭행을 당했습니다. 빠른 복귀, 그리고 빠른 일상의 안정.

S가 죽은 지 일주일쯤 되던 때였습니다.

털썩—

발치에 빨랫감이 던져졌습니다.

"깨끗하게 빨아 놔. 핏물 남기지 말고."

계모가 던져 놓고 간 이불을 나는 익숙하게 주섬주섬 집어 들었습니다. 딸들의 생리혈이 묻은 이불이었습니다. 마당으로 나가자 하얗게 입김이 일었습니다. 계모는 찬물에 빨아야 피가 더 잘 빠진다며 한겨울에 바깥에서 이불 빨래를 시켰습니다.

허드렛일은 일상이었고, 손이 부르트도록 집안일을 했지만 아프고 힘들다고 운 적은 없었습니다. 그런 여유조차 내겐 사치였습니다.

한겨울에 마당에서 언 이불을 빨고 있던 나는 문득, 뺨에 닿는 차가운 기척에 눈꺼풀을 들어 올렸습니다. 하늘에서 흰 눈이 소리도 없이 내리고 있었습니다. 희디흰, 깨끗한 눈이었습니다. 산더미처럼 빨래를 쌓아 놓은 내 비참한 삶과는 상관없이 눈은 평화롭고 적요했습니다.

S는 올겨울을 기다렸습니다. 그때, 자신에게 두 번 다시 겨울이 오지 못하리라고는 예상하지 못했을 겁니다.

'나는 가족이 없어서 그런가. 안정이 안 되었는데, 이상하게 너와 있으면 외롭지 않은 느낌이야. 우리, 비밀 노트 교환하지 않을래?'

간간이 그 애를 떠올릴 때마다 나는 이해할 수가 없었습니다. 나는 그 애에게 해 준 것이 없습니다. 한데 어째서 나 같은 하찮은 인생을 위해, 자신의 제일 귀한 것을······.

실은 S가 그날 밤 경찰서에 갔으리란 걸 난 짐작하고 있었습니다. 그 애와 교환한 비밀 노트에 내 비밀을 전부 다 적어 놨습니다. 모든 비밀을 알게 된 S는 충격을 먹었을 겁니다. 양부모에게 모진 구박을 받았던 S는 나를 깊게 이해했겠죠. 나를 자기 분신처럼 여기며 영웅 심리가 끓었을 겁니다. 두려웠지만, 외면하기엔 스스로가 너무 비겁했을 겁니다. 쭉, 괴로웠을 겁니다. 내 눈을 피했던 지난 몇 개월. 똑바로 마주하면 자신의 비겁함이 탄로 날까 두려웠을 겁니다. 하지만 결국 용기를 냈습니다.

'널 여기서 도망칠 수 있게 해 줄게.'

그러니까 납득할 수 없습니다. 별로, 그렇게 미안해할 일은 아니지 않나. 타인의 삶에 무관심할 수도 있지 않나. 다들 그렇게 한쪽 눈을 질끈 감고 불의를 참고 사는데. 내가 해야 할 일을 왜 그 애는 대신 해결해 주려 했던 걸까요?

'눈은 원래 공기였잖아. 근데 공기에 무게가 생기니까 형체가 돼. 사랑도 그런 것이 아닐까. 처음엔 보잘것없는 공기였으나, 눈이 되고, 우주가 되고 세상이 되는 거지.'

아, 그것은 '사랑' 이었나요. 이해관계 없이 숭고하게 상대를 아끼는 마음. 나는 사랑을 받았던 겁니다.

'너에겐 '행복' 해질 권리가 있어.'

내게 희망을 가르쳐 준 사람은 처음이었습니다. 하늘을 보라고 말해 준 사람도 처음이었습니다.

'난 알아. 네가 말은 그래도 사실 굉장히 다정한 애라는 걸. 꽃을 아끼는 사람이 나쁜 심성일 리 없어.'

길가에 굴러다니는 하찮은 돌멩이 같은 나를 유일하게 봐 준 사람을, 두 번 다시 오지 않을 기회를, 나는 바보같이 허무하게 놓쳐 버린 겁니다.

하늘에서 눈이 내렸지만 모두들 나를 비껴갈 뿐이었습니다.

잃은 후에야 깨닫게 되는 것들이 있습니다. 두 번 다시 그런 사랑은 받지 못하겠죠. 다시는 돌아오지 못합니다. 그 애는 눈이었습니다. 눈송이는 한순간에 뺨에 닿았다가 물기만 남기고 사라졌습니다.

그것을 깨닫자 무표정으로 가장한 나의 냉연함이 점진적으로 붕괴되었습니다. 뺨이 젖어 들었습니다. 미련처럼 남겨진 물기가 턱 아래로 추락했습니다.

지독한 상실감.

S의 죽음을 봐서인지 못 할 것도 없겠다 싶었습니다. 정말 두려운 것은 삶이

었습니다.

어쩌면 이다지도 삶은 잔혹한가.

그 겨울 예상치 못하게도, 마음까지 청결시켜 주는 백색 결정…… 그 깨끗한 눈을 보며,

나는 죽어야겠다는 생각이 들었습니다.

아름다운,

크리스마스이브의 밤이었습니다.

【실종 38일째】

시간은 꿈속에서 표류한다. 10년 전의 일들이, 과오들이, '그동안 수고했어.'라며 어깨를 두드리고 스쳐 갔다. 자신의 죽고 썩어 가는 육신을 처음 발견할 이는 그 형체에 얼마나 당혹스러움을 표할 것인가.

영원은 눈꺼풀을 가까스로 걷어 올렸다. 다세대 주택, 빛 한 점 안 드는 반지하방에 죽음의 냄새가 깔렸다. 썩은 형광등은 누전된 지 오래였고, 늙고 피폐한 동시에 음습한 곰팡내가 희미하게 부여잡고 있는 이성을 점차 탈락시켰다.

툭.

……투욱.

넋을 잃고 천장을 바라보았다. 천장에서 빗물이 샜다. 사람들의 발소리가 간혹 들렸다.

호운이 간신히 구한 은신처였다. 집을 구할 때 신원을 밝히지 않고 구할 수 있는 집은 이런 데뿐이었다. 전입 신고 없이 살 수 있는 곳을 원하는 사람들. 불법 체류자, 범죄자 혹은 일용직에 종사하는 사람들 때문에 생겨난 문화였다.

한 달 내지 두어 달의 단기간만 머무르다 편하게 훌쩍 떠나기 때문에 부동산에
서도 주민등록증을 요구하지 않았다.

주민들과의 왕래도 없는 삭막한 동네였다. 5평짜리 단칸방에 사람이 죽어
가고 있을 거라고 여기는 주민은 없다.

대롱대롱 매달려 있던 물방울이 힘을 놓쳤다. 피하는 법 없이 영원의 콧잔등
으로 일직선으로 추락했다.

타악.

싸구려 암막 커튼에서 빗소리가 서로서로 엉겨 붙었다. 비가 오는……가.

입김이 차가워졌다.

내려앉을 것 같……다.

눈두덩이 무겁다.

툭.

……툭.

투욱.

꺼져 가는 의식 아래서, 빗물 소리는 어느새 수액이 떨어지는 소리로 바뀌었
다.

멀쩡했던 한 인간의 의지를 갉아먹는 것이 정신병원이었다. 지난 4월. 결혼
식을 한 달 남겨 두고 마지막으로 해수를 찾아갔다.

"사람들은 나를 꽃이라 불렀지. 내가 향기 없는 꽃인지도 모른 채."

그 시간, 해수는 자신에게 일어났던 믿을 수 없는 일들을 영원에게 고백했
다.

"난 꽃이……, 꽃으로 불리는 게 너무 싫었어. 여성은 어째서 꽃처럼 다뤄지
지 않으면 안 되는 거지? 어째서…… 여성의 가치가 아이를 낳는 데만 있지 않
으면 안 되는 거지?"

사죄는 아니었다. 자신이 얼마나 불쌍한 인간이었나. 자기 연민에 빠져 남의
고통은 고려할 줄 모르는 여자였다.

영원은 창가에 놓인 화분을 봤다. 꽃은 물을 주지 않아 죽어 가고 있었다. 누

구처럼.

쾅!

해수가 달려들었다. 팔목에 채워진 족쇄가 팽팽하게 당겼다.

"결혼을 한다고? 해 봐. 해 봐! 아아아아악!"

온갖 가능한 저주와 폭언을 쏟아부었다. 어디 잘 살아 봐. 웃을 수 있을 때 실컷 웃어 놔. 병신, 빌어먹을 년, 남을 이 꼴로 만들어 놓고, 넌 희희낙락, 애새끼 낳고 잘 살겠다? 지독한 증오심과 절망으로 까맣게 타들어 간 절규. 한 자 한 자 씹어뱉어졌다. 네가 가장 행복할 때가 바로 내가 너를, 찾아가는 때가 될 거다. 네 애를 죽이러……! 허억, 내가 찾아갈 거라고! 찢어지는 비명은 병실을 나서는 복도까지 쩌렁쩌렁 울렸다.

움찔. 영원은 희미한 태동에 눈을 떴다. 아직 누렇게 변색된 단칸방이었다. 얼마나 잠들었지? 영원은 아랫배에 손을 얹었다. 그래. 그녀는 아이를 가진 상태였다. 그녀는 여기서 죽는다. 죽어 가고…… 있다. 이 아이와 함께.

서러움에 눈물이 나는 그때였다. 굳게 닫혔던 문고리가 달깍, 달깍, 움직였다. 누군가 문을 열려고 하다 안 되자 유리를 깨부쉈다. 유리 파편을 치우고 넘어온 팔이 안에서 문을 따는 것이 느껴졌다. 호운? 그러나 이어지는 건 하이힐 소리였다.

또각또각.

내 아이를 죽이러 찾아온 걸까. 해수가.

빨간 하이힐이 머리맡에서 멈췄다. 눈을 씀벅이자 해수의 잔영이 걷히고 진짜 여자의 본얼굴이 드러났다. 누워 있는 얼굴 바로 위로 여자가 영원을 내려다봤다. 그제야 또렷이 두 시선이 평행선에 놓였다. 상대가 내보내는 지친 한숨에 영원은 숙연해졌다. 매향이 붉은 입술을 실그러뜨렸다.

"네가 밉다. 원망스럽고."

"……."

"이런 내 자신을 싫게 만드는 네가."

【1년 전, 영원 26세】

톡, 톡······.

유리 조각 끝에서 신선한 혈액이 느리게 흘렀다. 감전된 절지동물처럼 감각 없이 손끝이 까딱거렸다. 암적색 굳은 피딱지가 손톱에 끼어 있었다.

육체의 고통이 전혀 느껴지지 않았다.

영원은 피로 짓무른 눈가를 깜박였다. 얼굴이 피범벅이었다. 이마를 그어 버린 탓이다.

퇴근하고 온 주양이 놀란 듯 가방을 떨어트렸다.

"어때······? 나."

"······."

"지금은, 진짜 복수할 것 같아 보여?"

복수는 폭주다. 복수엔 이성을 챙길 여유 같은 건 없다. 순도 높은 폭력이라는 점에서 복수는 광기에 가까웠다.

미쳤다. 나는 미쳤다. 그러나 상관없다. 날······ 누구에게도 이해시키고 싶지 않으므로.

하루 전.

여의사는 이마의 상처를 유심히 들여다보았다.

"상처가 꽤 깊네요. 오래되기도 했고, 아물려고 바동거렸는지 덕분에 울퉁불퉁해요."

"그래서 흉터를 치료할 수 있다는 거야, 없다는 거야?"

영원은 비관조로 옷을 꽉 쥐었다. 의사란 것들은 장삿속이 밝아서 부질없는

305

가능성에도 희망을 부추겨 환자에게서 돈을 뜯어낸다. 여의사는 빙그레 웃으며 영원을 안심시켰다.

"100퍼센트 제거는 힘들지만, 치료받을 수 있어요. 분명 좋아질 거예요."

낙인을 지워야만 새 출발을 할 수 있다. 과거 따윈 깨끗이 잊고 새롭게 출발하고 싶다.

이마의 흉터를 지우면, 가슴을 도륙당한 흔적도 흐릿해질 수 있을까.

진료실을 나오자 그녀에게 붙여 준 경호원이 외투를 입혀 주었다. 그날 밤에 잠자리에 누운 영원을 유심히 살피던 주양이 결정한 일이었다. 계모에게 또 얻어터질까 봐 걱정한 걸까? 하지만 그런 것치고 과잉보호다. 아마 전처럼 훌쩍 예고 없이 사라지는 일을 미연에 방지하기 위함이 컸다. 조금만 떨어지려 해도 재미없는 경호원 씨가 엄한 표정을 지어서 귀찮았다.

"화장실 갈 거야."

거기까지 따라온다 하진 않겠지.

여자 화장실엔 아무도 없었다. 세면대 거울에 영원은 얼굴을 비췄다. 머리카락 안에 손을 집어넣어 이마의 흉터를 더듬었다. 의사는 울퉁불퉁한 면을 레이저로 깎아 내서 덜 도드라져 보이도록 할 계획이라고 설명했었다.

한 여자가 화장실로 들어왔다. 그녀는 영원의 옆에 나란히 서서 손을 씻었다. 선글라스를 끼고 한껏 치장한 모습이 연예인 같았다. 눈을 무심히 아래로 내렸다가 문득, 여자의 구두에서 시선이 멈췄다. 예전에, 주양이 영원의 휴대폰을 부러트려서 시내로 나갔던 적이 있다. 그때 매장 쇼윈도 안에 진열돼 있던 그 구두였다. 아름다운 여자들만 신을 수 있는…….

결국, 임자를 찾았구나.

화장실을 나오자 경호원이 통화를 끝냈다. 정중히 고개를 굽히고 영원의 귓가에 나직막이 속삭였다.

"이사님께서 마중 나오셨습니다."

영원은 철수를 기다린 바둑이처럼 신나서 차에 올라탔다. 반가운 마음과 달리 영원은 얌전히 입을 다물었다. 주양이 휴대폰에 눈길을 주느라 대화가 오가지 않았다. 그사이 차는 부드러운 승차감으로 목적지인 백운당을 향해 달려갔다. 그렇게 얼마간 시간이 흘렀을까.

"병원에선 치료를 내일부터 당장 시작하는 게 좋다고 했다는데. 네 생각은?"

주양이 슈트 안주머니에 기기를 넣으며 그녀를 봤다. 대화가 급작스럽게 단절을 맞이했다. 영원의 입술에 주양의 눈길이 빤히 박혔다. 영원은 바짝 긴장했다. 삐질삐질 땀을 훔치며 물었다.

"왜, 왜? 내 얼굴에 뭐 묻었어?"

묻지도 않았는데 제 발 저려서 실토했다. 모르는 척해 줬으면 바랐건만. 이상해? 쥐를 잡아먹은 듯 붉은 입술이 우물거렸다. 매향이 준 립스틱을 조금 발라 봤다. 눈치를 보는데 주양이 경고도 없이 영원의 턱을 잡아 들었다. 상체가 갑자기 그녀 쪽으로 기울어졌다. 덮쳤다. 운전석에 비서도 있는데 다짜고짜 영원의 입술을 틀어막았다.

"……!"

입술이 빨렸다. 갑작스러운 입맞춤에 놀랄 틈도 없었다. 탐욕스럽게 립스틱이 완전히 먹혔다. 까칠한 윗입술과 아랫입술을 샅샅이 핥아 냈다. 찢겨질 것같이 아파서 몸부림쳤다. 한참 만에야 상체가 떨어져 나갔다. 제대로 지워지지 않고 입 주변에 립스틱 번짐이 남아 흉했다.

"뭐 하는 거야!"

주양이 뻔뻔하게 입가를 엄지로 쓰윽 훔치며 말했다.

"가끔, 이런 인상적인 키스도 나쁘지 않아."

영원이 황당하게 눈자위를 떨었다.

"또 발라. 지워 줄 테니까."

립스틱을 바르는 게 싫은 거다. 영원은 불만이 봇물처럼 터졌다.

"그, 그치만 나도. 나도 예뻐지고 싶은 마음이 있는 건 당연하잖아!"

주양은 납득할 수 없다는 표정이었다.

"내가 괜찮다는데 뭐가 문제지?"

"너는 그렇게 잘 빼입고 다니면서 나는 거지처럼 하고 다니라는 거야? 불공평하다고. 타인에게 보이는 시선이라는 게 있어. 나는…… 예쁜 구두도 신고 싶어."

혼자일 때는 상관없다. 그와 있는데 좀 더 어울리는 여자가 되고 싶다. 주양은 다른 데에는 아낌이 없었지만, 영원을 치장시키는 데는 흥미가 없었다. 이해할 수가 없는 일이었다. 데리고 다니기 쪽팔리지 않나.

고심에 잠긴 채 주양이 관자놀이를 괴었다.

"그게 널 불행하게 해?"

뜬금없는 물음이었다. 검은 듯 푸른 기가 느껴지는 눈동자가 꼼꼼히 살폈다. 영원의 모습을 침투하듯 유심히 어루만졌다.

"지금 이 문제가 네 불행과 연관 있는지 묻고 있는 거야."

적잖이 당혹감이 몰려왔다. 그가 무엇을 묻고 있는지 알고 있기에. 계모와 드잡이한 일을 묻고 있는 거다. 너무 충격적이고 절망스러워서 오줌까지 쌌다. 그 일은 영원이나 주양 둘 다에게 트라우마였을 거다. 연인에게 보이고 싶지 않은 비참한 모습을 들킨 한쪽과 허물어져 가는 연인을 보며 그녀가 다시는 재기할 수 없을지도 모른다는 두려움을 느낀 다른 한쪽 역시.

주양이 이렇게까지 신경 쓸 줄 몰랐다. 영원은 억지 부리던 걸 포기하고 웃어 보일 수밖에 없었다. 이 남자는 이렇게 뜻밖의 말들로 놀라게 한다. 영원은 안심시키듯 과장되게 연기했다.

"하. 얘 뭐라니? 그깟 일로 내가 여직 찌질하게 꽁해 있을 거 같아? 그런 건 아무것도 아냐."

주양이 물끄러미 그녀를 보았다.

"행복해?"

주양의 물음에 영원은 얼굴을 붉혔다.

"당연한 거 아냐?"

"세상에 당연한 건 없어."

"네가 있잖아."

목소리가 기어들어 갔다. 영원이 부끄러워서 손장난을 쳤다.

"너는…… 날 떠나지 않을 거잖아."

그 말이 어떤 스위치를 건드렸는지 기폭제가 됐다. 주양의 눈동자가 위험하게 출렁였다. 어느새 백운당이 보였다. 영원은 눈길을 회피했다.

"다 왔어. 여기서부터 혼자 갈 수 있어."

영원이 얼른 내리려고 했지만 그가 지그시 손목을 쥐었다. 그리 큰 힘도 아니었다. 부드럽게 쥘 뿐이었다. 굵고 짧게 함의된 욕망. 결국 차는 한적한 길가에 세워졌다.

비좁은 차 안에서 입술끼리 부대꼈다. 단말마 같은 신음이 목젖까지 치받혔다. 아랫입술이 잘게 떨렸다. 부드럽기만 했던 손아귀 힘과 달리 신사답지 못한 거칠고 동물 같은 식욕. 그는 허락도 없이 침범했다. 불순하고 차가운 손바닥이 안의 살갗을 매만졌다. 그의 눈동자가 영원을 완전히 담았다. 빨갛게 상기된 뺨이 시트에 붙여졌다. 주양이 그녀의 얼굴을 잡아 저를 보게끔 고정했다. 믿을 수 없이 강렬하게 흡입하는 표정이 흥분으로 물든다.

"다시 한 번 말해 봐."

그가 잔뜩 쉰 목소리로 명령했다.

"다시."

영원은 심장 표면으로 잔물결이 일었다. 그의 이런 모습을 보는 게 좋다. 논리적 판단력을 잃은 것처럼 제게 달려들 때, 그리하여 저를 가장자리로 몰아갈 때.

……미칠 것 같다.

수줍게 도리질을 치자 그가 그녀의 목덜미에 코를 묻었다. 희미한 숨결이 어깨를 데웠다. 그가 웃는 것도 같았다. 심장이 가파르게 상승한다.

너무 평탄해서 이상하고 기이한 나날이었다. 주양 덕분에 정말 아무렇지 않았다. 곁에 누군가 있어 준다는 것만으로도 감사했다. 매일 혼자였으니까.

……행복한 것은 사실이었다.

"사람 같은 거 붙이지 마. 안 도망칠 테니까."

문득 주양은 영원이 등 뒤에 숨긴 상자를 발견했다. 턱짓했다.

"그건 뭐지?"

영원은 백운당에 왜 왔는지 상기했다. 납작한 상자를 꼭 껴안았다.

"처리해야 할 물건."

떠나는 영원의 모습을 주양은 사이드 미러를 통해 지켜봤다. 언제 사랑을 속삭였냐는 듯 무정한 겉껍데기로 돌아왔다. 영원이 존재함으로써 잠시 느슨하게 벌어졌던 틈이 지체 없이 원래의 압박감을 되찾았다. 실망도, 분노도, 애써 참고 있는 것뿐이다. 차체는 저조한 주양의 기분을 시사하는 숨 막히는 공기로 꼭 메꿔졌다. 조수석 양 비서가 뒷좌석에 대고 의견을 구했다.

"최혜란 일가를 어떻게 처분하실 겁니까."

주양은 미러에 박고 있던 눈동자를 떼지 않았다. 영원이 이 길모퉁이를 완전히 돌 때서야 그렇게,

"순리대로 갑시다. 순리대로."

툭, 낮은 한마디가 던져졌다.

창유리가 그를 집어삼켰다. 검은 세단이 출발했다.

비가 올 모양이다. 전나무 숲을 감싼 공기가 습윤했다. 이런 날이면 한옥의 원목 향이 더욱 짙게 공기에 밴다. 매의 날갯짓에는 비효율적인 동작 같은 건 찾아볼 수 없었다. 군더더기 없는 방향 감각, 침입자에게 보내는 경고성 영역 표시. 제 새끼가 있는 둥지로부터 일정한 거리를 유지하며 잿빛 하늘을 선회했다. 영원은 걸음을 빨리했다. 수막새에 새겨진 꽃문양을 따라 돌담이 이어졌다.

11월, 돌담 기와에 노랗고 빨간 단풍잎들이 소복이 쌓였다. 바짝 햇볕에 말려지기를 반복, 스스로 빛바래져 가고 있었다.

상자를 품에 안고 막 뒤뜰로 들어서는 그때였다. 여종업원들이 기와집 앞마당을 쓸고 닦고 있었다.

"비 소식 있다는데 마당 쓸어 봤자 아냐?"

영원이 가출한 동안 한 계절이 지났다. 동료들은 주홍빛 물을 들인 동기 개량 한복으로 갈아입었다. 1년 전만 해도 이맘때면 자신 역시 저 무리에 동참해 있었다. 그들은 옹기종기 모여 수다 삼매경이었다.

"요즘 신영원 보기가 하늘의 별 보기보다 힘들어?"

"가출하셨단다."

"걔 사춘기냐? 돌아온 지 얼마 됐다고 또?"

"해수가 한신그룹 왕자랑 스캔들 터졌는데 그 성격에 배알이 얼마나 꼬이겠어."

걸레로 마루 훔치는 한 아이의 말에, 마당을 쓰는 동료1이 나섰다. 싸리비로 몸을 지탱하고 시건방진 표정을 지었다.

"그 계집애가 진 이사한테 마음 있던 거 맞지? 역시."

"제 주제에 어떻게 해수 남자를 탐내?"

욕설과 함께 달려들었어야 함이 마땅했다. 머리를 죄 뜯어내고 얼굴을 할퀴어 줬어야 했다. 하지만 영원은 어째서인지 그들이 떠날 때까지 죄인처럼 그 자리에 가만히 서 있었다.

계모와 그 일이 있은 뒤 범오사에 갔었다. 기억이 돌아오면서 모든 것이 한꺼번에 밀려왔다. 친모의 기억과 더불어……

"당신은 나를 알고 있지. 아주 오래전부터."

노승이 어렴풋이 어린 기억 속에 있었다.

불교에 업이라는 말이 있다.

이것은 나의 업보일까.

문득 영원은 자신의 운명이 궁금해졌다. 땡중은 어찌하여 그녀에게 그런 말을 했는가.

'너는 관상이 좋으니 말만 좀 곱게 하면 좋을 것이다.'

'너는 네 못된 심보 때문에 팔자를 빌어먹고 있어.'

마치 영원의 과거를 들여다보기라도 한 것처럼.

학예회에서 계모를 엄마라고 친구들에게 소개했을 때부터, 소정에게 죄책감을 느끼게 만든 것까지. 영원의 못된 심보와 못돼 처먹은 말들이 사람들을 죽였고, 자신의 팔자를 빌어먹게 하고 있다.

제 발로 찾아온 영원에게 성철이 말했다.

"너는 기억 못 하겠지만 어렸을 적 너를 본 적이 있다."

이름이 바뀌어 어찌 된 영문인지 몰랐으나 잊었을 리가 없다. 10년도 안 된 인생으로 칠십 먹은 노파보다 더 풍파를 많이 겪은 눈을 한 아이와, 그런 딸의 정신이 온전히 돌아오게 하기 위해 하루도 빠짐없이 불공을 드리러 오던 젊은 아비.

"네 아비 부탁으로 내 너에게 염주를 만들어 주었느니라."

그것을 어찌했느냐. 해수야.

염주라니. 그런 건 알 리가 없잖아. 그저 자신을 해수라고 알고 있고, 부르는 성철스님에게,

"나 해수 아니야."

하고 부인했다.

"나를 신해수라고 부르지 마."

고집스럽게 인정하지 않는 것과 달리 목소리 끝에 파동이 일었다. 세상의 이치와 가늠할 수 없는 것들을 통달한 먹빛 눈동자가 영원에게 오랫동안 머물렀

다. 수천 개로 갈라져 번민하는 마음을 들여다본다. 성철스님이 강하게 못 박았다.

"너는 해수가 맞다."

마치 그렇게 불러 주기를 바라지 않았느냐며. 그 단호한 울림이 번져 와 마음에 파문을 일으켰다.

성철스님과의 만남을 끝내고 법당을 나왔다.

108계단에 앉아 있는데 한 중년 남자가 헉헉대며 올라왔다. 170 정도 되는 키에 퉁퉁한 몸을 가진 그는 인상을 험악하게 구겼다.

"대체 돈 육십억을 들고 어디로 숨은 거야? 개새끼. 잡히기만 해 봐라."

남자는 마주 오던 아주머니에게 길을 물어봤다. 그 역시 이 사찰의 주지를 만나려는 모양이었다. 문득 사내가 명함을 돌리며 자기소개를 했다.

"대성기획 장영범입니다. 바람나서 도망간 마누라, 보증 서 줬더니 토낀 친구, 길 잃은 개새…… 애완견까지. 돈만 주면 다 찾아 줍니다. 찾고 싶은 게 있으시면 연락 주십시오. 잃어버린 건 다 찾아 드립니다."

사내가 영원의 옆을 스쳐 지나갔다. 그의 말이 귓전에 달라붙어 끈질기게 안 놔주었다.

잃어버린 건 뭐든 다 찾아 준다.

"이름도, 이름 같은 것도 되찾아 주나?"

신해수.

영원은 어느새 잊고 있었다. 자신의 이름이 무엇이었는지.

자신이 누구였는지…….

그 이름은 그녀 안에서 부서진 지 오래라고만 여겼다.

아니. 부서지지 않았다.

애초에 부서진 적 따위 없다.

가지지 못하니 외면한 것일 뿐. 그래, 원래대로 돌아가기를 바랐다. 오랫동안.

'나 그 사람하고 결혼할 거야.'

해수는 호텔에 찾아와 영원과 주양의 관계를 알면서도 뻔뻔하게 자기 권리
를 주장했다. 이해할 수가 없었다. 신해수, 그 이름이 가지는 힘이 있는 걸까.
그 사람을 좋아한 것도 영원이 '먼저'인데. 처음에 좋아한다고 고백한 것도, 그
가 주는 쾌락에 선선히 옷을 벗어 준 것도 모두 다 영원인데. 왜 자신은 안 되
고 신해수는 된다는 건지.

영원은 동료들이 깨끗이 쓸고 간 마당을 응시했다. 동료들의 비웃음이 떠나
질 않았다.

'제 주제에 어떻게 해수 남자를 탐내?'

하지만 내가 신해수인데…….
원래는 내가 진짜 신해수인데…….
그러나 다른 것은 몰라도 '그것'만큼은 되찾을 수 없는 것이었다. 품에 안고
있는 상자는 그것을 약속하기 위함이었다. 그 이름으로 인해 죽은 여자가 있었
다. 빼앗긴 것을 다 찾아와도 영원에겐 이름을 가질 권리가 없었다.
후드득.
화단에 구덩이를 팠다. 상자가 축축한 흙에 덮여졌다. 상자에는 4년 전 영원
이 썼던 회고록이 담겨 있었다. 회고록은 영원의 치부를 까발리는 치열한 반성
에 대한 결과이자 S를 기억하기 위함이었다. 누구를 원망하거나, 이 사실을 세
상에 폭로할 의도가 없이 작성됐다. 그저 우연히 이것을 본 누군가가 영원이
살다 갔음을 기억해 주기를 바랐다. 그러나 이것은 영원이 직접 폐기한다. 진심
으로 사죄하는 마음을 담아 일기를 땅에 묻기로 했다.

자신이 신해수라는 비밀이 담긴 유일한 증거였다. 이것을 땅에 묻으면 누구도 알지 못하리라.

이 이름 때문에 죽은 그 애에게 유일하게 영원이 속죄할 수 있는 방법이었다.

이름과 맞바꾼 사죄.

멍을 때릴 때마다 불쑥불쑥 계모를 향한 증오가 뻗어 났다. 계모가 내게 지은 죄가 얼마나 더 있었지? 머릿속에서 셈하는 자신을 발견했다. 계모가 저지른 죄악의 개수를. 계모를 지금보다 더 증오하기 위하여.

그러나 그뿐이었다.

계모를 증오하는 것과는 별개로 이런 과거는 묻는 게 좋다. 아무도 용서를 빌지 않는, 그리고 미워해 봤자 고통스럽기만 한 과거라면 더더욱.

최고의 복수는 잊는 거라던가. 다 잊고, 다시 출발하면 된다.

주양에게 그렇게 약속했다.

'신경 쓸 거 없어. 이런 거 아무것도 아니야. 똥 밟은 셈 치고 잊어버리면 그만이야.'

주양은 예정에 있던 출장도 미루고 그녀와 붙어 있으려고 노력했다. 그는 바쁜 남자였다. 배려라는 것은 피곤한 일이었다. 피곤함이 지속되면 상대에게 지치게 된다. 그가 영원에게 신경 쓸 때마다, 그녀를 조심히 살필 때마다 고문이었다. 귀찮은 존재가 될까 두려웠다. 더 이상 그를 피곤하게 만들고 싶지 않았다. 찌질한 모습을 보일 순 없었다. 집안일로 민폐 끼칠 순 없다.

새 출발을 위해서 이마의 흉터를 제거하면, 멀리 떠날 거다. 백운당 따위 뒤돌아보지 않고 그렇게……

"신영원."

잔뜩 응축시킨 어두운 음성이 영원을 불렀다. 흙을 덮다 말고 뒤를 돌아봤다. 분노로 찌그러진 뺨.

분노로 찌그러진 뺨.

"……매향."

하지만 그녀의 반가운 마음과 다르게 매향은 섬뜩하게 발톱을 세웠다.

"대체 경고를 어느 귓등으로 흘려들은 거야. 그 남자 안 된다고 했지. 내가."

폭풍우가 밀려오고 있었다.

"너 그 얘기 어디서 들었어? 아무도 모르는데."

"……."

"소문이 벌써 그렇게 돌았어?"

"그게 중요한 게 아니잖아. 바보야."

"상관 마. 귀찮으니까. 내가 누구를 만나건. 내 엄마도 아니잖아."

짜증 섞인 말을 내뱉고 흙을 마저 덮는데 몸이 휘청했다. 무방비한 순간 노려진 목덜미가 사적인 흔적을 노출시켰다. 목덜미를 따라 핀 꽃잎 모양 흔적들을 매향이 두 눈으로 똑똑히 확인했다. 영원은 화락— 얼굴로 열기가 몰렸다. 터무니없는 무례함이었다. 멋대로 옷을 잡아당기는 매향이나, 허락도 구하지 않고 남의 몸을 도화지 삼아 이상한 거나 남기는 주양이나. 곁에 없는 순간에도 손가락 마디마디, 모공 하나하나, 그가 그녀 안에 머무른다는 걸 각인시키는 집요한 영역 표시였다. 누가 볼까 봐 머리카락으로 꼭꼭 감췄는데. 영원은 손을 뿌리쳤다.

"옷 늘어나!"

불만스럽게 씨근덕대자 매향이 절망스럽게 혼잣말했다.

"안 돼."

결사반대하고 나선다.

"그 남자는 절대 안 돼."

"……."

"차라리 다른 남자와 해. 왜 진주양이야!"

외치는 목소리에 애가 끓었다. 원래부터 매향은 그녀가 주양을 마음에 담는 것을 우려했다. 다른 세계에 한쪽 발을 놓고 사는 사람들이라는 게 매향의 입장이었다.

축하해 주지 않을 거라고 예상했지만 이렇게 반대할 줄이야. 진저리 치다 못해 너무 과민이잖아. 심하게 다그치는 어조에 한탄이 섞여 있다. 마치 동료들이 그랬던 것처럼. '주제에 어떻게 해수 남자를 탐내?' 그 익숙하고도 창끝처럼 찔러 오는 꼿꼿한 반응. 영원은 하관 근육이 비죽비죽 우스꽝스러운 모양새가 됐다.

"설마, 너 질투하냐?"

단단히 빈정 상했다. 마음에도 없는 말로 매향을 상처 주었다. 전에 없던 감정, 쓰레기 더미에서 솟은 것 같은 경멸감이 매향의 안면을 뒤덮었다. 정색하는 어조였다.

"몸과 마음을 다 바치기로 작정하니까, 친구고 충고고 눈에 안 뵈냐?"

"기생인 네가 운운할 말은 아니지 않냐."

"기생이라고 원칙 없이 웃음 파는 거 아냐. 몸 팔아도 자존심은 지켜. 마음은 절대 안 바쳐. 그러니까 살 수 있는 거야. 마음까지 탈탈 털리면, 끝장이니까."

"……."

"그 남자가 너랑 결혼이라도 해 준대?"

결혼, 이라는 단어는 참 한결같은 반응을 이끌어 냈다. 영원은 일시 정지 했다. 진두영 때도 그랬지만 아직 결혼까지 생각한 단계가 아니다. 아마도 그들 관계의 주도권을 주양이 틀어쥐고 있기 때문이겠지. 결혼에 대해 관심은커녕 의지 자체가 안 보이는 남자였다.

"정신 차려. 신영원."

다시 메아리치는 동료들의 목소리.

'주제에 어떻게 감히……?'

영원은 빈 웃음만 나왔다. 정신 차리라고? 자신이 제정신이었다면 진즉에 자살했거나 어디 처박혀 있었을 것이다. 제정신으로 버틸 수 있는 만만한 삶이

아니었다. 영원은 매향을 등졌다. "얘기 끝내고 가!" 가려는 그녀의 어깨를 매
향이 덥석 움켜쥐었다.

"네가 산 채로 씹어 먹힐까 봐 그런다고 했어. 그 남자…… 인간이 아니라고
했지!"

"그럼 나는!"

영원이 팔을 뿌리치며 울듯이 숨을 거칠게 몰아쉬었다. 파르라니 질려 있는
숨결, 지푸라기를 잡는 심정으로 가슴을 쥐어뜯었다.

"나도 사람이 아냐."

4년 전, 그 일이 있은 후 영원은 사람이기를 포기했다. 이미 한 번 죽은 목숨
이었다. 시체에게 정체성이 남아 있을 리 없다. S 따위……. 자신이 부탁한 죽
음도 아니었는데. 그렇게 살고자, 악착같이 살아남기 위해 외면했던 S의 죽음
이 도리어 영원의 숨통을 죄어 갔다.

왜 날 보고만 있었어?
왜 날 살려 주지 않았어?

그래도 또 살고 싶어서, 살아야겠어서 뻔뻔하게 땅에 묻으려는데, 네가 그러
면. 숨 쉬는 공기에도 칼날이 벼려진 듯 고통이 밀려와…… 사는 것이 죄가 됐
다.

하나둘, 세어지던 빗방울은 옷깃을 적실 정도가 됐다. 빗소리가 두둑이 고막
으로 차올랐다. 여린 나뭇가지가 흔들리며 가랑비는 영원의 목덜미를 적시고
턱까지 흘러내렸다.

온몸이 젖어 갔다.

영원은 사가 대문 아래에 구겨졌다. 비밀번호를 바꿔 놔서 안으로 들어갈 수

없었다. 노 집사도 없고 전부 집을 비웠다. 외투를 푹 뒤집어쓰고 몸을 웅크려 가족을 기다렸다. 빗줄기를 견디지 못하고 도로로 낙엽이 떨어졌다. 젖고 구겨진 볼품없는 노란 은행나무 잎이었다. 지금 저 잎이 그녀의 신세와 다른 게 있을까.

그때, 차 한 대가 노란 잎을 지르밟으며 들어섰다. 세 모녀는 차에 잔뜩 싣고 있던 트렁크 가방을 내렸다. 영원이 집을 비운 며칠간 해외여행을 다녀온 거다.

"역시 기분 꿀꿀할 땐, 쇼핑이야. 지금 생각해도 한정 판매로 나온 맥 립스틱은 정말 탁월한 선택이었던 것 같아. 어? 이 거지는 뭐야."

성원이 대화를 멈췄다. 영원은 추위에 몸을 더욱 웅크렸다. 계모는 영원에게 눈길도 안 주고 집으로 들어갔다. 성원은 영원과 그런 계모의 눈치를 슬금슬금 살피다 코를 찡그렸다.

"아오, 나도 모르겠다!"

성원은 가방을 끌고 안으로 종적을 감췄다. 영원은 가만히 무릎을 끌어당겨 한기로부터 방어 자세를 취했다. 고집스레 정면을 보자, 어두운 그림자가 머리맡에 드리워졌다. 해수는 두 모녀처럼 그녀를 철저히 투명 인간 취급 하지 않았다. 대신, 감정 따위가 사라진 표정으로 영원을 내려다봤다. 내리누르는 눈길이 무표정했다. 무언의 압박이 실려 왔지만 영원은 꿋꿋이 반응하지 않았다.

너를 올려다보는 것은 이제 그만할 거다.

"집에 혹시 놓고 간 게 없나 해서 와 봤어."

"기다려."

집으로 들어가는 해수의 손목에서 무언가 딸랑거렸다. 노승이 말했던 염주.

'네 아비 부탁으로 내 너에게 염주를 만들어 주었느니라. 그것을 어찌했느냐.'

모든 것을 빼앗아 갔다. 저런 액세서리조차. 해수는 열여덟 살 때부터 저것을 부적이라며 가지고 다녔다. 계모는 대체 무슨 생각으로 저걸 제 딸에게 주었을까? 저 애에게는 어차피 아무 효력도 없는 쓰레기일 뿐인데.

모든 것을 다 빼앗아 주고 싶었던 걸까.

그렇게 가진 모든 것을 빼앗을 만큼 내가 무언가를 소유하는 것이 탐탁지 않았던 건가.

해수가 금세 밖으로 나왔다. 미리 싸 놓았는지 짐 가방이 발치에 턱, 놓아졌다. 짐 가방을 열어 봤다. 창고에 먼지 쌓이게 방치됐던 영원의 아기 때 앨범 같은 것들이었다. 영원이 그것들을 멍하니 보자 해수가 말했다.

"떠난다며."

침묵이 긴 띠를 두르고 그들 사이를 가로질렀다.

"그래. 기왕 이렇게 된 거 가라."

영원은 죽을힘을 다해 이 집에서 버텼다. 잊혀질까 봐. 존재가.

"대신, 여긴 다시는 오지 마. 우리 다시는 마주치지 말자."

"그게 다야?"

"……."

"나한테 해 줄 말이…… 그거, 뿐이야?"

영원의 말에 해수가 주먹을 쥐었다. 오히려 적반하장으로 말을 씹어뱉었다.

"너도 억울할 거 없잖아. 불쌍한 처지 덕에, 진주양 같은 남자를 잡게 됐으니."

마치 그들이 영원을 하녀로 만들어 준 덕에 왕자의 관심을 끌 수 있었다는 궤변이었다.

"잘 가."

해수가 완전히 돌아섰다.

가는 길에 호운을 만났다. 택시에서 내린 그는 영원이 손에 든 보스턴백을 멍하니 봤다.

"어디 가?"

호운이 목발을 짚고 위태롭게 서 있었다. 병원에서 전치 8주의 진단을 받았다고 했다.

"그때, 그거 꿈이 아니었던 거지."

영원이 웅얼거리자 호운은 침묵했다. 크루즈에서 갑자기 주양의 호텔로 장소가 옮겨졌을 때 짐작하긴 했다.

"막 돌아다녀도 돼?"

"간호사가 알면 나 죽이려 들걸."

"여긴 무슨 볼일인데."

"몸을 가누자마자 달려온 거야."

그렇게 말하며 그가 영원을 지긋이 봤다. 병석에서 일어나자마자 부러진 다리와 갈비뼈를 이끌고 백운당까지 온 것이다.

자신 때문에.

"이제 오지 마. 나 여기 안 와."

호운이 자신에게 어떤 마음을 품고 있는지 안다. 죄책감이건, 동정이건, 연민이건. 그래. 호운이 그렇게 바라던 대로 영원은 떠난다. 백운당을.

그런데 왜 이다지도 마음 한구석이 착잡한 걸까. 아쉬움인가.

헛웃음이 샜다.

설마⋯⋯.

호운이 믿기 어려운 어투로 재차 물었다.

"백운당을, 떠난다고?"

기가 막힌 웃음을 터트린다.

"내가 나가자 할 땐 죽어라 붙어 있더니. 그 기생오라비가 나가자니까 쫄래쫄래 따라가기냐?"

갑자기 자기 연민에 빠져 자조적인 한숨을 짓는다.

"하긴. 그 자식이라면 너한테 해 줄 수 있는 게 많겠지."

영원은 심드렁하니 돌멩이를 걷어찼다. 누구를 위로해 줄 마음의 여유가 없었다. 적어도 지금은.

애써 참고 있는데 놈이 결정타를 날렸다.

"괴롭고 억울해도, 애먼 생각 마라."

팽팽하게 날 서 있던 통제력이 올올이 끊어졌다. 부글부글 끓어올랐다.

영원이 눈을 치떴다. 왜 기분이 이상한지 알 것 같았다. 억울함. 손해 보는 것 같은 것이리라.

담아 두고 있던 말들이 넘쳐흘렀다.

"아주, 신물 나게 애처로운 효성이야. 왜, 내가 네 엄마한테 해코지라도 할까 봐? 팔은 안으로 굽는다더니."

굽을 데가 따로 있다. 그런 팔이라면 잘라 내야 마땅했다. 영원이 경멸하듯 돌아서는 그때였다.

"해코지. 했다면 벌써 그때 했겠지."

영원이 멈칫 섰다.

그러는 너야말로 왜 그 팔을 잘라 내지 못하고 여태까지 질질 끈 건데.

자기 안의 목소리가 되울려 퍼졌다.

호운이 영원을 똑바로 보았다.

"그 계집이 죽었을 때."

4년 전 겨울, 그곳엔 영원 혼자가 아니었다.

목격자가 한 명 더 있었다.

몸부림이 정지된 순간 침묵은 잉태하고 있던 서릿발 같은 추위를 집어삼켰다. 엎어진 채 죽은 소정을 보고 영원은 뒷걸음질 쳤다. 겨, 경찰서. 발을 떼는데 턱, 누군가의 가슴팍에 뒤통수를 부딪쳤다.

군인은 한쪽 어깨에 짊어 메고 있던 가방을 바닥에 놓쳤다.

짧게 깎은 머리. 잘 다려진 군복, 크리스마스 포상 휴가를 나온…… 호운이었다. 그들은 봐서는 안 되는 것을 보았고, 같은 비밀을 품고 있었다.

겨, 경찰서 가야 해. 영원이 두서없이 말을 흘렸다. 가려는 팔목을 호운이 낚아챘다.

'실수였을 거야.'

다급함에 순간 저도 모르게 튀어나온 음성이었다. 새하얀 입김. 허공을 흐리는 서글픈 겨울 날씨. 영원이 제 귀를 의심하며 호운을 봤다.

비참하다 못해 솟구치는 참담함이 호운의 안에서 무너져 내렸다.

그 자신도 놀라 눈이 커졌다. 그의 입에서 나온 말에.

내가 무슨 말을 지껄인 거지?

왜 그 여자를 옹호하는 말을 한 거지?

영원은 야멸차게 호운의 팔을 떨쳐 냈다. 냉정히 호운을 비껴 나갔다.

호운은 멍하니 서 있었다. 최혜란을 증오했다. 고등학교를 졸업하자마자 그녀 보란 듯이 군에 말뚝을 박았다. 여자라면 지긋지긋했다. 여자가 없는 세상이 좋았다.

그에게 있어 자신과 동등하게 대하고 싶은 인간 여자는 '영원'이 유일했다.

최혜란을 그토록 마음으로 증오하면서 백운당과 인연을 끊지 않은 건 영원 때문이었다. 휴가를 나올 때 잠깐씩 몰래 그녀의 얼굴을 엿보고 가는 게 그가 아는 낙이었고, 여자를 마음에 품는 시간이었다.

그녀를 대함에 있어 진심이 아닌 적은 없었다.

'널…… 이해할 수가 없어. 왜 사람들 앞에서 그 여자 딸인 척해? 아무것도 하지 않으니까 사람들이 아무도 그 여자를 의심하지 않고, 좋은 계모라고 여기는 거잖아!'

그렇게 기고만장하게 소리쳤건만.

단 한 번도 결정적인 도움을 준 적은 없다. 패륜이라는 핑계로 호운이 최혜란의 악행에 침묵하는 사이 죽은 그 여종업원은 영원을 진심으로 구제하려 했다.

그리고 살해당했다.

머리로는 그러면 안 된다는 걸 아는데. 어미이기 때문인가.

말뿐인 걱정이었던가.

그가 속죄해야 할 것은 두 가지. 첫 번째. 어머니의 아들로 태어난 죄. 두 번째. 어머니의 아들이기에 묵인할 수밖에 없었던 죄악들. 영원을 위했다면 여종 업원이 밝히려 한 진실을 그가 나서서 뒤늦게라도 알렸어야 했다.

마을 파출소에 신고가 접수됐지만 최혜란의 얘기는 그 어디에도 없었다.

호운은 눈을 감았다. 그것이 그의 마지막 휴가였다. 그리고 지금은 군을 전역했다.

"행여나 허튼 생각 마라."

"……."

"인정 안 하겠지만……"

쓰디쓴 사약을 삼키는 심정으로 호운이 웃는 얼굴을 일그러트렸다.

"넌 악역이 되기엔 너무 착해. 순둥아."

호운은 우유부단했고, 영원은 너무 물러 터졌다. 최혜란에겐 축복이었다.

다리가 부러진 호운을 외면하기가 그랬다. 주양 때문에 그랬다는 것을 양 비서를 통해 전해 들었다. 말하지 말았어야 했지만, 아마도 영원이 또 사라지는 일을 막기 위해 경고한 것이리라.

다친 몸으로 영원의 생사를 확인하러 백운당에까지 왔다. 호운을 남자 숙소까지 안내해 주고 나오는데 잊고 있던 게 떠올랐다.

'일기장.'

화단에 파묻다가 말았다. 다급하게 비를 뚫고 달려갔다. 영원은 당황했다. 화단이 파헤쳐져 있었다. 일기장을 담았던 상자만 뱀 허물처럼 벗겨져 있고 내용물은 감쪽같이 사라졌다. 지나가던 가게 동료를 잡아 물었다.

"매향이 어슬렁거리던데?"

쏴—! 쏴—!

성기던 빗줄기가 굵어졌다. 악천후에 천둥 번개까지 번뜩였다.

허억, 허억……!

안면으로 비바람이 들이쳤다. 보이지 않는 길을 정신없이 달렸다.

'너도 믿어? 백운당에서 죽은 여자가 밤마다 운다는 소리.'

영원의 물음에 매향이 무심히 곰방대를 물었다.

'세상에 귀신이 어딨어. 난 인간이 더 무섭더라.'

'난 매일 듣는데.'

'뭐?'

'난 매일 들어. 울음소리.'

쏴아아아—

바람이 긁고 지나갔다.

'매일 날 찾아와.'

매향이 알 수 없는 눈길로 옆모습을 깊게 쳐다봤다. 영원은 연못을 물끄러미 내려다봤다.

'그 애가…… 널 찾아온다고?'

매향은 귀신을 '그 애'라고 칭했다. 사람인 양. 어째서 '그것'이 아니라 '그 애'라고 귀신을 의인화한 거지?

매향은 빈 전각에 서서 무연히 빗줄기를 응시하고 있었다. 나무 계단을 밟고 올라섰다. 그녀의 손에 들린 일기장을 낚아채려는데 매향이 빨랐다.

"부모님이 돌아가시고 어린 여동생과 함께 고아가 됐어. 살아남아야 했어. 고아원에선 삼시 세끼 먹여 줄 테니 차라리 그 삶이 나을 거라고, 어린 동생을 버렸지. 사법연수원에 있을 즈음 동생 소재를 알게 됐어. 원장의 성을 이어받아 한씨 성으로 살고 있었더라고. 한 번의 파양, 여동생은 장하게도 혼자 힘으로 살아가고 있었어. 나 같은 언니 따윈 기억에서 지우고."

매향이 영원을 돌아봤다.

"그런데 죽었더라고. 억울한 일로."

영원은 모르는 척 일기장을 빼앗았다.

"네가 나를 동생처럼 여기는 걸 알아. 고마웠어. 아무도 관심 따위 안 써 주는 삭막한 백운당에서 유일하게 나를 챙겨 줘서."

"……."

"하지만 도가 지나치잖아."

"내 동생, 죽은 모습이 어땠어?"

영원은 딱딱하게 표정이 내려앉았다.

"별로 안 놀라는 것 같으니 단도직입적으로 물을게. 죽는 순간에 어떤 표정이었니. 그 애."

"버려 놓고 이제 와서 뭘 물어? 너랑 노닥거릴 시간 없어."

"내 남자 친구가 이중모의 보좌관이었어. 술김에 자기 상관의 비밀을 내게 말해 줬지."

돌아서는 등에 대고 매향이 빠르게 지껄였다. 매향은 이듬해 1월이 되고서 알게 됐다. 백운당에서 죽었다는 그 애가, 자신이 찾던 동생이었다는 것을.

"그게 내 동생인 줄도 모르고 나는 그러려니 했지."

이중모는 당시, 한국당 정책위의장이었다.

"그날은 사법연수원 수료식이 있는 날이었는데. 동생을 죽인 놈이 연수원 수료식에 왔어. 막내아들이 나와 동기래. 꼴에 검찰 총장 출신이라고 수석으로 졸업한 내게 와서, 검찰 후배로 오라고 격려를 해 주는데. 그 기분이 얼마나 개 같던지. 그런데 더 웃긴 건, 그 후야. 수료식 후에 날 따로 불러내더니, 내 엉덩이를 만지는 거야. 내가 여자로 보인대. 그날 백운당에 들어오기로 마음먹었지. 검사나 기생이나. 남들 밑 닦아 주는 건 매한가지 아냐?"

이중모를 무너트리기 위해 김 총리의 눈에 들었다. 그러는 동안에도 이중모는 승승장구했고 대권을 노리는 상황이었다. 증거는 없고, 진주양이란 날개를 달고 이중모는 점차 하늘을 향해 비상하고 있다. 닿지 않는 높은 곳을 향하여.

"최 사장이 이중모 뒤처리를 해 준 게 아니라, 이제 보니 이용한 거네. 이중모는 자기 때문에 죽은 줄 알고 있을 텐데. 억울하겠어."

매향은 웃어 보였다. 영원은 시선을 피했다. 어째서 몰랐을까. 반달로 굽어지던 그 예쁜 눈이 S와 무척 닮아 있었다는 것. 그래서. 이제 와 뭘 어쩌겠다는 건가. 내게 복수라도 하겠다는 심산이야?

다가온 매향이 영원의 어깨를 쥐었다. 맑은 눈물이 후드득, 비어져 추락했다.

"너한테 마음을 주려 했던 건 아니었는데 자꾸 보다 보니까 동생 같고, 안타까워서."

살벌한 약육강식의 세계에서 매향은 낙오자인 영원에게 호의를 베풀었다. 자기 동생처럼 여겼다.

최초 신고자가 영원이라는 걸 알고 접근했다. 다정한 언니처럼. 혹은 친구처럼. 그러나 가까이할수록 죽은 그 애 못지않게 불쌍했다. 행복하기를 빌었다. 그런데 상대가 진주양이라니.

"덮으려고 했어? 땅속에 너 혼자만 알고 덮어 버리면 그 진실이 묻힐 거라고 생각했어? 너도 이젠 행복해질 때가 됐으니까……. 응?"

영원은 두려운 얼굴로 한 발짝씩 물러섰다. 영원이 멀어진 만큼 매향이 거리를 좁혔다. 난간에 엉덩이가 걸렸다. 아래는 낭떠러지였다.

지척에 선 매향이 영원에게 이마를 기댔다. 그녀의 뜨거운 체온이 어깨를 짓눌렀다.

"하긴, 너도 살아야지."

"……."

"그래. 행복해라."

너무도 순순한 축복에 당황하는 사이 매향이 고개를 들어 올렸다. 미움과 애정이 마블링처럼 제각각 존재감을 드러내며 잔뜩 뒤엉킨 눈빛. 매향은 영원을 진심으로 사랑했다. 하지만 그녀의 입으로 동생의 죽음을 무마하려는 말은 듣고 싶지 않았겠지. 친구이자 복수해야 하는 대상을 바라보는 눈빛이 섬뜩하다. 매서운 눈빛이 경고를 내렸다. 행복해라.

"속죄한 뒤에."

"미안……해하고 있어. 충분히 미안……."

"미안하다는 말은, 아무 사과도 안 하는 거와 똑같은 거야. 그런 논리라면 최 사장도 너한테 미안해하고 있을걸? 말로 안 했을 뿐이지."

"아. 아니야. 난 달라. 난 정말로……."

"미안하다. 그 한 마디로 퉁친다고 끝나는 게 아니라는 걸 알잖아. 한 인생이 망. 가. 졌. 는. 데."

쿵—! 지면이 뒤흔들렸다. 사형 선고처럼 내려지는 말이 영원을 옴짝달싹 못하게 묶었다. 영혼을 팔라는 악마처럼 매향이 영원의 귀에 새살댔다.

"그건 네가 제일 잘 알 텐데."

매향이 영원의 심장을 움켜쥐었다.

"바로 여기."

지금 이 순간에도 상반되는 감정이 불과 얼음을 오갔다. 계모를 망가뜨리고 싶어 시뻘겋게 치솟는 용암 같은 마음과, 계모를 잊고 새 출발을 하고 싶은 빙산처럼 차가운 욕구. 그러면서도 다시금 계모를 미워하고픈 분노가 가슴에서 악을 질러 댄다.

털어 내기로 작정했으면 벌써 떠났다. 무슨 미련으로 자꾸 백운당을 찾아왔나 의아했다.

'집에 혹시 놓고 간 게 없나 해서 와 봤어.'

웃기지…… 마.

내가 널 몰라?

네 자신을……

죽을힘을 다해 그 집에서 버틴 게 20년이었다. 잊힐까 봐, 자신의 존재가 세상에서 완전히 소멸될까 봐 두려워한 세월이 20년이었다. 20년 만에 집에서 쫓겨났을 때 확연해졌다. 모든 의구심이.

해수가 미리 꾸려 놓은 짐 가방을 던지며 말했다.

'떠난다며. 그래. 기왕 이렇게 된 거 가라. 대신, 여긴 다시는 오지 마. 우리 다시는 마주치지 말자.'

가족회의 끝에 세 모녀는 영원을 버리기로 뜻을 모은 것이다. 일순 마음이 이상했다. 떠난다는 섭섭함과는 다른 감정이었다. 버리다니. 버리는 것은 자신이 해야 옳은 게 아닌가? 그야 고통을 받은 것도 자신이고, 피해자도 자신인데.

어째서 저들이 마치 영원에게 선심 쓰듯 놔주겠다고 행동하는 거지?

크게 잘못됐다는 느낌을 받았다.

'너도 억울할 거 없잖아. 불쌍한 처지 덕에, 진주양 같은 남자를 잡게 됐으니.'

오히려 뻔뻔하게 돌아서는 해수를 보며 무언가 말하려 했지만, 나오지 않았다. 어떤 말을 하고 싶었는지 지금은 알 것 같다.

당신들이 보일 반응은 아니잖아.

자신은 그들에게 미안하다는 사과도 받지 않기로 했다. 백운당을 돌려받을 권리도 포기했다. 모든 것을 포기하고 집을 떠난다. 그런데 당신들은, 어떻게 그렇게 속 시원할 수가 있어?

어떻게.

묵은 체증이 내려갔다는 듯 나를 그렇게……

그렇게 간단히 버릴 수 있지?

영원이 나가겠다고 하면, 그들은 그런 그녀의 뒷모습을 지켜봐야 하는 거였다.

버리는 쪽은 내가 되어야 하는 거잖아?

외롭고 쓸쓸하게, 당신들은 그래도, 일말의 죄책감을 느끼며 떠나는 뒷모습을 봐야 하는 거잖아?

매향은 피를 토하듯 영원에게 저주를 퍼부었다.

"내 동생이 죽으면서까지 되찾아 주려고 했던 그 이름!"

"……."

"그래. 넌 신해수가 되어야 해. 그래야 내 동생의 죽음이 개죽음이 아니게 되니까!"

영원이 미동도 없자 매향은 그녀의 얼굴을 잡았다. 이마를 맞붙였다.

"가지고 싶잖아. 되찾고 싶잖아."

매향이 애원했다.

"빼앗자. 응? 빼앗자."

매향은 일기를 본 직후 이성을 잃었다. 제정신이 아니었다. 자기가 더 안달이 나서 영원을 설득했다. 계모에게 복수하고 싶어서. 동생을 죽인 그 여자에게 복수를 하고 싶어서. 진주양이라면, 영원이 부탁하면 도와줄 테니까.

고작 몇 달 전이지만 오래전인 듯 아득했다. 언젠가 계모에게 복수를 하겠다고 찾아온 영원에게 주양이 제안했었다.

'당신 손으로 최 사장을 죽이는 것도 별미겠어.'

망설이는 그녀에게 그가 단도직입적으로 따졌다.

'최 사장을 사랑하나?'

계모를 사랑하느냐고? 사랑했지. 온 힘을 다해 마음을 줬지. 그러는 만큼 증오가 쌓여 갔다. 쏟아부은 마음에 비해 돌아온 건 터무니없는 착취였다. 상대에게서 오롯이 빼앗기만 하는 이기적인 사랑이었다. 자기 욕심만 채우는. 계모를 철저하게 응징하고 싶었다.

'최 사장을 사랑하나?'

주양이 다시 묻는다면 뭐라고 답하게 될까. 계모를 사랑하느냐고? 그래서 죽일 수 없느냐고? 주양은 영원을 굉장히 순진하게 봤다. 그것이 서글펐다. 그렇다.

계모를 사랑했기에……

그렇게 간단히 죽일 수 없었다.

영원은 두 손으로 얼굴을 가렸다. 미안하다는 말엔 아무 효력이 없다. 용서받는 사람에겐 용서를 빌었다는 책임을 덜어 주고, 용서하는 사람에겐 사죄를 받았다는 위안 그 이상도 이하도 아니다.

남을 지속적으로 미워하는 일은 고통스러운 일이었다. 증오하기보다, 빨리 평온을 되찾고 싶은 게 당연하다. 하지만 용서라는 것은 눈에 보이지 않는 뜬구름 같은 게 아닐까. 용서를 해 줬지만 뒤가 찝찝하다. 어째서 용서라는 것을 해 주지 않으면 안 되는 거지? 왜 하느님은 원수가 오른뺨을 때리거든 왼뺨마저 내주라고 강요하는 거지?

강요받듯이 서둘러 용서한 피해자들의 마음 한편에 불안이 피어오른다.

'과연 저자의 사과가 진심일까?'

'이 순간을 모면하기 위한 면피용은 아닐까?'

'저 미안함이 언제까지 갈까?'

앞에서는 미안하다 하고, 뒤로는 개그 프로를 보며 웃고 떠들겠지. 문득 웃음을 되찾은 자신을 느끼고 약간의 미안함이 생기지만 그래도, 자신은 제대로 사과를 하지 않았냐며. 위안을 안주 삼으며 스스로를 그렇게 용서할 것이다.

나는 내 자신을 속이고 있다.

살인은 법이 허락지 않으니 용서한 척할 뿐이다.

사실 피해자들이 원하는 건 새 출발도, 미안하다는 사과를 받는 것도 아니다. 보상이다. 지난날 자신이 입은 손해만큼의 적절한 변상. 자신과 똑같은 크기의 고통이 가해자에게 맛보여졌다는 확인. 미안하다는 말은 아무 위로도 못 된다. 똑같이. 더도 말고 나와 똑같이. 그들에게 진심으로 뉘우칠 수 있을 만큼의 고통을……!

영원은 불길이 치솟는 눈앞을 쥐어뜯었다.

아마 신도 분노 앞에서는 자가당착에 빠진 게 아닐까? 원수를 용서하는 마음으로 반대쪽 뺨마저 내주라던 성경에는, 이런 구절이 있었다.

눈에는 눈. 이에는 이.

받은 만큼 돌려줘라.

원수가 고통에 처절히 몸부림치는 모습이야말로 이 두 눈으로 확인 가능한, 진정한 의미의 사죄이기 때문이었다.

영원은 호텔로 돌아왔다. 온몸이 비에 젖어 있었다. 거울을 응시하다 무거운 장식품을 던졌다.

와장창—!

참을 수 없는 격정이 휩쓸었다.

허억…… 허억…….

새 출발을 하기 위해 과거를 잊는다.

아니다.

'과거를 청산하지 않고는 새 출발도 할 수 없어.'

깨진 유리에 영원의 얼굴이 비쳤다. 부서진 자아. 파열된 유리에 자신의 창백한 얼굴이 여러 개로 갈라져 보였다. 매향의 목소리가 메아리쳤다.

'너에게는 그 애에게 용서받을 의무가 있어.'

'……'

'네 행복은 속죄한 뒤야. 네가 행복해지는 길은, 그 애의 원한을 풀어 준 후에나 가능해.'

'……'

'그 전까진 넌 멋대로 행복해져선 안 돼.'

가시 같은 말을 쏟아붓는 순간에 매향은 울고 있었다. 영원이 눈물에 손을 대려 하자 매향이 진저리 쳤다. 매정하게 영원을 떼어 버리고 그 힘으로 원망했다.

'너한테는 복수해야 할 의무가 있어!'

계모로 인해 영원은 누구보다 잘 알고 있었다. 마음으로만 뉘우친다고 끝나는 게 아니라는 걸. 잃은 것에 비해 미안하다는 말은 너무 간편했다.

오래전에 한 여자가 죽었다. 자신의 세 치 혀 때문에.

'미안하다. 그 한 마디로 퉁친다고 끝나는 게 아니라는 걸 알잖아.'

똑바로 마주하지 않으면 새 출발을 한다 해도 지금처럼 과거에 끌려다닐 거다.

그래서 일기장을 다시 펼쳤다. 새 출발을 하려면 이름을 버려야 했다. 제 안에서. 반대로 계모를 미워하기 위해선 이름을 되찾아야 했다.

이름을 되찾든지, 버리든지.

4년 전, 소정의 죽음은 그 양가적인 두 마음 사이에 자리하고 있다. 결국 이름을 버리고 속죄하는 쪽을 택했지만. 웃기게도 소정의 죽음은 영원에게 새 출발도, 계모를 미워하려는 마음도 허락하지 않는다. 한 인간을 죽이고 새 출발을 하려는 것은 모순이다. 한 인간을 죽인 그녀가 계모를 미워할 자격을 갖는 것 또한 모순이다. 어느 쪽이건 '너에겐 행복할 권리는 없어'. 소정의 사건은 그런 존재다.

영원은 계모와 다를 바가 없다.

용서를 받는 입장이나 용서를 하는 입장이나.

진정성이 의심되는, 아무도 뉘우치지 않는 용서 따위, 그저 자기 편안하기 위한 위안이었다. 매향은 바로 그 지점을 건드렸다.

'너 때문에, 너에 의해 죽어 간 사람들의 원한을 너는 풀어 줄 의무가 있어. 복수의 끝이 허무하다고 누가 그래.'

매향이 영원의 어깨를 흔들었다.

'그런 말은 그 인간들 피로 네 온몸을 적신 뒤에 해도 늦지 않아.'

'……'

'복수가 허무하다는 건……! 복수를 끝마친 사람만이 할 수 있는 말이야!'

'……'

'어째서 그 애는 그렇게 죽지 않으면 안 되는 건데.'

'……'

'네가 죽인 거야.'

매향이 울부짖었다.

'네가 그 애를 죽인 거야!'

퍼부어지는 폭언에 영원은 정신이 혼돈스러워졌다. 그 순간 영원이 본 매향은 그 자신의 모습이었다. 매향의 물기 어린 눈에 비친 잔상은, 계모에게 제발 사과해 달라고 애원하던 자산의 고통과 다를 바가 없었다.

'제발…… 내게 사과해, 줘.'

'……'

'그 정도는 해 줄 수 있잖아. 흐……! 나한테 왜 그랬어!'

매향도 알고 있을 것이다. 추궁해야 할 사태의 중심이 영원은 아니라는 것. 죽인 사람은 따로 있었다. 그러나 그들은 절대로 사죄를 하지 않는다. 죽은 사람은 있는데 죽인 사람은 없다. 매향은 누군가 그날의 일을 시인해 주기를 오래도록 기다려 왔는지도 모른다. 그것이 영원이라 해도.

영원은 이마에 유리 파편을 가져다 댔다. 떨리는 손끝에서 파편이 손쉽게 살갗을 가르고 핏빛 줄을 그었다. 이것을 지운다는 건 어불성설이다. 시간이 지나면서 흐릿해지는 상처처럼 안일해진 것이다. 자신이 어떤 수모를 겪으며 살았는지. 이건 절대 지워서는 안 되는, 영원의 피와 살을 이루는 전부였다.

주양이 퇴근했다가 영원을 보고 굳었다. 얼굴이 피범벅이었다. 피로 짓무른 눈가를 영원은 깜박였다.

울먹울먹…… 눈물을 쏟기 직전의 감정으로 얼굴이 일그러졌다. 주양을 볼 면목이 없어서 가슴이 아팠다.

"용서하려고, 잊으려고 했는데."

미안해.

정말 미안해.

민폐 끼치지 않으려고 했는데,

이마에서 피가 줄줄 흘러 피눈물을 이루었다. 영원은 소리도 없이 울고 있었다.

"……그게 잘 안됐어."

함박눈은 소리 없이, 소리 없이, 가라앉았다.

눈발이 안면으로 난입했다. 멀미 나는 피로감이 시야를 휩쓴다. 세상은 어지럽다. 어지럽고 난잡하다. 담장 밖을 넘어서는 가야금 연주 소리, 기생들이 희희덕대며 길게 뽑아내는 노랫가락, 세상이 행위 예술의 한 장면 같다. 난해하기만 하고 아무짝에 쓸모없는.

S, 소정이 죽고 그즈음의 영원은 아무것도 하지 않았다. 아무것도 되고 싶지 않았다. 그 겨울, 영원은 자살을 결심했다.

'널…… 이해할 수가 없어. 왜 사람들 앞에서 그 여자 딸인 척해? 아무것도 하지 않으니까 사람들이 아무도 그 여자를 의심하지 않고, 좋은 계모라고 여기는 거잖아!'

어릴 적 호운이 억울해하며 소리친 말들이 주마등처럼 스쳐 지나갔다. 아무것도 하지 않은 것이 아니었다. 뭐라도 해 보려고 했다. 절박했다. 그러나 잘되지 않았다. 아버지도, 죽은 모친도, 결국 소정도. 그녀가 노력하면 할수록 아무 잘못 없는 다른 이들을 다치거나 죽게 만들었다. 그때부터 생각했다. 아무것도 하지 말아야 한다. 아무것도. 하지만 그것은 곧 죽음과 일치했다. 아무것도 하지 않는 삶이란 죽은 무생물과 무엇이 다른가. 인간으로서의 존엄성마저 거세당한 채 삶을 유지하는 건 허기진 일이었다. 더 이상 버틸 수 없었다. 영원은 그때, 예정된 죽음을 맞이했어야 했다. 그녀에겐 모아 놓은 십만 원의 전 재산이 있었고, 이 돈으로 농약을 사 마시고 죽는 선택만이 남아 있었다.

그러나 자신은 그마저도 하지 못한 무능한 패잔병이었다.

주양을 만났다.

……

삶의 최후의 순간에.

운명처럼.

'한신그룹 손자라며? 대산물산 김 회장이 요즘 자주 데리고 오는 그 남자.'

'스물여덟 살인데, 미국 와튼 스쿨에서 경영자 과정 따고 이제부터 일선에 참가하게 됐대. 김 회장이 사위 삼고 싶어서 아주 혀 안의 사탕처럼 알뜰살뜰 모시는데, 못 봐 주겠더라.'

기생들의 말이 뇌리에서 되감기 됐다.

영원은 저금통을 품에 꽉 안았다. 대화의 주인공이 바로 위에서 영원을 내려다봤다. 직선으로 박히는 눈동자. 남자는 느긋한 눈빛과 달리 안면은 전혀 웃고 있지 않았다.

'말해야 할 때를 빼고 난 말하는 걸 별로 좋아하지 않습니다.'

신사의 탈을 쓰고 양심과 도덕성 따위 개나 준, 폭력 같은 남자.

그게 영원이 받은 주양의 첫인상이었다.

충격적이며 대단히 부도덕한 남자는 손끝으로 영원의 눈, 코, 입술 언저리를 확인하며 만져 댔고, 생채기가 터진 입술을 부드럽게 엄지로 쓸어내렸다. 아득한 감촉에 옴짝달싹할 수 없다.

영원은 남자에게서 눈을 떼지 못했다.

잘생긴 마스크, 값비싼 옷과 구두, 대담한 성적 욕망까지.

남자가 발하는 섹슈얼한 향수가 공포심을 불러일으켰다.

그는 신사의 탈을 쓰고, 헐벗은 영혼들을 기만하기 위해 휘둘러지는 '폭력' 같았다.

주양은 자신이 정점을 찍을 남자가 되리라는 걸 자신했다.

'아직 사장이 아닙니다.'

'아직은 아니죠.'

'아직은.'

아직은 아니나, 곧 그렇게 될 것이다.

자만일까. 무모함일까.

그는 처음엔 가진 게 아무것도 없었다. 위로는 숙부가 있었고, 나이는 이제 겨우 20대에, 한국에 조력자가 있는 것도 아니었다. 그런 그가 무슨 수로……?

그런데 보란 듯이 그는 그것들을 손에 넣었다. 하나씩 근접해 가는 걸 보면서 스스로의 눈을 믿을 수 없었다. 충격적이었다. 세상에 저런 사람이 존재한다는 것. 자신이 원하면 행동으로 보이는 자신감과 쟁취할 수 있는 능력을 지닌 사람. 영원이 택한 생존 방식은 굴복이었다. 무서운 포식자로부터 도망쳐 폭력에 노출된 무력한 삶을 사는 동안, 그는 영원이 할 수 없는 것들, 주어진 굴레에 반기를 들고 쟁취하는 삶을 택했다. 적어도 그는 영원과는 다른 인생 가도를 달릴 것이었다.

자신과 정반대인 그를 어찌 사랑하지 않을 수 있을까.

자신이 가지지 못한 것을 가진 그에게, 스스로가 유일하게 통제할 수 있는 시선마저 **빼앗겼다**.

어째서 인간이란…… 포기를 모르는 집념의 종족인지.

다시금 그녀의 안에서 복수심이 슬금슬금 고개를 들려고 했다. 내면이 악마의 유희처럼 속삭였다.

너도 저 남자처럼…… 될 수 있다면.

얼마나 좋겠니.

그는 위로와 희망이었을까.

아님…… 마시면 치사에 이르는 독극물이었을까.

4년이 지난 후, 영원은 시야를 가리는 핏물 사이로 눈앞의 남자를 응시했다. 그가 바로 영원의 앞에 있다. 이렇듯 손 닿을 만큼 가까이.

'네 복수……, 나를 굉장히 실망시켰어. 기대했던 것보다 훨씬 시시한 신파였어.'

그래. 그의 말이 맞다. 그때, 영원은 복수가 아니었다.

복수란 교활하며 냉정하고, 무서운 살의다.

복수 대상이 여기는 가장 중요한 것을 상실시키는 것. 그런 게 진짜 복수였다. 그의 말대로 백운당을 빼앗는 것 정도로는 복수도, 뭣도 안 됐다. 흐지부지한 미움과 갈팡질팡하는 애증. 사과를 받아 내겠다고, 집에서 내쫓겠다고. 복수의 이름을 빌려 쓰기엔 턱없이 모자란 분노. 복수는 폭주다. 순도 높은 폭력이라는 점에서 복수는 광기에 가까웠다. 복수엔 이성을 챙길 여유 같은 건 없다.

"과거엔 실패했지만 지금이라면 가능해."

소정은 힘이 없었다. 하지만 주양은 다르다.

주양…… 나의 롤 모델.

"네가 함께라면……"

나는 천하무적이다.

브레이크 없는 기관차처럼 폭주하는 내 복수를 누구도 막을 수 없으리라.

"생각해 보니, 아무도 뉘우치지 않는 용서 따위, 그저 자기 편안하기 위한 위안일 뿐이잖아."

주양의 눈동자에 무수히 많은 파장이 일었다. 불안, 초조, 그와는 어울리지 않는 표정이었다. 어째서 그런 표정을 짓는가. 복수에 대해 일깨워 준 것은 너였다.

그때. 영원의 안에 이미 해답이 있었다.

내가 진짜 신해수였다…….

이제부터는 내가 신해수다.

다 빼앗아 버릴 거야.

당신이 고통 속에서 처절하게 울부짖게 할 거야. 멋대로 죽을 수도 없게 만들 거야.

이마에서 흐른 피가 천천히 눈꺼풀을 적시고 피눈물을 이루었다.

"복수의 방법엔 이런 것도 있어."

"……."

"복수할 대상이, 가장 사랑하는 사람을, 망가트리는 것."

"……."

"어때……?"

그어 버린 상처에서 핏물이 뚝뚝 떨어졌다.

"지금은 진짜 복수할 것 같아 보여?"

용서하려고, 잊으려고 했는데 그게 잘 되지 않았어.

계모가 자기 온 인생을 걸고 사랑했던 딸이…… 신해수가, 어떻게 비참해지는지. 자신의 분신이 얼마나 처참하게 밑바닥으로 몰락하는지 두 눈으로 똑똑히 지켜보게 하겠다고.

계모가 집에 들어온 그 순간부터, 그녀의 인생은 산산이 조각났다. 내가 죽어야 한다면, 그건 계모와 계모의 두 딸들에게 복수를 끝낸 뒤라야 했다.

그것이……
그녀에게 주어진 숙명이었다.

해수는 잠에서 깼다.

영원이 떠나고 처음 맞이하는 아침이었다. 평소처럼 아래층으로 내려왔다. 눈앞의 상황을 의심했다. 집 나간 영원이 음식을 차리고 있었다.

"기껏 짐 싸 들고 내보냈더니 왜 다시 기어들어 온 거래?"

성원이 불안하게 해수의 옆구리를 찔렀다.

"무슨 말 좀 해 봐. 어? 어?"

해수는 주변이 흐릿하게 느껴졌다. 부엌에서 무근하게 밥 냄새가 퍼졌다. 또다. 세상에 영원과 자신 단둘만 남은 것 같은 착시. 피할 수 없는 무언가로 묶인 것 같은 느낌.

영원은 완전히 집으로 돌아왔다. 무슨 일이 있었냐는 듯 밥을 차리고 청소를 했다. 적과의 동침도 며칠이 돼 갔다. 다들 애써 태연한 척 꼿꼿이 턱을 들었지만 누구도 영원에게 따지지 못했다. 아니, 할 수 없었다. 영원은 언제 터질지 모르는 화약고였다. 영원 뒤에 있는 진주양이란 남자 때문이었다.

일련의 행동들이 보여 주는 미스터리함이 그들을 불안하게 했다. 떠날 것처럼 짐을 다 싸서 가기에 얼씨구나 보내려 했다. 그런데 다시 기어들어 오는 건 무슨 심보지? 게다가 진주양.

가만히 있을 리 없는 남자다.

그 남자의 침묵은 어떤 의미일까.

적의 소굴에 영원을 보내 놓고, 대체 무슨 수작인가.

해수는 영원이 외출을 한 동안, 다락방을 뒤졌다. 저 계집애 무슨 꿍꿍이지? 집에서 마주칠 때마다 계집이 해수를 바라보는 눈빛, 자신의 민낯을 들여다보는 그 끝을 알 수 없는 눈빛, 야금야금 인내심을 갉아먹어 한계를 맛보게 했다.

해수는 방을 엉망진창으로 만들었다. 책상 서랍, 침대 아래.

'떠나! 제발 내 인생에서 떠나!'

물건이 죄 바닥에 쏟아졌다. 헤집는데 노란 노트가 손에 잡혔다. 집어 던지려다 알 수 없는 기분에 노트를 펼쳤다. 일기장이었다. 계집의 속마음이 온전히 보존된. 그리고 최근에 마침표를 찍었는지 페이지 마지막 장에 짧은 글귀가 적혀 있었다.

「……

네가 내 언니가 되었을 때부터.

내가 짝사랑하던 남자를 네가 집에 데리고 왔을 때부터, 어쩌면 우리는 피할 수 없는 비극을 맞이한 건지도 모르겠다.

필연적으로 너는 내 모든 것을 빼앗아 갔고,

나는 너의 모든 것을 빼앗고 싶었다.」

손이 덜덜 떨렸다.

해수의 입 주변이 스산하게 일그러졌다. 이거였어? 신영원 네 속마음이 이거였어? 다시 빼앗아 가기 위해, 집에 돌아온 거야? 마지막 페이지를 찢어 구겨 버렸다. 나머지 것들도 찢어 버리려다 멈칫했다. 지난 20년간의 비밀, 범죄의 증거였다.

'안 돼. 이건 흔적조차 남겨선 안 돼.'

일기장을 들고 무작정 뛰쳐나갔다. 아랫마을 당산나무까지 달려오니 저녁놀이 거의 내려앉아 있었다. 노을이 산등성이에 붉은 염료를 풀어 놓았다. 나무는 샤머니즘의 분위기를 풍겼다. 색색깔의 천들이 어지러이 나부꼈다. 해수는 주변에 아무도 없는 걸 확인하고 라이터를 켰다. 지랄 발광하는 심장과 시뻘건 저녁놀이 온몸을 죄어 온다. 불태워 버리겠다고 마음먹었다.

피할 수 없는 비극이라.

그래, 숙명이라, 정말 존재하는지도 몰라.

해수는 적어도 자신이 숙명의 소용돌이 한가운데에 걸터앉아 있다고 여겼다. 어머니 혜란은 어릴 적부터 해수에게 그녀가 타고난 숙명에 대해 주입을 시켰다.

'너는 재벌가에 시집을 가야 해. 그게 네 숙명이야. 네 외모를 봐라. 남자들이 가만두지 않을 거다. 결코 여기서 네 인생을 좋 내선 안 돼. 넌 재벌가의 아이를 낳아, 그 집안의 안주인이 되어라.'

지겹도록 세뇌된 어머니의 못다 한 꿈들. 한풀이처럼 자신을 통해 야망을 이루려는 집착. 어째서 여자는 좋은 남자를 잡고, 아이를 낳는 삶에만 가치를 두지 않으면 안 되는 거지?

남자에게 빌붙어 사는 인생은 엄마의 대에서 끝내야 하지 않겠나.

깨부수고 싶었다.

'세상에 그딴 숙명 따윈 없어.'

해수에게 예쁜 외모는 1그램의 가치도 없었다. 재벌가에 시집가는 허상 따윈 꿈도 꾸지 않았다. 능동적인 삶을 살고 싶었다. 한 인간으로서, 여자가 아닌 예인으로 세상에 명예롭게 인정받고 싶었다. 무수히 많은 남자들이 꽃다발을 바치고 달콤한 말을 노래했지만 그녀를 흔들지 못했다.

단 한 남자 빼고.

'백운당에 핀 해어화는 누구도 꺾을 수 없다고 하던데, 저는 사람들이 떠드는 얼굴 모르는 양귀비보다, 눈앞의 꽃이 더 아름다운 것 같군요.'

'……'

'언제 연주를 들으러 다시 들르겠습니다.'

주양의 말이 해수를 뒤흔들었다. 꽃처럼 아름답다는 말 때문이 아니었다. 그녀를 한 예인으로서 대우해 줬기 때문이었다. 낮게 속삭여지는 목소리가 심장으로 침투했다.

'기왕이면, 빠른 시일 내에.'

명백한 호감이었다. 그때는 해수에게도 기회가 있었을 것이다. 영원보다 빨리 자신이 적극적으로 나섰다면. 그 말에 가슴이 떨렸었다. 얼굴이 붉어졌고 그래서 그렇게 수줍은 목소리를 내었다.

'기회가 된다면, 얼마든지요.'

그 남자를 사랑했던 걸까.

분별력이 있는 여자라면 누구든 거부할 수 없는 스펙의 남자라는 점을 빼고, 인간 대 인간으로 그 남자의 어디가 마음을 뒤흔든 걸까. 무엇이 그토록 나 자신을 초라하게 내몬 건가.

밤늦게 호텔로 주양을 찾아가 무릎을 꿇었다.

'나를 선택하지 않아도 좋아요. 그 애한테는 가지 말아요.'

'⋯⋯.'

'제발, 부탁이에요.'

사랑을 구걸했다. 그리고 장렬히 차였다. 찬 바람을 잔뜩 맞고 돌아와 며칠 내리 앓았다. 실연의 아픔을 다스리기라도 하는 것처럼. 지랄맞게도 그녀를 찬 남자가 마음에 둔 여자가 영원이었다.

처음 그 사실을 알았을 때 어찌나 황망하던지.

어째서 또 너야⋯⋯?

하지만 그때도 역시 숙명이란 이름으로밖에 설명할 길이 없었다.

그래, 숙명이란 것이 존재하는지도 몰라.

상황이 이렇게 악화된 걸 보니, 어쩌면 숙명이란 건 진짜 존재하는지도 모르겠다.

정말 우린 피할 수 없는 숙명을 타고난 거였을까.

탁탁!

되는 일도 없지. 라이터는 불꽃을 튕기기만 할 뿐 잘 안 붙었다. 진저리 치는 그때였다. 검은색 5인승 티볼리가 흙길을 달려왔다. 해수는 불꽃을 일으키는 데 열중했다.

끼이이익—!

차에서 남자들이 내렸다. 해수의 입과 몸을 틀어막고 차에 욱여넣었다.

"우……읍!"

라이터와 일기장이 툭, 떨어졌다. 차는 순식간에 해수를 납치하고 떠났다.

다시금 고요해진 마을로 누군가 걸어왔다. 양혜슈퍼 손녀였다. 양혜는 며칠 전 벼락 맞아 두 조각이 난 당산나무를 구경하다가 눈길을 아래로 내렸다. 고개를 갸웃했다. 양혜는 품에 안은 인형 머리카락을 빗질했다. 곰곰이 생각에 잠긴 끝에 결정을 내렸다.

일기장을 주워 갔다.

와장창!

집기가 부서졌다. 소란이 적막했던 병원 복도를 깨웠다. 5555호실. 의사와 간호사들이 발작을 일으키는 신규 환자를 안심시켰다.

"진정하세요. 이런다고 될 일이 아닙니다."

"가까이 오지 마!"

해수가 링거 지지대를 무기 삼아 몸을 보호했다. 한눈에 봐도 정상적인 곳이 아니었다.

"다, 당신들 뭐야. 왜 날 납치한 거야!"

창처럼 쳐들고 의료진들을 위협했다.

"신영원 짓이지? 그 계집이! 감금? 납치? 지금 시대가 어느 땐데!"

해수는 링거 지지대를 던졌다. 뒷걸음을 치다 벽에 부딪혀 더 이상 물러날 곳을 잃었다. 그 틈을 타 여자 간호사들이 팔을 잡았다. 악! 해수의 발광이 심해지자 의사가 짜증 난다는 듯 오더를 내렸다.

"나 원, 꼭 이렇게 말썽들을 피운다니까. 수면 유도제 투여해."

돌팔이 의사가 가시를 세운 해수에게 접근해 왔다.

"해를 끼치지 않아요. 우린 환자분을 도우려고 존재합니다. 당신은 이 병원의 VIP입니다."

의사가 미소 지었다. 웰컴 투 헬. 무표정한 얼굴에 드리운 영혼 없는 웃음이, 소름 끼치도록 무서웠다.

어두운 밤이었다. 진정제 성분에서 해수가 깨어났다. 덜컹, 덜컹. 팔다리가 침대에 묶여 있었다. 어둠 속에서 불쑥 다른 이의 목소리가 불거졌다.

"……힘드니?"

"누구야!"

해수가 돌아봤다. 영원이 달빛 안으로 걸어 나왔다. 서서 잠든 자신을 지켜본 건가. 한쪽 벽에 기댄 영원이 말했다.

"나도 여기 며칠 있어 봐서 알아."

"장난치지 마. 정신병원이라니."

해수의 말에 영원이 장난은 없다는 듯 말했다.

"너에게 똑같이 되돌려 주고 싶었어. 여기서, 진짜 죽음 비슷한 고통을 맛봤거든."

"일기 봤어."

"아, 이거?"

영원의 손에 딱지 모양의 쪽지가 쥐어져 있었다. 찢어 버린 일기의 마지막 페이지였다. 영원이 해수에게 던져 주었다.

"너 가져."

영원은 예고하고 있었다. 네 모든 것을 빼앗을 거라고. 너도 내 인생을 송두

리째 빼앗았으니 나도 천천히 네 걸 빼앗아 가겠다고.

해수는 고개 숙였다. 어깨가 들썩였다. 산발된 머리카락 사이로 눈물이 뚝뚝 떨어졌다.

"내가 원한 게 아니었어. 내가 의도한 게 아니었어!"

영원에게 호소했다.

"어, 어머니가 시켜서 나도 어쩔 수가 없었어. 너도 알잖아. 어머니가 어떤 여자인지."

"끝까지 네 잘못은 없다고 회피하지."

"도대체 내가 너한테 뭘 그렇게 잘못했는데!"

영원은 나지막이 읊조렸다.

"넌 나쁜 년이야."

"나라고 그 긴 세월이 편했을 것 같아? 너한테 잘해 주려고 노력했어."

"……."

"네가 그렇다고 온순한 애는 아니었잖아. 그 성질머리 다 받아 주면서, 나도 맘고생 심했어."

불뚝불뚝 네 심통맞은 성격을 감당할 사람이 몇이나 될 것 같은데.

항상 영원에게 공평하게 대하려고 했다. 아니, 편애했다. 다른 이들에게 쏟는 성의를 영원에겐 곱절로 베풀었으니까.

"고통스러웠어. 죄책감 때문에 힘들었어. 네 비위 맞추느라 나도 힘들었다고!"

이런 마당에도 이기적으로 소리치는 해수였다. 영원은 한 점의 감정도 남기지 않은 눈을 했다.

한발 물러선 채 언제나 손을 더럽히지 않았다. 계모가 주는 대로 따르는 척, 하지만 결국에 넌 모든 걸 묵인하고 자기 것인 양 써 왔다. 네가 한 게 아니라는 이유로. 자신도 피해자라는 무고한 가면을 두르고 비겁하게 말이다.

가장 견디기 힘든 것은 상냥함이었다. 상냥함. 착한 울림이 피를 응고시키고 배를 움켜쥐게 했다.

신해수. 상냥한 여자. 해수는 언제나 기묘한 죄책감이 뒤엉킨 얼굴로 그녀를 대했다.

'내가 원한 게 아니었어. 내가 의도한 게 아니었어……! 어머니가 시켜서 나도 어쩔 수 없었어. 내 탓이 아니야. 어머니 탓이야.'

뼈아픈 고해를 토해 내며 해수는 괴로운 눈을 똑바로 맞추고 영원의 동정심을 구했다. 자의가 아니었다고, 타인에 의해 어쩔 수 없이 했다는 듯이, 무고한 척 상냥한 죄책감으로 파르르 뺨을 떨구고서 영원을 부숴 갔다.

"고통스러워? 죄책감 때문에 힘들어?"

영원은 웃음이 샜다.

"네가 만약 내 입장이었어도, 그렇게 여유롭게 말할 수 있었을까?"

본질을 뚫는 말에 해수가 얼어붙었다.

빼앗기는 입장인 자신에게 감히 그런 말을 해서는 안 된다. 자기도 피해자였다는 망발을 지껄여선 안 된다. 죄책감으로 고통스러웠다는 변명을 백날 울부짖어 봤자 신해수는 손해 본 게 하나도 없었다. 오히려 계모와 공범이 되어 영원의 것으로 호사를 누려 왔다. 자신의 것인 양, 그렇게 감쪽같이 살아왔다. 신해수가 됨으로써 얻는 모든 이득을 맛봤다.

"자신에게 이로운 상황일 때 인간은 얼마든지 자비로워질 수 있지."

해수의 안색이 파래졌다. 영원이 뒤엉킨 눈물을 어쩌지 않은 채 경고했다.

"착한 척하지 마."

"……."

"너는 빼앗는 입장이었어."

네가 누린 호사에 비해 죄책감은 너무나도 값싼 고통이었다. 신해수의 상냥함엔 배려가 없었다. 오롯이 자신을 위한, 자기 위안을 위한 친절일 뿐이다.

"또 착한 척해."

영원이 손바닥으로 해수의 목을 감쌌다. 간신히 살의를 억눌렀다.

"그땐 정말 죽여 버릴 테니까."

별채에서 손님을 모시고 있는데 매니저가 헐레벌떡 달려왔다.

"사, 사장님. 이상한 남자들이 사장실을 헤집고 있습니다."

최혜란이 놀라 도착해 보니 사장실이 한바탕 뒤집어졌다. 비밀 통로가 활짝 열려 있었다. 주인 허락 없이 들이닥친 한신 직원들이 박스째 서류들을 챙겨 가고 있었다.

"당신들 뭐야, 누구 허락 받고 개인 사무실을 뒤져!"

그들은 묵묵부답으로 할 일만 했다. 최혜란이 사내들을 뜯어말리려다 영원을 발견했다. 태평하게 소파에 앉아 있었다. 최혜란이 휴대폰을 얼굴 앞으로 들이밀었다.

"전화해. 진 이사한테 전화 넣어. 멈추라고, 당장."

"해수는 오지 않아요. 어머니."

최혜란이 그게 무슨 소리냐고 쏘아붙였다. 영원은 테이블에 종이를 밀어 놓았다. 무슨 병원 동의서 같은 것이었다. 최혜란은 천천히 병원 이름을 확인했다.

"정신……병원?"

'손바닥으로 하늘을 가릴 순 없잖아요?'

영원은 진심이었다. 해수도, 찬란했던 당신의 전성기도,

오늘부로,

"돌아오지 않아요."

영원히.

외전 2. 천벌받은 계모

【실종 43일째】

차가운 달이 벚나무 가지 끝에 걸린 밤이었다.

최혜란은 천장을 올려다봤다. 죄수의 형장처럼 올가미가 매달려 있었다. 사지 마디마디로 경련이 몰려왔다. 최혜란은 울고 있었다.

의자를 딛고 올라섰다.

올가미가 목을 죄는 감각을 느끼며 최혜란은 의자를 밀어트렸다.

몸이 축 늘어졌다.

죽으려고 태어나는 사람은 없다.

여러 해를 지내 왔지만 그때만큼 자신의 생이 치열했던 때가 또 있을까.

여유를 부린 것은 사실이었다. 영원이 주양과 만난다는 사실을 첫째 딸로부터 통보받았을 때 가장 먼저 떠오른 건 영원의 복수심이었다. 보복이 두려웠지만, 믿는 구석이 있었다.

작년 10월.

혜란은 맞은편에 앉은 주양을 응시했다. 호텔 라운지 레스토랑에는 산뜻한 음악이 퍼졌다. 걸맞은 상대와 걸맞은 대화를 나누는 건 언제나 즐거운 일이었다. 이 호텔에서 그 애가 이 남자와 지냈다 했던가? 성원이 해수와 함께 한바탕 뒤집어엎어 놓고 왔다지. 혜란은 본론을 꺼냈다.

"모자란 아이입니다. 뒤치다꺼리해 줘야 할 일이 많죠. 사회성이라곤 전혀 없어요."

"……."

"그 애를 평생 책임질 수 있으세요?"

최혜란은 비웃듯이 물었다. 설마 결혼까지 하겠다고는 말 못 하겠지. 재벌가의 며느리……. 쇼핑이나 해도 되는 자리가 아니다. 매스컴은 이미 주양이 해수와 사귄다고 알고 있었다. 심심풀이가 아니고서야, 자매인 영원과 만나는 것도 우스웠다.

그때였다.

"내가, 결혼이라도 한다고 나올까 봐, 두렵습니까?"

주양이 비스듬히 입술 한쪽을 끌어당겼다. 정곡을 찔렸지만 최혜란은 품위를 지켰다.

"어차피 해수와는 끝난 인연입니다. 저도, 이사님 붙들 마음 없어요."

"그런데 무슨 심술로, 잘 만나는 우리 둘을 분탕질하고 싶어 안달이십니까."

"딸, ……제 딸이니까."

뻔뻔하게 입에 담는 최혜란의 모습에 주양이 웃음을 터트렸다.

"딸이라."

"우선, 진 회장님께서 허락지 않을 겁니다. 고난이 뻔히 예상되는 교제가 아닙니까."

해수와의 교제는 진 회장의 귀에도 충분히 들어가고 남을 기간이었다. 자매인 영원과 만나는 걸 허락할 리 없다.

주양은 뻔히 들여다보이는 최혜란의 속내를 읽고 웃었다.

"패자들은 보통 사사로운 것에 얽매이는 경향이 없잖아 있지요."

"불편하네요. 제가 패자라는 소리처럼 들려서."

"회장님은 욕망에 충실한 사내를 싫어하지 않습니다. 오히려 혐오하는 것은 무능력한 인간입니다. 그래야만 했던 이유가 합당하다면, 그 이유가 패자가 되지 않기 위한 선택이었다면, 얼마든지 열린 마음으로 받아 주실 분입니다."

"대체 이사님의 콩깍지가 어디까지인지. 놀라울 정도네요. 영원이를 너무 과대평가하시는 건 아닌지. 패자가 되지 않기 위해서라는 변명치곤, 남들이 다 비웃을 상대입니다. PTSD에, 중학교도 못 나온 학벌, 영원이가…… 좀 유별나야죠?"

"하지만 그 덕에 정적을 해치웠으니 어드밴티지를 줘야죠."

"정적?"

주양은 그런 여자에게 경멸적인 시선을 박았다. 딸의 남자가 되기를 바랐겠지. 하지만 영원과 엮였으니 두려운 것이다. 영원의 뒤에 자신이 있는 것이. 영원이 복수라도 결심할까 봐. 자기가 저지른 죄악에 보복해 올까 봐. 주양은 해수와 사귀게 된 이유를 밝혔다. 범어사의 성철스님 이야기부터 영원이가 아들을 낳아 줄 사주라는 미신까지.

"황후의 사주라더군요. 근데 진 회장님이 답지 않게 그런 것을 맹신하셔서."

아들을 바라고 있는 회장 탓에 진두영 사장을 견제할 수밖에 없었다는, 시시콜콜한 내용들까지 읊었다.

"승리를 위해서였다고 하면, 막말로 내가 사람을 해쳤다 해도 용서해 주실 분이, 진 회장님이십니다."

애초에 해수와의 연애도 계약 연애였다.

"그런데 하물며 자매 사이를 오가는 것쯤이야."

해수는 두 남자에게 놀아난 것이다. 최혜란은 표정에 떠오른 노여움을 애써 갈무리했다.

"하지만 이미 언론이 떠들었고, 결코 여론이 우호적이진 않을 텐데."

"물론, 남들 이목을 무시할 순 없을 겁니다. 그러니까 최 사장께서 얌전히 입을 다무셔야죠."

"그 부탁, 책임질 수 없겠는데요."

"뭐 어렵다고. 책임이 별거 있나요."

"후. 그 자신감, 부럽지만 일단 영원이를 책임지는 모습부터⋯⋯"

"까짓것, 결혼하죠."

뭐라고? 최혜란은 귀를 의심했다. 주양이 손깍지를 끼고 깊숙이 눈을 마주쳐 왔다. 겸손의 미덕 따윈 집어치운 오만함이었다.

"대신, ⋯⋯자매를 거쳐 간 쌍놈이 되긴 싫으니. 그 이름 내놔야겠습니다."

"⋯⋯."

"신해수라는 이름."

주양이 최혜란을 향해 눈을 치떴다.

"20년이나 단물 빨았으면, 이젠 원주인한테 돌려줄 때도 됐잖아?"

거침없는 존중과 하대를 섞어 신랄하게 입을 놀렸다. 최혜란은 벽돌처럼 안면이 굳어져 내렸다. 대놓고 지적할 줄은 몰랐다.

주양이 먼저 일어났다. 테이블보를 노크하듯 두드리면서 웃음기 담긴 말을 흘렸다.

"순리대로 합시다. 순리대로."

최혜란은 멍하니 호텔을 나왔다. 햇빛이 눈부셨다. 차를 대기시켜 놓고 있던 기사가 얼른 최혜란을 부축했다.

"사장님. 괜찮으십니까."

낭패감이 몰려왔다. 주양을 부추긴 꼴이 됐다. 결혼을 막으려다 되레 결혼을 결심하게 만들었다. 최혜란은 차에 올라타자마자 파우더 팩트를 꺼냈다. 덜덜 떨리는 손으로 화장을 고쳤다. 포기하긴 이르다. 이렇게 나올 거라고 예상하지 못

할 줄 알았는가. 천만의 말씀. 최혜란은 굳은 표정을 애써 폈다. 비릿하게 웃었다.

아직, 그녀에겐 믿는 구석이 남아 있다.

최혜란은 오랜만에 사장실 비밀 금고를 열었다. 노란 봉투에 담긴 USB를 꺼냈다. 4년 전, 이중모의 성추행 영상이 담긴 원본이었다. USB와 함께 주양을 압박할 서류들을 잔뜩 가지고 있다.

'죽은 여종업원 혈액에서 마약 성분이 검출됐다는 부검의 소견서야. 그때 부검의한테 뒷돈 먹이느라 비상금 좀 꽤나 털었지.'

다 이런 때를 위해 준비해 놓은 밥상이었다. 12월 대선을 앞두고 있는 시점이었다. 이것을 이중모와 경쟁 구도에 놓인 여당 후보 진영에 넘길 계획이었다. 자신의 도움으로 그쪽에서 대통령이 나온다면, 당선인과 우호적인 관계를 다질 수도 있다. 다음 5년은 또 편안히 놀고먹는 거다. 진주양도 이중모에게 마약 스캔들이 터지면 곤란하겠지. 결코 섣불리 영원의 복수를 하겠다고 나서지 못할 것이다.

최혜란은 협상을 하기 전에 파일의 상태부터 확인했다.

폴더를 눌렀지만 아무것도 뜨지 않았다.

"이게 어떻게 된 거지."

텅 빈 USB였다. 대체 언제, 누가, 금고에 손댄 걸까.

'설마, 그때 바꿔치기한 건가.'

성매매 사건으로 백운당에 압수 수색 들어왔던 것이 생각났다. 진주양이? 하지만 한신의 입김이 작용했다는 소문은 듣지 못했다. 검찰에서 한 단독 수사라고 들었는데.

이럴 수가.

최혜란의 모든 계획이 물거품이 됐다.

며칠 뒤.

최혜란이 놀라 사장실에 도착했다. 사장실이 한바탕 뒤집어졌다. 최혜란은 사내들을 뜯어말리려다 영원을 발견했다. 태평하게 소파에 앉아 있었다.

"해수는 오지 않아요. 어머니."

"내 딸 어쨌어. 내 딸!"

최혜란은 머리가 엉망이 됐다. 장정이 양팔에 달라붙어 최혜란을 영원의 발 아래 꿇렸다. 영원이 준비해 놓은 노트북을 펼쳤다. 5호실에 갇혀 공포에 떠는 해수의 모습이 담겨 있었다. 최혜란이 입을 틀어막았다.

"대체 무슨 짓거리를 벌이는 거야. 저긴 어디고."

영원이 정신병원 입원 동의서를 최혜란의 면전에 던졌다.

"사인해."

"내 딸 내놔!"

최혜란이 꽥꽥거리자 영원이 돌변했다. 최혜란의 뺨을 후려쳤다.

쫘아아아악—!

최혜란이 뺨을 얻어맞고 충격 먹었다.

"참 이상한 버릇 있어. 왜 얘기할 때 사람 눈을 똑바로 안 봐?"

"너. 너."

"계모라고 의붓딸 막 무시해도 되는 거야?"

영원이 동의서를 눈앞에서 흔들었다.

"기회를 줄게. 여기 사인하기 싫으면 백운당을 돌려줘. 당신이란 여자의 진 정성을 확인받는 방법은 그것뿐이야. 당신의 전부인 백운당을 돌려줘. 그럼 당 신 딸을 저기서 나오게 해 줄게."

최혜란이 영원을 노려봤다. 남자들을 뿌리치고 벌떡 일어섰다. 그리고 책상 에서 만년필을 가져와 병원 서류에 사인했다. 영원이 기가 막히다는 얼굴을 했 다.

"끝까지 나한테 잘못을 빌지 않겠다?"

"……."

"하긴. 자식보다 자기 자존심이 더 중요한 여자가 바로 최혜란, 당신이지."

다른 엄마들 같았으면 자식이 저런 꼴이 되면 제일 먼저 애원하고 빌었을 것이다.

"하지만 당신은 아냐. 나와의 싸움이 더 중요해."

부릅뜬 영원의 눈에서 눈물이 줄줄 샜다.

"불쌍해서 눈물이 막 나네. 뭐, 이럴 줄 알고 있었어. 이럴 줄 알고 무리한 요구를 한 거야. 하지만 막상 예상대로 가니 너무 우습다 못해 한탄스러워."

"……."

"그래. 백운당 가져."

영원이 못을 박았다.

"죽을 때까지 백운당 사장은 당신이 해 먹어."

영원은 최혜란의 어깨를 억지로 눌렀다. 사장 자리에 억지로 앉히고 거울을 끌어왔다. 최혜란이 자기 얼굴을 보게 했다.

"여기가 당신 자리야. 어때. 지금 당신 모습."

최혜란은 거울을 응시했다. 그 안에 있는 여자는 행복해 보이지 않았다. 교수형을 앞둔 사형수의 몰골이었다.

"당신은 이 자리에 앉아 평생 당신 딸을 생각하게 될 거야."

"……."

"신해수가 어떻게 비참해지는지, 얼마나 처참하게 밑바닥으로 추락하는지, 10년, 20년, 이 자리에 앉아 들여다보게 될 거야."

최혜란이 모욕을 참았다.

"처음 이 자리에 앉았을 땐, 이 자리가 옥좌인 줄 알았지?"

영원이 간신히 웃음을 억누르는 모습을 해 보였다. 귀에 한 맺힌 숨이 불어 넣어졌다.

"아니, 여긴 사형수의 자리야. 평생 이 자리에 앉아서, 자기가 저지른 죄를 지켜봐. 자신 때문에 딸이, 어떤 꼴로, 살아가게 되었는지, ……미안함을 가지라구. 미안함."

최혜란은 납득할 수 없었다.

왜…… 왜 내가 이런 치욕을 당해야 하는 거지? 왜 모두들 저 애를 싸고도는 거지. 저 계집이 무고한 피해자인 양, 저 영악한 계집을……. 정신적으로 사랑을 주지 않는다고 아픈 어미를 갈아 치운 계집이었다. 저 살기 위해, 자신을 구하다 죽은 친구도 외면한 계집이었다. 저 무섭도록 괘씸한 계집을……. 왜, 왜 모두들 저 계집만 피해자고, 나만 징벌당해야 한다고 하는 거야.

사람에겐 각자 '그럴 수밖에 없었던 사정'이란 것이 존재한다. 계집이 실수였듯이 혜란도 그랬다. 그녀도 실수로 인생이 여기까지 굴러왔다.

첫 번째 남자는 고등학교 남자 친구였다. 아이를 가졌다는 걸 부모에게 말하기 두려워 가출을 했다. 남자 친구와 살림을 합쳤지만 술을 마시면 주폭이 심해져서 아이를 낳자마자 도망쳤다. 그는 호운의 아버지였다.

두 번째 남자는 오갈 데 없는 그녀를 주워서 보살핀 참 좋은 사람이었다. 열 살이 넘게 차이가 나는 나이가 많은 남자였지만 있을 곳이 필요했다. 그래서 그와 같이 살게 되었다. 참 좋은 사람이었다. 고등학교 때 임신해서 다 못 마친 학업도 그 남자가 마저 시켜 줬다. 그사이 성원과 해수를 낳았다. 행복했지만 사랑하진 않았다. 그래도 그가 지병으로 일찍 세상을 떠나고 두 아이만 남겨졌을 때 세상이 무너지는 것 같았다. 그러나 곧 다른 남자가 생겼다.

세 번째 남자는 유일하게 사랑한 남자였다. 가업을 잇는 젊은 사장. 조용하고 점잖은 남자였다. 그에겐 그림 같은 예쁜 아내와 딸이 있었고, 언감생심 탐낼 수조차 없는 그림 같은 남자였다.

백운당의 사장이자, 영원이 아버지였다.

멀리서 보면 행복해 보이는 가정도 속을 들여다보면 썩고 곪아 있다 했던가. 그들 가정도 불행이 존재했다. 영원의 친모는 행복한 줄 모르는 여자였다. 비관적인 성향에 자기애가 강해서 남편을 힘들게 했다. 혜란은 '내게 이런 가정을 주었다면, 누구보다 나는 잘해 냈을 텐데.' 하고, 그녀가 자격이 없는 여자라는 불신이 가슴 깊은 곳에서 피어올랐다. 혜란은 백운당을 보며 동경했다. 그림 같은 집안, 딸을 지극히 사랑하는 좋은 남편. 그런 그를 사랑했다.

그래, 그는 딸밖에 모르는 남자였다.

그리고 아름다운 남자였다. 독서를 즐기고, 음악에 조예가 깊으며, 지적이며 다정했다. 그런 그에겐 우수가 있었다. 아내에게 받은 상처가 심해 여자에게 곁을 잘 주지 않았다. 시장 바닥 노점 상인의 딸로 자란 자신이 이제껏 보지 못했던 존재였다. 탐이 났다. 정복하고 싶었다. 그를…… 사랑했었다. 가정불화로 위태로운 남자에게 술을 먹이고 하룻밤을 잤다. 얼떨결에 이뤄진 관계에 그는 죄책감을 느꼈다. 혜란은 딸의 가정 교사였고 그는 책임감이 강한 남자였다.

결국 어떻게든 결혼까지 밀어붙였다. 결혼을 하면 곁을 내줄 줄 알았다. 그는 부부로서의 예의를 지켰지만 그게 다였다. 그는 어려운 남자였다. 언제나.

어느 날, 아이를 가진 느낌이 들었다. 임신 테스트기를 화장실에서 그가 발견한 것 같았다. 그가 책을 보면서 말했다.

'아이는 갖지 않았으면 좋겠어. 성원이, 영원이, 그리고 해수. 우리에겐 세 딸이나 있고 그 애들한테 사랑을 쏟고 싶어.'

하지만 핑계라는 걸 알고 있었다. 자신의 딸, 전처의 그늘에서 아직 벗어나지 못해 상처가 많은 아이였다. 불쌍한 아이였다. 그 애에게 쏟아야 할 사랑이 나눠질까 우려스러웠던 거다. 다행히 테스트기는 오류였다. 아이는 갖지 않았다. 하지만 남편의 그 말이 너무 서운해서 마음 깊은 곳에 담고 있었다.

이후 남편이 허무하게 세상을 떠나고 다시 혼자가 되었다. 남들은 한 번 하는 결혼을 세 번이나 했고, 한 번 할까 말까 한 사별을 두 번이나 거쳤다.

많은 것을 원한 것도 아니었다.

'남편 그늘 아래서 편안한 삶을 살겠다는데! 그냥 남들처럼 살아 보겠다는데 왜!'

어째서 평범한 것은 자신에게 허락되지 않는 걸까?

다시 또 외로움과의 싸움이 시작됐다. 세 아이와 살아남아야 했다. 남편은 친딸에게 모든 권리를 남겼다. 아내인 자신이 아닌 딸에게. 믿지 못한 것이리

라. 그가 나를 사랑하긴 했을까? 다시 가슴속에서 비참함과 당연한 원망이 밀려왔다.

영원이 미웠다. 미웠고 또 미웠다.

20년이 지난 후에도 미움은 반복됐다.

주양에게 거부당해 괴로워하는 해수를 보니 그 옛날 자신이 생각났다. 영원에게 밀려 남편에게 뒷전이 된 자신 같았다. 자신은 남편에게 2순위였고, 딸은 좋아하는 남자에게 거부당했다. 그 모든 원흉은 영원이었다. 모녀가 영원에게 모두 남자를 빼앗겨 허우적대고 있었다.

악연이다.

어떻게 말로 설명하기 힘든.

저 애한테만은 질 수 없었다. 경쟁심이라 해도 어쩔 수 없다. 절대로, 사과 따윈 할 수 없었다.

겨울이 지나고 이듬해 봄이 됐다. 4월, 영원은 결혼 준비에 박차를 가했다. 영원은 백운당을 떠나지 않았다. 혜란과 성원, 모녀와 한집에서 살았다. 보란 듯이 보여 주기 위함이었다. 눈앞에서 고통스럽게 하기 위함이었다.

주양의 사람들이 매일같이 집에 드나들었다. 영원은 신부 수업을 받았다. 하루는 해외 유명 디자이너가 집으로 찾아와 영원의 치수를 재고 갔다. 단 한 명의 신부에게 어울리는 웨딩드레스를 맞출 거라고 했다. 세상에서 가장 행복한 신부였다. 영원은.

혜란은 그 모든 걸 무력하게 지켜봤다. 비참하게 정신병원에 있는 자신의 딸이 떠올랐다. 해수가 정신병원에 갇힌 지 여러 달이 지났다. 며칠 전에도 병원 원장의 면담 요청으로 방문했다.

'음. 이런 말씀 유감입니다만, 보호자께서 꼭 아셔야 할 문제라서요. 우리

병원에서는 환자들을 대상으로 건강검진을 실시하고 있습니다. 지금 보시는 게 검진 결과서입니다. 따님에게 난소 종양이 의심된다는 진단이 내려졌습니다. 암 수치가 높고요. 원래도 자궁이 약했고, 갑작스러운 환경 변화로 극심한 스트레스가 영향인 듯싶다는데. 그래서 요점이 뭐냐면 그러니까…… 난소를 적출해야 합니다.'

최혜란은 헛웃음이 났다. 병원에서 돌아오는 길. 꽃 자수가 입혀진 양산을 쓴 여자를 봤다. 혜란은 순간 '해수?' 하고 차창을 내렸다. 우산이 살짝 들리면서 여자의 얼굴이 드러났다. 자칫, 해수라고 착각할 만큼 똑같은 모습이다. 패션, 옷 취향, 머리 스타일까지. 양산으로 해수처럼 얼굴을 감춘 영원이었다.

순간 핸들을 쥔 손에 힘이 들어갔다.

해수는 정신병원에 갇혔고, 여성으로서의 인생도 끝장났다. 영원은 그런 해수의 모든 것. 인생, 이름, 심지어는 양산마저 빼앗고 재벌가에 시집을 간다.

'죽여 버린다!'

저도 모르게 액셀을 꾹 밟았다. 영원을 향해 그대로 돌진하려는 그때였다. 낯익은 세단이 그 앞을 막아서듯 지나쳤다. 짧은 순간에 상석 검은 유리창이 있는 대로 내려갔다. 혜란이 차로 영원을 밀어 버리려 한 걸 본 거다. 주양이 엄중한 눈동자로 최혜란을 눌렀다. 당신의 속내를 다 읽고 있다는 눈초리가 보내졌다.

정신이 번쩍 들었다. 얼른 브레이크를 밟았다.

끼익—!

세단은 그대로 보닛을 스쳐 영원에게 당도했다. 방금 전 자신이 죽임당할 뻔했다는 것도 모르고 영원은 주양에게 해사하게 웃었다. 양산을 접었고 세단에 올라탔다.

차는 떠났고, 혜란은 눈물을 흘렸다.

그 계집에게는 언제나 그 계집을 사랑해 주는 사람들이 나타났다. 죽는 순간에도 그 애를 걱정한 남편, 그 애를 위해 목숨을 바친 친구, 그리고 이제는 막강한 방패가 되어 주는 연인까지. 그런 것에 비하면 해수와 자신은 불모지에서 혼자 살아남아야 했다. 자신의 힘이 아니면 누구도 지켜 주지 않는다. 그렇기에 단 한 번도 불쌍하다고 여긴 적이 없다.

저렇게 복 많은 계집이 다 있을까?

해수가 결국 난소 절제술을 받았다. 수술이 끝나고 일반 병실로 옮겨졌다. 딸은 아직 현실 감각이 없는지 멍했다. 무연히 자신의 배를 쓰다듬다가 두서없이 말을 쏟아 냈다.

"그것들이 이상한 약을 먹인 거야. 매일 나한테 주던 진정제라는 거 분명, 이상한 암을 유발하는 약이었을 거야. 내가, 내가 제일 용서할 수 없는 게 뭔지 알아? 하아…… 그 연놈들이 내 인생을 멋대로 재단해 버렸다는 거야. 아악…… 학! 정신병원에 가둬 둔 걸로도 모자라서……! 나를……! 아아악!"

해수는 영원의 짓이라고 원망을 퍼부었다.

"내 인생을 멋대로 재단해……? 갈기갈기 찢어 죽여 버릴 거야!"

"그래도 얼마나 다행이니. 청첩장에 신영원이 아니라 신해수 석 자가 박혀 있어서."

가만히 있던 최혜란이 중얼거렸다. 해수는 머리카락을 마구 뜯다가 굳었다. 믿을 수 없다는 얼굴로 혜란을 보았다. 최혜란은 웃는 것도 우는 것도 아닌 기괴한 표정을 들썩이며 웃었다.

"세상 사람들은…… 네가, 한신가 후계자와 결혼하는 줄, 알 거야."

해수는 그런 어머니를 아연하게 보았다.

웃지 않으면 패배하는 것뿐이다. 벌어진 일에 대해 수습할 수 없다면 후회도 하지 말아야 한다. 잘못되었다고 인정하게 되면 걷잡을 수 없이 지난 과오들이 몰려왔다. 혜란은 인정할 수 없다. 인정할 수 없다! 인정하면 그 계집에게 지는 것이었다. 버티고 또 버텼다. 그 계집의 결혼 전날에도, 결혼 당일에도, 그 정신 나간 계집이 실종됐을 때도 백운당을 천연덕스럽게 운영했다. 하지만······

텅 빈 백운당 사장실. 부슬비가 내렸다. 혜란은 올가미에 대롱대롱 목이 감겨 흔들거렸다.

"으······ 어······ 커억."

이제 더는 못 버티겠다.

삐걱삐걱, 줄이 연결된 천장이 무게를 견디지 못하고 내려앉으려 했다. 결국 줄이 끊어졌다. 몸뚱이가 떨어졌다.

쿠당!

흥신소에서 돌아온 성원이 바닥에 널브러진 혜란을 발견했다.

"엄마, 무슨 일이야. 머, 머리에서 피가 나!"

성원이 어린아이처럼 울었다. '해수가 죽었다고 다 끝이야? 나는! 나는!' 소리 지르지만 아무것도 귀에 들리지 않았다. 최혜란은 눈을 뜨지 않았다. 눈을 뜨고 싶지 않았다.

최혜란은 울음을 삼키며 어금니를 꽉 깨물었다. 턱이 덜덜 경련했다.

'늘 당신이 죽어 버렸으면 좋겠어······.'

영원이 남기고 간 외마디가 가슴을 둔탁하게 쳤다.

······네가 이겼다.

그러나 혜란은 후회하지 않았다. 시간을 돌릴 수 있다면, 그때와 똑같은 선택을 할 것이다. 두 번 기회가 왔으니 더 철저하게 속일 것이다.

"계모가······ 흐윽, 의붓딸 미워하는 게 뭐가 잘못이야."

그녀는 마지막까지 항변했다.

"계모는 원래 악역이야······."

13

【실종 43일째】

장 경감은 폐차하기 전 탑차를 구석구석 살폈다. 이미 경찰이 살폈지만 더 확인할 것이 없나 해서였다. 의자 아래서 굴러다니는 약통을 주웠다. 약국에 가져가서 물어보니 엽산이라고 했다.

"엽산이 뭐에 쓰이는 약입니까?"

"임산부들이 먹죠."

장 경감은 황망하게 약국을 나왔다. 뇌리를 스치는 육감.

'진주양을 떠난 신영원이 중간에 돌아왔던 것은, 임신 사실을 알았기 때문이었나. 마음이 흔들렸겠지.'

강호운이 죽음을 각오하고 신부를 되돌려 주려 한 이유. 바로 이것이었다. 강호운은 신영원의 임신 사실을 알리려 했다.

장 경감은 차를 몰았다. 수진에게서 전화가 왔다.

— 소장님. 전에 유선민에 관해 자료 부탁한 것 말입니다. 해커 쪽에서 국정

원 서버 뚫었다고 합니다.

수진이 PDF 파일로 유선민 신상 기록을 보내왔다. 장 경감은 스마트폰에서 파일을 열어 확인했다. 대략 아는 내용과 모르는 내용들이 섞여 있었다.

본명은 유선민. 사법연수원 수석 졸업생. 로비스트 출신 변호사.

현재 한신그룹 법무 팀 소속 변호사로 활동 중.

"사법연수원 수석이면, 판사 자리는 따 놓은 당상인데, 느닷없이 백운당 기생 일을 시작했네?"

그의 말에 수진이 답했다.

— 뭐, 그 덕에 김 총리와 인연이 닿게 되었으니 결과적으로 성공한 셈이죠.

일개 경력 판사로 끝내느니, 김 총리 눈에 들어 그의 사람이 되는 것이 훨씬 성공 가도를 윤택하게 다지는 일일 터다.

— 국정원도 딱히 김 총리의 사람이라는 점 빼고는 없었어요. 근데 아주 재미있는 인연이 있더라구요.

장 경감이 눈썹을 쳐올렸다.

"재밌는 인연?"

— 이중모요.

멈칫.

"대통령?"

— 이중모가 한국당 정책위의장이었던 시절에 유선민이 그 보좌관의 애인이었어요.

이중모, 매향. 우연치곤 절묘한 인연이다. 하지만 매향은 진두영 쪽으로 붙었다고 했는데.

— 아, 꼬여도 단단히 꼬였어요. 이상해서 좀 더 과거를 털어 봤는데.

수진이 카톡으로 사진을 보내왔다.

— 고모라는 여자가 가지고 있던 사진이에요. 유선민의 가족사진입니다.

"뭐야……."

엄마, 아빠. 어린 유선민. 그리고 한 아이가 더 있었다.

카톡 메시지가 떴다.

[어릴 적, 헤어진 여동생이 있었어요.]

그때 장 경감은 신호 대기에 걸렸다. 마침 태평양 일보 사옥을 지나치고 있었다. 전광판에 그가 즐겨 보는 '뉴스 타임'이 전해지고 있었다.
장 경감은 어안이 벙벙해졌다.
방금 전 들어온 속보가 짧게 자막 처리 됐다.

한신파이셜그룹 진주양 본부장,
방금 전 검찰 출두.

감금 및 약취 혐의

그리고 크게 뜨는 글씨.

자수

여자 아나운서가 뉴스를 전했다.
「오늘 새벽 5시. 재벌 4세 J씨가 검찰에 자진 출두해 자신의 범죄 사실을 자백했습니다. 지난 XX일, 파주 병원 화재 사고로 죽은 신 양을 6개월이 넘는 시간 동안, 자신이 납치, 감금 및 약취했다는 내용인데요. 한 대기업 총수 후계자의 갑작스러운 양심 고백으로 검찰은 당혹스러운 기색을 보이고 있습니다. 검찰은 현재 사실 관계를 확인 중에 있다고 전했습니다.」
기사가 뜨기 무섭게 도시 시민들이 모두 스마트폰을 확인했다. SNS로 기사가 실시간으로 퍼졌다. 주양이 현재 검찰 조사를 받고 있다는 소식이 낱낱이 까발려졌다.

빠아아아앙—!

뒤에서 클랙슨이 울려 댔다. 장 경감은 차를 출발하는 것도 잊고 멍해졌다.

왜…… 왜…… 저런.

'뭐가 보입니까.'

'저게 뭐 같습니까.'

빌딩 아래를 내려다보며 주양이 던졌던 물음이 마구 한데 뒤섞였다.

주양은 장 경감에게 오롯이 혼자 힘으로 수사하라고 지시했다.

'내 가족, 경찰, 심지어는 내 편들도. 아무도 믿어선 안 됩니다.'

아무도 믿지 마라. 그가 처음부터 한결같이 요구한 것은 오직 하나였다.

'신부를 찾아내세요.'

제 발로 검찰청에 가기 전날, 주양이 먼저 들른 곳이 있었다.

그룹 재단에서 설립한 한신병원.

진 회장은 병환으로 입원 중이었다. 잠옷 차림의 노구가 침대에서 빠져나왔다. 그 많은 돈과 재물을 가지고도 진 회장이 집에서 챙겨 온 것들은 가짓수가 몇 개 되지 않았다. 그 몇 개의 물품 중에 죽은 아들의 사진도 포함됐다. 진 회장이 액자를 애처롭게 쓰다듬었다.

"네 아비는 마음씨가 따뜻했었지. 처음 얻은 자식이라서 너무 예뻤어. 좋은 것만 먹고, 좋은 것만 보게 해서 그런가. 애가 유약했지. 울보에, 잠을 잘 때 곰 인형을 안겨 주지 않으면 잠을 못 잤어. 나는 가끔 준영이가 살아 있었다면 너처럼 생겼을까 상상하곤 해. 넌 얼굴은 준영이를 빼다 박았어. 하지만 어째서 성격은 딴판일까? 자란 환경은 준영이와 똑같은데. 너는 어려서도 무서운 것도 없고, 잘 울지도 않았어. 네가 자폐가 있을지도 모른다고 김 원장이 의심했을 정도였지.”

“……..”

“김 원장이 하는 말이, 내가 치매가 진행되고 있다더구나.”

주양은 놀라지 않은 표정을 지었다. 노인은 지금 알까. 우리가 이 똑같은 대화를 나눈 적이 이미 열 하고 다섯 번이나 된다는 것. 결혼을 앞둔 지난 4월 말 경부터, 이미 진 회장은 치매가 급속도로 진행됐다. 그때, 주양은 신부를 바꿔치기하는 작업들로 바빴다. 대개 은밀한 처리가 그러하듯 합법적인 일과 불법적인 일들을 오갔다. 주양이 해 댄 일들을 조부가 대략 보고받았는지 곧 주양은 본가로 불려 갔다.

그리고 오늘처럼 똑같이 말했다.

진 회장의 시간은 그때에서 멈춰져 있는 것인가.

“항암 부작용이래. 뇌세포를 보호하는 차단막이 독한 약기운을 못 이기고 구멍이 뚫린 모양이야. 얘. 듣고 있니?”

치매 사실을 알려 오는 진 회장에게 주양은 내색하지 않았다. 열다섯 번째 한결같은 대답을 했다.

“인간은 태어나면 다 죽습니다.”

쾅!

“그걸 지금 위로라고 하는 거냐?”

진 회장은 냉담한 주양에게 허탈감을 금치 못했다.

“넌 날 원망하고 있어. 그렇지?”

“……..”

“아마도 넌 내가 죽으면 내가 반대하는 일은 모조리 할 거다. 벽에 똥칠하게 될 날이 4개월밖에 안 남았다는데, 그 결혼 지금 반대해 봤자 나 정신 줄 놓기를 기다렸다가 그때 결혼하겠지. 그 애가 그 정도의 가치가 있는 앤지 의문이야."

"제가 선택한 여자입니다. 그 정도면 답이 됐으리라 생각합니다."

그럼 진 회장은 열다섯 번째 말할 것이다.

"그 계집은 널 버릴 거다."

이미 결혼식은 두 달 전의 과거가 됐고, 그래. 그녀는 그를 버렸다.

그를…… 떠나갔다.

진 회장의 예언대로.

"지금이야 콩깍지가 쓰여 있지만, 두고 볼수록 네가 감당할 수 없는 존재라는 걸 깨닫게 될 거다."

"……."

"사랑하면서도 마음 한편에, 알 수 없는 불안감이 피어오를 거야. 저 남자는 무슨 생각을 할까. 나를 사랑하는 걸까. 나를 앞으로도 사랑해 줄까. 사랑이 식으면……, 그땐."

진 회장이 속살댔다.

"그는 과연 누군가를 위해 자신을 희생할 수 있는 존재인가. 아이가 태어나면 아이의 아버지로서는 적합한 자격이 있는가."

진 회장 병환의 상태를 알면서 원장에게 시간을 끌라고 명령한 것이 주양이었다. 치매를 악화시키게 했다.

"바로 내가 너를 키워 오며 느꼈던 불안감 말이다."

주양이 진 회장을 매섭게 봤다.

"그리고 결국에 깨닫겠지. 자신이 바란 건, 남들과 똑같은 평범한 행복이었다는 것을. 널, 감당할 자신이 없다는 것을."

"그럼 사람일 줄 알았습니까?"

진 회장은 허를 찔렸다. 주양을 올려다본다. 노인이 답지 않게 허술한 표정을 지었다. 구멍이 뻥 뚫린. 예상치 못한 공격을 받고 무방비했다.

진 회장에게도, 주양에게도 이 대화는 이번이 처음이었다. 열다섯 번의 할큄이 있었지만 한 번도 여기까지 온 적은 없었다. 대화는 언제나 주양이 입을 봉해 버리면서 끝났다. 하지만 오늘은 아니다.

정자를 냉동시켜 놓았다가 녹인 뒤에, 돈 오천에 구한 여자의 자궁에서 태어나게 했다.

애정이라곤 조금도 존재하지 않은 탄생이었다.

"그렇게 태어난 아이가…… 그럼, 사람일 줄 알았습니까?"

노인이 손에서 액자를 놓쳤다. 바닥과 충돌한 액자가 쨍그랑—! 동강 났다. 주양은 이제껏 한 번도 그렇게 속내를 드러내 본 적이 없었다. 진 회장의 새파랗게 질린 얼굴이 볼만했다.

주양이 깨진 액자를 들었다. 진준영. 어린 친부가 천진하게 웃고 있었다.

정자를 제공한 이는 아버지인가. 아버지가 아닌가. 아무런 유대 없이 오롯이 정자만을 제공받아 태어난 자신은 그의 아들인가. 아들이 아닌가. 아주 오랜 시간 끊임없이 그에게 화두를 던져 주는 질문들이었다.

생명의 존엄성 따위.

사진 속 이 남자는 자신에게 자식이 있는지도 모를 터였다.

"그가 내게 몸뚱이는 주었지만, 영혼까지 준 건 아니잖아요."

주양은 액자를 등 뒤로 가볍게 내던졌다. 진 회장이 심장을 부여잡고 침대 뒤로 넘어갔다. 의료진들이 달려와 쓰러진 진 회장을 업어 갔다.

주양은 텅 빈 방에 홀로 남겨졌다.

생동감 없는 표상이 진 회장이 떠나간 자리를 응시했다.

아들을 다시 재현해 보고자 한 회장의 상냥한 욕망은 사랑이었고, 그것은 그에게 폭력이었다.

상냥한 욕망은 누구도 잘못이 없다는 점에서 너무나도 폭력적이다.

사랑이 그러하듯이.

외전 3. 버림받은 신랑

……결혼 1개월 전, 그리고.

신부 실종 한 달 전.

"한신중공업 파업이 쉽게 가라앉을 조짐이 아냐."

햇살이 컨티넨탈 호텔 18층 유리창을 투과했다. 비즈니스 룸의 성격에 맞게 8인용 긴 패브릭 소파가 테이블을 끼고 있었다. 이중모가 답답한지 넥타이를 끌어 내렸다. 양주 마개를 따며 주양에게 물어 온다.

"희망퇴직을 빙자한 일방적 해고, 이런 게 요즘 먹히겠어?"

"중국발 저가 수주로 현재 조선업계가 빚더미입니다. 거품 꺼질 거란 것쯤, 몇 년 전부터 예견해 왔던 일입니다."

"알지."

"그나마 직원들 생각해 적자 끌어안으며 지금까지 끌고 온 겁니다. 가망 없는 사업은 빨리 손 떼는 게 상책이죠."

하지만 어쩐지 이중모는 미적지근한 반응이었다.

"그 돈, 어차피 이번 출범 정부에서 내건 신생 사업 육성에 고스란히 쏟아부어질 자금이란 거, 아시잖습니까."

"알지. 것두 잘 알지."

"근데 왜."

"실수하는 것 같아서. 이러다 언론이 주목하기라도 하면."

이중모는 지난 12월 대선에서 압승으로 대통령이 됐다. 현재는 4월, 취임을 마쳤다. 본격적으로 정권을 이어받아 시동을 걸던 와중이었다. 한신중공업 노조가 일어선 것이다. 불경기로 구조 조정 중에 있었다. 이중모가 우려하는 것은 친인척 비리였다. 한신중공업의 하청을 독점하는 업체 대표는 이중모의 사촌이었다. 말이야 친인척이지 실상은 이중모의 돈세탁 방이었다.

예전부터 한신중공업은 문제가 많았다. 실체는 없지만 장부상에는 존재하게끔 분식 회계가 만들어졌다. 배 수주를 한 척 맡으면 두 척 받은 것처럼. 여기저기 정치 자금으로 흘러드는 돈을 마련하는 뱅크였다. 검은돈들이 불어나 재정 적자가 늘어났고, 때문에 한신중공업의 구조 조정이 결정됐다. 회사 제반 사정이 어려워진 것은 눈먼 돈 때문인데 일반 직원들이 불황을 빌미로 해고당하고 있다는 게 노조의 주장이었다.

뭐, 주장이 아니라 사실이지만. 그 밖에 중국의 조선업 가세로 시기가 앞당겨지긴 했다.

"공장이 멈추면 자금은……."

"가동할 공장은 전국에 많으니까요."

정치 자금 외에 자신의 뒷주머니를 걱정하는 것이었다. 진 회장이 병석에 있는 지금, 진두영이 싸지른 똥을 치우는 것은 결국 주양의 몫이었다. 금융과 중공업은 다른 분야지만 일단 이사회에서 합의 본 결정이다. 한신중공업의 매각은 주양이 오너 자리를 물려받기 전까지 처리해야 할 숙제가 될 것이다. 이중모의 입김 때문에 손해를 감수할 수는 없었다.

"역시 안 되겠나?"

"일개 본부장인걸요."

정중한 거절이었다. 이중모가 심기가 잔뜩 불편한지 두 턱을 만들어 보였다.

"진 회장님 건강 악화설로 힘들지?"

"……."

"대체 '카더라'는 어떤 죽일 놈들이 퍼트리는 거야?"

은연중 협박. 이중모는 비굴하면서도 뱀처럼 교활한 인간이었다.

"세상이 수상하니 잡다한 소문만 무성하지 않겠나."

주양은 코웃음 쳤다. 진 회장이 치매에 걸렸다는 구체적인 진상까지는 파악 못 했나 보지. 대충 건강 악화설을 주워들은 모양이었다. 얕보는 것이다. 진 회장이라는 사령탑이 흔들리는 한신은 내부적으로 현재 좋은 상황은 아니었다. 한 명은 나가떨어졌고, 후계자라고 앉아 있는 다른 하나는 고작 30대 초반의 새파랗게 어린 놈. 적어도 승계가 제대로 이뤄지려면 주양이 40대는 되어야 했다. 정치한다는 놈들은 간교하기 짝이 없어서 조금만 빈틈을 보이면 찍어 누르려 했다.

나라에서 제일 높은 관직에 오르기도 했겠다, 대통령까지 되니 이제 눈에 뵈는 것도 없어지는가. 나를 하수인 부리듯 하겠다?

"회사 사정 전반을 좌지우지할 전권이 제겐 없습니다. 말씀은 잘 알겠습니다. 이사진들과 신중히 검토해 보죠."

칫, 이중모가 짜증 나게 군다는 듯이 고개를 돌렸다. 그리고 화제를 바꿨다.

"사실 요즘 자네 행동 하나하나가 맘에 안 들어."

"……."

"청첩장 잘 받았네. 신부 쪽 이름을 보는 순간 뒤통수가 뻐근해지더만. 자네가 최혜란과 사돈을 맺게 될 줄이야."

이중모와 적대 관계인 최혜란을 장모로 모시게 됐다. 예전에 이중모의 우려에 주양은 연애라는 건 언제든지 깨질 수 있는 거라고 했었다.

"회장님 부탁만 아니었음, 내가 김 회장 그 개새끼도 석방 안 했어."

"……."

"김 회장을 저대로 밖으로 내돌릴 겐가? 눈앞에서 설쳐 댈 걸 생각하니 꼭지가 돌 거 같다구."

"이제 와서 뭘 어쩌겠습니까."

"그래서 계속 살려 두겠다고?"

이중모가 씨근덕거렸다.

왜 이렇게 조급하게 구는지 주양은 알고 있었다. 그가 이중모와 적대 관계인 최혜란과 사돈을 맺게 되었기 때문이다. 이중모로서는 심기가 불편할 수밖에 없다. 찝찝한 것이다. 이 새끼가 뒤로 뭔 수작을 부리는 게 아닌가 하고. 게다가 김 회장은 한 달 전에 출소를 했다. 무려 주양의 조부인 진 회장의 지시였다. 진두영의 무리수 덕분에 진 회장이 대산 김 회장과 딜을 한 것이지만, 이중모가 그런 사정을 알 턱이 없다. 그런 와중에 주양은 최혜란의 딸과 결혼을 하게 되었다. '이거 이거 나만 따돌리고 김 회장과 작당을 꾸미는 거 아냐?' 하고 충분히 의심할 수밖에 없는 상황이다.

"난 자네를 믿어."

국가 원수가 된 이중모가 못 할 일이 있을까. 대산 김 회장을 처리하는 것쯤이야. 이중모가 진정으로 원하는 건 변치 않은 마음이었다. 주양의 변치 않은 마음. 우리 우정이 변치 않았다는 걸 확답받기 위해 김 회장을 없애 달라고 요구하는 것이다.

"최혜란이를 장모로 모시게 됐다 해서, 우리의 우정이 변해서는 안 되네."

이중모가 축배를 들듯이 양주잔을 맞부딪혔다.

증명해 보이는 그날까지.

말도 안 되는 투기다. 서툰 질투심에 설명해 줄 길이 없다는 것이 안타까웠다.

처음부터 변한 건 아무것도 없었다.

손톱이 부러지고 피가 비쳤다. 바닥을 박박 긁었다. 최혜란은 필사적으로 몸부림쳤다. 악―! 가련한 비명이 성대를 마찰시키며 목구멍 밖으로 활로를 텄다.

"의사한테 전해! 다른 병원, 다른 곳에서 다시 검진한다고! 난 인정 못 해. 절대 사인 못 해!"

한 마디라도 꺼낼라치면 무시무시한 악력이 뒤통수를 눌렀다. 최혜란에게 네 명의 사내가 붙어 있었다. 머리통을 누르는 손들이 수술 동의서에 지장을 찍게 하려 했다. 최혜란은 사력을 다해 거부했다. 침이 줄줄 샜다.

"날 죽여. 차라리 내 배를 가르라고!"

수술 동의를 두고 몇 시간째 실랑이를 벌이고 있었다. 최혜란의 육체가 무력하게 짓밟혔다.

주양은 그 모습을 지켜보다가 조용히 눈짓했다.

문이 열렸다. 검은 트렁크 가방이 대령됐다. 가방을 열자 안에 사람이 구겨져 들어 있었다. 이미 최혜란 이전에 피떡이 된 심부름센터 직원이었다. 직원의 얼굴을 확인하자마자 최혜란이 보랏빛 낯이 됐다. 주양이 넌지시 턱짓했다.

"아는 사람인가?"

최혜란이 덜덜 떨었다.

"이건 뭐야."

"청부업자에게 돈을 주고 영원을 납치하도록 지시했다지."

"모, 모르는 일이야."

납치범이 덜미가 잡히자 최혜란은 발뺌했다. 대체 영원을 납치해서 뭘 어쩌려고 했는지는 그도 의문이었다.

"며칠 전, 동네 길에서 우리 눈이 마주쳤지."

"난 모, 몰라."

"차로 들이받아 죽이려 한 것으론 성에 안 찼나. ⋯⋯납치? 왜. 네 딸처럼 수술이라도 받게 해 주려고?"

흠칫, 예상이 적중했는지 최혜란이 벌벌 떨던 어깨를 굳혔다. 주양이 무표정하게 되물었다.

"뭐가 그렇게 억울한데. 왜 이렇게까지 하는 건데."

기다렸다는 듯 악담이 화수분처럼 터졌다.

"걔, 걔가 해수 이불이나 빨아 주던 애야. 어디서 그런 배워 먹지 못한 애가, 내가 무서워서 오줌이나 질질 싸던 애가, 그런 애가……! 허억, 한신가의 며느리라! 세상이 다 배꼽 잡을 일이군! 아하하!"

자기 딸의 뒤처리나 해 주던 미천한 하녀였다. 그런 하녀가 한신가에 시집을 가게 됐으니. 얼마나 배 아픈 일인가. 주양이 비웃었다.

"딸을 대신한 징벌? 복수?"

"……."

"좋은 어미 아니잖아."

"……."

"백운당 사장 자리 지킬 수만 있다면, 자기 딸도 검사한테 팔아먹을 수 있는 빌어먹을 년이잖아."

"……."

"모를 줄 알았나. 당신이 검사 강규웅이한테 신해수를 상납하려 했던 것. 신해수가 그것에 몸 달아 나한테 매달렸던 것."

최혜란이 굳었다. 주양은 나지막이 속삭였다.

"자신의 야욕을 채울 수 있다면 아무렇지 않게 딸을 파는 여자. 이제 와서 어미 노릇 하려는 것도 우스워."

"차라리 날 죽여, 죽이면 간단히 해결될 일이야!"

"내가 그렇게 한가해 보여?"

그라고 이러는 게 유쾌해서 그녀의 자리를 보전해 주는 것이 아니었다. 엊그제처럼 생생하게 떠올랐다. 영원이 바짓가랑이를 붙잡고 애원한 것, 최혜란 앞에서 소변을 지린 것, 제 손으로 자해를 한 것. 영원의 고통을 비하한 이 여자를 죽이지 않는 것만도 대단한 일이었다.

최혜란이 바득바득 이를 갈아붙였다.

"그 계집이 원했겠지. 죽지 못해 사는 고통이란 거 말야. 아주 득의양양하게 내게 지껄여 주시던데, 맞아. 니들 말대로 딸을 정신병원에 처박아 넣은 어미야, 내가. 근데 어쩌지. 나 지금, 그렇게 죽을 정돈 아닌데."

주양의 안면에 희미한 웃음 잔재 비스무리한 것이 스쳤다. 책상에 걸터앉았던 몸을 그가 뗐다. 단숨에 거리를 좁혔다. 최혜란의 멱살을 잡아 든다.

"죽지 못해 사는 고통? 그따위 허접한 복수로……?"

최혜란은 놀라서 주양을 올려다봤다. 그 표정은, 그 말투는, 연인의 진심 어린 염원이 담긴 복수를 돕는다기엔 조롱 섞인 반응이었다. 영원의 복수를 허접하다는 말로 싸잡아 묶었다.

"그 앤 순진해서 믿는지 몰라도 난 달라. 인간은 그렇게 쉽게 죄를 인정하는 종자가 아냐."

영원이 최혜란을 굴복시키지 못할 거라고 처음부터 예견했던 거다.

"아, 알면서 왜."

최혜란의 물음에 주양은 눈 하나 깜짝 않는 얼굴로 되받아쳤다.

"어쨌든 신부에겐, 든든한 친, 정, 이란 게 필요하니까."

주양의 정색이 최혜란을 빠르게 이해시켰다. 결혼은 소꿉장난이 아니었다. 더욱이 한신가에 시집을 온다면. 복수는 복수고, 결혼은 현실이니까. 한 명이 이성을 잃으면 현실을 챙겨 줄 다른 하나는 있어야 하는 게 팀플레이 아닌가. 영원은 최혜란한테 유감이 많진 몰라도 주양은 아니었다. 최혜란이 어떤 고통을 겪든지 관심 밖이다.

주양이 최혜란은 살려 두는 건 어디까지나 현실적인 맥락 때문이었다. 정재계 인사들과 커넥션이 깊은 백운당은 나쁘지 않은 친정이었다. 백운당이라는 간판은 지켜져야 했다. 한신가에서 아무 백그라운드 없는 며느리는, 도태되고 무시당한다. 여러모로 운이 좋은 여편네였다. 주변 사람들이 나가떨어져도 결국 원흉인 자신은 자리보전하게 됐으니. 그게 허수아비 사장일지라도.

주양은 최혜란에게 뭔가를 내밀었다. '신부 신해수, 신랑 진주양.' 석 자 이름 위에 금박이 입혀진 청첩장이었다.

주양이 괜찮은 제안을 하나 제시했다.

"가망 없는 친딸은 버리고, 진짜 재벌가로 시집오는 의붓딸로 갈아타는 것도……, 노후 준비로는 나쁘지 않아."

주양의 계획은 그런 것이었다.

해수를 치워 버리고, 그 자리에 영원을 앉힌다.

"미. 미친."

최혜란이 주양에게 물을 끼얹었다. 옴팡 뒤집어쓴 얼굴이 차갑게 뚝뚝 물을 떨궜다. 어김없이 위험스러운 눈동자가 최혜란을 강하게 눌렀다. 최혜란은 겁을 집어삼켰다. 그와 동시에 남자들이 최혜란을 억지로 잡아 눌렀다. 동의서에 지장을 찍게 했다. 최혜란은 거세게 저항했다. 경호원들이 엄지 뼈를 부러트렸다.

우두둑, 뼈가 빠지는 소리.

아아아악!

최혜란이 비명을 토했다. 헐렁거리는 엄지를 끌어다 수술 동의서에 지장을 붙였다. 최혜란이 손을 잡고 덜덜 떨었다.

"딸이 정신병원에서 나오기만을 기다렸을 거야. 병원에서만 나오면 다시 시작할 수 있다고. 다시 결혼 시장에 내보내서, 어떻게든 새 출발 하면 된다고."

주양이 최혜란의 지장이 찍힌 수술 동의서를 챙기며 말했다.

"이로써 재기해 보려는 당신의 꿈도, 추한 야욕도 여기서 멈추겠지."

최혜란은 어렴풋이 떠오르는 것들을 헤아려 봤다. 설마…… 멀쩡한……. 아이를 낳지 못하는 여자를 어느 재벌가에서 쳐다볼까.

믿지 못하는 표정에 대고 주양이 종이를 흔들었다.

"당신이 한 짓은 고대로 당신 딸한테 돌아가게 될 거야."

아리송한 수수께끼만 남겨 주듯.

"이런 게 진짜 복수가 아니겠어?"

아무리 죄를 저질러도 최혜란은 멀쩡할 것이다. 언제까지고. 그 딸이 대신 벌을 받을 것이기 때문에. 이제야 그 말뜻을 이해할 수 있게 됐다.

'당신은 이 자리에 앉아 평생 당신 딸을 생각하게 될 거야.'

'신해수가 어떻게 비참해지는지, 얼마나 처참하게 밑바닥으로 추락하는지,

10년, 20년, 이 자리에 앉아 들여다보게 될 거야.'

'평생 이 자리에 앉아서, 자기가 저지른 죄를 지켜봐. 자신 때문에 딸이, 어떤 꼴로, 살아가게 되었는지, ……미안함을 가지라구. 미안함.'

최혜란은 넋을 뺐다.

볼일은 끝났다. 주양은 청첩장을 최혜란의 얼굴에 튕겨 던졌다.

"결혼식에 신부 어머니로 참석해 줘야겠어."

나가기 직전, 최혜란이 작게 무언가를 중얼거렸다. 목소리를 들었지만 주양은 그대로 무시했다.

사장실 복도를 걸었다. 모퉁이에서 가로막혔다. 강호운이었다. 그대로 지나치자 강호운이 그를 붙잡듯 물었다.

"당신, 어디까지 갈 셈이야?"

주양이 돌아보며 무표정하게 답했다.

"이게 내 사랑이야."

전에 호운이 물었던 질문에 대한 답변이었다. 해 줄 수 있는 게 없어 서글프단 자신의 사랑과 달리, 해 줄 수 있는 게 넘치는 네 사랑은 너무 쉽지 않냐고. 영원이 원한다면, 그는 뭐든 해 줄 심산이었다. 그가 가진 전부를 이용해 지옥에서 저승사자도 불러올 기세였다.

호운은 인정할 수 없었다. 주양의 방식 따위. 그런 무지막지한 폭력 같은 사랑이라니.

호운은 파르라니 입술을 경련시켰다.

"죄를 부추기는 게 사랑이야? 그거…… 사랑 맞아?"

"……."

"당신이 하는 짓들이 그 애를 더 불행하게 만든다면, 어떡할래."

"그럼 뭘 어떻게 해야 하지. 네가 해결 방안을 내 봐."

"후회할 거야. 분명."

"영원일 위한 일이 아니다. 그건 결코. 그 앤, 모질지 못해. 손에 피를 묻힌 삶을 감당할 만한 위인이 못 돼. 사랑한다면 상대의 행복부터……."

말을 하다 말고 주양이 입매를 일그러뜨렸다.

"그런 팔자 좋은 말, 너무 상식 밖이잖아?"

"사랑한다면 상대의 행복부터 헤아리는 게 상식이야."

호운은 끝끝내 굴복하지 않았다.

온정 없는 눈길이 호운에게 가닿았다. 잘도 시선을 되받아치는 호운이 건방져서였을까. 주양이 호운의 어깻죽지를 쥐었다. 두 눈으로 똑똑히 확인시켜 주기로 했다.

해 질 녘, 백운당 가까운 산중. 한신 소속 경호업체 직원들이 한 남자를 에워싸고 있었다. 그들은 돌아가며 남자를 팼다.

퍼억, ……퍼억! 야구 배트로 남자를 내려치는 타격음이 무거웠다.

호운은 그 꼴을 현실감 없이 보았다. 주양은 피떡이 된 우양재의 앞머리를 움켜쥐고 시선을 맞췄다.

"아랫마을 양혜슈퍼란 곳의 맏아들이라고요?"

우양재한테서 갈취한 노트를 양 비서가 주양에게 넘겨주며 말했다.

"약혼녀님의 일기입니다."

"이걸 어디서 얻었다고 합니까."

"자기가 직접 구한 건 아니고, 여동생이 마을 나무 아래서 주워 왔다고. 안에 적힌 내용을 보고 일차로 최 사장을 협박하려고 했다가, 우연히 신부가 바뀐 걸 눈치채고 저희 쪽으로 접선해 왔습니다. 그걸 빌미로 거래를 시도해 오길래, 처음 한두 번은 몇 푼 쥐여 줬는데 점차 놈의 간이 배 밖으로 나와서……."

"요구한 액수가?"

"십억입니다."

주양이 머리칼을 쓸어 넘겼다. 멍하니 선 강호운을 향해 현실을 일깨워 주듯 똑똑히 말을 박았다.

"요구 조건, 들어주세요."

"하지만."

"십억이면, 베트남 새우잡이 배 위에서 여생을 보내는 데에, 합당한 금액 아닙니까."

주양은 호운을 꿰뚫듯 보며 말했다. 강호운이 이를 악물었다.

그가 어떤 것을 말하는지 제대로 알고 있다.

화해.

평화로운 합치.

대화로의 해결.

하지만 지금도 호시탐탐 영원의 행복을 망치기 위해 그녀를 위협하는 피라미드들이 들끓었다. 이들을 처리하지 않고선 평화는 찾아오지 않는다. 최혜란은 영원을 납치, 살해하려 했고, 냄새를 맡고 찾아온 쥐새끼들이 지금도 돈을 요구하며 비밀을 들추려 한다. 그렇다고 영원이 해결할 수 있을까. 지금 그녀는 자신의 상처를 다스리는 데도 벅찬 상태였다. 누군가는 현실의 문제를 처리해야한다.

그래서 두 눈으로 똑똑히 확인시켜 주기로 했다.

평화주의, 박애주의.

아마추어 같은 말만 골라서 내뱉는 놈이 얼마나 상식 밖인지. 현실과 동떨어졌다는 데서 그랬다. 넌더리 났다.

신부의 진실을 아는 사람은 이 대한민국 땅에 남아선 안 됐다.

주양은 타워 54층으로 돌아왔다. 부엌에서 조리 도구들이 달그락댔다. 벽에 어깨를 붙이고 지켜봤다. 영원이 과도와 사과를 식탁에 가져다 놓다 그의 존재를 눈치챘다. 영원과 눈이 마주쳤다. 어색한 웃음을 지어 온다.

주양은 영원의 외양을 빠르게 파악했다.

허리 라인을 강조한 단정하고 우아한 A라인 원피스.

고상하게 틀어 올린 머리.

옅은 화장.

누가 봐도 잘 가꿔진 상류층 여성이었다.

주양이 손을 뻗었다. 영원은 조금 망설이는 기색을 보이더니 걸어왔다. 아직도 그와 닿는 것에 부끄러워했다. 손을 뻗어 영원의 얼굴을 더듬었다. 그녀가 이마를 그은 후 자정이 넘은 시각에 주치의가 잠옷 바람으로 달려와 처치를 했다. 다행히 덧나진 않았지만, 화장으로 완전히 가릴 수 없는 흔적이었다. 그러나 알까. 그런 건 사소한 흠에 지나지 않는다는 것. 이마를 쓱쓱 비빈 손끝이 내려와 입술을 매만졌다.

"사람들 앞에서 너무 얼굴 드러내지 마."

"아, 알아. 들키면 안 된다는 것."

금세 영원이 시무룩해졌다. 주양은 조금 웃었다. 그런 소리가 아니었다. 그는 영원이 꾸미는 것에 별로 동의하고 싶진 않았기에 이건 어디까지나 영원이 원해서였다. 매향은 매일 영원의 하루를 보고했다. 잠깐 바깥 외출이라도 하면 파리들이 꼬인다. 매향의 보고에는 사소한 것조차 빼먹지 않았다. 오늘은 그녀가 무엇을 했는지. 무얼 먹었는지. 보고서에는 그녀가 하루 동안 마주친 사람들도 기록됐다. 주위에 따라붙는 수상한 자는 없는지. 어떤 사람이 영원에게 말을 걸었는지. 그저 길을 묻는 행인일지라도. 영원은 알까. 보고서에 적힌 대다수가 남자들이었다는 것.

"기껏 세팅했는데 보여 주고 싶어서. 우리 며칠 동안 못 봤잖아."

하긴 그가 요즘 바빴다.

"어때? 매향도, 강호운도, 머리 올리니까 더 낫다고 해서."

"강호운을…… 만나?"

"그럴 수밖에. 그 자식 요새 백운당에 들어앉았는걸."

"놈을 믿어?"

"어?"

"얼굴도 보여 줄 만큼?"

차가운 어조에 영원이 고개를 갸웃했다.

"어차피…… 내가 아니어도 최혜란이 선수 쳤을 거야."

영원이 그의 눈치를 살폈다. 영원이 가짜 신부라는 것은 비밀이었다. 그런데 강호운은 알고 있었다. 한 발짝 벌려 놨다 싶으면 또다시 거리를 좁힌다.

항상 거슬렸다. 그토록 당당하던 놈의 모습.

'당신이 하는 짓들이 그 애 더 불행하게 만든다면, 어떡할래.'

주양이 영원을 위해 한 일들엔 타당성이 있었다. 근데 어째서일까. 일견 맞는 것은 강호운이고, 주양이 틀린 것처럼 느껴졌다. 강호운이 영원에 대해 아는 것은 주양이 인위적으로 수집한 영원의 보고서들보다 많을 것이다. 주양이 모르는 영원의 과거를 공유한 유일한 남자였다. 영원에 대해 다 안다고 지껄이는 것이 바로 이런 놈이기 때문에 화가 치밀었다.

'죄를 부추기는 게 사랑이야? 그거…… 사랑 맞아?'

마치 주양이 사랑 따윈 할 줄 모르는, 사랑에 어울리지 않는 사람이라고 하는 말 같아서.

'사랑한다면, 상대의 행복부터 헤아리는 게 상식이야.'

그에겐 누구를 사랑할, 자격이 없다는 말처럼 들려서.

상대의 행복이라니. 그럼 주양이 지금 하고 있는 이 짓들은 상대의 행복을 위한 일들이 아니라는 건가? 그가 사람을 패고, 손을 더럽히고, 필사적으로 지키려는 이 모든 것들이 그녀를 위한 게 아니면 뭐란 말인가. 잘못된 방식? 그냥 영원이 복수를 간절히 원했기 때문에, 영원이 고통스러워하니까, 영원의 고통이 빨리 아물 수 있도록 도와준 것뿐인데. 상대가 원하는 걸 들어주는 게 사랑이 아냐? 사랑하니까, 좋아하니까. 상대가 아픈 걸 보고 싶지 않으니까……

……

그런데…… 이게 잘못된 건가.

남들은, 평범한 보통 사람들은, 이렇게 해 주지 않나. 주양으로서는 알 수 없는 것들이었다. 보통 사람들의 방식 따위.

주양이 영원을 넘어트렸다. 식탁 위에 드러눕히고 키스를 퍼부었다. 손목을 머리 위로 포박하고 빠져나갈 수 없게 만들었다. 거칠게 가슴팍이 들썩였다. 주양은 고개를 들었다. 사과 깎던 과도가 손에 잡혔다. 영원에게 위협적으로 칼을 들어 보였다.

"인간에게 영혼이 없다는 거에 대해 넌 어떻게 생각해?"

칼이 영원의 허벅지쯤에 닿았다. 칼끝으로 치맛단을 들췄다. 주양이 가볍게 언행을 했다.

"영혼이 없으면 여러모로 편리한 점들이 많아. 죄책감 갖지 않고 너 같은 건 몇 번이고 가지고 놀다 버릴 수 있지."

작정하고 내뱉은 말들이었다. 그녀를 일부러 상처 주는 말들. 갑작스러운 상황에 예쁜 영원의 눈에 혼란이 가득해졌으나 그것도 잠시였다. 영원이 그의 손에서 칼자루를 빼앗아 던졌다. 주양은 굳어 버렸다. 그녀가 무서워하는 기색도 없이 그의 이마에 손을 올려 온다.

"왜 그래……? 일이 고돼서 그래?"

그를 걱정스레 보더니 소파로 끌고 간다. 주양은 무력하게 딸려 갔다.

"열은 안 나는 것 같은데."

이리저리 살피고 만지는 손길이 다정하다. 그가 소파에 늘어졌다. 위협해도 아무렇지 않게 그를 터치해 오는 여자에게 극심한 벽을 느꼈다. 막막함. 동물이 이빨을 드러내는 것은 무서울 때였다. 무섭지만 강한 척하는 것. 영원은 그를 무서워하지 않았다. 오히려 지금 그녀가 무서워 이빨을 드러내는 건 그 자신이었다. 동요를 감추기 위해 허세를 부리는 것.

절대로 떨쳐 낼 수가 없다.

주양은 영원을 가지려다가 관뒀다. 몸을 섞을 마음이 식었다. 영원이 그의 황량한 마음을 어루만졌다.

"……미안해. 나 때문에 힘들지? 너무 노력하지 않아도 되니까."

어느새 주양은 영원의 어깨에 머리를 기대고 있었다. 한 줌도 안 되는 몸체에 의지한다는 것은 이상한 기분이었다. 누군가의 어깨에 기대는 것도 처음이었고.

기댄다는 것은 그에게 이제껏 맛보지 못한 편한 안정감을 주었다.

위로해 주고 싶은 건 자신이었는데.

위로를 받고 있다.

이성을 잃었었다. 피를 흘리며 떨고 있는 영원의 눈물을 본 순간, 그에게 아무것도 보이지 않게 됐다. 정말 죽여 버리고 싶었던 건 그 자신이었다. 어설픈 복수라는 말로 영원을 조롱했던 그 자신.

사랑은 논리와 상식을 거스른다. 분별력을 잃게 한다.

고로, 사랑에 빠진 그는 품위를 상실한 것이다.

'왜……, 그 계집을 위해 이렇게까지 하는 이유가 뭔데……?'

글쎄. 주양은 입에선 설명 불가한 말들만 맴돌았다.

왜 너를 위해 이렇게까지 하는가.

무엇이기에 나를 품위도 채신도 없게 만드는가.

어째서 이토록 내게 충족감과 상실감을 동시에 안겨 주는 걸까.

너는 내 무엇일까.

너는 나의……

말은 혀 위에서 맴돌 뿐이었다. 무엇이라 해야 좋을까. 너는 나의…… 주양은 뚜렷하게 정의 내리지 못하고 어물거리다가 종래에 관뒀다.

주양은 잠든 영원의 얼굴을 눈에 담았다. 아무도 모르는 그의 취미였다. 영원을 오래도록 보고 있노라면 어김없이 아침이 밝아 왔다. 커튼으로 빛살이 새어 드는 걸 확인하고 출근 준비를 했다.

넥타이를 매며 자는 영원을 한 번 더 보고 나왔다. 현관을 나서는데 신발장 귀퉁이에 놓인 낡은 신발이 그의 의식을 사로잡았다. 신발은 새것 같은 주양의 구두들과 나란히 놓여 있었다. 구르고 찍히고, 너덜해진 하찮은 신발이었다.

그가 사람을 시켜 사다 놓은 구두는 많을 터였다.

왜 이것은 아직도 가지고 있나.

닳아 해진 신발을 보다가 그는 자신이 출근해야 한다는 사실도 잊었다.

시간은 더디게, 그러나 아차 하는 순간 지나갔다. 결혼이 며칠 안 남았다.

두 사람은 마을을 거닐었다. 해 질 녘, 주양이 어느 바위 아래에 영원을 앉혔다. 그가 등 뒤에 감추고 있던 새 구두를 꺼내 영원의 발 아래에 내려놓았다.

영원은 조금 놀란 얼굴을 하다 그 의미를 알아채고 희미하게 웃는 기색을 띠었다. 그가 영원의 발에 구두를 신겨 주었다. 그녀의 눈시울이 붉었다.

"이러니까…… 내가 신데렐라가 된 것 같아."

"……."

"지금 너무 행복해."

고작 구두 한 켤레일 뿐인데, 그녀는 너무 행복해한다. 수백 켤레의 구두를 사 날랐지만 그것을 버릴 수 없던 것은, 그 낡고 해진 신발이 그녀의 자아였기 때문일까. 지난 수개월, 영원은 신해수를 철저히 연기했다. 자신을 버리고 신해수처럼 양산을 쓰고, 사람들 앞에서 신해수로 그와 다정한 모습을 연출했다. 누구도 의심치 않는 결혼을 만들기 위해서. 이 결혼에 아무 문제가 없다는 것을 보여 주기 위해. 남들이 다 보는 촌 동네를 매일같이 산책을 다녔다. 오늘은 그들의 계획 마지막 날이었다.

영원도 알고 그도 알았다.

"내가 괴물 같지?"

영원이 주양에게 반문했다. 이러는 스스로가 질린다는 얼굴이었다.

"내가…… 징그럽지?"

주양은 말없이 영원을 응시했다.

"나…… 이제 싫지. 하나도 안 순수해서."

그녀는 예전의 그녀가 아니고, 이제 그때로 돌아갈 수 없다. 그건 그도 알고 그녀도 알았다. 주양은 영원의 머리카락을 쓸어 주었다. 영원의 맑은 눈이 그와 시선을 얽었다. 두려움이 일렁였다. 자신의 변한 모습에, 사랑하는 남자의 마음이 떠날까 봐.

그러나 주양은 속내를 말할 수는 없었다. 아니. 처음엔 영원의 타락이 두려웠다. 영원이 자신처럼 황량해질까 봐, 고통스러워질까 봐. 하지만 이제는 오히려 이 기회가 감사하게 느껴졌다. 우리 사이에 놓인 격차가 좁혀지는 것 같아서. 할 수만 있다면 영원을 더…….

그리하여 그에게서 도망칠 수 없도록 만들고 싶다.

그가 영원의 뺨을 쓸다가 턱을 기울였다. 입을 맞췄다. 아슬아슬한 입맞춤이었다. 다시 오지 않을, 그리고 기억 속에 영원히 남을.

영원의 날숨이 그대로 넘어왔다.

"사랑해."

라고. 그녀가 속삭였다.

"당신도 날 사랑하지?"

나도. 하지만 사랑한다고 하긴 싫었다. 사랑이란 단어는 이 시대로 와서 너무 흔하고 간편했다. 그는 진심인 고백을 원했다. 의미는 같지만 사랑한다는 말 이상의 것.

그런 고백.

"너는 나의……"

"……."

"너는 나의……."

내내 그의 혀 위에서 맴돌다 사그라졌던 어휘.

너는 내 무엇일까.

너는 나의……

"나의, 영혼이야."

예상치 못했던 단어였다. 주양은 그 자세로 굳었다. 그렇게 뱉자 그의 안에서 우르르— 뭔가가 무너져 내렸다. 그 자신도 혼란스러웠던 감정의 정체들이 제 자리를 찾은 듯 성립됐다.

그녀는, 나의 영혼, 이다.

그것을 깨닫자 미칠 것 같았다. 영원을 꽉 껴안았다. 한 번 내뱉자 두 번째는 쉬웠다.

"넌 내 영혼이야."

가진 것을 다시 잃을 순 없었다. 주양은 놓지 않겠다고 다짐했다. 낮에 노인이 저주처럼 퍼부었던 말들 따윈 개의치 않았다.

'그 계집은 널 버릴 거다. 지금이야 콩깍지가 쓰여 있지만, 두고 볼수록 네가 감당할 수 없는 존재라는 걸 깨닫게 될 거다. 사랑하면서도 마음 한편에, 알 수 없는 불안감이 피어오를 거야. 결국엔 깨닫겠지. 자신이 바란 건, 남들과 똑같은 평범한 행복이었다는 것을. ……널, 감당할 자신이 없다는 것을.'

마음속에 피어오르는 불안도 잠재우고. 그 순간에, 설령 네가 나를 떠난다 해도. 그때 그의 마음은 진심이었다.

영원의 눈물로 어깻죽지가 젖어 들었다.

텅 빈 신부 대기실.

버려진 웨딩드레스.

충직한 비서는 결혼식을 앞두고 있을 수 없는 말을 전했다.

"신부님이…… 사라지셨습니다."

양 비서가 반응하지 않는 주양을 보다가 대타를 구하기 위해 밖으로 나섰다.

Rrrrrrrr—

방 한구석에서 전화벨이 울렸다. 웨딩드레스를 들추자 영원이 두고 간 휴대폰이 나타났다. 전화를 귀에 조용히 붙였다.

"어디야."

주양이 갈라지는 목소리로 전화를 받았다. 수화기 저편에서 상대가 숨죽였다. 보지 않아도 알 수 있다. 영원의 호흡엔 지문이 달려 있다. 주양은 알 수 있다.

주양이 다시 외쳤다.

"어디야. 지금."

— 나, 당신과 결혼하지 않을 거야.

주양은 조금도 표정에 변화를 주지 않았다.

왜.

왜……!

영원이 남긴 말은 잔혹하게 사랑에 대한 말뿐이었다.

— 사랑해 줘서 고마웠어. ……안녕.

일방적으로 전화가 뚝 끊겼다.

몸이 비틀거렸다. 벽에 지탱해 섰다.

모래 위에…… 성을 쌓았다.

이제껏 모래성을 쌓으려고 그는 그렇게 열심히 하였는가.

영원의 향기와 추억들이 모래알갱이가 돼 손가락 사이로 빠져나갔다.

기쁠 때나 슬플 때나, 건강할 때나 병들었을 때나, 서로만을 생각하며, 아주 작은 슬픔까지 나눠 가지겠습니다.

슬픔을 나눠 짊어질 인생의 동반자로 네 마음에 내가 미덥지 못했는가.

주양은 그녀의 향기라도 붙잡겠다는 듯 웨딩드레스에 코를 묻었다.

눈시울이 뜨거워졌다.

주양의 뺨을 타고 흐른 것.

그것은……

그들이 쌓아 올린 추억이었다.

잠든 날 밤 빛살처럼 네 여린 뺨을 어른거리던 내 시선이었고,
너에게 닿지 않는 나의 채워지지 않는 공허였다.

버려진 뒤에야 깨달았다.
영혼은 그리움과 동의어임을.
그녀는 나의 영혼이었다.
벌써 그녀가 그리워졌다.

14

【실종 43일째】

"그게 바로 네가 인간이 될 수 없다는 증거지. 그 애가…… 왜 네 곁을 떠났을 거라 생각해?"

찻잔에서 연기가 피어올랐다. 하얀 자수천을 입힌 테이블을 사이에 두고 진두영이 말했다.

"널 떠난 게 아니야."

"……."

"너에게서, 도망, 친 거야."

이내 진두영은 주양에게 비수를 꽂아 넣었다.

"그런데도 너는 미련을 떨며 신부를 찾겠다고 설치고 있지. 비참하게 말이야. 네가 싫다고 떠난 여자를…… 진주양. 언제부터 이렇게 호구가 된 거야?"

"할 말이?"

항상 두영은 주양에게 휘둘리는 쪽이었다. 보고 싶었다. 놈이 무너져 내리는 것. 자신의 발아래 무릎 꿇고 애원하는 꼴을.

"만약 내가 신부가 어디 있는지 안다면."

"……."

"넌 뭘 걸래."

그 밤바다보다 시커멓고, 속을 읽을 수 없던 두 눈에 변화가 보였다. 마침내 진두영은 두 계절 만에 웃을 수 있었다.

'난 그놈이 얼마나 욕심이 많은 놈인지 잘 알아요. 그는 하나만 선택해야 하는 상황에서 두 개 다 가질 방법을 고안하는 놈입니다.'

아무리 생각해도 그 나부랭이 전직 형사한테 했던 말은, 시기적절한 타이밍에, 절묘하게 어우러진 대사였다. 진두영은 잔혹하게 승자의 미소를 지었다.

"두 개 다 가질 수 없어. 하나를 가지면…… 다른 하나는 포기해야 해."

……열 시간 전, 검찰청.

서울지검 특수1부.

주양이 블라인드 사이를 들춰냈다. 12층 부장검사실 아래. 냄새 맡은 기자들 몇이 진을 치고 있었다. 특수1부 부장검사 강규웅이 말했다.

"아주, 세간의 관심을 한 몸에 받게 되셨습니다. 검찰청 정문을 개선장군처럼 당당히 입장하시다니요. 아시잖아요. 상주 기자들, 하루 종일 검찰청 입구만 뚫어지게 쳐다보는 거. 출입하는 사람 중에 아는 얼굴 있으면 바로 기사 올라갑니다. 연락이라도 따로 주시지 않고요. 지금 아래서 난리입니다. 곧 자수하신 내용, 바깥으로 샐 겁니다."

주양이 시치미 떼고 있자 강규웅이 재미있다는 얼굴을 해 보였다. 그러고는 커피를 마시며 노골적으로 물어 온다.

"정상 참작을 노리시는 겁니까? 변호사가 그러는 게 좋겠다고 해요?"

주양이 찾아온 건 물론 자수 때문이기도 하지만 검찰의 움직임이 수상한 탓도 있었다.

"검사님. 요새, 바쁘다면서요? 한신 계열사 먼지 털리는 소리 들립니다."

"예. 제가 뒤끝이 좀 셉니다. 그때 아주 호되게 물을 먹어서, 다시는 그런 실수 안 하려고 몸 사리고 있습죠."

백운당 성매매 건으로 주양에게 악감정이 있었다. 그래서일까. 강규웅이 지휘하는 특수부에서 한신을 찌르고 다닌다는 얘기가 심심찮게 들려왔다. 그 뒤에 청와대가 있다는 것도. 주양은 그때 일을 회상하며 말했다.

"물먹은 것치고 대검 반부패부의 수사 지원이라니. 너무 예쁨 받는 거 아닙니까?"

"오늘 아침 회의 내용이었는데 벌써 그 귀에 전달됐습니까?"

강규웅은 '무섭군' 하고 한신 정보력에 혀를 내둘렀다.

이미 검찰은 주양 몰래 정보 수집을 하고 다녔다. 신영원이란 여자가 병동에 감금당한 것. 모두 다 알고 있었다. 이중모가 대통령 당선인이 되자마자 한 일은 주양을 감시하는 것이었다. 이중모에게 동반자이기 전에 눈엣가시였겠지. 김 회장 이상으로. 주양은 이중모의 약점을 틀어쥔 사람이었다.

한때 이중모가 말했다.

'대선 고비만 넘기자구. 내가 청와대에 입성하는 날이 자네가 한신의 왕좌를 차지하는 날이 될 테니.'

아니. 이중모가 청와대에 입성하는 날이 바로 숨기고 있던 가시를 세우는 날이다. 주양이 원하는 건 고비를 같이 넘길 동료가 아니라 '충견'이었다. 손이 닿는 곳에 언제나 대기하고 있다가 목줄을 잡아당기면 반항 없이 끌려올 수 있는 개. 이중모가 그 꼴을 용납할 리가 없다. 그들은 서로가 물리고 물린 관계였다. 이중모 역시 '개'가 되지 않기 위해 주양의 약점을 캐내려고 안간힘을 써왔다. 그리고 찾아냈겠지.

주양이 지난겨울 내내 했던 일들을.

이중모는 주양을 '개'로 길들이길 원하고 있다.

검찰이 수사를 시작하기 전에 주양이 선수를 쳤다. 자수라는 방식으로. 어차피 주양이 자수하지 않았었어도 세간에 알려질 일이었다.

주양은 점잖게 검은 속내를 감추며 물었다.

"선처 부탁하면, 나, 비웃음당합니까?"

"선처요?"

강규웅이가 하하! 웃어 제꼈다. 주양의 입에서 들을 말일 줄 몰랐다는 듯, 얼굴에 기쁜 감정이 떠올랐다.

"그건, 담당 검사한테 가셔야죠."

주양도 마주 보고 웃었다. 뻔한 말장난이었다. 특수부는 주로 기업형 비리만을 다루므로 약취, 감금 정도는 형사과 일이었다. 그러나 강규웅이가 만든 작품인 걸 모를 줄 아나. 주양이 냉소했다.

"뭘 믿고 까부는데?"

"뭐, 툭 까놓고 말하자면 한신그룹이란 곳, 검사로서 기획수사로 해 볼 만한 데 아닌가."

"해 볼 만해?"

"높은 분도 좀 높은 분이셔야지. 비리야 파면 나오는 거고."

"그리고?"

"살인일 수 있으니까."

강규웅이가 자신 있게 의견을 피력했다. 책상을 돌아 가져온 서류 묶음을 주양에게 내밀었다.

"형사과 부장한텐 아직 토스 안 했는데, 재미있는 제보가 들어왔어요."

일목요연하게 정리된 문서였다. 내용은 대략 이랬다. 주양이 정신병원에 멀쩡한 사람을 감금시켰다는 것. 근데 그게 알고 보니 사돈처녀였다는 것. 그런데 더 놀라운 사실.

신부가 바뀌었다는 것.

정신병원 간호사의 증언과 죽었다고 알려진 신영원이 사실은 신해수였다는 폭로. 이중모는 주양을 굴복시키려는 셈이었다.

"어쩌다가 이런 오점을 남기셨어요."

강규웅이 스산하게 껄껄댔다.

"진짜 신부는 정신병원에 처박아 두고 자매 사이를 오간 남자라. 이 사실이 세상에 밝혀지면 혼란은 대중의 몫이죠."

저열한 진짜 의도를 감추고 능청을 떤다. 검찰이 이렇게 비뚤어지게 나오는 데는 이유가 있었다.

"현재, 우리 쪽 상황이 어지러운 거 아시죠?"

강규웅이 말했다.

"민노총에서 각하의 친인척 비리를 폭로하는 기자 회견이 내일모레 열립니다. 한신뿐만 아니라 다른 기업들과의 돈 거래 정황도 수두룩해서, 문건이 공개되면 파장이 클 것 같습니다."

현재 정치권 문제로 이중모 정권은 첫 출발부터 시끄러운 상태였다. 친인척 비리를 덮기 위해서 이슈가 필요했고 마침 터진 것이 한신그룹 신부 실종 사건.

"민노총에 제보가 들어갔다는 정황을 포착했습니다. 이게 그 문건입니다."

주양이 문서를 훑었다. 이중모의 비리가 적힌 회계 장부와 한신에서 수집한 다른 기업들 간의 커넥션 자료였다. 현재 한신중공업은 구조 조정에 있고 아직도 파업 중이다. 이중모는 이것 때문에 골머리를 앓고 있었다. 구조 조정을 철회해 달라고 했지만 주양이 거절하지 않았나. 최혜란을 장모로 받아들인 후 그들은 불편한 사이가 됐다. 하지만 그 정도 때문에 이중모가 이렇게 나오는 건 아니었다. 주양 쪽에서 실책이 있었다.

"민노총이 입수한 분식 회계 자료에 한신 로고가 찍혀 있죠? 한신 전략실에서 샜다는 얘긴데……."

강규웅의 핵심적인 지적을 들으며 주양이 파일을 덮었다. 문서가 샜다는 것은 이미 알고 있었다. 중요한 건 누가 유출시켰느냐는 거였다. 강규웅은 그런 것은 알 바 아니라는 듯 다리를 꼬았다.

"내가 인터셉트해서 망정이지…… VIP께서 실망이 이만저만이 아닙니다. 어떻게 이 실수를 만회하실 겁니까."

이 문건이 민노총에 들어가는 바람에 지금의 강성 노조 파업이 시작됐다. 이중모도 나름 계산기를 두드린 후에 내린 결정일 터다. 하나를 내주고 하나를 받겠다는. 주양의 약취, 감금은 진짜 감춰진 진실에 비하면 새 발의 피였다. 친인척 비리를 덮기 위해, 가짜 신부의 내막을 들춰 국민들 시선 좀 돌리겠다는 거다.

검찰은 신부의 비밀을 막 터트리려던 참이었다. 그걸 미리 알고 주양이 선수 치듯 자수를 해 왔으니 검찰이 당황할 만도 하다.

하지만 주양이 밝힌 죄는 고작 감금, 약취의 죄. 아직 더 많은 진실이 남아 있다. 강규웅이 본색을 드러냈다.

"그래서 말인데 서로서로 피곤해지지 않게, 조용히 끝낼 수 있는 타협점을 찾고 있습니다."

"……."

"사실, 대산 김 회장의 죽음도 석연치가 않았어요. 타살 의혹이 있었거든. 근데 진주양 씨를 위해 우리가 서둘러 마무리했었습니다. 상부상조…… 아닙니까."

"……."

"A급 톱스타 스캔들? 요즘 씨알도 안 먹혀요. 근데 대 한신그룹의 후계자, 그것도 얼마 전에 결혼한 신혼부부가, 범죄에 가담했네? 근데 결혼도 사기극이었네? 하필 신부가 그 여동생이었어? 어라? 사람이 죽었네?"

"……."

"말하자면 국면 전환용인 거죠."

"……."

"백운당 한번 털어 보려다가 그날로 총장실 불려 가 저 개털 됐습니다. 들어 보니 이사님께서 항의를 넣으셨다고.”

“소문에, 각하 사촌 형제의 아들이라던가.”

주양이 입을 뗀 말에 강규웅이 불에 덴 듯 움찔했다.

“여식을 시집보냈다지. 과거 그래도 강골 검사라고 불리던 양반이 어쩌다.”

권력에 빌붙는 정권의 나팔수가 되셨나. 주양이 쓰라리게 보았다. 강규웅의 자존심이 뭉개지는 소리가 들렸다. 너희 검찰과 타협할 의지가 없다는 완벽한 거절이었다. 강규웅이 험악하게 뺨을 굳히며 으름장을 놓았다.

“VIP께서 왜 나를 이 사건으로 보냈는지 압니까?”

“…….”

“옷 벗는 한이 있어도 당신을 집어넣을 용기가 있는 검사입니다. 내가.”

“…….”

“당신은 사람을 죽였고, 그 이유가 무엇이 됐건 한 번 살인하면, 다른 이의 동정심을 구할 수 없어. 한 번 살인자는 두 번째에도 살인자야.”

「뉴스특보입니다. 한신그룹 후계자의 고백이 충격을 안겨 주고 있습니다. 진 씨는 오늘 오후 3시쯤 여섯 시간의 짧은 조사를 마치고 귀가 조치 됐습니다. 아직 뚜렷한 준비가 되지 않은 검찰은, 진 씨를 불구속 입건하여 범죄의 동기를 밝히는 데 주력하고 있다고 알렸습니다. 지난 XX일, 신 양은 병원 화재 사고로 목숨을 잃었는데요. 검찰은 진주양 씨에게 신 양에 대한 살해 혐의까지 있지 않은지, 2차 소환을 해 집중 추궁할 방침이라고 밝혔습니다.」

주양이 검찰청을 빠져나왔다. 계단을 몇 발짝 가지도 못하고 기자들에 가로막혔다. 개떼처럼 질문들이 마구 쏟아졌다.

“갑작스러운 자수의 계기가 무엇일까요?”

“경영 승계를 앞두고 계셨던 걸로 들었습니다. 이번 일로 응당의 책임을 지셔야 할 텐데요. 한신그룹 본부장 자리에서 자진 사퇴를 한다는 의미로 받아들여도 될까요?"

"감금하셨다고 주장한 피해자가 처제라는 얘기가 있습니다!"

"부인께서도 동의하신 일입니까? 만약 부인도 범행에 가담했다면 그 이유는 무엇입니까?"

"현재 이 사건에 국민들의 높은 관심이 모이고 있습니다. 현재 심경 한 말씀 해 주시죠!"

주양이 검찰 직원들의 보호를 받아 빠져나왔다.

"살해 혐의가 덧붙여졌습니다! 이에 대해 하실 말씀 없으십니까!"

우르르 취재진들에 둘러싸여 세단에 올라탔다. 차가 인파를 뚫고 간신히 청사를 빠져나왔다. 주양은 고개를 오른쪽으로 돌렸다. 옆자리에 누군가 미리 앉아 있었다. 검은 스타킹, 매끄러운 각선미가 살아 있는 여성의 다리.

매향이었다.

한적한 한강 고수부지. 주양이 리모컨을 눌렀다. 앞의 운전석과 뒷좌석 사이에 차단막이 올라갔다. 도청의 틈도 없는 완벽한 밀실에서의 대화였다. 주양이 먼저 운을 뗐다.

"예상대로예요. 이중모가 날 자기 위기를 모면하는 데 이용하려고, 잔꾀를 부리고 있어요."

나란히 독대하며 매향이 답했다.

"유출된 한신중공업 회계 장부가 민노총 손에 들어갔다고 들었습니다."

"신부 실종 사건을 키워서 이중모가 이슈를 잠재울 모양입니다."

"그렇게 되면, 신부가 바뀐 것이 밝혀지는 건 시간문제겠군요."

주양이 엄지 손끝으로 자신의 입술을 건드렸다.

"가짜 신부 문건을 검찰에 투서한 주동자는 진두영이 확실한데."

주양은 말끝을 흐리며 매향을 봤다.

"진두영 쪽에서 심은 첩자가 누군지, 아직 소식 없니까?"

매향은 현재 공식적으로 진두영의 사람이 되었다. 탑차에서 신해수 시신이 발견된 직후, 주양을 배신하고 진두영에게 붙은 걸로 되었지만 그것은 그들의 덫이었다.

주양이 내부에 이중 스파이가 있다는 걸 처음 느낀 건 실종 20일째였다. 여의도에서 만나기로 한 영원과의 1차 접촉 시도가 실패로 어그러졌다. 그리고 이런저런 내용들이 자꾸 바깥으로 샜다. 한신 전략실 기밀도 바깥으로 유출됐다.

누군가 그를 배신하고 있다.

주양은 역발상을 했다. 매향이라는 먹음직스러운 미끼를 진두영에게 보냈다. 작은 걸 내어 주고 큰 걸 얻고자 하는 심산이었다. 진두영은 이중 스파이라는 것도 모르고 주양의 최측근이라는 매향의 메리트에 취해 자신의 행적, 동태를 빼곡히 주양에게 읽히고 있다.

"먼저 아셔야 할 게 있습니다."

매향이 마침내 성과를 들고 왔다.

"강호운을 뒤에서 조종한 배후를 알아냈습니다."

주양의 눈길이 매향에 가닿았다.

"진짜 납치를 사주한 배후 말입니다."

"만약 내가 신부가 어디 있는지 안다면."

"……"

"넌 뭘 걸래."

진두영은 그렇게 말하며 잔혹하게 웃었다.

"두 개 다 가질 수 없어. 하나를 가지면…… 다른 하나는 포기해야 해."

주양은 정적인 얼굴로 마주했다.

"그건 너도 마찬가지 아닌가?"

진두영이 반문했다.

"뭐?"

"두 개를 다 가질 수 없다는 건, 너도 마찬가지 아닌가."

진두영은 이해할 수 없다는 눈을 했다.

"끝까지 허세 부리겠다 이거지."

"내가 분명 조심하라 했을 텐데. 믿는 도끼에, 발등 찍히지 말라고."

밑도 끝도 없는 경고에 진두영이 눈살을 찌푸렸다. 그게 무슨 말이냐고 입을 떼는 그때였다. 김 부장이 왔다. 진두영에게 귓속말로 "확인하셔야 할 게 있습니다."라고. 진두영은 김 부장이 건넨 보고서를 확인했다.

보고서가 아니었다.

아내가…… 이혼 소장을 보내왔다.

한 호텔 객실이었다. 30대 중반으로 보이는 귀부인이 유력 9시 뉴스 앵커와 함께 앉아 있었다. 수첩을 든 앵커 앞엔 카메라맨이 촬영을 준비하고 있었다. 카메라에 쓰인 언론사 이름. 태평양 일보. 귀부인은 사주의 딸이자, 한신그룹의 며느리였다.

자기 집안 기자를 불러다 놓고 그녀는 인터뷰했다. 카메라가 세팅됐다.

"말씀하시죠. 사모님."

귀부인이 털어놓은 이야기는 놀라운 것들이었다. 현재 대한민국을 떠들썩하게 만든 주양의 자백. 그 뒤에 감춰진 진짜 진실. 사실 그런 건 표피에 지나지 않고 실은 신부가 실종됐다는 것. 진짜 신부는 그 여동생인 신영원이었다는 것. 그런데 그녀는 현재 납치당한 상태라는 사실을 터트렸다.

기자가 놀라워했다.

"지금 말씀대로라면 남편분께서 신부를 납치했다는 건가요?"

"남편은 후계 구도 싸움에서 밀린 뒤, 조카에게 복수할 날만을 기다리고 있었어요."

후계자 싸움에 지고 남편은 조카에게 원한이 가득했다. 그러나 우연히 신부가 바뀐 사실을 알게 됐다.

"그걸 어떻게 증명하실 수 있으시죠?"

귀부인은 흐르는 눈물을 손수건으로 닦아 냈다.

"남편은 신영원을 주기적으로 만나 전화 통화를 했습니다. 육성과 옆모습이 담긴 동영상을 몇 개 가지고 있습니다."

그리고 가장 결정적인 증거, 귀부인은 그날 일을 회상하며 실토했다.

"결혼식 직전 남편이 신부에게, 협박 전화를 했습니다."

【1년 전, 두영】

진두영은 회사에게 쫓겨난 후 산에 들어갔다. 유난히 길고 힘들었던 두 계절, 가을과 겨울. 범오사에서 삼천배를 올리면서 심신을 달랬다. 아무리 분노를 기도로 달래고 달래도 자신의 패배를 납득할 수 없었다. 놈이 조롱하던 소리, 표정, 주총에서 그 기고만장하던 모습까지.

그날은 낙엽이 흐드러지던 11월이었고, 다른 때보다 특별한 날이었다. 진두영은 박차고 불당을 나섰다.

모든 악을 짓지 말고
모든 선은 받아들여 행하라
스스로 그 마음을 깨끗이 하여라.

부처의 가르침을 되뇌고 또 되뇌었다. 나아지지 않을 땐 어떻게 해야 할까. 거친 발걸음이 성철스님의 안채로 건너갔다. 그 시각, 스님은 손님을 맞고 있었다.

여자 손님은 자신의 인생이 궁금했다.

"당신은 나를 알고 있지. 아주 오래전부터."

진두영은 우연히 성철과 여자의 대화를 엿듣게 됐다.

"너는 기억 못 하겠지만 어렸을 적 너를 본 적이 있다. 네 아비 부탁으로 내 너에게 염주를 만들어 주었느니라. 그것을 어찌했느냐. ……해수야."

해수야.

그 부름이 강한 울림이 돼서 진두영 자신의 가슴에 파도쳤다. 옷깃만 스쳐도 인연이라는데 그렇게 흐지부지 끝났을 리가 없다고. 인생이 재미있는 것은 이런 아이러니 때문일까. 어째서 자신이 주양에게 패배할 수밖에 없었는지. 알고 있던 것이리라. 그 자식은, 비밀을. 첫 단추부터 잘못 꿰어진 시작이었다.

해답은 가까이에 있었다.

수많은 인연과 수많은 운명이 실타래처럼 엉켰다. 영원은 이름을 되찾기를 바랐고, 주양은 그녀를 세상에서 가장 행복한 신부로 만들고 싶었다. 두영은 비밀의 문을 엿보았다. 모두가 만장일치 되어야 이뤄질 수 있던 꿈이었다.

다르게 말하면, 처음부터 이뤄질 수 없는 꿈이기도 했다.

셋 중 하나가 파멸을 원했으므로.

영원은 눈을 감았다. 안구 너머로 그의 얼굴이 생생하게 떠오른다. 보지도 않고 완성할 수 있다. 주양의 얼굴. 똑바로 그녀를 고정시켜 버리는 눈빛, 정교한 이목구비, 때로 탐욕스럽게 그녀를 데우다가도 기분이 좋을 때면 아주 가끔 매끄럽게 휘는 입술, 바닥이 들여다보이지 않는 냉정함. 그러나 어느 한순간도 따뜻하지 않았던 적이 없었다. 믿기지 않았다.

어째서 자신에게 저런 남자를 허락해 주었을까?

그를 떠올리면 뺨 위를 눈물이 적신다. 반대로 다른 물음이 던져졌다.

'어째서 저 남자에게 나 같은 여자가 허락되었는가.'

볼품없는. 불공정한 결혼.

거울 옆으로 매향이 다가왔다. 그녀가 악의 없는 순수한 칭찬을 했다.

"너무 예뻐. 영원아."

주양과 눈이 마주쳤다. 그도 조금 기쁜 기색이었다. 매향도, 양 비서도, 주양
도 그때만큼은 모두 진심이었다. 모두, 다 잊고 그 순간을 감동했다. 하지만 어
째서일까. 웨딩드레스를 입은 자신의 모습이 위선적으로 보였다. 뭔가를 말하
려고 하는 순간, 그녀의 머리에 면사포가 씌워졌다. 얼굴이 가려졌다. 그 아름
다움은 완성과 함께 가려야만 하는 운명이었으니까.

그녀는 가짜 신부니까.

면사포가 얼굴에 내려지자마자 눈물이 흘렀다.

"고마워."

그녀가 정말로 하고 싶었던 말은 고마워가 아니었다.

미안해…… 미안해……

……

"나를 여자로, 신부로 만들어 줘서……"

미안해.

하염없이 눈물을 흘렸다.

나는, 세상에서 가장 불행한 신부였다.

【결혼 1개월 전, 영원】

삭둑—

꽃꽂이용 가위가 생화 끝을 잘랐다. 가정 방문 클래스가 끝난 후였다. 차를 내온 노 집사에게 한마디 했을 뿐이었다. '해수가 병원에 입원을 했으니 가 봐야 않겠냐고.' 그렇게 말했을 뿐인데 돌연 테이블이 흔들렸다. 노 집사가 급하게 무릎을 꿇었다.

"죄송합니다. 아가씨."

"……"

"저를…… 용서해 주세요."

단단한 눈초리가 노 집사의 정수리를 쬐었다. 영원은 하던 걸 내려놓았다. 누구를 용서하고, 복종받는 데 낯설었다. 노 집사의 행동은 난센스였다.

"알다시피 해수가 병원에 장기 입원 중이잖아. 병 수발 들 사람이 있어야 하지 않겠냐고 의견을 물었을 뿐인데. 어째서, 용서를 비는 거지……?"

"아가씨, 저를 내치지 마세요."

"노 집사한테 유감 같은 거 없어."

어르는 목소리가 퍽 다정하다.

"우리, 그렇게 친한 사이 아니었잖아."

덧붙여진 말에 노 집사의 낯빛이 어두워졌다.

"아, 아가씨가 모르시는 게 있어요. 저는 이 집에서 일어난 모든 일들을 알고 있습니다. 해수 아가씨에 대한 거예요."

영원이 무시하고 할 일을 하자 노 집사가 빠르게 속사포처럼 말을 내뱉었다.

"해수 아가씨는, 석녀십니다. 아기를 갖지 못하는 몸입니다."

시대가 변했다지만 여자에게 있어 외모는 여전히 가져서 나쁠 것 없는 무기다. 외모가 받쳐 주는 여자에겐 수많은 유혹이 따랐다. 쉽게 성공할 수 있는 길을 놔두고 고생을 자처하는 여자가 과연 몇이나 있을까? 그런 세상에서 신해수는 특별했다. 그 예쁜 외모를 가지고도 남자들에게 기대어 살지 않으려 했던 신해수는 과연, 백에 하나 나올까 말까 한 제대로 정신 박힌 멋진 여자였기 때문에.

영원은 손에 든 생화 한 송이를 봤다. 향기를 맡았다. 향기 없는 꽃…….

최혜란은 그것도 모르고 재벌가에 딸을 시집보낼 꿈을 꿨었다.

영원은 우습다는 듯 말했다.

"닥쳐."

"2차 성징이 왔어도 열여덟 살까지 생리가 없었습니다. 그러다 한두 번 했나. 이미 스무 살이 왔을 때 생리가 완전히 끊겼습니다."

"하지 마."

"저는, 최 사장님까지 속이며 해수 아가씨께 매달 닭 피를 구해다……, 아!"

꽃을 정통으로 안면에 맞고 노 집사가 넘어갔다. 영원이 험악하게 짓씹어 말했다.

"나한테, 함부로 충성하지 마."

그 숱한 세월, 단 한 번도 굽힘 없던 노인이었다. 아무 짓도 하지 않았는데, 자발적인 복종을 한다. 대세를 빠르게 읽는다는 방증이었다. 신해수는 끝났다.

한때 그 애를 질투했다. 멋지다고 생각했다. 그 계집도, 결국 자기가 타고난 굴레를 어쩌지 못해 타협을 본 많은 계집들 중 하나일 뿐이었다. 그래. 그 계집도.

그리고 영원은 그 계집을 연기하고 있다.

그런 계집을…… 닮고 싶어…….

노 집사가 덜덜 떨며 치맛단을 부여잡았다.

"해수 아가씨는, 여성으로서 누구에게나 부러움을 샀지만 정작 자신은 여자로서 살지 못했던 분입니다."

"……."

"그러니. 아가씨께서 불쌍히 여겨, 가엾이 여겨 주시면."

차갑게 노 집사의 팔을 쳐 냈다. 영원이 거실을 떠났다.

백화점 명품관을 올라가면 가장 먼저 직원들이 마중 나왔다. 숍 매니저들이 서로 다투어 영원을 받들었다. 부탁한 것도 아닌데 여왕 대접을 받았다.

권력의 무서움은 휘두르는 데 있는 것이 아니라, 알아서 복종해 주는 데 있는 것이 아닐까.

하루 여덟 시간 그렇게 한 달을 꼬박 서서 일해 백칠십만 원 정도를 받는 그들에게 영원은 다른 세상의 사람이었다. 백화점 VIP 룸에서 차를 마시면 여직원들 이야기가 자연히 귀에 들려왔다.

"한신그룹 예비 며느리래."

"태생부터가 다른 거지. 딱 보면 고생 없이 자란 티 나잖아."

"끼리끼리 결혼한다더니. 보나마나 저 여자도 어느 그룹 금수저쯤 되겠지?"

"백운당 둘째 딸이라던가? 음악 전공이래."

그들은 알지 못할 것이다. 한때 자신이 그들과 다르지 않았음을. 그들보다 더 열악한 상황에 처해 있었다는 것을.

차를 마시는데 시선이 느껴졌다. 나이 지긋한 상류층 사모와 눈이 마주쳤다. 직원들이 하는 이야기를 들은 모양이었다. 사모가 영원을 빤히 보았다. 유심히 살피는 기색에 조심성이 묻었다. 신경이 바짝 곤두섰다. 영원은 본능적으로 모자챙을 쥐었다. 얼른 얼굴을 가렸다.

시야가 어지러이 흔들렸다. 심장이 두방망이질 쳐 댔다. 정체가 발각될지 모른다는 두려움이 불길처럼 그녀를 휩쌌다. 백운당에 왔던 손님 중 하나일까. 그렇다면 해수를 알 수도……. 혹여나 사모가 말을 걸기라도 하면, 그땐 끝장이다.

얼마나 시간이 흘렀을까.

주변을 살폈을 때 사모는 온데간데없고, 자신만 남겨져 있었다.

처량맞은 쥐 꼴로 떠는 볼품없는 웬 여자가.

집으로 돌아가는 길. 영원이 불현듯 물었다.

"사람들이 타인을 판단하는 기준은 그 사람의 인격이 아니라, 그 사람이 입고 있는 옷이고 신고 있는 구두겠지?"

"……."

"그런 의미에서 나는, 몇 점일까……?"

매향이 운전하다 말고 백미러로 영원을 곁눈질했다.

"어떻게 답해 주기를 원해? 수행 비서로서, 친구로서?"

"객관적인 입장으로."

매향이 영원을 훑었다. 영원이 해수로 연기하며 산 지 수개월. 영원은 미친 듯이 노력했다. 부족해 보이지 않게, 자신도 모르게 몸에 밴 하녀 근성이 남아 남들에게 비웃음을 살까 봐. 주양의 얼굴에 먹칠하지 않게. 항상 자신의 몸가짐, 걸음걸이, 손짓 발짓 하나에도 우려했다. 매향은 안쓰럽게 영원을 보다가 답했다.

"지금의 넌 완벽해. 누가 봐도 한신그룹 예비 며느리야."

영원은 손에 낀 반지와 팔찌, 목걸이를 매만졌다. 권력을 상징하는 것들. 흐릿한 허탈함이 영원의 뺨에 스쳤다.

아니. 나 역시 권력에 사로잡힌 노예일 뿐이다.

여직원들은 알까. 그들이 부러움에 입 다물지 못했던 여왕님이 빛나기 위해 짧은 다리로 버둥대는 미운 오리라는 것을. 하루에도 몇 번씩, 제2의 사모, 제3의 사모의 등장에 전전긍긍하는 빛 좋은 개살구라는 것을.

하지만 해수였다면 달랐겠지.

고상한 연기로 애써 자신을 감출 필요도 없이. 해수라면……

'진짜' 해수였다면.

그가 퇴근하고 돌아오자마자 영원을 안았다. 숨의 폭이 격렬해졌다. 주양의 손바닥이 세게 그녀의 등줄기를 쓸어내렸다. 잇닿은 심장이 서로 과시하듯 쿵쾅거렸다. 그가 입술과 턱을 지나 목덜미에 이를 박았다. 숨 가쁘게 호흡했다.

파고든 손가락이 그의 머리카락과 엉켰다. 참을 수 없어서 쥐자, 그가 그녀의 팔목을 떼어 침대에 붙였다.

영원은 새벽이 되자 눈이 떠졌다. 바닥에 흩어진 그의 옷가지를 챙기다 소매 부분을 살폈다. 딱딱하게 무언가 굳어져 있었다. 자세히 보지 않았다면 미처 발견하지 못하고 지나쳤을 것이다. 핏……방울이었다. 바깥에서 묻히고 왔는지 한두 방울이 옮겨붙어 있었다. 욕실로 가서 물에 소매를 헹궜다. 어느새 손이 제멋대로 떨리고 있었다. 빨고 또 빨다. 창백해진 손끝이 유령 같다. 하지만 이미 깊숙이 스민 얼룩은 삶의 일부인 듯, 지워지지 않았다.

영원은 한적한 카페에 앉아 상대를 기다렸다. 약속 시간보다 미리 나왔으나 상대는 얼마 안 되어 도착했다. 영원은 맞은편에 앉는 기척을 느꼈으면서도 무시했다. 창밖 가로수를 응시하다 목소리를 박아 넣었다.

"나, 그 사람하고 헤어지지 않을 거야."

진두영이 찻잔을 내려놓았다. 예상한 반응이었는지 그는 싱겁게 고개를 까딱였다. 조롱이란 감정은 그토록 정직하다. 전혀 아쉬울 게 없다는 남자의 웃음이 그녀를 수세로 몰았다. 테이블 아래에 숨겨 놓은 주먹에 힘이 들어갔다.

진두영에게 발각당한 것은 2주 전쯤이었다. 그날도 매향과 쇼핑을 나갔다. 영원은 보석을 살피고 있었다. 매향이 잠깐 전화를 받으러 자리를 비운 틈에 일이 일어났다. 옆에 어떤 남자 손님이 설 때만 해도 예상하지 못했다.

'예물로 할 만한 보석 세트 좀 볼 수 있을까요?'

신경이 바짝 날 섰다. 익히 들어 온 음성이었다. 나긋나긋하고, 적당히 배려가 깃들어 있는. 영원은 두영을 돌아봤다. 기나긴 정적이었다. 두영은 세트를 포장까지 해 갔다. 점원에게 눈웃음을 쳤다.

'곧 조카며느리가 들어오거든요.'

이후로 견딜 수 없는 시간들이었다. 그리고 오늘. 그녀 쪽에서 먼저 전화를 했다.

"그쪽이 뭐라고 협박하건, 나 이 결혼 못 깨. 그러니까 그렇게 알아."

영원이 자리에서 벗어나 걸음을 떼는 그때, 진두영이 발길을 붙잡았다.

"언제까지 갈 것 같은데?"

전신이 뻣뻣해졌다.

"평생 네 동생인 척, 너는 그림자로 살아가야 하는데, 그럴 수 있어?"

할 수 있어. 너만 아니면 할 수 있어!

"네 인생은 없고 사람들은 다 네 동생인 줄 알 텐데, 너는 그래도 상관없어?"

상관없어, 내 인생이니까 상관하지 마. 제발 날 내버려 둬! 차마 드러내지 못하는 비명이 안에서 질러졌다.

진두영이 한 자씩 힘주어 강조했다.

"남인 척 행세하는 삶의 유통 기한이 얼마나 갈 것 같은데."

"……."

"너도 모래 위에 쌓은 모래성이라는 걸 아니까 고통스러운, 거잖아."

"내 고통은 상관없어."

"하지만 너 때문에 고통받을 사람이 생긴다면 문제는 달라지지."

신랄한 지적이 가감 없이 영원에게로 날아들었다. 영원은 등을 보인 채 대답하지 않았다.

"이 사실을 세상에 터트리겠다고 협박이라도 하면, 돈으로 회유되지 않는 사람이 나타나면, 그땐 어떡할래. 네 남자 어떻게 될까."

"……."

"대 한신그룹의 위상이 땅에 떨어지겠지. 그 애의 사랑은 세상의 웃음거리로 전락하겠고, 엽기적인 스캔들이 꼬리표처럼 그 애를 따라다닐 거다."

알고 있었다. 주양이 어떤 짓을 하는지. 주양이 그간 처리했을 이름 모를 사람들의 얼굴이 스쳐 지나갔다.

"너 하나를 위해 걔가 지금 얼마나 무리하고 있는데."

그저…… 신해수 그 이름 석 자를 되찾고자 했을 뿐이었다. 자신이 원한 것은 행복이었는데. 어느 틈엔가 마음을 잃고 불안과 상실감으로 가득 채워졌다.

신영원이란 이름을 버리고 신해수가 된 것이 아니라,

신영원이란 이름조차 잃은 자신은 진짜 '가짜'가 되어 있었다.

가짜와 함께 주양은 같이 침몰해 갔다.

그를 망쳐 가고 있는 것이 다름 아닌 자신이라는 사실이 몸서리쳐졌다.

영원은 찻집을 나왔다. 분명 아무도 모르게 나온 건데, 매향이 찻길에 차를 대기해 놓고 있었다. 멍하니 인도에 서 있자 매향이 말했다.

"일단 타."

얌전히 말에 따랐다. 차는 한참 동안 정차되어 침묵만 감돌았다. 진두영을 만난 것을 본 건 아니겠지? 우선 해명하려는데 매향이 먼저 말을 가로챘다.

"커피가 그렇게 마시고 싶었어? 새벽이슬을 밟을 정도로?"

"커피?"

"나한테 시키지 그랬어. 네가 독단 행동을 하면 내가 곤란해진다는 거 몰라?"

아. 못 봤구나. 영원은 안도감이 찾아왔다. 그녀는 대수롭지 않은 척 어깨를 으쓱해 보였다.

"그냥, 너 일도 바쁜데. 알잖아. 나 변덕 죽 끓듯 하는 거."

다시 어색한 침묵.

매향이 혀 안에서 굴러다니던 말들 중 하나를 간신히 묻는다.

"왜…… 내 얘기 말 안 했어?"

"……."

"진주양 모르던데. 암것도."

"……."

"내가, 널 순수한 마음으로 돕는 줄 알고 있던데."

주양에게 매향과 있었던 일을 말하지 않았다. 비밀이랄 것도 없지만 말하고 싶지 않았다. 당연히 매향의 동생에 대한 일도 주양은 모른다.

"너도 언제까지 복수에 얽매여 살 순 없잖아."

영원의 말에 매향이 그녀를 돌아봤다.

"시간이 해결해 주지 않겠어⋯⋯? 고통도, 분노도."

누구보다 잘 아니까 말할 수 있었다. 시간이 해결해 주지 않을까. 반드시 그래야 했다. 그것을 위해 여기까지 달려왔으니까.

매향은 안에 감추고 있던 말을 차마 꺼내지 못했다. 영원이 결혼식을 끝내면 매향의 복수는 끝이 난다. 최혜란에겐 충분한 벌을 주었다. 그 뒤 매향은 타국으로 떠날 계획이었다. 영원에게 밝힌 내용대로라면.

매향이 백미러로 후방을 넘겨봤다. 찻집을 나서는 이는 진두영이었다. 매향은 진두영이 차를 타고 사라지는 것까지 확인했다. 영원이 진두영을 만났다는 것은 중요한 내용이었다. 문서상으로 영원은 현재 정신병원에 입원 중이고, 공식적으로 신부는 신해수였다. 그런데 영원이 버젓이 진두영을 만났다는 것은, 그가 모든 걸 알았다는 뜻. 영원의 안색이 나쁜 것과 진두영을 만난 일이 서로 연관성이 없을 수 없다는 것. 매향은 수첩을 꺼냈다. 이런 불상사를 위해 영원의 일거수일투족은 모두 위로 보고되어야 했다.

하나도 빠짐없이.

펜을 휘갈겼다.

『XX일. 오전 6시 15분. 찻집 방문.

접촉인⋯⋯

없음.』

만약 나중에 기회가 있다면, 영원의 말대로 시간이 해결해 줄 날이 온다면,

그때 제대로 사과할 것이었다. 그러나 지금은 아니다.

매향은 차를 출발시켰다.

꽃 한 송이를 꺾었다. 영원은 아랫마을을 걸었다. 비교적 길어진 해에 마을
회관 앞이 붐볐다. 영원이 앞을 지나가자 옹기종기 모인 마을 사람들이 대화를
중단했다.

건강한 아름다움이 흐른다. 한 발 한 발 내딛는 걸음이 유리 위를 걷듯 조심
스러웠다. 우아한 곡선을 지닌 몸태였다. 곧게 편 등줄기부터 치맛단 아래의 다
리까지 높은 구두 굽 위에서도 자세가 흐트러짐이 없었다. 요상한 눈길들이 영
원을, 아니, 해수의 뒤꽁무니를 따라붙는다.

"어째 오늘은 남편이 없네?"

"그 서울 양반?"

"출가외인이라고. 시집가면 못 보겠구만."

"하물며 부잣집인데. 며느리들 단도리가 심하겠지."

마을 소문은 다 그 입에서 나온다는 밤나무집 아줌마, 영원이 지나가자 두던
바둑을 멈추고 코끝에 걸친 돋보기안경을 내리는 표 영감. 숙덕거리던 그들은
신경 끄고 다시 자기 세상으로 돌아갔다.

마지막 신부 수업이 끝났다. 엊그제 청첩장이 돌려졌고 각 언론사에도 공문
이 전달됐다. 내일 아침이면 기사가 뿌려질 것이었다. 매향은 수행 비서 외에도
일 욕심이 많아 여기저기 불려 다니기 바빴다. 결혼식이 끝나면 외국으로 떠날
거라더니. 한신의 핵심 부서를 차지하고 싶어 하는 게 눈에 보였다. 결혼이 가
까워지니 긴장이 좀 풀리는 것도 있겠지. 저녁 산책 정도는 혼자 할 수 있었다.

레이스가 달린 원피스가 더 이상 거추장스럽지 않다. 가냘픈 양산으로 얼굴
을 가리는 삶이 일상으로 녹아들고 있다.

영원은 흙길에 아무렇게 자란 야생초를 발견했다. 누가 바라지도 않았건만

기어이 올라온다. 방치되어 자란 볼품없는 꽃이 누구를 닮아 있었다. 해수가 화원에서 습도, 온도를 맞춰 잘 가꿔진 원예 꽃이라면, 자신은 들풀이나 길에서 꺾어다 갖고 노는 이런 야생초겠지.

하지만 들풀이라고 언제까지 꺾이고 짓밟히리란 법은 없잖아.

결혼이 코앞으로 다가온 시점이었다. 진두영은 그 후로도 지속적으로 연락을 해 왔고, 결정을 재촉했다. 진두영에게 이 얘기를 똑같이 해 줬다. 영원은 결혼을 포기할 마음이 없었다. 돌아온 반응은 싸늘했다.

'너의 복수?'

하이 톤 음성이 귀청을 찢고 들어왔다. 기대와 다르게 흘러가는 상황에 진두영은 민감하게 반응했다. 하하! 진두영이 목젖을 드러냈다. 그의 눈자위에서 불길이 치솟았다. 뒤통수를 얻어맞고 열에 들떴다.

'그게 어째서 네 복수지?'

'……'

'네 복수가 아냐.'

'……'

'네 손에 묻은 피가 한 방울도 없는데 그게 어떻게 네 복수니?'

영원은 정곡이 후벼 파였다.

'대신, 손에 피를 묻혀 준 사람이, 있었기, 때문이지.'

바늘 끝처럼 눈빛이 서슴없이 영원을 찔렀다.

'넌 네 손에 피 한 방울 안 묻히고 복수를 했어. 주양이 대신 손에 피를 묻혔기 때문에. 모르지 않았을 텐데?'

'아니. 난 몰라.'

'몰……라?'

'당신이 무슨 소릴 하는지 하나도 모르겠어.'

'그 애가 널 지키기 위해 한 짓들을 넌 모르는 척하겠다고?'

눈물이 비집고 올라왔다.

몰랐다면 거짓말이다. 간혹 수상함을 느끼고 찾아오는 사람들이 있었다. 처음엔 돈을 주고 돌려보냈으나 그들은 다시금 찾아와 더 큰돈을 바랐다. 알고 있었다. 끝에 이르러 그가 그들을 어떻게 처리했는지. 한 명으로 끝났다고 생각하지 않는다. 주양은 내내 그런 사람들을 처리해 왔을 거다. 하지만 무시했다. 어차피 그는 그런 것 개의치 않는 남자니까. 그 정도 힘이 있으면 아무도 못 건드릴 테고. 한데 진두영은 자신이 주양을 떠나게 해서 일을 어그러트리려는 작정이다.

'널 지키기 위해, 네 비밀을 지켜 주기 위해, 앞으로도 그 애는, 무수히 많은 피로 손을 더럽히게 될 거다.'

'……'

'네가 가짜 신부라는 걸 알아챈, 혹은 앞으로 알아챌 모두가, 그 애의 적이 될 테니까.'

그리고 그 죄는 모두 주양이 받게 될 것이다.

'넌, 그 애의 살아 있는 약점이 된 거야. 옆에 두고 떼 버릴 수도, 없앨 수도 없는.'

'……'

'혹.'

'……'

'넌, 유망하고 창창한 한 남자의 앞길을 '막는' 거야.'

걷잡을 수 없이 마음이 난파당하고 산산이 부서졌다.

매일 같은 시각, 하루도 빠짐없이, 6개월이 좀 안 되는 170여 일, 안개가 낀 날에도, 비가 쏟아져도, 눈이 와도, 그렇게 한결같이, 산책을 했다. 오늘도 다르지 않다.

오늘도, 다르지, 않을, 것이다.

마을로 접어들던 주양의 차가 영원을 발견했다. 영원은 주양이 다가올 때까지 눈치채지 못했다. 차창이 내려갔다. 생각에 잠긴 그녀를 주양이 빤히 봤다.

포기하지 않아.

놓아 버리지 않아.

도망치지 않을 거야.

어떻게 되찾은 안식인데.

어떻게 되찾은 이름인데.

나도 한쪽 눈을 질끈 감을 수 있잖아. 양보만 했으니까 조금 이기적이어도 되잖아.

영원은 시선을 느끼고 돌아보았다가 당혹감이 번졌다. 주양이 조금 우스운 듯한 표정을 짓는다.

"무슨 생각을 하는데 귀신이라도 본 얼굴이지?"

영원은 어물거리다가 말았다.

주양과 산책을 이었다. 해 질 녘, 그가 걷다가 큰 나무 근처에서 그녀를 멈춰 세웠다.

그가 그녀에게 새 구두를 신겨 주었다.

직접 고른 구두에는 주양의 이니셜이 박혀 있었다. 영원의 이니셜이 아닌 주양의 것. 어떤 이도 그녀가 누구의 신부인지 헷갈리지 않게. 세상에 하나뿐인 구두였다.

신부의 버진 로드를 밟고 갈······

세상에 하나뿐인.

"내가 괴물 같지."

영원이 떨리는 목소리를 끄집어냈다. 아는데, 놓아야 한다는 걸 아는데 그럴 수 없었다.

"내가······ 징그럽지?"

주양이 말없이 영원을 응시했다.

"나······ 이제 싫지. 하나도 안 순수해서."

그러고 보면 그와는 세상에서 하나뿐인 것들이 많았다. 그는 그녀가 유일하

게 사랑하는 남자이고, 유일하게 입을 맞춘 남자이고, 유일하게 그녀를 아끼고
사랑해 준 남자였다. 그리고 유일하게 그녀를 알아준 남자이고…… 유일하게
자신의 인생을 걸어 그녀를 지켜 준 남자……이고, 구두고, 그녀에게 세상에서
처음으로……. 목이 메어 말이 나오지 않았다.

절대로 놓을 수 없었다. 그녀가 가진 건 다 그한테서 나온 건데, 사랑도 기억
도 다 세상에서 하나뿐인데, 그를 놓아 버리면 그녀는 어떻게 산단 말인가.

주양이 그녀의 손을 들어 올렸다. 필사적으로 주먹 쥔 작은 손을 그가 자신
의 심장 위에 얹었다. 그의 떨림이 고스란히 맞닿은 손으로 전해졌다.

"너는…… 내 영혼이야."

내게도 계모나 해수같이 뻔뻔함을 감추는 뛰어난 재능이 갖춰졌더라면……
좋았을 텐데.

형벌같이 떨어진 말에, 눈물이 주룩― 뺨을 갈랐다. 그와 동시에 잔혹한 말
또한 속삭여졌다.

'넌, 유망하고 창창한 한 남자의 앞길을 '막는' 거야.'

부끄러움에 숨 쉬기가 힘들었다.

그리고 오래 걸리진 않았다. 깨닫는 시간들. 정직한 눈물의 의미.

내게 이 남자의 영혼이 될 자격이 없다는 것을.

영원은 웨딩드레스 치맛자락을 와락, 움켜쥐었다. 눈물이 주르륵 흘렀다. 결
혼식 한 시간 전, 진두영과 마지막 통화를 했다.

'옷장 안에 여벌 옷이 준비돼 있을 거야. 네 선택이야. 그걸 입고 나오거나,
이 말도 안 되는 결혼을 강행하거나.'

분명한 어조가 낱낱이 귀에 박혀 왔다. 그의 말대로 쇼핑백에 옷이 담겨 있

었다. 손등에 핏줄이 돋았다. 진두영을 향한 증오가 팽창했다. 영원은 신부 대
기석에서 꼼짝도 하지 않았다.

웃기지 마. 내가…… 내가 어떻게 찾은 행복인데. 어떻게 하는 결혼인데.
내, 내가 어떻게 되찾은 이름인데! 웃기지 마……! 울부짖음이 샜다. 염치 따윈
버렸어. 나 그동안 너무 힘들었으니까, 이 정도 욕심부리는 건 괜찮잖아. 내가
잘하면 돼. 내가 잘할 거야. 그 사람한테는 살면서 갚을 거야. 살면서. 나를 자
기 영혼이라고 하잖아. 나를…….

신부 대기실 문이 벌컥, 열렸다. 예고도 없는 방문객에 사고가 정지됐다. 영
원이 굳은 채 돌아봤다. 웬 모르는 남자와 시선이 마주쳤다. 충격과 공포에 압
도당해 꼼짝도 할 수 없었다. 상대도 그 상태로 얼어 버렸다. 남자가 목에 건
것은 카메라였다. 파파라치 언론. 그렇다면 그는…… 기자다.

'언제까지 갈 것 같은데?'

형형한 남자의 비웃음이 되감기 됐다.

'남인 척 행세하는 삶에서 행복의 유통 기한이 얼마나 갈 것 같은데. 너도
모래 위에 쌓은 모래성이라는 걸 아니까, ……고통스러운 거잖아. 떳떳하지 못
하다는 걸 네 자신이 제일 잘 아니까!'

'아니야, 난…….'

'네가 그 애의 신부야?'

되돌아온 질문에 영원은 말문이 막혔다.

'네가, 그 애를 사랑하는 신부가 맞아?'

영원은 멍해졌다. 간신히 쥐어짜 냈다.

'당연하잖아……. 사랑하니까, 사랑하니까.'

결혼도…… 하고 싶은 거야. 속엣말을 삼켰다. 진두영이 기다렸다는 듯 비
웃었다.

'그럼 이러면 안 되지.'

'…….'

'결혼하면 안 되지.'

'……'

'정말로 주양이를 사랑한다면……!'

'……!'

'결혼해선, 안, 되는 거지.'

진두영의 얼굴 위로 기자의 얼굴이 겹쳐졌다.

기자는 놀란 상태였다. 그녀가 가짜 신부임을 알아챈 걸까. 기자의 눈길이 번져 가는 그녀의 눈물 자국을 따라갔다. 곧 바깥에서 소란이 일었고, 직원에게 들킨 기자가 도망쳤다. 신부 대기실에 적막감이 깔렸다.

"신부님. 곧 해결하고 오겠습니다."

신부의 상태를 확인하고 직원이 물러갔다. 지난날들이 뒤섞여 주마등처럼 지나갔다. 내가 더 사랑하고, 내 사랑이 더 지고지순하다고 생각했다. 내 사랑이 먼저였고, 그 시간만큼 더 깊어졌다고 자신했다.

한데 아니었다. 사랑이 먼저였기에 더 복잡해졌다.

'너는 사랑을 볼모로 그 애에게 희생을 강요하고 있어. 남자의 순정을 이용하는 거야. 걘 한신의 후계자다. 너 따위를 위해 왜 주양이가 그런 위험을 무릅쓰지 않으면 안 되는 거지?'

그는 점점 깊어지고 있는데 나는 점점 변질되어 가고 있던 건 아니었을까. 진두영이 주양을 상처 입히고 싶어 하는 것, 그래서 악의적으로 자신을 자극하는 것도 알고 있다. 하지만 주양을 사랑하니까. 지켜 주는 거다.

어째서 인간은 자꾸 잊어버리는 걸까. 망칠 순 없었다. 아버지도, 어머니도, 소정도. 내가 노력할수록 고통스러워진 사람들이었다. 또다시 죽게 할 수는 없었다. 나 혼자 행복하자고 그들을 죽여 밟고 올라간, 그들의 시체로 쌓은 성에서 행복하게 살 수는 없었다.

무릇 결정이 뒤집어지는 데는 그리 많은 시간이 필요하진 않았다.

1분가량 흘렀을까. 정신을 차렸을 때 그녀는 옷을 갈아입고 허겁지겁 인도를 뛰고 있었다. 부드러운 레드카펫이 아스팔트 길로 변했다. 어딘가에 구두 한 짝도 잃어버리고.

진두영 같은 인간이 잘난 척하게 놔두지 않겠다고. 결코 그가 내 사랑을 비웃도록 놔두지 않겠다고. 나의 사랑이 별 볼 일 없는 인간에게 시험당하지 않도록. 주양이 주는 물질적 안식을 놓지 못한다는 듯 말하는 놈에게 내가 얼마든지 그따위 건 놓아 버릴 수 있다는 것을, 나는…… 진두영이 틀렸다는 것을 보여 주고 싶었다. 내가 생을 걸어 지켜 준 남자에게 해 줄 수 있는 것이, 그것뿐이라면, 주양에게 내가 보여 줄 수 있는 내 사랑은…… 내 사랑을 증명하는 방법 역시,

그를 '지키는 것' 뿐일 테니까.

그러다가 돌부리에 찍혀 넘어졌다. 발톱이 반쯤 빠졌다. 영원은 신음을 삼켰다. 길 가던 노인이 물었다.

"이봐요. 아가씨. 괜찮아?"

"네, 괘…… 괜찮아요."

영원은 거칠게 뿌리쳤다. 한 발자국이라도 더 멀리 예식장에서 멀어져야 했다. 절뚝거리며 일어섰다. 까진 무르팍에서 피가 질질 흘렀다. 방금 전까지만 해도 화려한 웨딩드레스를 입고 있었다. 구두마저 흘리고 그녀는 갈 곳이 없는 운명을 맞이했다. 무엇을 위해. 무엇을 위해 그렇게…… 달려왔나. 서러움에 횡경막이 경련했다. 눈물로 마스카라가 흉하게 번졌다.

'명심해라, 신데렐라야. 오늘 이 밤이 끝나기 전에 너는 집으로 돌아와야 한다. 시계가 12시를 가리키면 마법이 풀리고, 너는 원래의 재투성이 아가씨로 되돌아오게 된단다……. 명심해라. 그 우아한 모습도, 별빛처럼 빛나는 이 드레스도, 환상에 불과한…… 마법일 뿐이야. 시계가 12시를 가리키면 마법이 풀리고, 너는 원래의 재투성이 아가씨로 되돌아오게 된단다……'

12시가 되자 신데렐라는 서둘러 왕궁을 빠져나와야 했다. 달리던 황금마차는 얼마 못 가 호박으로 변했다. 재투성이 신데렐라는 왕궁에서 도망쳐 나오고도 그렇게 집까지 한참을 '걸어' 가야 했다. 혼자 외롭고 쓸쓸하게.

누군가 제정신이 아닌 그녀의 팔뚝을 낚아챘다.

"무슨 일이야."

호운이었다.

호운이 그녀의 어깨를 쥐고 흔들었다.

"왜 그래!"

"나 결혼하지 않기로 했어."

"……."

"그 사람하고…… 결혼 안 해."

영원은 멍하니 말했다. 호운이 아연해졌다. 눈동자가 그녀를 혼란스럽게 더 듬는다.

"그게 무슨…… 소리야."

"빼앗을 수 있는, 종류의 것이, 아니었어. 절대 빼앗을 수 없어."

"뭘 빼앗아. 이름? 원래 네 거였어!"

영원의 입술이 오므라들었다. 방황하던 망막이 이내 물 터진 둑처럼 무너졌다.

"근데…… 아니었더라고."

호운이 운석과 충돌한 표정을 지었다. 그보다 더할 수 없이 딱딱해졌다.

신부 대기실의 거울을 본 순간 영원은 깨달았다. 이 결혼은 성립될 수 없다. 웨딩드레스를 입은 자신의 모습은 비참했다. 거울 속에는 기자에게 얼굴을 들키고, 두려움에 떠는 유령 같은 자신이 있었다. 무엇을 두려워하는가. 자신이 신해수가 아니기 때문이다. 자기 자신의 얼굴을 들키는 것을 두려워하는 사람은 없다. 자기 게 아닌 걸 가진 사람들이 들키는 두려움을 걱정한다. 그간 남에게 들킬까 전전긍긍 지내 왔다. 모든 것은 부질없는 짓이었다.

"왜……."

목청이 쉬어 터진 소리를 냈다. 호운에게 애원했다.

"어째서, 일까. ……될 수 없는…… 걸까, 내 이름인데…… 왜……."

아무리 다시 되찾으려 해도, 그 계집의 모든 걸 빼앗을 수 없었다. 나는 신해수야. 나는 신해수입니다. 내 이름은 신해수입니다. 처음 이름을 되찾고 신나 했던 자신의 모습이 떠올랐다.

끝내 가슴을 쥐어뜯었다.

누군가 말했다.

신데렐라의 구두가 벗겨졌다는 건 신데렐라한테 구두가 컸다는 얘기지만, 왕자는 어리석게도 구두가 발에 꼭 맞는 사람을 찾지 않았느냐고. 구두의 주인이 중요한 게 아니었다. 그 구두가 진짜 누구 것이었냐는 것은 중요한 대목이 아니었다. 구두가 발에 맞는 사람이 곧 '구두의 임자'이며 '신데렐라'인 것이다.

영원은 신해수가 아니었다. 한때 신해수였지만 이젠 아니다. 죽은 사람은 산 사람이 될 수 없듯이, 어쩌면 일곱 살, 그때 영원의 신해수는 죽어 버린 거다. 이미 신해수는 그 계집 자체가 되어 버렸고, 영원은 그 계집이 확립시켜 놓은 신해수라는 옷을 억지로 끼워입으려 한 것뿐이었다. 그것은 결코 되찾았다고 할 수 없었다.

영원은 신해수가 될 수 없다. 결코 신해수로…… 돌아갈 수 없다.

그러므로 영원은 신부가 될 수 없는 것이었다.

신해수라는 사람은 이미 영원에게 신데렐라의 그 구두처럼 맞지 않는 몸이 되어 버렸다. 다시 몸에 맞추기엔 너무 오랜 세월이었다.

둔중한 울음이 횡단보도 거리를 채웠다.

신록 위로 햇살이 산산이 부서지는 날씨 좋은 5월의 봄이었다.

호운은 소리가 그칠 때까지 그녀의 곁을 지켰다.

영원은 어린아이처럼 길거리에서 울어 버렸다.

아주 달콤한 꿈을 꾸었다.

그리고 이제 깨어날 때다.

<u>15</u>

【실종 46일째】

「오늘 낮 3시, 한신그룹 진주양 씨가 컨테이너 차량에서 죽은 신 씨에 대한 살인 교사 사실을 인정했습니다. 이후 검찰은 구체적인 증거 확보를 위해 수사력을 모을 것으로 판단됩니다. 검찰은 일단 진 씨에 대해 정식 기소하기로 하고, 공소장 작성에 심혈을 기울이겠다고 답했습니다. 살인 혐의가 입증이 되면, 한신그룹 주가에도 적잖이 큰 영향을 미칠 것으로 보입니다.」

【실종 47일째】

영원은 눈을 떴다. 10평이나 되는 큰 방이었다. 이곳 저택의 규모를 짐작게 했다. 발을 내디딘 바닥이 따뜻한 것을 보니, 관리인이 있는 걸까.

매향은 그녀를 이곳에 데려다 놓고 간 후 한 번도 찾아오지 않았다. 열흘 가까이 된 것 같았다. 매향 대신 그녀를 찾아온 건 여의사였다. 그간 극진한 간호를 받았다. 절박유산의 증상이 있다며 여의사가 매일같이 왕진을 왔다. 침대에서 절대로 걸어 나오지 못하게 했다.

'꼼짝도 하지 마세요. 그렇게 방치됐으면서 아이가 유산되지 않은 건, 하늘이 도운 줄 알아요. 정말 위험합니다.'

그렇게 며칠이 흐르자 건강이 조금 회복됐다. 영원은 문고리를 돌렸다. 단단하게 걸어 잠가져 있던 문고리 걸쇠가 풀렸다. 처음 방 밖으로 나왔다. 낯선 저택을 둘러보다가 바깥으로 나오자 파도 소리가 귀를 간질였다.

'해변?'

바다가 내려다보이는 해안에 지어진 집, 그리고 벤치. 그곳에 앉아 있는 여자. 매향보다 가녀리고 몸집이 작은 여자였다. 누굴까.

기척을 느꼈는지 상대가 먼저 돌아봤다.

아는 얼굴이었다.

진두영의 아내.

주양의 숙모가 거기에 앉아 있었다.

매향은 자신의 집을 정리했다. 벽에 붙어 있던 스크랩 기사들까지 하나씩 떼었다. 대개 여종업원 죽음에 관련된 사람들의 기사였다. 최혜란, 대산물산 김 회장, 이중모. 그리고 진주양. 최혜란과 대산 김 회장의 얼굴엔 X자 표시가 돼 있다. 이중모와 주양만 아직 깨끗했다.

그리고 마침내 오늘. 매향은 매직을 들어 주양의 얼굴에 X자를 그렸다.

그녀는 모든 증거를 인멸시키고 서류들을 챙겨서는 검찰청으로 향했다. 오늘은 검찰에서 살인을 자백한 주양을 기소하는 날이었다. 자신은 그의 변호사로 참석하게 될 것이다.

긴긴 싸움 끝에 드디어 진주양까지 왔다. 오직 '한 사람'에게 닿기 위해서. '그 사람'에게 닿기 위해 여기까지 온 것이다. 진주양은 본론이 아니었다. 최종 보스에게 가기 위해, 최혜란, 김 회장처럼 치워야 할 마지막 중간 보스일 뿐이다.

매향은 주양을 독대했던 며칠 전을 회상했다.

한강 고수부지. 차 안.

"강호운을 뒤에서 조종한 배후를 알아냈습니다."

"……."

"진짜 납치 배후 말입니다."

매향의 말에 주양이 흥미로운 눈빛을 띠었다.

"누굽니까. 그게."

"진두영은 신부 납치의 배후가 아니었습니다. 진짜 배후는 숙모님이셨습니다."

예상했던 대로 주양은 놀라지 않는 눈치였다. 이미 다 알고 있었기 때문이겠지. 주양은 숙모가 범인인 것을 진즉부터 알고 있었다. 진두영과 숙모 둘 중에서 저울질하다가 어느 순간, 숙모로 짐작하게 됐을 거다. 그러나 그는 곧바로 태평양 일보를 치지 않았다.

'신부가 어디 있는지 모르는 상황에서 섣불리 나설 수 없다 이건가.'

신부의 목숨과도 직결된 일이었다. 영원은 쭉 강호운과 함께였고, 매향이 데리고 온 것도 이제 사흘 정도. 진주양이 영원의 위치를 파악할 수 있었을 리가 없다. 게다가 찾아야 하는 숙모의 내부자도 있었다.

그들이 찾는 내부자, 배신자는 바로 매향이었다. 우연한 계기로 얽혔다. 숙모라는 여자는 진두영과 이혼을 준비하던 중이었다. 매향은 남편을 향한 복수, 그 지점을 건드렸다. 숙모와 납치 계획을 꾸몄다. 그러나 자신은 철저히 흔적을 지웠다. 동생의 복수를 위해 아직 더 주양의 옆에 붙어 있어야 했다. 때마침, 우연히 주양과 양 비서의 대화를 엿듣게 됐다. 그들은 배신자를 솎아 내기 위해 계획을 꾸미고 있었다. 얼마 후, 매향에게 지시가 떨어졌다. 진두영 쪽에 이중 첩자로 건너가 배신자 노릇 하라는 것. 숙모를 의심하면서 진두영에게 붙으라 니. 그녀를 시험하는 것이다. 믿을 만한 사람인지 아닌지. 만약 그녀가 숙모가 보낸 사람이라면 배후를 감춰 주기 위해서 진두영에게 누명을 씌웠을 테니까.

"숙모님께서 꽤 준비를 철저하게 하신 모양입니다. 그럴 만도 하죠. 보통 불륜을 저지른 남편 탓보다, 불륜녀 머리채를 뜯는 게 여자들 심리 아닙니까."

어차피 그 여자와도 서로 원하는 것을 위해 손잡은 전략적 관계였다. 진주양의 손바닥 같은 대한민국에서 혼자 신부를 감추는 건 무리였다. 돈과 권력이 있는 한패가 필요했다. 이대로 그 여자한테 다 뒤집어씌우고 빠져나갈까? 진주양이 어떤 생각을 가지고 있는지 알 수 없다는 게 걸렸다.

주양이 짧게 입술을 달싹였다.

"위치는?"

매향은 긴장감 속에 답했다.

"위치는……."

허름한 지하방에서 죽어 가던 영원의 모습이 눈앞을 가렸다.

'왜 내 얘기 말 안 했어? 진주양 모르던데. 암것도.'

알고 있다. 영원이 왜 자신을 감춰 주었는지. 진주양은 판단력이 빠르고 마인드맵처럼 넓게 퍼트리는 남자였다. 여종업원의 죽음은 분명 진주양도 간접적이지만 관련이 있었다. 잠재적 배신자를 근처에 놔둘 리 없다.

'너도 언제까지 거기에 얽매여 살 순 없잖아. 시간이 해결해 주지 않겠어……? 고통도, 분노도.'

영원은 매향이 행복해지기를 바랐던 거다. 과거를 잊고, 새로운 시작을 하기를.

주먹이 쥐어졌다. 할 수 있을 리가 없다. 그딴 것. 버젓이 동생을 죽인 놈들이 살아 있는데.

영원이 미웠다. 많이 원망스러웠다. 영원은 이런 자신을 싫게 만들었다.

매향은 죄책감을 누르고 답했다.

"아직 신부님이 계신 곳까진, 알아내지 못했습니다."

거짓말이 목에 가시처럼 걸리는가. 목이 메었다. 매향은 얼른 이슈를 돌렸다.

"내부자 말입니다."

"……."

"이런 말씀 드리기 그렇지만, 양 비서가 수상합니다."

매향이 백에서 꺼낸 초음파 사진을 내밀었다.

"양 비서 개인 소지품함에서 발견했습니다. 양 비서는 여자관계가 깨끗합니다. 임산부의 초음파 사진이라니. 시기적절하지 않습니까?"

"양 비서가 숙모와 공모라도 했다는 말입니까."

"보시죠. 강호운 씨가 이사님께 남긴 초음파 사진과 동일한 것입니다."

양 비서의 소지품에서 발견한 사진과 총에 맞으면서 강호운이 주양에게 넘기고 간 피 묻은 초음파 사진. 두 개는 비교할 필요 없이 동일했다.

양 비서의 소지품에서 나왔다는 사진은 사실 매향이 간직하고 있던 것이었다. 아무도 영원의 임신 사실을 몰랐을 때, 갑작스럽게 영원이 쓰러졌다. 호운에게 연락을 받고, 의료보험 없이 진료 가능한 의사를 매수해야 했다. 혹시 협박용으로 쓰일까, 하나를 더 받아 놨는데 이렇게 쓰일 줄이야.

매향은 주양의 눈치를 살폈다. 양 비서는 내내 걸림돌이 됐다. 적어도 뭔가 확실하게 나오기 전까지는 진주양이 양 비서를 멀리하겠지. 하지만 도리어 독이 되는 건 아닐까 걱정도 됐다. 문제는 주양의 양 비서에 대한 신뢰도였다. 오히려 고자질하는 것처럼 보여 자신이 미운털 박히지 않을까. 그러나 지금은 몸 사리기보단 승부수를 던져야 할 때다.

주양은 침묵했다. 갈등하는 끝에 그가 말했다.

"이중모 쪽에서 아마 이슈를 환기시키기 위해, 신부 문건을 이용할 것 같아요. 가짜 신부 내막을 알고 있는 사람은 우리 셋밖에 없죠."

주양, 매향, 양 비서.

이중모는 친인척 비리 기자 회견을 환기해 줄 다른 큰 사건이 필요했다. 아마 이렇게 주양을 살인 쪽으로 몰아가다가, 신부 납치 사건을 매스컴에 흘릴 거다. 그리고 가짜 신부의 내막도 하나씩 단계적으로 터트리겠지. 그사이 이중모 자신의 친인척 비리는 흐지부지될 것이다.

"내가 신해수를 정신병원에 감금하고, 살인했다는 식으로 몰아갈 텐데, 대책이 있습니까?"

"일단, 검찰의 요구대로 허위 자백을 하시는 게 좋겠습니다. 당장 이중모를 틀어쥘 건수가 없으니."

"이중모의 약점이라……."

"무죄 방면될 수 있는 방도를 찾아보겠습니다. 그리고 신부님이 계신 곳은 제가 찾고 있으니까 맡겨 주세요. 양 비서도 예의 주시하겠습니다."

보고는 끝났다. 매향은 곧장 차에서 내리지 않았다. 더 할 말이 남은 모습에 주양의 눈초리가 매향에게 가닿았다. 지금이었다. 지금…….

매향은 꾹 참고 있던 말을 했다.

"한신에 훨씬 쟁쟁한 선배들이 계신 거 압니다. 하지만 이 사건을, 저보다 잘 꿰뚫고 있는 사람이 또 있을까요? 제가 변호사라는 걸 이용하세요. 이사님의 변호를 맡고 싶습니다. 제게, 팀을 꾸려 주십시오."

그런 매향을 주양이 주의 깊게 봤다. 믿을 만한 인재인지 아닌지 가늠하는 심드렁한 표정이었다. 그가 고민하고 있다는 것만으로 이미 반은 성공한 셈이었다. 고지가 앞이었다. 변호사의 자격으로, 진주양에게 유죄 판결을 끌어낼 것이다. 신부가 자신을 떠나고, 믿고 있던 심복인 양 비서가 납치 사건의 공범일지 모르는 상황에서, 진주양도 사람이라면 외로움과 위태로움에 기댈 누군가가 필요할 것이다. 그것이 매향 자신이 되어야 했다.

진주양은 자신이 뱀의 아가리로 들어오는 줄도 모르고 내게 자신의 모든 걸 맡기리라.

매향은 비열하게 웃었다.

매향이 떠난 후, 기사가 물었다.

"어디로 모실까요."

주양은 54층으로 가자고 했다. 집에 도착한 지 얼마 지나지 않아 아래서 소란이 일었다. 보안 담당자와 짧은 통화를 끝내자마자 장 경감이 펜트하우스로 들이닥쳤다.

"터무니없이 자수라니! 대체 제정신입니까?"

장 경감이 숨을 헐떡였다. 속보를 보고 바로 달려오는 길이었다.

"나를 경찰에 신고하지 못해서 안달 났던 사람은 그쪽 아니었나?"

주양의 말에 장 경감이 어버버했다. 물론, 한때 그렇긴 했지만. 그래도. 주양을 다그치려던 장 경감의 시선이 테이블에 놓인 신문에 갔다. '위기의 한신그룹. 이 치정 스캔들의 끝은 어디까지인가.' 신문 1면 커다란 헤드라인이 그를 사로잡았다. 내일 자로 발표될 태평양 일보 신문 기사였다. 거기엔 울면서 남편의 부정을 고백하는 아내의 모습이 담겨 있었다. 지금 현 한신그룹의 사태. 납치, 감금에 관한 내막. 신부가 결혼식 직전까지 진두영에게 협박당했다는 사실을 모두 폭로했다. 바로 진두영 아내의 입을 통해서.

현재, 모든 신문사는 엠바고 걸린 상태였다. 기자들은 정신병원에서 죽은 여자를 신영원으로 알고 있었다. 사실은 그 언니인 신해수라는 걸 알아내고 신부 실종까지 파고들어 모든 억측과 루머를 쏟아 내는 건 시간문제였.

주양이 검찰 출두한 사실을 앞장서 터트린 것은 태평양 일보였다. 한신그룹이 줄 후폭풍이 무섭지 않은 신문사가 어딘가 했더니. 사돈네 회사였다. 모든 정황들을 짜깁기한 끝에 장 경감은 하나의 답을 내렸다.

"진두영은 몸통이 아니야."

"……."

"그 뒤에 숨어 있는 다른 누군가."

주양의 뒷모습을 보며 장 경감이 다가갔다.

"사실 그럴 만한 동기는 제일 많지만 이제껏 누구의 의심도 사지 못했던 인물. 선량한 얼굴로, 모두가 진두영을 범인으로 의심할 수 있게 단초를 제공한 인물."

"……."

"진두영의 아내."

"……."

"당신의 숙모."

장 경감이 숙모의 얼굴이 찍힌 신문을 내밀었다. 주양은 예리하게 정면을 주시했다. 신부가 실종되고 진두영과 식사했던 그날, 숙모는 문밖에서 그들의 이야기를 엿듣고 있었다. 장 경감이 끼어들었다.

"당신 숙모는 어째서 이런 일을 벌인 겁니까?"

"남편에 대한 복수심이었겠죠."

장 경감은 숙모라는 여자의 이미지를 대충 떠올려 봤다. 고생 없이 자란 부잣집 딸답게 여자들 모임을 좋아하고, 허영이 있었다. 경찰 진술 때도 전혀 의심받지 못했던 인물이었다. 그런데 배후라니? 그 정도로 머리가 잘 돌아가는 여자는 아닌 것 같아 보였는데?

매향. 유선민이 모든 것을 계획하고 실행했다면 가능하다.

숙모는 자금을 대 주는 역할이었다. 남편의 이지를 잃게 만든 신영원이 멀리 떠나기를 바랐는지도 모른다. 마침 신영원은 결혼식장에서 제 발로 나갔다. 아마도 강호운에게 접근해서 둘이 밀항할 수 있게 자금을 대 줬던 거겠지. 신영원이 이 땅에서 사라지면 남편을 신부 납치범으로 몰아갈 생각이었을까? 정신병원에서 신해수를 탈출시킨 것도 그런 이유였어! 신해수는 신영원이 그날 실종된 신부라는 걸 증명해 줄 유일한 증인이니까.

그러나 신영원이 뜻하지 않게 임신을 했고, 강호운은 혼수상태가 되었고, 신해수는 죽었다.

지금, 신영원은 숙모가 데리고 있을 것이다.

단순 납치로는 남편에게 중죄를 물을 수 없다. 어차피 신해수는 죽었고, 공

426

식적인 신부도 그녀였으니까. 강호운에게 시켜 신부가 납치 끝에 살해당한 것처럼 둔갑시킨 원인이었다. 컨테이너 안에서. 하지만 주양의 방어로 수포로 돌아갔다. 만약 남편을 납치 살인으로 몰 계획을 하고 있다면?

영원한 증거 인멸을 위해 진짜 신부인 신영원을 다시 죽일 수도 있다.

주양은 사태의 심각성과 다르게 아무 조치도 취하지 않았다. 장 경감은 등을 보이고 선 주양이 답답했다.

"유선민과 숙모가 계략을 짠 거라면, 범인이 나왔는데 왜 이러고 있는 겁니까."

주양이 54층 야경을 응시하며 장 경감에게 물었다.

"뭐가 보입니까."

또 그 소리다.

"저게 뭐 같습니까."

장 경감이 그 아래를 보았다. 빽빽한 도심. 깨알 같은 크기의 자동차와 사람들이 한데 뒤얽혀 있었다. 여러 사람들의 이해관계가 얽히고 얽힌 이 사건처럼.

주양이 쪽지를 주었다. 그건 어느 집 주소였다.

"이건……."

"나는 가지 못할 것 같아요. 내가 검찰 조사를 받는 동안, 당신이 그녀를 찾아 줘요."

"……!"

신부가 있는 장소였다.

그는 신부의 위치를

……이미 알고 있었다.

장영범이 떠난 뒤 주양은 서재에 섰다. 유리창에 서서 금빛 대교를 봤다. 야경과 검은 물결이 죽음보다 더 깊은 냄새를 풍겼다. 낮에 검사 강규웅과 있던 일이 떠올랐다. 먼저 안달이 나서 물은 건 강규웅이었다.

'대체 왜 이러는 겁니까? 나야 위에서 시킨 대로, 정석대로 수사하지만 당신은 뭔데.'

자수를 한 주양의 의도를 읽을 수 없었던 것이다.

'검찰에서 치기 전에 미리 선수 친 거다, 정상 참작을 위한 노림수다, 난 그딴 거 안 믿어요. 대체 꿍꿍이가 뭡니까?'

꿍꿍이. 물론 꿍꿍이가 있다. 하지만 일개 부장검사하고 노닥거릴 내용은 아니고.

주양은 서재 전경을 응시하다가 고개를 돌렸다. 책상 서랍을 열었다. 휴대폰한 개, 그리고 피 묻은 초음파 사진이 나왔다.

낮에 매향에게 받은 초음파 사진과 비교했다. 두 사진은 한날한시에 나온 것임을 증명하듯 아기집의 형태, 시각과 날짜가 모두 일치했다. 주양은 그걸 응시하다 다시 서랍으로 손을 뻗었다. 사진과 같이 있던 차명 휴대폰을 집어 들었다. 1번 단축키를 눌렀다. 곧바로 전화기는 어딘가로 연결이 됐다. 휴대폰에는 딱 하나의 번호만 저장돼 있었다.

다섯 번의 신호음. 달각.

"……."

수화기엔 침묵만 감돌았다. 상대가 전화를 받았지만 답변은 안 돌아온다. 누구도 선뜻 입을 떼지 않는 침묵 속에서 먼저 예의를 차린 건 이중모였다.

— 너무 서운하게 생각하진 말게. 자네야 벌금 좀 때려 박고, 도의적인 책임으로 아랫것들 물갈이하는 수준에서 끝내면 되지만, 난 취임하자마자 친인척 비리 터지면 남은 5년, 그걸로 발목 잡혀 질질 끌려다니겠지. 레임덕을 앞당길 수도 있는 빌미를, 걍 놔둘 순 없지 않나. 내 체면 좀 살려 줘.

"……."

— 민노총 간부가 조계사에 들어가는 바람에 골치가 아파졌어. 시간 좀 끌다가 해외에 있는 가족들 붙잡고 겁박 좀 해 주면, 자진해서 나오겠지. 그때면 국

민적 관심도 사라질 테고, 자네는 내가 어떻게든 법무부 움직여서 증거 불충분으로 무죄 판결 나게 해 줄 거야. 이미 시나리오 다 뽑아 놨어. 편안히 휴가 간다고 생각하고 쉬다 오기만 해.

주양은 비웃음이 샜다. 그 말을 믿을 줄 알고. 이중모는 한신과 절대 인연을 끊을 수 없다. 돈이란 게 그렇지 않나. 정치인은 돈을 벌지 않는다. 돈은 기업가가 벌고 정치인은 후원을 받는다. 주양이 실형을 살게 되면 한신엔 오너 일가의 공백을 채울 다른 누군가가 필요하게 된다. 그 대상으로 진두영을 염두에 두고 있는 것이다. 제 입맛대로 움직여 주지도 않고, 다루기도 힘든 주양은 잘라 내고, 조금 어설픈 진두영을 한신 오너에 앉혀 퇴임 후에도 재단 운영을 운운하며 한신을 자기 식대로 주무르려고. 5년짜리 대통령으로는 성에 차지 않는 것이지.

주양이 회의적으로 답했다.

"누울 자리도 보고 뻗어야 하죠. 기업인 뒤가 구린 거야 어제오늘 일도 아니고. 저야, 몰매 한 번 맞고 끝날 일이지만, 각하의 안위가 우려돼서."

— 내가?

"강 검사가 말해서 저도 오늘 알았습니다. 대산 김 회장을 처리한 게 각하가 아니더군요?"

느닷없는 죽은 김 회장 이야기에 이중모가 발끈했다.

— 이봐, 이봐. 지금 무슨 소리야? 수세에 몰리니까 어떻게든 나도 도매금으로 엮으려고 수작 부리는 거 같은데…….

"우려가 돼서 하는 얘기입니다. 저는 김 회장을 죽이지 않았거든요."

갑작스러운 진실 게임이 이중모를 혼란의 구렁텅이로 몰아넣었다. 이중모가 새까만 정적 끝에 되물었다.

— 자네가 죽이지…… 않았다고?

죽일 이유가 없지. 주양은 슬며시 웃음기를 띠었다. 김 회장은 이중모를 틀어쥘 목줄이었다. 김 회장을 죽이면 이중모는 더 이상 주양에게 속박당할 것 없이 활개를 칠 텐데, 굳이 주양이 나서서 김 회장을 없앨 이유가 없지 않나.

손에 피를 묻히면서까지.

"저는 오히려 각하 쪽에서 김 회장에게 손을 댄 줄 알았는데. 반응을 보아하니, 아닌가 보군요?"

주양이 능청스럽게 목소리 끝을 올렸다. 수화기 너머에서 상대의 호흡이 거칠어졌다.

— 자, 자네가 아니라고?

"각하도 아니고요."

— 자네도 아니고, 진두영도 아니고. 그럼……, 그럼 누가 김 회장을 죽였다는 거야?

"……."

— 이 친구야!

"5년 전, 죽은 여종업원에게 혈육이 있더군요."

이중모가 벙어리가 됐다. 주양은 커다란 중역의자에 몸을 실었다. 허리를 한껏 펴며 느긋이 본론을 시작했다.

"성씨가 달라 설마 했습니다. 의도적으로 접근한 게 아닌가 싶어요. 기밀을 빼돌려 여기저기 들쑤시고 다닌 것도 그렇고."

검찰에 신부의 비밀을 투서한 장본인은 진두영이 아니었다. 진두영은 그런 척했을 뿐이고, 주양도 그렇게 믿는 척 연기했다. '범인'은 진두영과 숙모의 뒤에 숨은 아주 신중한 인물이었다. 그자는 이중모에게서 한신그룹이란 거대 자본을 끊어 내려고 하고 있다. 주양과 이중모를 이간질시키려는 수가 뻔히 보였다. 결국에 이 모든 계획은 이중모의 날개를 꺾어 놓고, 이중모를 칠 과정의 하나일 뿐이었다.

다급해진 이중모가 산만해진 정신을 수습했다.

— 나한테 복수를 하려고 의도적으로 접근했다는 거야? 한신 전략실 기밀을 빼돌릴 정도라면, 자, 자네 측근이라는 소리밖에 더 있어?

"뒤에서 우릴 갖고 장난질을 쳤던 모양이에요."

— 그러니까 대체 누구?! 양 비서?

"유선민. 아니. 김 총리가 총애하던 매향이라면 아실까."

— 매향이라면…….

"지금은 한신 법무 팀 소속, 제 담당 변호인입니다."

아직은 아니지만, 매향이 변호인이 되게 해 달라고 요구해 왔고 주양은 그것을 들어줄 생각이었다.

그 의미를 알아들은 이중모가 침을 삼켰다. 주양이 낮게 목소리를 깔았다.

"각하. 각하께서 공격당하지 않는 건 제가 있기 때문입니다. 저라는 벽이, 막아 주고 있기 때문이죠."

주양이 한 자 한 자 명료하게 밝혔다. 이중모는 침묵했다.

"근데, 지금, 혼자 살아서 도망치겠다고 자기를 지켜 주던 성벽을 허물면."

섬뜩한 입놀림이 늙은 정치인의 목덜미에 천천히 이빨을 박아 넣었다.

"뱀의 아가리로 돌진하는 꼴이 아닌가."

낮게 웃음 짓는 주양의 목젖이 울렸다.

모든 건 수 싸움이었다. 시장 원리대로 실권자에게 정보력과 권력이 따라붙는 게 당연한 논리. 정치라는 것은 이래서 더럽고 치사했다. 아군과 적군이 구분이 안 되는 각축장. 가변적인 변수들이 항상 밑바탕에 흐르는 흙탕물.

주양이 공을 던졌으니 다음은 이중모가 응답할 차례였다.

그로부터 3일 뒤, 주양은 살인을 자백했다.

【실종 47일째】

또각. 또각.

높은 하이힐이 검찰청 복도 바닥을 그었다. 숨 막힐 듯한 적막감이었다. 검찰이 살인 교사를 인정한 주양을 기소하기로 했다. 매향은 주양의 변호사로서 오늘 이 자리에 왔다. 변호사 선임계를 제출하고 오는 길이었다. 담당 검사와도 인사할 겸 들렀다.

여기에 오기까지 많은 일들이 있었다. 재판에 회부되면 모든 건 그녀가 계획했던 대로였다.

주양의 명령을 받고 진두영에게 접근했던 일을 떠올렸다.

'김 회장을 살인한 게 너였어? 뭘 믿고 설쳐 대는 거야.'

매향은 진두영과의 대화를 회상했다. 주양은 모르지만 진두영의 마음을 사기 위해선 특별한 노력이 필요했다.

사실대로 말하는 수밖에 없었다. 적의 적은 내 편이라는 말이 있다. 적어도 진두영은 진주양과 손잡을 일이 없을 테니까.

'가진 자들이 합세해 나약한 한 인간을 죽였으니까!'

'김 총리가 직접 주양이한테 소개했다고 들었는데. 네가 그 죽은 여종업원의 유가족이라는 걸 그 애는 모르나 보지?'

영원은 주양에게 그녀의 정체를 숨겨 줬다. 그리고 자신은 그걸 이용했다. 예전 같았으면 하지 않았을 실수였다. 진주양이 사람을 믿는다는 것. 유선민은 바로 그런 점을 노렸다. 영원에 의해 변해 간 그의 태도들. 그 틈새를 교묘히 파고들었다. 영원을 끔찍이 위하는 척했다.

'원숭이도 나무에서 떨어지는 법이지. 그 남자한테 접근하기 위해서였어. 김 총리 정도의 추천이면 아무 의심 없이 써 줄 거라고 생각했지. 하지만 알다시피 워낙 의심이 많은 인간이라. 부족했어. 반쯤 포기하고 있는데 신영원이 그 남자와 엮인 거야.'

영원에게 의도적으로 접근했다. 최혜란의 비밀을 파내기 위해. 그런데 영원이 진주양이란 대어를 물어다 줄 줄이야. 처음엔 영원이 주양과 엮인 것을 반대했지만 결과적으로 잘된 일이 아닌가. 이중모에게 접근하는 사다리가 됐으니.

'그 여종업원 죽음에 갠 직접적인 원인이 없어 그래. 진주양은 따지고 보면 제삼자지. 이중모 주연에 김 회장, 최혜란 시나리오 각본 연출. 그에 비하면 아무 잘못이 없어. 그냥, 사건을 이용해 자기 입지를 다지는 데 썼지. 더 괘씸해. 죽음에 대한 진실을 알면서도 덮었어!'

매향은 애매한 반응을 보이는 진두영에게 한 발짝 다가섰다. 선택을 재촉하기 위해서였다.

'당신한테 별로 유감없어. 난 진주양이 징역 몇 년 살아 주면 돼. 내가 어떤 계획을 꾸미는지도 모르고 제 손으로 살인 고백을 하게 되겠지. 후계 자리는 공석이 될 테고, 이사회에서는 당신을 필요로 할 거야. 서로 윈윈하는 일 아냐?'

변호인 접견실에 도착해 보니 이미 주양이 와 있었다. 매향은 후임 변호사로서 방에 입장했다. 주양은 자정이 넘는 시간까지 이어지는 추가 조사가 끝나고 드디어 홀로 남겨진 것이었다.

매향이 핸드백을 옆자리에 내려놓으며 주양에게 인사했다.

"고생하셨습니다. 오는 길에 담당 검사를 만났는데, 아주 득의양양해져 있던데요. 그런다고 지들 생계에 뭐 보탬이 된다고."

"구치소 가기 전에 짧게 얘기나 나눌까 해서 불렀습니다."

"본격적으로 기소가 되면 여기저기 불려 가 들볶일 겁니다. 일단 시간을 벌어야 하니까 기소 중지를 이용할까 생각 중입니다."

매향이 가방에서 꺼낸 것은 고급 와인병에 담긴 계당주였다. 투명 글라스 두 잔도 가져왔다. 병마개를 땄다. 글라스에 술이 채워졌다. 매향이 주양에게 잔을 내밀었다.

"그럼 축배를 들까요?"

주양이 술의 향을 맡았다.

"꿀 향이 나는군요."

"계피를 꿀에 4년이나 절였다가 담근 술이래요. 꿀맛이 안 날 수가 없죠."

주양은 문득 말했다.

"예전에 죽을 뻔한 적이 있어요. 누가 음식에 장난질을 쳤거든."

익히 들어 알고 있다. 그걸 이용한 거니까. 매향이 손목을 들췄다. 시간이 촉박하다.

"현재 시각 새벽 3시입니다. 동의도 받지 않고 자정이 넘도록 피의자를 심문하는 건 분명 문제의 소지가 있어요. 재판에서 따질 겁니다."

"이런다고 감형이 될까요?"

"미리미리 포석을 깔아 두는 거죠. 긴 싸움이 될 거예요. 당장 구치소 생활도 불편할 텐데, 빠져나갈 구멍은 많이 만들수록 좋은 겁니다. 걱정 마세요. 이 중모도 이 정도 쇼맨십은 이해해야죠. 한신과 인연을 끊을 순 없을 테니까."

주양이 단숨에 술을 들이켰다. 10분, 20분, 매향은 시간을 가늠했다. 주양이 숨 쉬기를 답답해하며 타이를 끌렀다. 30분. 손에 들고 있던 잔이 추락했다.

쨍그랑―!

주양이 쓰러졌다. 매향은 술을 끝까지 다 들이켜고 컵을 치웠다. 그리고 주양에게 고개 숙여 말했다.

"좋은 병원을 알아보도록 하죠. 편안하고 안락한 수감 생활을 즐길 수 있는 곳으로."

다급하게 바깥으로 나간 매향이 문을 지키고 있던 당청 직원을 불렀다.

"여기! 여기! 119를 불러 줘요! 의뢰인께서 갑자기 호흡 곤란을 일으키셔서!"

그 소리에 수사관들이 들어왔다. 수사관 두 명이 주양을 살폈다.

"뭐죠? 분명 조사 때까진 아무렇지 않았는데."

"공황 발작입니다. 여기 병원 진단서예요."

매향이 어서 병원으로 옮겨야 한다고 종용했다. 수사관은 욕설을 삼켰다. 바깥에 기자들이 있었다. 이 상태로 나가면 분명 과잉 수사라는 구설이 나올 게 뻔했다. 검사가 문책당하면 사건 자체가 흐지부지될 수가 있었다.

때마침 담당 검사가 헐레벌떡 나타났다. 수사관이 곧장 검사에게 소리쳤다.

"피의자가 쓰러졌습니다."

"아니! 그쪽이 아냐. 저 여자야!"

검사가 가리킨 쪽은 매향이었다. 매향이 이해하기도 전에 건장한 사내 셋이
들이닥쳤다.

"뭐 해. 신랑 빨리 의무실로 옮기고 저 여자 빨리 조사실로 옮겨."

상황이 급변해서 돌아갔다. 그들이 매향의 팔목에 수갑을 채웠다. 담당 검사
가 단호하게 통보했다.

"유선민 씨. 당신을 살인 미수 및 납치 용의자로 긴급 체포 합니다."

뭐? 매향이 얼떨떨하게 보았다. 다급하게 주양을 돌아보았지만 그는 힘겨워
할 뿐이었다.

매향은 조사실에 앉혀졌다. 그야말로 현행범이 되었다. 검찰청에서 간 크게
사람을 죽이려 했다는 혐의까지 뒤집어썼다. 변호인에서 범죄의 가해자 신분으
로 한순간에 위치가 바뀌었다.

"유선민 씨, 언제부터 범행을 꾸민 겁니까. 한신 법무 팀에 근무한 뒤? 아님
백운당에서 일했을 때? 그때부터 신부를 납치하고자 마음먹었습니까?"

"무슨 소린지 하나도 모르겠군요."

"그럼 제가 알려 드리죠. 신부는 현재 납치 상태에 있습니다. 신랑은 범인에
게 협박당하고 있었어요. 신랑, 그러니까 당신 의뢰인이, 당신이 신부 납치에
연루된 걸 알아차리자 음독하려고 한 것 아닙니까?"

"말했잖아요. 상황을 유리하게 끌고자 했을 뿐입니다."

"그러니까 술에 들어간 꿀 성분이 의뢰인에게 치명적이라는 걸 알면서, 의
도적으로 먹였다는 소리군요."

"곡해가 심하군요. 전 그분의 변호인입니다."

"변호인으로 접근한 거겠죠. 당신 외에 누가 더 신부 납치에 가담했습니
까?"

검찰은 매향이 한신의 변호사라는 신분을 이용해 신부를 납치해 돈을 뜯어 내려 했다는 혐의를 만들어 냈다.

"다시 한 번 묻겠습니다. 신부는 지금 어디 있습니까."

매향의 눈길이 검사를 지나 등 뒤에 있는 사내에게 가닿았다. 사내는 벽에 느긋이 기대어 조사 내용을 지켜보고 있었다. 사내가 가슴팍에 부착한 배지, 국정원이었다.

매향의 동공이 지진 난듯 뒤흔들렸다.

'덫'에 걸렸다. 대체 누가?

매향이 매직미러 너머의 검찰 직원들을 향해 소리쳤다.

"조사관을 교체해 줘요. 조사실에서의 진술엔 비밀 유지 항목이 있지 않나? 저 인간은 검찰 직원도 아니고, 아무 상관도 없잖아!"

검사가 코웃음을 쳤다.

"어디 이 녹취록을 듣고도 그 얘기가 나오는지 봅시다."

검사가 가지고 있던 녹음기 버튼을 눌렀다. 익숙한 대화 내용이 고스란히 재생됐다. 김 회장을 살인한 게 너였어? 뭘 믿고 설쳐 대는 거지? 원숭이도 나무에서 떨어지는 법이지. 그 남자한테 접근하기 위해서였어. 김 총리 정도의 추천이면 아무 의심 없이 써 줄 거라고 생각했지. 하지만 부족했어. 워낙 의심이 많은 인간이라. 반쯤 포기하고 있는데 신영원이 그 남자와 엮인 거야. 검사가 녹취록을 껐다.

"지금 상황이 어떻게 돌아가는지 감이 안 잡혀요?"

녹음된 내용은 마치 그녀가 신부를 납치했다는 걸 자백하는 내용처럼 들렸다. 영원에게 의도적으로 접근했다는 사실이 재판에서 증거 자료로 쓰이게 될 수 있다.

"어떻게."

어떻게 진두영과의 대화가 검찰 손에 들어와 있는 거지. 매향은 안색이 어두워졌다. 진두영이 녹음을 했다 쳐도, 어째서 그것이 검찰 손에……

조사는 계속해서 이어졌고,

"이거 안 돼!"

매향이 반항하는 그때였다. 조사실 영상 녹화 카메라가 꺼졌다. 잠시 후 누군가 걸어 들어왔다. 그의 등장에 검사와 국정원 직원이 알아서 빠져나가 줬다. 그는 주양이었다.

'덫'에 걸렸다. 진주양의 덫에.

모든 것이 미리 각본에 의해 짜여진 연극이었다.

주양이 맞은편 의자에 앉았다. 느긋이 다리를 꼬며 매향을 봤다.

"어디까지 아는지 궁금했지."

매향이 침묵했다. 시계 초침 소리가 한동안 차올랐다. 긴 정적 끝에 주양이 매력적으로 웃었다.

"패를 다 드러내지 말았어야지. 적어도 최종 보스를 자극하면서까지."

넌 아주 큰 실책을 남겼어. 바로 김 회장을 죽인 것.

그들은 서로를 의심했다. 서로가 김 회장에게 유감이 있었다. 주양은 이중모를, 이중모는 주양을. 진두영은 주양과 이중모를. 그래서 김 회장이 죽었다고 했을 때 너 나 할 것 없이 그 사건을 덮으려고 했다. 그리고 제일 덮으려고 노력했던 이는 주양도 진두영도 아니었다.

제일 켕기는 게 많은 자.

이중모.

이중모가 자존심을 내세우며 버텼다면 주양은 매향의 손을 잡아 줬을 것이다. 하지만 늙은 정치인에게 배울 만한 점이 있다면, 적군과 아군을 구분 짓지 않는 좋은 비위였다. 반면 이중모를 꾀어내는 데 아주 좋은 미끼였다, 매향은.

"여기저기 일을 벌이고 다닌 주범이 유 변이라는 건 어림짐작하고 있었습니다. 쭉 유 변을 주시하고 있었어요."

지난 3월, 대외비 기밀 자료가 분실됐다. 내부 자료가 새 나가는 것이 이상했다. 그러나 영원에게 보인 신의 등으로 함부로 의심할 수 없었다. 김 총리의 사람이라는 데에도 가산점이 붙었다. 김 전 총리는 이중모의 스폰서였으니.

"이중모에게 해를 끼치는 일을 할 리가 없다. 아주 큰 판단 미스였어요."

주양이 미간을 찌푸리자 매향이 미친 듯이 웃었다.

"날 기자들 앞에 세워 놓을 용기는 있고?"

김 회장을 살해한 것으로 매향을 엮진 못할 것이다. 김 회장은 자살로 판명이 났고, 타살이라면 어째서 타살을 당했는지 그 모든 과정을 끄집어내는 꼴이 될 테니까. 결국 신부 납치로 엮어야 하는데. 매향은 아무 증거도 안 남겼다.

"이건 모함이야. 녹음 파일? 아마추어처럼 왜 이러실까. 그런 걸론 신부는 커녕 지푸라기조차 잡을 수 없다는 거 알잖아. 내가 신부를 납치했다는 증거는 세상 어디에도 없어."

주양이 초음파 사진을 책상 위에 꺼냈다. 그리고 매향 쪽으로 민다. 매향은 비웃었다.

"내 얼굴이 박혔나? 네 애가 박힌 사진으로 뭘 어쩌겠다는 거지?"

"사진 상단에 있는 영어로 된 코드 말입니다. 병원 이름과 날짜라죠."

매향이 멈칫했다.

"여의사가 유 변을 알아보던데."

영원이 임신한 걸 아무도 몰랐을 당시였다. 갑작스럽게 복통을 호소하며 쓰러져 의료보험 없이 진찰해 줄 병원으로 데려갔다. 여의사에게 직접 돈을 건네었으니 매향의 얼굴을 기억할 것이다. 병원 CCTV를 안 지웠던가? 그때.

주양이 깊은 시선을 매향에게 고정했다. 알 듯 모를 듯 묘한 웃음기를 입가에 매달고 그가 말했다.

"설마 한 거지. 병원까지 잡아낼까 하고, 방심한 거지."

이로써 매향이 영원의 납치에 가담했음을 확실시해 주는 증거가 생겼다. 주양이 내리뜬 눈으로 굳은 얼굴의 매향을 더듬었다. 강호운이 초음파 사진을 줄 때는 그도 몰랐다. 단순히 아이의 존재를 알리려 한 것뿐이라고 여겼다. 근데 매향이 똑같은 초음파 사진을 내밀었을 때 깨달았다. 강호운은 배후를 알리려 했던 것이다.

매향은 그간의 일이 이미 다 짜인 판임을 눈치채고 말했다.

"다 짜고 치는 고스톱이었나? 전 국민을 상대로?"

국정원에 가짜 신부 이야기를 투서한 사람과 민노총에 이중모의 친인척 비리 문건을 투서한 인물은 동일 인물이었다. 그리고 김 회장을 살해한 것도 같은 인물이었다.

이 세 사건의 연결점은 무엇일까.

바로 이중모.

이 계집이 원하는 건 주양이 아니라, 이중모 그의 목숨 줄이다. 그리고 이중모는 주양이 호락호락하게 넘어가지 않으리란 걸 알았다.

'각하. 각하께서 공격당하지 않는 건 제가 있기 때문입니다. 저라는 벽이, 막아 주고 있기 때문이죠.'

'……'

'근데, 지금 혼자 살아서 도망치겠다고 자기를 지켜 주던 성벽을 허물면, 뱀의 아가리로 돌진하는 꼴이 아닌가.'

경각에 처한 목숨. 이중모는 다급해졌다.

'나와, 협상을 하세.'

다급함에 바짝 열이 올라 이중모가 주양에게 매달렸다.

'자네도 이 사태를 빠져나가려면 내 도움이 필요하잖나.'

주양을 발로 굴릴 것처럼 굴더니 금세 바짝 엎드렸다. 주양이 매향을 변호인으로 삼는다는 건 그런 뜻이었다. 이중모에게 큰 위협이었을 것이다. 이중모는 이 계집을 뒤탈 없이 처리할 수만 있다면 무엇이든 할 것이었다.

긴 침묵이 지나갔다.

매향이 숨을 헐떡였다. 마지막 보루를 쥐고 협박해 온다.

"내가 처음 그 앨 발견했을 때 거의 죽어 가고 있었어. 사흘을 굶고 컴컴한 방에 갇혀 있었지. 보고 싶지 않아? 어디 있는지……!"

"난 왜 또 이중모일까. 너와 손을 잡고 이중모를 무너트릴 수도 있었을 텐데."

"하……아, 하아…… 당신 숙모라는 여자, 제정신은 아냐. 지금 나 가지고 이럴 시간 없어. 남편이 마음 뺏긴 여자를 가만 놔둘 거 같아?!"

"배신한 인간은 상종하지 않는 주의지만, 하필 네가 아닌 이중모의 손을 다시 잡아 보기로 한 이유는 딱 하나야."

주양이 꼰 다리를 풀었다. 백지장처럼 창백해져 가는 여자의 얼굴을 바라보며 그가 섬뜩하게 말을 박아 넣었다.

"넌, 너무 말이 많아."

매향이 사시나무 떨듯 몸을 떨었다.

그녀는 이중모와 주양을 충분히 갈라놨다고 여겼겠지만, 그녀가 생각하는 것 이상으로 유착 관계란 건 그렇게 단순하지 않았다. 그들은 서로의 목줄을 틀어쥐고 있었다. 믿음이란 것보다 훨씬 담백하고 확실한 보증이 돼 줬다. 신부가 바뀐 것? 도덕적으로 문제가 되겠지만 법적으로 상관은 없다. 하지만 이중모는 다르다. 정치인은 잘해도 본전치기라지. 정치인에게 도덕성은 생명과 직결된다. 대통령이라면 말할 것도 없다.

"세상에서 제일 상종 못 할 것들이지. 청렴결백한 척, 뒤에서 호박씨 까는 것들. 정치인."

"내가 잘못됐다는 낌새를 눈치채면 신부를 처리하려 들 거야. 자기 혼자 빠져나가려고."

"그럼 세상에서 제일 흔들기 쉬운 건 뭘까?"

주양이 듣는 척도 않고 바로 말을 챘다.

"딸 가진 아버지."

매향은 혼을 잃은 듯 멍해졌다.

진두영의 장인이자 한신의 사돈인 태평양 일보 사주. 사위 진두영이 신부 납치를 꾸민 것 같다고 하니까 바로 반응이 왔다. 따님도 가담한 게 아닌가 의심을 보이자 조 회장이 펄쩍 뛰면서 발뺌했다. 그러나 주양이 돌아간 후, 조 회장은 염려되는 마음에 딸의 뒤를 캤을 것이다. 그리고 진두영이 아닌 자신의 딸이 진범의 배후인 것을 알게 되었을 터다. 주양이 손쓸 일 없이, 숙모가 일을 벌일 낌새를 보인다면 사건이 더 커지기 전에 조 회장이 자기 선에 알아서 조치를 취해 줄 것이다. 이제 매향을 구해 줄 동아줄 따윈 없다.

매향이 파르라니 질려서 고개를 푹 숙였다.

주양은 일어났다. 바깥에서 알아서 의전을 해 왔다. 검사가 와서 외투를 입혀 준다. 주양이 보호를 받으며 나가려다 얼이 빠져 있는 매향을 돌아보았다.

그는 말하는 동안 한 번도 묻지 않았다. 신영원이 어디 있는지. 다 알고 있던 거다. 신부가 어디 있는지까지도. 매향이 입을 달싹였다.

"알았으면서 왜."

"……"

"굳이 휘둘릴 필요가 없지 않았나."

"……"

"그냥 신부를 구출했어도 됐을 텐데."

그는 왜 모르는 척했을까. 그때 문득 매향은 깨달았다. 주양과 눈이 마주쳤다. 어두운 눈이었다.

'일이 너무 커졌기 때문이다.'

너무 많은 사람들이 엮이게 됐다. 청와대, 한신그룹, 태평양 일보까지. 정부와 기업과 언론이 이해관계로 얽힌 일이었다. 매향만을 잡는다고 끝나지 않는다. 관련자들을 한꺼번에 처리할 필요가 있었다.

직접 그의 손을 움직이는 방법도 있지만 의욕만으론 해결할 수 있는 일이 아니었다. 장기적으로 결코 현명하지 못했다. 이중모에게 좋은 일만 해 주는 꼴이 되는 것은 물론, 다시 약점만 붙잡힐 뿐이다. 그는 진로를 틀었다. 이중모의 칼을 빌려서 처리한다. 하지만 이중모는 속에 구렁이 아홉 마리는 키우는 인물로 호락호락하지가 않다. 그래서 주양은 바람을 잡았다. 자수였다. 사태를 궁지로 몰아넣고 거기에 이중모를 끌어들이기로. 실질적으로 이중모에게 매향이 위협적인 적처럼 보이게 해야 했다.

주양이 매향 앞에 섰다. 고개 숙여 귀에 속삭였다.

"병법에 이런 말이 있어. 차도살인. 남의 칼을 빌려 죽여라."

매향이 고개를 들었다. 주양의 눈이 형광등 불빛에 비쳤다. 매향의 떨리는 눈에 대고 주양이 말했다.

"넌 이 검찰청을 빠져나가기도 전에, 내 손이 아닌 저들 손에 죽게 될 거야."

두 장정이 매향의 양쪽에 버티고 섰다. 매향이 끌려 나갔다. 조사실 바깥에는 윗선에서 내려온 듯한 이중모의 하수인들이 있었다. 매향이 필사적으로 남자들을 뿌리쳤다. 수사관의 셔츠에서 만년필을 빼내 주양에게 달려들었다.

"죽어 버려!"

주양을 찔렀다. 날카로운 펜촉이 어깨를 부욱, 찢고 지나갔다. 피가 튀었다. '씨, 씨발, 저년 막아!' 사람들에 의해 매향이 끌려 내려졌다.

"네게도 죄가 있어! 침묵한 죄! 넌 내 동생의 죽음을 덮은 공범이야. 넌……!"

주양이 시뻘건 피를 철철 흘리며 그대로 매향의 하관을 덥석, 틀어쥐듯 잡아낚아 올렸다.

"재벌이라고 잘 알지도 못하는 사람을 위해 선의를 베풀어야 한다는 건 착각이야. 실례고."

"……"

"일면식 없는 네 동생을 도와야 할 이유는 또 뭐였지?"

"퉤!"

매향이 면전에 침을 뱉었다. 주양이 뺨을 문질렀다. 그는 감정의 동요는커녕 오히려 더 살아났다. 매향에게 똑똑히 일러 주었다.

"누가 그러던데. 그 이유가 무엇이 됐건, 한 번 살인을 하면 다른 이의 동정심을 구할 수 없다고. 한 번 살인자는 두 번째에도 살인자라고."

"……."

"신이 있다면, 나란 인간은, 죽어서 지옥 불구덩이로 떨어지겠지."

"……."

"하지만 용서는 빌지 않을 거야. 별로 죽은 자들한테 미안하지 않거든."

매향의 시선이 끈질기게 주양을 놓지 않았다. 주양이 계속 말했다.

"너와 나의 차이점은, ……난, 내 죄를 아주 **뻔뻔하게** 인식하면서 또다시 죄를 짓는다는 거고, 너는, 네 죄를 대단한 명분으로 포장한다는 데 죄가 있어."

"……."

"알면서 죄짓는 새끼가 나쁜 걸까. 남을 죽인 주제에 이러쿵저러쿵, 변명하는 새끼가 더 나쁜 걸까."

신랄한 비판에 매향이 움찔했다. 매향 역시 사람을 죽였다. 그들은 다를 게 없는 똑같은 입장이었다. 주양이 스산히 웃었다.

"상대적인 거 아냐? 남이 하면 불륜, 내가 하면 로맨스. 인간은 각자 신념을 갖고 자신의 것을 지키지. 하지만 곧 그게 정의는 아냐."

"……."

"정의로운 척하지 마. 너 역시, 자신의 소중한 무언가를 지키기 위해, 신영원의 고통 앞에서 침묵하지 않았나."

매향은 동생의 죽음에 분개했을 뿐, 정의로운 건 아니었다. 매향도 영원이 학대를 당하며 고통받는다는 걸 알면서 모르는 체해 왔다. 동생의 원수를 갚기 위해서. 영원을 쥐어짜 최혜란을 향한 복수심도 부추겼다. 동생의 원수를 갚기 위해서. 영원이…… 진두영에게 협박받는다는 것도 알았으면서.

동생이 지운 죄책감을 하루라도 빨리 벗어던지기 위해…… 철저히 객관화했다. 주양이 동생에게 그랬듯이, 매향도 영원을 외면했다.

매향은 거센 힘에 틀어잡혀 멱살이 덜렁거렸다.

주양이 처음으로 화를 내보였다. 간신히 감정을 억누르는 것이 힘겨워 보였다.

"너도 로맨스 해. 나도 로맨스 할 테니."

주양이 섬뜩하게 선전 포고 했다.

매향의 주양을 향한 복수가, 현재 매향을 향해 있는 주양의 분노와 무엇이 다른가.

「속보입니다. 한신그룹 진주양 씨 사건이 협박에 의한 거짓 자백임이 밝혀졌습니다. 지난 5월. 서울지방경찰서 형사과 1팀은 결혼식장에서 신부 신 씨가 괴한에게 납치를 당해 대대적으로 수사를 해 왔던 걸로 밝혔습니다. 납치범들은 현금 이십억을 요구했고, 경찰이 그들을 추적하는 과정에서 공범 강 씨가 사고로 중태에 빠졌는데요. 경찰이 공개수사로 사건을 전환하려 하자, 신부를 억류하고 있던 다른 공범 유 씨가 수사의 초점을 흐리기 위해 저와 같은 일을 신랑에게 시켰던 것으로 알려졌습니다. 신랑 진 씨는 협박범의 지시에 따라 무리하게 수사를 중단했고, 수사 종결 후에도 협박범에서 시달려 왔던 것으로 전해지고 있습니다. 변호인은 심신 상실이 불러온 허위 자백임을 피력하며 고의성을 부인했습니다. …… 진주양 씨는 사실상 무혐의로 풀려날 것으로 보입니다. 다음 뉴스입니다.」

「한신그룹 신부 실종 사건의 진범이 잡혔습니다. 백운당에서 일하던 접대녀 유 씨가 백운당 사장의 내연남 강 씨와 모의하여 신부 납치에 가담했던 것으로 드러났습니다. 접대녀 유 씨가 검찰 대질 신문 도중 신랑에게 상해를 입히고 도주하다 잡혔습니다. 유 씨가 직접 범행을 주도한 교사범인지, 아니면 조력자인지의 여부를 검찰은 집중 조사 중에 있습니다.」

「……방금 들어온 소식입니다. 신문을 받던 유 씨가 서울중앙지검 청사 4층 화장실에서 목을 매달고 숨졌습니다. 심리적 압박을 견디지 못하고 자살한 것으로 보인다고 관계자는 밝혔습니다. 뚜렷한 납치 정황이 드러나지 않은 상태에서 범인이 사망하여 수사는 난항에 빠지게 됐습니다. 현재 검찰의 허술한 피의자 관리에 비판이 일 것으로 보입니다. 다음은 수사를 맡아 지휘했던 서울지방경찰청 형사과 현기영 과장의 브리핑 영상입니다.」

"아. 현재까지 밝혀진 바로, 유 씨의 차명 계좌로 거액의 돈이 몇 차례 입금된 정황을 잡았습니다. 외부에서 돈이 흘러들어 간 흔적이 있고 단독 범행이라기엔 준비가 철저했던 점, 경찰의 전방위적인 수사망을 교묘히 빠져나갔던 것을 미루어 유 씨에게 또 다른 조력자가 있는 것이 아닌가. 유 씨 역시 하수인에 불과한 것이 아닌가 하는 게 현재 검경찰의 입장입니다."

한 기자가 타이핑을 멈추고 물었다.

"숨겨진 배후가 더 있다는 말씀이십니까?"

"그렇습니다."

"한신그룹과 경쟁 혹은 원한 관계일까요?"

"그것은 수사를 더 진행해 봐야 알겠습니다."

"그럼 진주양 씨의 약취 감금 혐의는 어떻게 되는 건가요?"

"약취 감금이 아닌 것으로 밝혀졌습니다."

"하지만 감금이 아니라기엔 의문점이 많이 남는데요. 죽은 신해수 씨가 동생 신영원 씨의 이름으로 정신병원에 입원한 것은 사실이 아닙니까? 만약 찔리는 것이 없었다면, 어째서 이름을 바꿔 결혼식을 하고 병원에 입원시킨 거죠?"

"일단, 경찰은 납치된 신부를 찾는 데 주력할 방침입니다. 신부의 생사가 달린 문제고, 수사에 집중해야 하기 때문에."

그러자 우르르 기자들이 달라붙었다.

"대답을 회피하시는 건가요?"

"한신그룹에서 외압이 있었습니까?"

"납치범이 갑작스레 사망한 것에 국정원이 개입되었다는 의심스러운 눈초리가 있습니다!"

현기영은 수세에 몰렸다. 기자들은 두루뭉술하게 넘어가는 말장난에 납득하지 못했다.

그때 대회의실에 경찰 관계자가 들어와 현기영의 문답 종이를 바꿔 주었다. 현기영이 눈짓으로 '뭐야?' 하고 묻자 그가 한신그룹에서 보낸 보도 자료라고 답했다. A4 종이엔 아주 짤막한 한 문장이 타이핑 되어 있었다. 기자들이 궁금해할 내용이었다. 현기영은 적힌 내용 그대로 읽었다.

"지금 물으신 질문에 관해서는, 신부를 찾은 뒤, 차후, 한신그룹 차원에서 따로 기자 회견을 열어 소명할 것입니다."

현기영이 단상에서 내려오자마자 기자들이 들고 일어섰다.

"잠시만요!"

"좀 더 말씀해 주세요!"

그 시간 검찰청 앞.

"저기다! 나온다!"

진을 치고 기다리던 기자들이 일제히 한 곳을 향해 달려갔다. 주양이 들것에 실려 나오자 카메라 플래시가 정신없이 터졌다. 기자들이 실려 가는 주양을 미친 듯이 찍었다. 하얀 시트가 피로 난자돼 있었다. 다량의 피가 흘렀다. 기자들이 놀란 얼굴로 길목을 가로막았다.

"지금 상황이 어떻게 돌아가는 겁니까? 안에서 무슨 일이 있었던 겁니까?"

"미안합니다! 비켜 주세요!"

"이 모든 게 신부님 실종과 관련된 거라던데. 현재의 심경 한마디 부탁합니다!"

"환자가 출혈이 심합니다! 흉기에 찔려 위중한 상태입니다."

흉기에 찔려? 기자들이 기삿감을 받아 적기 시작했다. 진주양, 칼에 찔림. 현재 위중한 상태. 중태에 빠질 수도. 만년필이 흉기로, 흉기가 칼로 바뀌는 건 순식간이었다. 플래시가 주양의 얼굴을 마구 찍었다. 호흡기에 의존하는 주양의 파리한 안색, 대질 신문 도중 협박범에게 상해를 입고 병원에 후송되는 한신의 후계자. 내일 아침 대서특필 될 사진이었다.

이미 한신 쪽에서 신문사에 헤드라인까지 뽑아 전달된 상태였다. '신부를 잃고 슬픔에 잠긴 비운의 왕자.'

문이 닫히고, 후송 차량이 출발하면서 기자들이 멀어졌다. 구급차 안이 조용해졌다. 양 비서가 주양에게 말했다.

"이사님, 일어나셔도 됩니다."

주양이 눈을 떴다. 밤샘 조사를 마치고 흉기에 찔렸다고 생각할 수 없는 차분함이었다.

"기사는."

"인터뷰 영상도 완전히 확보됐겠다, 취재한 앵커 입도 단단히 막아 놨습니다. 경찰이 숙모님 계시는 곳을 추적하고 있습니다."

주양은 드레스 셔츠 단추를 풀었다. 기자들에게 떠벌린 것처럼은 아니었지만 어깨가 10센티가량 찢겨 나갔다. 상처를 봉합한 부위를 붕대로 감아 놨다. 의무실에서 피를 수혈받았으나 머리가 어지러웠다. 양 비서가 준비한 새 옷으로 갈아입으며 말했다.

"진두영이 몸져누웠겠군요. 자기 아내가 자신을 무너트리려 했을 줄이야."

"그래도 한 짓이 있으니 아내를 원망하지도 못할 겁니다. 뉘우침의 의미로 녹취록을 우리 쪽에 넘긴 것 아닙니까. 다만, 신부님의 안전이 걱정돼서. 숙모님과 같이 두는 건 위험하지 않을까요?"

"숙모는 천성이 악한 사람은 아닙니다. 진짜 위험한 것은 이중모입니다."

납치를 사주하긴 했지만 여자보다 이중모한테서 격리되어 있는 편이 훨씬 안전했다. 이중모는 이 사태를 이용하기 위해 뭔 짓이라도 할 사람이었다. 차라리 아무도 모르는 숙모의 집에 숨겨져 있는 것이 바깥으로 나오는 것보다 현명했다.

"……이중모가 납치 사실 외에, 신부가 바뀌었다는 기사까지 내보냈습니다.

민노총 기자 회견의 파장이 꽤 커서. 진보뉴스를 중심으로 지금 SNS로 다 퍼지고 있습니다. 여론이 안 좋습니다."

"이중모가 약속을 지킬 위인이 아니라는 건, 짐작했던 일입니다."

그렇게 필사적으로 막았는데. 그것만은. 사람들은 평생 입방아를 찧을 것이다. 그녀는 언니를 죽이고 그 자리를 차지했다는 오명을 뒤집어써야 할 것이다. 그들이 손가락질하는 동안 신해수는 비련의 여주인공으로 남겠지. 남자에게 버림받은 충격에 미쳐서 정신병원에 갇힌.

양 비서가 귀띔했다.

"다음 행선지를 어디로 할까요."

"……."

"지금쯤이면 장 경감이 수습하고도 남을 시간인데."

"……."

"신부님께 가시겠습니까? 병원으로 갈까요?"

주양이 양 비서를 돌아봤다. 병원과 영원. 둘 중 당연히 영원일 거라 여겼다. 양 비서는 당혹스러운 반응을 보였다. 주양은 쉽사리 입을 떼지 못하고 있었다.

"이사님?"

영원이 사라지고 그녀를 찾겠다는 일념으로 여기까지 달려왔다. 그 뒤엔? 그녀를 찾은 뒤엔? 생각해 보지 않았다.

'두 개 다 가질 수 없어. 하나를 가지면…… 다른 하나는 포기해야 해.'

그가 갖고 싶은 것은 영원뿐이었다. '그의 곁'에서 '행복'한 영원.

'넌 그 애를 행복하게 할 수 없어.'
'넌, 누굴 행복하게 할 재주가 없어.'

강호운의 말에 일리가 있었다.

"두 개 다 원하면, 양심 없는 겁니까?"

"진두영 사장의 말 따위, 괘념치 마십시오."

하지만 두 개가 공존할 수 없다면 끝에 가서 어떤 선택을 내려야 하는지 역시, 그의 숙제였다.

주양은 품에 간직하고 있던 사진을 꺼냈다. 구겨진 초음파 사진은 형체도 뭣도 없는 거지만,

오래도록.

아주 긴긴 시간 동안 들여다보았다.

【실종 47일째】

장 경감은 드러누운 채 망원경으로 별장의 동태를 살폈다. 며칠째 감감무소식이었다. 오늘도 어제처럼 여의사가 왔다 갔다. 여의사는 전공이 산부인과였다. 그렇다는 건 신영원이 저기 있는 건데. 숙모 쪽에서 영원을 해치려는 낌새는 아직까지 찾지 못했다. 장 경감은 현재 대기 상태였다.

휴대폰을 켰다. 인터넷이 시끄러웠다.

검색어에 온통 한신 진주양으로 도배가 됐다. 가짜 신부 사실이 실시간 이슈로 퍼올려졌다. 현재 신부는 납치된 상태로 그 신부가 알려진 것과 다른 여자였다는 것, 주양이 신부의 여동생과 결혼을 했다는 것이 골자였다. 인터넷상에서 네티즌들이 들끓었다.

[신부가 언니가 아니라 동생이었다는 거야? 근데 언니 이름으로 동생이 결혼을 했다고? 뭔 개막장.]

[자매 싸움에서 언니가 진 거네. 그래서 쥐도 새도 모르게 정신병원에 갇힌 거야.]

[근데 납치됐다는 건 또 뭐야?]

[집안싸움이네.]

[무섭다, 무서워. 납치극도 다 쇼 아냐?]

강력하게 비난 여론이 들끓었다. 그때, 무전이 울렸다.

— 기태입니다. 차가 들어서는데요?

장 경감이 망원 렌즈로 막 별장으로 진입하던 차 번호판을 확대했다. 미행을 붙여 놨던 숙모의 차가 확실했다. 드디어 뜬 것이다.

장 경감은 얼른 수진과 기태에게 준비하라고 지시했다. 현기영에게 수사 지원 요청을 했다.

철썩— 철썩—

파도 소리가 둔중하게 귀를 울렸다. 여자는 벤치에 다소곳이 앉아 있었다. 영원에게 묻는 눈빛에는 분노도 경멸감도 없었다. 희미한 회한만 감돌았다.

"인생을 살다 보면 어느 순간 기로에 맞닥뜨리게 돼. 한 점 부끄럼 없이 살 것인가. 적당히 나쁜 짓도 하면서 타협하는 삶을 살 것인가."

"……"

"네가 식장에서 도망친 것은 사랑 때문이었지. 그 잘난 양심을 지키겠다고."

주양에게 짐이 되고 싶지 않았다. 그래서 떠났다. 남의 것을 빼앗고 착취하는 삶 따위. 계모나 신해수 같은 뻔뻔한 인생을 살지 않겠다고.

"착한 역만 하고 싶다면, 한신의 안주인 자리. 포기해야 해."

그녀는 한여름에 뜨개질을 하고 있었다. 세련된 투피스에 배까지 내려오는 기다란 진주 목걸이를 걸치고서.

신부 수업을 받을 때, 제일 어려웠던 것은 오너 일가의 친인척 명단을 샅샅이 외우는 일이었다. 이름과 사진, 그들의 취미, 취향, 그들이 어떤 사업을 하고 누구와 앙숙인지. 어떤 말을 조심해야 하고, 어떻게 다뤄야 하는지. 영원이 기억하는 한 그녀는 분명 진두영의 아내이자, 주양의 숙모였다.

그런데 숙모가 거기에 앉아 있었다. 영원은 대외적으로 실종당한 입장이었다. 매향을 찾았지만 흔적을 찾을 수 없었다. 뜨개질하던 손이 순간 멎었다. 숙모는 바다를 바라보았다. 어딘가 숙연해진 그녀가 담담히 말했다.

"그 애, 못 올 거야. 아니, 100프로 못 와. 내가 대신 온 이유야."

마치 작별을 고하는 듯한 말투여서 영원은 혼란스러워졌다.

"그 애, 널 좋아했어. 그 마음은 진심이었을 거야. 다만, 자신을 용서할 수 없었던 것뿐이야."

동생을 버렸던 자신을. 그렇게 쉽게 놓아 버린 자신을. 매향은 용납하지 못했다.

"……왜."

왜 돌아오지 못한다는 거야. 숙모가 답했다.

"실패했으니까."

영원의 표정이 형언할 수 없이 이상해졌다.

"졌으니까."

"죽었……단 거야?"

멍하니 바라보자 숙모가 한숨지었다.

"새끼 밴 여자한테 험한 말 하고 싶지 않아. 그냥 얌전히 밀항해 줬으면 좋았을걸."

그랬다면 이런 꼴도 안 봐도 됐을 거고, 남은 자들을 심판할 수 있었을 텐데.

"네 친구는 사건을 키울 생각이었어. 강호운이 어떻게 그날 타이밍 좋게 널 기다리고 있었다고 생각해? 네가 내 남편한테 협박당하는 거 알면서 눈감았어. 너의 실종은 예고된 범행이야. 네가 실종된 사이 신해수를 전면에 등장시켜, 진주양이 무슨 짓을 저질렀는지 세상에 까발릴 계획이었지."

영원은 흠칫했다. 숙모가 신랄하게 웃었다.

"왜. 좀 덜 슬퍼져?"

매향은 영원을 이용했다. 진심으로 행복을 빌었건만, 친구라는 허울을 뒤집어쓰고.

"인생이 다 그런 거지. 내가 배신하지 않으면 남이 내 뒤통수 후려갈기고 코 베는 세상인데."

숙모는 뜨개질을 지속했다. 납치범은 혼수상태고, 신부는 돌아왔다. 사건은 흐지부지 힘을 잃었다. 매향은 운을 다했고, 신해수와 강호운의 사고 역시 숙모에게는 뜻밖이었다. 그녀의 계획에 남은 건 지금, 영원뿐이다.

그때 비서가 대화를 끊고 다가왔다.

"사모님. 편집국장입니다."

숙모가 전화를 받았다. 어쩌고저쩌고, 긴 변명 끝에 기사가 데스크에서 반려됐다는 내용이었다. 태평양 일보 사주 딸인 그녀가 낼 수 없는 기사는 없다. 태평양 일보 사주가 불허한 기사라면 몰라도.

"아버지께서 개입됐군요."

아니나 다를까. 수화기 너머에서 면목 없는 긴 침묵이 흘렀다. 한신은 최대의 광고주였다. 한신뿐이 아니다. 한신이 입김을 불어 다른 기업들도 도미노처럼 광고를 뺀다면.

숙모는 서글프게 전화를 끊고는 대신 비서와 얘기를 이어 나갔다.

"회사가 벌집이 됐는데 이거 계속하면, 나 천하에 불효막심한 년 되는 거지?"

"사옥으로 국세청 세무 조사 들어왔답니다. 법원에선 사모님께 출국 금지 신청까지 내렸다고. 수배 명령이 떨어졌습니다."

이렇게 될 줄 알고 일을 벌였다. 집안을 위험하게 몰아넣으면서까지. 그땐, 눈에 아무것도 뵈지 않았다. 그녀가 멍청하게 서 있는 영원에게 일갈했다.

"방황은 끝났어. 집에 돌아가도 좋아."

숙모는 미련 없다는 태도로 일어섰다. 영원이 재빨리 달려가 그녀를 붙잡았다. 숙모가 매섭게 영원을 쏘아봤다.

"경찰이 곧 들이닥칠 거야. 네 남편이 이겼어. 이제 너도 어리광은 그만 피워."

"방금, 그거 무슨 소리야."

"……."

"죽다니."

숙모가 영원을 봤다.

"말 다 안 끝났어. 아직 해명이 필요해. 또 죽어? 해수가, 호운이? 매향은?"

"……."

"다 죽었는데, 어째서…… 당신은 살아, 있는…… 거야."

그 눈에 숙모를 향한 원망이 가득했다. 미워하는 눈초리였다. 힘없고 나약한 사람들은 다 죽고 최종적으로 뒤에서 지휘한 장본인은 살아 있다니. 그들이 죽은 건 어쩔 수 없다. 그래. 짐작은 했다. 호운이 돌아오지 못했을 때 무언가 잘못되었다고 직감적으로 받아들였다. 하지만 억울한 죽음이어서는 안 되는 거 아닌가. 적어도 그 과정에 불합리함이 있지는 않았는지, 영원의 눈동자에 핏발이 섰다.

"해명해."

숙모가 냉랭하게 팔을 쳐 냈다.

"그 사람의 아이를 넷이나 낳아 줬지. 아들을 낳고 싶었어. 임신 중독이라 위험하다는데도 난 포기할 수가 없었어. 그리고 아들을 낳아 줬어. 뱃살이 고무줄처럼 늘어졌고 나는 더 이상 싱그러웠던 그 나이로 돌아갈 수 없는데. 그 사람은 나보다 젊고 예쁜 아가씨한테 마음을 빼앗겼지."

아들을 낳아 줬지만 남편의 마음은 이미 떠났고, 그는 내심 그게 자신의 아들이 아닐지도 모른다고 여기는 듯했다. 그렇다고 그녀 손으로 유전자 검사 결과를 내밀기엔 너무 자존심 상하는 일이었다. 그렇게 남편과 냉전을 치르는 동안, 공식적으로 한신 진 회장에겐 둘째 손자는 없었다. 오직 진주양만이 적통을 이어받은 진 회장의 손자로 인정받았다. 치가 떨렸다. 한신가에.

"어째서 살아 있냐고? 살아남은 내가 그들 몫까지 죄를 다 받고 있는 건 안 보여?"

신부를 납치한 뒤 살해해서 남편을 살인범으로 만들 생각이었다.

그 계획을 실행하는 마음이 어땠을 것 같아.

영원은 이를 앙다물었다. 숙모, 아니, 한 여자가 울고 있었다.

"난 내 남편을 벌주지도 못했고, 원하던 복수도 못 이뤘어. 널 눈앞에 두고 구구절절 사연이나 읊고 있어. 나는 이제 감옥에 가게 될 텐데 내 딸들은 무슨 죄지? 난 그 아이들을 사랑해. 하지만 그는 아들만 원했지."

영원은 시선을 내렸다. 어느새 뺨이 축축해졌다. 손길이 다가와 눈물을 닦아 주었다. 숙모가 영원의 뺨을 감쌌다.

"너는 젊고 예뻐. 그 자체로도 축복이지."

"……."

"그에 비해 난, ……길 가다가 돌아봐 주기엔…… 더 이상…… 싱그럽지 못 하지."

영원은 눈을 느리게 깜빡였다. 시야가 뿌옜다.

"젊음도, 사랑도, 네가 가진 게 나보다 더 많으니, 그러니 나를 불쌍히 여겨 주지 않을래?"

"……."

"넌 착하고 좋은 아이니까."

눈물이 멈추지 않았다. 죽이려면 죽일 수도 있었다. 여자는 영원을 먼저 찾 아내 치료까지 해 주었다. 덕분에 아이는 무사했다. 누구의 잘못도 아니라는 것, 알고 있다. 다만, 원망하고픈 사람이 필요했을 뿐이다.

그렇게라도 남 탓을 하지 않으면 내가 괴로울 테니까. 그들을 죽음으로 몰아 넣은 것이 자신이 아닌가 하여.

곧이어 경찰들이 들이닥쳤다. 숙모의 팔에 쇠고랑이 채워졌다. 연행되던 숙 모가 잠시 멈춰서 영원을 돌아봤다. 주양을 기다리는 영원을.

"곧장 병원으로 향했다더군. 네가 아닌, 병원으로."

그 말에 영원은 심장이 조였다.

"오지 않을 거야. 그 애."

자신의 목을 찌르면서 용서를 구한 남자였다. 자신은 다정해질 수 없으니 그녀에게 포기하라고 하던 남자였다. 끝까지 놔주지 않겠다고 한 남자였다.

그랬던 그가……

그녀를 포기했다.

숙모를 태운 경찰차가 저택을 빠져나간 뒤, 낯선 형사가 먼저 영원을 알아봤다. 어쩐지 형사는 감회에 젖은 얼굴이었다. 그는 감동해서 영원을 불렀다.

"신……영원 씨?"

그가 무언가 생각이 바뀌었는지 다시금 이름을 바꿔 불렀다.

"신해수 씨……?"

이젠 그 이름만 들려도…… 눈에서 눈물이 났다. 장 경감이 정중히 모자를 벗었다.

"찾아다녔습니다."

그가 주섬주섬 가슴팍에서 꺼낸 것을 영원에게 내밀었다.

"여권과 비행기 티켓입니다. 해외에 거주할 집을 마련해 뒀습니다. 아이와 살기 적당할 거라고. 어쨌건 지금 당장 한국을 떠나야 합니다."

영원이 물끄러미 여권과 티켓을 보다 물었다.

"많이 아픈가? 오지 못할 만큼?"

"아뇨. 팔에 조금 경상을 입은 것 말곤. 아……."

장 경감이 서둘러 입을 다물었다. 반응을 이해한 영원은 담담히 여권을 받아 챙겼다. 장 경감이 다급하게 영원을 잡았다.

"아, 나도 모르겠어요. 갑자기 그 인간이 왜 이러는지."

"……."

"그치만 모두가 신부가 죽었다고 말했어요. 여기 있는 경찰들 보세요. 이 많은 인력이 다 당신을 찾으러 다녔습니다. 누구 힘이라고 생각합니까?"

망막을 찌르는 머리카락 사이로 새파랗게 빛나는 눈빛이 영원에게 답을 구했다. 응혈 같은 것이 고인 분노였다.

"진주양 씨가 유일하게 당신이 살아 있음을 믿었기 때문이죠."

영원이 뜸을 들이다 한참 만에야 말을 끄집어냈다.

"이해해. 질릴 만도 하지. 나 같아도 이런 무책임한 여자는, 버리고 싶을 거야."

기대와 희망이 모두 물거품이 됐다. 어긋난 연인. 장 경감의 표정이 묘해졌다.

"정말 그렇게 생각해요?"

이런저런 얘기 할 시간 따윈 주어지지 않았다. 미끄러져 들어온 차량이 그들의 앞길을 가로막았다. 기사가 영원을 부축해 차로 모셔 갔다. 여체는 그대로 장 경감을 비껴갔다.

영원은 멍하니 바다를 바라보았다. 차에 태워진 후, 간호사가 그녀를 살폈다. 체온을 재 정상 체온임을 확인하고 다시 팔에 압박 붕대를 감아 혈압을 측정했다. 공항으로 직행할 거라고 했다. 티켓은 편도였다. 다시는 돌아오지 못한다. 다시는.

'너는 행복해질 권리가 있어.'

'네 행복은 속죄한, 뒤, 야……. 네가 행복해지는 길은…… 그 애의 원한을 풀어 준 후에나, 가능해. 그 전까진…… 넌, 멋대로 그렇게……! 행복해져선 안 돼.'

희망은 원치 않음과 별개로 작동했다. 나로 인해 죽은, 혹은 대신하여 죽은 이들. 그들의 죽음에 나의 잘못이 있었다. 그러니까 알고 있다. 자신이 평탄하게 행복을 누려선 안 된다는 것.

"사모님?"

간호사가 곁에서 불렀지만 눈시울을 타고 흐른 것이 뜨겁게 살점을 적셨다. 알고 있는데도.

수십 번, 수백 번 인정할 수 없고, 참을 수도 없고, 받아들이고 싶지도 않은.

마음 한구석에 궁색한 변명거리들이 들어찼다. 어째서. 어째서 나는 그래야 하지. 내가 부탁한 것도 아니잖아. 내가 의도한 죽음이 아니었어.

영원이 주먹을 세게 말아 쥐었다. 신호에 걸려 정지하는 찰나였다. 차를 박차고 뛰쳐나갔다. 사모님! 뒤에서 불렀지만 거대한 소음에 묻혔다. 머리 위로 헬기가 떴다. 헬기는 영원을 지나 별장이 있는 곳으로 갔다. 해안 도로를 정신없이 내달렸다. 무엇도 그녀를 멈출 수 없었다.

'곧장 병원으로 향했다더군. 네가 아닌, 병원으로.'

바닷바람이 안면을 갈랐다. 숙모의 음성까지 한데 섞여 혼잡스러워졌다.

'오지 않을 거야. 그 애.'

숨이 턱밑까지 추격했다.

헉, 헉…….

거짓말, 거짓말.

그 시각, 먼저 도착한 헬기가 대지에 착륙했다. 구두가 풀밭을 짓이기고 땅을 딛고 섰다. 목에서부터 길게 내려온 보호대가 다친 한쪽 팔을 감싸고 있었다. 주양은 무미건조하게 주변을 둘러보았다. 어깨에 걸친 슈트 상의 자락이 바람에 펄럭였다. 저택은 황량하고 쓸쓸했다.

'전해 줬습니다. 갔어요, 정말. 이대로 보낼 겁니까?'

통화상으로 전해 들은 장 경감의 목소리 끝이 희미하게 떨리고 있었다. 버림받았다고 여기고 있어요. 자기가 버려졌다고 생각한다고요! 주양이 유려하게 잘 빠진 디자인의 담배를 입술 끝에 물었다. 심지에 불을 붙이고 고개를 젖혔다. 한참을 서 있는데 사람 형상이 정문 쪽에서 어른거렸다. 잔뜩 흐트러진 영원이 주양을 바라보고 있었다.

동틀 무렵 새벽의 빛 번짐이었다. 주양의 표정에 변화가 일었다. 밑바닥을 드러내던 텅 빈 눈동자가 일순 깨어났다. 파동의 선명함이 동공에 생기를 불어넣었다.

영원은 힘 풀린 다리를 움직였다. 막 걸음마를 뗀 새끼 동물처럼, 한 발 한 발 그에게 걸어갔다.

'이해해. 질릴 만도 하지. 나 같아도 이런 무책임한 여자는, 버리고 싶을 거야.'

죽어 가던 순간에도 살려고 발버둥 쳤다. 행복하기를 언제나 기도했고, 이렇듯 희망을 품었다.

'정말 그렇게 생각해요?'

거짓말이다. 그가 올 거라고 믿었다. 그렇게 쉽게 나를 포기하지 않을 거라고. 할 줄 아는 건 아무것도 없고, 칙칙한 불행만 끌고 다니는 나지만, 세상에 정말 행복과 불행의 총량이 정해져 있다면…… 내게도 겪은 불행만큼 행복이 남아 있단 소리 아닌가.

거센 바람을 뚫고 오는 그녀를 그가 지켜봤다. 주양에게까지 남은 거리. 다섯 발자국.

그를 떠났던 그 거리만큼.

절실했기에 여기까지 오기가 힘들었다.

제 발로 그에게 돌아오기까지…… 47일.

그녀는 걸음을 멈추지 않고 주양에게 똑바로 향했다.

네 발, 세 발,

두 발……

거기서 한 발자국을 앞두고 있었다.

"미안. 좀…… 늦었어."

두 사람 사이에 침묵이 차지했다.

"많이 기다렸어?"

그는 대답이 없었다. 무서웠지만 꾹 참았다.

"복수하는 거야? 내가 망신 줬다고."

"……."

"나 협박당했어. 진두영한테. 그래서 도망친 거야. 너가 싫어서가 아니었어."

"알아."

"안……다고?"

'근데 보내려고 했어?' 하는 원망에 그가 답했다.

"널 행복하게 해 줄 자신이 없어졌어."

"갑자기?"

"결혼 준비하던 내내."

"그래서 이제 와 버리겠다고?"

"버린 거 아냐."

"버린 거야. 나 같은 거 아무도 주워 가지 않아. 네가 데려가서 사람 구실 한 거야. 근데 또 버렸어."

영원의 눈에서 닭똥 같은 눈물이 뚝, 뚝, 떨어졌다. 방귀 뀐 놈이 성낸다고 먼저 도망친 주제에 화가 치밀었다. 주양이니까 할 수 있었다. 다른 누구도 그녀의 투정 따위 들어 주지 않는다.

"너 견딜 수 있겠어?"

주양이 소리 죽여 우는 영원을 애처롭게 바라보았다. 영원은 우겨 댔다.

"내 행복이야. 왜 네가 멋대로 판단해."

영원은 20년을 속박당하는 삶을 살았다. 그런 건 사는 것이 아닌 '견디는' 것이었다. 로열패밀리의 삶은 규칙과 위선에 어느 정도 자유를 타협 봐야 했다. 면역이 된 주양은 이 견디는 삶에 익숙했다. 하지만 영원은…… 계모의 속박 아래서의 삶과 주양의 아래에서의 삶이 똑같다면, 그녀의 탈출은 무슨 의미가 있을까. 그의 곁에서 그녀가 온전히 바라던 완벽한 자유는 얻을 수 없을 것이다.

그는 두 개 다 원했다. 영원의 행복과 더불어 자신의 행복. 그녀를 놓아주고 싶지 않다는 건 순전히 그의 욕심이다. 그것은 주양의 행복이지 영원의 행복은 아니지 않나. 그녀가 그의 곁에서 불행하다면 무슨 소용일까.

"……언젠가부터 네 행복이, 내 행복이니까."

끝내 영원은 그의 품에 안겼다. 바위처럼 묵직하게 자리하는 고백에 눈앞이 참담해졌다. 숨이 할딱거렸다. 그가 으스러질 듯 그녀를 품으로 끌어당겼다. 놔

주지 않겠다는 듯 팔을 감아 몸을 죄었다.

이 남자는 어찌하여 이런 말을 해서 그녀를 울리는 걸까. 그녀를 울리는 건 다른 누구도 아니었다. 주양이었다. 그리고 그녀를 행복하게 하는 것도.

눈물이 더 멈추질 않았다. 그때 헬리콥터의 콕피트에서 신호가 왔다. 오후에 내려진 태풍 주의보 때문에 빨리 출발해야 한다고. 해안선에 있던 먹구름이 지척에 드리워졌다. 떨구고 갈세라 영원이 재빨리 주양의 옷자락을 붙잡았다.

"나도 데려가."

주양은 영원을 의구심 어린 눈길로 볼 뿐이었다. 영원이 단호하게 결심을 피력했다.

"네가 사는 세상으로, 날, 데려가 줘."

헬기 프로펠러가 돌아갔다. 주양이 기묘한 떨림이 스친 표정을 했다. 후회해도 되돌릴 수 없어. 괜찮아. 더 이상 도망치거나, 휘둘리지 않을 거다. 약해 빠진 신세타령은 집어치울 거다. 영원은 고개를 끄덕였다.

"준비됐어."

주양이 먼저 헬기에 올라탔다. 그가 위에서 손을 내밀었다. 영원은 그 손을 기꺼이 마주 잡았다.

프로펠러가 가파르게 속력을 상승시키더니 순식간에 상륙했다. 영원은 멀어지는 땅을 내려다보았다. 그리고 주양을 건너봤다.

"너 나 원망 안 할 자신 있어?"

집으로 돌아가는 길에 그가 물었다. 원망이라. 그건 서로를 떠나 잘 살 수 있냐는 물음만큼이나 바보 같은 질문이 아닌가.

"원망을 어떻게 안 해?"

영원이 꾸짖자 주양이 옅게 웃으며 물었다.

"그럼 왜 따라왔어?"

"살다 보면 손해 보는 것도 있고, 더 희생하는 것도 있는 거지. 결혼이 원래 그런 거지."

그러나 그의 품에 안겨 이거 하나만은 확실히 답할 수 있었다.

"세상 전부가 네게 돌을 던져도, 나만은…… 네 옆을 지킬 거야. 너와 돌을 같이 맞을 거야."

그녀 탓에 주양은 많은 죄를 지었다. 이제껏 그가 나를 지켜 주었으니 이제는 내 차례였다. 인생이 아름다운 건 우리가 시한부 인생을 살기 때문이고, 행복해질 꿈만으로도 인생은 부족하지 않은가. 영원이 주양의 어깨에 머리를 기대었다. 그가 그녀의 허리를 죄었다. 잠깐이지만 영원이 달려와 붙잡지 않았더라면 영영 이별할 수도 있기 때문일까. 그의 몸이 어린아이처럼 잘게 떨리고 있었다.

그는 바보였다.

한신파이낸셜 사옥 로비에 차가 여러 대가 줄지어 섰다. 취재 열기가 뜨거웠다. 오늘 회견에 초대받지 못한 여러 매체 기자들이 입구에 장사진을 이뤘다. '이봐! 머리 가리잖아!', '어어, 새치기하지 마!' 바리케이드에 막힌 기자들이 그 앞에 구름 떼처럼 몰려들어 앞다투어 취재하려 들었다. 그들이 카메라에 담으려는 사람은 젊은 여자였다.

한 달 전. 세상을 들썩이게 한 실종 사건의 신부이자, 최악의 스캔들의 여주인공.

세간의 관심과 집중을 엄청나게 받는 그녀가 오늘 기자 회견을 갖는다.

새 신부가 되자마자 대형 스캔들의 히로인이 된 여자는 기이할 정도로 얼굴은 찾아볼 수가 없었다. 사람 찾는 데 도가 튼 가십지 기술자들도 두 손 두 발을 다 들었다. 몇 번 인터넷을 쑤시면 아주 예전에 미니홈피에 올리고 잊은 흔적들이 남기 마련이었다. 그러나 고교 졸업 사진은커녕, 소소하게는 주변인들과 찍힌 사진조차 말끔했다. 억측과 괴이한 소문만 나돌았다. 언니를 몰아내고 언니의 남자와 결혼한 그녀에게 적개심을 갖던 언론도 점차 'Why?'라는 호기심이 증폭됐다.

진주양은 오너 일가의 차기 후계자감이라는 것 이외에도 여러 가지 메리트로 대중의 관심을 한 몸에 받던 인물이었다. 100미터 멀리에서 봐도 돌아볼 외모는 매력적이었다. 바람직한 평판은 그를 기존의 낡고 관습적인 족벌 세습을 타파해 줄 세련된 부르주아로 설정했고, 베일에 싸인 그의 모든 것들이 그의 신비감을 더했다. 언론의 짝사랑이라고 할 만큼 그의 프라이버시는 공개돼지 않았다. 수레바퀴가 소리가 요란한 것에 비해 털 게 없는, 흠잡을 데가 없는.

그런 그가 결혼한 여자다. 리스크를 감내하면서까지 결혼을 감행한 진주양의 의지가 여자에 대한 궁금증으로 들불처럼 번져 갔다. 어떤 이는 그녀가 미인 이상의 무언가를 지닌 엄청난 마녀라고 했고, 어떤 이는 그녀가 종교적으로 진주양에게 영향을 끼쳤을 거라고 추측했다. 그렇지 않고서야 정상적인 정신이 박힌 한 남자를 굴종시킬 수 없었을 테니까. 그 진주양을.

여러 대 중 중앙에 있던 차로 모두의 숨죽인 시선이 쏠렸다. 그리고 드디어, 그녀가 차에서 내렸다.

파앗— 파앗—

플래시가 정신없이 몰아쳤다. 중계차까지 대동되어 생중계로 그녀의 모습이 전파를 탔다. 처음 보도된 모습은 단정하게 빗어 내린 긴 생머리에 가녀린 몸이었다. 챙 모자로 가려져 있지만 상당한 미인이라는 것엔 이의가 없었다. 그녀가 입은 이름도 낯선 해외 브랜드의 원피스, 손에 든 백, 얼굴을 가린 스카프와 헤어스타일까지, 몇 시간 뒤면 사람들 입에 오르내리면서 실시간 검색어를 차지할 것이 분명했다.

취재진들이 여자를 에워쌌다.

"한 달 만에 칩거를 끝내셨습니다. 심정이 어떠십니까?"

"오늘 기자 회견에서 어떤 말씀을 하실 예정입니까?"

"회견에서 다 말씀드릴 겁니다."

직원들이 카메라를 막으며 영원을 재빨리 안으로 데려갔다. 사옥 3층 홀은 이미 주요 방송사 언론인들이 차지했다. 기자 회견장이 마련된 홀의 곁방에서 영원은 메이크업을 받았다. 흰머리가 성성한 법무 팀의 사장급 변호사가 그녀를 안내하며 마지막까지 원고를 체크했다.

그사이 시시각각 기사들이 올라왔다.

[언니의 자리를 빼앗고 결혼한 동생의 변명이 대체 얼마나 우릴 납득시킬 수 있을 것인가?]

[진정성 있는 내용이 아니라면 기자 회견은 그저 쇼가 될 뿐이다!]

무차별적 폭언들이 쏟아졌다.

마침내 영원이 회견장을 등장하자 주위가 엄숙해졌다. 영원은 떨리는 마음으로 법무 팀에서 정리해 준 전문을 찬찬히 읽었다. 전문가들이 검수한 내용은 오롯이 영원에게 유리하게 작성되어 있었다. 영원이 복수를 위해 해수를 정신병원에 감금했던 것, 그리고 동생의 억울한 죽음을 알리고자 했던 매향이 납치범으로 둔갑되어 죽은 것 등의 진실은 다 가려진 채 영원에게 불리한 내용은 교묘히 다 빼 버렸다.

경찰차로 끌려가기 직전 숙모가 영원에게 물었다.

'그래서 마음씨 착한 너는 어떤 선택을 할 거지?'

'……선택이냐니?'

숙모는 의미심장하게 볼 뿐이었다. 한신의 안주인이 된다는 것은 그런 거다. 적당히 나쁜 짓도 하면서 타협하는 삶을 산다는 것. 한신이란 대기업 총수가 될 남자의 안주인 자리, 애초에 착한 역과는 거리가 멀지 않나. 결국 착하게 살고 싶다는 것은 주양을 포기하라는 선고였다.

'인생을 살다 보면 어느 순간 기로에 맞닥뜨리게 돼. 한 점 부끄럼 없이 살 것인가. 적당히 나쁜 짓도 하면서 타협하는 삶을 살 것인가.'

여자의 말처럼 선택엔 각오가 필요하다.

'착한 역만 하고 싶다면, 네 사랑, 포기해야 해.'

영원이 돌아보았다. 무대와 연결된 홀 안쪽 방에서 주양이 그녀를 지켜보고 있었다. 눈빛을 깊게 보낸 그가 안심하고 해도 된다는 듯 고개를 끄덕였다.

수백 번 연습했었다. 영원은 이제 아무렇지 않게 이런 것을 읊어야 하는 삶에 들어왔다. S가 자신 때문에 죽던 날, 그녀는 자기 권리를 포기했다. 그리고 지금, 그녀는 그때와 같은 기로에 섰다. 이번엔 나 자신의 권리를 포기하지 않는다.

집안사람 모두가 영원에게 감추려 하지만, 매향이 자신의 의지로 죽은 게 아니라는 것쯤은 그녀도 짐작할 수 있었다.

똑바로가 아니다.

모르는 척하는 것이다. 그를 사랑하기로 마음먹으면서 타협 본 것은, 인정하는 일이었다. 그 부끄러움조차 나 자신의 일부분임을 인정하고, 나 자신이 이기적이라는 사실을 인정하고 받아들여야 했다. 그녀는 주양의 곁에서 평생 살고 싶고, 행복도 하고 싶고, 이름도 되찾고 싶었다. 더는 스스로의 욕망을 감추고 애매하게 착한 척하는 짓 따위 하지 않기로 했다. 오지도 않은 미래는 생각하지 않으려다. 지금, 현재 내 곁에 있는 사람, 그들과 함께하는 행복을 위해⋯⋯.

자신이 계모에게 학대를 당했고, 모든 걸 빼앗기고, 거지 같은 삶을 헤쳐 나와 지금의 자리까지 올 수 있었던 것.

이 모든 것이 무작정 거짓만은 아니니까.

다만, 전체의 진실에서 자신에게 불리한 몇 가지만 뺀 진실이라고 해도.

"지금부터 제가 할 이야기는⋯⋯."

입을 연 순간 언론의 스포트라이트가 그녀에게로 포화처럼 빗발쳤다. 그리고 20년을 돌아 그녀는 자신의 인생을 처음으로 세상을 향하여 발로했다.

"모두 사실에 근거합니다."

[충격적 진실! 언니의 남자를 빼앗은 스캔들은 지옥에 갇혀 있던 한 여자의 생존을 건 극적 탈출기였다!]

[계모의 학대, 그리고 박탈당한 인권]

[현대판 신데렐라! 초등학교도 다니지 못하고 일곱 살부터 집안일을 했다는 고백!]

종편 뉴스 패널들이 침을 튀기며 성토했다.

"이건 심각한 아동 학대의 문제입니다! 명백한 인격 살인 행위입니다."

"단순히 자매의 치정극으로 자극적인 기사에게 몰두하려 한 우리는 반성해야 합니다. 그러해야 했던 사정엔 한 인간을 향한 인권 유린이 선행되었습니다!"

"우리는 '신데렐라' 하면 왕자를 만나 신분 상승한 운 좋은 여자 얘기를 먼저 떠올리죠. 하지만 그 이면에 깔린 아동 학대에 대해선 생각하지 못합니다. 신데렐라는 명백한 아동 학대를 다룬 동화입니다."

"한 아이가 등교를 하지 않았습니다. 만약 그 아이에게 학교나 선생님, 더 나아가 이 사회에서 조금만이라도 관심을 가졌다면, 신영원 같은 사건은 없었을 겁니다. 그 아이는 자신의 권리를 박탈당한 채 20년을 살아야 했습니다. 우리는 이 문제에 책임 의식을 가져야 합니다."

"지금도 무수히 많은 아이들이 제 부모에게 학대를 당한 채 방치되고 있습니다. 더러는 죽은 뒤에야 학대 사실이 밝혀지는 안타까운 일도 비일비재합니다."

"……."

"신영원도 그 죽은 아이들 중 하나일 수도 있었습니다."

스튜디오가 숙연해졌다.

"살아남아 준 그녀에게 우리는 감사해야 합니다. 우리가 다른 문제에 눈을 돌린 사이, 그녀는 혼자서 그 지옥 같은 좁은 방에서 필사적 전쟁을 치렀을 테 니까요."

아동 학대에 대해 비중 있게 다루면서 가운데 앉은 사회자가 소식을 전했 다.

"현재 신영원이란 여성의 문제가 뜨거운 감자로 떠오르고 있는데요. 제2의 신영원이 나오지 않도록 '신영원법'을 제정되어야 한다는 목소리가 여야에서 커지고 있습니다."

그러면서 이어 화면에 계모와 그 딸이 화재 당일, 현장 재현을 하는 모습이 담겼다. 구치소로 압송되는 과정에서 수갑을 찬 두 여자에게 기자들이 취재 녹 음기를 들이댔다.

"지금 심정이 어떻습니까."

"무슨 생각으로 그런 범죄를 저지른 것입니까!"

"20년입니다. 한집에서 아이를 계속 보면서 죄책감은 느끼지 못했습니까?"

취재진 뒤에서 구경하던 동네 사람들이 최혜란과 딸에게 돌을 던졌다.

"저런 년은 주리를 틀어 사형시켜야 해!"

"얼굴 왜 가려! 얼굴 공개해!"

주먹만 한 돌이 최혜란의 이마를 쳤다. 찢어진 이마에서 피가 터졌다.

영원의 비밀이 알려지고 신해수의 죽음 전말까지 밝혀졌다. 경찰이 신부를 찾는 동안 현기영이 최혜란 모녀를 백운당 지하실에서 찾아냈다. 신해수 살해 범으로 첫째 딸 신성원이 잡혔다. 우발적이었지만 담배 불씨가 화재의 원인인 이상 신성원에게 혐의가 갔다. 화재로 인한 질식사. 자물쇠로 컨테이너를 잠근 것까지 신성원이 일체를 자백했다. 최혜란도 자신의 야망을 위해 딸을 정신병 원에 집어넣은 패륜적인 사건, 비정한 어미로 대서특필 됐다.

기사는 부지불식간에 자신의 모든 걸 빼앗기고 부정당한 신영원의 동정론으 로 호도 됐다. 한 메이저 출판사는 그녀의 일생을 다룬 에세이를 출간할 거라 고 발표했다. 책은 출간되자마자 연이어 베스트셀러 목록에 올랐고, 한신의 며 느리는 이미지 메이킹에 성공했다. 이 모든 것이 영원의 성공적인 데뷔를 위한 한신그룹의 기획이었음이, 알 만한 사람들 사이에선 알음알음 퍼졌다.

가습기가 새하얀 물보라를 분무했다. 영원은 병실에 처진 블라인드를 올렸다. 햇살이 금세 방을 채웠다. 영원이 뒤돌아 베드에 누운 호운을 응시했다. 중태에 빠졌던 호운이 의식을 찾은 지 2주일째였다. 영원은 매일같이 호운의 병문안을 왔다. 아직 의사소통은 불가능하지만 의사는 희망적이라 했다. 그는 완전히 회복하진 못하고 아직은 하루 반나절을 잠으로 보냈다.

물수건으로 호운의 손을 닦아 주는데 바깥에서 작은 인기척과 함께 조심스러운 움직임이 어른거렸다. 흠흠. 부르기 전에 먼저 헛기침으로 자신의 존재를 알린다.

"사모님."

수행원이 허락받은 시간이 다 되었음을 알렸다. 병원에서 주양을 만나기로 했다. 영원은 호운에게 다정하게 작별 인사를 했다.

"오늘은 이만 가야 할 거 같아. 초음파 검사만 받는 줄 알 텐데 원장이 내가 또 여기 온 거 알면 난리 날 거야. 아이가 잘못되면 자기가 옷을 벗어야 한대."

호운은 이 병원에서 가장 좋은 특실을 썼다. 의료진이 상주하고 있으니 오지 말라는 병원장의 강력한 의지였다. 주양은 별로 영원이 호운에게 신경 쓰는 것에 터치하지 않았다. 그는 언제나 무심하게 관망하다 사고가 터지면 그때 목을 쳤다. 병원장은 영원이 태아 검사를 받으러 달마다 오면 곁에 서서 쩔쩔맸다. 아이가 조금이라도 이상이 있으면 그때야말로 문책을 받을 때였다.

경호원들을 끌고 병원 복도를 나오는데, 마주 오던 한 나이 지긋한 중년 여인이 영원에게 접근했다. 경호원들이 막으려고 했다. 영원이 그만하라는 듯 손을 들어 보였다. 중년 여인이 영원의 손을 붙잡으며 반가워했다. 책을 읽었다면서 그녀가 끝에 이런 말을 남겼다.

"살아남아 줘서 고마워요."

영원은 멍해졌다. 비참한 삶이었다. '권리'조차 없는 하찮은 삶이었다. 누구도 그녀의 존재에 관심 갖지 않았다. 그런 그녀한테 살아남아 줘서 고맙다니. 그녀가 살아남은 것이 남에게 고마운 일인가. 가슴이 이상해졌다. 살아남기 위해 한 노력들이 결코 허튼 일이 아니었다. 그것을 인정해 주는 말이라고 영원은 혼자서 해석했다.

그것은 혼자의 힘이라면 불가능했을 일이었다.

영원은 병원 정원으로 나왔다. 햇살 속을 걷다가 구두를 흘렸다. 허리를 숙이는데 5미터 밖 벤치에 앉아 있던 남자가 일어섰다. 독서를 하던 중이었는지 그는 책을 덮고 망설임 없이 그녀에게 걸어왔다.

내 인생에 그가 없었다면 어땠을까.

아직도 나는 그 진창에서 빠져나오지 못했을 것이다.

그가 영원보다 먼저 떨어진 구두를 주웠다. 구두를 신겨 주며 그가 넌지시 떠봤다.

"늑대가 왜 양을 사랑하는지 알아?"

"맛있어서?"

"같이 있으면 자기도 양이 될 수 있을 것 같거든. 내가 세상에 태어나서 한 유일한 선행이야. 네가."

주양이 무릎을 땅에 대고 아래서 위로 그녀를 올려다봤다. 프러포즈처럼.

"우리 다시 결혼할까."

댕…… 데엥…… 댕…… 어디선가 12시의 시계 소리가 울려 퍼졌다.

내 시계는 그날에서 멈춰 버렸습니다.

나는 두 번 다시 내 본래 이름으로 돌아가지 못했습니다.

뻗어 온 손이 영원의 턱을 가볍게 쥐었다. 영원은 허리를 편하게 그에게로 내렸다. 끌어당겨져 코끝끼리 대어졌다. 지지 않고 그의 입술 위에 대담하게 저의 입술을 포개며 영원이 속삭였다.

"이름으로 불러 줘."
희미하게 그가 미소 짓는 게 느껴졌다.

하지만 그 사람이 내 이름을 불러 준 순간,
멈췄던 시계가 12시 1분을 향해 움직였습니다.

"해수. 신해수."

나의 시간은 오늘부터 시작될 것입니다.

에필로그

영원은 가만히 여자의 설명을 경청했다. 비싼 돈을 주고 초빙한 전문가답게 장황한 설명들이 이어졌다.

"해외가 아닌 국내를 염두에 두신디면 성북구 쪽에 있는 하엘국제유치원도 있습니다. 유치원에 입학하면 국제초중고교가 연계돼서 매번 졸업하는 번거로움도 적구요. 만약에 영식님이 5년 후 입학 시기를 맞춘다면, 우성그룹 장남의 손녀와 동문이 되시게 됩니다."

영원이 입이 찢어지게 하품을 하다 주양과 눈이 마주쳤다. 화등잔만 해졌던 눈이 무안함을 감추고 반달로 굽어졌다. 주양을 향해.

영원에겐 아직 이해할 수 없는 일들이 잔뜩 있었다. 오늘도 역시 그랬다. 이제 아기일 뿐인데, 벌써부터 어느 유치원에 보내고, 초등학교, 대학교까지 플랜이 짜여졌다. 여자는 진학 전문가였다. 상류층 자녀들의 진학 설계를 담당하는 교육 전문가라던가. 아직 태어난 지 일주일밖에 안 된 아이였다. 벌써 유치원부터 대학까지 왜 알아봐야 하는 거지? 미간을 좁히는데 주양이 테이블로 손을 뻗었다. 늘어진 유수의 유치원, 초등학교 광고 카탈로그들 중 하나를 집는다.

전문가가 눈빛을 반짝였다.

"역시, 안목이 남다르시네요. 사장님께서도 어린 시절에 해외 명문 교육을 받으셨다죠?"

그가 집은 카탈로그는 영국 왕자들이 입학했다는 사립학교였다.

"부모가 다닌 모교를 자식이 잇길 바라는 건 당연하죠."

주양은 조금도 대꾸 없는 무심한 표정이었다. 아무것도 모르고 전문가가 멋대로 떠들어 대고 있는 거다. 영원에겐 주양의 마음이 읽혔다.

책자를 들여다본 지 반 시간이 지나고서야 풀려났다. 주양은 곧장 회사로 갔다. 이사에서 사장으로 얼마 전에 승진을 한 뒤부터 더 바빠졌다.

"사모님."

도우미의 부름에 정신을 차렸다. 멍때리고 서 있는 건 아랫사람들 보기에 안 좋았다.

한가로운 휴식 시간이었다. 눈부시게 아름다운 정원에 접이식 테이블이 놓였다. 테이블보가 펼쳐지고 곧이어 도우미들이 티세트를 차려 놓았다. 영원은 사교의 필수 코스인 티타임을 흉내 냈다. 문득 깃털만 한 무게의 근심이 내려앉았다.

'사장님께서도 어린 시절에 해외 명문 교육을 받으셨다죠?'

주양이 해외 학교 책자를 집었을 때 내심 걱정됐다. 예상치 못하게 교육열이 뛰어난 아버지라서 아이를 벌써부터 바깥으로 내돌릴 작정일까? 그의 엄격한 완벽주의 성향이라면 불가능한 일도 아닐 터다. 자기보다 못난 자식을 견딜 수 없을지도. 영원은 떨떠름해졌다. 부모의 유전자가 반반이라면 분명 내 피도 섞였을 텐데, 뇌세포 쪽 유전자가 모두 바보만 물려받았으면 어쩌지? 주양이 똑똑한 것은 전문가가 말한 해외 어쩌고 하는 교육을 받아서일까. 선생이 곁에 있는 것도 눈치채지 못하고 머릿속이 복잡해졌다.

"보통 그 시절, 재벌가라 해도 어린 자식을 해외로 보내는 부모는 없었죠."

퍼뜩, 깨어나며 고개를 들었다. 늙은 남자 집사가 찻잔을 그녀 앞에 놓아 주며 말했다. 집안에서 그의 직책은 집사고, 직급은 전무였다. 진 회장이 병원으로 완전히 들어가고 늙은 남자 집사는 영원을 보필하게 됐다. 영원은 그를 편하게 선생이라고 불렀다.

"고등학교를 졸업하고 대학을 해외로 가는 경우는 있어도, 유치원부터, 해외로 떠나보내는 경우는 또래 중에 사장님이 유일했습니다."

한창 투정을 부려야 할 시기에 주양은 해외로 보내졌다. 선생은 안심하라는 듯 말했다.

"걱정 마세요. 아이를 보내지 않을 겁니다."

누구보다 자신이 그 외로움을 잘 알 테니까.

영원은 읽다 만 육아책으로 고개를 내렸다. 때마침 페이지는 아이의 인격 형성에 관한 주요 내용을 다뤘다.

'유아기는 매우 중요합니다. 부모에게서 물려받은 유전과 함께 아이의 인격을 둘러싼 많은 변수들이 유아기 환경 때 정해지기 때문입니다. 이때 부모와 애착 관계에 실패를 하게 되면 이후 성인이 되어 대인 관계에 영향을 주게 됩니다.'

티타임은 짧게 끝났다. 갑작스러운 호우였다. 영원을 먼저 들여보내고 늙은 집사는 꼼꼼하게 고용인들이 청소를 끝낸 집안 구석구석을 훑고 다녔다.

"사모님이 집안에 들어오신 지 얼마 안 되어 몸에 익지 않으셨습니다. 격의 없이 대해 주신다고 만만히 보는 분들이 있어요. 청소며 자재 관리며, 소홀함 없이 조심하도록 합시다."

흰 면장갑을 낀 손으로 난간이며 창틀을 쓸었다. 엄하게 다시 지시하고는 돌아서는데 창밖에 여전히 비가 내렸다.

쏴아아아아—

처마에 들이치는 빗소리가 그의 의식을 붙잡아 당겼다.

이 집 작은 주인의 어릴 적이었다. 주양은 기억하지 못하는 시기부터 외국에서 살았다. 대리모를 국내에 두기엔 눈이 많았다. 외국에서 태어났으니 외국에서 사는 건 당연했다. 초등학교 입학도 매한가지였다. 어린 주인은 한국을 잘 몰랐다. 학교 방학은 꼭 한국에서 진 회장과 보냈다. 그것이 진 회장의 철칙이었다. 딱히 애정이라기보단, 한국말을 잊지 않게 하기 위해서일 것이다. 가족이 너무 떨어져 있으면 남보다 못하게 된다는 걸 친형제들을 보며 느꼈을 터였다.

어린 주인이 한국 본가에 도착하면 중년의 집사는 마중을 나갔다. 오늘처럼 비가 내리던 봄이었다. 여름이었던가. 커다란 검은 우산이 아이를 가렸다.

'도련님.'

작은 속삭임.

'도련님.'

집사의 부름에 어린 주인이 고개를 들었다. 오랜만에 집으로 돌아온 어린 주인을 위해 집사는 다정한 웃음으로 맞이하려고 활짝 웃었다. 하지만 마주쳐 온 어린 주인의 얼굴에 그 웃음은 곧 허물어졌다. 주양이 그를 올려다보았다.

일곱 살, 한 줌 허리밖에 오지 않던 어린아이의 눈빛, 이었다. 분명.

저를 빤히 들여다보던 그 눈빛은 자신 같은 늙은 노인이나 진 회장에게서나 볼 수 있는 그런 공허가 깃들어 있었다.

어이하여 작은 주인에게서 아이다움은 찾아볼 수 없는 것인가.

가슴이 미어졌다.

집사는 무릎을 꿇어 어린 주인과 눈을 마주쳤다. 그때나 지금이나 아무렇지 않게 웃어 보였다.

'집으로 돌아오신 것을 환영합니다.'

성악설, 성선설, 성무선악설.

인간의 본성에 선과 악이 있으며, 본래 없을 수도 있다.

성격의 모양이 만들어지는 시기는 배 속에서 태어나고 3개월 후부터. 그러나 갓난아기마다 우는 횟수, 예민한 정도에 차이가 있는 걸 보면 성격은 그 이전부터 타고나는 걸 수도 있다.

아기에게 태교는 중요하다. 엄마의 생각이 아기에게로 고스란히 전가된다. 엄마의 긍정적인 마음가짐은 아기의 인격 형성에 영향을 미친다. 부정적인 마음 역시, 아기에게 전해진다.

그런 의미로 말하자면 주양은 배 속에서부터 사랑받지 못했음이 분명하다.

주양이 사옥 사장실을 빠져나오자 비서들이 허리 숙여 배웅했다. 양 비서가 주말 스케줄을 보고했다.

"새로운 가족이 태어나서 여기저기서 축하 메시지가 많이 옵니다. 친인척들에게 축하장을 보낼 때 사진을 같이 동봉할 참입니다. 가족사진은, 당분간 해외 일정이 잡혀 있으니, 주말이기도 하고 내일 안에 하는 건 어떻겠습니까."

주양은 무표정할 뿐이었다. 낮에 진 회장의 병문안을 갔다가 원장과 대화를 나눴다. 그때부터였다. 주양의 얼굴이 안 좋았다.

'어린아이가 벌써부터 미래가 기대가 돼요. 사모님 미모가 어디 보통 미모입니까? 여자 여럿 울리겠습니다. 눈매와 코는 뚜렷하고……, 영락없이 사장님을 탁했습니다.'

주양은 입을 다물었다. 엘리베이터 문이 열렸다. 생각을 지우고 승강기에 올랐다. 영원이 시무룩해져서 쪼르르 방으로 따라 들어왔다. 넥타이를 풀던 주양이 귀여운 듯 시선을 던져 주었다. 그녀가 기다렸다는 듯 고충을 토로했다.

"왜 아이는 정해진 시간에만 봐야 해? 내 아이인데?"

유모들이 여럿 붙어 아이를 잘 챙겼다. 부부의 방에선 절대 아이를 재울 수 없고, 이 집안을 총괄하던 일흔 살 먹은 남자 집사는 무척 깐깐했다. 절대 자신의 영역에선 물러설 수 없다는 입장이었다. 주양은 힘들어하는 영원에게 말했다.

"별로 아이에게 정을 갖지 않는 게 좋아. 전체 애정에 백이 있다면, 그중 30퍼센트만…… 그리고 나머지는 너를 위해 쓰도록 해."

영원은 그런 주양을 보았다.

"그런 건…… 마음을 먹는다고 되는 게 아니지 않나."

주양은 멈칫했다. 영원이 빤히 보며 말했다.

"부모가 자식을 사랑하는 건, '내 저 애를 이만큼만 사랑해야지.' 한다고 되는 게 아니지 않나."

싱긋 웃고 영원이 방을 나갔다. 주양은 멍해졌다.

어릴 적 그때도 방학이었다. 집안에 모르던 놈이 하나 들어와서 아들 행세를 하고 있었다. 진두영이었다. 진두영은 중학생이나 된 주제에 재벌가의 생활에 적응을 못 해 눈물이 많았다. 똑같은 피를 타고난 똑같은 사내아이인데 진두영은 어린애 같다고 여겨졌다. 감정 표현이 풍부했다.

진두영에겐 엄마가 있었다. 진 회장의 잠자리를 봐주는 여자였다. 집안사람들은 그녀가 단순 직원을 넘어서 진 회장의 허락받지 못한 아이를 혼자 기른다는 걸 이미 알았다.

그녀는 주양에게 굉장히 잘했다. 여자가 왜 그에게 호의를 베푸는지 납득할 수 없었다. 나중에야 알게 됐다.

'부모는 자식을 위해서라면 미워하는 원수에게 아부를 할 수 있답니다.'

집사는 언제나 주양이 알지 못하는 것들을 미리 알아채고 말해 주었다. 자기 아들을 잘 봐 달라는 부탁이었을 것이다. 아들이 소외되지 않게. 주양은 가계 구도로 한참이나 아래인 조카지만, 첩의 자식과 적자의 차이를 무시할 순 없었다. 권력의 구도는 태어나는 순서로 정해지는 게 아니니까.

'원수에게 아부를 하게 만드는 자식은, 여러모로 귀찮은 존재네.'

주양의 말에 껄껄 집사는 고개를 가로저었다.

'아니요. 전혀 그렇지 않답니다.'

'왜지.'

'헌신. 그것은 자식을 가진 부모만의 특권이니까요.'

늦은 시간, 거실 한편에 있는 바에서 양주를 마시는데 아기 울음소리가 났다.

주양은 가만히 귀 기울였다. 유모방 불이 켜지고, 들려오는 아기를 달래는 듯한 소리. 주양이 가만히 소리에 집중했다. 늙은 집사가 다가와 술을 따랐다.

"한번 보러 가시죠."

"술을 마셨습니다. 다음으로 하죠."

"입만 맞대지 않으면 상관없습니다."

집사가 멀끔히 웃음을 품었다.

"아기 얼굴을, 한 번도 보지 않으셨죠?"

아이가 태어난 지 일주일이 됐다. 한 번도, 아이를 보지 않았다. 귀가는 항상 늦은 저녁이었기 때문에 회사 일을 핑계로 아이를 보지 않는 건 쉬웠다.

"오늘 보시죠. 사장님."

주양은 바에 손을 올려놓은 채 가만히 있었다. 낮에 보고 온 진 회장의 얼굴이 스쳤다. 진 회장의 얼굴과 더불어 과거의 말들이 돌아왔다. 손끝에 잔떨림이 일었다.

'두고 볼수록 네가 감당할 수 없는 존재라는 걸 깨닫게 될 거다.'

'사랑하면서도 마음 한편에, 알 수 없는 불안감이 피어오를 거야. 저 남자는 무슨 생각을 할까. 나를 사랑하는 걸까. 나를 앞으로도 사랑해 줄까. 사랑이 식으면……, 그땐.'

진 회장이 속살댔다.

'그는 과연 누군가를 위해 자신을 희생할 수 있는 존재인가. 아이가 태어나면 아이의 아버지로서는 적합한 자격이 있는가.'

'바로— 내가 너를 키워 오며 느꼈던 불안감 말이다.'

진 회장 병환의 상태를 알면서 원장에게 시간을 끌라고 명령한 것이 주양이었다. 치매를 악화시키게 했다. 아무렇지 않았다. 1년 전, 영원이 납치됐을 때도 마찬가지였다. 아이가 어떻게 되든 상관없었다. 진 회장의 말엔 틀린 것이 하나도 없다. 기왕 아이도 무사하면 완벽하겠지만 잘못돼도 영원의 건강만 보장이 된다면. 별로 아이 같은 거 원하지도 않았으니까.

자신은 다정한 남편과 거리가 멀었다. 주기적으로 초음파 검사를 받으러 갈 때도 그는 영원과 함께하지 못했다. 무심함을 가장한 회피였다. 되도록 아기를 보지 않으려 노력했다. 그의 무의식 속에 두려움이 있었다.

두려웠다. 두려운 것은 아기가 아닌 그 자신이었다. 스스로의 마음이 짐작되지 않았다. 그는 취향이 확고했고, 한 번 아닌 건 아니었다. 영원을 받아들인 것은 인생에 몇 번 없는 예외에 속했고, 그로 인해 그의 인생은 전환점을 맞이했다. 과연, 인생의 전환점이 또 한 번 올 수 있을까?

집사가 번민하는 주양을 강하게 일깨웠다.

"사장님."

"아이에게, 사랑하는 마음이 생기지 않으면 어떡하죠."

집사가 숨을 멈췄다. 그런 말이 나올 줄은 예상하지 못했는지 주양을 담는 동공에 안타까움이 자리한다.

"그런 건 확인하지 않고는 알 수 없습니다."

주양이 바에서 떨어졌다. 가려는 그의 등에 대고 집사가 붙잡듯 말했다.

"하지만, 걱정하시는 거 아닙니까?"

주양이 조금 놀라서 보았다.

"사랑하지 못할까 봐 걱정하는 것은, 사랑하고 싶기 때문이 아닙니까."

집사가 웃어 보였다.

"사랑은 이미 시작됐습니다."

밤새 뒤채는 아이를 달래느라 녹초가 된 유모가 아기방 한편에서 꾸벅꾸벅

졸고 있었다. 아기만 생생하게 말똥말똥 눈을 뜨고 있었다. 캄캄한 밤이었지만 달빛이 훤해 불을 켜지 않고도 모든 게 잘 보였다. 주양은 아기 침대로 향했다.

"……"

아기는 아주 작고 연약했다. 간단히 부러질 것 같기도 하지만 사내아이답게 힘이 있어 보였다. 그가 손가락을 뻗어 아이의 이마를 매만졌다. 시야가 아직 트이지 않은 아기가 감각에 의존해 움찔거렸다. 이마에서 내려온 손길이 코에 닿아 뺨을 건드렸다. '영락없이 사장님을 탁했습니다.' 사람들의 말을 떠올리며 아기의 손을 들췄다. 엄지손가락만 한 손에 붙은 다섯 손가락이 정교했다.

'사랑하는 마음이 생기지 않으면 어떡하죠.'

'그런 건 확인하지 않고는 알 수 없습니다.'

그때였다. 아기가 힘주어 그의 손가락을 쥐었다.

따뜻한 체온과, 강한 생명력이 느껴지는 힘이었다. 순간 그의 입매에 옅은 웃음이 그려졌다.

그는 확인했고, 알게 되었다.

다음 날, 사진사가 왔다.

바깥 외출을 할 수 없어 저택의 응접실에서 사진을 찍기로 했다.

영원이 아이를 품에 안은 채 자리에 앉았다. 주양은 의자 뒤에 서 있었다. 사진을 찍는다고 하는 순간, 영원이 어깨에 올려진 주양의 손등에 자신의 손을 포갰다.

체온으로 하나로 이어졌다.

사진이 찍혔다.

누가 봐도 평범한 가족사진이었다.

아빠, 엄마, 아이.
그들은 가족이었다.

— 에필로그 完

*12*시의 신데렐라

1판 1쇄 찍음 2022년 11월 1일
1판 1쇄 펴냄 2022년 11월 10일

지은이 | 백우시
펴낸이 | 정 필
펴낸곳 | (주)뿔미디어

기획 · 편집 | 박경희 권자영 김산혜 성다영
표지 디자인 | 우 물

출판등록 | 2002년 9월 11일 (제1081-1-132호)
주소 | 경기도 부천시 소향로 17, 303(두성프라자)
전화 | 032)651-6513 **팩스** | 032)651-6094
E-mail | scarlets2012@hanmail.net
블로그 | http://blog.naver.com/dahyangs

값 11,000원

ISBN 979-11-6895-926-2 04810
ISBN 979-11-6895-924-8 04810(세트)

※파본은 구입하신 서점에서 교환하여 드립니다.